MICHEL BRÛLÉ

C.P. 60149, succ. Saint-Denis,
Montréal (Québec) H2J 4E1
Téléphone : 514 680-8905
Télécopieur : 514 680-8906
www.michelbrule.com

Maquette de la couverture et mise en pages: Jimmy Gagné, Studio C1C4
Illustration de la couverture: Rielle Lévesque
Photo de l'auteur: Jimmy Hamelin
Révision : Corinne Danheux, Anne Masson-Beaulieu
Correction : Aimée Verret

Distribution: Prologue
1650, boul. Lionel-Bertrand
Boisbriand, Québec J7H 1N7
Téléphone : 450 434-0306 / 1 800 363-2864
Télécopieur : 450 434-2627 / 1 800 361-8088

Distribution en Europe: D.N.M. (Distribution du Nouveau Monde)
30, rue Gay-Lussac
75005 Paris, France
Téléphone : 01 43 54 50 24
Télécopieur : 01 43 54 39 15
www.librairieduquebec.fr

Les éditions Michel Brûlé bénéficient du soutien financier du gouvernement du Québec — Programme de crédit d'impôt pour l'édition de livres – Gestion SODEC et sont inscrites au Programme de subvention globale du Conseil des Arts du Canada. Nous reconnaissons l'aide financière du gouvernement du Canada par l'entremise du Programme d'aide au développement de l'industrie de l'édition (PADIÉ) pour nos activités d'édition.

ÉTIENNETTE,
la femme du forgeron

Du même auteur

René Forget

Étiennette, la femme du forgeron

MICHEL BRÛLÉ

J'ai pour toi un lac
Quelque part au monde
Un beau lac tout bleu
Comme un œil ouvert sur la nuit profonde
Un cristal frileux
Qui tremble à ton nom comme tremble feuille
À brise d'automne et chanson d'hiver
S'y mire le temps, s'y meurent et s'y cueillent
Mes jours à l'endroit, mes nuits à l'envers
J'ai pour toi l'amour quelque part au monde
Ne le laisse pas se perdre à la ronde

J'ai pour toi un lac
Gilles Vigneault

Le long de la rivière bordée de saules et de liards,
Je reconnais les joncs et les roseaux de nos îles ;
Comme un voilier d'outardes et une volée de canards,
Mes souvenirs resurgissent, s'envolent et se faufilent.
J'aperçois les vieilles maisons grises des verts coteaux,
Du clocher de mon église, j'entends l'angélus du soir ;
Je me penche, du bout du quai, au-dessus de l'eau,
Je revois le ciel de mon enfance, avec tous ses espoirs.

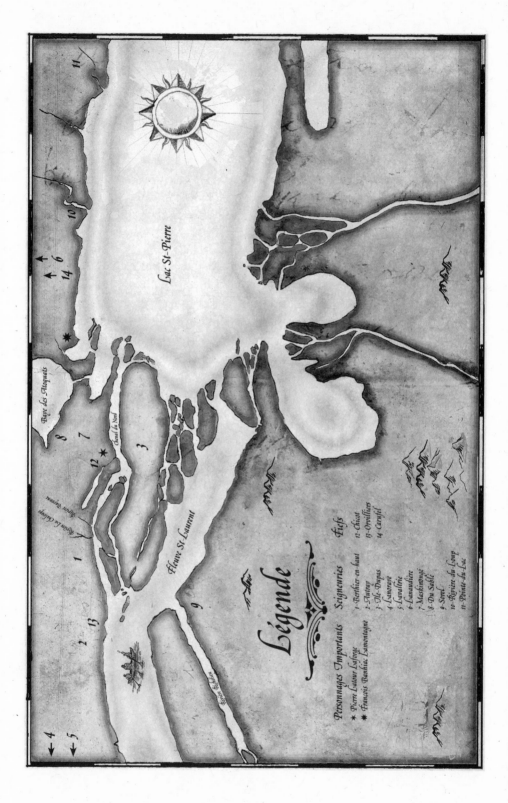

PROLOGUE

La guerre franco-iroquoise débuta en 1609 lorsque Samuel de Champlain, assisté par ses alliés hurons, algonquins et montagnais, attaqua les Iroquois, eux-mêmes de mèche avec les Hollandais, sur les berges du lac Champlain.

Dès lors, les Iroquois vouèrent une haine féroce aux Français qu'ils harcelèrent sans relâche le long des rives du Saint-Laurent. En 1640, après avoir décimé la tribu des Hurons grâce à leurs arquebuses et mousquets obtenus auprès des Hollandais, ils plongèrent la colonie dans la terreur. De 1661 à 1665, les attaques iroquoises reprirent de plus belle. Les Iroquois hantèrent les habitants de Montréal, des Trois-Rivières, de la côte de Beaupré, de l'île d'Orléans et même du lac Saint-Jean.

Les Iroquois avaient le génie de la guerre d'embuscade, planifiée avec minutie. En symbiose avec la nature, l'attaque-surprise en pleine forêt ou sur des cours d'eau tumultueux leur permettait d'avoir raison du Français au caractère impulsif.

Le roy Louis XIV décida d'en finir avec les Iroquois, qui détournaient le commerce de la fourrure du côté des Anglais et massacraient les colons français. Pour éradiquer l'épidémique et néfaste menace iroquoise qui ralentissait considérablement la réalisation des ambitions de la France, qui désirait installer un empire colonial prospère en Amérique, le Conseil royal de Versailles envoya un corps d'armée à Québec, soit le régiment de Carignan-Salières, dans l'objectif de mater les Iroquois et d'instaurer la paix dans le nouveau royaume.

Le Roy mandata un militaire de renom, le marquis de Tracy, lieutenant général de Sa Majesté en Amérique, qui reçut la mission d'exterminer les Iroquois.

Le régiment de Carignan-Salières, ainsi nommé parce qu'il était commandé par le général Carignan et le colonel Henri de Chastelard, marquis de Salières, après avoir combattu les Turcs en Hongrie, commença sa mission à son arrivée en juin 1665 dans l'espoir de négocier la paix tout en préparant une incursion en pays iroquois. Mille soldats répartis en vingt compagnies furent envoyés par Louis XIV.

Le marquis de Tracy commença à vouloir prouver la puissance militaire française en lançant des attaques contre les Iroquois, qui furent surtout des expéditions de représailles, sans bataille, par le pillage et le feu, interrompues par des périodes de négociations. Comme les Iroquois avaient pu mesurer la force de frappe et la détermination de l'armée des Français, la paix fut signée en 1667. Elle ne dura concrètement que dix-huit années puisque les incursions des Iroquois en Nouvelle-France reprirent en 1685, semant la terreur chez les habitants. La cruauté des Iroquois atteignit son paroxysme avec le massacre de Lachine en 1689. Ce conflit ne prit fin qu'en 1701, avec la signature du traité de la Grande Paix de Montréal.

Le régiment de Carignan-Salières repartit en France en 1668. En accord avec le gouvernement de Versailles, l'administration coloniale, qui voulait assurer la défense de la seule route commerciale, soit le fleuve Saint-Laurent, voulut inciter les officiers et les soldats du régiment à s'établir au pays, eux qui en avaient défendu le territoire.

Une trentaine d'officiers et près de quatre cents soldats restèrent au pays. Trois cents d'entre eux épousèrent des filles du Roy, parmi les huit cents *demoiselles* venues en Nouvelle-France de 1663 à 1673, pour réaliser les ambitions démographiques de la mère patrie. Parmi les officiers, Pierre de Sorel, Alexandre de Berthier, Hughes Randin et Pierre Dupas, devinrent propriétaires d'une seigneurie au lac Saint-Pierre, partie de la vallée du Saint-Laurent située entre Québec et Montréal, un territoire de chasse et de pêche composé de plaines inondables, de terres humides, d'archipels, d'îles et d'îlets.

CHAPITRE I
Le décès de madame de Berthier

Seigneurie de Berthier-en-haut, mai 1706

Madame de Berthier avait pris froid au tournant de l'hiver, alors qu'elle s'était fait surprendre par le nordet, après être sortie à l'extérieur du manoir pour prendre un peu d'air matinal. La fraîcheur de la brise lui avait occasionné une mauvaise toux qui avait dégénéré en pleurésie. Après quelques saignées, le médecin local avait abdiqué et signifié à Berthier que cette maladie pernicieuse dépassait ses compétences.

— C'est soit la pleurésie ou le cancer du poumon. Dans l'un ou l'autre cas, seul le docteur Michel Sarrazin de Québec pourrait la sauver.

Le diagnostic avait frappé aussi dru que le froid glacial de l'hiver. Madame de Sorel, sa sœur qui avait l'habitude de passer l'hiver à Berthier, était constamment au chevet de sa cadette mourante et agissait comme infirmière. Elle avait décidé d'y rester le temps qu'il faudrait.

Le capitaine Alexandre de Berthier, qui s'entretenait à son manoir avec sa jeune bru, déjà désignée comme l'héritière de ses seigneuries de Berthier-en-haut et de Berthier-sur-mer, venait de se rendre compte qu'il n'y avait plus d'espoir de voir guérir sa femme. Pris de panique devant l'éventualité de la mort prochaine de sa compagne, alors que sa fille Charlotte-Catherine était décédée des suites de la même maladie, deux années auparavant, Berthier interpella brusquement sa bru, Marie-Françoise Viennay Pachot.

— Comment se fait-il que vous n'ayez pas pensé à informer votre frère, le curé de Bellechasse, d'être auprès de votre belle-mère ? Ne vous a-t-elle pas bien accueillie dans notre famille ?

Décontenancée et peinée, la jeune femme ne put que répondre timidement à l'offense :

— C'est lui qui s'occupe de l'administration de votre seigneurie de Berthier-sur-mer, monsieur.

— Justement, il devrait être au chevet de ma femme, à l'heure actuelle, plutôt que de jouer à l'intendant… Comment se fait-il que le curé Chaigneau[1] ne soit pas ici ?

Marie-Françoise n'en revenait pas de l'irritabilité de son beau-père.

— Parce que vous ne vouliez pas qu'il soit demandé ! Et puis…

— Et puis, quoi ? Parlez, j'ai le droit de savoir.

— Sauf votre respect, je trouve que vous donnez le mauvais exemple en montant les paroissiens de Berthier-en-haut contre ceux de l'île Dupas, parce que ces derniers ont le mérite d'avoir érigé une belle chapelle.

Alexandre de Berthier comprit que sa belle-fille lui reprochait sa sempiternelle chicane avec les coseigneurs Courchesne et Dandonneau de l'île Dupas, en des mots sévères à son égard. Il renifla, ferma les yeux de rage et ajouta :

— Mais il s'agit de la vie de ma femme ! Il faut passer outre aux chicanes de clocher. Je vais faire chercher de ce pas le curé Chaigneau, qu'il soit à l'île Dupas ou à Sorel, danger ou pas. Notre seigneurie fait partie de sa cure, à ce que je sache !

La jeune seigneuresse regarda son beau-père avec une certaine crainte étant donné ce qu'il venait de lui dire.

— Madame de Sorel me disait ce matin que le curé Chaigneau était en retraite fermée à Montréal, au Séminaire des sulpiciens.

— Quoi ! Notre curé se permet d'abandonner ses brebis pour mieux se sanctifier ? Vous saurez que le premier devoir d'un prêtre est d'administrer les sacrements. Et en premier lieu, l'extrême-onction aux mourants, eux qui sont à la porte du paradis…

---

1. Le sulpicien Léonard Chaigneau était à la fois le desservant des paroisses de Sorel, de l'île Dupas et de Berthier-en-haut.

Rouge de colère, Berthier se mit à faire un bref examen de conscience. Il continua timidement :

— Du moins, dans le cas de ma femme !... Dites à votre frère de venir en toute hâte. Mais, j'y pense, ça prendra une éternité... Peut-être pas, au bout du compte, si vous lui remettez une lettre immédiatement, c'est possible. J'ai vu le postier traîner dans les environs. Allons, dépêchons !

— Mais Trois-Rivières est bien plus près, sans parler des autres missions des alentours comme celle de la Rivière-du-Loup. Même de Montréal !

— Imaginez-vous, ma fille, que j'y ai déjà pensé. J'envoie en même temps un émissaire à Montréal, chez les sulpiciens. Vous saviez que le gouverneur de La Barre avait déjà soumis ma candidature comme gouverneur de Montréal ? Comme j'ai refusé cet honneur pour rester avec ma femme, laquelle ne voulait pas s'éloigner de ses sœurs, mesdames de Sorel et de Saint-Ours, c'est la moindre des faveurs que les sulpiciens nous renvoient le curé Chaigneau sur-le-champ. Le gouverneur de Ramezay me doit bien ça !

La belle-fille de Berthier avait entendu cet épisode de la carrière d'Alexandre de Berthier des dizaines de fois, mais elle y croyait plus ou moins. Devant le regard sceptique de Marie-Françoise, Berthier tenta de justifier sa demande.

— Le gouverneur Claude de Ramezay[2] me connaît bien et le comprendra. Après tout, il me doit sa fonction de dignitaire. Si j'étais devenu gouverneur de Montréal en 1683, Ramezay serait toujours le commandant des troupes canadiennes. Peut-être même en train de ronger son frein comme gouverneur du poste des Trois-Rivières.

Devant l'air dubitatif de sa belle-fille, Berthier ajouta :

— S'il le faut, j'écrirai à Monseigneur de Saint-Vallier lui-même pour qu'il m'envoie l'abbé Jean-François Allard. Vous savez, celui qui est venu aux noces du forgeron Latour ! Mon épouse avait bien apprécié cet ecclésiastique.

— Mais notre prélat est prisonnier aux mains des Anglais !

---

2. Claude de Ramezay (1659-1724) arriva en Nouvelle-France en 1685 en tant qu'officier des troupes de la Marine. Il fut gouverneur des Trois-Rivières de 1690 à 1699. Commandant des troupes canadiennes de 1699 à 1704, il fut gouverneur de Montréal de 1704 à 1724.

Berthier continua, non sans avoir grimacé :

— Et, sans vouloir dénigrer la religion, d'avoir le meilleur des médecins avant de faire appel au prêtre ne serait pas un tort devant Dieu ! J'ai fait demander au docteur Michel Sarrazin[3] de venir au chevet de ma femme. Il fait des miracles à Québec !... Lorsque ma femme a su qu'il avait guéri la sœur Barbier, elle m'a expressément demandé de le faire venir... Mais je n'en ai pas encore de nouvelles. Le pauvre, il est tellement débordé avec ses malades, je le comprends... Entre-temps, ma femme se meurt. Ah oui, pourriez-vous demander à votre frère, le curé-intendant, de se faire accompagner par ce sculpteur, votre bedeau que vous semblez apprécier tant ? C'est une promesse... Un secret, entre madame de Berthier et moi.

À ces mots, Berthier se racla la gorge.

— Permettez-moi de ne pas me souvenir de son nom.

Alexandre de Berthier s'était converti au catholicisme à son arrivée en Nouvelle-France en 1665. Il n'était d'ailleurs pas plus dévot qu'il ne fallait. Plutôt que de réciter chapelets en litanies pour la guérison de sa femme, il préféra promettre à la Vierge, pour qui sa femme avait une grande dévotion, d'ériger une chapelle sur les lieux mêmes de sa seigneurie de Berthier-en-haut, près de son manoir. Avec fierté, il la voulait avec un retable sculpté et des statues de la sainte Famille. Il avait confié son secret à son épouse, qui lui avait demandé une représentation de la vie empreinte de pénitence de sainte Geneviève[4], la patronne de la ville de Paris.

— Nous appellerons notre paroisse Sainte-Geneviève-de-Berthier, mamie. Sainte Geneviève vous guérira. Elle éloignera cette maladie comme elle a repoussé le terrible Attila.

Marie-Françoise Viennay Pachot de Berthier répondit :

— Edgar La Chaumine.

---

3. En 1706, le docteur Michel Sarrazin était le médecin-chef de l'Hôtel-Dieu de Québec, des Ursulines et de l'Hôpital général. Réputé pour soigner avec succès les cas de pleurésie, il était en poste durant l'épidémie de petite vérole qui venait de ravager la vallée du Saint-Laurent en 1702-1703. Et surtout, il venait de guérir de son cancer une religieuse de la congrégation Notre-Dame de Montréal, sœur Marie Barbier de l'Assomption.

4. Vierge, patronne de Paris, sainte Geneviève (422-512) naquit dans le village de Nanterre, près de Paris. Par son exemple de pénitence, elle sauva la ville de Paris du siège potentiel des barbares d'Attila, surnommé le Fléau de Dieu, alors que ce dernier avait envahi la France.

— La Chaumine? Comme petite chaumière? Ce n'est pas le nom d'un artiste, ça, plutôt celui d'un petit habitant. Je dirais même d'un trente-six mois[5].

— Ce nom lui ressemble. Un habitant doué pour la sculpture, sans doute, mais je le soupçonne d'être avant tout un artiste qui recherche l'anonymat.

— En tout cas, à entendre ce qu'il a réalisé comme œuvre, il ne lui faudra pas beaucoup de temps pour que le clergé de Québec le réclame.

— Plus tard sera le mieux pour nous, car il s'occupe de nos fermes de façon excellente. Mais il ne faut pas le brusquer ou lui en demander trop, car il a tendance à prendre de mauvaises décisions. Avez-vous remarqué ses mains, monsieur?

— Comment l'aurais-je pu! Et qu'ont-elles de si particulier, ses mains? Graciles, presque fragiles, comme celles d'un artiste?

— Non, c'est le contraire. Elles ont, sans aucun doute, manié la charrue avant le ciseau à sculpter.

— D'où vient-il, cet énergumène?

— En fait, il ne le sait pas lui-même. Il se dit amnésique. Il lui arrive à l'occasion de rêver avoir été rescapé de la noyade. Il parle de Grosse-Île. Un naufrage.

— Un naufrage? Le dernier naufrage date de plus de quinze années au bout de l'île d'Orléans. C'était à l'occasion de la venue de Phips dans l'anse de Québec. Récemment, non, pas à ma connaissance. Une chaloupe qui verse, c'est toujours possible, surtout avec les courants et les remous du bout de l'île d'Orléans, en saison. En ce cas, un rescapé pourrait prendre pied soit à l'île aux Ruaux, soit à l'île Madame. C'est possible qu'il ait bourlingué dans ces îles quelque temps, mais peu probable. Elles sont trop petites. Il se serait plutôt établi à Montmagny, avant de redescendre à Berthier-sur-mer, selon moi.

— De fait, mon frère l'a retrouvé sur la grève. Il errait.

— Qu'est-ce que je disais! Il aurait suivi le littoral, je vois…

Berthier avait réfléchi, en bon traqueur d'Iroquois qu'il était, et avait demandé avec le sérieux qui convient au limier, certain d'avoir découvert un indice prometteur:

---

5. Quand Alexandre de Berthier est arrivé au Canada, l'immigrant s'engageait à cultiver la terre chez un habitant, à salaire, pendant une période de trois années. Une fois ce terme complété, il pouvait devenir lui-même propriétaire terrien, comme censitaire.

— Parle-t-il anglais?·A-t-il un accent?

— De Normandie.

Déçu, le capitaine abandonna cette piste.

— Il ne serait pas le seul! Impossible de le reconnaître par cette caractéristique, donc! À propos, depuis quand est-il arrivé à Berthier-sur-mer?

— Même pas une année!

Sur ce, Berthier décida qu'il était temps de conclure.

— Bon! Berthier-en-haut accueillera Edgar La Chaumine et nous commencerons la construction de la chapelle après les semailles.

— La chapelle? Quelle chapelle? interrogea Marie-Françoise, étonnée.

Berthier se rendit compte de la bévue qu'il venait de faire en dévoilant naïvement son secret. Il chercha la complicité de sa bru.

— Une promesse faite à ma femme… Je vous conjure de garder cette révélation pour vous, pour l'amour que nous avons pour madame de Berthier.

Dès que la navigation sur le fleuve le permit, le curé Pachot, accompagné d'Edgar La Chaumine, arriva à Berthier-en-haut. L'ecclésiastique et le sculpteur furent accueillis par Marie-Françoise.

— Dieu soit loué, vous êtes arrivés avant qu'il ne soit trop tard.

Pendant que l'abbé Pachot s'avançait vers sa sœur, le sculpteur, réservé, lui fit de loin un signe de tête, en guise de salutation. Marie-Françoise lui rendit sa politesse.

— Madame de Berthier agonise? demanda l'abbé.

Des larmes coulèrent immédiatement sur le visage de Marie-Françoise.

— Le temps de revêtir mon étole et de récupérer les saintes huiles et je me rends à son chevet.

— C'est par ici, réussit à dire Marie-Françoise, la voix étranglée. Madame de Sorel, sa sœur, et mon beau-père sont à ses côtés… Monsieur La Chaumine, vous pourriez nous attendre près de l'âtre, si vous le désirez.

— Oui, madame, riota le sculpteur, de timidité.

Dès que l'abbé entra dans la chambre, Berthier vint à sa rencontre, rassuré. À voix basse, prenant les mains de l'ecclésiastique, il lui confia:

— Je vous serai éternellement reconnaissant d'être venu avant le trépas de ma femme. Je savais que je pouvais compter sur la famille de Marie-Françoise… Ma femme… ma chère femme… ne sera bientôt plus. Elle souhaite se confesser… Dieu merci, vous êtes là !

Berthier ne put en dire davantage, tant les sanglots lui étranglaient la gorge. Il amena l'abbé près du lit. Ce dernier sourit timidement à madame de Sorel, prit la main de la mourante, qui reconnut le ministre de Dieu à son vêtement liturgique. Elle tenta de parler, mais une quinte de toux l'en empêcha. Madame de Sorel lui présenta aussitôt une compresse camphrée, qu'elle conservait en permanence sur une petite table dans une bassine, avec un flacon d'éther, pour aider la malade à trouver le sommeil. Comme le camphre tardait à la soulager, il fallut un peu d'éther pour l'apaiser.

— Je suis ici, ma sœur, pour préparer votre âme au repos éternel. J'aimerais entendre votre confession. Le voulez-vous ? demanda le prêtre.

Madame de Berthier fit signe que oui. Sur ses lèvres exsangues se dessina un pâle sourire adressé au curé.

Ce dernier se tourna vers la famille pour leur demander de le laisser seul avec la pénitente, prête à se présenter devant saint Pierre. Madame de Sorel, Marie-Françoise et Berthier, qui comprirent le message du geste, sortirent de la chambre.

Le capitaine en profita pour s'excuser auprès de sa bru.

— Je vous demande, ma fille, de me pardonner pour ma maussaderie. Je ne devrais pas vous brusquer de la sorte. Votre frère est un prêtre rempli de compassion. Je suis privilégié de pouvoir l'accueillir à Berthier-en-haut.

Pour toute réponse, Marie-Françoise, fière de recevoir cet hommage de la part de son beau-père, d'habitude avare de compliments, lui sourit. Berthier sut qu'elle ne lui en tenait plus rigueur. Madame de Sorel, qui connaissait bien les rudes habitudes des militaires, regarda affectueusement la jeune seigneuresse, avec un air de victoire.

— Elle vient de s'endormir. Ne craignez rien, elle est encore de ce monde. L'extrême-onction est le sacrement des agonisants. Il ne fait mourir personne, dit l'abbé Pachot, en sortant de la chambre, alors qu'il s'apprêtait à retirer son étole.

Aussitôt, madame de Sorel alla vérifier l'affirmation du prêtre, tandis que Marie-Françoise proposa une collation à son beau-père et à son frère, lequel n'avait pas eu le temps de prendre un peu de repos.

— Bonne idée, ma fille. Ça nous permettra de faire davantage connaissance. À propos, où est le sculpteur? questionna Berthier.

— Je lui ai proposé de nous attendre devant l'âtre.

— Alors, soyez certains qu'il doit y être. Edgar La Chaumine est la docilité même, insista pour dire l'abbé Pachot.

— Je devrais alors l'installer à la Grande-Côte, pour montrer l'exemple aux censitaires récalcitrants.

Berthier ricana, au grand plaisir de Marie-Françoise qui subissait son air renfrogné depuis trop longtemps.

À la troisième semaine de juin, madame de Berthier mourut des suites de sa pleurésie. Le curé Pachot avait eu amplement le temps de lui administrer les derniers sacrements, plus d'une fois. Madame de Berthier fut enterrée au cimetière de Sorel près de ses trois enfants, après des funérailles en grande pompe, célébrées par le sulpicien Léonard Chaigneau.

— Elle est morte comme une sainte! marmonnait Alexandre de Berthier, en refoulant ses larmes.

Nul ne fut dupe cependant de la grande douleur qui l'habitait. Sa belle-fille Marie-Françoise restait sa seule parente, exception faite de ses belles-sœurs, mesdames de Sorel et de Saint-Ours, et de son beau-frère, monsieur de Blainville.

L'abbé Pachot resta quelques semaines à Berthier-en-haut. Il eut l'occasion de faire plus ample connaissance avec le curé Chaigneau et de parler de leur amitié commune avec l'abbé Jean-François Allard.

Au début du mois d'août, Marie-Françoise annonça à son beau-père son intention de déménager sur sa seigneurie de Bellechasse. D'abord sous le choc, ce dernier réfléchit à son propre avenir. Il décida qu'il la suivrait à Berthier-sur-mer. Il ne pouvait envisager de continuer à vivre parmi les souvenirs des êtres chers disparus. Il ne s'en sentait pas la force. Il ne voulut cependant pas en informer sa bru tout de suite, car il lui restait deux missions qui lui tenaient à cœur, avant de quitter sa seigneurie de Berthier-en-haut. La première étant la promesse qu'il avait faite à sa femme sur son lit de mort d'ériger une chapelle en l'honneur de sainte Geneviève et la seconde, de désigner la personne qui prendrait soin de la seigneurie, en l'absence de sa bru et en la sienne.

Comme Berthier pressentait l'urgence de cette seconde démarche, il voulut rencontrer dans les meilleurs délais Martin Casaubon, avec sa bru. Il avait la profonde conviction que l'intendance de sa seigneurie de Berthier-en-haut serait assurée après un entretien avec ce Basque.

CHAPITRE II
Les Basques

Seigneurie de Berthier-en-haut, août 1706

Alexandre de Berthier avait toujours à cœur d'inviter dans sa seigneurie la fine fleur des hommes de la colonie et de leur promettre un avenir intéressant comme censitaires. Par son seul exemple et grâce à sa capacité à évaluer les meilleurs sujets et à en faire de bons habitants, il avait réussi à convaincre des chefs de file de venir s'installer dans ses seigneuries. Entre autres, il affichait — trop ostensiblement peut-être — sa fierté d'avoir attiré Martin Casaubon, un Basque d'origine qui vivait avec sa famille depuis l'été 1705 le long de la rivière Bayonne, à Berthier-en-haut.

Le capitaine Berthier aimait les Basques. Il n'aurait pas pu l'expliquer sinon qu'il était sensible au courage, au dynamisme et à l'esprit d'aventure de ces compatriotes à moitié espagnols. Et Berthier n'avait entendu que des éloges concernant Casaubon, ce jeune sergent des troupes de la Marine arrivé au Canada en 1689 et qui avait presque aussitôt épousé Françoise Lepellé dite Desmarais, à Champlain. Berthier connaissait personnellement le beau-père de Casaubon, qui souhaitait voir sa fille s'installer à Berthier, plutôt qu'aux Trois-Rivières, là où son gendre était cantonné.

De plus, Berthier avait eu l'occasion d'entendre parler de la valeur du militaire Casaubon. Âgé de quarante et un ans, Martin Casaubon était devenu le commandant de la milice des habitants de la seigneurie de Berthier, une fois que Pierre Généreux eut décidé d'abandonner cette charge. Le capitaine avait réussi à convaincre le marquis de Vaudreuil de cette nomination.

Berthier caressait cependant le souhait d'en faire plus qu'un censitaire, le long de la rivière Bayonne, peut-être même de lui concéder un autre fief. Son nouveau lieu de résidence souriait à Casaubon, lui qui était né à Saint-Jean-de-Luz, non loin de Bayonne.

Berthier avait ainsi suggéré à sa belle-fille, la seigneuresse, de promettre à Casaubon une terre en bordure du chenal du Nord[6], à la frontière de Berthier-en-haut, non loin du fief Chicot, lorsque son affectation comme chef de la milice serait terminée, et de lui préparer la charge de procureur fiscal afin de profiter de ses talents juridiques et financiers. Ce serait sa récompense pour qu'il s'installe définitivement à Berthier.

Martin Casaubon était ami avec deux autres Basques nés à Bayonne, les frères Jean et Pierre de Lestage, marchands de fourrure et signataires de la Compagnie de la colonie[7] qui venait d'être mise en liquidation. Parce que Casaubon avait des dispositions pour la « droiture », comme il aimait le dire en souriant, ses amis Lestage allaient souvent lui demander des conseils juridiques, ne faisant confiance qu'aux Basques, ce qui était dans la nature indépendante de ce peuple, en France. Si Jean de Lestage était de trois années plus jeune que Martin Casaubon, ce dernier, curieusement, avait développé une complicité réelle avec Pierre, le cadet.

Pierre de Lestage était âgé de vingt-quatre ans quand il eut l'occasion, en 1706, de rencontrer Berthier, qui avait pour sa part entamé sa soixante-neuvième année. Alexandre de Berthier vit immédiatement l'immense potentiel de ce jeune homme pour ses seigneuries. Pierre de Lestage était un marchand dans l'âme. Il dirigeait, à Montréal, un magasin d'articles de traite destinés aux voyageurs de la fourrure. Nul argument, cependant, ne put le convaincre de s'établir sur une ferme, fut-elle située le long de la rivière Bayonne. De plus, il était toujours célibataire.

---

6. Aussi appelé chenal aux Castors.
7. Créée en 1700, comprenant 200 actionnaires qui s'étaient engagés à la racheter à l'expiration du bail en 1709, la Compagnie visait le redressement du commerce du castor, alors que le pouvoir royal métropolitain voulait réduire l'approvisionnement et les prix. Elle tentait de maintenir les prix et les alliances amérindiennes.

Lestage était l'associé d'un marchand prospère, Antoine Pascaud. Ce dernier, arrivé de La Rochelle et retourné en France, écoulait les stocks de fourrure de Lestage sur le marché français. La combinaison marchande faisait fortune, alors que Pierre de Lestage dirigeait de Montréal un magasin de marchandises destiné à équiper les voyageurs de la fourrure[8].

Après quelques tentatives, Berthier ne réussit toujours pas à persuader le jeune homme coiffé fièrement du béret basque de s'installer dans sa seigneurie. Le capitaine comprit qu'il lui était inutile d'insister davantage quand Lestage lui avança, en enlevant son béret, ce proverbe basque :

— *Txapela buruan eta ibili munduan*[9].

Berthier battit en retraite en réalisant que Pierre de Lestage avait un autre destin. En son for intérieur, il ne pouvait blâmer le jeune marchand ambitieux de vouloir commercer la fourrure, alors que Berthier lui-même continuait à pratiquer cette activité lucrative à moindre échelle.

Après réflexion, le capitaine s'estima heureux d'avoir pu retenir l'intérêt de Martin Casaubon pour sa seigneurie. Il avait dit à sa belle-fille, la seigneuresse :

— Vous devriez profiter des talents juridiques et financiers de notre chef de la milice, ma chère.

Marie-Françoise haussa les sourcils d'étonnement. Pour se donner de l'importance, Berthier bomba le torse.

— Berthier-en-haut n'a pas de notaire ! Il faudra, un jour pas si lointain, remédier à cette situation.

Ne comprenant toujours pas, Marie-Françoise le questionna :

— Mais, mon cher parent, ne faisons-nous pas affaire avec les notaires Daniel Normandin et Abel Michon ?

Bourru, Berthier rétorqua :

— Daniel Normandin a son étude à l'île Dupas, qu'il a d'ailleurs achetée de mon ami Thomas Frérot, et Abel Michon

---

8. Pour réussir dans le commerce de la fourrure, il fallait de bons contacts en France avec des gens d'affaires engagés dans le commerce colonial, de bonnes relations au pays avec le milieu politique ou des commandants de postes de traite qui donnaient le permis et l'exclusivité de faire la traite sur un territoire donné. Un certain capital de départ obligatoire permettait l'organisation de voyages aussi loin que le lac Supérieur, car il fallait acheter les embarcations et les marchandises de traite et payer les engagés.
9. Coiffé de ton béret, parcours le monde.

est un occasionnel. Son étude est à Montréal, autrement dit, à quelques jours de navigation, ce qui n'est pas pratique.

— Ah bon !

— Vous ne devriez pas vous en soucier, vous qui souhaitez vivre à Bellechasse en permanence !

Marie-Françoise sentit l'orage venir et préféra faire la sourde oreille. Berthier avait lorgné du côté de sa belle-fille, pour épier sa réaction. L'indifférence de cette dernière l'irrita encore plus et le fit rager. Il poursuivit en haussant le ton :

— En attendant, nous n'avons pas de notaire et Martin Casaubon a tout ce qu'il faut pour agir comme votre procureur fiscal et vous représenter comme mandataire quand je n'y serai pas.

La seigneuresse n'avait pas sourcillé. Excédé, Berthier s'était épongé le front.

— Quand je n'y serai plus, est-ce plus clair ? N'en doutez pas, je ne serai pas toujours en vie, ma chère !

C'est à ce moment-là qu'elle intervint.

— Si vous continuez à vous énerver de la sorte, monsieur, vous ne resterez pas vivant longtemps !

Berthier la regarda, l'air abattu.

— Vous avez raison, ma chère, j'ai déjà fait ma part, c'est à vous de continuer mon œuvre... Et je vous fais entièrement confiance... Mais certains de mes amis font la sourde oreille.

— Ah oui ? Lesquels ? s'était soudain intéressée la seigneuresse.

La réplique de sa belle-fille redonna du tonus à Berthier.

— Prenez Latour Laforge ! Pourquoi tient-il tellement à rester au fief Chicot, alors que je lui ai donné une terre le long de la rivière Bayonne comme cadeau de mariage ? J'aurais dû lui imposer un délai d'une année pour s'y installer, tiens ! Et après, fini ! Il aurait su qui était le vrai seigneur, Dandonneau Du Sablé ou moi.

— Il faudrait que Martin Casaubon le rencontre. À ce que vous m'avez dit, ils seraient voisins ?

— C'est exact. Tiens, j'y pense, la terre que je vous ai recommandé d'offrir à Martin Casaubon, le long du chenal du Nord, dans quelques années après son affectation comme chef de la milice, serait en quelque sorte voisine de la propriété de Latour, là où il opère sa forge. Serait-il bon qu'on le fasse savoir à ce dernier, sans compromettre sa venue à la rivière Bayonne ? Une bonne stratégie serait de parler de la menace imminente des Mohawks d'Albany. Vous savez que la jeune femme de Latour a une peur maladive des Iroquois !

— Mais j'y pense… Pourquoi n'iriez-vous pas le lui en faire mention vous-même, beau-papa ? Ce forgeron n'est-il pas un de vos amis ? Et pour parler des Iroquois, vous n'avez pas votre pareil !

Berthier lança un regard menaçant à sa bru. Sentant la soupe chaude, la seigneuresse préféra clore la discussion :

— Laissons à notre futur procureur fiscal le soin de faire part au maréchal-ferrant de notre souhait de le rapatrier le plus rapidement possible en notre seigneurie et de le laisser employer la stratégie qui semblera lui convenir.

Berthier opina de la tête. Il avait compris que, désormais, la gestion opérationnelle de ses seigneuries reposait entre les mains de sa belle-fille. Si Martin Casaubon la représentait comme procureur, lui, l'ancien seigneur, aurait déjà une victoire à son crédit.

Il est grandement temps que je passe le flambeau. Tant pis pour Latour, s'il continue à faire la tête de mule. Un forgeron, c'est quand même plus facile à trouver qu'un notaire. N'empêche que j'aimerais qu'il déménage ici, ce gaillard ! s'était-il dit.

Peu de temps après l'entretien entre Berthier et sa belle-fille, le chef de la milice, Martin Casaubon, fut convoqué au manoir de Berthier-en-haut par la seigneuresse. Casaubon s'attendait à être reçu par les deux seigneurs de Berthier, pour discuter avec le capitaine des dossiers courants, relatifs aux sanctions à donner aux contrebandiers, à l'entretien des sentiers trop boueux et à la grogne des habitants de la Grande-Côte, qui contestaient leur obligation de faire paître leur bétail sur l'île du Milieu. Le sempiternel cas de Victorin Ducharme prenait toujours une bonne partie du temps de l'entretien et finissait par être remis à plus tard, parce que le contrebandier était un ami personnel de Berthier.

Quelle ne fut pas sa surprise d'être reçu avec des prévenances dignes d'un ambassadeur par la jeune seigneuresse, âgée de dix-huit ans seulement. Bien que présent à la rencontre, le capitaine Alexandre de Berthier laissait visiblement sa belle-fille mener la rencontre à sa guise.

La jeune seigneuresse était vêtue avec élégance d'une robe au corsage très serré et à la taille décorée d'échelles, superposition de nœuds, de rubans et de dentelles. Sa jupe de dessous, ornée de prétintailles[10], donnait une impression de lourdeur. Elle portait un manteau aux manches étroites boutonnées jusqu'à la hauteur du coude, complétées sur l'avant-bras par des bouillonnés et volants de dentelles noués par des rubans. Cette tenue contrastait avec la chemise en toile de coton à large revers et le corsage de fin lainage, à courtes basques à la taille, boutonné devant avec des boutons de métal, complété par la veste lacée que portait habituellement la paysanne canadienne. Une fontange de fine dentelle garnie de boucles de dentelle sur les côtés donnait à Marie-Françoise un air enfantin.

Une fois entrés au salon, la seigneuresse offrit à son invité Casaubon et à son beau-père, dans un service en argenterie, du café importé du Brésil, que le capitaine avait pu trouver. Dans son costume de milicien, avec son fusil et sa poire à poudre en bandoulière, Casaubon se trouvait un peu gourde. Il se dépêcha de se dégager de son attirail, quand la jeune femme lui sourit en l'interpellant :

— Soyez avisé dès maintenant, monsieur le chef de la milice, que le motif de notre rencontre concerne tout autre sujet que celui de votre fonction de milicien.

Étonné, Casaubon épiait le regard de la seigneuresse, afin d'y deviner la suite de la conversation.

— Je lèverai le voile du mystère rapidement. Mon beau-père, qui a beaucoup d'estime pour vous, soit dit en passant, m'a grandement parlé de vos connaissances en matière de finance et de droit… Ce qui n'est pas fréquent pour un militaire. Feu mon mari, Alexandre, n'en parlait jamais, lui. Et il était militaire comme vous, dans la franche Marine.

Comme Martin Casaubon ne sut quoi répondre devant la maladresse de la jeune veuve, il préféra demeurer coi. La seigneuresse continua :

— Est-ce vrai ?

À question franche, réponse directe.

---

10. Applications de découpures inspirées de frises, lambrequins et panneaux ou broderies d'or et incrustations de dentelles pour les personnes fortunées.

— Oui, madame. Ces domaines stimulent ma curiosité, dès que j'ai l'occasion de m'y attarder. Tenez, je lis tous les comptes-rendus des procès, s'ils sont transcrits, bien entendu.

— Et en matière de finance?

— Jusqu'à récemment, j'ai tenu les comptes des transactions commerciales de mon ami Pierre de Lestage. Avec succès, dois-je le dire! Le commerce de la fourrure l'occupe à merveille.

— Alors, dites-moi, que faites-vous dans la milice, monsieur Casaubon? questionna Berthier.

— J'aspire à me faire notaire dès l'expiration de mon contrat de milicien dans trois ans.

— Et où irez-vous installer votre étude?

— Je ne sais pas encore. Sans doute aux Trois-Rivières. Pourquoi, oserais-je vous demander?

— Vous savez, monsieur, que mes seigneuries ont d'énormes besoins. Et comme elles sont si loin l'une de l'autre, je devrai déléguer d'importantes responsabilités à un procureur fiscal, ici à Berthier-en-haut, puisque j'irai plutôt m'installer à Bellechasse, près de la famille de ma mère.

— Je vous suis, madame.

— Vraiment! Je souhaiterais que vous deveniez ce procureur à Berthier-en-haut… à la fin de votre contrat, il va de soi. Je pourrais en faire mention à notre gouverneur, le marquis de Vaudreuil, dès que le moment sera venu et mieux encore, avant, avec votre accord. De cette façon, la Marine saura que vous souhaitez être démobilisé.

Surpris par la proposition, Casaubon regarda la jeune seigneuresse sans dire un mot. Cette dernière, qui n'avait pas l'habitude de la négociation, perçut le silence comme une déception. Elle continua précipitamment:

— Vous pouvez prendre votre temps pour me donner votre réponse… Seulement…

— Seulement quoi? hasarda Casaubon.

— Je tiens à vous informer qu'il y a une récompense associée à votre acceptation de cette proposition… Elle vient de mon beau-père et elle a tout mon accord.

Casaubon continuait à observer la jeune femme qu'il trouvait jeune dans ses fonctions, qu'elle menait de façon ingénue. Il se demandait l'âge qu'elle pouvait avoir.

— Une récompense? questionna le milicien, plus curieux qu'assoiffé de présents.

— Oui, une terre. Je vais vous concéder, le moment venu, une terre de treize arpents en bordure du chenal du Nord, non loin du fief Chicot. L'endroit est superbe et vous donnera un accès au fleuve. Qu'en pensez-vous, monsieur le procureur fiscal de Berthier?

— Comment pourrais-je refuser une telle proposition?

— Cela vous incitera à installer votre étude de notaire à Berthier, le moment venu, n'est-ce pas?

— Cela, je peux dès maintenant vous l'assurer, madame.

— Alors, buvons à notre future association.

Le premier à féliciter Martin Casaubon ne fut nul autre que le capitaine Berthier, qui, sorti de son mutisme, profita de l'occasion pour lui faire ses recommandations.

— Nous avons, ma belle-fille et moi, une immense confiance en votre talent. Cela dit, conservons ce secret le plus longtemps possible. Ce qui ne s'ébruite pas ne dérange personne… J'aimerais que vous puissiez convaincre un de mes amis… votre nouveau voisin en quelque sorte, de venir s'installer à Berthier.

— Que voulez-vous dire, capitaine?

— Je veux parler de Pierre Latour Laforge, du fief Chicot. Il deviendra votre voisin quand il s'installera le long de la rivière Bayonne. Son lot de terre est voisin du vôtre. Et croyez-moi, il y sera, martela Berthier.

Martin Casaubon se demandait bien où le capitaine Berthier voulait en venir. Ce dernier poursuivit, sur le ton de la confidence.

— Ce Latour, je tiens à le voir comme maréchal-ferrant à Berthier, plutôt qu'à l'île Dupas… Parce que vous saviez que le fief Chicot appartient aux seigneurs Courchesne et Dandonneau Du Sablé de l'île Dupas, n'est-ce pas?

— Euh… Oui!

— Fort bien!

Berthier se rapprocha de l'oreille du chef de la milice et murmura:

— Il s'avère que Latour sera officiellement votre voisin le long de la rivière Bayonne, quand il signera devant le notaire. C'est moi qui lui ai donné la concession comme cadeau de noces, avec l'espoir de le voir s'installer rapidement. Depuis une année, rien. Aucun signe. Je crois comprendre que c'est Dandonneau Du

Sablé qui le retient... Cela a assez duré, Martin! Il faut que vous le persuadiez de changer de camp... sinon... sinon, il ne sera plus mon ami, tiens!

Berthier avait haussé le ton. Martin Casaubon comprit que le capitaine était excédé par l'incurie du forgeron. Là-dessus, le capitaine cracha par terre, comme s'il voulait confirmer cet état de fait, une fois pour toutes, selon cette habitude qu'il avait acquise à l'armée.

Martin Casaubon venait de constater le caractère irascible de ce notable de la Nouvelle-France, officier, avec son ami et beau-frère Sorel, du marquis de Tracy, commandant en chef du régiment de Carignan, héros de la guerre contre les Iroquois, ami de l'intendant Jean Talon et des gouverneurs Frontenac et Vaudreuil.

— *Auzo ona adixkide ona*, avança Casaubon.

Devant l'air surpris de la jeune seigneuresse, Casaubon s'expliqua.

— Ça veut dire au Pays basque: «Un bon voisin est un bon ami.»

À ces mots, Marie-Françoise regarda Berthier, qui s'en rendit compte.

— Évidemment! se dépêcha de répondre Berthier.

Casaubon sourit sous cape. Berthier continua comme si de rien n'était:

— Mais si vous dites que vous deviendrez notaire près de chez lui, au fief Chicot, il y a des chances qu'il ne déménage pas... Non, il faut faire peur à sa jeune femme en lui parlant des attaques iroquoises possibles. Elle préférera demeurer le long de la rivière Bayonne, c'est plus sûr.

— Pourquoi ne pas parler plutôt des avantages de la place? Ma femme s'y plaît à un point tel que je doute de pouvoir un jour installer mon étude de notaire ailleurs. Rien de mieux qu'une femme pour en convaincre une autre.

— Vous êtes loin d'être bête, Casaubon. Soyons positifs. Oui, les charmes des abords de la rivière Bayonne! Mais serait-ce suffisant pour que la jeune madame Latour y succombe?

— C'est un endroit sécuritaire pour élever sa famille. Tenez, mes six enfants s'y épanouissent à merveille.

— Ma parole, ne me faites pas regretter de vous avoir proposé une terre le long du chenal du Nord. À vous entendre, l'avenir se trouve le long de la rivière Bayonne!... Maintenant, Casaubon, je vous demande de vous retirer.

Se tournant vers sa belle-fille, le capitaine Berthier conclut d'une voix forte pour qu'il soit bien entendu de Casaubon :

— L'expansion de Berthier-en-haut doit se faire en longeant nos rivières Bayonne et La Chaloupe, plutôt que de morceler les terres de la Grande-Côte. Ne l'oubliez surtout pas!

Cette dernière sourit au chef de la milice, Martin Casaubon, lui faisant déjà une entière confiance pour assurer l'avenir de la seigneurie de Berthier-en-haut. Aussitôt, la belle-fille de Berthier se leva pour présenter sa main gantée à son procureur fiscal. Ce dernier, avec élégance, fit le baisemain à la jeune seigneuresse. Berthier parut satisfait et alla reconduire le chef de la milice de la seigneurie de Berthier-en-haut.

— Il nous en faudrait un autre comme celui-là, à Berthier-sur-mer. Ma seigneurie serait sans doute mieux gérée. Je ne peux pas être partout à la fois, tout de même. Faire la navette, à mon âge! bougonna Berthier.

À ces paroles, la jeune seigneuresse comprit toute la frustration de son beau-père depuis qu'elle lui avait annoncé son intention de retourner à Berthier-sur-mer, près de sa famille, à l'autre bout de la vallée du fleuve Saint-Laurent. Elle décida, autant par compassion que par politesse, d'ignorer la remarque désobligeante, alors que Berthier savait pertinemment que le curé Pachot s'occupait aussi de l'intendance de la seigneurie de Bellechasse.

CHAPITRE III
Un revenant

Edgar La Chaumine resta à Berthier-en-haut, selon le vœu du capitaine, qui souhaitait commencer les travaux de construction de la petite église dès l'été. Finalement, le sculpteur fut mis à contribution pour les travaux des champs, ainsi que pour la réalisation de statues saintes dans le petit oratoire du manoir.

« Pour commencer », avait dit le capitaine.

Rapidement, toutefois, Berthier mit en veilleuse sa promesse, reportant son projet de construction à une autre année. Le capitaine préféra se consacrer à la culture de ses terres. Il tint cependant une autre promesse qu'il avait faite à sa femme sur son lit de mort : ne plus boire d'alcool. L'exténuant travail aux champs et sa sobriété lui permirent de retrouver la forme physique et morale, malgré la souffrance de son deuil.

À la fin du mois de janvier 1707, au cours d'une rencontre diocésaine à Québec, l'ecclésiastique Pachot eut l'occasion de rencontrer l'abbé Jean-François Allard. Ce dernier, quand il sut que son interlocuteur était le curé de la seigneurie de Berthier-sur-mer, à Bellechasse, ne tarit pas d'éloges quant à l'accueil que lui avaient réservé le seigneur Alexandre de Berthier et son épouse, à l'occasion du mariage, en lui avouant en catimini que le militaire avait déjà fréquenté sa mère, Eugénie, avant sa démobilisation du régiment de Carignan. Il lui signifia aussi que ses parents avaient eu une vie conjugale heureuse de près de trente ans, selon les préceptes des commandements de Dieu et de la sainte Église. Sa mère, après un veuvage exemplaire, avait consenti, suivant sa recommandation, à se fiancer. Son mariage avec le médecin de Charlesbourg était prévu pour les prochains mois.

— Édifiant! Votre mère est une source de fierté.

— Comment pourrait-il en être autrement? La fête liturgique de sainte Eugénie[11] est célébrée au même moment que la nativité du Christ. Vous gagneriez à la connaître. Une femme de tempérament. Il en faut quelques-unes pour souscrire au ministère de l'Église.

— Oh, je le sais! Ma mère, la comtesse de Saint-Laurent, et mes tantes se chauffent du même bois, voyez-vous.

De fil en aiguille, décrivant les attributions de leur ministère respectif, et surtout l'échange qu'il avait eu avec le sulpicien Chaigneau qu'il avait trouvé fort sympathique, l'abbé Pachot vanta les bienfaits d'une cure en région.

— Je ne suis pas le seul à le penser. Votre ami, le sulpicien Chaigneau, n'abandonnerait jamais de son plein gré son ministère de Notre-Dame-de-la-Visitation de l'île Dupas.

— Sauf votre respect, il n'y a pas que le confort d'un presbytère douillet qui compte, monsieur l'abbé, s'était offusqué Jean-François.

— Les paroissiens méritent d'être compris et assistés par un pasteur près de ses brebis.

— Mais notre ami Chaigneau a-t-il le temps de se consacrer à la spiritualité, comme nous à l'archevêché, dans ses terres? demanda dogmatiquement l'abbé Allard.

Le curé Pachot se sentit obligé de se justifier.

— Vous savez, quand vous êtes assisté d'un bedeau aussi doué pour la sculpture et l'ébénisterie qu'Edgar La Chaumine, en plus d'avoir été un habitant prospère, comme je le soupçonne, le ministère du curé est d'autant une élévation vers le ciel. Il a le loisir de sauver des âmes, plutôt que de s'en tenir à des considérations domestiques.

— Mais vous habitez au manoir de votre sœur la seigneuresse, monsieur le curé, comme vous avez vécu à la seigneurie de Pachot,

---

11. Martyre décapitée à Rome en 258. Elle est fêtée le 25 décembre.

à Rivière-Mitis, chez votre frère et votre père[12] ! Que faites-vous de votre vœu de pauvreté ? J'ai grandi à Charlesbourg, dans une famille modeste et exemplaire, avec un père artisan sculpteur, mort accidentellement il y a six ans.

Le peu de souplesse de l'abbé Allard découragea le curé Pachot de continuer à discuter de théologie. Il préféra passer outre en questionnant :

— Et que lui est-il arrivé ?

— Il s'est noyé à Cap-Tourmente.

— C'est étrange. Edgar La Chaumine me dit rêver souvent à une précédente existence où il se retrouve à l'eau en train de se noyer. Le nom de la paroisse de Saint-Charles-Borromée de Charlesbourg revient dans sa conversation.

Étonné, Jean-François Allard voulut en savoir plus.

— Parlez-moi davantage de ce La Chaumine.

— Je n'en sais guère plus que ce que je vous ai raconté. Il se dit amnésique. La Chaumine n'est sans doute pas son vrai nom et il n'a le souvenir que de sa dernière année avec nous.

— Son caractère ?

— Affable… Très dévot. Comment en être autrement pour un sacristain ? !

— En effet ! Et son apparence ?

— Dans la soixantaine, c'est certain. Je dirais… soixante-dix. Taille moyenne, râblé. Il a pu vieillir prématurément, étant donné ce qu'il a vécu… ou ses extravagances.

— Qu'est-ce à dire ?

— Je ne vous dévoilerai pas le secret de sa confession, même s'il disait vrai ! Étrangement, il ne s'est jamais confessé du péché du mensonge. Mais quand bien même l'aurait-il fait, que je ne vous le dévoilerais pas, même comme prêtre.

Le curé Pachot n'était pas peu fier d'avoir pu donner une leçon à son vis-à-vis.

— Vous avez raison, le droit canon est bien catégorique à cet effet.

— Mais, dites-moi, pourquoi toutes ces questions à propos d'Edgar La Chaumine ? Est-ce que l'archevêché de Québec voudrait nous l'enlever et profiter de ses talents de sculpteur ?

---

12. Mont-Joli, en Gaspésie.

— Pour rien. Il me rappelle quelqu'un… comme ça.

À la mi-mars 1707, avant que les chemins ne deviennent boueux et difficilement carrossables, l'abbé Jean-François Allard rendit visite à sa famille à Bourg-Royal. Alors que les garçons se préparaient à faire les sucres, Eugénie, sa mère, était en train de surveiller le petit François.

— Regardez-moi qui vient là ! N'est-ce pas mon Jean-François ? Allons, mon garçon, viens embrasser ta mère. Que je suis contente ! Que nous vaut le bonheur de ta visite ? J'aurais aimé te sucrer le bec avec du bon sirop d'érable de cette année, mais les garçons viennent juste de commencer à entailler.

— Nous sommes toujours en plein carême, vous le savez bien. Nous devons continuer à faire pénitence ! Non, je suis venu pour un sujet d'importance, mère.

— Tiens, tiens, d'importance ! Alors, je vais en profiter pour me faire bénir.

— Il vaudrait mieux attendre, mère.

— Attendre quoi ? Que je suis donc égoïste. Ça doit être l'amour. Les amoureux sont seuls au monde, à ce que l'on dit. Évidemment que tu préfères bénir tout ton monde à la fois. Pourquoi n'y ai-je pas pensé ? Je vais appeler Marie-Renée et Isa. Elles sont allées à la cabane à sucre, rejoindre les hommes. Et puis, moi, comme tu vois, je joue mon rôle de grand-mère du mieux que je le peux. Le petit François a tellement de vie en lui ! Le vrai portrait de son grand-père, ton père… Mais je n'ose pas le dire à Isa, qui a la certitude qu'il ressemble à Thomas Pageau, l'autre grand-père. J'espère que le petit n'héritera pas de son penchant pour la bouteille ! Laisse-moi le temps de prendre mon châle et de les appeler.

Comme Eugénie s'apprêtait à décrocher le vêtement du clou du mur, l'abbé Jean-François interrompit son geste :

— Non, non, pas maintenant. J'aimerais avoir une conversation confidentielle avec vous.

Eugénie regarda son fils, intriguée.

— Tu commences à m'inquiéter, toi.

— Comme les murs ont souvent des oreilles ! Plutôt une confession, mère.

Le visage d'Eugénie s'empourpra.

— Tu sauras, mon garçon, que ta mère sait tenir sa place. La période des fiançailles n'est pas un prétexte au dévergondage. Je n'ai rien à me reprocher avec Manuel, encore moins à te confier. Quand je voudrai me confesser, je te le ferai savoir! En attendant, tu vas me bénir, maintenant. Mon âme est assez pure pour être bénie, sans recevoir l'absolution du confessionnal, je te fais remarquer.

L'abbé Jean-François s'en voulait de s'y être mal pris avec sa mère.

— Ce n'est pas ce que je voulais dire, mère!

— Tant mieux... Et que voulais-tu dire? demanda Eugénie, amadouée, en baissant le ton.

Jean-François prit bien son temps avant d'avancer:

— J'ai un secret à vous confier... C'est moi qui préférerais le secret du confessionnal pour que les gens ne nous entendent pas.

— Alors, mon grand, tu peux parler car, à part François, je suis seule ici, avec toi, bien sûr.

Au même moment, le petit François se mit à pleurer.

— Tiens, qu'est-ce que je te disais. Le bébé vient de se réveiller. C'est moi, en élevant la voix, qui l'ai réveillé. Parlons plus bas, il va se rendormir, sa sieste n'est pas terminée.

Sur ce, Eugénie baissa la voix, presque en chuchotant:

— Alors, confie-toi à ta mère.

Devant l'hésitation de l'ecclésiastique, Eugénie se risqua:

— Tu penses encore à cette Geneviève Lamontagne, n'est-ce pas?

L'abbé Jean-François sembla changé en statue de sel, tellement le prénom de Geneviève réveillait en lui une pensée coupable. Eugénie continua:

— Je ne t'approuverai pas, si c'est ça, mais je ne te condamnerai pas non plus. Je sais comment l'amour humain peut conquérir le cœur et rendre esclave. Prends mon exemple, avec Manuel... Je ne te cacherai pas que je pense constamment à lui... C'est vrai que Manuel et moi, comme veuf et veuve, nous en avons le droit, bien entendu.

Jean-François écoutait sa mère d'une oreille distraite, tant la pensée de Geneviève, qu'il avait refoulée, resurgissait dans son esprit.

— Bien sûr que vous en avez le droit... Heu... Non... Plus maintenant.

Le bredouillage de l'abbé estomaqua Eugénie.

— Comment ça, plus maintenant ? C'est toi-même qui voulais que je refasse ma vie à tout prix et qui m'as mis cette idée en tête. Il est un peu tard pour revenir sur ta recommandation puisque tu as béni nos fiançailles à l'Épiphanie. Tu ne trouves plus le docteur Estèbe assez respectable, lui, un ami de la famille depuis tant d'années, un notable de la place ? Qu'est-ce qui te prend, mon garçon ? Aurais-tu des informations que je n'ai pas à propos de... Manuel ?

À ce moment, Eugénie se mit à craindre le pire quant à la réputation de Manuel Estèbe.

S'il a déjà tenté de tester ma pudeur, il a pu l'avoir fait avec une autre femme de Charlesbourg. Mademoiselle Chesnay le trouvait bien à son goût. Elle ne se gênait pas pour le dire, celle-là... Mais elle n'a pas eu d'enfant... Catherine Pageau ? Mais, voyons, ses enfants sont tous roux comme Thomas, son mari... Eugénie, tu divagues !... Je sais, Charles Villeneuve ! Il a le teint foncé, alors que les autres enfants de Catherine Lemarché sont comme Mathurin, très blonds comme les gens de l'île de Ré. En plus, Charles a le sang bouillant... plein de passion... pour les courses... comme les Méditerranéens ! Le chat vient de sortir du sac. Bien sûr, le beau Manuel, coureur de jupons ! Veux, veux pas, ça laisse des traces. Ah, le salaud ! Attends que je lui remette sa bague de fiançailles, à celui-là ! Que j'ai donc bien fait d'attendre, alors qu'il était si pressé d'entrer dans mon lit. Maintenant, je comprends. On n'est jamais assez prudent avec des sans foi ni loi.

Voyant sa mère suer à grosses gouttes, Jean-François se risqua :

— Je sais que ce que je m'apprête à dire va vous bouleverser le cœur, mais il est de ma responsabilité, en tant que fils, de vous l'apprendre.

Eugénie s'attendait au pire, le cœur palpitant.

— Mère, vous ne pouvez pas vous remarier.

Je m'en doutais ! L'infâme Manuel ! Mais je ne suis pas du genre à m'en laisser imposer par qui que ce soit. Il faut tirer ça au clair.

— Qu'a-t-il fait de si grave, Manuel, pour compromettre notre mariage ?

Jean-François fixa sa mère, étonné de sa réponse.

— Rien !

— Alors, pourquoi vouloir nous en empêcher ? T'a-t-il fait une confidence à mon égard ? questionna Eugénie, nerveuse à l'idée d'entendre une quelconque révélation de la part de son amoureux.

— Mère, vous ne pouvez tout simplement pas vous remarier, parce que vous n'êtes pas veuve.

Eugénie regarda fixement son fils et s'affala sur la première chaise en vue, au risque de tomber par terre, les bras ballants. La pâleur de son teint contrastait avec la robe de tissu à pois rouges qu'elle portait en prévision de la visite du docteur Manuel Estèbe, son fiancé. L'abbé Jean-François se dépêcha d'humecter une compresse à l'évier pour la rafraîchir en lui épongeant le front.

Comme elle reprenait lentement ses esprits, l'ecclésiastique lui tapota les mains et lui servit un peu d'eau froide.

— Tenez, buvez, ça vous fera grand bien. Vous avez des sels ?

Eugénie tentait de se ressaisir.

— Je crois que j'ai surtout besoin de beaucoup d'air frais. Donne-moi mon châle… Tiens, juste là, au crochet… Allons à l'extérieur. Donne-moi le bras, si je ne veux pas défaillir une autre fois.

— Mais vous allez attraper froid ! Pensez à vos poumons.

Eugénie dévisagea son fils avant de répondre, sèchement :

— Le soleil est déjà assez chaud. Et puis, ça ne peut pas être pire que ce que je viens d'entendre.

— Mettez au moins votre manteau de chat sauvage sur vos épaules !

Une fois à l'extérieur, après avoir inspiré de grandes bouffées d'air frais, Eugénie interpella son garçon.

— Aurais-tu eu une vision de ton père, mon garçon ? Parlerais-tu aux esprits ? L'aurais-tu vu en songe ?

— Non, pas un esprit. C'est possible que père soit encore vivant. Il travaille avec des gens que vous connaissez.

— Que je connais ! Est-ce qu'ils connaissaient ton père ?

— Ah, ça, je ne le sais pas.

Eugénie se mit à réfléchir, résolue à connaître la vérité.

— Qui sont ces gens ?

— La seigneuresse et le curé de la seigneurie de Berthier-sur-mer.

— Alexandre de Berthier accueillerait mon mari François ? Il prendrait sa revanche… Mais il ne l'a pas connu, il ne pourrait pas le reconnaître… Alors, qui est cet homme qui se fait passer pour ton père ? Je te fais remarquer qu'il s'est noyé, il y a plus de six ans. S'il est vivant, pourquoi n'est-il jamais revenu par ici ? Ai-je été une si mauvaise épouse ?

— Un certain Edgar La Chaumine dit qu'il est amnésique, donc qu'il ne se souvient pas de son passé.

— Et c'est tout ? Ça n'en fait pas ton père pour autant.

— Le fait qu'il soit dans la mi-soixantaine, qu'il soit bedeau artisan sculpteur et qu'il ait un accent de la Normandie en dit davantage, n'est-ce pas ? De plus, il semble avoir le physique de papa. Encore plus, il mentionne souvent le nom de la paroisse de Saint-Charles-Borromée de Charlesbourg.

Sonnée, Eugénie fixait l'horizon, cherchant une explication dans l'au-delà. Elle mit sa main sur le bras de son fils, en lui disant :

— Ce que j'entends là, mon garçon, est très inquiétant. Cette description lui ressemble en effet. Seule sa femme de trente ans en ménage pourrait reconnaître ton père ou dénoncer ce fieffé menteur.

L'abbé Jean-François admira le sang-froid d'Eugénie.

— Edgar La Chaumine n'a jamais mentionné le nom de père. C'est seulement moi qui trouve que les coïncidences sont troublantes, comme ses dons, son allure, ses rêves.

— Nous y voilà ! Tu as failli me faire mourir, sans être sûr de rien ! C'est criminel, ce que tu viens de faire, mon garçon.

L'ecclésiastique répondit en bafouillant :

— Je croyais vous éviter de faire une erreur abominable, en vous remariant illégalement !

Eugénie replaça sa coiffe avec nervosité.

Et si Jean-François avait raison ? Mon garçon n'a que de bonnes intentions à mon égard, c'est sûr. Pourquoi le blâmer ?

— Finalement, tu as bien fait. Allons le plus rapidement possible à Berthier-sur-mer, vérifier si Edgar La Chaumine est mon François ou pas. L'affaire d'une journée, tout au plus.

— Ça prendra plus de temps que ça !

— Pourquoi ? Georges m'y conduira, tout en conservant le secret, bien entendu. La glace sur le fleuve est encore bien prise. Nous passerons par Beauport et l'île d'Orléans, jusqu'à l'autre rive du fleuve.

— Parce qu'Edgar La Chaumine est déjà rendu à Berthier-en-haut, chez le seigneur Alexandre de Berthier.

— Et madame de Berthier aussi, je suppose?

Eugénie avait spontanément réagi de cette façon, car son fils Jean-François lui avait déjà vanté les qualités et les mérites de la seigneuresse de Berthier. Jean-François, sans se formaliser, répondit stoïquement:

— Elle a succombé, l'an passé, à une pleurésie.

Se rendant compte de sa bévue, Eugénie se dépêcha d'ajouter, sans camoufler sa surprise:

— Mon Dieu! Pauvre Alexandre... Alors, je me rendrai à Berthier-en-haut aussitôt que possible avec Marie-Renée. Le comte Joli-Cœur m'a promis de nous amener visiter l'amie de ta sœur. Tu sais, celle qui s'est mariée avec le forgeron?

— Étiennette.

— Tout juste. Maintenant, mon garçon, la situation se complique... Comment vais-je annoncer à Manuel que notre mariage pourrait être compromis... Ou retardé... tant que je n'aurai pas rencontré Edgar La Chaumine? Il ne le prendrait pas, il pourrait en mourir.

Jean-François, croyant aider sa mère, lui proposa:

— Mais vous ne serez pas seule, je vous accompagnerai.

Eugénie, désarçonnée, répondit:

— Tu sauras, mon garçon, que je n'ai pas besoin de chaperon pour savoir quoi dire à Manuel. Je respecte ta condition de prêtre, mais ma vie sentimentale m'appartient. D'ailleurs, je te fais remarquer que tu viens de la secouer avec tes suppositions.

— Mais, mère, je voulais simplement vous accompagner à Berthier-en-haut.

— Que dis-tu là? Et pourquoi?

— Vaut mieux trois personnes de la famille que deux, pour reconnaître papa. Le naufrage, si c'est le cas, a pu déformer ses traits. Et six années de plus, ça compte... et...

— Et?

— Marie-Renée! Je ne crois pas qu'il soit pertinent de lui faire mention de cet autre motif de votre voyage.

Eugénie esquissa un léger sourire. Ses traits de visage, crispés depuis la révélation concernant Edgar La Chaumine, se détendirent.

— Là, je suis d'accord avec toi. Marie-Chaton[13] est encore en peine d'amour de ce François… je ne sais plus qui. A-t-on idée de ternir un si beau prénom avec une attitude aussi goujate ! Crever le cœur à Marie-Renée ! Sa sensibilité est à fleur de peau, comme une véritable artiste. Elle, si douce et si sensible, ne s'en remettrait pas, s'il advenait qu'Edgar soit son père… Pauvre François… Je préfère qu'elle l'apprenne sur place et face à ce La Chaumine, le cas échéant. François reconnaîtra son bébé à l'instant, même si elle est devenue une femme. L'instinct d'un cœur de père, c'est puissant.

— Alors, que recommandez-vous ?

Eugénie reprit les rênes du commandement, avec la ferveur d'un général qui vient de renverser une déroute en victoire.

— Avec tes frères et ta sœur, comme avec Isa et Marie-Anne, tu ne laisses rien paraître. Le secret du confessionnal. C'est bien ce que tu voulais, n'est-ce pas ?

L'ecclésiastique approuva de la tête. Eugénie continua, déterminée :

— Je vais écrire à madame Marguerite Banhiac Lamontagne, que tu connais…

En disant cela, Eugénie toisa son garçon du regard afin d'y déceler quelque pensée profane et continua :

— …pour lui annoncer notre venue, à Marie-Renée, toi et moi. Elle fera le message elle-même à Étiennette Latour. Auparavant, j'irai rendre visite à Mathilde et à Thierry, pour rappeler à ce dernier sa promesse de nous amener à la Rivière-du-Loup et à Berthier-en-haut, par la suite. Mathilde nous accompagnera peut-être. J'aimerais ça…

Eugénie prit une grande inspiration pour se détendre, s'éclaircit la voix puis ajouta :

— Et s'il était vraiment François, cet Edgar La Chaumine ? Un amnésique reconnaît plus souvent le lointain passé que le récent. Mathilde et Thierry étaient de la traversée de 1666 ainsi que François Banhiac Lamontagne et Jean-Jacques Gerlaise de Saint-Amand. François pourrait reconnaître son accent belge et se remémorer les péripéties du voyage, repenser au capitaine Magloire, au

---

13. Nom affectueux de Marie-Renée depuis son enfance, alors que sa marraine, Marie-Renée Frérot, lui avait donné un chaton.

Gros Louis, au clavecin… Puis, il y a Marguerite la sage-femme. Il devrait facilement la reconnaître. La naissance d'un premier garçon, ton frère André, ne s'oublie pas pour un père digne de ce nom. François se rappellera aussitôt le blason des Allard, «Noble et Fort». Sans vouloir mettre la charrue devant les bœufs, il est à parier que nous serons dans la région du lac Saint-Pierre pour les beaux jours de la fin juin et de retour à Charlesbourg pour la fête de sainte Anne.

L'abbé Jean-François se réjouit de la détermination et de l'autorité de sa mère.

— Seulement…

L'ecclésiastique sortit soudain de son ébahissement.

— Seulement quoi, mère?

— Tu m'assures que tes intentions de nous accompagner sont honnêtes? N'y aurait-il pas de la petite Geneviève Lamontagne là-dessous?

— Mère, que vous êtes mesquine! Je suis un prêtre oint de l'onction divine, s'offusqua le prêtre.

— Des fois! Il y a déjà assez de malheur dans la famille.

— Je vous le jure sur la tombe de papa.

Eugénie préféra conserver le silence, sur cette preuve de bonne foi.

Pauvre François. Nos serments de sincérité ne valent plus rien, maintenant. De fait, le seul qui avait pu identifier ton cadavre, c'était Thomas, et il est mort. Devant la dépouille de son cousin, il a dû être si peiné. Il a simplement dit que tu étais méconnaissable à cause de l'eau qui t'avait gonflé. Évidemment que j'ai cru Thomas, comme le curé Doucet l'a fait. Quel motif avait-il donc de faire mourir si vite son cousin, qu'il considérait comme son frère?

Après cet instant de recueillement, Eugénie ajouta:

— Tu restes ici jusqu'à notre départ, demain matin. Tu ne laisses rien paraître à qui que ce soit, encore moins à Manuel, qui viendra veiller.

— L'archevêché est déjà informé de ma venue à Charlesbourg et de mon retour, demain.

— Parfait. Prions, maintenant, pour que le ciel nous vienne en aide!

Aussitôt, Eugénie alla récupérer son chapelet dans un tiroir de la commode. Elle se mit à genoux, pesamment. Son fils suivit son exemple. Mais au lieu d'entamer le pater noster, elle invoqua:

— Que les âmes de nos parents défunts reposent en paix. Doux Jésus, miséricorde, accordez-leur le salut éternel. Amen !

Jean-François ouvrit les yeux et regarda sa mère, étonné. Comprenant que cette dernière venait de vivre des moments difficiles, il ne passa pas de remarque et préféra commencer à réciter une dizaine d'*Ave*. Dès la fin de la prière, Eugénie se leva et alla chercher l'encrier et la plume d'oie.

— Comme ça, si les enfants se demandent de quoi nous discutions tous les deux, nous leur dirons que tu m'écrivais la lettre que je vais te dicter pour Marguerite Pelletier Lamontagne. Pourrais-tu écrire cette lettre pour ta mère ?

— Bien entendu, vous le savez bien !

— Un fils obéissant est toujours récompensé, comme tu sais, dans ce monde ou dans…

Eugénie ne finit pas sa phrase. Jean-François l'interrogea du regard.

— Bon, tu es prêt ? Fais en sorte qu'il n'y ait pas de pattes d'oie… de taches d'encre, si tu veux bien. Tiens, prends le buvard. Une lettre sur du papier immaculé fait toujours meilleure impression.

Bien chère Marguerite…

Eugénie dicta sa lettre, que son fils rédigea avec sa plus belle écriture. Une fois la missive terminée, elle remercia ce fils aimé.

Bon, maintenant, le plus difficile reste à venir. Comment m'y prendre pour l'annoncer à Manuel ? Je ne peux même plus demander l'aide de mon François, du haut du ciel, puisqu'il vit à Berthier-en-haut, maintenant. Eugénie, toi qui voulais prendre le voile, tu en es rendue à quitter ton veuvage et à envisager la bigamie ! Dom Martin avait bien raison. Le Malin rôde en permanence et se déguise si bien. Edgar La Chaumine serait-il l'incarnation de Satan ?

Le soir venu, après les Grâces récitées par l'abbé Jean-François, Eugénie profita d'un tête-à-tête avec son fiancé, Manuel Estèbe, pour l'informer des motifs de son départ vers le lac Saint-Pierre. Manuel resta sous le choc. Muet de peine, des larmes coulèrent de ses yeux sombres, qu'Eugénie trouva encore plus beaux que d'habitude. Elle lui prit la main, avec tendresse, se serra sur lui et lui dit en sanglotant :

— Je t'aime plus que tout au monde, Manuel. Seulement, si cet Edgar est en réalité François, c'est dire que je ne suis pas veuve et que je ne pourrai pas me remarier. Je ne sais plus quoi faire. Dis-le-moi, toi qui es si sage, mon amour.

Manuel regarda tendrement sa fiancée, lui appliqua un baiser sur le front et lui conseilla, la mort dans l'âme :

— Nous aurons le cœur brisé, mais nous n'avons pas le choix. Tant que nous ne saurons pas qui est réellement La Chaumine, il vaut mieux rompre nos fiançailles.

— Te remettre ta bague de fiançailles, Manuel ? Est-ce la seule issue possible ? Pourquoi ne pas prendre une pause, uniquement ?

Le docteur Estèbe regarda tendrement son amoureuse, qui lui faisait la plus entière confiance et répondit, en lui mettant un doigt sur les lèvres, pour l'empêcher de répliquer :

— Parce que tu es une femme entière, Eugenia ! Tu ne joues pas sur deux tableaux. Tu es la sincérité même ! À ce compte-là, il vaut mieux que tu aies les coudées franches pour faire ton investigation. Nous verrons après !

— Et tu me promets de m'attendre ?

— Écoute, Eugenia, *mi amor*, je ne t'oublierai jamais, tu le sais bien, comme je ne pourrai pas vivre sans toi. Je préfère mourir, plutôt que de te perdre. Mais je ne pourrai pas vivre dans une attente aussi cruelle, sans être sûr que tu me reviennes. Comprends-moi, je mourrai à petit feu. Un sang chaud comme le mien ne pourra pas supporter ça. Non, je préfère te voir libérée de ta promesse. Si tu es libre…

— C'est une question de semaines, Manuel, avant de le savoir, tout au plus.

— Mais, pendant ce temps, ton esprit ne sera pas tout à fait à moi, alors que je t'ai attendue si longtemps.

— Mais, toi aussi, tu étais marié, je te fais remarquer !

— Le véritable amour, l'amour passionnel, Eugenia, est inconditionnel. C'est comme l'éternité. Il n'a pas de commencement, il n'a pas de fin. Il est là en attendant que deux êtres le reconnaissent et le vivent. Ton amour pour François et le mien pour Léontine, chacun de son côté, nous ont préparés à vivre notre destin amoureux.

Eugénie écoutait attentivement, scrupuleusement, l'énoncé de son amoureux. Elle lisait sur ses lèvres, pour ne pas perdre un mot de ce moment pathétique et pour comprendre le raisonnement de l'être chéri, issu du pays de l'amour.

Manuel Estèbe continua :

— Seulement, Eugenia, *mi amor*, je ne voudrais pas vivre la tragédie de l'amoureux qui passe en second. Encore moins d'un revenant. Je préfère me retirer, sachant bien, puisque je te connais, que tu choisiras François, le père de tes enfants.

Eugénie tenta d'essuyer ses larmes, mais Manuel la prit de vitesse, en dessinant sur ses joues l'arabesque de sa douleur. Tout en reniflant et en hoquetant tant sa peine était grande, Eugénie le pria de répondre.

— Et toi, Manuel, que ferais-tu, si Léontine revenait ? Mets-toi à ma place !

— Dans ce cas, la question ne se pose pas, puisque Léontine est bien morte, je l'ai constaté. D'ailleurs, c'est l'abbé Jean-François qui est venu l'administrer et qui était là, quand je lui ai fermé les yeux.

Les larmes d'Eugénie n'arrêtaient pas de couler. Parfois, elle émettait des soupirs trahissant sa détresse. Les fois précédentes qu'Eugénie s'était vue pleurer de la sorte dataient du décès de son mari, François, et de sa rupture avec Alexandre de Berthier, l'année de son arrivée en Nouvelle-France, il y a quarante ans passés.

Manuel laissa Eugénie épancher sa peine pendant encore de longs instants. Il caressait les cheveux de sa belle, sa coiffe défaite le lui permettant, en les triturant avec tendresse.

— Pleure, pleure, Eugenia, puisque c'est notre destin. Il vaut mieux pleurer maintenant, que toujours.

Se reprenant, Eugénie replaça sa coiffe, s'essuya les yeux, prit un peu de distance vis-à-vis de son beau Manuel et lui dit :

— Comme tu dis si bien, moi non plus, je ne voudrais pas que ma peine soit éternelle. Alors, il vaut mieux que nous rompions nos fiançailles maintenant. Notre destin se chargera de notre amour. Je ne veux pas souffrir en permanence une tragédie d'amour… Comme je l'ai dit à Marie-Chaton, à son retour, être amoureuse n'est pas une occupation, mais un état. Or, je n'ai plus ses vingt ans et j'ai bien d'autre chose à m'occuper… Adieu, Manuel ! Je t'aime vraiment et je ne cesserai de t'aimer. Tu me demandes de choisir ? Alors, je choisis l'unité de ma famille… J'aurais souhaité que tu me laisses le temps nécessaire, mais je comprends que ce soit inhumain, voire impossible à vivre.

Alors, d'un geste vif, Eugénie vola un baiser au beau Manuel. Avant qu'il ait le temps de réagir, elle lui remit sa bague de fiançailles et fila vers la cuisine. Il ne put la retenir et mit la bague dans sa poche. Profitant du fait qu'Eugénie avait attiré l'attention, il quitta précipitamment la maison. Quand la maisonnée demanda à Eugénie ce qu'il était advenu du docteur, cette dernière justifia son absence par la visite d'un malade.

Seule Marie-Renée avait remarqué que sa mère avait les yeux rougis, différemment qu'avec la fumée de tabac combinée à celle des bûches qui se consumaient dans l'âtre. Marie-Renée, qui vivait elle aussi un chagrin d'amour, apprit à mieux comprendre sa mère, laquelle lui était toujours apparue aussi solide qu'un chêne. Elle décida de garder pour elle ses impressions et de considérer Eugénie comme une femme, une complice, avant tout.

Le lendemain, Eugénie se rendit avec son fils Georges, rue du Sault-au-Matelot, à la maison de son amie Mathilde et de Thierry, le comte Joli-Cœur. Ce dernier fut enchanté de remplir sa promesse d'amener Marie-Chaton à l'archipel du lac Saint-Pierre, visiter son amie Étiennette Banhiac Lamontagne, maintenant mariée Latour. Il prétexta vouloir aller visiter son fils Ange-Aimé Flamand Joli-Cœur à Oka afin de parler diplomatie et traité de paix.

Mathilde, qui n'était pas dupe des allées et venues de son séducteur de mari, alors que la mère de son fils, l'Iroquoise Dickewamis, vivait avec la femme d'Ange-Aimé, Gabrielle, et son petit-fils, Thierry, à la mission de Kanesatake, décida de l'accompagner, au grand plaisir d'Eugénie.

— Nous serons à la Rivière-du-Loup pour la mi-mai, c'est bien ça, Thierry?

Devant la réponse positive de ce dernier, Eugénie exulta :

— Alors, il ne me reste plus qu'à annoncer la bonne nouvelle à Marie-Renée et à l'abbé Jean-François, qui nous accompagnera. Vous comprenez, il vaut mieux mettre le Seigneur de notre côté.

Après le départ de son amie, Mathilde interrogea Thierry :

— Ne trouves-tu pas étrange qu'Eugénie n'ait jamais fait mention de Manuel? Avant, c'était le premier mot qui sortait de sa bouche! Manuel par-ci, le docteur par-là, c'en était agaçant. Maintenant, plus rien. Quand je vais dire ça à Anne!

— Ne pars pas de rumeur sans fondement, Mathilde. N'oublie pas que c'est le voyage promis de la part d'Eugénie à Marie-Renée.

Si Eugénie a une qualité, c'est bien la droiture. Sa vie est aussi limpide que de l'eau de roche. Elle n'ira pas compromettre la joie de Marie-Renée en y mêlant ses propres amours, sachant que la petite elle-même est en peine d'amour. Non, Eugénie a de la réserve et elle vient d'en faire la preuve.

— N'empêche que je trouve son silence bizarre. Et d'ailleurs, c'est bien la première fois que tu lui trouves autant de qualités ! ajouta Mathilde, sceptique.

Quand Eugénie annonça à Marie-Renée qu'elles étaient censées se rendre au lac Saint-Pierre et à Berthier-en-haut avec Jean-François et Mathilde, laquelle accompagnait le comte Joli-Cœur, sa joie fut à son comble.

— Enfin, je vais revoir Étiennette ! J'ai tellement à lui raconter. J'ai hâte de la revoir !

— Une promesse doit être tenue, Marie-Renée. Alors, j'ai fait ce qu'il fallait.

— Pas Marie-Renée, mais Cassandre[14].

— Cassandre, maintenant, tiens donc ! Il me semblait que tu l'avais remisé, ce nom-là ! Et pourquoi, puis-je le savoir ?

— Étiennette et ses sœurs me connaissent sous mon nom de scène, alors je ne voudrais pas les décevoir.

— Ton public avant tout, n'est-ce pas ?

Prise de court, Cassandre ne répondit pas à sa mère.

— Je vois ! Le naturel revient au galop… Eh bien, Cassandre, nous avertirons la maisonnée de la reprise de ton nom de scène à ton retour du pays d'Étiennette… Je comprends que la vie théâtrale commence à te manquer et que tu vas sans doute me quitter une autre fois.

Cassandre ne répondit pas à sa mère, tant cette dernière semblait deviner ses pensées. Eugénie poussa un profond soupir de renoncement et ajouta, de manière piteuse :

---

14. Marie-Renée, à l'adolescence, avait choisi Cassandre comme nom de scène, en l'honneur de la muse du poète Ronsard. Elle l'annonça au cours de son premier voyage au lac Saint-Pierre, chez Étiennette, en 1703. En 1705, au moment de ses études de théâtre et d'opéra au couvent de Saint-Cyr, à Versailles, ses professeurs, François Bouvard et Toussaint Bertin de la Doué lui composèrent un opéra qu'ils intitulèrent *Cassandre*, la mettant en vedette. Cet opéra fut présenté au château de Versailles, devant le roy Louis XIV, au printemps 1706. Revenue subitement à Charlesbourg, quelques mois après, en peine d'amour de François Bouvard, la jeune femme avait catégoriquement défendu à sa famille de l'appeler Cassandre.

— Ça ressemble à mon purgatoire sur cette terre. Tous les gens que j'aime finissent par me quitter. Je me demande bien quelle offense j'ai faite au bon Dieu pour mériter tout ça !

Quelques jours plus tard, Cassandre fut étonnée d'apprendre que le docteur Estèbe quittait Bourg-Royal pour s'installer dorénavant à Beauport. Elle se rappela la doléance prophétique de sa mère. Si elle se languissait de lui demander pourquoi, elle se jura de ne jamais en faire mention à cette dernière. La jeune femme pouvait comprendre le désarroi d'Eugénie, comme elle avait elle-même souffert de l'abandon de François Bouvard. Désormais, elle considérerait sa mère comme une amie.

Toutefois, pendant les préparatifs du voyage, Eugénie avisa sa fille que Manuel Estèbe ne reviendrait plus à la maison, sinon comme docteur.

— Un jour, ma petite fille, tu vieilliras et tu comprendras.

Cassandre voulut lui répondre qu'elle la comprenait fort bien, mais elle préféra en rester là, tout en se disant intérieurement :

Chère maman, si tu savais comme je comprends ta peine. Seule une femme peut en comprendre véritablement une autre. Tu vois, j'ai vieilli plus que tu ne peux le croire !

— Ah oui ! J'oubliais de te dire qu'Étiennette, maintenant mariée avec un homme d'âge mûr, n'a sans doute plus les mêmes préoccupations qu'une célibataire de Québec. Elle a vraisemblablement déjà un enfant et est peut-être enceinte d'un second. Prépare-toi à toutes les éventualités, ma fille… Ce n'est probablement plus la même Étiennette ! Elle pourrait même t'en montrer. Alors, ne te sens pas supérieure à elle, même si tu reviens de Versailles.

La jeune femme toisa sa mère avec un sourire légèrement mesquin, au grand étonnement de cette dernière.

Pauvre maman, j'ai mûri, moi aussi. Ne l'as-tu pas remarqué ? Sans doute pas, à cause de Manuel.

— Étiennette, mère de famille… Nous sommes du même âge ! Vous savez, je pourrais l'être, moi aussi. Des fois, je me dis que c'est là, mon véritable avenir. Qu'en pensez-vous ?

Eugénie se dépêcha aussitôt de répondre :

— Prends ton temps, ça viendra bien assez vite, crois-moi. Profite de ton insouciance. C'est ta mère qui te le conseille. Et je sais de quoi je parle !

Cassandre sourit malgré elle à la réplique d'Eugénie. C'était la réaction qu'elle attendait de sa mère. Intriguée, Eugénie lui demanda :

— Tu ne me crois pas et tu trouves que je suis vieux jeu, hein ? Tu verras en la voyant, si tu souhaites être à sa place.

CHAPITRE IV
Un heureux événement

15 mai 1707

— Dépêche-toi, mon amour, nous allons être en retard à l'église. Tu sais, le curé Chaigneau ne nous attendra pas très longtemps !

Pour toute réponse de son mari, Étiennette Banhiac Lamontagne, maintenant Latour, entendit un « hum, hum ». Elle plissa les lèvres de contrariété et ajouta :

— Tu sais, je ne voudrais pas qu'on nous voie arriver en retard à l'église. Que vont-ils penser de nous ? Eux, des seigneurs ! Tu sais, être accueillis par les Dandonneau Du Sablé est un grand honneur. Te rends-tu compte ?

— Hum, hum…

— M'entends-tu, Pierre ? C'est important, la ponctualité, c'est la politesse des rois… et des seigneurs, sans aucun doute.

— Hum, hum…

— Mais arrête de marmonner, Pierre. C'est sérieux. De plus, le vent vient de se lever… Avec le fort courant, le temps presse.

Étiennette regardait par la fenêtre, alors que son mari Pierre Latour se débattait avec le nœud de sa cravate, qu'il essayait d'ajuster à sa chemise amidonnée, celle-là même qu'il avait portée à son mariage.

— Déjà que nous allons être en retard à l'office… Le curé Chaigneau, tu te rappelles, celui qui nous a mariés ?

— Mais oui, nous le voyons le dimanche.

— Quand tes obligations à la forge ne t'en empêchent pas, je te fais remarquer… Ah oui, je disais que le curé nous a proposé quelques chants à la Vierge, suivis du salut du saint sacrement[15]. Il paraît que c'est une nouvelle dévotion en Italie. C'est un capucin[16] qui y aurait pensé.

— En Italie, un capucin ? La visite sera bien accueillie.

— C'est moi qui ai proposé de les recevoir à l'église, avec mademoiselle Marie-Anne, en invitant tous les gens de la paroisse[17]. Tu sais, madame Allard, c'est de la grande visite de Québec. En plus, le comte Joli-Cœur et sa comtesse ! Imagine, un noble ! Comme notre paroisse est dédiée à la Vierge, le curé Chaigneau a voulu les impressionner.

— Hum, hum…

— Allez, dépêche-toi, ce n'est pas le moment de rester à l'arrière de l'église… J'ai tellement hâte de revoir Cassandre ! Allons, laisse-moi t'aider. Avec le courant fort, le passeur hésitera à nous prendre… S'il y est encore, remarque, parce qu'il ne prendra pas les passagers retardataires.

Pierre Latour s'empêtrait toujours dans ses mouvements.

— Je n'arrive pas à la nouer correctement, cette cravate. Pourquoi nous avoir rapporté cette mode de Paris ? Mon col me suffisait. La mode, c'est pour les femmes… comme Cassandre et madame la comtesse… Maudite cravate !

— Vite, dépêchons-nous ! Il serait plus prudent de se rendre par l'île aux Castors. Le chenal est moins large. Qu'en penses-tu ? Je ne sais pas si à Paris, il y a des bacs comme ici pour traverser la Seine.

— Quand j'y étais, il y avait des bacs et des ponts. À propos, pourquoi ne pas avoir accueilli la visite au fief Chicot ? Ça aurait été pas mal plus simple pour tous. Qu'en penses-tu ?

Comme sa femme ne répondait pas, Pierre Latour leva la tête, mais il ne la vit pas.

---

15. Au début du XVIIIe siècle, l'église franciscaine et royale Sainte-Claire de Naples pratiquait au mois de mai un office populaire marial quotidien, suivi d'un salut du saint sacrement. Quant aux dominicains de Fiesole, à partir de 1701, ils décidèrent d'honorer la Vierge, chaque jour du mois de mai.

16. Le capucin Laurent de Schniffis consacrait le mois de Marie dans un recueil de trente poésies, publié en 1692.

17. Notre-Dame-de-la-Visitation de l'île Dupas.

— Étiennette ? Étiennette ?

Où est-elle passée ? Qu'est-ce qui lui prend ? Elle n'est quand même pas allée à la forge, endimanchée !

Ne la trouvant pas dans la maison, il sortit et l'aperçut, le teint pâle et le front en sueur malgré le temps frais.

— Ça ne va pas ? lui demanda-t-il en sortant son mouchoir.

Étiennette regarda son mari, perplexe. Ce dernier continua :

— Toi, tu me caches quelque chose, dit-il en épongeant le visage de son épouse.

Elle fixa son mari avec intensité et balbutia nerveusement :

— Je crois que nous allons avoir un bébé.

Le forgeron ne se fit pas prier pour exploser de joie, le visage fendu par un large sourire.

— En es-tu certaine ?

— Autant qu'une femme qui attend son premier peut l'être.

— Depuis quand ?

— C'est nouveau. À peine deux mois. Ma mère pourra me le confirmer, en tant que sage-femme, quand je le lui apprendrai, tout à l'heure. Es-tu content ?

En guise de réponse, le géant prit sa femme à bout de bras et la fit tournoyer.

— Arrête, Pierre, je vais avoir des nausées.

Il la reposa sur le sol. Étiennette, remise de son malaise, s'empressa de dire :

— Bon, faisons vite. Nous allons être en retard pour le passeur.

Le forgeron devint subitement sérieux.

— N'y pense pas, dans ton état ! Ça me paraît imprudent de te faire prendre le bac. Si un accident survenait, imagine les conséquences pour toi et le bébé. Si ta mère apprenait une telle étourderie ? Elle voudra sûrement t'accoucher, alors ne va pas risquer une fausse-couche ou d'avoir un enfant mort-né ! Qu'est-ce qui est arrivé au bébé de Françoise et de Pierre ?

Cette dernière regarda son mari avec crainte et tristesse. Tristesse, parce qu'elle se souvenait qu'ils étaient tout à la joie, l'année précédente, d'être parrain et marraine du bébé de Pierre Généreux, chef de la milice de la seigneurie de Berthier-en-haut, et que sa femme, Françoise Duscheneau, voulait qu'il se prénomme Étienne ou Étiennette, en l'honneur de la jeune épouse de Pierre Latour, le grand ami de son mari. Malheureusement, le garçon de Françoise mourut à la naissance, quelques jours après le mariage des Latour, le 1ᵉʳ décembre. Cette mortalité était venue assombrir leur lune de miel.

Surmontant ses craintes, Étiennette répondit avec optimisme :

— Mais, Pierre, une femme continue à vivre normalement. Être enceinte n'est pas une maladie ou une infirmité. D'autant plus que je commence à peine ma grossesse. Tiens, regarde, il n'y a encore aucune rondeur.

En disant cela, Étiennette fit une parade, les mains sur son ventre. Elle reprit, d'un ton résolu :

— Je ne gâcherai certainement pas le plaisir de mademoiselle Marie-Anne, qui disait que notre seigneurie était en liesse d'accueillir des personnages aussi illustres.

— Et c'est moi, le mari, qui serai blâmé s'il t'arrivait malheur ! Madame Allard, ce n'est quand même pas la représentante du Roy et son fils, le curé, l'archevêque de la Nouvelle-France.

— Pas encore, pas encore, mais ça viendra ! C'est le curé Chaigneau qui le dit. Il le connaît bien, puisque les deux prêtres sont amis. Et je te fais remarquer que c'est rare qu'un jésuite et un sulpicien puissent s'estimer. Il est donc possible qu'il devienne évêque.

— …

— Et personne ne pourra te blâmer ! D'ailleurs, tout le monde sait, dans ma famille, que lorsque j'ai une idée dans le crâne, ce n'est pas facile de me l'enlever. Oh non !

Le forgeron regardait sa femme de manière circonspecte. Il la trouvait changée. Il soupçonnait que la grossesse de sa femme ait pu déjà altérer son caractère. Il eut peur que ses sautes d'humeur comme ses élans de tendresse puissent prendre des tournures imprévisibles, au fil des mois.

Comment faire pour qu'elle change d'avis et qu'elle reste à la maison ? se demanda-t-il en se grattant le cuir chevelu.

Étiennette continua son bavardage.

— C'est Marie-Anne, ma sœur, qui me disait…

— Marie-Anne ? Pas plutôt Geneviève, qui s'intéressait au jeune curé Allard ? Tu te souviens de sa chute feinte, puis qu'il lui a massé la cheville, à nos noces ?

— Une calomnie, Pierre ! Tu devrais être honteux. Il faut laisser à Geneviève le bénéfice du doute. De toute façon, c'est de l'histoire ancienne puisqu'elle nage dans l'amour.

— C'est récent ? Avec qui ?

— Un jeune de Yamachiche, Mathieu Millet. Mais je ne le connais pas.

— Elle a déjà oublié Michel Rabouin !... Y a-t-il une mission à Yamachiche ?

— Toi, ce que tu peux être méchant. Ma sœur Marie-Anne me disait que Geneviève n'avait d'yeux que pour lui.

— Marie-Anne ? Le mariage est-il pour bientôt avec mon ami Viateur ? Depuis combien de temps se connaissent-ils ? Viateur n'est pas pressé.

— C'est ce que ma mère se dit ! Elle n'aime pas ça. Un homme d'âge mûr comme lui ! Elle croit qu'il y a anguille sous roche.

— Une anguille ?

— Plutôt une autre femme, si tu veux mon avis. Bien mystérieuse affaire. On chuchote même les noms d'Isabelle Couc et de Judith Rigaud !

— Isabelle ? Voyons donc, elle ne vit plus par ici. Quant à Judith, elle pourrait être sa mère. Non ! Viateur a bien des torts, mais pas celui de coureur de jupons.

— Que veux-tu dire par là ? T'a-t-il fait des confidences ? Tu sais, entre amis…

— Non, rien à ce propos.

— En tout cas, ma mère a bien hâte qu'il fasse la grande demande. Ce n'est pas un bon exemple pour Mathieu Millet, quoique ce dernier ait la moitié de son âge, il a bien le temps !

— Qu'as-tu contre les hommes d'un certain âge, Étiennette Latour ? demanda le géant en souriant.

— Rien, rien, pourvu qu'il soit marié et… qu'il souhaite le rester !

Cette dernière boutade valut une pincette de la part du forgeron avec sa grosse main.

— Aïe, tu me fais mal avec tes gros doigts. Ce n'est pas une main, c'est une pince que tu as. Tiens, laisse-moi prendre ma revanche.

Étiennette, sur la pointe des pieds, malgré sa taille plus grande que la moyenne, enroula avec vigueur le tissu soyeux de la cravate autour du collet en batiste de son mari. Sa position précaire faillit la faire chavirer. Pour éviter de tomber, elle se retint par la cravate et se lova sur le torse de son mari.

— Tiens, tu l'auras bien cherché ! Beau comme un cœur…

Là-dessus, elle prit par surprise son mari en l'embrassant avec ardeur, toute fière d'elle.

Après avoir jeté un coup d'œil pour s'assurer que l'équilibre d'Étiennette était rétabli, Pierre Latour feignit l'étranglement et s'affala de tout son long par terre, la main autour de son cou. Étiennette le regarda, toute surprise. Elle se mit aussitôt à rire, d'un rire teinté de la cristalline sonorité de ses dix-huit ans.

— Grand fou! Et moi qui viens juste de nettoyer et de repasser ton habit de noces. Je te préviens, Pierre Latour, je ne te laisserai pas l'occasion de te marier une troisième fois. Tiens-toi-le pour dit!

Étiennette tapota son ventre, pour faire comprendre à son mari l'importance d'être père de famille.

La remarque insouciante d'Étiennette, dite sans aucune méchanceté, rappela toutefois au géant le chagrin intense de son premier mariage.

Étiennette ne doit pas mourir de façon tragique comme Madeleine[18]!

Il décida d'arrêter de faire le pitre tout en se disant que sa femme était encore bien jeune. Cette dernière, encore sous l'effet de l'instant de gaieté qu'ils venaient de vivre, sourit de nouveau à son mari.

— Et moi, comment me trouves-tu? Remarque que j'ai mis ma robe de noces pour la montrer à Cassandre… Que veux-tu, nous, les femmes, on est comme ça.

— Hum, hum!

— Pierre Latour, c'est tout ce que tu trouves à dire? Je trouve que ta galanterie est assez pauvre. Alors, n'as-tu rien d'autre à dire à ta jeune épouse que ton «hum, hum»?

Latour finit de dépoussiérer son costume et d'ajuster son nœud de cravate, lequel lui serrait encore le cou tant la pression exercée par sa femme avait atteint son but. Finalement, il s'approcha d'Étiennette et encercla sa taille fine de ses gros bras tout en essayant de l'entraîner vers le lit.

---

18. Pierre Latour Laforge s'était marié une première fois à la tante d'Étiennette, Madeleine Pelletier, la sœur de Marguerite Pelletier Lamontagne. Madeleine, avancée dans sa grossesse, avait été assassinée par des Iroquois, au cours d'un raid à Pointe-du-Lac.

— Non, Pierre, ce n'est pas le moment, affirma la jeune femme en essayant de se dégager de l'étreinte. Et d'ailleurs, tu devrais avoir du respect pour ma condition.

— Ne t'ai-je pas entendue dire que nous étions toujours en lune de miel ? Tu m'excites avec tes petits seins tout ronds.

— Ah oui, la lune de miel ? Tu l'inventes ! Le malheur, avec vous, les hommes, c'est que tous les arguments sont bons pour parvenir à vos fins. Je te signale qu'une lune de miel finit à la conception du premier bébé. Du moins, jusqu'au moment où nous apprenons sa venue. C'est ce que le curé Allard nous a dit au sermon de notre mariage, tu n'as aucun souvenir ? Après, c'est le péché de concupiscence… Alors, bas les pattes, mon gaillard.

À ces mots, Étiennette repoussa le géant en éclatant de rire. Ce dernier, encouragé, chercha à lui caresser la poitrine, mais elle contrecarra ses gestes, en se protégeant le buste. Il persista. Elle lui tambourina le torse.

— Ce n'est pas toi qui disais que mes seins étaient petits ?

— Non, je ne m'en souviens pas.

— Menteur !

— Je les trouve bien appétissants, tes seins.

Étiennette esquissa un sourire.

— Évidemment, ils le seraient davantage s'ils étaient plus dodus ! la taquina Pierre.

— Oh ! Quel culotté !

— Mais, faute de grives, il faut se contenter de merles !

— Vous alors, ce que vous pouvez en dire, des futilités, à la forge ! rétorqua Étiennette, indignée.

Feignant la dignité, Pierre Latour ajouta :

— Je t'en prie, nous sommes des chefs de famille responsables.

— Tiens, tiens, je n'aurais pas cru !

Étiennette n'avait pas fini sa phrase que le forgeron cherchait à explorer les seins de sa femme sous sa camisole :

— Tout compte fait, j'aime bien les merles !

Étiennette esquiva le geste.

— Oui, responsable, je vois ça !… Essaie d'être sérieux, Pierre Latour, c'est un grand jour. Nous allons être en retard. Et puis…

— Puis, quoi ? Nous serons de toute façon en retard. Quelques minutes de plus !

— Non… Il n'y a pas que ça…

— Quoi d'autre?

— J'ai très hâte de revoir Cassandre, le plus vite possible. En même temps, j'ai peur de la décevoir. Remarque, ça ne sera pas très difficile… La chapelle de l'île Dupas, ce n'est quand même pas la basilique Notre-Dame de Québec, même si on l'appelle Notre-Dame-de-la-Visitation de l'île Dupas, n'est-ce pas? Pour une grande cantatrice comme elle!… J'ai peur de ne pas être à la hauteur.

— Mais pourquoi? Nous vivons bien, dans une maison bien tenue qui a toutes les commodités. Notre four à pain fait la curiosité de la région!

— Oui, mais ici ce n'est ni Versailles ni Paris. Et nos gens! Victorin Ducharme n'a rien d'un comte Joli-Cœur. C'est pourquoi j'ai voulu que du grand monde accueille nos invités. Comme la seigneuresse, une fille de l'âge et du niveau de Cassandre.

— La seigneuresse de Berthier?

Comme Étiennette, déroutée par la réponse de son mari, restait coite, celui-ci ajouta:

— Tu ne t'en souviens pas?

— Bien entendu, que je m'en souviens! répliqua-t-elle en lui lançant un regard assassin.

Elle continua, après avoir dodeliné de la tête:

— Non, je parle de la fille du seigneur Louis Dandonneau de l'île Dupas, la nièce de Jacques, ton ami, celui-là même qui a assisté à notre mariage. Ne me dis pas que tu as oublié Marie-Anne, notre voisine. J'ai bien hâte de la présenter à Cassandre!

— Oui, oui, Étiennette, je sais qui est Marie-Anne Dandonneau, répondit Pierre, agacé, à son tour.

— C'est toi-même qui me dis constamment qu'elle a hérité d'une grande terre au fief Chicot, à côté de la nôtre. Donc, tu as sans doute de l'admiration pour sa condition… Elle a mon âge, elle est belle…Tu ne dis rien?

— Pourquoi pas la belle-fille de Berthier? Il me semble plus naturel que ce soit lui qui accueille Eugénie Allard et ses enfants dans son manoir. Il me disait qu'il la connaissait depuis quarante ans!

— Mais tu sais sans doute qu'elle vit à Berthier-sur-mer depuis l'an passé. C'est pour ça que nous ne l'avons pas invitée. D'ailleurs, Berthier-en-haut n'a pas d'église.

Ce dernier argument mettait fin à la discussion, selon Étiennette. Toutefois, Pierre continua quand même. Ce qui la contraria.

— Mais j'ai entendu dire, à la forge, que le capitaine s'apprêtait justement à en faire construire une. Même qu'un artisan sculpteur est déjà au manoir et qu'il a commencé à fabriquer le retable. Un dénommé Edgar La Chaumine. Je t'ai déjà dit avoir aidé le père de Cassandre à réparer le retable de la chapelle du Petit Séminaire de Québec, à mon arrivée en Nouvelle-France, n'est-ce pas ? Je m'y connais un peu en construction. François Allard était tout un maître sculpteur.

Étiennette attendait, excédée, les bras croisés, que son mari ait fini de parler. Il s'en aperçut et ajouta en cafouillant :

— Et le capitaine, y sera-t-il pour accueillir Eugénie Allard ? Ça serait normal que deux veufs qui ont failli s'unir dans un lointain passé aient le goût de se revoir… Enfin, je crois !

Étiennette regarda son mari d'un air courroucé. Celui-ci n'en comprenait pas le motif, mais il sentait que sa jeune épouse était sur le point de réagir. Il ajouta timidement :

— C'est vrai que le capitaine Berthier fait constamment la navette entre ses deux seigneuries. Comme un oiseau d'une branche à l'autre ! Il ne tient pas en place. Il virevolte plus qu'il ne gère. Tantôt ici, tantôt à Berthier-sur-mer. J'ai entendu dire que le postier Da Silva l'avait avisé de la venue d'Eugénie Allard. À sa place, je marcherais sur mon orgueil et au risque de perdre la face, j'assisterais à la cérémonie, à l'église de l'île Dupas… Au moins, je l'inviterais au manoir.

Le regard sombre d'Étiennette annonçait un orage.

— D'accord, d'accord. Ce n'est peut-être pas sage d'accueillir une ancienne flamme, alors que sa femme vient de mourir ! Je sais. Pourquoi n'inviterions-nous pas le capitaine à la forge, quand la famille Allard y sera ? Évidemment, ça ne veut pas dire que la veuve souhaiterait revoir Berthier. Tu es une femme, toi ! Tu sauras sans doute mieux que moi ce qu'il convient de faire dans les circonstances.

Étiennette défiait son mari d'un air revêche. Elle attendit qu'il ait fini d'énumérer ses faux-fuyants et attaqua.

— Hypocrite, va ! Ne me dis pas que tu n'as pas remarqué sa beauté. Tu es trop silencieux pour n'avoir rien vu !

Latour réagit, désemparé.

— Voyons, Étiennette! Qu'est-ce qui te prend tout à coup? De la beauté de qui parles-tu?... Marie-Anne Dandonneau?

Réalisant qu'elle avait réagi en femme jalouse, elle opina de la tête et se ravisa.

— Je voulais dire sa richesse... C'est ça! Sa richesse. Mademoiselle Marie-Anne est un parti enviable.

Latour ne comprenait plus trop bien le raisonnement de sa jeune femme.

Commencerait-elle à manquer de discernement?

Étiennette continua, pour se donner une contenance:

— Je me demande bien qui est ce beau militaire à qui elle est promise! Le frère de Claude Drouet à l'île aux Ours? Peut-être bien!

— Le rôle de la marieuse te va mal, Étiennette! Tout le coin sait que Marie-Anne Dandonneau va se fiancer prochainement par contrat à Pierre Gauthier de La Vérendrye, le fils de René Gauthier de Varennes, des Trois-Rivières. Enfin, c'est ce que j'ai entendu à la forge. Un des meilleurs partis de la colonie, il n'y a pas de doute.

— Mais alors, la famille Dandonneau l'aura sans doute invité à la cérémonie, ce militaire, puisqu'ils y seront tous, tout à l'heure! Ça serait dans l'ordre des choses.

— C'est ce que me disait le capitaine Berthier. Mais je n'en ai eu aucune confirmation. Il vaut mieux pour toi ne pas trop chercher à comprendre. Ça te décevrait... Peut-être!

— Mademoiselle Marie-Anne ne m'en a jamais fait mention, ni de son cavalier ni de ses fiançailles!

— Nous ne sommes que des voisins, pas des proches. Encore moins de la noblesse... Et puis, si ce Pierre Gauthier de La Vérendrye est par ici, Marie-Anne est probablement déjà chez ses parents à l'attendre. Ne t'en fais pas trop, quoique ce ne soit qu'une supposition, bien entendu.

Devant la triste réalité de leur condition de roturiers évoquée par sa femme, Pierre préféra ne pas insister.

— À propos, tu ne m'as pas répondu à l'idée d'inviter le capitaine Berthier ici?

Le forgeron avait fini sa phrase en bafouillant. Subitement, il craignit que sa femme se fâche à nouveau.

— Tiens, tiens, il me semblait que tu connaissais les allées et venues de ton cher capitaine…

— Plus ou moins ! répondit timidement le forgeron, qui sentait le tapis lui glisser sous les pieds.

— À propos, le chat vient de retrouver sa langue, en ce qui concerne le fiancé de mademoiselle Marie-Anne ! Quand je vais dire à mes sœurs, surtout à Marie-Anne, que ta forge est devenue le carrefour des échos mondains des environs, elle le dira sûrement à ton ami Viateur. Ton compte est fait, mon gaillard !

Là-dessus, elle alla délicatement pincer la joue de son mari, avec un sourire coquin au coin des lèvres. Légèrement contrarié, Pierre recula d'un pas. Préférant parler plus sérieusement, elle avança à propos du capitaine Berthier :

— Crois-tu que le capitaine Berthier veuille accueillir madame Eugénie Allard ?

Pierre Latour, qui se débattait encore avec sa cravate, réagit avec véhémence.

— Voyons, le pauvre homme est veuf ! C'est déjà assez long pour un homme en pleine vigueur, comme lui, sans créature !

Étiennette, irritée, le voyant encore occupé à ajuster son col de travers, serra la cravate de son mari un peu trop fort.

— Ma femme, tu m'étouffes !

— Vous autres, les hommes, vous ne pensez qu'à ça ! Je te rappelle que nous avons prié aux côtés de la dépouille de madame de Berthier, au manoir, l'an passé. La décence est encore de mise ! Quelle femme… Nous ne la remercierons jamais assez de nous avoir fait la faveur de nous recevoir au manoir pour nos noces… Ton capitaine pourrait respecter sa mémoire correctement, tout de même !

Honteux, Pierre Latour se reprit en ajoutant :

— En tout cas, d'avoir perdu sa femme l'a mis sens dessus dessous. Et sa belle-sœur, madame de Sorel, la pauvre, ne s'en remettra pas non plus… Sa bru aussi était bien triste aux funérailles.

— De bien belles funérailles, avec procession et chants… Les coseigneurs de l'île Dupas ont été touchés par le chagrin de Berthier pour lui manifester autant de sympathie.

— Drôle d'idée tout de même de l'avoir fait inhumer à Sorel. Pourquoi pas au petit cimetière de l'île Dupas ? Prendre le risque de chavirer avec le fort courant, à cette période de l'année !

Le forgeron réalisa soudain qu'Étiennette allait aussi courir un danger en traversant le chenal.

— Es-tu toujours aussi décidée à y aller, Étiennette, dans ton état ? Il me semble que c'est très imprudent.

En voyant la déception dans le regard de sa femme, Pierre Latour battit en retraite. Il continua, s'avouant vaincu.

— Le capitaine me disait que c'était les dernières volontés de sa femme… Remarque, les censitaires de Berthier sont enterrés à l'île Dupas et le capitaine n'aurait jamais permis que sa femme soit inhumée là, avec la plèbe. Il n'a jamais vraiment eu beaucoup de considération pour Courchesne et Dandonneau, des paysans, à son dire, malgré leurs capacités !

— C'est sa femme, madame de Berthier[19], qui m'avait dit à nos noces que le parrain de leur première enfant n'était nul autre que le gouverneur Frontenac lui-même. Elle, une fille Le Gardeur de Tilly, était habituée à fréquenter la noblesse. Il paraît que leur mariage avait été grandiose ! Étrange destinée que d'avoir perdu tous ses enfants avant de mourir…

— Remarque, elle reposera près de ses trois enfants, au cimetière de Sorel, et sa sœur fleurira sa tombe. C'est sans doute pour cette raison qu'elle a préféré se faire inhumer à Sorel… Au fait, est-il vrai que cet Edgar La Chaumine est, pour le moment, l'homme sur lequel le capitaine compte le plus ?

— Ça, je ne sais pas. Comment est-il, ce La Chaumine ?

— Seulement entendu parler, sans plus.

Là-dessus, la jeune femme devint subitement soucieuse, comme si le spectre de la mort la hantait. Son mari la vit pâlir. Il se dit qu'Étiennette allait peut-être changer d'idée. Mais, se reprenant, elle respira avec difficulté, ravala sa salive et articula :

— Pierre, penses-tu que Cassandre et sa mère nous en voudraient si nous invitions ton ami Berthier ?

Latour dévisagea sa femme. Il était étonné de la question, puisqu'il avait eu l'impression qu'Étiennette n'avait pas porté attention à sa précédente remarque. Au moment où il s'apprêtait

---

19. Marie Le Gardeur de Tilly de Berthier eut trois enfants, né à Berthier-en-haut. Marie-Geneviève, née en 1673 et morte peu après, Catherine-Charlotte née en 1674 et décédée en 1704 ainsi qu'Alexandre fils, né en 1676 et décédé en 1703, quelques mois après son mariage avec Marie-Françoise Viennay Pachot, devenue la seigneuresse de Berthier.

à répondre, Étiennette avait déjà pris la direction de l'extérieur, à toute vitesse. Le claquement de la porte, actionnée par le vent frais, mit rapidement la pièce sens dessus dessous. Stupéfait, le géant s'avança vers la porte afin de la refermer. Toutefois, craignant pour la santé de sa jeune épouse, il fila la retrouver. Étiennette vomissait à s'en arracher les tripes, au coin de la maison. Elle n'avait pas pu se rendre aux latrines.

— Ça ne va vraiment pas, Étiennette? Tiens, prends mon mouchoir et essuie-toi.

— C'est normal d'avoir la nausée abondante, quand une femme est enceinte! lui dit-elle en se retournant.

Pierre Latour Laforge resta coi. Étiennette lui sourit timidement, hésitante. Le silence de son mari l'inquiéta.

— Tu n'es pas contrarié, Pierre, au moins? Ça sera peut-être un garçon, peut-être deux.

S'étant ressaisi, le forgeron prit sa femme par la main.

— En es-tu certaine? Qui te l'a dit? Ce n'est pas ta mère puisqu'elle ne le sait pas encore!

— La cousine Agnès Pelletier Boucher. Nous en avons parlé, la semaine dernière, lorsqu'elle et Charles sont venus nous visiter. Tu sais, chez les femmes Pelletier, c'est héréditaire d'avoir des jumeaux. Charles et elle ont un couple de jumeaux.

— C'est vrai, tes deux petits frères Charles et François-Aurèle sont jumeaux eux aussi.

— Tu vois!

— Ça sera le plus beau jour de ma vie! Deux garçons! Tu n'aurais pas pu me faire davantage plaisir.

Le géant se mit à faire tournoyer sa femme comme une toupie, tant il était heureux.

— Tu vas me redonner la nausée si tu n'arrêtes pas, grand fou! Et toi qui crains que je traverse en bac! Allez, dépose-moi par terre, sinon je te vomis dessus.

Latour ne se le fit pas dire une seconde fois. Étiennette s'empressa aussitôt de remettre sa coiffe en place et de vérifier si sa robe nuptiale n'avait pas été souillée. Son inquiétude s'estompa quand elle se rendit compte que ses vêtements étaient propres.

— Ils sont prévus pour quand, nos garçons?

— Tu paries gros, Pierre! Et si c'était un garçon et une fille? demanda-t-elle avec une pointe d'inquiétude. En ce cas, j'aimerais les appeler Émeline et Quentin. Ça pourrait aussi être des jumelles, sait-on jamais ! Je les appellerais alors Émeline et Émilie.

— Et si c'était deux garçons, y as-tu pensé ?

— Bien sûr ! Ils s'appelleront Quentin et Perrin.

Le forgeron regarda sa femme, amusé.

— Et tu en connais beaucoup des Émeline et Émilie comme marraines, ou des Perrin et Quentin comme parrains, dans notre parenté et parmi nos amis, même dans le coin ?

Surprise et troublée lorsqu'elle réalisa le sens pratique de la question de son mari, Étiennette balbutia évasivement :

— Euh... non !

— Alors, à qui pourrais-tu penser comme marraines pour notre fille ou nos filles ?

Étiennette regarda son mari, gênée de sa naïveté et lui répondit :

— À ma mère, Marguerite, et à Marie-Anne... ou à Madeleine, mon autre sœur.

Le forgeron devint subitement ému. Étiennette, en mentionnant le prénom de Madeleine, évoquait aussi celui de sa tante décédée, la première madame Pierre Latour.

— Tu vois, la tradition veut que nos bébés portent le nom de leur parrain et marraine... Alors, à qui pourrais-tu penser comme parrains pour notre ou nos garçons ?

— À Pierre Généreux, répondit Étiennette, spontanément.

Le forgeron demeurant silencieux, Étiennette se rendit compte de la cocasserie de la situation.

— Comme ça, notre premier fils porterait le prénom de son père. Tu préférerais ça à Quentin ou Perrin, n'est-ce pas ?

Les yeux de Pierre Latour s'imbibèrent de larmes, tant il ne s'attendait pas à cette réaction de la part de sa femme. Pour toute réponse, le forgeron demanda :

— À quel moment passeront les Sauvages[20] ?

Étiennette lui sourit, radieuse.

— En décembre, probablement. Au début ou au milieu. Mais pas pour Noël.

— Juste après ma tournée des gisements de fer et pour notre anniversaire de mariage, ajouta-t-il.

---

20. Vieille expression québécoise disparue, pour parler de la naissance prochaine d'un enfant.

Étiennette le regarda, ahurie.

— Toujours aussi calculateur! Heureusement que tu as pensé, ne serait-ce qu'un peu, à notre deuxième anniversaire. Il a fallu retarder notre mariage au début décembre, le temps que tu reviennes de ta quête de fer et là, il faudrait que j'accouche avant ou après tes prospections. Les hommes, quelle compassion! Tu sauras qu'on n'accouche pas quand on veut. C'est le bébé qui décide ou les bébés qui décideront!

Sur la défensive, le forgeron réagit.

— Mais, Étiennette, c'est toi qui tenais absolument à la date du 1er décembre, pour donner la chance à ton amie Cassandre de venir chanter à notre mariage.

Se rendant compte que son mari avait raison, cette dernière en profita pour parler de leur grande visite.

— C'est vrai, Cassandre s'en vient. Bon, il est temps que je t'explique le programme des Allard, que mademoiselle Marie-Anne Dandonneau et moi avons élaboré.

Étiennette lut la lettre, que Marguerite Banhiac Lamontagne avait reçue d'Eugénie Allard et qu'elle lui avait confiée.

Bien chère Marguerite,

Comment allez-vous, ainsi que votre famille? Ne soyez pas trop surprise de recevoir cette lettre, puisqu'elle fait suite à votre aimable invitation pour les noces de votre Étiennette[21], que nous avons eu la chance de connaître et d'accueillir à Charlesbourg, avant le départ de Cassandre en France. Malheureusement, comme elle n'a pu chanter au mariage de son amie comme elle l'avait tant désiré, je lui ai promis d'aller la visiter chez elle, à la forge du fief Chicot. Elle a tellement hâte de revoir Étiennette!

Quant à moi, comme mon état de santé ne me le permettait pas à ce moment-là, j'aimerais me reprendre en acceptant votre politesse d'aller vous rencontrer à la Rivière-du-Loup. Nous serons accompagnées de mon fils prêtre, Jean-François, qui parle encore de votre accueil chaleureux…

À ces mots, Étiennette jeta un coup d'œil à son mari pour voir sa réaction. Comme il ne bronchait pas, elle se risqua:

— Je suis certaine que maman a dû grimacer en lisant l'expression, «accueil chaleureux». Qu'en penses-tu?

---

21. 1er décembre 1705.

Le forgeron conservant le silence, Étiennette réagit :

— Pierre Latour, ne me dis pas que tu n'as pas entendu parler des rumeurs concernant l'abbé Jean-François et Geneviève, ma sœur !

Étiennette continua :

… ainsi que de mon amie, Mathilde, la comtesse Joli-Cœur. J'espère que toute cette visite ne vous encombrera pas trop. Nous aimerions aussi nous rendre à la seigneurie de Berthier et de l'île Dupas. Cassandre avait apprécié sa visite de l'île avec mon regretté cousin, Thomas Frérot, votre seigneur.

Le comte Joli-Cœur, qui nous y emmène, promet d'arriver chez vous pour la Saint-Jean-Baptiste au plus tard. Soyez certaine, Marguerite, que nous ferons en sorte de nous faire discrets.

Dans la hâte et la joie de vous retrouver après toutes ces années, encore plus ma petite Cassandre, qui ne vit que pour ce moment,

Eugénie Allard

— Voilà ! Je n'y croyais plus, à cette visite. N'est-ce pas que Cassandre a hâte de nous revoir ?

— De te revoir, Étiennette, pas moi.

— Toi et moi, c'est pareil pour Cassandre. Penses-tu qu'elle ne sera pas surprise de me savoir enceinte ! Et mademoiselle Marie-Anne, comment va-t-elle la trouver ?

— Parce que… ajouta le forgeron pour toute réponse.

·Pierre Latour Laforge paraissait songeur. Étiennette s'en inquiéta :

— Y a-t-il quelque chose qui ne va pas ?

— La lettre, évidemment, ne dit pas si la visite arrive ici ou à l'église. En aurais-tu discuté avec ta mère ?

— Euh, oui.

— Et ?

Étiennette regarda son mari, penaude. Ce dernier s'en rendit compte.

— Et ?

Les yeux d'Étiennette se remplirent de larmes. Elle se mordit la lèvre inférieure et baissa les paupières. Pierre devina immédiatement que la sensibilité de sa jeune épouse était exacerbée. Il n'osa pas insister. C'est cette dernière qui avoua :

— Je ne m'en souviens plus ! tonna-t-elle en pleurant à chaudes larmes.

Devant le désarroi de sa femme, Pierre Latour s'avança vers elle pour la consoler.

— Tut, tut. Tiens, mon mouchoir. Qu'est-ce que c'est que cette grosse peine-là?

À ces mots, il épongea les larmes d'Étiennette. Une fois rassurée, elle se moucha. Son mari poursuivit:

— Ce n'est pas si grave que ça, allons donc!

— Qu'est-ce que mademoiselle Marie-Anne Dandonneau va penser de moi? Je ne sais même plus si elle vient nous rejoindre ici pour partir ensemble ou si elle se rend directement à l'église accueillir son fiancé!

— S'il est revenu de Terre-Neuve et si la nouvelle est véridique, ne l'oublions pas... Je crois que tu viens de conclure trop rapidement. Ce n'est toujours qu'une rumeur. Devant cette incertitude, il vaut mieux ne pas en tenir compte. Ça devient trop compliqué.

Étiennette se remit à pleurer de plus belle. Alors, avec délicatesse, Pierre Latour Laforge prit sa femme par les épaules et l'approcha de lui. Il l'attira ensuite sur son large torse.

— Tu verras, tout va s'arranger. Allons-y par étape. D'abord tes parents et la famille Allard. Nous allons les attendre encore un peu ici, au fief Chicot.

— Et s'ils se rendent directement à l'église?

— Ce n'est tout de même pas le baptême de notre premier... ou de nos jumeaux! lui répondit-il pour la faire sourire.

Étiennette perçut l'humour et la compassion de son mari. En s'essuyant les yeux et en reprenant lentement son souffle, elle continua:

— Mais non, je le sais bien!... C'est logique. Pourquoi se rendraient-ils directement à l'église, quand Cassandre et sa mère ont fait une si longue route pour venir nous rencontrer?

— Tu vois, Eugénie Allard et ta mère sont des femmes de jugement. Elles préféreront venir nous retrouver au fief Chicot d'abord. En tout cas, Cassandre va insister pour venir te rencontrer le plus rapidement possible. Après, nous partirons tous à l'église, rejoindre Marie-Anne et la famille Dandonneau.

Étiennette, s'étant reculée légèrement, détailla son mari avec incrédulité. Cette subtile différence dans son attitude confirma à Pierre Latour qu'elle s'était ressaisie.

— Et comment peux-tu en être si certain?

Celui-ci la regarda tendrement, avec un sourire espiègle, en affirmant :

— Une intuition !

— Une intuition ? Depuis quand as-tu des intuitions, toi ? Parle, je t'en prie !

— Parce que… à vivre à tes côtés, je commence à mieux comprendre la façon d'être des femmes !

Étiennette ne mit pas de temps à réagir. En riant tout en lui martelant la poitrine, elle s'écria :

— Oh toi, grand fou !

La joie et la sérénité venaient de réapparaître sur le visage d'Étiennette. Elle se mit à planifier les prochaines étapes.

— Ils vont arriver ici, c'est quasiment certain. Sinon, mademoiselle Marie-Anne les accueillera à l'église. D'ailleurs, l'abbé Jean-François Allard connaît bien le curé Chaigneau et madame Allard ira apprivoiser l'harmonium. Quant à Cassandre… je suis certaine qu'elle sera en train de faire vibrer la nef de sa magnifique voix… Il ne reste plus que toi !

— Quoi, moi ?

— Que tu finisses de te faire élégant.

— Mais j'ai fini de m'habiller. Tiens, le nœud de ma cravate est parfait. Ça ne te suffit pas ?

— Pas tout à fait.

— Que te faut-il de plus ?

— Je ne sais pas… Attends que j'y pense, dit-elle de façon espiègle.

— Que tu y penses ! N'est-ce pas toi qui semblais pressée de partir ?

— Tout à l'heure, oui, mais maintenant…, répondit-elle, narquoisement.

Aussitôt, elle se mit légèrement en retrait, attrapa la cravate de son mari en faisant mine de l'attirer vers le lit, au grand étonnement de ce dernier.

— Et le sermon de l'abbé Allard, l'aurais-tu oublié ?

Devant la surprise de son homme, Étiennette commença à déboutonner son collet de chemise, quand ils entendirent des voix à l'extérieur de la maison et des coups à la porte d'entrée.

— Pierre, ferme le rideau, je ne veux pas que quelqu'un nous voie ! Reboutonne ton col et vite !… Va donc voir qui est là !

— Ils iront voir à la forge aussi, c'est certain.

— Pourvu que ce ne soit pas mademoiselle Marie-Anne! Si elle nous voyait en train de replacer nos vêtements, que penserait-elle?

— Que nous avons fait la sieste, c'est simple à comprendre.

— Pas pour une célibataire comme elle.

— Je te crois. Elle n'a jamais rencontré son promis, même s'ils sont fiancés.

— Bien sûr qu'ils se connaissent! Pierre, dépêche-toi, vite!

— Oui, oui. J'y vais immédiatement.

Aussitôt, Étiennette se dit à elle-même:

Mon Dieu, comment vais-je m'y prendre pour annoncer la venue du bébé?

CHAPITRE V
La grande visite

Le bateau affrété par le comte Joli-Cœur jeta l'ancre dans la petite rade en face des Trois-Rivières dans la deuxième semaine du mois de mai 1707, afin d'y faire escale. Le comte préféra que les passagers prennent place dans les barques qui longeraient le lac Saint-Pierre, de Pointe-du-Lac à la Rivière-du-Loup, en croisant l'embouchure de la rivière Yamachiche, et continueraient jusqu'au fief Chicot, à la croisée de la rivière Chicot et du chenal du Nord. Le bateau irait attendre le comte à la rade de Sorel, pour qu'il puisse continuer de naviguer, au-delà de Montréal, jusqu'au lac des Deux Montagnes, tel que prévu.

Quand Eugénie, Cassandre et l'abbé Jean-François Allard, accompagnés de la comtesse et du comte Joli-Cœur, se présentèrent à la maison des Banhiac Lamontagne, Marguerite était en train de retourner la terre de son potager, accompagnée de ses filles Antoinette et Geneviève. L'émoi qui s'ensuivit, malgré l'annonce de la visite, anima rapidement la vie champêtre et tranquille de la famille Lamontagne.

Eugénie, aidée de son fils Jean-François, se présenta elle-même au potager, lorsqu'elle crut reconnaître la silhouette de Marguerite.

— Tiens, je suis certaine que c'est Marguerite, là-bas, au jardin. Allons maintenant la saluer. N'est-ce pas que c'est bien elle, mon gars?

— Nul doute, mère. Je reconnais sa silhouette.

— Mais elle n'est pas seule. Il y en a des plus jeunes, ses filles, sans doute.

— …

En s'approchant, suivie de près par Cassandre, Mathilde et Thierry, Eugénie demanda :

— Toi qui les connais, Jean-François, qui sont-elles ?

L'ecclésiastique, empêtré dans sa soutane, faillit trébucher dans la terre boueuse et tomber. Il venait de reconnaître Geneviève. Son cœur battait la chamade. Sa mère s'en rendit compte rapidement.

— Serais-tu nerveux, toi ? N'oublie pas que je suis accompagnée par mon fils, prêtre, et j'entends bien qu'il le reste.

Pour éviter d'autres remontrances, Jean François préféra répondre :

— Je reconnais Geneviève, je pense. Ah oui, c'est bien la sveltesse de sa taille. Je crois que l'autre est…

— Assez, Jean-François, je ne t'ai pas demandé de les décrire en détail, seulement leurs prénoms.

Cassandre venait de les rejoindre. Elle s'exclama :

— Je crois que c'est Antoinette, la plus jeune sœur d'Étiennette !

Aussitôt, Cassandre s'élança pour aller la saluer.

— Antoinette, tu me reconnais, c'est moi, Cassandre !

Déjà, Antoinette avait laissé tomber sa bêche et allait à la rencontre de la jeune fille. Cassandre était vêtue d'une robe de voyage assez ample qui lui permettait de se déplacer aisément. Un manteau la couvrait des épaules jusqu'à mi-jambes. Ses chaussures boutonnées selon la mode de Paris détonnaient avec le reste de sa tenue adaptée aux circonstances. Sa coiffure haute laissait flotter au vent ses boucles blondes.

Antoinette observait Cassandre avec admiration.

— Ce que tu es belle, Cassandre ! Je t'envie d'avoir étudié à Paris.

— Plutôt à Versailles. Le pensionnat de Saint-Cyr, parrainé par le Roy, est situé à Versailles.

Aussitôt, Cassandre fit la bise à Antoinette, en prenant bien soin d'effleurer les joues de cette dernière. Antoinette se sentit embarrassée avec ses vêtements de paysanne, comparativement à l'aisance de Cassandre dans sa belle tenue.

— Avez-vous des nouvelles d'Étiennette? J'ai si hâte de la voir.

Pendant ce temps, Eugénie était allée rejoindre Marguerite Banhiac Lamontagne.

— Bonjour, Marguerite, que je suis heureuse de vous voir! Nous n'arrivons pas à un mauvais moment, j'espère? Loin de nous l'idée de vouloir vous déranger!

Marguerite épousseta sa robe souillée de terre. Elle remit sa coiffe en place et tendit la main à Eugénie pour l'accueillir.

— Eugénie, qu'il est bon de vous retrouver! Ça fait si long-temps… Excusez notre allure. Vaut mieux sarcler maintenant que débroussailler plus tard, n'est-ce pas?

— Quant à ça, vous avez bien raison… Ça fera bientôt trente-cinq ans, à l'automne, que nous nous sommes vues, à la naissance d'André. Beaucoup d'eau a coulé sous les ponts depuis, Marguerite…

Eugénie prit le temps de marquer une pause pour démontrer à Marguerite qu'elle portait pesamment le poids de toutes ces années.

Elle reprit:

— Mais vous avez revu certains de mes enfants, depuis ce temps. Vous rappelez-vous de Cassandre?

Cette dernière s'avança avec grâce vers Marguerite et lui fit la révérence.

— Voyez-vous cette élégante demoiselle, Antoinette et Geneviève? Mais, ma parole, Cassandre, tu es devenue une vraie femme. Étiennette aurait été ravie que tu chantes à son mariage.

Antoinette répondit d'un sourire légèrement forcé, tandis que Geneviève conversait avec l'abbé Jean-François. Quant à Eugénie, elle eut un rictus de désapprobation et Cassandre, elle, fit une moue d'impuissance.

Comprenant qu'elle venait de mettre tout le monde dans l'embarras, Marguerite continua, pour se racheter:

— En tout cas, c'est Étiennette qui sera contente de te revoir. Nous irons au fief Chicot, bientôt.

— Je suis si heureuse d'être revenue à la Rivière-du-Loup, madame Lamontagne. Verrons-nous Étiennette aujourd'hui?

Devant la hâte de Cassandre, Eugénie s'interposa:

— Voyons, Cassandre, nous allons prendre le temps d'honorer l'accueil de madame Marguerite et de souffler un peu… J'aimerais vous présenter Mathilde et Thierry, la comtesse et le comte Joli-Cœur.

Mathilde et Thierry venaient de rejoindre le petit groupe. Mathilde prit la parole :

— Eugénie m'a souvent parlé de vous et de votre famille, madame Lamontagne, d'autant plus que nous avons connu votre fille Étiennette, à Québec. Une bien charmante fille, en vérité.

— Vous êtes bien indulgente, madame la comtesse. Étiennette me disait que vous étiez les parents de cinq grands garçons ? Élever des garçons, c'est plus difficile que des filles !

Mathilde fut subitement gênée par cette remarque. Pour alléger la situation, Cassandre intervint :

— Mais non, madame Marguerite, Mathilde et Thierry sont nouveaux mariés. Vous avez reconnu Thierry, le comte Joli-Cœur, n'est-ce pas ? Il est venu ici, avec parrain Thomas[22], avant que je parte pour la France. Mathilde était mariée avec Guillaume-Bernard et ils ont élevé cinq enfants.

Vexée de s'être fait damer le pion par Cassandre, Mathilde réagit.

— Plutôt six. N'oublie pas que nous t'avons hébergée à Paris.

La remarque fit grimacer Eugénie, qui préféra cependant passer outre. C'est le moment que choisit Thierry pour intervenir.

— Bonjour, madame Lamontagne. Je suis heureux de vous revoir. Et comment vont messieurs François et Jean-Jacques ?

Heureuse de ne plus être prise entre le marteau et l'enclume, Marguerite répondit :

— C'est vrai, vous étiez tous venus au pays en 1666 !

— Sur le *Sainte-Foy* ! rajoutèrent en même temps Eugénie et Mathilde, amusées de la synchronisation de leur réponse.

Cette note amusante permit à Mathilde d'ajouter :

— Nous, comme filles du Roy et eux comme militaires du régiment de Carignan de la Compagnie La Fouille.

— Et Thierry, comme voisin de mon mari, François, continua Eugénie, amusée, pour ne pas être en reste.

---

22. Thomas Frérot était en fait le parrain de Simon-Thomas Allard, le frère de Cassandre. Comme la marraine de celle-ci était Marie-Renée Frérot, la fille de Thomas, la petite Cassandre, qui était demeurée chez les Frérot à Québec et qui avait pris la mauvaise habitude d'usurper ce que possédait son frère, considérait Thomas comme son parrain.

Aussitôt, un silence plana. Marguerite saisit l'occasion pour souhaiter ses condoléances à Eugénie.

— Madame Allard...

— Appelez-moi Eugénie, il faut en venir là, à un moment donné. Mieux vaut tard que jamais, Marguerite.

Cette dernière sourit.

— Alors, Eugénie, avec beaucoup de retard, mais la distance, vous comprenez... nous aimerions, ma famille et moi, vous offrir toutes nos condoléances pour le décès de votre François.

Se composant un air recueilli, Eugénie répondit:

— Merci bien, Marguerite. Un homme comme il ne s'en fait plus. Un être, en plus, qui ne se remplace pas, croyez-moi.

À ces mots, Mathilde rencontra le regard de son mari, figé d'incompréhension. Elle plissa le front, comme si elle voulait lui dire, sans le pouvoir, à ce moment:

Je te l'avais dit que son silence paraissait louche. Depuis quand n'a-t-elle pas prononcé le prénom de Manuel, hein? Nous, les femmes, notre sixième sens ne nous ment jamais. Mais comment se fait-il que Cassandre, elle non plus, ne prononce plus le prénom du docteur? C'est étrange. Ou bien, elle est complice de sa mère et n'en dira rien, ou bien, elle ne veut pas s'en mêler. Or, ne pas s'en mêler n'est pas le genre de Cassandre. Quoiqu'avec ce qu'elle a pu endurer au pensionnat de Saint-Cyr, elle a pu mûrir, la petite!

Pour égayer davantage l'accueil, Eugénie chercha à faire dévier la conversation.

— Ah oui, Marguerite, j'allais oublier mon fils, Jean-François. Vous vous en souvenez: celui-là, il est venu remplacer Cassandre pour chanter au mariage d'Étiennette! Jean-François... voyons, où est-il, celui-là? Jean-François, viens saluer madame Lamontagne, qui t'a si bien reçu, il y a...

— Une année et demie, à la fin novembre 1705. Étiennette s'est mariée le 1er décembre suivant, rétorqua aussitôt Marguerite.

Ne le voyant pas, Eugénie se retourna en haussant la voix pour l'appeler.

— Jean-François, Jean-François! Voyons, où est-il, celui-là? Tiens, le voilà! Jean-François, viens saluer madame Lamontagne.

— Marguerite! la corrigea spontanément cette dernière.

Eugénie la regarda, impressionnée par sa vivacité d'esprit. Elle répondit, pour ne pas perdre la face, quand elle aperçut, contrariée, son fils Jean-François :

— C'est pour mon fils… Je ne voudrais pas qu'il devienne trop familier avec les dames !

Jean-François était en train de discuter en retrait avec Geneviève Lamontagne. À l'appel de sa mère, il se dépêcha de les rejoindre, en répondant :

— Je suis là, mère. J'arrive.

Eugénie se rendit compte rapidement, quand elle vit les yeux mouillés de son fils, qu'il vivait de pénibles moments. Ce dernier prétexta avoir reçu de la poussière dans les yeux. Marguerite, qui n'était pas dupe non plus, intervint aussitôt :

— Vous avez raison, monsieur l'abbé, après un tel voyage sur le fleuve et sur le lac, les muqueuses souffrent ! Nous devrions rentrer. À propos, Geneviève, va donc avertir ton père que notre grande visite est arrivée. Il voudra aviser son ami Jean-Jacques, puisque ce sont aussi ses amis. Rends-toi du même souffle chez notre voisin. Mais commence par ton père. Il me disait justement qu'ils devaient se donner un coup de main pour réparer une clôture mitoyenne.

Eugénie apprécia, une fois de plus, l'intelligence de Marguerite Banhiac Lamontagne. Le petit groupe se faufila par le sentier jusqu'à la maison.

— Tiens, mon grand, prends soin de ta vieille mère, qui en a besoin, dit Eugénie à Jean-François, en s'appuyant sur le bras de son fils. En chemin, à mi-voix, elle lui demanda :

— Que t'a-t-elle dit, cette Geneviève, pour te mettre dans un tel état ? Confie-toi à ta mère.

Ce dernier la regarda, les yeux tristes, dodelinant de la tête.

— Certainement pas des mots à ton goût, n'est-ce pas ?

Comme Jean-François ne répondait pas, Eugénie continua :

— Je vais demander à Marguerite de te servir un petit remontant. Il y a des péchés qui sont moins graves que d'autres. Il ne faut pas être plus catholique que le pape lui-même !

Jean-François fixa sa mère, avec chagrin. Cette dernière devint songeuse.

Qu'est-ce qui se passe, chez les Allard, pour que nous soyons tous en peine d'amour ? Marie-Renée d'abord, moi, et maintenant Jean-François. Je suis venue ici pour vérifier l'identité d'Edgar La

Chaumine, il ne faudrait quand même pas que Jean-François oublie le motif de notre visite. C'est à cause de lui si Manuel a choisi de rompre nos fiançailles et si je suis en chagrin d'amour. Qu'il s'en souvienne !

Elle poursuivit, en murmurant, pour n'être entendue que de son fils :

— N'oublie pas, mon garçon, que je t'ai permis de m'accompagner pour débusquer cet Edgar La Chaumine et non pour conter fleurette à Geneviève. Voudrais-tu que nous soyons tous excommuniés à cause de toi ? L'amour humain est défendu à un prêtre, sinon qu'à son prochain. Autrement dit, tu peux aimer tout le monde à la fois, mais personne en particulier, encore moins Geneviève, est-ce clair ?

Eugénie sentit sur son bras l'abandon de son fils. Elle l'observa et lui demanda :

— Toi, mon petit garçon, tu veux me faire un aveu, n'est-ce pas ?

Ce dernier fixa son regard dans l'azur de celui de sa mère et avoua :

— Elle en aime un autre !

Merci, Vierge Marie, se dit spontanément Eugénie. Elle scruta aussitôt le visage de son fils pour se faire confirmer cette vérité.

— Elle te l'a dit ou tu l'as deviné ?

Comme Jean-François hésitait à répondre, sa mère intima :

— Explique-toi, que je comprenne !

En fils obéissant, l'abbé Jean-François raconta alors à sa mère les quelques phrases qu'ils avaient échangées.

— Bonjour, Geneviève, comment allez-vous ? Vous me reconnaissez ? Jean-François, le frère de Cassandre. C'est moi qui ai chanté au mariage de votre sœur Étiennette. Vous avez le souvenir, sans doute, de votre blessure, que j'avais moi-même soignée…

— Mais oui, je me souviens très bien de vous, monsieur l'abbé, vous aviez chanté et fait le sermon en chaire.

Comme Geneviève n'avait pas semblé répondre avec l'intensité souhaitée par l'ecclésiastique, ce dernier avait avancé :

— Et votre entorse, vous fait-elle encore souffrir ? Votre cheville semblait mal en point, sur le parquet de danse.

— Ma cheville? N'ayez crainte, monsieur l'abbé, Mathieu l'a mise à rude épreuve.

— Mathieu?

— Oui, mon cavalier. Le mois passé, pour la fête de Mai[23], nous avons dansé toute la soirée. Je n'ai ressenti aucune douleur. Mathieu Millet est un merveilleux danseur. Mes sœurs, Antoinette en particulier, sont jalouses de moi. Il est si beau et sérieux en plus! Je ne pouvais espérer un meilleur parti.

Dépité, Jean-François s'était risqué à lui demander:

— Pensez-vous que… enfin… vous me voyez venir?

Geneviève avait regardé Jean-François sans trop comprendre. Puis, soudain, elle avait pensé avoir compris.

— Vous voudriez chanter à notre mariage, s'il demandait ma main à mon père? Est-ce cela que vous n'osez me demander?

Comme Jean-François ne répondait pas, le cœur brisé, Geneviève avait pris son silence pour une affirmation.

— Monsieur l'abbé, ce serait le plus beau cadeau de mariage! Il ne me reste plus qu'à souhaiter qu'il demande ma main. Pourriez-vous prier pour moi?

Confus, Jean-François avait senti les larmes lui monter aux yeux. Il s'était apprêté à marmonner une réponse à sa belle Geneviève, quand l'appel de sa mère l'avait tiré de l'embarras.

Le récit de son fils terminé, Eugénie déclara:

— La situation ne peut pas être plus claire, mon garçon. Considère que Mathieu Millet t'a évité de te retrouver dans de sales draps. Geneviève est éperdument amoureuse de lui… Mais, si tu veux mon avis de mère, ne va pas chanter ni officier à son mariage. Que cette histoire te serve de leçon! Jouer de la sorte avec le feu de l'enfer! Quand tu reviendras à Québec, une retraite fermée te fera du bien… Maintenant, Edgar La Chaumine nous attend. À nous trois, mon gaillard!

Quand François Banhiac Lamontagne et Jean-Jacques Gerlaise de Saint-Amand retrouvèrent leurs amis de la traversée sur le *Sainte-Foy*, l'heure fut à la bonne humeur et à la taquinerie. Marguerite présenta ses autres filles, Marie-Anne, Madeleine et Agnès ainsi que ses jumeaux, Charles et François-Aurèle.

---

23. On dressait un arbre au mois de mai, pour saluer le retour de la saison chaude.

— Que vous avez donc une belle famille, Marguerite… Et bien élevée.

Eugénie avait bien pensé que ce n'était pas le cas de Geneviève qui avait osé reluquer la soutane de son fils. Mais elle continua :

— Et vos jumeaux, qu'ils sont mignons, hein, Cassandre ? Ma bru a failli accoucher de jumeaux, mais le docteur de Charlesbourg s'est trompé dans son diagnostic.

Eugénie jeta un regard furtif en direction de Mathilde, qui aurait souhaité demander à son amie :

Comment se fait-il que tu ne parles plus de Manuel ?

— La femme d'André ?

— Marie-Anne ? Non, elle n'a pas de jumeaux. Une grosse famille, toutefois. Ils en ont déjà cinq. Je parle plutôt d'Isa, la femme de Jean, mon troisième. Imaginez qu'elle a appelé son gros garçon François, comme mon défunt. C'est une bru hors du commun. Oh, l'autre aussi, bien entendu, mais Isa, Élisabeth si vous préférez, c'est son vrai prénom, est tout à fait charmante. N'est-ce pas, Cassandre ?

— Oui, maman, répondit cette dernière, de manière absente.

Eugénie s'en aperçut.

— Bon, assez parlé des miens. Je me rends compte que nous sommes une bande d'amis qui ne se sont pas revus depuis belle lurette et qui doivent fêter leurs retrouvailles. Allez, François et Jean-Jacques, reprenons notre récit depuis 1666, à notre arrivée en Nouvelle-France.

Comme les témoignages tardaient à venir, Eugénie, avec un clin d'œil, demanda à Jean-Jacques s'il avait une remarque à faire. Ce dernier entreprit la ronde des souvenirs par ce constat :

— Vois-tu, Thierry, c'est toi qui enviais mon confort nobiliaire en Belgique, chez mon père, alors que tu portes maintenant le titre de comte, marié à une ravissante comtesse.

Surprise de la galanterie du Belge, Mathilde répondit :

— C'est à Eugénie, Jean-Jacques, que vous devriez faire les yeux doux. Moi, je me suis mariée à mon amoureux de la traversée.

Eugénie eut envie de répondre à Mathilde, qui voulait tester la situation sentimentale de son amie :

Cause toujours, Mathilde, car il s'agissait plutôt de la traversée du désert, dans ton cas.

Mais elle se retint et préféra ajouter :

— Je suis certaine qu'il essaiera, mais je le connais assez pour ne pas vouloir indisposer mes enfants.

Ce à quoi Cassandre ajouta :

— Mais, Jean-Jacques, ne vous occupez pas de moi. J'ai vu bien des situations libertines à Paris et à Versailles.

La réponse de la jeune femme glaça l'atmosphère. Pour la détendre, Marguerite suggéra :

— Que dirais-tu, Cassandre, de nous chanter un extrait de l'opéra *Cassandre* ?

— Celui que tu nous as chanté, l'autre jour, et que j'ai bien aimé. Comment s'appelle-t-il, ce prince grec, déjà ? s'avança Eugénie.

— Oreste.

— C'est ça. Allez, mon chaton, fais-nous plaisir.

Cassandre s'exécuta à la plus grande satisfaction des Banhiac Lamontagne.

— Une si jolie voix ! As-tu l'intention de faire carrière à Québec, Cassandre ? demanda Marguerite.

Devant l'hésitation de la jeune fille, Eugénie répondit à sa place :

— Cassandre y réfléchit. Qu'en dis-tu, mon chaton ? Pour l'instant, ton plus grand désir est de revoir Étiennette, n'est-ce pas ?

Le sourire de Cassandre trahit sa grande hâte de revoir son amie. Eugénie, cependant, y vit plutôt de la sérénité.

Mon Dieu, serait-il possible qu'elle ne pense plus à François Bouvard ? Regardez donc ce beau sourire !

— En ce cas, nous allons tous aller retrouver Étiennette. Mais une surprise vous y attend, répliqua Marguerite.

— Une surprise, madame Lamontagne ? questionna Cassandre.

— Tout à fait. Étiennette a voulu te faire une surprise, d'abord à toi... Et à tous, je pense. Allons, maintenant, c'est le temps de manger et de se reposer. Nous allons partir demain assez tôt pour le fief Chicot de la seigneurie de l'île Dupas. Jean-Jacques vous offre aussi l'hospitalité dans sa grande maison.

— L'île Dupas ? Jean-François m'a parlé en grand bien de cette paroisse dont l'église a une bien belle vue sur de petites îles.

— C'est ça, Eugénie, l'île au Foin, l'île aux Cochons et l'île du Sablé, répondit Jean-Jacques, en regardant intensément cette dernière.

Personne ne fut dupe de l'intérêt que portait le veuf à la veuve, excepté François Banhiac Lamontagne. Mathilde regarda Thierry, tandis que François interrogea son ami :

— Dis donc, toi, depuis quand connais-tu la géographie du côté ouest des îles de Berthier ?

Immédiatement, Marguerite lui donna un petit coup de coude. Elle s'était rendu compte de l'intérêt que portait Jean-Jacques à Eugénie, mais elle n'aurait pas pu dire si cette dernière s'en était aperçue.

— Depuis mon dernier contrat chez le notaire Normandin. Son étude est tout près de l'église, en face de l'île aux Fesses... Excusez, je voulais dire l'île au Foin.

Aussitôt, Eugénie, qui avait jusque-là semblé apprécier Jean-Jacques, le toisa d'un air supérieur. Le mot *fesses* sortit l'abbé Jean-François de sa torpeur, tandis que Mathilde regarda en direction de Marguerite. Cette dernière, qui connaissait les deux noms associés à l'île, ne réagit pas, alors que les sœurs Lamontagne et Cassandre Allard tentaient du mieux qu'elles le pouvaient de réprimer leur fou rire, échangeant des œillades complices. Quant à Thierry, connaissant bien la pudibonderie d'Eugénie, il riait sous cape. Seul François Banhiac Lamontagne essaya de détendre l'atmosphère, mais en vain, car il empira les choses.

— Que dirais-tu, Jean-Jacques, de nous accompagner à l'île Dupas, chez Étiennette et Pierre ? Comme ça, tu pourrais guider Eugénie dans sa découverte des charmes... de l'île, bien entendu.

La cocasserie bien involontaire de François fit réagir Eugénie, encore plus cette fois-ci.

— Bon, comme il y a des jeunes filles, des couventines, ici, il serait de bonne morale d'éviter de parler de la géographie de votre région, hein ? Et puis, nous ne l'avons pas encore mentionné à Cassandre mais, Jean-François et moi, nous voulions lui faire la surprise d'aller visiter avec elle la seigneurie de mon ami, Alexandre de Berthier.

Cassandre, apprenant le projet, s'écria :

— Chic ! Alexandre est un homme formidable.

— Le seigneur Alexandre de Berthier, mon chaton, c'est plus poli, la reprit aussitôt sa mère.

Cassandre réprima son envie de répliquer. Elle réagit cependant :

— J'aimerais demeurer à son manoir, comme Jean-François.

En entendant son nom, ce dernier ajouta avec ferveur :

— J'ai été fortement impressionné par l'atmosphère de recueillement de son petit oratoire.

Jean-Jacques, qui cherchait à se racheter aux yeux d'Eugénie, se risqua à dire, en la regardant de biais :

— Vous le trouveriez encore plus beau avec les statues de saints que l'artiste vient d'y sculpter.

— Mais qui t'a dit ça, Jean-Jacques ? demanda François Banhiac Lamontagne.

— Timothée Millet, du rang des Abeilles. Il a eu à se rendre à la forge de ton gendre, Pierre. Le seigneur de Berthier y était. C'est comme ça que Millet l'a appris.

En entendant le nom de Millet, Geneviève rougit, tandis que l'abbé Jean-François fronça les sourcils de désapprobation. Son attitude n'échappa pas à Eugénie, qui ajouta mièvrement, avec son plus beau sourire :

— Dis-nous ce que tu sais à propos de ce sculpteur, Jean-Jacques.

L'intervention d'Eugénie surprit le veuf, qui essaya de se rendre intéressant. Quant à Mathilde et Cassandre, elles se consultèrent du regard, pensant :

Aurait-elle déjà oublié Manuel ? Jean-Jacques est un être sympathique, mais il est loin d'avoir le charme de son cher docteur.

— Oh, vous savez, chère Eugénie, peu de détails, sinon qu'il porte un drôle de nom… Attendez… Ed… Ed…

— Edgar ! s'exclama Madeleine Lamontagne.

— C'est ça, Edgar. La Chau…

— La Chaudière, avança Agnès. Les autres pouffèrent de rire.

L'assistance féminine, qui avait l'impression de participer à un jeu de devinettes, commençait à s'amuser. Jean-Jacques sembla contrarié.

— Non, non, pas La Chaudière, La Chaume… quelque chose comme ça.

Jean-François, qui voyait les difficultés que Jean-Jacques éprouvait à se souvenir du nom, eut le goût de mettre un terme à ce calvaire, mais il resta muet.

Il faut choisir ses silences, pour mieux intervenir, se dit-il.

Jean-Jacques continua à chercher, malgré l'impatience qui démangeait Eugénie de finir, elle aussi, la phrase.

— Plutôt La Chaumière... non, attendez ! La Chaumine, Edgar La Chaumine... c'est ça. Là, ça me revient : Edgar La Chaumine, claironna-t-il.

Encore une fois, les jeunes filles se mirent à rire en chœur.

— Mais qu'est-ce que j'ai dit de si drôle ? demanda Jean-Jacques, irrité.

— Rien, Jean-Jacques, ne le prends pas mal. Seulement... avoue que... La Chaumine, c'est un drôle de nom, avança Marguerite, en essayant d'amadouer son voisin.

— Ce n'est pas belge, au moins ! ajouta François avec ironie.

— Non ! aboya sèchement Jean-Jacques, se sentant la risée de la soirée.

— Alors, tout n'est pas perdu pour lui, s'amusa à dire François en tapotant l'épaule de son ami.

Cette répartie fit sourire Eugénie, qui eut un regard attendri vers Jean-Jacques. Ce baume lui fit oublier ses déboires.

— Eh bien, comme nous connaissons maintenant son nom, que sais-tu d'autre ?

— Rien d'autre, sinon que c'est un artiste doué et que ses statues sont des plus belles. Berthier a parlé aussi du Petit Séminaire de Québec, mais je n'y ai pas porté attention.

Eugénie esquissa une grimace de frustration, restant sur son appétit, quand Jean-Jacques s'exclama, tout heureux de pouvoir continuer à intéresser Eugénie :

— Ah oui, j'oubliais, Alexandre de Berthier a parlé de construire une chapelle à Berthier. Il voudrait la nommer Sainte-Geneviève-de-Berthier.

— Et puis, c'est tout ? demanda à brûle-pourpoint Eugénie.

— Oui... n'est-ce pas assez ? demanda Jean-Jacques, penaud.

L'abbé Jean-François, qui s'y connaissait dans ce domaine, avança :

— Quelle bonne idée de vouloir honorer la sainte patronne de Paris, celle qui a repoussé par ses prières ce barbare d'Attila. Sans doute que le seigneur de Berthier souhaite repousser les attaques iroquoises de cette façon. Ce monsieur de Berthier nous démontre sa grande piété.

L'assistance redevint plus sérieuse. Eugénie, qui ne voulait pas perdre le fil conducteur de son interrogatoire, poursuivit.

— Mais Alexandre n'a-t-il pas donné une description physique du sculpteur?

Mathilde s'étonna de la réaction d'Eugénie.

Que va-t-elle chercher là? En quoi le physique du sculpteur peut-il l'intéresser, sinon que d'être en mal d'homme? Des fois, je ne la reconnais plus. Est-ce la présence de Jean-Jacques qui l'émoustille? Pourtant, son beau Manuel n'est pas si loin et elle n'est pas partie pour un siècle! Pauvre Eugénie, qui vit son retour d'âge à soixante ans, se dit-elle.

— Non, si ce n'est de ses larges mains. Curieux pour un artiste. C'est tout… quoi, Eugénie, le connaissez-vous, Edgar La Chaumine?

— Non, je ne le crois pas. Des fois, il aurait pu faire partie de la même corporation des ébénistes-sculpteurs que mon défunt François.

— C'est pourtant vrai! avança François Banhiac Lamontagne.

Eugénie saisit la balle au bond.

— Que diriez-vous, Cassandre et Jean-François, d'aller le rencontrer, cet Edgar La Chaumine? Il était peut-être un ami de votre père. Nous devons bien ça à sa mémoire.

— C'est une excellente idée, maman! s'exclama spontanément Cassandre.

— Une très bonne idée, en effet, ajouta l'ecclésiastique, en regardant sa mère de manière complice.

— Aussitôt que nous aurons visité Étiennette au fief Chicot, comme vous dites, nous nous rendrons à Berthier. Ça va pour vous, Mathilde et Thierry?

— Nous te suivons, Eugénie, répondit Thierry.

— Parfait! Notre programme commence à se remplir.

Eugénie ne demanda pas l'opinion de Jean-Jacques, pas plus qu'elle ne l'intégra dans son plan de visite. Déçu et chagriné de ne pas avoir su plaire à cette dernière, il prétexta un ouvrage urgent qui l'empêchait de se joindre à la famille Lamontagne et à leurs invités dans leur périple vers les îles de Berthier.

Durant le trajet, en longeant la baie du Nord et le chenal, une fois dépassée l'île aux Grues, à la hauteur de l'île à la Grenouille et du nid d'Aigle, la petite équipée put admirer, au cours d'une halte pour se restaurer et se préserver du froid et du vent, à l'extrémité est de l'île Dupas, les voiliers de milliers d'oies des neiges et d'outardes, revenues de leur périple dans le Sud.

— Mon Dieu, que c'est impressionnant! s'exclama Cassandre.

Un peu plus tard, Mathilde s'énerva.

— Regarde, Thierry, nous sommes attaqués par des rats. Si nous tombons à l'eau, ils vont nous dévorer.

Quelques rats musqués avaient poussé leur curiosité jusqu'à côtoyer les embarcations.

— Mais non, Mathilde, ils ne se nourrissent que de plantes, de branches et d'herbes.

Thierry expliqua à ses compagnons de route que les huttes de ces rongeurs se trouvaient dans le scirpe, l'emblème floral des îles, appelé aussi *la rouche* ou *le carex,* parce que cette plante des battures, située entre les plus hautes et les plus basses eaux, offrait un très bon camouflage et qu'elle résistait bien à l'action des vagues et des glaces grâce à ses puissantes racines.

François Banhiac Lamontagne appuya l'explication de son ancien compagnon de traversée en disant:

— Nous sommes en plein dans l'habitat du rat musqué et de la sauvagine... Et aussi dans mon territoire de chasse. C'est une excellente chair. Ce gibier se cache habituellement dans les sagittaires[24]. À maturité, la sagittaire aura un gros tubercule plein d'amidon. Le rat musqué l'aime bien, comme le castor, d'ailleurs... Je me souviens, il y a plusieurs années, les Attica-mègues, les Abénaquis et les Têtes-de-Boule venaient y cueillir l'amidon.

— On m'a dit, François, que l'on pouvait faire d'excellents pâtés de la sauvagine, et que sa chair était plus fine que celle de la tourte. Est-ce vrai? demanda Eugénie.

— Oh moi, je ne voulais parler que de la chair du rat musqué! Il paraît que les premiers découvreurs[25] de la Nouvelle-France s'en nourrissaient!

Tout le monde fut saisi de la réponse. Thierry sourit tandis que Cassandre et les filles Lamontagne faisaient la grimace.

— Pouah! Du rat!

— Quoi? Vous savez, pendant notre campagne pour combattre les Iroquois, en 1666, c'est ce que nous avons mangé et personne n'en est mort.

---

24. Plantes à larges feuilles en forme de flèche.
25. Jacques Cartier y avait goûté, au cours d'un second voyage au Canada, en 1535.

— François, ne dis pas de sottise. Qu'est-ce qu'Eugénie et son fils vont penser de toi? intervint Marguerite.

Pour défendre sa position, François en rajouta:

— C'est la vérité! À la naissance d'Étiennette, pendant notre fuite vers Pointe-du-Lac et Saint-François-du-Lac, que penses-tu avoir grignoté, Marguerite? Du rat musqué fumé, préparé par Marie Couc! Tu sais, l'Algonquine.

— Assez, tu nous donnes le mal de cœur avec tes histoires. Explique plutôt à Cassandre ce que tu sais de la flore qui longe le chenal.

François Banhiac Lamontagne, qui préférait l'action à l'observation, se prêta malgré tout à la requête de sa femme. Il expliqua que la flore des marais et des marécages, en saison, bien colorée comme la salicaire pourprée et bien ancrée en profondeur des eaux, pouvait résister à la tension du courant printanier en s'accrochant aux battures.

— Plus loin, près des terres inondables comme le fief Chicot, là où Étiennette demeure, vous verrez du mil, du roseau, du foin bleu[26] et de l'herbe à liens[27]… Regardez bien par ici. Vous apercevrez l'herbe à la barbotte, le céleri d'eau et l'herbe aux anguilles.

— Vous voyez, Eugénie, François vient de résumer nos spécialités culinaires, plats principaux accompagnés de salade régionale, dit Marguerite avec humour.

Eugénie sourit à Marguerite, comme deux complices l'auraient fait. François Banhiac Lamontagne continua:

— Dites à Cassandre quel est mon dessert préféré, les filles!

— Voyons, François, c'est de la cuisine amérindienne. Eugénie sait que je ne t'en sers pas… Ne vous en faites pas, mesdames… Mon mari est taquin!

— Allez, François, je suis curieuse de le connaître, ce dessert! répliqua Eugénie.

C'est alors que Marie-Anne Lamontagne se plut à expliquer le fameux dessert de son père.

— Notre père adore les crêpes à la farine de quenouille[28] arrosées de sirop.

---

26. Plantes fourragères.
27. Chaume.
28. Le rhizome écrasé de la quenouille produit une farine sucrée. Une fois bouillie, on en obtient un sirop visqueux.

Cassandre et les filles Lamontagne se moquèrent de cette spécialité amérindienne. Marie-Anne poursuivit :

— Nous cultivons le meilleur blé et le meilleur sarrasin et nous transformons notre eau d'érable pour en faire un excellent sirop. Et notre père préfère la quenouille. Étrange, n'est-ce pas ?

Les filles Lamontagne s'esclaffèrent. Leur père, indigné, répliqua :

— Vous saurez que la fleur de quenouille mêlée à la graisse d'ours soigne les brûlures et les blessures de la peau. Regardez dans le petit pot jaune de la commode. Ce n'est pas de la moutarde pour vos tartines.

— Va pour soigner, papa, mais pas pour manger ! le taquina Marie-Anne.

Les rires reprirent de plus belle. Mais Marguerite sonna aussitôt la fin de la récréation.

— Assez, les filles. Vous manquez de respect envers votre père, je ne le tolérerai pas.

Puis, s'adressant à Eugénie :

— Vous savez, je les ai élevées avec plus de discipline. C'est l'influence de leurs cavaliers. Il faudrait avoir des yeux partout. Geneviève, notamment, avec son Mathieu… Ils ont dansé jusqu'à tard dans la soirée. La pauvre n'en a pas dormi de la nuit, tant ses pieds lui faisaient mal.

Eugénie eut le goût de lui demander : « Et sa cheville, est-elle guérie ? Jean-François m'a fait part de sa foulure », mais elle se retint.

Marguerite continua :

— Vous le savez aussi bien que moi, l'amour guérit tout, à son âge. Elle n'a pas osé accuser Mathieu. Aurait-elle souffert le martyre, qu'elle ne l'aurait jamais blâmé pour quoi que ce soit.

— Est-elle si amoureuse que ça ?

— Amoureuse ! Le mot n'est pas assez fort. Elle serait prête à tout, s'il le lui demandait.

Eugénie reçut cette explication comme une bénédiction du ciel. Il n'y avait plus aucun danger de rapprochement entre son fils Jean-François et Geneviève Lamontagne.

— C'est grand et fort, l'amour, à cet âge-là, vous ne trouvez pas ? questionna Eugénie, réconfortée par ce qu'elle venait d'entendre.

— C'est imprudent aussi. Comme on dit, l'amour aveugle et altère le jugement. Une peine d'amour est si vite arrivée et peut faire si mal…

Eugénie se sentit toute retournée par cette réflexion. Elle pensa soudainement à Manuel, qui l'avait évincée de façon si inattendue, alors qu'elle pensait refaire sa vie avec lui. Elle eut comme une intuition.

Edgar La Chaumine, tu es mieux d'être François, mon gaillard. Le plus tôt je le saurai, mieux ça sera. Rendons-nous à Berthier-en-haut aussi vite que les circonstances nous le permettront.

Ragaillardie par cette décision, Eugénie révéla à l'oreille de Marguerite :

— Alors, là, je suis bien placée pour le comprendre, Marguerite, de même que Cassandre. Vous saviez qu'elle se remettait à peine d'un gros chagrin d'amour ? Un gros, je vous dis.

— Il me semblait bien que Cassandre était différente. Plus secrète, moins… sûre d'elle.

— Moins fantasque, vous voulez dire ! Vous savez, je suis sa mère, je vois clair.

— Le mot est sans doute un peu fort, Eugénie. Je dirais plus discrète, tiens.

— Que j'aime donc votre retenue et votre distinction, Marguerite ! Nous sommes faites pour nous entendre.

— J'allais le dire, Eugénie. C'est sans doute pour ça que nous avons marié nos François !

Eugénie regarda évasivement Marguerite.

François derrière Edgar, Jean-Jacques, Alexandre ! Eugénie, ça fait bien des prétendants pour une fiancée qui croit être capable de récupérer son beau Manuel…

— Sans doute ! répondit-elle.

Eugénie émergea de ses pensées quand elle entendit Cassandre s'adresser à Thierry.

— Et les Mohawks, passaient-ils de ce côté-ci du lac Saint-Pierre ?

Ce dernier se sentit flatté de pouvoir répondre à Cassandre.

— Très rarement. Avant la Grande Paix, les Iroquois faisaient plutôt escale sur l'île de Grâce, en face de Sorel, pour surveiller la circulation fluviale venant de la rivière Richelieu d'un côté et du lac Saint-Pierre de l'autre. Tu sais, à la hauteur de Sorel, le fleuve se rétrécit à cause des nombreuses îles, dont l'île Saint-Ignace, où ils font toujours le commerce de la fourrure.

— Avons-nous des chances d'en rencontrer?

La question saugrenue prit tout le monde par surprise. Sa mère réagit:

— Voyons, Cassandre, ce n'est pas le moment de nous faire peur.

Thierry saisit alors la balle au bond.

— Allons chez Étiennette, ne perdons pas de temps.

Aussitôt, les voyageurs reprirent leur trajet sur le chenal du Nord. François Banhiac Lamontagne était à la barre de la première barque et Thierry était le timonier de l'autre.

CHAPITRE VI
Chez Étiennette

Pierre Latour Laforge alla ouvrir la porte. La famille Lamontagne, la famille Allard ainsi que la comtesse et le comte Joli-Cœur venaient d'arriver.

— Tiens, de la grande visite, nous vous attendions justement ! Entrez ! Étiennette sera là dans la seconde.

À son nom, cette dernière, qui était occupée à changer de tenue dans sa chambre, s'écria :

— Si c'est Marie-Anne, dis-lui de patienter, je ne serai pas longue. Tire-lui une chaise, s'il te plaît.

En entendant le prénom de Marie-Anne, Marguerite, surprise, haussa le ton pour qu'Étiennette comprenne distinctement :

— Voyons, Étiennette, Marie-Anne est bien ici, mais c'est Cassandre, ton amie, que tu devrais accueillir. Elle ne vient pas souvent par ici, n'est-ce pas ?

Mon Dieu, c'est Cassandre. Ils sont arrivés ! Vite, Étiennette, ajuste ta robe et boutonne ton manteau… non, le manteau attendra. Mes yeux ! Ils sont encore cernés. Mon talc, où est mon talc ? Et mes cheveux ! Mon Dieu ! De quoi ai-je l'air ? Que va penser Cassandre, elle qui revient de Paris ?

— Étiennette, la visite de Charlesbourg est arrivée ! Tenez, prenez-vous un siège… Ici, le banc et les chaises… Avez-vous fait bon voyage ? demanda Pierre.

Agnès Lamontagne intervint aussitôt :

— À part l'attaque de rats musqués, tout a bien été.

Tout le monde se mit à rire.

— Une attaque de rats musqués ? Probablement un maski-nongé coincé ou un gros brochet. Le reflet de leurs écailles au soleil donne d'étranges mirages de monstres marins. Peut-être bien des poissons-castors. Ils ont un drôle d'aspect qui fait peur. Allez-y voir ! expliqua Pierre Latour.

— Ne les prends pas au sérieux, Pierre. Elles ont aperçu des canards plongeurs[29], des morillons à dos blanc, que mes filles ont confondu avec des rats musqués à plume.

— Papa ! s'offusqua Agnès.

Devant l'embarras du forgeron, Marguerite Lamontagne prit l'initiative de faciliter la tâche de son gendre.

— Pierre, je te présente madame Eugénie Allard.

— Le mari d'Étiennette ! Que je suis donc contente de faire votre connaissance ! Mes enfants m'ont souvent parlé de vous : Jean-François, qui a chanté à vos noces, et Cassandre, que vous avez déjà accueillie à l'occasion de sa venue avec notre regretté cousin, Thomas.

En guise de bienvenue, Pierre fit un signe de tête accompagné d'un léger sourire à Cassandre ainsi qu'à l'abbé Jean-François. Cassandre se précipita vers le forgeron pour lui offrir sa main gantée.

— Je suis ravie de vous revoir, monsieur le forgeron.

Aussitôt, Marguerite entreprit de poursuivre les présentations :

— Et maintenant, une grande amie d'Eugénie... euh, de madame Allard.

— Eugénie, voyons, Marguerite, Eugénie ! s'exclama cette dernière. Nos familles sont amies !

Marguerite sourit à Eugénie, dont elle appréciait la franchise et l'autorité.

— Je vous présentais donc Mathilde, la comtesse Joli-Cœur, une grande amie d'Eugénie.

Cette présentation plut à Eugénie. Elle opina de la tête. Marguerite continua :

— Et son mari, Thierry, le comte Joli-Cœur.

---

29. Les morillons à dos blanc hivernent autour des étendues d'eau libre qui se forment dans la glace. Au printemps, ils se nourrissent des bourgeons et aux terminaisons des rhizomes souterrains.

— Nous avons déjà fait connaissance, il y a quelques années, chez Judith Rigaud ! C'est Isabelle Couc Montour qui nous a présentés. Avez-vous revu Isabelle, monsieur le comte ?

Thierry se racla la gorge. Pour sa part, Marguerite prit son air des mauvais jours. Mathilde ne fut pas dupe de la réaction ambiguë de son mari et elle le toisa, contrariée.

Encore une autre. Décidément[30] !

— Pierre dit vrai, Marguerite. Nous nous sommes rencontrés avec Thomas, à la Rivière-du-Loup. Alors, permettez-moi de vous féliciter pour votre mariage.

Déjà, Latour approchait des chaises pour ses invités.

— Tenez, madame Allard et madame la comtesse… Euh, Eugénie et Mathilde, celles-ci sont plus confortables. Toi, Marguerite, tu connais les airs de la maison… Thierry, François, ma tabatière est là. Du local, mais du bon, vous verrez.

Pendant que le forgeron s'affairait à accueillir son monde, Marguerite Lamontagne claironna :

— Elle est bonne, celle-là. Thierry félicite Pierre pour son mariage et Étiennette se cache dans la maison, alors que son pauvre mari fait les frais de l'hospitalité. On dirait que je ne l'ai pas élevée, celle-là.

Marguerite fixa Eugénie du regard en quête de son approbation. Elle continua :

— Est-elle dans sa chambre, Pierre ?

Comme ce dernier acquiesçait de la tête, Marguerite avança :

— Marie-Anne, Cassandre, allez la retrouver.

Aussitôt, Marie-Anne Lamontagne fit signe à Cassandre de la suivre. Ce qu'elle fit en bondissant de sa chaise, tant elle avait hâte de revoir Étiennette.

Cette dernière essayait de remettre en place ses manches et de donner une dernière touche aux boucles de cheveux qui débordaient de sa coiffe quand Marie-Anne l'aborda :

— Étiennette, nous t'attendions !

Mais, avant qu'elle ne réponde, Cassandre avait déjà sauté au cou de son amie et lui faisait la bise, comme elle l'avait appris au pensionnat de Saint-Cyr.

---

30. Le comte Joli-Cœur avait une réputation de séducteur.

— Si tu savais à quel point j'avais hâte de te revoir ! Étiennette, mariée ! Que tu es ravissante !

Étiennette, sous le coup de l'émotion, se remit à pleurer. Cassandre recula d'un pas, ne sachant pas trop quelle attitude adopter.

— Je ne savais pas que je t'avais tant manqué ! Maintenant, je suis revenue et pour de bon, sois sans inquiétude. Tu vois, il n'y a pas de raison de pleurer.

Essayant de sécher ses pleurs, Étiennette hoqueta :

— Ce... que... tu... peux... être... belle... Cassandre !

Émue, cette dernière lui répondit :

— Tu trouves ! Je me faisais la même réflexion en te regardant.

Les deux jeunes femmes pouffèrent de rire et s'embrassèrent. Marie-Anne Lamontagne joignit sa voix au gai tintamarre, qui se répercuta jusqu'à la pièce principale, où discutait la visite. Marguerite réagit la première.

— Dites donc, vous trois, êtes-vous en train de fomenter un complot ? Il me semble que nous ne sommes plus en guerre avec quiconque !

Son intervention, faite avec une voix plus forte que les autres, réussit à imposer le silence. C'est à ce moment qu'Étiennette fit son apparition, suivie par Cassandre et Marie-Anne. Étiennette esquissa un sourire et dit à l'assemblée :

— Bonjour à tous, mettez-vous à l'aise et faites comme chez vous.

Aussitôt, son mari se leva et alla à sa rencontre.

— Tiens, Étiennette, reconnais-tu ces gens ? Madame Allard, madame la comtesse Joli-Cœur, le comte, son mari, l'abbé Jean-François, qui a chanté à notre mariage... Même avant, à ce que le capitaine Berthier m'a dit[31] !

Cette boutade fit sourire Étiennette et détendit l'atmosphère. Tous sourirent, excepté l'ecclésiastique, qui pencha la tête, et sa mère, qui tentait de comprendre la situation tout en supposant que son fils avait un peu trop abusé de sa dernière visite. Quand il releva la tête, elle lui jeta un regard noir.

— Pierre et moi sommes très heureux de vous accueillir au fief Chicot, tous autant que vous êtes. La dernière fois que nous

---

31. L'abbé Jean-François Allard avait chanté au manoir de Berthier la veille des noces de Pierre et d'Étiennette, alors qu'il était légèrement ivre. La famille Lamontagne était au courant de ce léger écart de conduite de l'ecclésiastique.

nous sommes vus, c'était à l'occasion de mon voyage à Québec et à Charlesbourg. Et puis, le voyage en bateau s'est bien passé? Il fait plus chaud qu'au moment de notre mariage, n'est-ce pas?

Étiennette finit sa phrase, les yeux pleins d'eau. Pierre l'invita à s'asseoir immédiatement. Eugénie prit la parole:

— Moi, je n'y étais pas, à votre mariage, hélas, parce que mon état de santé ne me le permettait pas... Mais je te dis, ma petite fille, que je suis très heureuse de te voir en femme mariée. Et je suis certaine que Mathilde et Cassandre pensent de même.

— Je vous en suis reconnaissante, madame Allard, ainsi que madame la comtesse.

— Et moi? taquina Cassandre, qui se mit à rire aussitôt du piège qu'elle venait de tendre à son amie.

Étiennette la regarda avec émotion. Marguerite Banhiac Lamontagne se pencha alors vers son mari, assis près d'elle, et lui dit:

— Il y a quelque chose qui cloche chez Étiennette. D'abord, elle n'a jamais été aussi larmoyante et sensible, et Pierre n'a jamais été aussi prévenant, du moins devant nous. Regarde-la! Je ne la reconnais plus.

Il ne lui manque plus que des nausées et là, nous serons fixés. Je pense que bientôt, Marguerite, tu vas reprendre ton travail de sage-femme. Et là, ça sera pour la première de tes filles! se dit-elle.

— Vous êtes bien endimanché pour un jour de semaine, monsieur Latour! Aviez-vous l'intention d'aller à l'église? demanda Eugénie.

Marguerite dévoila alors la surprise.

— C'est aussi bien que vous le sachiez maintenant, Eugénie. Étiennette, avec la fille d'un des seigneurs de l'île Dupas, a décidé de bien vous accueillir.

— Mademoiselle Marie-Anne Dandonneau, notre voisine, précisa Étiennette.

— Elles ont toutes deux organisé une réception en votre honneur à l'église de l'île Dupas. Il y aura un office à la Vierge Marie, suivi du salut du saint sacrement. C'est tout nouveau en Italie.

— En Italie? s'étonna l'assemblée.

Stimulée par l'effet de surprise de l'annonce, Marguerite continua:

— Oui! De plus, l'office sera chanté par le curé Chaigneau en présence des parents de Marie-Anne, la seigneuresse, Jeanne-Marguerite Lenoir et le seigneur Louis Dandonneau, venus expressément de Montréal, puisque le seigneur y travaille maintenant comme militaire.

François Banhiac Lamontagne ajouta, à l'intention de son gendre, afin de lui donner de l'importance:

— Elle doit être riche, cette demoiselle, Pierre?

Ce dernier, qui venait d'allumer sa pipe, en profita pour inhaler une profonde bouffée de fumée apaisante et répondit, en calculant:

— Marie-Anne Dandonneau, notre voisine, possède près de la moitié du fief Chicot, la moitié de l'île aux Vaches en plus de trois terres à l'île Dupas.

— C'est une riche héritière, quoi! avança Eugénie.

Latour agita la tête en guise d'approbation.

— Quel âge a-t-elle?

— Vingt et un ans. Elle en aura vingt-deux le 30 août prochain, répondit Étiennette, certaine de son amitié avec Marie-Anne Dandonneau malgré les doutes de son mari.

— Est-elle mariée? demanda Cassandre, déjà éperonnée par la situation enviable de Marie-Anne Dandonneau.

— Bientôt! Elle est sur le point de se fiancer avec un soldat de carrière. Il se bat à Terre-Neuve et s'apprête à se rendre en France, après ses fiançailles. Il paraît qu'il est très beau, m'a-t-il dit.

— Oh! soupirèrent d'envie les sœurs Lamontagne.

— Mais toi, Étiennette, le connais-tu, le fiancé de mademoiselle Marie-Anne? Nous aimerions bien être présentées à ce beau soldat, dit Antoinette.

Étiennette ajouta aussitôt d'une voix forte, pour que son mari l'entende bien:

— J'ai comme l'intuition qu'il sera à l'église pour nous rencontrer. Ce serait normal d'accompagner sa fiancée, puisqu'ils doivent passer devant le notaire ces jours-ci, m'a-t-on dit.

— Mais mère avait dit que mademoiselle Marie-Anne Dandonneau viendrait à la forge, protesta Antoinette.

— Pourquoi viendrait-elle ici si son fiancé est avec ses parents? De toute évidence, tu ne peux pas comprendre ça, Antoinette, puisque tu n'as jamais eu de cavalier, insinua méchamment Geneviève.

— Oh, toi, tu te penses bien fine avec ton Mathieu! Remarque, tu es la seule à le trouver beau…

Devant le dérapage de la conversation, Marguerite Lamontagne intervint:

— Que va penser notre belle visite de telles chamailles entre sœurs! Ça suffit. Étiennette, qu'en penses-tu?

Timidement, Étiennette balbutia:

— Je n'en sais rien, ce n'est qu'une intuition!

Marguerite Lamontagne regarda son mari en plissant le front d'incompréhension.

Son raisonnement est difficile à suivre. Vraiment, il y a quelque chose qui cloche!

Geneviève sauva sa sœur Étiennette de l'inconfort de la situation en avançant:

— En tout cas, il n'y en a pas de plus beau que mon Mathieu! dit-elle en tirant la langue à Antoinette, pour se venger.

En entendant cette réflexion, l'abbé Jean-François baissa la tête de dépit. Sa mère, pour sa part, en éprouva du réconfort. Spontanément, Cassandre ricana:

— Moi, je ne me marierais jamais avec un inconnu, encore moins un soldat. J'espère pour elle qu'il est riche et noble. En ce cas, tout est possible.

L'opinion plutôt intransigeante de Cassandre figea la petite assemblée. Mathilde dévisagea Cassandre avec froideur. Elle avait épousé le comte Joli-Cœur sur le tard, un noble à l'immense fortune. Eugénie jugea bon de rabrouer sa fille, à l'attitude snob.

— Tu n'es plus à Versailles ni à Paris, ma petite fille. Il vaudrait mieux que tu le réalises!

Cassandre se renfrogna, à la grande satisfaction de Marguerite, qui n'avait pas apprécié la remarque hautaine de la jeune artiste. Mathilde en profita pour lui faire savoir du regard qu'elle était entièrement d'accord avec l'intervention d'Eugénie.

François Banhiac Lamontagne tenta d'éluder ce sujet délicat en y allant de ce qu'il avait d'informations.

— Ce Pierre Gauthier de La Vérendrye s'est engagé à verser deux mille livres de douaire[32] à sa femme au moment de son

---

32. Biens de l'épouse, obtenus après le décès de son mari. Le préciput permettait à celle-ci de prélever une somme d'argent sur le futur héritage. La somme de deux mille livres correspondait au salaire, au gîte et au couvert d'un employé de ferme pendant plus de cinq ans.

mariage. Vous savez, il est à moitié propriétaire de la grande île de Varennes, avec son beau-frère Christophe Dufrost de la Jemmerais.

— Ce n'est pas un noble français? Je croyais! avança Cassandre d'un air hautain.

— Non, il est né par ici, aux Trois-Rivières. Jean-Jacques et moi, nous avons très bien connu son père, lieutenant au régiment de Carignan-Salières, à son arrivée, et gouverneur des Trois-Rivières, plus tard. Jean-Jacques l'a appris du notaire Normandin, qui lui disait que Pierre Gauthier de La Vérendrye était le plus jeune des treize enfants de René Gauthier de Varennes et de Marie-Ursule Boucher, fille de Pierre Boucher et de Jeanne Crevier.

François Banhiac Lamontagne expliqua que Pierre avait choisi le métier des armes très jeune. Il avait étudié au Petit Séminaire de Québec à partir de l'âge de onze ans, en 1696, puis avait commencé sa vie de soldat à douze ans comme cadet à l'Académie navale. Il y avait appris les manœuvres militaires, les techniques de survie en forêt, la cartographie, la rédaction d'un journal et les premiers soins. Pierre Gauthier de Varennes avait fait sa première campagne militaire en 1704, en Nouvelle-Angleterre, sous le commandement de Jean-Baptiste Hertel de Rouville. Durant l'hiver 1705, il avait été cantonné à Terre-Neuve, en campagne d'hiver, afin de déloger les Anglais. Le commandant Daniel d'Auger de Subercase, celui qui allait devenir gouverneur de l'Acadie en avril 1706, l'avait rapidement nommé enseigne.

Au début d'avril 1707, il avait appris le décès de son frère, Louis Gauthier de La Vérendrye, un militaire de carrière, second lieutenant du régiment de Bretagne, sur les champs de bataille français, en pleine guerre de Succession d'Espagne. Après avoir hérité du nom de La Vérendrye, Pierre avait décidé d'aller se battre en France, autant pour venger la mort de son frère que pour donner de l'élan à sa carrière. Mais avant de partir pour la France, dans le même régiment de Bretagne que son frère Louis, affecté en Flandre, il avait le projet de se fiancer à Marie-Anne Dandonneau, la fille du seigneur de l'île Dupas. Sa haute naissance chez les Canadiens français et sa carrière à la défense du pays contre les Anglais faisait de lui, à près de vingt-deux ans, un des beaux partis de la colonie.

— Comment se fait-il que Jean-Jacques en ait appris autant ? demanda Marguerite, curieuse, à son mari.

Comme ce dernier ne répondait pas assez vite à son goût, elle ajouta :

— Il me semblait que les ententes notariées étaient confidentielles !

Son mari eut l'air contrarié. Marguerite crut bon de sonner le signal de départ vers l'île Dupas.

— Allons, il est temps de se mettre en route.

— Mais, maman, mademoiselle Marie-Anne n'est pas encore arrivée, s'inquiéta Étiennette.

— Mademoiselle Marie-Anne est probablement à la porte de l'église pour attendre ses invités avec son fiancé. Est-ce que tu te sens prête ? demanda Pierre Latour à sa femme.

Pour toute réponse, Étiennette déguerpit vers l'extérieur. L'inquiétude commença à régner dans la maison. Marguerite se leva aussitôt et, en coup de vent, suivit sa fille.

— Étiennette, ça va ? C'est ta mère.

La jeune femme vomissait à s'en arracher les tripes. Marguerite continua :

— As-tu besoin d'aide ?

— Je ne sais pas ce que j'ai, maman, ça m'a pris tout d'un coup.

— Est-ce la première fois ?

— Heu, non. Ça a commencé il y a quelques jours.

— Pierre est au courant ?

— Oui, depuis ce matin.

— Lui as-tu dit que tu étais enceinte ?

— Je lui ai dit que je le croyais.

— Alors, mes félicitations, ma fille. Mon expérience de sage-femme me dit que tu en as tous les signes.

Alors, se retournant, Étiennette eut juste le temps de se jeter dans les bras de sa mère, en disant :

— Maman !

Elle s'évanouit. Tous avaient entendu le cri avec consternation de l'intérieur de la maison. Aussitôt, Cassandre et Marie-Anne Lamontagne arrivèrent en trombe.

— Qu'arrive-t-il à Étiennette, maman ? demanda Marie-Anne.

— Il faudrait demander à un médecin de venir. Y en a-t-il un dans les environs ? se renseigna Cassandre.

Si le docteur Estèbe était venu avec nous, comme il se devait !

— Je vais demander à mon frère Jean-François de venir, madame Lamontagne.

Celle-ci n'eut pas le temps de répondre qu'elle entendit :

— J'y suis, Cassandre.

L'abbé Allard venait d'arriver, à la suite de Geneviève et des autres filles Lamontagne, qui se mirent à entourer leur sœur Étiennette. Jean-François, qui ne se séparait jamais de son nécessaire pour l'onction des malades, affirma :

— Je vais l'administrer, c'est plus prudent.

— Ce ne sera pas nécessaire, monsieur l'abbé, elle revient à elle, précisa Marguerite, contrariée de l'initiative inconvenante du prêtre.

Mais qu'est-ce qui lui prend, celui-là, de tourner autour de mes filles ?

Au même moment, Pierre Latour s'approcha de sa femme et la prit dans ses bras. À grandes enjambées, il l'emmena dans la maison et la déposa sur leur lit.

La stupéfaction était générale. Eugénie et Mathilde s'interrogèrent du regard, tandis que les filles Lamontagne demandaient à leur sœur Marie-Anne :

— Mais qu'est-ce qu'elle a, Étiennette ?

Marie-Anne haussa les épaules d'ignorance, tandis que Marguerite chuchotait à l'oreille de son mari :

— J'ai l'impression que nous allons être grands-parents, mon vieux. Mais laisse Étiennette et Pierre l'annoncer eux-mêmes. Les convenances, tu comprends.

Ce dernier fit un sourire entendu à sa femme. Quand Pierre revint à la cuisine, il dit simplement :

— Étiennette va mieux, maintenant. Elle se remet et viendra nous rejoindre dans quelques minutes, le temps de se mettre une autre robe.

Un murmure se répandit dans la pièce.

Pourvu qu'ils ne tardent pas à l'annoncer ! Le moment ne peut pas être mieux choisi, pensa Marguerite.

Quand Étiennette apparut dans la pièce, les questions fusèrent de tous côtés.

— Est-ce que tu te sens mieux ? As-tu souffert ? Quel genre de malaise as-tu ressenti ?

Pierre Latour, debout près de sa femme, impressionnant par sa haute taille, demanda le silence en levant la main. Étonnée, l'assistance obéit.

— Je crois que le moment est venu pour Étiennette et moi de vous annoncer une bonne nouvelle. À toi de le dire, Étiennette.

— Eh bien, parents et amis... Je suis enceinte. C'est tout nouveau.

Comme l'assemblée restait figée par l'heureuse nouvelle, Étiennette continua en larmoyant :

— Quoi, vous n'êtes pas contents que Pierre et moi attendions un bébé ?

Une fois la stupéfaction passée, les questions se métamorphosèrent en félicitations. Spontanément, Cassandre bondit de sa chaise et embrassa chaleureusement son amie.

— C'est merveilleux, Étiennette. Félicitations ! Je m'attendais à des surprises, mais, crois-moi, pas à celle-là.

Après les parents d'Étiennette, Eugénie, Mathilde, Thierry et l'abbé Jean-François, qui tint à bénir la jeune maman, vinrent féliciter Étiennette et Pierre. Quant aux filles Lamontagne, elles brûlaient d'envie d'être à la place de leur sœur.

Une fois la tournée de félicitations terminée, François Banhiac Lamontagne proposa à son gendre :

— Ne me dis pas, Pierre, que tu n'as rien pour arroser cet heureux événement ? S'il nous reste encore un peu de temps avant de partir, bien entendu.

Sans se faire prier, Pierre Latour alla chercher une bouteille de rhum de la Jamaïque à la forge. En voyant le flacon du spiritueux, Thierry lui dit :

— C'est ce qui se fait de mieux. De quelle manière avez-vous pu obtenir une si bonne marque, monsieur Latour ?

— Vous n'en avez aucun souvenir ? C'est vous qui me l'aviez offerte, il y a trois ans.

— Mais elle n'est pas encore débouchée !

Aussitôt, les tasses de grès aboutirent sur la table. Du vin de baies de gadellier à la couleur rouge vif, pour les femmes, fit son apparition dans une carafe. Le forgeron offrit d'abord une rasade à François, à Thierry et à l'abbé Jean-François. Comme ce dernier ne s'y opposait pas, Eugénie avança :

— Mais, Jean-François, le rhum est l'allié du démon, tu le sais bien...

Puis, s'adressant aux autres, elle ajouta :

— Il est plus habitué à ce qui ressemble à du vin de messe. C'est plus digne. Le rhum... Enfin !

Les hommes allaient trinquer quand ils se rendirent compte que Pierre n'avait rien dans sa tasse.

— Le futur père ne fête pas ? demanda François.

— Je préfère moins fort. Comme ça, je garde les idées claires.

C'est alors que Marguerite intervint avec fierté en s'adressant à Mathilde et à Eugénie :

— Une mère sait que sa fille est heureuse quand son gendre ne boit pas. Puis, François et moi sommes tellement soulagés que notre Étiennette soit mariée avec un homme d'une telle solidité. S'il avait fallu, à son âge, qu'elle soit enceinte sans avoir de mari ! Vous savez, avec la jeunesse, de nos jours ! Tenez, l'an passé, nous avons assisté au baptême de la fillette de Françoise Décert, à Maskinongé. De père inconnu, a écrit le curé. Il a fallu qu'il donne le sacrement sous condition au chérubin... Quelle épreuve pour des parents qui ont éduqué leur fille chrétiennement ! Je devrais dire leur fillette, elle n'a que quatorze ans... !

Eugénie acquiesça. Toutefois, elle chercha à faire dévier le sujet de conversation, car Cassandre, toujours célibataire et en peine d'amour, était du même âge qu'Étiennette.

— Moi aussi, mes fils sont sobres. Par contre, le père de ma bru Isa, Thomas Pageau, n'a jamais pu se départir de cette mauvaise habitude avant sa mort. C'est sans doute son ivrognerie qui l'a tué. Catherine, sa femme, une amie, ne me l'a jamais dit, mais elle a dû pâtir de ce défaut comme une martyre. Qui a bu, boira !

Marguerite n'entendit pas l'aphorisme[33], car elle vit Étiennette qui s'apprêtait à goûter au vin de gadelle[34]. Marguerite se leva rapidement de son siège et s'avança vers sa fille pour lui dire :

— Dorénavant, ma fille, les gadelles, je te prescris de les manger en gelée ou en confiture. Elles vont te protéger des infections en te donnant plus de résistance. Mais de grâce, que je ne te vois pas

---

33. Adage.
34. Petit fruit au goût acide et légèrement parfumé.

goûter à cet alcool, tu risques de faire une fausse couche. C'est la sage-femme qui parle!

Étiennette, vexée de recevoir cette remontrance devant les autres, grimaça et déposa son verre toujours plein. Elle se leva abruptement et décida alors de revêtir son manteau afin de donner le signal du départ. Sans se départir de son autorité, Marguerite continua:

— Je pense que c'est le rôle d'une mère de rester au chevet de sa fille, lorsque celle-ci vient d'avoir un malaise. Ce n'est pas la fatigue qui te ramènera.

— Mais, maman!

— Tu restes à la maison avec ta mère. Si une de tes sœurs veut bien rester, elle est la bienvenue. Sinon, nous nous arrangerons bien toutes seules.

À ce moment, Marguerite dévisagea lentement Marie-Anne, Agnès, Madeleine, Geneviève et Antoinette. À sa grande surprise, Cassandre offrit son aide.

— Madame Lamontagne, si vous n'avez pas d'objection, je resterai près de mon amie Étiennette.

— Tu es bien gentille, Cassandre, mais je pense que le seigneur et la seigneuresse Dandonneau aimeraient bien t'entendre à l'église. Ils viennent de Montréal pratiquement juste pour toi.

— Et aussi pour le beau militaire, claironna Agnès.

— Probablement pas plus beau que Mathieu! ajouta Geneviève.

— Tiens, Geneviève, c'est toi qui resteras avec nous.

CHAPITRE VII
À l'île Dupas

Le petit groupe quitta le fief Chicot en direction de l'île Dupas. De la rivière Chicot, les barques obliquèrent vers l'ouest. Thierry préférait y aller au plus pressé par le chenal, entre l'île Dupas et l'île aux Vaches et par la suite, l'île Randin. Un passeur leur fit traverser le bras de fleuve, un peu avant l'emplacement de l'église. Le courant fort fit dire à Eugénie, à l'endroit de Mathilde :

— Marguerite a eu raison de retenir sa fille à la maison. Je ne sais pas si j'aurais pu en faire autant avec Cassandre en de pareilles circonstances.

La mimique de Mathilde en dit long sur son opinion.

Quand le petit groupe arriva sur le parvis de l'église, le curé Chaigneau les attendait. Il salua d'abord son ami l'abbé Allard, qui fit les présentations d'usage. Le sulpicien reconnut Pierre Latour et la famille Lamontagne.

— Votre femme n'est pas venue, monsieur le forgeron ?

— Non, elle ne se sentait pas bien. Ma belle-mère est restée auprès d'elle.

— C'est dommage. Mademoiselle Marie-Anne tenait tant à lui présenter son fiancé.

À cette information, les sœurs Lamontagne se regardèrent en se disant :

Voyons voir s'il est si beau, ce militaire !

Le curé fut particulièrement impressionné de faire la connaissance d'Eugénie et de la comtesse et du comte Joli-Cœur, un personnage marquant de la colonie. Quand l'abbé Jean-François lui présenta sa sœur Cassandre, l'abbé resta bouche bée devant les belles manières de la jeune cantatrice.

— Nous aurons enfin l'occasion d'admirer votre jolie voix, mademoiselle !

— Avec un immense plaisir, monsieur le curé.

Une fois les présentations faites, Cassandre glissa à l'oreille de Mathilde :

— Ce curé ressemble à mon professeur de poésie du pensionnat de Saint-Cyr, l'abbé Pellegrin. En plus, il prônait la nouvelle dévotion du mois de mai à la Vierge.

— Ne le dis pas à ta mère, elle pourrait se méfier de lui !

À cette réflexion, Cassandre pouffa de rire. Eugénie s'en rendit compte et lui fit les gros yeux.

Le curé Chaigneau introduisit les nouveaux arrivants à l'arrière de l'église. Ils pouvaient apercevoir au loin l'ostensoir en forme de soleil, sur l'autel, accueillant le saint sacrement. La lampe du sanctuaire qui éclairait faiblement le chœur dégageait des odeurs familières de cire d'abeille et d'encens. Une très belle statue de la Vierge avait été installée près de la balustrade. Le parfum de fleurs de lilas et de muguet était en compétition avec les autres fragrances.

Déjà avaient pris place sur le banc d'honneur le seigneur Louis Dandonneau ainsi que son épouse, recueillie. Sur le banc suivant, Pierre Latour reconnut un des signataires de son mariage, son ami Jacques Dandonneau, de même que son épouse, Catherine Duteau. Le forgeron supposa que les enfants du seigneur prendraient place sur les autres bancs.

De l'autre côté de la nef, le coseigneur Jacques Brisset de Courchesne, ainsi que sa famille, occupaient les premiers bancs. Derrière, les paroissiens de l'île Dupas, ceux qui avaient pu se libérer de leurs activités rurales, assistaient à la cérémonie.

Aussi, il crut reconnaître mademoiselle Marie-Anne, sa voisine, agenouillée près d'un gaillard, dans son costume de militaire, épée au ceinturon et épaulettes métallisées. La plume d'autruche de son chapeau à larges bords dépassait du banc. Les sœurs Lamontagne ainsi que Cassandre n'avaient pas pris de temps pour repérer le soldat, qui se distinguait par sa stature et sa tenue. Cassandre confia discrètement à l'oreille d'Agnès, avec laquelle elle se sentait à l'aise :

— Ça doit être lui, le fiancé de Marie-Anne. Regarde sa taille et son allure.

Ce dernier tourna légèrement la tête afin d'apercevoir les nouveaux venus.

— En plus, il est beau et bien fait, répondit Agnès. Quand nous dirons ça à Étiennette…

Cassandre ne répondit pas, perdue dans ses pensées qui la ramenaient en France, au château de Versailles.

Aussi beau que les mousquetaires du Roy ! se dit-elle.

Elle n'eut pas le temps de rêvasser bien longtemps que sa mère, Eugénie, lui indiquait qu'elles venaient d'être invitées par le curé Chaigneau à se rendre au petit jubé pour chanter les cantiques marials de circonstance. Eugénie s'installa à l'harmonium et Cassandre entonna un premier hymne à la Vierge de sa voix divine.

La fierté du curé Chaigneau de pouvoir accueillir une si jolie voix dans son église était perceptible par tous lorsqu'il sourit à l'abbé Jean-François, qu'il avait invité dans le chœur. Plusieurs paroissiens, dans la nef, se retournèrent pour connaître l'identité de la cantatrice. Notamment un militaire qui venait de retrouver sa future fiancée et qui ne put résister à l'envie de scruter le visage de l'artiste. Ses yeux rencontrèrent ceux de Cassandre qui, du haut du jubé, ne cessait de le fixer.

La future fiancée n'était nulle autre que mademoiselle Marie-Anne Dandonneau, qui aperçut ces échanges de regards et voulut elle aussi savoir qui était Cassandre Allard. De plus, comme son amie Étiennette n'était pas aux côtés de son mari, elle pensait qu'elle avait pu rejoindre Cassandre, puisque les deux jeunes femmes avaient demandé au curé Chaigneau de l'inviter à chanter. Le regard de Cassandre l'inquiéta, tout autant que l'absence d'Étiennette.

En chaire, entre l'office du nouveau culte marial et le salut du saint sacrement, le curé Chaigneau souhaita la bienvenue à la famille et aux amies du forgeron de la seigneurie, particulièrement à la comtesse et au comte Joli-Cœur, représentant du Roy et du gouverneur, ainsi qu'à madame Eugénie Allard, musicienne à l'harmonium qui se disait tentée de déménager à l'île en qualité de ménagère et de sacristaine, à sa fille Cassandre, une artiste internationale, grande amie de la femme du forgeron, ainsi qu'à son fils, le jésuite Jean-François, un espoir de relève pour le diocèse de Québec.

Eugénie n'apprécia pas l'allusion à sa future appartenance à l'île Dupas.

Ça doit être Jean-François qui lui a encore mis ça dans la tête, au curé Chaigneau. Il aurait pu au moins m'en parler, avant! Et que dirait Alexandre de Berthier, si je m'installais chez ses rivaux? J'ai davantage de respect pour mes amis que ça!

À l'intention des familles Dandonneau et Courchesne et des paroissiens de Notre-Dame-de-la-Visitation de l'île Dupas, le curé fit cette annonce :

— Bien chers paroissiens. C'est un immense honneur pour nous tous de partager le bonheur de la famille Dandonneau, notamment notre seigneur Louis ainsi que sa femme Jeanne-Marguerite, qui ont la joie de faire bénir aujourd'hui devant Dieu les fiançailles de leur fille Marie-Anne avec messire Pierre Gauthier de La Vérendrye, un militaire à la gloire de notre souverain, qui vient de déloger les Anglais à Terre-Neuve, et qui s'apprête bientôt à partir pour la France afin de les refouler chez eux, dans l'infâme Angleterre, là où ils maintiennent prisonnier notre prélat, Monseigneur de Saint-Vallier. S'ils veulent bien s'approcher de la balustrade et s'y agenouiller, je bénirai leurs fiançailles. Après le salut du saint sacrement qui sera célébré pour protéger leur intention de mariage, vous êtes tous invités à les féliciter.

Aussitôt, La Vérendrye se leva de son banc et laissa passer devant lui mademoiselle Marie-Anne, vêtue avec élégance de blanc et de bleu, rubans, dentelle et gallons en abondance, chapeau fleuri et voilette de circonstance. Elle semblait vaciller dans ses nouveaux bottillons. Le militaire, pour sa part, fit belle impression avec sa démarche assurée et son air victorieux, ainsi qu'avec sa magnifique perruque ondulée. Il donnait le bras gauche à sa fiancée. Il tenait sa main gantée de l'autre bras, sur le pommeau doré de son épée d'apparat.

Quel bel homme que ce soldat! Il est encore plus beau que ce que j'avais imaginé, se dit Cassandre.

Eugénie admirait, elle aussi, la prestance du militaire.

C'est un jeune homme comme celui-là qu'il faudrait comme cavalier à Cassandre. Ça lui permettrait d'oublier son poète faiseur d'opéra, ce Bouvard, une fois pour toutes!

Pendant le salut du saint sacrement, Cassandre interpréta un motet à voix seule, composition de Guillaume-Gabriel Nivers[35], qu'elle avait déjà chanté au pensionnat de Saint-Cyr. Pendant son interprétation, que tous jugèrent très inspirée, Cassandre observait les mouvements de Pierre Gauthier de La Vérendrye, croyant y déceler une intention de se retourner pour l'apercevoir au jubé.

Après la cérémonie, les coseigneurs Louis Dandonneau Du Sablé et Jacques Brisset dit Courchesne, ainsi que leurs familles, furent heureux de faire la connaissance de la visite de Québec et de la Rivière-du-Loup et de les inviter au manoir pour le goûter. Jacques Dandonneau, le frère de Louis et représentant de la famille Dandonneau au mariage d'Étiennette et de Pierre Latour, introduisit ce dernier, lequel à son tour présenta sa belle-famille. François Banhiac Lamontagne félicita chaleureusement Marie-Anne Dandonneau pour ses fiançailles et lui annonça en même temps la grossesse d'Étiennette.

— Vous la féliciterez de notre part, mon fiancé et moi, monsieur Banhiac Lamontagne. Dites-lui que j'irai l'embrasser dès que possible.

Quand vint le tour de Cassandre de féliciter les nouveaux fiancés, mademoiselle Marie-Anne lui dit :

— Vous avez une si jolie voix, mademoiselle. Et Étiennette m'a tellement parlé de son admiration pour vous que j'avais fait mention de votre venue à Pierre, mon fiancé.

Ce dernier, les yeux rivés à ceux de Cassandre, lui demanda :

— Vous avez étudié à Versailles, m'a-t-on dit, mademoiselle?

La voix très masculine du jeune homme impressionna Cassandre.

Quelle voix grave, faite pour commander. Elle en a de la chance, cette Marie-Anne.

— Oui, je suis revenue l'an passé pour faire carrière à Québec.

---

35. Compositeur français, Guillaume-Gabriel Nivers (1632-1714) fut organiste de la chapelle royale sous Louis XIV, maître de chant de la reine, organiste et maître de chant de la Maison royale de Saint-Louis de Saint-Cyr. Il y composa en 1698 une série de motets à voix seule à l'intention des jeunes filles, pensionnaires, ainsi qu'une méthode pour apprendre le plain-chant de l'Église.

— Mais Étiennette ne m'en a pas parlé, s'étonna Marie-Anne.

— Parce que je n'ai pas encore eu le temps de lui en parler. Nous venons d'arriver.

— J'espère que nous aurons la chance de vous entendre et de faire davantage connaissance. Mais déjà, permettez que je me prétende un de vos admirateurs.

Le beau militaire enleva son gant et tendit la main à Cassandre, impressionnée, qui ne se fit pas prier pour lui offrir la sienne.

— Pour mon plus grand bonheur, je chanterai pour vous… Pour vous deux, quand vous le désirerez, bien entendu.

Marie-Anne Dandonneau voulut mettre une certaine distance entre Cassandre et son beau fiancé.

— Pour notre mariage, tiens! Comme ça, Étiennette pourra vous entendre, elle qui aurait tellement aimé le faire à son mariage, m'a-t-elle dit!

— Mais, ma chère, avant ça! Pourquoi pas avant mon départ pour la France? Resterez-vous longtemps par ici, mademoiselle Cassandre?

Cassandre regarda attentivement le soldat et répondit:

— Nous devions rester quelques jours, mais nous pouvons retarder. Étiennette aura certainement besoin d'aide. Je vais lui proposer de rester quelque temps, si elle le veut bien.

Marie-Anne Dandonneau ressentit de l'inquiétude.

— N'oubliez pas, Pierre, que nous devons passer devant le notaire aussitôt qu'il sera possible de le faire, car votre bateau doit partir pour la France dans les prochaines semaines.

Attristé, ce dernier répondit à l'intention de Cassandre:

— Le devoir avant les plaisirs, malheureusement. C'est le lot de la vie militaire.

La Vérendrye resta pensif pendant un moment. Marie-Anne, sa fiancée, jugea que leur séparation était la cause du désarroi du jeune homme, tandis que Cassandre conclut que ce dernier était encore sous le choc de l'annonce de la mort de son frère, Louis.

— Excusez-nous, les parents de Marie-Anne nous attendent au manoir familial. Nous vous y retrouverons, sans doute. Marie-Anne vous a-t-elle invitée?

Cette dernière réagit immédiatement:

— Mon père m'a précédée, mais j'allais le faire. Étiennette sera déçue, car je voulais lui faire la surprise de la bénédiction de nos fiançailles.

— À chacune sa surprise, car elle tenait à vous annoncer sa grossesse elle-même, répliqua sèchement Cassandre.

— Je me rends compte que les gens des îles de Berthier sont friands de belles surprises, Marie-Anne, comme d'entendre et de réentendre la voix céleste de Cassandre, la taquina La Vérendrye. Y en a-t-il une autre à laquelle je devrais m'attendre?

Marie-Anne fustigea du regard les deux intéressés et répondit :

— Ce que nous détestons par-dessus tout, ce sont les mauvaises surprises. À propos, mademoiselle Cassandre, pourrions-nous bavarder quelque peu, tout à l'heure, pour faire plus ample connaissance, si nous devons nous revoir?

Cassandre répondit, étonnée, mais aussi perplexe :

— Bien entendu… avec plaisir, mademoiselle Marie-Anne.

Au cours de la réception au manoir des Dandonneau, Eugénie remarqua l'intérêt particulier de Cassandre pour Pierre de La Vérendrye. Ce dernier avait la faveur de l'écoute de la gent féminine, lorsqu'il raconta les faits militaires des armées canadiennes et françaises, en Nouvelle-Angleterre et à Terre-Neuve, en prenant toutefois soin de ménager la sensibilité de ses auditrices.

La vérité était cependant cruelle. En février 1704, Jean-Baptiste Hertel de Rouville[36] avait commandé une expédition de cinquante Canadiens et de deux cents Abénaquis, en représailles des expéditions militaires des colons anglais du Massachusetts contre l'Acadie.

Le détachement militaire avait foncé en pleine nuit sur le petit village inoffensif de Deerfield au Massachusetts, composé de deux cent soixante habitants, en majorité des enfants, et vingt soldats. La population locale n'avait eu aucune chance. Des familles entières avaient été assassinées, le bétail massacré, les maisons et les granges incendiées. Le raid meurtrier avait fait une cinquantaine de tués et cent dix-sept prisonniers terrorisés.

---

36. Fils du réputé Canadien Joseph-François Hertel de la Fresnière (1642-1722), qui, comme Radisson, avait été fait prisonnier par les Iroquois, Jean-Baptiste Hertel de Rouville (1668-1722), a conduit des raids spectaculaires en Nouvelle-Angleterre, durant la guerre de Succession d'Espagne (1701-1703). Anobli chevalier à la fin de sa vie, il fut l'artisan de la colonisation de l'île Royale (Cap-Breton), et fut décoré de la croix blanche de l'Ordre de Saint-Louis.

Le gouverneur Vaudreuil avait voulu lancer un avertissement sévère à la Nouvelle-Angleterre, puisque les Français ne pouvaient pas combattre à Albany, où se cachaient les Anglais. En effet, Vaudreuil, qui souhaitait intégrer la nation mohawk dans le traité de la Grande Paix de 1701, ne pouvait pas envahir le territoire mohawk.

— Mais mon mariage avec ma gracieuse fiancée devrait mettre un terme à cette vie diabolique, un de ces jours, conclut Pierre de La Vérendrye. Si certains se demandent pourquoi je ne me consacre pas à Marie-Anne dès maintenant, sachez que ce serait mon plus cher souhait.

Là-dessus, il prit la main de Marie-Anne et lui fit un beau sourire. Cette dernière le lui rendit, radieuse. Le militaire continua:

— Cependant, il faut que je venge la mort de mon très cher frère aîné, Louis. C'est l'honneur de notre famille qui en dépend. Et plutôt que de continuer à me battre dans les neiges de Terre-Neuve avec notre commandant Subercase, je préfère gagner mes gallons en Flandre, dans le régiment de Bretagne que Louis commandait en second, et déloger une fois pour toutes les Anglais, en faisant honneur au titre de La Vérendrye, celui porté avec fierté par mon cher frère.

Les sœurs d'Étiennette, en pâmoison devant le militaire à la mâchoire virile, auraient toutes voulu être sa fiancée. C'était aussi le cas de Cassandre, qui se disait:

Pourquoi elle et pas moi ? Qu'a-t-elle de plus que moi ? L'argent, bien sûr. Mais moi, j'ai le talent, la grâce et la beauté !

Le comte Joli-Cœur, conquis, intéressé par l'avenir du jeune homme impressionnant, lui demanda:

— Que comptez-vous faire après la carrière des armes, monsieur de La Vérendrye ? Vous réfugier sur vos terres à Varennes ?

— J'aimerais bien me consacrer pleinement à aimer Marie-Anne, après notre mariage. Déjà, je compte les secondes qui me restent à ses côtés, jusqu'au moment de mon départ.

Un oh! admiratif venant de jeunes voix féminines explosa dans la salle. Eugénie regarda Cassandre, qui avait la larme à l'œil. Elle eut envie d'en faire autant, en pensant à Manuel.

Mon Dieu, comme il me manque ! J'espère qu'il ne sera pas trop tard. Dès demain, nous irons à Berthier tirer ça au clair. Que la vie est compliquée, lorsque l'on est amoureux !

Marie-Chaton, la larme à l'œil… Elle aussi doit penser à son François… Voyons, Eugénie, que dis-tu là ? Comme tu dis, il est grandement temps de régler cette histoire abracadabrante.

Pierre de La Vérendrye poursuivit :

— Certains diront qu'à mon âge, la vie sourit aux audacieux. Mais l'audace viendra plus tard. Alors, si Marie-Anne me le permet, après avoir élevé nos nombreux enfants, j'envisagerai peut-être l'exploration.

Un autre oh ! admiratif fusa. La Vérendrye interpella Thierry.

— Qu'en pensez-vous, comte Joli-Cœur ? Reste-t-il encore des contrées sauvages à découvrir ? Là où il n'y a pas d'Anglais, bien sûr, sinon je ne penserai qu'à les combattre.

— D'Iberville[37], qui vient malheureusement de nous quitter, s'est rendu en Louisiane et est mort à Cuba. C'est très loin. Et les Espagnols sont au Mexique, en Amérique centrale et en Amérique du Sud. Quant au Portugal, il a le Brésil… Je ne vois que l'Ouest, qui n'a pas été suffisamment exploré pour se rendre en Chine !

— La Chine… Mon rêve est de m'y rendre. Par quel chemin ? Bah, j'ai encore le temps d'y penser, n'est-ce pas, mon amour ?

La Vérendrye regardait sa fiancée avec tendresse. L'abbé Jean-François Allard ramena la conversation à des considérations ecclésiastiques lorsqu'il demanda naïvement au soldat aux ambitions d'explorateur :

— Vous n'oublierez pas, monsieur le militaire, de les évangéliser en vous faisant accompagner par un prêtre des missions étrangères… ou un jésuite.

La remarque saugrenue parut inappropriée au sulpicien Chaigneau, lequel en fut contrarié.

— Cela va de soi, monsieur l'abbé. Peut-être pourriez-vous m'accompagner ! ajouta La Vérendrye, amusé de la situation. Et puis, plus sérieusement, il demanda :

— Vous me faites penser à mon frère, le procureur du Séminaire de Québec, l'abbé Jean-Baptiste Gauthier de Varennes, qui me

---

37. Pierre Le Moyne d'Iberville et d'Ardillières (1641-1706), premier aventurier français né en terre d'Amérique. Après avoir vaincu les Anglais à la baie d'Hudson, infligé une défaite aux Iroquois en représailles au massacre de Lachine, il combattit par la suite dans les Antilles. Il mourut à Cuba, dans des circonstances mystérieuses. L'Histoire le surnomma : Le Cid canadien, en référence à la pièce de théâtre du dramaturge Pierre Corneille, puisqu'il ne fut jamais vaincu.

fait les mêmes recommandations. Le connaissez-vous, monsieur l'ecclésiastique ?

— Bien entendu ! L'abbé Jean-Baptiste est un ami, un confrère de scolasticat. Nous venons tout juste de terminer notre retraite diocésaine.

— À la bonne heure. Nous aurons deux aumôniers pour nous accompagner.

L'abbé Jean-François, gêné de l'invitation, préféra ne plus intervenir.

L'idéal du jeune homme faisait rêver bien des têtes. Thierry, à reprendre ses routes de traite en Sibérie vers la Chine, pays voisin, Louis Dandonneau, à abandonner son travail de militaire à Montréal et continuer à commercer la fourrure à partir de l'île Saint-Ignace et les jeunes filles présentes, à espérer une famille nombreuse avec un homme qui se dirait aussi amoureux.

Eugénie, ainsi que Mathilde, voulurent s'entretenir avec Jeanne-Marguerite Lenoir Dandonneau, la mère de Marie-Anne.

— Je tiens tout d'abord à vous féliciter, madame Allard, pour le talent de votre fille.

— Merci, madame la seigneuresse. Mais je dois une fière chandelle à mon amie, la comtesse Joli-Cœur, qui m'a suppléée comme mère, à Paris, l'an passé, durant les études de Cassandre.

— Alors, je vous félicite toutes les deux pour en avoir fait une demoiselle charmante et bien élevée. Marie-Anne, ma fille, doit l'envier de si bien chanter.

— Mais votre fille est gracieuse, madame ! enchaîna Eugénie.

— Oh, vous savez que les jeunes filles, de nos jours, sont plus revendicatrices que nous l'étions à leur âge. Les temps changent !

Mathilde et Eugénie se regardèrent. Mathilde se dit à elle-même : *Si vous connaissiez vraiment Cassandre !*

Heureuse des fiançailles de sa fille, Jeanne-Marguerite Lenoir Dandonneau paraissait pourtant inquiète de l'avenir aventureux de Marie-Anne après avoir entendu son futur gendre parler de ses projets. Mathilde la rassura en lui disant qu'un de ses fils était militaire ainsi que le fils d'une très bonne amie, Anne Frérot.

— Anne Frérot, l'épouse de Thomas Frérot de Québec, celui qui a vendu l'île Dupas à mon mari ?

— Celui-là même ! Il est malheureusement décédé.

— Oh, nous ne l'avons pas su. Mon mari a toujours voué un très grand respect à cet homme de valeur. Et son fils est militaire à Québec?

— Oui, Charles, à la Citadelle. Il est dans l'administration, répondit Mathilde.

— Alors, pourrait-il plaider en faveur de notre famille pour que mon futur gendre soit rapatrié dans une fonction plus sécuritaire? Je le trouve téméraire d'aller se battre en Europe. Mais ma fille… Enfin! C'est difficile de retenir un homme qui a la passion militaire dans le sang. Je suis bien placée pour la comprendre. Mon mari est pareil… Ils voulaient se marier avant le départ de Pierre, mais mon mari les en a empêchés. S'il arrivait un malheur, au moins, elle ne serait pas veuve… Ça ne doit pas être facile d'être veuve! Vaut mieux se remarier, je crois…

À ces mots, Mathilde porta son regard vers Eugénie, qui restait impassible. La seigneuresse de l'île Dupas continua:

— Prenez la seigneuresse de Sorel, Catherine. Je ne voudrais pas être à sa place et endurer son beau-frère, Alexandre de Berthier, bourru comme il l'est!

Jeanne-Marguerite Lenoir Dandonneau fit une pause afin de tester l'effet de sa remarque incendiaire auprès de ses deux interlocutrices. Eugénie resta de glace. Seule Mathilde plissa le front de surprise. Encouragée, la seigneuresse de l'île Dupas ajouta:

— Il paraît que sa femme est morte comme une sainte. Mais, selon moi, elle est morte comme elle a vécu, justement, comme une sainte. Il lui a fait endurer le martyre avec son vilain caractère et son penchant pour la bouteille… Remarquez, Pierre de Sorel ne valait guère mieux. Il n'est pas étonnant qu'ils aient voté pour le trafic de l'eau-de-vie avec les Sauvages. À mon avis, le seigneur de Sorel est mort de l'ivrognerie, un bien vilain défaut contracté au régiment. Et je ne donnerais pas cher du foie d'Alexandre de Berthier. Je ne comprends pas pourquoi le forgeron, monsieur Latour, le tient en si haute estime!

Eugénie et Mathilde écoutaient en silence les commérages de la seigneuresse de l'île Dupas. Cette dernière continua:

— Est-ce votre fils, le curé, qui a été hébergé chez les Berthier, à l'occasion du mariage de Pierre Latour avec la petite Lamontagne?

— Oui, madame, sur l'invitation de madame de Berthier.

— Je comprends… Avez-vous l'intention de demeurer longtemps dans la région ?

— Le temps que ma fille renoue contact avec Étiennette et qu'elles passent quelques jours ensemble, si la santé de cette dernière le lui permet, bien entendu.

— Bien entendu. Alors, notre manoir est votre demeure le temps de votre séjour, ne l'oubliez pas, mesdames, dit la seigneuresse à l'endroit de Mathilde et d'Eugénie.

Pierre Latour demanda à Jacques Dandonneau, son ami, d'aller reconduire le comte Joli-Cœur dans la rade de Sorel, où l'attendait son bateau pour se rendre à Montréal et à Oka, sur les rives du lac des Deux Montagnes, chez son fils Ange-Aimé. Mathilde alla dire au revoir à son mari, accompagnée d'Eugénie.

Pendant ce temps, Pierre Latour et François Banhiac Lamontagne discutèrent avec La Vérendrye. Quant aux sœurs d'Étiennette, elles s'entretenaient avec les enfants des seigneurs de l'île Dupas. Pour sa part, Marie-Anne Dandonneau était en train d'admonester Cassandre Allard.

— Sachez, mademoiselle, que d'avoir une jolie voix ne vous donne pas la liberté de faire les yeux doux à mon fiancé. Nos deux familles se connaissent et s'estiment depuis trop longtemps. Si Pierre m'a choisie pour devenir son épouse, il honorera sa parole. Notre amie Étiennette m'a dit grand bien de vous… J'ose espérer qu'elle ne s'est pas trompée et que nous pourrons vous et moi devenir amies. Mais sachez que je resterai à l'affût de celles qui chercheront à m'enlever l'être qui m'est si cher, mon fiancé.

Comme Cassandre, le visage cramoisi, ne répondait pas à l'injonction de Marie-Anne, cette dernière conclut :

— Est-ce assez clair, mademoiselle Cassandre ?

Avant que Cassandre ait pu émettre un son, Eugénie arriva pour signifier aux deux jeunes femmes que le moment du départ était arrivé. Elle trouva étrange de voir sa fille aussi figée. Marie-Anne Dandonneau remercia Eugénie de sa venue et lui souhaita un heureux séjour à l'île Dupas. Une fois que Marie-Anne eut tourné les talons, Eugénie apostropha sa fille.

— Tu as bien le visage rouge, toi ! Serait-ce l'air des îles ?

Comme Cassandre restait muette, sa mère continua :

— J'aimerais que tu te fasses à l'idée que ta mère ne restera pas une éternité par ici. Dès que Thierry sera de retour d'Oka, je retournerai à Charlesbourg avec Jean-François. Alors, profite bien des prochains jours avec Étiennette, si son état de santé le lui permet.

Devant le silence de sa fille, Eugénie continua, agacée :

— Serais-tu contrariée ? Il y a toujours moyen de rester plus longtemps. Alors, tu pourras l'aider, si elle et son mari le veulent bien, et revenir à Québec avec le postier. L'été, la navigation est plus facile.

Cassandre répliqua alors vivement à sa mère :

— Quant à moi, je repartirais maintenant.

Eugénie resta stupéfaite. La moutarde[38] lui monta au nez.

— Mais qu'est-ce qui te prend ? Toi, il y a quelque chose qui n'a pas fait ton affaire, ajouta Eugénie, qui décida de crever l'abcès en interrogeant sa fille. Je t'ai vue reluquer le jeune fiancé. Serais-tu jalouse de la chance de mademoiselle Marie-Anne de marier ce beau militaire ? Je te conseille fortement de ne pas jouer sur ses plates-bandes. Ça serait de bien mauvais goût à l'égard d'Étiennette, qui est l'amie de Marie-Anne.

— Étiennette a le choix de ses amies, je n'y peux rien. Mais je ne suis pas obligée de les endurer !

— Oh ! Ce que tu peux être maussade ! Ne va surtout pas assombrir le bonheur de l'une et l'autre. Tu me saisis ? Il n'y a pas si longtemps, tu pleurais jour et nuit pour ce François… euh… Bouvard, ce faiseur d'opéra, et voilà qu'en voyant le premier soldat venu, qui de surcroît en fiance une autre, l'amie d'Étiennette en plus, vlan ! Tout est oublié, la peine est guérie… Je trouve que tu vas vite en amour, ma fille !

Furieuse, Cassandre sonna sa mère en élevant le ton.

— Et vous, maman, vous parliez de fiançailles avec le docteur Estèbe et voilà que vous l'abandonnez pour aller retrouver le seigneur de Berthier. Un médecin n'était pas assez élevé dans la société, il vous fallait un seigneur, après avoir appris qu'Alexandre de Berthier était veuf.

Eugénie n'en revenait pas de l'insolence de sa fille. De grosses larmes coulèrent sur ses joues. Émue et se sentant coupable, Cassandre s'excusa.

---

38. Le mot *moutarde* est apparu dans le vocabulaire français au XVIIIe siècle, en référence à l'usage culinaire des moutardes fines et aromatiques, lancées au XVIIe siècle.

— Pardonnez-moi, ma colère m'a fait dire des mots qui ont dépassé ma pensée.

Elle alla aussitôt prendre sa mère dans ses bras. Eugénie se laissa faire, accepta le mouchoir de Cassandre, s'essuya les yeux et décida de révéler le véritable motif de sa visite à Berthier.

En entendant, les larmes aux yeux, le récit de l'existence possible de François, son père, Cassandre emprunta le mouchoir de sa mère.

— Papa serait ressuscité, comme Lazare.

— En quelque sorte. Non pas qu'il ne veuille pas revenir à la maison ! Ton père aurait tout simplement perdu la mémoire.

Abasourdie par ce qu'elle venait d'entendre, Cassandre pleurait doucement, son regard attendri par le drame sentimental que vivait sa mère.

Et moi qui enviais Marie-Anne Dandonneau d'avoir un beau fiancé… Que je suis sotte et capricieuse, alors que ma mère vit un dilemme épouvantable, prise au piège par les méandres du destin. Il faut que je l'aide du mieux que je le peux. N'est-ce pas moi qui avais décidé de la considérer comme une amie avant tout ? Alors, Cassandre, prouve-le !

— Comprends-tu mieux, maintenant ? Si je me mets à la place de Manuel, je peux le comprendre d'avoir rompu nos fiançailles, le temps d'élucider ce mystère. Il m'a tout simplement démontré sa noblesse d'âme… Et son amour ! En plus d'être médecin, c'est un grand seigneur.

— Oh, maman, que vous avez de la chance d'aimer un tel homme. Il ne s'en fait plus comme lui !

Eugénie ne voulut pas égratigner davantage l'amour-propre de Cassandre.

— Mais, ma petite fille, un homme reste un homme ! Plus vite nous vérifierons si Edgar La Chaumine est ton père, plus vite je pourrai revenir vers Manuel ou pas. Le temps presse.

Cassandre eut la décence de ne pas demander à sa mère si elle souhaitait le retour de son père amnésique ou un futur mariage avec Manuel Estèbe. Elle préféra la réconforter en lui disant :

— Vous pouvez compter sur mon soutien, maman. Je vous promets de réagir en adulte et de laisser les fiancés des autres bien tranquilles.

Eugénie regarda sa fille avec admiration. Un doute, cependant, surgit dans son esprit quant à sa situation.

Et si les patientes de Manuel pouvaient avoir la même intention?
Il est grand temps de mettre fin à ce suspense!

Dans une de ses rares effusions de tendresse, Eugénie s'écria:

— Mon chaton! Viens que je t'embrasse!

Cassandre décida d'oublier son différend avec Marie-Anne Dandonneau et surtout de ne jamais en parler à Étiennette, laquelle filait le parfait bonheur, sachant qu'elle serait bientôt mère.

Quand, de retour au fief Chicot, elle eut l'occasion de prendre des nouvelles de la santé d'Étiennette et de partager sa journée avec elle, cette dernière lui demanda:

— Et puis, comment as-tu trouvé mademoiselle Marie-Anne? N'est-ce pas qu'elle est charmante?

— On ne peut plus. Elle m'a même demandé d'aller chanter à son mariage!

— Chic, elle en a de la chance! J'aurais tellement aimé que tu aies pu le faire au mien.

— Le baptême, Étiennette, y as-tu pensé? Je pourrai venir chanter au baptême.

Le visage d'Étiennette s'assombrit.

— Qu'y a-t-il? Ça ne te fait pas plaisir?

— Au contraire! Mais ma mère m'a dit que la naissance est prévue pour le mois de décembre. Et tu n'as pas pu venir à mon mariage, le 1er décembre, à cause de la neige.

Cassandre regarda son amie, amusée.

— Ce n'était pas à cause de la date, c'est parce que j'étais en Europe, au pensionnat de la Maison royale de Saint-Louis de Saint-Cyr! Tu sais bien que la neige et le froid ne me font pas peur! Mon frère Jean-François est bien venu, lui!

Rassurée, Étiennette répondit:

— Que je suis bête, je n'y avais pas pensé. Tu as raison, tu étais en France.

— Je pense, Étiennette, que tu dois te reposer après toutes ces émotions.

— As-tu laissé un ou des soupirants, là-bas? J'ai su par ma mère que tu avais chanté devant le Roy et sa famille un opéra composé pour toi. Comment était-ce? Aucun noble n'est venu demander ta main?

Narquoise et taquine, Cassandre répondit:

— J'ai tellement eu de demandes en mariage que, devant l'embarras du choix, j'ai préféré revenir au pays, te revoir, tout en étant libre et… heureuse! Toutefois, aucun prince de sang ne s'est commis. Dans ce cas, peut-être que ma réponse aurait été autre… Mais je dis bien peut-être.

Cassandre se rendit compte que sa famille, ainsi que la comtesse et le comte Joli-Cœur, avaient tenu dans le secret ses tribulations amoureuses. Elle préféra ne pas dévoiler toute la vérité. Étiennette rit de bon cœur de la boutade de son amie. Elle en profita pour lui demander :

— Et puis, le fiancé de mademoiselle Marie-Anne, comment l'as-tu trouvé? J'aime autant te le demander, puisque mes sœurs ne seraient pas objectives. Il y a si peu de garçons qui sont militaires, par ici, qu'elles seraient impressionnées par l'uniforme, sans même voir la personne qui le porte. Même si l'on sait, toi et moi, que l'habit ne fait pas le moine!

Étiennette avait oublié que le frère de Cassandre, Jean-François, portait la soutane. Elle s'en rendit compte trop tard.

— Excuse-moi! Où avais-je la tête?

Cassandre sourit.

— Et puis, monsieur le soldat Pierre de La Vérendrye, comment est-il? Beau? interrogea Étiennette.

— Très beau, mais ce n'est pas mon genre! Marie-Anne n'aura pas à s'en inquiéter, si jamais elle t'en parlait.

— Et sa personnalité?

— C'est un soldat qui pense aux champs de bataille et à découvrir des contrées lointaines. Ce type d'homme est trop aventureux pour moi.

— Et quel est ton genre d'homme?

— Moi, c'est l'homme parfait, beau, galant et amoureux de moi à plein temps. Mais je ne l'ai pas encore trouvé!

— Rien d'étonnant! Il n'y en avait qu'un, et c'est moi qui l'ai épousé! répondit Étiennette, certaine de son effet.

Elle avait vu juste, car Cassandre rit tellement qu'elle en oublia tous ses soucis.

Le lendemain, Étiennette invita son amie à aller au domaine de Marie-Anne Dandonneau, au fief Chicot, mais Cassandre remit cette invitation à plus tard, car elle devait rendre visite au seigneur de Berthier.

CHAPITRE VIII
Des retrouvailles

Pierre Latour Laforge se proposa pour aller reconduire la famille Allard au manoir de la seigneurie de Berthier-en-haut, à la croisée de la rivière Bayonne et du chenal du Nord. Il voulait annoncer lui-même la nouvelle de sa paternité au capitaine Berthier. Son ami Victorin Ducharme vint le remplacer aux soins des chevaux à ferrer pendant son absence. Marguerite et François Banhiac Lamontagne voulurent accompagner leur gendre, tandis qu'Agathe Ducharme demeurait à la forge du fief Chicot avec Étiennette et ses sœurs.

Le trajet de la rivière Chicot à la rivière Bayonne durait à peine une heure, même en prenant son temps pour longer l'île aux Castors, appelée aussi l'île aux Vaches, en face de la rivière Bayonne.

Des bosquets de saules résistant à l'action des glaces du printemps saluèrent le passage des visiteurs, en saulaie continue, tandis que les tentacules des liards[39] à l'écorce crevassée, gardiens centenaires du secret des îles de Berthier, donnaient l'impression de vouloir convaincre les nouveaux venus du mystère de leur végétation. Pierre Latour expliqua à Cassandre que ces peupliers afficheraient bientôt des feuilles deltaïques[40]. De temps à autre,

---

39. Peupliers dont les racines, bien implantées dans le sol argileux, ont l'air de pousser dans l'eau, alors que seules leurs branches sont au-dessus des alluvions de la rive.
40. En forme de triangle isocèle.

des vergnes[41] qui bloquaient des troncs et des débris d'arbres à la dérive agissaient comme barrage à la navigation.

— Nous l'appelons le roi des eaux, parce que de ce bois nous extrayons nos teintures jaune et noire. Justement, vous remarquerez la couleur des catalognes d'Étiennette.

Il ajouta, fier de sa région :

— Nous voici rendus à la rivière Bayonne. Nous allons prendre à droite. Mais, en continuant, nous longerions l'île aux Cochons et l'île du Sablé pour nous retrouver devant la Grande-Côte. C'est là que demeurent nos cousins Agnès et Charles Boucher.

— Et le manoir du seigneur de Berthier, est-ce encore loin ? Il me semble qu'avec parrain Thomas, nous y étions presque, demanda Cassandre.

— Quand vous verrez un gigantesque peuplier bien droit, au loin, dites-vous qu'il veille sur le manoir.

— C'est vrai, je me souviens de cet arbre. Regardez là-bas !

Quand le petit équipage aperçut l'arbre centenaire, le forgeron accosta sa barque le long du débarcadère, près des autres embarcations. En reconnaissant l'imposante chaloupe du capitaine, il sut que le seigneur des lieux était chez lui. De fait, Alexandre de Berthier était en train de retourner la terre de son potager.

Lorsqu'il reconnut la haute silhouette de Latour, il s'arrêta, essuya de sa manche de chemise la sueur qui suintait de son front et mit sa main en visière, afin de reconnaître les gens qui suivaient son ami, à la file indienne.

Latour, avec quatre femmes et un… deux hommes ? Non, si je ne m'abuse, c'est une soutane. Quatre femmes, une jeune, sans doute sa femme avec trois autres, d'âge mûr. Non, ce n'est pas Étiennette, elle est plus élancée que ça et porte la coiffe, non le chapeau. Parbleu ! Ce sont des mondaines ! Ce n'est pas ma bru, non plus, sinon je l'aurais su. Mes belles-sœurs ? Peut-être, mais que feraient-elles avec Latour ? Est-ce le curé Chaigneau ? Non, il est plus vieux… Alexandre, il y a peut-être un danger.

Par prudence, il empoigna son mousquet, qu'il échangea avec sa bêche. La curiosité qui l'envahissait était à son comble. Le forgeron, qui avait vu le manège du seigneur, l'interpella pour éviter tout incident.

---

41. Arbuste rugueux. Autre nom pour l'aulne.

— Capitaine, capitaine, c'est moi, Latour, ne tirez pas !

— Bien sûr que je sais que c'est toi. Que crois-tu ? Je ne suis pas encore aveugle, quoique je n'aie plus la vue de mes jeunes années.

— Capitaine, je vous amène de la grande visite de la Rivière-du-Loup et de Charlesbourg. Les parents et des amis d'Étiennette. Des gens que vous connaissez.

Le cœur du vieux capitaine ne fit qu'un tour dans sa poitrine et se mit à battre la chamade.

Se pourrait-il ? Ça fait tellement d'années. Quarante ans ! La reconnaîtrais-je ?

Comme le petit groupe se rapprochait, Berthier essayait de les détailler.

Latour est avec ses beaux-parents Lamontagne. Mais sa femme n'y est pas. L'abbé, lui, je le reconnais : l'abbé Allard, le garçon d'Eugénie, est resté ici, aux noces de Latour. Les autres dames… La plus jeune, c'est la petite Allard, qui chante si bien et qui a tellement de chien… Elle a vieilli. Les autres dames… Tiens, une mondaine, une noble… Riche, car sa tenue semble le prouver. Et l'autre… Mon Dieu, telle mère, telle fille !

Berthier demeura soudainement pantois. Son cœur s'emballa. Il secoua la tête afin de vérifier s'il n'avait pas la berlue.

Que je meure foudroyé, si ce n'est pas Eugénie ! Mais elle n'a pas changé ! Que va-t-elle penser de moi, avec ces vêtements de fermier ?

Cassandre prit les devants pour faire les présentations, en s'avançant. Cela plut au seigneur de Berthier, un homme direct.

— Me reconnaissez-vous, monsieur de Berthier ? Je suis Cassandre Allard. Nous sommes venus vous rencontrer avec mon parrain, Thomas Frérot, ainsi que mon amie Étiennette, il y a trois ans.

— Bien entendu, que je me souviens de vous. Soyez les bienvenus à la seigneurie de Berthier.

Cassandre lui offrit sa main gantée.

— Ce n'est pas tous les jours que nous avons de la si belle visite.

En disant cela, Berthier dévisageait Eugénie, qu'il détaillait de la tête aux pieds. Cassandre ne perdit pas de temps pour dissiper le malaise naissant.

— Reconnaissez-vous ma mère, monsieur de Berthier ?

Ce dernier restait muet, contrairement à son habitude. Eugénie décida de combler le silence qui devenait gênant, malgré l'émotion qui la gagnait.

— Alexandre, tu ne me reconnais pas, après toutes ces années ? Est-ce que j'ai tant changé que ça ? dit-elle, avec une pointe d'humour, pour détendre l'atmosphère.

Les nouveaux venus attendaient avec réserve la réponse du seigneur de Berthier, qui ne se fit pas attendre.

— Ça serait plutôt à moi de te poser cette question, Eugénie ! Car, à part quelques mèches d'or devenues argentées, je pourrais te confondre avec ta fille.

Rosissant de fierté, Eugénie répliqua spontanément :

— Mais c'est mon bébé. Ne me dis pas que quarante ans de plus ne font pas de différence, cher Alexandre !

Cassandre étudiait le dialogue touchant.

À les voir, ça ne fait pas de doute que ces deux-là ont déjà été proches l'un de l'autre ! Comme ils se connaissent ! Ça donne l'impression qu'ils se retrouvent comme s'ils ne s'étaient quittés qu'hier. Ça me surprend de ma mère.

Berthier dépoussiéra rapidement sa tenue de jardinier.

— Il faut bien donner l'exemple ! Comme tu vois, j'ai troqué l'épée pour la charrue… Plutôt la bêche, pour aujourd'hui. Excuse ma tenue, Eugénie ! Tu m'as surtout vu dans mon uniforme de militaire, n'est-ce pas ?

— Avec ses bons et ses mauvais côtés, cher Alexandre. Mais d'être habitant te va si bien… Je crois que je t'aime mieux comme ça !

Là-dessus, Berthier se mit à sourire.

— Tu n'es pas venue pour me faire des reproches, tout de même ? Je croyais qu'après ces années, tu aurais fini par oublier !

— Mais ce n'est pas tout le monde qui perd la mémoire !

À ces mots, Cassandre fut troublée par le motif énoncé de la venue de sa mère.

M'aurait-elle menti ? Est-elle venue à la rencontre de mon supposé père ou de son ancien soupirant ? Et son amour avoué pour le docteur Estèbe, dans tout ça ?

Cassandre rencontra le regard de son frère Jean-François, lequel semblait étonné du rapport entre sa mère et Alexandre de Berthier autant que Mathilde, qui se demandait bien où Eugénie voulait en venir.

Décidément, Manuel ne doit plus être dans le décor, sinon sa conversation ne serait pas aussi intime avec Berthier.

Afin de manifester sa présence, elle toussota. Eugénie s'en aperçut et réagit.

— Que je suis égoïste ! Laisse-moi te présenter ma meilleure amie, Mathilde, la comtesse Joli-Cœur.

— Mes hommages, madame la comtesse. Notre regretté ami, Thomas Frérot, a eu la gentillesse de me présenter à votre mari durant son dernier… enfin… son voyage avec Cassandre.

Berthier s'inclina et fit le baisemain à la comtesse.

— Mais nous nous connaissons, monsieur de Berthier.

À l'étonnement de ce dernier, Mathilde continua :

— Je vous connais depuis longtemps. Eugénie m'a souvent parlé de vous, alors que nous logions toutes les deux à la maison de madame de La Peltrie, rue du Parloir.

Berthier ne voulait pas que l'on se rappelle qu'il avait fait les échos mondains de Québec, alors qu'il menaçait de se flamber la cervelle pour avoir été éconduit par la belle Eugénie. Il lui signifia son entendement par un sourire figé. Aussitôt, il préféra plutôt saluer ses autres invités.

— Madame et monsieur Banhiac Lamontagne, je suis heureux de vous revoir !

Berthier fit alors un salut plein de courtoisie à Marguerite Lamontagne.

— C'est un honneur de vous revoir, madame !

Eugénie se dit alors :

Malgré ces années, il n'a pas changé. Décidément, il sait s'y prendre avec les dames !

— Capitaine Berthier, ma femme et moi avons été attristés d'apprendre le décès de madame de Berthier, intervint François Banhiac Lamontagne.

L'évocation de ce souvenir attira les condoléances de l'abbé Allard.

— Soyez certain, monsieur de Berthier, que je prierai pour le repos de son âme !

Le capitaine prit un air recueilli, alors qu'Eugénie se félicita d'avoir inculqué à son fils autant de piété. Mais le naturel du seigneur revint vite à la surface.

— Mon épouse me parlait jusque sur son lit de mort de la joie qu'elle avait eue de vous accueillir. Surtout dans son petit oratoire, que je suis en train d'embellir, avec La Chaumine ! Excusez, c'est l'artisan.

Que nous avons bien hâte de débusquer ! pensa Eugénie. *Si au moins il nous avait proposé de nous le présenter !*

— Mais, ma parole, Latour, ta jeune femme ne t'accompagne pas ? continua Berthier.

— Pour une bonne raison, capitaine, c'est ce que je voulais vous annoncer : Étiennette attend un enfant.

Berthier laissa tomber son mousquet.

— Ça alors, c'est une grande nouvelle ! Toutes mes félicitations. Allons, venez tous, nous allons fêter cet événement au manoir. Suivez-moi et faites attention au sol. Par endroits, il y a de la vase. L'hiver a été rude, par ici.

Berthier mit son bras autour des épaules du forgeron, en guise d'amitié sincère.

— Comme ça, Laforge, ta descendance sera assurée. Il va bien falloir que tu deviennes un jour un de mes censitaires... Ah, si je n'avais pas vendu le fief Chicot pour une bouchée de pain ! Dire que Dandonneau est redevenu militaire et que c'est moi, maintenant, qui cultive la terre... La vie est faite de surprises, comme celle de... de... te voir sous peu bercer ton premier fils !

Rendus tous à l'intérieur, Berthier installa sa visite dans la salle de séjour, là où avait eu lieu la réception de mariage d'Étiennette et de Pierre. Un serviteur fit le service des boissons ; le seigneur proposa du vin aux femmes et du rhum aux hommes.

— J'ai un vin rouge très liquoreux, à saveur musquée d'acacia et de chèvrefeuille, de ma région natale. Essayez-le, il est excellent. Ça m'a coûté une fortune de le faire venir, mais il se conserve bien. J'avais l'habitude de boire le vin clairet, quand j'étais plus jeune. Mais c'était à une autre époque, n'est-ce pas ?

Berthier finit sa phrase avec réserve quand il croisa le regard d'Eugénie. Timidement, pour se sortir de cette impasse, il proposa aux dames :

— Voudriez-vous faire le tour du propriétaire ? Nous... je suis assez fier de l'intérieur du manoir.

Eugénie saisit l'occasion pour demander :

— Justement, l'abbé Jean-François me vantait l'ambiance spirituelle de votre oratoire. Pourrions-nous le visiter ?

Innocemment, Berthier répondit :

— Il doit être sens dessus dessous, à cause des travaux que La Chaumine exécute. Je ne sais pas si c'est une bonne idée.

L'abbé Jean-François, qui souhaitait comme sa mère connaître l'identité du mystérieux sculpteur, enchaîna :

— Allez, monsieur de Berthier ! Nous recueillir à la mémoire de votre épouse défunte ne pourra que justifier davantage notre venue.

Cassandre embarqua elle aussi dans le jeu en déclarant :

— Je me sens en voix pour interpréter un chant grégorien. Je ne voudrais pas abuser de cette excellente liqueur avant de l'entonner.

Devant autant de dévotion, Berthier céda sur l'insistance des invités.

— Je vais aller demander à La Chaumine de remettre de l'ordre et de ranger ses outils. Durant ce temps, nous finirons bien notre verre.

— Oh, tu sais, Alexandre, les enfants ne t'en tiendront pas rigueur. Ils étaient habitués de se rendre à l'atelier de François.

— Et moi, capitaine, comme j'ai déjà travaillé pour monsieur Allard au Petit Séminaire de Québec, je sais qu'il est très dérangeant pour un sculpteur de ranger ses outils en pleine création.

— D'autant plus que de voir sculpter une statue est très inspirant, lorsqu'il s'agit de représenter l'effigie d'un personnage saint, ajouta l'abbé Jean-François.

Devant l'argumentation de ses visiteurs, Berthier, n'en pouvant plus, réagit avec surprise :

— Êtes-vous venus en pèlerinage ou pour me rendre visite ? Dans ce cas, nous aurons bien le temps, tout à l'heure, d'aller prier à l'oratoire.

Puis, sur un ton plus réservé :

— Madame de Berthier, qui était la propreté même, n'aurait jamais permis de faire visiter son oratoire dans l'état où il est... Je vais demander à La Chaumine de remettre son travail à plus tard.

— Nous pourrions faire la connaissance de votre sculpteur, monsieur de Berthier, avança Cassandre, pour appuyer la demande de sa mère.

Berthier la regarda, étonné.

— Parce que vous connaissez mal La Chaumine ! Il n'arrête jamais. Après les ciseaux de sculpteur, la bêche ou la charrue. Et...

Tous les regards des membres de la famille Allard étaient pointés sur le capitaine.

— Et il n'est pas très bavard. Je ne sais pas si vous aimerez sa compagnie.

En plein François! Pas bavard! Mais c'est à nous, cher Alexandre, d'en juger, se dit Eugénie.

— Nous verrons bien, Alexandre. Loge-t-il au manoir?

— Je lui ai offert une grande chambre, mais il préfère son petit univers. À Berthier-sur-mer, il fait office de bedeau. Quelle piété… Un petit instant, je vais aller l'avertir.

L'abbé Jean-François éprouva soudainement de la fierté pour cet homme.

Aussi dévoué à l'Église, il y a des chances que ce soit mon père, François!

Quand Berthier revint, la petite assemblée était suspendue à ses lèvres.

— Ça ne sera pas tellement long. Prenons le temps de bavarder un peu. Nous irons nous recueillir à l'oratoire après… Et puis, madame Lamontagne, vous serez grand-mère pour la première fois?

— Eh oui, monsieur de Berthier. Étiennette est ma première fille à se marier. Mais j'ai l'impression que ses sœurs ne tarderont pas. Qu'en penses-tu, François?

Alexandre de Berthier n'écoutait déjà plus. Il lui tardait de s'entretenir avec Eugénie, laquelle conversait avec Mathilde.

— Et toi, Eugénie, es-tu grand-mère?

L'indélicatesse de Berthier frustra à la fois Marguerite et Mathilde, qui toisèrent Eugénie avec un air de défi. L'intérêt que lui portait son ancien prétendant plut à cette dernière.

— Oh, moi? Plusieurs fois, Alexandre. Je suis la grand-mère de six petits-enfants. Cinq d'André, mon plus vieux, et un de Jean, mon troisième. L'abbé Jean-François est le deuxième de la famille.

— Et Cassandre? questionna Berthier en souriant à la jeune femme.

C'est plutôt Eugénie qui répondit:

— Oh là! Elle a le temps! Georges et Simon-Thomas sont plus vieux qu'elle et à ce que je vois, ils aimeraient bien se marier avec les sœurs de ma bru Isa Pageau.

Cassandre ne voulait pas s'immiscer dans la conversation, trop curieuse de voir sa mère dialoguer avec son ancien amoureux. De fait, Berthier rapprocha sa chaise de cette dernière.

— Comme ça, tu en as eu six. Avec ton mari?

— Avec qui veux-tu que ce soit, Alexandre de Berthier? Tu sauras que je n'ai jamais été une fille de régiment!

La maladresse de Berthier avait fait hausser le ton à Eugénie. Les têtes se tournèrent dans leur direction. Berthier se racla la gorge, tandis qu'Eugénie s'impatientait.

— Il est bien long à venir, ton Edgar La Chaumine!

Berthier regarda immédiatement Eugénie de manière incrédule.

— Comment se fait-il que tu connaisses le prénom de La Chaumine, Eugénie? Il ne me semble pas l'avoir prononcé.

Du tac au tac, cette dernière rétorqua:

— Je l'ai deviné, voilà tout!

Devant l'air perplexe de Berthier et le regard inquisiteur des autres, son fils Jean-François la tira de ce mauvais pas.

— Le curé de Berthier-sur-mer, que j'ai rencontré à l'occasion d'une retraite diocésaine, m'a parlé en grand bien de votre artiste sculpteur.

— Fort bien. Le curé Pachot, le frère de ma bru, est un ecclésiastique admirable de charité. C'est lui qui a accueilli La Chaumine, un être au talent divin, mais à la mémoire défaillante et à l'esprit un peu… disons… arriéré. Les travaux de ferme qu'il accomplit et son travail de bedeau, à Berthier-sur-mer, valent leur pesant d'or et il n'exige pratiquement rien en retour.

— Mais tu l'exploites, cet artiste, tu devrais avoir honte, Alexandre! On ne traite pas un artiste comme un paysan.

— Mais, Eugénie, c'est lui qui le veut comme ça!

— Oui, mais toi, tu en tires profit… Et en plus, tu le traites d'arriéré.

La gêne commençait à miner l'atmosphère du manoir. Berthier ne comprenait pas la réaction d'Eugénie.

— Tu ne le connais même pas, La Chaumine. C'est un être qui a besoin de commandement. Il est heureux lorsqu'on lui dit quoi faire!

— Ce n'est pas une raison pour le traiter en esclave!

Devant l'insistance d'Eugénie à prendre la défense du sculpteur, Berthier eut le réflexe de vider son verre d'un trait. Eugénie le regarda avec un air de reproche :

— Tu bois trop, Alexandre. D'ailleurs, tu as toujours trop bu. En tout cas, moi, je ne t'aurais pas laissé faire.

Voyant que la tension montait et que l'échange s'était transformé en une querelle d'anciens amoureux, laissée au même point qu'il y a quarante ans, Mathilde tira la manche de son amie.

— Si nous allions prendre un peu d'air, avant d'aller prier ?

— Bonne idée. J'en ai grandement besoin.

Une fois à l'extérieur, Berthier, qui demanda à Eugénie de l'escorter, lui recommanda de porter son châle.

— Tiens, Eugénie, tu devrais le porter. Il fait encore frais, malgré le soleil qui se renforce… Et tes poumons étaient fragiles dans le temps. Le sont-ils encore ?

Elle le remercia et se rendit compte qu'il était toujours aussi attirant pour une dame. Mais elle ne voulut pas s'attendrir, estimant qu'elle ne lui avait pas dit tout ce qu'elle ruminait depuis tant d'années.

— Et dire que je croyais que tu avais changé, Alexandre de Berthier !

Subitement, un sourire apparut sur le visage inquiet de l'ancien militaire. Une idée attrayante venait de lui passer par la tête.

— Comme ça, Eugénie, tu ne m'as jamais oublié… Serais-tu venue pour me revoir ? Tu es veuve et je suis veuf… Tu sais ce que je veux dire.

Cette dernière le foudroya du regard.

— Je suis veuve, mais j'ai encore toutes mes facultés, moi. Elles ne sont pas brûlées par la boisson ! On m'avait pourtant dit que tu avais promis à ta défunte, sur son lit de mort, de faire abstinence.

— Qui t'a dit ça, Eugénie Languille[42] ?

— Je l'ai su. Tout se sait.

— Le curé Pachot ? Alors, je retire ce que j'ai dit de bien de lui.

Eugénie eut peur que son fils Jean-François n'ait entendu l'altercation. Comme elle ne voulait pas qu'un prêtre subisse de fâcheuses conséquences à cause d'elle, elle décida d'avouer.

— Non, non, pas un prêtre.

---

42. Nom de jeune fille d'Eugénie Allard.

— Quelqu'un de ma seigneurie?

— La seigneuresse de l'île Dupas. Jeanne-Marguerite Lenoir Dandonneau.

L'indignation de Berthier atteignit son comble.

— Nous y voilà. Ce n'est pas étonnant qu'elle noircisse ma réputation, celle-là, avec son nom de famille!

Berthier, que les algarades et la provocation dans ses échanges avec Eugénie avaient toujours exalté, changea soudainement de ton.

— Comme je le disais, tu es veuve, je suis veuf, et tes enfants sont adultes, maintenant. Que dirais-tu que nous reprenions là où nous en étions, autrefois? Tu sais, je te trouve toujours aussi séduisante. Même plus!

Remise de sa colère, Eugénie regarda son ancien amoureux avec incrédulité et répondit de façon plus cordiale:

— Mais te rends-tu compte, cher Alexandre, que nous en sommes au même point, justement, que quand, ivre mort, tu es venu hoqueter sous ma fenêtre de la maison de la rue du Sault-au-Matelot?

Berthier ne répondit pas, songeur.

— Et qui vois-je aujourd'hui? Le même homme qui vide son verre d'un trait, alors qu'il a promi à son épouse qu'il ne boirait plus. Quelle conclusion veux-tu que j'en tire? Dis-le-moi!

Berthier, penaud, n'osait même plus se cacher la vérité.

— Je te comprends, Eugénie. Je croyais avoir changé. Tout à l'heure, j'étais tellement heureux de te revoir que de trinquer a été mon premier réflexe... Mais, je te le jure, je viens d'avoir ma leçon, c'est bien fini, la bouteille.

— Combien de fois m'as-tu dit ça? Combien de fois lui as-tu répété ça, Alexandre? Comment veux-tu que je te croie? Avez-vous été heureux, au moins?

— J'ai fait un excellent mariage.

— Tu vois, une autre saura l'accepter, mais pas moi. Je ne serais pas heureuse dans ces conditions. Il faudrait que tu te métamorphoses, et cela, je ne puis l'exiger de toi. Non, je crois qu'il serait plus sage d'en rester là.

Berthier resta quelques instants silencieux, le cœur battant. Quand il eut repris son souffle, il questionna Eugénie.

— J'aimerais te demander une dernière faveur.

— Si tes intentions sont honnêtes, pourquoi pas !

— Elles le sont, ne crains rien. J'aimerais que tu me dises la franche vérité.

— Comme toujours, Alexandre.

— Bien. Serais-tu venue à Berthier-en-haut expressément pour me revoir ? Je sais que tu accompagnes ta fille au fief Chicot, mais ici, dans ma seigneurie, serais-tu venue pour évaluer nos chances de reprise, même après quarante ans ?

Eugénie le regarda, étonnée et mal à l'aise.

— Pourquoi voudrais-tu savoir ça ? Est-ce si important, maintenant que nous nous sommes revus et avons discuté de cette éventualité ?

— Parce qu'on m'a dit que tu étais fiancée à un médecin. Donc, soit que tu aies voulu me donner une deuxième chance ou que tes fiançailles aient été rompues ?

Eugénie défia Berthier du regard.

— Depuis quand m'espionnes-tu, toi ? Il me semblait, tout à l'heure, que tu ne savais rien de mes allées et venues. Ça doit être mon fils Jean-François qui en a trop dit à ton curé de Berthier-sur-mer. Ah, l'indiscret ! Attends que je lui dise ma façon de penser !

À son tour, Berthier, qui respectait le clergé, répondit à son ancienne flamme :

— Non, les curés n'ont rien à voir.

— Alors, qui ?

— Désolé, j'ai promis le secret d'État.

— Très bien. Dans ce cas, je ne répondrai pas non plus à ta question. Donnant, donnant.

— Mais, Eugénie, je voulais savoir s'il te restait une once d'amour pour moi…

— Donnant, donnant, Alexandre… Moi, je t'ai bien révélé ma source. Restons-en là, si tu le veux bien, c'est mieux ainsi, répondit Eugénie, trop heureuse de ne pas compliquer son triangle amoureux.

Elle ajouta, pour consoler son hôte :

— Et si nous allions prier, Alexandre, pour nos retrouvailles ? Il y a moyen de rester de grands amis sans risquer de nous détruire, n'est-ce pas ?

Berthier la regarda tendrement et lui déclara :

— Tu sais, ma chère, te savoir inaccessible me séduit au plus haut point.

— Pour l'instant, nous devons démontrer à mes enfants nos bonnes dispositions. Cassandre doit conserver la plus haute opinion de mon ami Alexandre de Berthier.

— Ah oui ? Elle a une bonne opinion de moi ?

— Bien sûr ! Elle m'a dit le plus grand bien de toi. Un homme avec toutes les qualités. Elle m'a même déjà demandé pourquoi j'avais choisi son père, François.

— Et qu'est-ce que tu lui as répondu ?

— Que je t'aimais bien, mais que je n'avais jamais été impressionnée par l'uniforme militaire.

— Ce n'est pas vrai, tu l'étais !

— Non.

— Oh si !

— Oh non !

— Donc, j'avais plus qu'un défaut.

— Disons que l'un n'allait pas sans l'autre.

Quand Cassandre et les autres virent qu'Eugénie et Berthier s'étaient réconciliés, la bonne humeur générale revint rapidement. Berthier les invita tous à se rendre à l'oratoire.

— Edgar La Chaumine nous attend sans doute. Ne le faisons pas patienter.

À ces mots, Eugénie se dit, tout en regardant Cassandre et Jean-François : *À qui le dis-tu, Alexandre. Si tu savais !*

CHAPITRE IX
Edgar La Chaumine

— La Chaumine vient de me dire qu'il pourra nous accueillir dans quelques minutes, le temps de nous rendre à l'oratoire, et il aura fini de ranger ses outils et de rendre ce petit lieu de culte convenable pour aller nous recueillir pour le repos de l'âme de ma bien-aimée.

Sur ces paroles, Eugénie se raidit.

Dire que tu viens de me faire les yeux doux… Pour un veuf qui a tant aimé sa défunte, je te trouve passablement entreprenant, si tu veux mon avis, Alexandre.

Il en avait peut-être l'habitude, même marié, qui sait… Les hommes! J'ai bien fait de préférer François, lui qu'aucune autre femme n'intéressait. Comment aurais-je pu être amoureuse d'un coureur de jupons comme… Non, Manuel n'entre pas dans cette catégorie. C'est normal pour un médecin d'être exposé à de fortes tentations… La Chaumine! Dans quelques instants, nous verrons bien qui tu es vraiment.

Berthier continua:

— Monsieur l'abbé, je tiens à ce que vous récitiez les prières de circonstance. Mon chagrin m'empêche d'en prendre l'initiative. De plus, madame de Berthier vous considérait tellement!

Parlons-en, de ton chagrin, Alexandre! Quant à ta défunte, elle a dû en avoir, du mérite, se dit Eugénie.

— Vous pouvez compter sur moi, monsieur de Berthier. Je conserve le meilleur souvenir de votre dame. Une femme d'une telle dignité, répondit Jean-François.

— Et vous, Cassandre, voudriez-vous chanter pour Marie, ma défunte?

— Oui, capitaine, bien sûr. J'ai appris un cantique marial, en fait un motet à la gloire de la Vierge, à la Maison royale de Saint-Louis à Saint-Cyr, près de Versailles, où j'étudiais. J'aimerais le chanter *a capella*, comme il se doit, à l'intention de votre épouse défunte.

Eugénie eut peur que Cassandre ne mentionne le fait qu'elle venait juste d'interpréter ce chant à l'église de l'île Dupas, pour les fiançailles de Marie-Anne Dandonneau, la fille de l'émule de Berthier.

— Merci!... Et toi, Eugénie, pourrais-tu y aller d'un cantique à la Vierge, comme tu savais si bien le faire, avec ta voix d'or?

Avant que sa mère n'ait le temps de répondre, Cassandre prit les devants:

— Oui, maman, nous pourrions chanter en duo! Vous, la voix de soprano et moi, l'alto. Allez, dites oui.

— Je ne sais pas, l'air frais des îles a pu altérer la force de mes poumons. Et puis, la circonstance…

À ces mots, Berthier, ému, intervint de nouveau:

— Je comprends ta compassion vis-à-vis de ma peine, Eugénie. C'est tout à ton honneur, mais puisque c'est moi qui te le demande…

— Si vous le voulez, nous chanterons tous en chœur, avança l'abbé Jean-François. Qu'en pensent les autres? Je suis certain que tante Mathilde n'y verra pas d'objection.

Mais, avant que la comtesse Joli-Cœur ne donne son avis, Eugénie s'enquit auprès de son fils:

— Serons-nous en présence d'Edgar La Chaumine? dit-elle, en regardant Jean-François de façon à ce qu'il n'oublie pas le but de leur visite à Berthier.

Ce dernier comprit le message de sa mère. Il fit une moue de dépit. Cependant, Alexandre de Berthier voulut dissiper les craintes d'Eugénie.

— Si c'est la présence de La Chaumine qui te dérange, Eugénie, je vais lui demander de vaquer à ses autres occupations.

— Non, non ! Je tiens absolument à ce qu'il y soit ! Parce que nous voulons le connaître, ce grand artiste, continua Eugénie d'une voix mielleuse.

L'aspect sirupeux de la réponse d'Eugénie eut l'air de séduire Berthier et d'apaiser ses craintes.

Décidément, Eugénie joue de séduction avec son ancien prétendant avec la plus grande facilité. Se pourrait-il qu'ils ne se soient jamais oubliés ? pensa Mathilde.

Alors que Berthier guidait ses invités vers le petit oratoire, Eugénie se sentit soudain vaciller. Elle agrippa le bras de son fils, en guise de béquille. Elle avait le teint si blême que Cassandre s'en aperçut et s'approcha d'elle.

— Est-ce que ça va, maman ?

Comme elle ne réagissait pas, son fils Jean-François s'en inquiéta à son tour.

— Soyez confiante, maman. Dans quelques instants, un miracle va se produire. Notre père pourrait ressusciter dans nos vies. Prions Dieu pour qu'il nous donne à tous la force de bien réagir.

Eugénie avait le regard vide. Toute sa vie sentimentale avec François Allard, le père de ses enfants, se déroulait devant ses yeux.

Leur première rencontre eut lieu sur le *Sainte-Foy*, durant la traversée de l'Atlantique en 1666, elle comme fille du Roy et lui comme engagé pour trente-six mois, quand le capitaine Magloire leur avait demandé de réparer le clavecin destiné au gouverneur de Courcelles. François, en tant qu'ébéniste et elle, une claveciniste de concert, s'allièrent pour l'accorder et commencèrent à s'estimer, mais sans trop se le dire, puisque Eugénie pensait rejoindre Marie de l'Incarnation, fondatrice et Supérieure des Ursulines de Québec.

Rapidement, à son arrivée, Eugénie s'était fait courtiser par le gouverneur de Courcelles et le beau capitaine du régiment de Carignan, Alexandre de Berthier, qu'elle s'était dépêchée d'éconduire à cause de son penchant pour l'alcool, même si elle l'aimait à la folie. Sa raison avait pris le dessus. François attendait toujours patiemment de se faire aimer d'Eugénie. Cette dernière avait davantage pris conscience des grandes qualités de François, de sa conduite irréprochable et de la noblesse de ses sentiments. Devenue amoureuse de lui, à la longue, une sérieuse maladie pulmonaire l'avait mise au rancart et l'avait forcée à réfléchir à sa destinée. Comme l'intendant Jean Talon obligeait les jeunes gens à se marier dans les meilleurs délais, Eugénie avait décidé d'épouser son prétendant.

Du mariage d'Eugénie et de François étaient nés cinq garçons et une dernière fille, Cassandre. Épouse modèle, mère de famille rigoureuse, femme idéaliste et dévouée à sa paroisse, Eugénie avait eu le malheur de perdre son mari, mort accidentellement noyé. Elle croyait que veuve, elle se consacrerait à établir ses enfants et à bercer ses petits-enfants. Mais voilà que le retour du sort lui ramenait ses anciens soupirants, alors qu'elle désirait vivre dans les souvenirs de sa vie avec son cher François.

Eugénie se savait toujours éperdument amoureuse de Manuel Estèbe. Même s'il avait rompu leurs fiançailles, elle était confiante que dans les meilleurs délais, elle arriverait à le reconquérir. Mais le temps pressait, car plus d'une nourrissait l'ambition de devenir l'épouse du séduisant Manuel! Si Edgar La Chaumine s'avérait être François Allard, Eugénie ne se sentait plus aussi certaine et capable, à ce moment-ci, d'agir selon sa raison et de refouler ses sentiments pour Manuel Estèbe.

Une veuve pratiquement remariée n'est plus tout à fait veuve! Même si tu as été le grand amour de ma vie, le seul véritable, c'était de ton vivant, François. Que dois-je faire? En parler in extremis à Jean-François? Il m'a déjà recommandé de me remarier, mais c'était avant l'apparition d'Edgar La Chaumine. Maintenant, strict comme il est, je n'ose même pas le lui demander. À Mathilde? C'est ma grande amie, mais je préfère la laisser avec ses doutes concernant la fidélité de son Thierry. Tu es venue à la rencontre de ton destin, Eugénie. Eh bien, il faut que tu boives ton calice jusqu'à la lie! Ton confesseur Claude Martin te le disait bien: Satan rôde et se manifeste surtout quand l'on ne s'y attend pas.

Cassandre tentait de ramener sa mère à la réalité. Quand Eugénie sortit de sa torpeur, elle lui serra le bras et lui fit un sourire compréhensif.

Elle aussi doit vivre des moments inquiétants. De savoir que son père est peut-être là, à quelques pas, doit être paniquant pour son âme sensible. D'autant plus qu'elle se remet à peine d'une douloureuse peine d'amour. Et Jean-François, si naïf, malgré sa soutane! Heureusement qu'il trouve sa force dans sa foi.

Eugénie voulut parler à Cassandre, mais aucun son ne sortit de sa bouche tant elle vivait son drame cornélien avec douleur. Cependant, elle se sentit réconfortée par sa fille lorsque celle-ci lui dit :

— Laissez parler votre cœur, maman !

Eugénie regarda intensément Cassandre et lui répondit, émue :

— Mon chaton, j'ai besoin de ton aide. Reste près de moi.

— Nous nous fions aussi sur vous, maman.

Le petit oratoire du manoir de Berthier-en-haut était en fait une pièce aux dimensions réduites pouvant accueillir au plus dix personnes. Deux prie-Dieu étaient installés devant un petit autel accroché à un magnifique retable orné de dorures. Les statues, représentant la Vierge et son fils naissant ainsi que saint Joseph, encadraient le tabernacle drapé d'un voile cousu de fils d'or. Une pièce de charpente à moitié ciselée siégeait sur son socle, tout près de l'autel. Quelques lampions de cire d'abeille se consumaient, vacillant comme d'habitude au rythme de la respiration du sculpteur.

Du temps des seigneuresses de Berthier, des fleurs printanières des îles embaumaient le petit oratoire, tels la salicaire pourprée, la reine des milieux humides, le lilas et la jonquille. Mais depuis la maladie de son épouse et le départ de sa bru vers Berthier-sur-mer, plus aucune fragrance ne réussissait à distraire le capitaine de son chagrin et de sa solitude.

Deux rangées de bancs, de chaque côté de la petite allée, pouvaient accueillir les dévots. Un petit harmonium se faisait discret le long d'un côté de la pièce. Un confessionnal terminait l'ameublement du lieu saint avec une croix finement sculptée, de l'autre côté.

Berthier, qui était suivi par Pierre Latour, ses beaux-parents et la comtesse Joli-Cœur, se retourna et leur dit avec fierté :

— Regardez, mon sculpteur est en train de terminer la statue de sainte Geneviève, la protectrice contre les envahisseurs... Où est-il ? Il ne devrait pas être bien loin.

Quand l'abbé Jean-François Allard pénétra dans le petit sanctuaire, il ne put réprimer un oh ! de surprise. Eugénie faillit perdre connaissance. Se reprenant difficilement, regardant tout autour de l'oratoire, elle lui dit, tout énervée :

— L'as-tu vu ? Est-ce lui ?... Où est-il ?

L'ecclésiastique répondit, extatique :

— La véritable réplique de la chapelle privée de Monseigneur de Saint-Vallier. Un saint lieu de culte. Admirez, maman.

Eugénie grimaça.

Ce que tu peux être naïf des fois, mon garçon. C'est ton père, que nous sommes venus voir. Tu es encore loin de la mitre et de la crosse.

Près d'un recoin du confessionnal se tenait un sexagénaire, recueilli. Sa chevelure éparse, abîmée par une calvitie sévère, montrait que l'homme avait dû souffrir d'engelures. Ses larges épaules supportaient un cou solide. Son physique, plutôt râblé, se terminait par de grandes mains jointes, écorchées par les travaux du bois et de la ferme.

— Regardez, maman, Jean-François. C'est lui ! s'écria Cassandre.

Affolée, paniquée, Eugénie ne pouvait plus se maîtriser. Elle tonitrua :

— Où est-il ?

La réaction d'Eugénie n'échappa pas au petit groupe qui s'apprêtait à s'agenouiller dans le silence le plus respectueux du lieu saint. Alors que cette dernière tardait à faire de même, scrutant le personnage du fond de la rangée de bancs, à la recherche de traits caractéristiques de son mari défunt, Berthier s'avança vers elle et lui dit pour la rassurer :

— Mais, Eugénie, ce n'est pas un fantôme, c'est mon sculpteur, La Chaumine. Ne t'en fais pas. Il a une étrange démarche, mais il n'est pas dangereux. Je vais te le présenter tout à l'heure.

Eugénie le regarda, perplexe.

Étrange démarche ! Que veut-il dire par là ?

Cassandre, qui était toujours près de sa mère, se pencha à son oreille et lui dit à voix basse :

— Que veut-il dire par une étrange démarche ? Papa avait-il une infirmité cachée ?

Eugénie, les yeux exorbités, répondit, d'une voix monocorde, malgré son envie de crier :

— Tu sauras, ma petite fille, que ton père avait un physique agréable et bien fait ! Mais d'être sauvé de la noyade, après un naufrage, peut l'avoir estropié. C'est bien possible. Si tel est le cas, ne va surtout pas lui montrer que tu t'en es rendu compte… Le pauvre malheureux !

La réponse de sa mère chagrina Cassandre. Pour sa part, l'abbé Jean-François interpella discrètement Eugénie :

— Regardez comme il est dévot, cet homme ; on dirait papa !

Eugénie n'en pouvait plus de tergiverser sur l'identité réelle d'Edgar La Chaumine.

François, infirme !

Berthier manifesta son intention de commencer les prières pour le repos de l'âme de sa femme en faisant un signe de tête entendu à l'ecclésiastique. Aussitôt, l'abbé Jean-François éleva la voix, invitant l'assistance à se recueillir.

— Que les âmes des fidèles défunts reposent en paix et que Dieu, dans son amour infini, leur accorde sa miséricorde et le salut éternel.

— Amen, répondirent les pèlerins.

— Nous sommes ici réunis pour prier pour le repos d'une âme sainte, d'un cœur pur et d'une servante du Seigneur, rappelée à ses côtés bien trop tôt pour ses proches…

Alexandre de Berthier, les yeux fermés, se rappela les moments difficiles de sa vie conjugale. Sa femme avait mérité son ciel bien avant l'heure… *Cette damnée bouteille !* pensa-t-il.

Marguerite Banhiac Lamontagne, de son côté, se dit :

Il en parle comme si elle s'était faite religieuse ! C'est bien connu, les demoiselles Le Gardeur de Tilly étaient affublées d'un orgueil démesuré d'avoir épousé des seigneurs. Maman me disait que leur mère, Geneviève de Maur, les empêchait de parler aux autres petites filles des Trois-Rivières quand leur père était gouverneur pour ne pas qu'elles emploient le langage de la plèbe. C'est vrai qu'elle était méritoire, madame de Berthier, surtout d'avoir enduré son ripailleur de mari.

Quant à Eugénie, ses supplications allaient à son cher François.

Si c'est toi qui es sur le banc du fond, fais-moi un signe. Moi, je ne peux plus en supporter davantage. Sinon, j'attends la grâce céleste. Mais… je ne sais plus… Si tu es vivant, tu ne pourras pas entendre ma prière, bien entendu !

Le prêtre entonna deux psaumes dédiés aux morts.

De profundis clamavi ad te, Domine… Dies irae, dies illa
Solvet saeclum in favilla[43]

---

43. Des profondeurs, je crie vers toi, Seigneur… Jour de colère, ce jour-là, réduira le monde en cendre…

Après ces prières aux âmes des fidèles défunts, Jean-François invita Cassandre à entonner le motet.

Elle se leva, s'avança à l'avant de l'autel et, plutôt que d'entonner le chant *a capella* devant la statue de la Vierge, elle décida de le faire face à son public, le regard fixé au fond de l'oratoire, vers le sculpteur dévot, afin de déceler des ressemblances avec François Allard, son père. La voix de Cassandre, une soprano colorature, emplit la salle d'une ambiance céleste. Ses vocalises émurent son auditoire qui avait les yeux rivés sur elle.

Edgar La Chaumine subit à son tour la magie divine. Transporté par la ferveur mariale, il se leva de son banc en claudiquant et se faufila jusqu'au prie-Dieu situé en face de la statue de la Vierge. Au passage, il jeta un regard à l'assistance. Avant de s'agenouiller devant la balustrade, il sourit à Cassandre en guise de remerciement pour son beau chant.

Mais c'est encore un bel homme! Il a dû être séduisant, comme papa pour maman, à l'époque! se dit Cassandre, admirative.

Quant à Eugénie, elle ne prit pas de temps à réagir:

Quel bel homme! Je ne sais quoi penser. Il claudique, c'est vrai, mais de nos jours, ça peut se corriger... Un sosie? Non, à part le fait de boiter, il est pareil. Ça ne peut être que mon mari, François, se dit-elle, renversée. *Merci, Seigneur, de me l'avoir ramené bien vivant! Que voulez-Vous, je ne vois pas avec les yeux de la foi, comme mon Jean-François! Je ne sais pas s'il m'a réellement vue, mais il a dû reconnaître la petite. Peut-être pas, s'il a perdu la mémoire, comme le disait Jean-François... Il faut absolument que je lui parle... Manuel? Mon Dieu, Vous ne me rendez pas la tâche facile... Je ne peux quand même pas enlever leur père à mes enfants! Et puis, François, je l'ai aimé dès notre première rencontre... Je ne peux pas le laisser comme ça. C'est normal qu'il ne nous reconnaisse pas, s'il est amnésique. Il faut que je lui fasse retrouver la mémoire!*

Mathilde, de son côté, s'était rendu compte de l'intérêt d'Eugénie pour Edgar La Chaumine.

Pauvre Eugénie! Comme elle doit être bouleversée! Cet homme ressemble comme deux gouttes d'eau à son défunt François! Elle le dévisage tellement! Je ne sais pas comment je réagirais si je rencontrais le sosie de Guillaume-Bernard! Et Cassandre, elle si émotive! Quoiqu'elle était trop jeune au moment du décès de son père pour s'en rappeler… Mais l'abbé Jean-François, lui, était déjà ordonné! Comment se sent-il devant cette apparition?

Levée de son banc, Eugénie alla féliciter Cassandre pour l'interprétation du motet et l'embrassa, en lui disant à l'oreille :

— Comment le trouves-tu?

— Qui?

— Mais… le sculpteur! répondit Eugénie, exaspérée.

— Est-ce papa… maman?

— Je pense que c'est le moment ou jamais de le savoir!

Eugénie s'approcha de l'homme, lequel, les yeux fermés, priait. Délicatement, elle lui tapota l'épaule, comme si elle touchait à une relique divine. Mais, avant qu'il ne réagisse, Eugénie l'interpella :

— Hum, hum… François… C'est moi, ta femme… tu me reconnais, n'est-ce pas? Eugénie!

L'homme sortit de sa dévotion, dérangé par la familiarité d'Eugénie. Il la regarda de ses beaux grands yeux bruns, incrédule.

Le même regard séduisant. Il n'aura pas tout perdu dans le naufrage. Qu'il est beau! Il n'y a pas de doute, c'est lui.

Le manège d'Eugénie n'avait pas échappé à l'assistance quand elle s'était approchée de La Chaumine. Lorsqu'elle haussa la voix, percutante dans le silence monastique du petit oratoire… :

— François, François, retrouve la mémoire! Nous sommes ici pour te ramener, Jean-François, notre fils prêtre, et Marie-Chaton, notre bébé, à Charlesbourg! Mathilde est là aussi, avec monsieur et madame Banhiac Lamontagne. Tu te souviens de ce jeune militaire, n'est-ce pas, sur le *Sainte-Foy*?

… Mathilde se dit alors :

Elle a perdu la raison. On ne ramène pas un mort comme ça! Ça fait longtemps qu'elle aurait dû se remarier. Ça l'aurait empêchée de dire de pareilles sottises et de faire une folle d'elle! Que vont dire le seigneur de Berthier, Marguerite et François Lamontagne, de la voir dans cet état? Pauvre Eugénie. Quand je vais raconter ça à Anne et à Thierry, ils ne me croiront pas!

Edgar La Chaumine sourit timidement à Eugénie, étonné d'être interpellé par une aussi jolie femme de son âge. Il fit le geste de se relever. N'écoutant que sa hâte de regrouper sa famille, Eugénie agrippa avec vigueur le bras du sculpteur pour lui faciliter la tâche. Ce dernier se vit entraîner devant Cassandre.

— Tiens, embrasse ton bébé! N'est-ce pas qu'elle est devenue une ravissante jeune femme? Et sa voix, comment l'as-tu trouvée?

Eugénie, sur sa lancée, invita à haute voix l'abbé Jean-François à venir.

— Jean-François, viens bénir ton père.

Il ne se fit pas prier et aussitôt demanda à Eugénie:

— Que diriez-vous, maman, d'entonner le *Te Deum laudamus*[44]?

— Plus tard, plus tard. Maintenant, c'est à ton père terrestre que tu dois parler.

Alexandre de Berthier n'en revenait pas de la cocasserie de la situation.

Moi qui croyais renouer avec Eugénie alors que je vis avec son revenant de mari depuis un an! Et c'est en priant pour le repos de l'âme de ma femme Marie que nous réalisons qu'Edgar La Chaumine est en fait François Allard... Ma femme doit m'en vouloir terriblement pour tout ce que j'ai pu lui faire endurer! Ouais...

— Père, si vous voulez bien vous agenouiller de nouveau, que je vous bénisse, continua l'ecclésiastique.

Comme le sculpteur ne semblait pas comprendre ce qui se passait, Eugénie, lui prenant l'avant-bras, le força à se plier aux exigences de Jean-François, en ajoutant:

— Voyons, François, c'est pour notre action de grâce! Tu es revenu de très loin; il faut bien remercier le ciel. Dans quelques jours, nous retournerons à Bourg-Royal... Non, plutôt Notre-Dame-des-Anges... ou Beauport...

Voyons, Eugénie, tu paniques. Tu vas le mêler. Tu es toi-même confuse. Prends sur toi!

Eugénie fit un signe de tête à son fils pour qu'il procède à la bénédiction, mais il n'avait pas encore fini de revêtir son étole que le sculpteur demanda:

— Beauport?

Étonnée, Eugénie continua:

— Mais oui, toute la famille t'attend à la maison. Il y en a plusieurs qui ont hâte de te connaître, en plus de tes amis que tu reverras, en particulier Germain.

— Germain?

---

44. Seigneur, nous te louons.

— Germain Langlois, notre premier voisin. Tu te souviens? Ton sous-voyer!

C'est alors qu'Edgar La Chaumine eut une réaction de violence inattendue. Il se releva dignement, fit front à Eugénie et lui dit, de sa voix éraillée:

— Ne mentionnez plus jamais le nom de ce suppôt de Satan, ce Germain Langlois qui m'a rendu infirme pour le reste de mes jours! J'ai été trahi par celui que je croyais mon ami, François Allard, l'engagé de cette veuve Badeau, qui m'a fait boire plutôt que de me remettre l'argent qu'il me devait.

Le crucifix de l'ecclésiastique, en tombant, résonna sur le plancher de tuiles de l'oratoire. Eugénie vacilla sur ses jambes. Elle se serait effondrée si Cassandre n'avait pas été là pour la retenir. Se ressaisissant, offusquée, elle dévisagea l'énergumène. Elle se rendait compte de sa méprise. Elle l'interpella:

— Comment osez-vous insulter les noms de François et de Germain de la sorte! Je vous préviens: nulle excuse ne pourra motiver votre pardon, monsieur.

— Mais, madame, une victime n'a pas à s'excuser. C'est Germain Langlois qui a été condamné par le juge. Quant à François Allard, je ne crois pas que l'on puisse trouver plus fourbe.

Eugénie fulminait.

— Nul n'a le droit d'accuser, à tort, un être qui n'est plus là pour se défendre. Vous nous devez des explications, monsieur... monsieur La Chaumine.

— Avec le plus grand plaisir, madame. Seulement, si j'ai à en faire, ce sera aux familles de Germain Langlois et de François Allard, afin de les mettre en garde contre de tels imposteurs.

Horrifiée de tant d'impertinence, Eugénie rétorqua, les deux mains sur les hanches, dans une position de défi:

— En ce cas, vous allez devoir vous expliquer à l'instant.

Surpris, l'homme regarda Eugénie, incrédule. Elle eut l'impression que La Chaumine était sur le point de révéler cette énigme, quand ce dernier eut à se justifier devant son patron.

Dans le tintamarre, Berthier avait demandé à Pierre Latour de l'aider à maîtriser le sculpteur. Berthier l'interpella aussitôt.

— Un peu de retenue, La Chaumine! Que sont toutes ces fadaises?

Le sculpteur toisa Berthier, sans le reconnaître.

— Qui êtes-vous, monseigneur ?

— Comment ça, qui suis-je ? Le propriétaire de cette seigneurie… Et une autre, en bas de Québec. Alexandre de Berthier, pour être plus précis. Cela vous suffit-il, Edgar La Chaumine ?

Ce dernier répliqua à Berthier :

— Alexandre de Berthier n'est pas seigneur. C'est un capitaine du régiment de Carignan-Salières, qui s'est ridiculisé en tentant de se suicider par amour pour une fille du Roy en 1667. La nouvelle est parue dans la gazette de Québec.

Penaud, Berthier n'osait regarder autour de lui, alors que La Chaumine venait de faire resurgir un événement honteux, camouflé depuis si longtemps. Il n'en revenait pas de la mémoire de son sculpteur. Il observa ce dernier, éberlué, ne sachant pas trop quoi dire, si ce n'est :

— Vous avez une mémoire d'éléphant, La Chaumine !

— Malheureusement, monseigneur, ma mémoire s'est perdue en 1667, alors que ce Germain Langlois m'a fendu la tête. Depuis lors, je ne me souviens plus de rien… Mais, de grâce, ne m'appelez pas La Chaumine. Ce n'est pas mon nom.

— Accuser Germain et François de la sorte… Alors, qui êtes-vous, monsieur l'accusateur, si vous n'êtes pas Edgar La Chaumine ? demanda Eugénie, qui s'était avancée vers lui, alors que l'abbé Jean-François cherchait à la retenir.

Le sculpteur se calma.

— Vous voulez que je m'explique, alors je vais vous dire toute la vérité, comme je l'ai dite au juge… Mais, je vous préviens, elle n'est pas jolie à entendre… Je me nomme Pierre Dumesnil, domestique du seigneur Robert Giffard à Beauport. Je suis natif du pays de Caux, paroisse de Saint-Ouen, en Normandie. Mais le juge sénéchal de Beauport et prévôt de Notre-Dame-des-Anges, Claude de Bermen de la Martinière, m'a donné raison. La veuve Badeau a été condamnée à payer deux cents livres d'amende en réparation d'honneur pour m'avoir fait battre par ce fier-à-bras de Germain Langlois, ce costaud sans cervelle. Depuis, plus rien… je ne me souviens plus de rien. — Dites-moi, capitaine Berthier, où suis-je et depuis combien de temps ? Mademoiselle Giffard devait m'attendre pour commencer la sculpture de la statue de la bonne sainte Anne qu'elle veut offrir à la petite chapelle de Beaupré. Il paraît que le marquis de Tracy veut venir y prier… Quand doit-il faire ce pèlerinage ? Vous devez le savoir, vous êtes, avec le capitaine de Sorel, ses deux officiers de l'arrière-garde !

Un silence sidéral régnait dans le petit lieu saint. Eugénie se retenait pour ne pas demander des éclaircissements au sculpteur quant à la conduite de Germain et de François. Mais comme Alexandre de Berthier, le maître de céans, était interpellé, elle jugea poli de ne pas intervenir.

Berthier toussota, prit un air de circonstance et répondit :

— Beaucoup d'eau a coulé sous les ponts depuis, quarante ans précisément, monsieur Dumesnil. Regardez mon aspect, je n'ai plus vingt ans.

— Quarante ans ! Le seigneur Robert Giffard, mon patron, est sans doute décédé depuis longtemps… Je suis donc libre de mon engagement comme domestique.

Berthier fit un petit sourire entendu et ajouta :

— C'est moi, maintenant, Dumesnil, qui suis votre patron, depuis près de deux ans. Mais ne vous en faites pas, je ne pourrais me passer de vos habiletés et de vos talents… Je remplace, en quelque sorte, le sieur Giffard, que j'ai eu la chance de connaître, par ailleurs… C'est un grand honneur de pouvoir vous avoir à mon service, si vous voulez bien continuer, bien entendu, à travailler ici.

— Mais je ne suis qu'un domestique, sieur de Berthier, répondit Dumesnil.

— Oh, pour moi, vous êtes beaucoup plus que ça. Un ami !

— Sieur de Berthier, voulez-vous m'aider à retrouver la mémoire ?

— Dumesnil, à mon âge, c'est plutôt à moi de vous demander de m'aider à ne pas perdre le peu de mémoire qu'il me reste !

Berthier se voyait revenir à son époque glorieuse de vaillant pourfendeur d'Iroquois.

Mathilde ne pouvait croire aux élucubrations de cet amnésique, Germain Langlois ayant été le protecteur de Violette Painchaud, agressée par le marin Gros Louis durant la traversée de l'Atlantique en 1666.

Mais Germain doit cogner dur et fort, c'est certain. Ces géants-là ne connaissent pas leur force. Mais il est naïf ! Il a pu se faire embobiner.

Pour leur part, l'abbé Jean-François et Cassandre s'en remettaient à leur mère pour juger de la situation.

Cette dernière, sous le choc de ces révélations, voulait en savoir davantage. Elle admettait toutefois la véracité des dires du sculpteur. Elle s'apprêtait à demander à Dumesnil la question qui lui brûlait les lèvres :

Et François, qu'a-t-il à voir dans tout ça ?

Mais elle se retint. Une voix intérieure lui disait que tout n'était pas un tissu de mensonges et elle avait presque la certitude que ce n'était pas la voix de François.

François aurait-il été cachottier envers sa femme ? se demanda-t-elle.

Eugénie fouilla dans ses souvenirs depuis son départ pour la Nouvelle-France. Ainsi, François Allard avait effectivement accompli ses trente-six mois d'engagement chez la veuve Badeau, à Beauport. De plus, François et Germain Langlois, qui travaillait à la Petite Auvergne chez Hormidas Chalifoux, le père d'Odile, se fréquentaient régulièrement. Quant à l'écho mondain de la tentative de suicide d'Alexandre de Berthier, il était exact.

Le dossier criminel de la sénéchaussée de Beauport et de l'amirauté de Québec pourra nous en dire davantage. François l'aurait fait boire ? Évidemment, il était célibataire... Entre copains... Heureusement qu'il a tout arrêté lorsque nous nous sommes fréquentés, sinon je l'aurais éconduit, comme je l'ai fait avec Alexandre. François avait des dettes dès 1667 ? Donc, il ne s'était jamais départi de cette mauvaise habitude. Et ça l'a tué... Comme on peut en apprendre sur le passé de son mari ! Malheureusement, ce ne sont pas seulement des qualités qui resurgissent ! Que vont en penser les enfants ? Bah, ils sont assez vieux pour savoir que leurs parents ne sont pas parfaits. Ils feront la part des choses.

À ce moment, Eugénie s'adressa directement à l'âme de son cher François.

Mon amour de toute une vie, comme tu sais que je suis curieuse de nature, ce que j'entendrai ne diminuera pas le souvenir que je garderai de toi. Ne m'en veux pas d'être rassurée par la confirmation de ta mort, mais la situation se compliquait particulièrement pour la famille. Tu comprends ça du haut de ton ciel, n'est-ce pas ?

— Monsieur Dumesnil, je suis la veuve de François Allard et voici deux de mes enfants, Cassandre, qui vient de chanter, et Jean-François, mon fils. Pourriez-vous nous dire quelle a été la responsabilité de mon défunt mari dans cette sale affaire? demanda Eugénie de manière plus calme, comme pour conférer de la dignité au statut de père de famille de François Allard.

Pierre Dumesnil regarda Eugénie avec reconnaissance. De la pointe du menton, elle lui indiqua de poursuivre.

— Eh bien, voilà les faits, tels que le bailli les a entendus pour me disculper. François et moi, nous nous connaissions pour avoir gardé le bétail à Beauport, lui chez la veuve Badeau, et moi chez mademoiselle Giffard, la fille du seigneur Robert Giffard, du bourg du Farguy. Il nous arrivait de nous rencontrer au bout des terres adjacentes de nos propriétaires. François manquait toujours d'argent, de sorte que je lui ai avancé huit sols. Quand je lui ai demandé de me rembourser, il m'a proposé un marché, celui de me rendre, un dimanche après-midi, à la maison de la veuve Badeau, notre voisine, en son absence, ce que j'ai fait. François m'a proposé de trinquer à notre amitié et de boire avec lui un demiard d'eau-de-vie pour rembourser sa dette. Par amitié, j'ai accepté. Mal m'en prit.

Dumesnil, la gorge sèche, reprit son souffle. Il fit un effort pour continuer, tant le drame de sa vie refaisait surface.

— La veuve Badeau, sa fille Diane et son mari Pierre Parent sont arrivés sur les entrefaites. Diane Badeau m'a alors accusé de maltraiter leur bétail. Puis elle a trébuché après avoir bu un verre d'alcool, parce qu'elle le supportait mal. Pour l'aider à se relever, je me suis penché au-dessus d'elle. Elle m'a alors accusé devant son mari d'avoir voulu abuser d'elle. Pierre Parent a voulu s'en prendre à moi. L'arrêtant tout sec, sa belle-mère, la veuve Badeau, m'a giflé. C'est qu'elle avait tout un maillet à la place du poing, la veuve! Et sa fille, remise sur pied, m'a frappé avec un manche à balai.

Tout le monde était pendu aux lèvres de Pierre Dumesnil. Eugénie demanda, inquiète:

— Pourquoi François n'a-t-il pas réagi? Il savait bien que vous ne vouliez que l'aider!

— Oui, pourquoi? ajouta Jean-François.

Eugénie le repoussa de la main, lui signifiant que c'était elle qui menait l'interrogatoire.

— Tout simplement parce qu'il avait bu plus que moi! Il n'était pas en condition de réagir adéquatement.

— Et après?

— Je suis tombé par terre et ma tête a frappé la patte de l'armoire que François avait sculptée pour la veuve. Je m'en souviens comme si c'était hier. Le meuble était de style Louis XIII. Il y avait ajouté la touche de son ami Charles-André Boulle.

Le souvenir de son coffret musical, celui que François lui avait offert en cadeau de mariage, revint à la mémoire d'Eugénie. Il était de confection Charles-André Boulle.

— Vous n'étiez pas tellement plus en condition que François, à ce que je vois! Des compagnons de beuverie, insinua-t-elle afin de le rendre aussi coupable que François.

Berthier suivait l'interrogatoire avec intérêt.

Tiens, tiens! Il semblait que son François était parfait, et moi, un fieffé ivrogne! Elle va avoir le caquet bas, la belle Eugénie, avec ses grands airs. Le chat sort du sac... Je commence à l'apprécier, ce Dumesnil! Surtout qu'il ne se laisse pas impressionner par elle.

Dumesnil toisa Eugénie.

— Madame, je ne fais que vous rapporter les faits, à vous d'en juger. Je vous assure que j'ai bien souhaité que François vienne m'aider. Il l'aurait sans doute fait, mais il ne le pouvait pas, parce que François travaillait pour la veuve Badeau et qu'il n'aurait pas pu intervenir contre sa patronne et sa maisonnée. Tels sont les faits et les intentions.

— Et Germain, dans cette histoire?

— Une fois tombé par terre, comme je tentais de me relever, Pierre Parent a commencé à me rouer de coups de pied et de poing, encouragé, cette fois-là, par sa belle-mère et sa femme. Comme Germain Langlois se sentait redevable d'être accueilli dans la maison Badeau, il s'est mis à me frapper lui aussi, mais plus fort, vu son gabarit. Mais il n'avait aucun motif. Je me suis relevé péniblement, plein d'ecchymoses.

— Et François, il n'a rien fait? demanda Eugénie.

— Pas sur le moment. Une semaine plus tard, au moulin, François m'a suggéré de me conduire chez le chirurgien et de payer tous les frais sur sa solde. Mais le mal causé par Pierre Parent et Germain Langlois avait déjà été fait. François m'a fait savoir que Germain Langlois regrettait ses gestes et qu'il était très malheureux… Mais il était trop tard. Même si le jugement a été rendu en ma faveur, les séquelles ont été terribles, puisque j'ai oublié tout mon passé.

Eugénie éprouva à la fois de la honte pour son mari et de la compassion pour Pierre Dumesnil. Ce dernier ajouta toutefois :

— N'allez surtout pas croire que François Allard était coupable ! Ç'a été un mauvais concours de circonstances pour lui comme pour moi. D'ailleurs, le juge n'a condamné que la veuve Badeau. Mais moi, j'ai perdu la mémoire de ma vie… Soyez convaincue que François Allard était un ami sincère… Ne m'avez-vous pas dit que vous étiez veuve ?

— Oui, François est décédé il y aura bientôt sept ans.

— Croyez que je le regrette sincèrement pour vous et ses proches. Nous avions une passion commune, la sculpture. Nous parlions de démarrer une fabrique de rouets à Beauport, avec Nicolas Bellanger, de Saint-Thomas-de-Touques, un autre Normand.

Tiens, tiens, comme le pépé Lonlon de notre regrettée Violette ! pensa Eugénie.

— Nicolas venait d'obtenir une petite concession de dix arpents du seigneur Giffard. Je ne sais pas s'ils ont réalisé ce rêve ou si François s'est fait reconnaître comme sculpteur, continua Dumesnil.

Eugénie se rappela que Thomas Pageau, le père de sa bru Isa, lui avait dit connaître ce Nicolas Bellanger. Elle ne répondit pas.

À quoi bon ? se dit-elle. Et pourtant, elle enchaîna :

— Aimeriez-vous concrétiser ce rêve, monsieur Dumesnil ?

Ce dernier la regarda, estomaqué.

— Comment serait-ce possible, madame ? Il y a si longtemps… Et nous sommes bien loin de Beauport !

— Rien n'est impossible à qui le veut bien… Avez-vous de la famille ? Où désirez-vous vous installer à demeure ?

— De la famille ? En France sans doute, mais c'est à Beauport que j'aimerais finir mes jours, idéalement à fabriquer des rouets. Comme nous l'avions souhaité, François, Nicolas et moi.

— Il y a ici des gens de grande influence qui pourront vous aider. Vous pourrez compter sur notre secours.

Rien n'est impossible pour Eugénie, monsieur Dumesnil. Vous verrez, se dit-elle.

Eugénie s'approcha de Pierre Dumesnil et lui serra chaleureusement la main. Puis, d'un élan spontané, elle lui fit la bise comme à un être cher.

Ne me dis pas que tu viens de tomber amoureuse de lui! Tu le connais à peine! Et qui nous certifie qu'il a dit la vérité? s'inquiéta Mathilde.

Ensuite, Eugénie demanda à son fils de bénir celui qu'elle avait cru être son mari. Cette fois-ci, Pierre Dumesnil accepta qu'Eugénie l'aide à s'agenouiller.

Ému, Jean-François mit la main sur la tête de Dumesnil:

— *In nomine Patris, et Filii et Spiritus Sancti.* Amen.

Lorsque l'abbé eut fini sa bénédiction, Cassandre regarda intensément sa mère afin de l'inviter à interpréter, en duo, un cantique à la Vierge. Eugénie hésita et préféra auparavant haranguer ses amis en clamant:

— Maintenant, je souhaiterais que nous priions pour le repos de mon cher François, le père de Cassandre et de l'abbé Jean-François, l'être adoré par sa femme et ses enfants, dont nous pleurons encore le décès. Comme vous le savez tous, François a été un artiste sur bois, réputé de son vivant…

Eugénie reprit son souffle tant cet éloge funèbre la troublait. Elle continua:

— Il admirerait sans aucun doute les ouvrages magnifiques exécutés par un sculpteur aussi doué que l'est monsieur Pierre Dumesnil, son ami, s'il était avec nous aujourd'hui!

Un silence complet régnait dans la pièce. Pierre Dumesnil la remercia d'un signe de tête. C'était la première fois, de mémoire, qu'on le félicitait publiquement. D'un geste amical de la main, Eugénie l'invita à aller rejoindre le petit groupe sur son banc.

— Vous avez fait bien plus que de sculpter des statues. Vous venez d'accomplir un miracle, le miracle de l'amour.

Cette dernière remarque d'Eugénie étonna grandement Mathilde.

Que veut-elle dire? Elle est amoureuse de Pierre Dumesnil, ma parole! Je ne la reconnais plus. De fait, depuis le retour de Cassandre, elle a perdu le contrôle de ses émotions. François était assurément son gouvernail. Qu'est-ce qui lui prend encore? Pourquoi a-t-elle largué son beau docteur?

Les autres aussi se firent leurs propres réflexions.

Quelle âme pure que celle de ma mère! se dit l'abbé Jean-François.

Eugénie aura toujours le cœur sur la main. Quelle femme! Dommage qu'elle tienne tête aux hommes et qu'il faille toujours qu'elle ait raison, regretta Berthier. *J'espère qu'elle ne me préférera pas mon sculpteur! Si tel était le cas, je pourrai faire une croix sur ma chapelle...*

Chère maman! C'est encore toi la plus forte! pensa Cassandre avec admiration.

La dernière et non la moindre à se parler fut Eugénie, elle-même:

Merci, merci, François pour ce miracle de l'amour. Et c'est ton ami Dumesnil qui vient de nous faire réaliser de nouveau quel être exceptionnel tu étais... Malgré tes petits défauts, bien entendu. Je sais maintenant que je peux aimer Manuel! Et merci de m'avoir fait prendre conscience que l'amour n'est pas éternel, quoi que les poètes en disent, et que je ne dois pas me draper dans ma fausse dignité dès qu'une situation me contrarie. Ma parole, j'ai cru bon de tarder à prendre conscience du véritable amour, au risque de perdre Manuel! Il est grand temps de corriger la situation.

Voyant l'impatience de Cassandre, Eugénie continua:

— Ma fille aimerait que nous chantions un cantique en duo. Alors, nous allons entonner ce cantique à la Vierge que tous connaissent et que certains d'entre nous ici présents, Mathilde, François Banhiac Lamontagne, avons chanté durant la traversée de l'Atlantique, sur le *Sainte-Foy*, pour nous protéger des dangers de la mer... Enfin, de toutes sortes de dangers... Je souhaiterais que nous chantions en chœur cet hymne à la Vierge, en reconnaissance de ses bienfaits.

La petite assistance était accrochée aux paroles d'Eugénie, ne sachant trop de quel cantique il était question. Avant de débuter, Eugénie demanda:

— Mathilde, viens chanter avec nous, en trio. Nous l'avons si souvent chanté sur le pont avec Violette, tu te souviens? Cassandre la remplacera.

Surprise, Mathilde s'avança et prit place près de Cassandre et d'Eugénie. Eugénie leur chuchota quelques mots à l'oreille et Mathilde opina de la tête, s'essuyant les yeux avec son petit mouchoir de dentelle. Cassandre se trouva également émue de pouvoir remplacer la grande amie d'orphelinat de sa mère et de sa tante Mathilde.

— *Salve Regina, mater misericordiae… Vita, dulcedo et spes nostra, salve!*

Ad te clamamus, exsules filii Evae. Ad te suspiramus, gementes et flentes in hac lacrimarum valle[45].

Le cantique marial émut la petite assemblée. Une fois la prestation terminée, l'abbé Jean-François conclut à haute voix:

— *Dignare me laudare te, virgo sacrata*[46]!

Quant à Cassandre, elle sut qu'elle faisait désormais partie du cercle féminin des amies de sa mère. Elle en ressentit une très grande fierté, qu'elle voulut partager avec cette dernière et Mathilde.

— Violette aurait été si fière de toi. Tu devrais prendre contact avec Marie-Noëlle Baril, la fille de Violette. J'imagine qu'elle doit avoir une jolie voix. Quel âge devrait-elle avoir, maintenant? Le sais-tu, Mathilde? demanda Eugénie.

— Quarante ans déjà. Le même âge que mon premier enfant…

Mathilde pensa soudain avec chagrin à son premier mari, Guillaume-Bernard Dubois de L'Escuyer, le père de ses cinq enfants. Eugénie le devina, mais préféra ajouter:

— Bon, je crois qu'il est temps de retourner au fief Chicot chez Étiennette. Monsieur Latour ainsi que Marguerite et François doivent s'inquiéter pour elle.

— Surtout que Thierry ne devrait pas tarder à revenir d'Oka, renchérit Mathilde.

Comme Berthier arrivait pour féliciter le trio d'avoir donné une si belle prestation, Eugénie en profita à son tour pour le remercier de son hospitalité. Elle prétexta la santé d'Étiennette Latour pour donner le signal du départ.

— Merci pour tout, Alexandre. Ce fut une journée mémorable.

— N'est-ce pas, Eugénie? Euh… Nous reverrons-nous un jour? Pourrais-je conserver un tout petit espoir?

Le vieux capitaine jouait son dernier va-tout. Il continua:

— Qui m'aurait dit, Eugénie, que j'aurais eu la fortune de te revoir toujours aussi belle après tant d'années? Je crois sincèrement que c'était davantage que de la chance. Plutôt le retour du sort.

---

45. Salut, ô Reine, Mère de miséricorde, notre vie, notre consolation, notre espoir, salut! Enfants d'Ève, de cette terre d'exil, nous crions vers vous. Vers vous nous soupirons, gémissant et pleurant dans cette vallée de larmes.
46. Permettez que je vous loue, ô Vierge sainte.

Si toi et moi, nous pouvions nous revoir, nous pourrions mieux nous apprivoiser, dans des moments, disons plus intimes, et filer nos vieux jours en amoureux… Tiens, à Berthier-sur-mer, pourquoi pas, c'est plus proche de chez toi.

— Cher Alexandre! S'il y a un mot qui nous caractérise bien, c'est *apprivoiser*! Malgré le temps écoulé, nous en sommes encore à nous comporter en chien et chat. Il serait grand temps que nous réalisions qu'il est préférable de rester de bons amis avec nos souvenirs de jeunes amoureux enflammés plutôt que de regretter nos prises de bec de vieux grincheux. N'est-ce pas?

— Tu as sans doute raison, Eugénie.

— Comme toujours!

— Comment ça, comme toujours?

— Tu vois, ça recommence. Tous les deux, nous ne finirons jamais de nous obstiner… Des fois…

Eugénie regarda intensément Alexandre. Ses yeux azur, qui allaient de gauche à droite, fouillaient les bonnes intentions dans le cœur de son vieux prétendant.

— Pourrais-tu te débarrasser de tes vieilles habitudes, pour moi? À toi de me le prouver!

La question saisit le capitaine. Il ne put répondre du tac au tac. C'est Eugénie qui exprima le dernier mot.

— Quoi qu'il en soit, nous resterons des amis proches.

Alexandre de Berthier se dit que ses chances de renouer avec la belle Eugénie n'étaient plus très fortes… Et qu'il avait peut-être manqué sa dernière chance.

Eugénie tint à saluer Pierre Dumesnil accompagnée de ses enfants et de Mathilde.

— Monsieur Dumesnil, venez nous rendre visite à Bourg-Royal. Nous vous mettrons en contact avec le fabricant de rouets de Beauport, Nicolas Bellanger, qui cherche à vendre son entreprise. Mon fils Jean le connaît bien.

Intrigué, le sculpteur interrogea:

— Mais est-ce le même Nicolas Bellanger que celui avec lequel François et moi voulions nous associer?

— Probablement, puisqu'il a déjà dit à mon Jean qu'il s'était porté acquéreur de la maison Giffard, quelques années après votre… accident!

— J'aimerais bien que ce soit le même!… Mais, madame Allard, je ne suis qu'un domestique. Qui voudra me prêter?

À ce moment, Eugénie dévisagea Mathilde qui comprit son intention.

— Mon mari, le comte Joli-Cœur, pourrait être attentif à votre cause. Sa fortune lui a déjà permis d'en aider plus d'un.

— Mais comment pourrais-je le rencontrer? Je n'ai pas de moyen de transport.

— Il revient de Montréal, ces jours-ci, peut-être demain. Si vous nous accompagnez au fief Chicot, je vous le présenterai.

— Comment vous remercier, madame la comtesse?

— Mais, j'y pense, Mathilde, monsieur Dumesnil pourrait faire d'une pierre deux coups.

— C'est-à-dire?

— Qu'il vienne à Bourg-Royal avec nous, comme ça, il se fera connaître de Thierry durant le voyage en bateau. Et chez nous, Jean ira le présenter à Nicolas Bellanger, à Beauport. Si c'est son vieux copain, ils devraient se reconnaître!

— Mais oui, c'est une excellente idée!

Décidément, ce sculpteur lui est tombé dans l'œil, pour aller si vite en affaires! se dit Mathilde.

— Mais que va dire monsieur de Berthier si je le quitte de cette façon aussi… cavalière?

— Ne vous inquiétez pas pour Alexandre, je m'en occupe, rétorqua Eugénie.

— Mesdames, vous me rendez si heureux! C'est comme si mon amitié avec François se prolongeait.

Jean-François et Cassandre étaient restés silencieux, émus de la tournure des événements. Cassandre, toutefois, devança son grand frère en disant:

— Nous aimerions tellement que vous soyez proche de la famille. Vous avez été l'ami de papa, maintenant nous devons mériter votre amitié.

Mathilde, n'en pouvant plus, se mit à renifler. Quant à Eugénie, elle sourit à sa grande fille dont elle était fière. Le mot de la fin de l'échange revint à l'abbé qui murmura: Alléluia!

Étonnamment, il se tourna alors vers le seigneur de Berthier pour le bénir. Au lieu de *In nomine Patris*, il dit plutôt *oremus, pro benefactoribus nostris*[47]. Berthier, déjà agenouillé, qui avait commencé machinalement à se signer, resta stupéfait.

Eugénie alla une dernière fois remercier Alexandre de Berthier de son accueil, tout en l'avisant du retour de son sculpteur à Beauport. Elle déposa un baiser sur la joue d'Alexandre, à la grande surprise de ce dernier, en s'empressant d'ajouter :

— Non, ne va pas te faire accroire que j'ai changé d'idée. C'est pour mieux sceller notre amitié.

Les larmes aux yeux, Alexandre ne dit rien. Eugénie en profita pour ajouter, de manière anodine :

— À propos, ton sculpteur, monsieur Dumesnil, a décidé de revenir avec nous, à Beauport. Il m'a demandé de t'en aviser. Bon, je dois partir. De la part de nous tous, encore une fois, merci, Alexandre... Et sait-on jamais, à un de ces jours ! Si tu passes à Charlesbourg ou à Beauport, ma porte te sera toujours ouverte.

Le capitaine resta muet. Il était incapable de surmonter sa peine, même en souriant légèrement. Il fit seulement un signe de la tête, pour signifier qu'il appréciait les remerciements. Il suivit Eugénie jusqu'au quai et salua ses invités d'un signe de la main. Cassandre ne se gêna pas pour lui rendre ses salutations avec enthousiasme.

Quelle femme ! Elle s'enfuit avec mon sculpteur et c'est moi qui me morfonds d'amour pour elle.

Et puis, il grommela pour lui-même :

— Vieilles habitudes, vieilles habitudes ! Et son François, d'après ce que Dumesnil en a dit, il était assez porté sur la bouteille, lui aussi. Pourquoi est-elle si exigeante avec moi ? Il doit y avoir une autre raison. Son miracle de l'amour ne m'était de toute évidence pas adressé... Elle a raison, il vaut peut-être mieux que nous restions amis, sans plus.

En retournant vers son manoir, Berthier se mit soudainement à penser à la promesse faite à sa femme sur son lit de mort.

En fait, ma mie, nous sommes perdants sur toute la ligne. Avec le départ de La Chaumine, je perds Eugénie et toi, le sculpteur qui aurait pu m'aider à réaliser mon vœu d'ériger une chapelle dédiée à Sainte-Geneviève.

---

47. Nous vous prions, Seigneur, pour nos bienfaiteurs.

Quand le petit équipage revint au fief Chicot avec un passager de plus, Étiennette vint elle-même les accueillir au quai. Elle embrassa aussitôt son mari, qui s'informa de sa santé. Le forgeron s'empressa ensuite d'inviter tout le monde à l'intérieur et présenta l'inconnu à sa femme.

— Je tiens à te présenter un ami de longue date du père de Cassandre, monsieur Pierre Dumesnil, le sculpteur de mon ami Berthier. Il va accompagner madame Allard à Bourg-Royal.

Peu après, le forgeron s'inquiétant des activités de la boutique de forge, il alla retrouver son ami Victorin et le remercia pour son aide.

À la première occasion, Étiennette invita Cassandre à prolonger son séjour au fief Chicot. Cassandre l'avisa qu'elle devait retourner à Charlesbourg, parce que sa mère avait à régler une affaire urgente.

— Pourquoi ne restes-tu pas ici quelque temps, du moins pour les beaux mois ? Nous pourrions bavarder. Nous n'en avons pas eu l'occasion ! Et puis, tu pourrais davantage connaître le coin et ça te permettrait de devenir amie avec mademoiselle Marie-Anne.

Cassandre, surprise de l'invitation, répondit :

— Il faudrait que ma mère soit d'accord et que le comte Joli-Cœur revienne me chercher.

— Il y a toujours le postier. Ça me ferait tellement plaisir ! Et puis, je suis certaine que Pierre n'y verrait pas d'objection. Mes sœurs te connaissent, vous pourrez vous amuser. Elles viennent souvent ici.

Cassandre se sentait tiraillée entre l'envie de rester plus longtemps avec son amie et le désir d'en savoir davantage à propos de la sincérité de Pierre Dumesnil. C'est Eugénie qui trancha quand l'abbé Jean-François lui fit part de l'invitation qu'il avait reçue du curé Chaigneau de rester au presbytère de l'île Dupas, pour l'aider au culte.

— Toi, Jean-François, je ne voudrais pas que tu sois au cœur d'une controverse entre les jésuites et les sulpiciens et que tu négliges ton ministère à l'archevêché de Québec. Si tu veux des vacances champêtres, viens à Charlesbourg. Notre curé aussi profitera de ta présence.

Eugénie ne voulait surtout pas que son fils reste dans l'entourage des filles Lamontagne. Elle poursuivit en s'adressant à Cassandre :

— De rester au fief Chicot encore quelques semaines te fera le plus grand bien, ma fille. Qu'en pensez-vous, Marguerite ?

Marguerite Lamontagne était fière de l'estime que lui portait Eugénie Allard. Elle répondit :

— Ne t'inquiète pas, Eugénie, de la belle visite comme Cassandre, il vaut mieux en profiter le plus possible. Cassandre a tant d'anecdotes à raconter à Étiennette ! Ça sera en quelque sorte les derniers soubresauts de liberté que vivra ma petite fille avant de commencer à élever sa famille… Et puis, François et moi serons heureux de l'accueillir encore une fois à la maison.

Étiennette, aidée de sa mère et de ses sœurs, servit le repas d'adieu à la visite de Québec. Comme entrée, de l'esturgeon fumé suivi d'un plat d'anguille frite à l'huile. Ensuite, le mets principal tiré de la marmite à trois pieds posée dans l'âtre, la fricassée de l'archipel du lac Saint-Pierre.

Pour répondre à la question d'Eugénie concernant le repas, Marguerite Banhiac Lamontagne précisa :

— C'est la spécialité de l'île aux Ours. Les fermières y préparent une excellente fricassée, faite de grillades avec viande et légumes.

— Tant que ce n'est pas du rat musqué ! ironisa Cassandre.

— Ne vous en faites pas, ce ne sont que des cuisses et des queues de castors en tranches ! répondit avec humour François Banhiac Lamontagne.

— François, un peu de sérieux ! Que va penser la noble visite d'Étiennette et de Pierre ? s'empressa d'ajouter Marguerite.

Mais, dans son désir de faire découvrir le raffinement culinaire de la région, cette dernière commit la gaffe suivante :

— De plus, les fermières arrosent leurs crêpes de sirop des plaines[48], plus léger et moins sucré.

Tous les convives sourirent, au point d'intriguer Marguerite.

— Quoi ? Qu'est-ce que j'ai dit de si risible, François ?

Pour tirer ses parents de l'embarras, Étiennette se dépêcha de donner quelques explications :

— De sirop de plaines, maman, pas des plaines ! La plaine est une espèce d'érable. Comme celles de l'érablière d'Abraham Martin dit l'Écossais, sur les hauteurs de la ville de Québec. C'est

---

48. Érables argentés.

pour ça que sa ferme est appelée les Plaines d'Abraham! Ce n'est pas à cause de la prairie! Enfin, c'est ce que nous avons appris, Cassandre et moi, à Québec. N'est-ce pas, Cassandre?

Cette dernière acquiesça d'un signe de tête. Admirative, Marguerite n'en revenait pas du savoir de sa fille.

Étiennette continua:

— Ah, oui... Sa sève est moins sucrée, donc son sucre est plus doux... Comme dessert, le lait caillé avec des petites fraises des champs est notre spécialité, au fief Chicot, en cette saison. Nous les aimons saupoudrées de sucre du pays... Je vous sers du café noir que le comte Joli-Cœur vient de nous rapporter de Montréal ou préférez-vous du vin muscat?

— De la bonne eau de source alcaline fera notre affaire. Qu'en dis-tu, Jean-François? demanda Eugénie.

L'abbé baissa la tête en guise d'approbation, tandis que Cassandre dévisageait Étiennette avec un regard moqueur. Cette dernière ne put réprimer un sourire, au grand soulagement de Marguerite, qui voyait sa fille heureuse.

Quand le comte Joli-Cœur était revenu de Montréal à la forge du fief Chicot, Mathilde avait pris des nouvelles des Mohawks d'Oka.

— Nous en reparlerons un peu plus tard, si tu le veux bien, avait répondu Thierry, laissant ainsi Mathilde inquiète des allées et venues de son séducteur de mari.

Mathilde lui raconta brièvement l'histoire hallucinante du nouveau passager et ami du mari d'Eugénie.

— Pierre Dumesnil nous a dit qu'il était originaire de Normandie, dans la région de Caux. Est-ce que François t'en aurait fait mention?

— Caux est sur le bord de la Manche; c'est quand même assez loin de Blacqueville.

— Est-ce que François t'a déjà mentionné son nom?

— Je ne m'en souviens pas. La veuve Hardouin-Badeau, sa fille Diane et Pierre Parent, son gendre, et François, avoir picolé! Elle est bien bonne! Et c'est moi qui passais pour le mauvais garçon et qui étais censé entraîner François dans des arnaques... Vois-tu, le passage du temps remet souvent les choses en place! C'est Eugénie, avec ses grands airs, qui doit mordre la poussière, maintenant.

Le comte Joli-Cœur se défoulait à cœur joie sur celle qu'il avait toujours considérée comme une enquiquineuse.

— Elle et son image de perfection! Un mari parfait, des enfants talentueux, et quoi encore? Un peu d'humilité ne lui fera pas de tort… Comment a-t-elle réagi?

Mathilde n'appréciait pas la façon dont Thierry cassait du sucre sur le dos de sa grande amie, mais elle décida de laisser faire, ne voulant pas se chicaner avec son mari, pourvu qu'il en reste là!

— Tu connais la fierté d'Eugénie; rien n'a paru, mais elle a dû être humiliée… Imagine-toi qu'elle a parlé du miracle de l'amour! Rien à y comprendre, sinon qu'elle serait tombée amoureuse de Pierre Dumesnil… Étrange qu'elle ne parle plus de ses fiançailles avec Manuel!

— J'espère que ce n'est pas une question de statut, encore une fois. Larguer un médecin pour un autre artiste serait en plein son genre.

Mathilde décida qu'elle devait prendre la défense de son amie Eugénie.

— Tu es bien sévère!

— Mais elle-même ne m'a jamais ménagé. Rappelle-toi que c'est Eugénie qui t'a encouragée à épouser Guillaume-Bernard au lieu de m'attendre. Elle vient de l'avoir sur le nez, sa traîtrise!

— Mais ça fait quarante ans! Tu devrais l'avoir oublié. De toute façon, ne sommes-nous pas mariés?

— Bien entendu, mais je ne le lui ai jamais pardonné. François, prendre un coup! Jamais je n'aurais cru entendre ça un jour!

Irritée, Mathilde harangua son mari pour la première fois.

— Écoute-moi bien, Thierry Labarre. Eugénie est ma grande amie, peut-être la seule maintenant qu'Anne Frérot s'isole… Je ne te laisserai pas l'insulter! Sinon, tu risques de ne plus jamais être mon bel hardi. Est-ce clair?

Thierry comprit qu'il valait mieux ne plus critiquer Eugénie et ses amours. Il décida de passer à des considérations de navigation, plus neutres.

— Nous pourrions naviguer vers le grand chenal du fleuve, où nous pourrions gagner quelques nœuds, en revenant vers Berthier, plutôt que de longer le chenal du Nord, peu profond. Entre Berthier et Sorel, les îles du delta rétrécissent le fleuve et renforcent le courant du grand chenal.

— …

— J'ai aussi le choix d'emprunter le chenal qui se rend à l'île aux Sables, en passant entre l'île de Grâce et l'île Ronde et puis de longer l'île aux Ours. On m'a aussi recommandé de naviguer dans l'étroit chenal aux Corbeaux jusqu'à la Grande-Pointe, pour déboucher sur la baie de Grâce. Mais je trouve ça plus risqué.

Thierry devint maussade en voyant le peu d'intérêt que sa femme démontrait pour son tracé de navigation. Il comprit que ce ne serait pas elle qui le seconderait durant ses périples.

— Quant à moi, ces îles ne sont que carex, linaigrettes et scirpes. Autrement dit, un habitat pour les canards et les rats musqués. Je ne peux pas comprendre ce qu'on peut trouver de si intéressant à vivre en plein milieu de ce sparte[49], qui ne sert qu'à couvrir la toiture des granges et des bâtiments de ferme.

Mathilde observa son mari.

Aurait-il perdu son esprit d'aventure? Tant mieux, car je l'aurai plus souvent à mes côtés, mon bel hardi.

— Comprends-moi bien! Qu'Eugénie soit amoureuse de Dumesnil ou pas, je tiens à ce que tu délies les cordons de ta bourse et que tu finances le rachat de la fabrique de rouets de Nicolas Bellanger de Beauport. À quoi sert d'être immensément riche si on n'est pas capable de lever le petit doigt pour aider un ami?

Thierry regarda sa femme, ahuri.

— Pierre Dumesnil est un de tes amis, maintenant?

— Un de nos amis, Thierry Labarre! répondit sèchement Mathilde.

— Mais je ne le connais pas encore.

— Justement, demande-lui de te seconder dans ta navigation, pendant le voyage, plutôt que de m'embêter avec ça. Vous allez sans doute retrouver des souvenirs communs.

Thierry n'en revenait pas de la colère manifeste de Mathilde.

Ma parole, c'est notre première querelle de ménage… Et tout ça pour un sculpteur qui vient de nulle part, hormis le fait que madame Eugénie l'ait bien aimé, puisqu'il était un des amis de son mari… Je ne sais pas quelle mouche a piqué Mathilde. Elle a dû boire de la tisane de sorbier, une autre des spécialités des gens d'ici! Ange-Aimé me disait que les Mohawks recueillaient ses feuilles lorsqu'ils

---

49. Chaume.

faisaient escale à l'île de Grâce et à l'île aux Ours. Ils en rapportaient aussi à Albany. Il faut que je me rende à l'évidence : Mathilde n'a probablement pas apprécié mon voyage à Oka chez Ange-Aimé et Dickewamis. C'est ce qui la trouble. Elle m'en veut, c'est clair. Elle cherche des prétextes pour me pénaliser. Elle craint que je courtise encore Dickewamis.

— À bien y penser, Mathilde, ce monsieur Dumesnil mérite une aide appréciable. Je me rendrai avec lui chez Nicolas Bellanger et je lui avancerai l'argent qu'il faut.

Songeuse, Mathilde regarda son mari.

— N'est-ce pas ce que tu voulais ? lui demanda ce dernier.

— Oui, mais Eugénie voulait se rendre elle-même à Beauport avec Jean, son fils, et Dumesnil. Jean a failli prendre la relève de Bellanger. Alors, elle croit qu'il est bien placé pour présenter Pierre Dumesnil.

— Et moi, quel serait mon rôle ? questionna Thierry, par dépit.

— Le financer.

— Comme un généreux donateur anonyme !

— Tout comme ! Tu comprends, il ne faut pas que Pierre Dumesnil perde la face.

Thierry observa Mathilde, intrigué.

— Eugénie est là-dessous, j'en suis certain. Elle cherche un prétexte pour se rendre à Beauport, tout en légitimant ses intentions pour aider ce pauvre amnésique… Et c'est moi qui en ferais les frais.

— Mais ça ne ressemble pas à Eugénie, ça !

— Ah non ? Depuis quand ?

Mathilde regarda Thierry, troublée.

— Et pourquoi irait-elle de toute urgence à Beauport ?

— À toi de me le dire, toi qui la connais tant ! Peut-être pour tirer au clair l'ivrognerie de François, le crime de Germain ou tout simplement pour vérifier si Pierre Dumesnil peut être un soupirant crédible. Mais auprès de qui ? Germain ?

— Elle n'aurait pas à se rendre à Beauport, en ce cas. Mais, j'y pense ! Diane et Pierre Parent demeurent toujours à Beauport, sur la ferme des Badeau… Tu as raison !

— Alors, pourquoi cela presse-t-il tant de financer le sculpteur ? Est-ce un traquenard ?

Mathilde regarda Thierry avec de gros yeux.

— En tout cas, moi, je fais entièrement confiance à Eugénie. Elle a un bon jugement et n'aime pas les manigances.

Comme Thierry ne voulait pas reprendre les hostilités avec Mathilde, il ajouta :

— Si tu le dis !

Mathilde le regarda dans les yeux pour y déceler un tant soit peu de méfiance à l'égard d'Eugénie. Doutant de la bonne foi de son mari, elle lui demanda, défiante :

— Raconte-moi ton séjour à Kanesatake, mon bel hardi.

— Un séjour tranquille avec la petite famille d'Ange-Aimé, sans plus… Plutôt perturbé par leur prochain déménagement à Sault-au-Récollet, devrais-je dire !

Mathilde ne réagit pas à la nouvelle. Le comte ajouta :

— Juste en face de l'île Jésus, près des rapides.

Il grimaça en se rendant compte de l'indifférence de sa femme à ses propos. Soudain, celle-ci, renfrognée, maugréa :

— Est-ce que Dickewamis est toujours une Ursuline convaincue ?

— Mais tu sais bien qu'elle professe comme institutrice à la mission.

— Est-elle vêtue à l'iroquoise ou porte-t-elle le voile des religieuses ?

Thierry préféra crever l'abcès.

— Tu te demandes si je l'ai revue, n'est-ce pas ?

— …

— Je vais tout te dire ; je ne l'ai pas rencontrée. Ou plutôt, elle n'a pas voulu me voir.

— Ah, non ?

— Ange-Aimé m'a fait le message qu'il était préférable de respecter la vocation de sa mère.

— Et ton petit-fils ?

— Thierry Watanay ? Il est très alerte. Mais il confond le français, l'anglais, le mohawk et le hollandais. De telle sorte qu'il parle un charabia incompréhensible. Gabrielle, sa mère, veut en faire un prêtre missionnaire ou un truchement.

Mathilde parut rassurée des réponses de son mari. Elle ajouta simplement :

— J'ai bien hâte de rentrer à Québec et de raconter à Anne les péripéties amoureuses d'Eugénie. Mais auparavant, nous devons nous rendre à Beauport.

Thierry jugea prudent de ne pas commenter.

Quand Cassandre embrassa sa mère avant le départ pour Québec, cette dernière lui fit la recommandation suivante :

— N'oublie pas, Étiennette a des obligations envers son mari. Laisse-leur leurs moments d'intimité. Et à mademoiselle Marie-Anne, son fiancé !… Je suis fière de toi, mon chaton.

— Soyez sans inquiétude, maman. Et vous, bonne chance.

Eugénie regarda sa fille, pensive.

De la chance, je crois que j'en ai besoin !

Aussitôt arrivée à Québec, après une halte rue du Sault-au-Matelot et une visite à Anne Frérot, rue Royale, Eugénie ne se donna pas de répit et partit à Charlesbourg avec Pierre Dumesnil. Elle avait demandé à Mathilde et à Thierry d'attendre son signal avant de se rendre à Beauport.

Après le départ précipité d'Eugénie, Anne Frérot, qui avait fait la connaissance du sculpteur, dit à Mathilde :

— Qu'est-ce qui lui prend d'être dans tous ses états ? Se serait-elle entichée de ce sculpteur amnésique ? Et Manuel Estèbe, dans tout ça ?

Comme Mathilde tardait à répondre, elle dirigea son regard vers Thierry. Celui-ci, méfiant, lui répondit :

— Oh moi, je n'ai pas d'opinion. Eugénie mène sa vie comme elle l'entend. Ce sont ses affaires.

Ce à quoi Mathilde ajouta :

— Thierry a raison. Ça la regarde. N'empêche qu'elle a beaucoup changé depuis le décès de François. Elle qui était un exemple de discipline, son attitude me semble devenir erratique… Nous devrions lui en glisser mot. Après tout, ne sommes-nous pas ses amies ? Un conseil ne pourrait que la faire réfléchir… Toi, Anne, en tant que cousine, pourrais-tu avoir quelque influence ?

— Nous verrons ce qu'elle fera de son sculpteur. C'est peut-être le bon prétendant !

— À mon avis, mesdames, je n'enterrerais pas Manuel si vite ! Il n'est pas homme à se faire déloger par le premier venu. C'est un Espagnol, tout de même !

Aussitôt, Mathilde apostropha Thierry :

— Il me semblait t'avoir entendu dire ne pas t'en mêler ?

Thierry, décontenancé, répliqua :

— L'ai-je dit ? Alors, ça doit être vrai.

CHAPITRE X
Le repentir de Germain

Quand Eugénie arriva à Charlesbourg avec l'abbé Jean-François et Pierre Dumesnil, elle présenta ce dernier en tant qu'ami de François. Après avoir salué tout son monde et leur avoir dit que Cassandre avait décidé de rester quelques semaines de plus dans ce beau coin de pays, son premier réflexe fut d'aller rendre visite à son voisin, Germain Langlois.

Ce fut Odile qui, par la fenêtre, la vit arriver. Germain, qui venait de terminer son dîner, fumait sa pipe, en attendant de retourner aux champs.

— Germain, on dirait que c'est Eugénie. Elle conduit le boghei. Non, c'est un prêtre qui mène les guides. Ils sont trois. L'autre est un homme de son âge.

— Le docteur Estèbe. Ils sont sans doute venus pour nous annoncer une grande nouvelle. Sors les tasses neuves, Odile, nous allons trinquer aux futurs mariés.

— Elle arrive avec son fils. L'autre homme n'est pas descendu avec elle.

— C'est normal, le docteur Estèbe est un homme bien élevé. Il n'aura pas voulu lui enlever son importance, puisque ça fait tellement longtemps que nous sommes voisins et amis. D'autant plus qu'il n'a pas été appelé d'urgence.

— Non, il y a quelque chose qui cloche... cet homme-là n'est pas le docteur Estèbe !

— Voyons donc, Odile, ils sont fiancés!

— Je le sais bien… C'est sans doute un étranger qu'elle a ramené de la seigneurie de Berthier-en-haut, de Sorel ou d'une localité par là.

— En es-tu certaine?

— Nous allons le savoir, elle s'apprête à cogner à la porte.

Eugénie cogna effectivement, mais furtivement, tant elle était désireuse d'entrer.

Odile lui ouvrit prestement la porte.

— Eugénie, que tu sembles pressée! Et vous, monsieur l'abbé, vous êtes toujours le bienvenu dans notre humble maison.

— Tante Odile, oncle Germain, comment allez-vous? Il me tardait de venir vous bénir.

Aussitôt, l'abbé fit le signe de la croix et récita: *In nomine Patris, et Filii, et Spiritus Sancti…*

— Amen, répondit la petite assistance qui s'était agenouillée.

Odile et Germain n'avaient pas encore eu le temps de se relever, qu'Eugénie dégoisa:

— Dieu merci, Germain, tu es là!

Surprise, Odile lui répondit:

— Prends le temps de souffler un peu, Eugénie. Tiens, viens t'asseoir. Quelqu'un de malade ou pire, Eugénie?

— Non, Odile.

— Je me disais, comme l'homme du boghei n'était pas le docteur Estèbe, qu'il devait être au chevet d'un mourant.

— Pas quelqu'un de la famille? questionna Germain, curieux, à l'endroit de l'abbé.

Ce dernier fit non de la tête. Germain répondit:

— C'est tant mieux. Donc, rien de si grave.

— Au contraire, Germain, l'heure est grave! continua Eugénie.

Fière de l'effet qu'elle venait de produire, cette dernière expliqua:

— Pas un mourant, mais un estropié…

— Un estropié? Quelqu'un que nous connaissons? demanda Germain.

— Autant te le dire maintenant, Germain Langlois, toi particulièrement, ainsi que mon défunt François.

Germain resta figé. C'est Odile, nerveuse, qui prit la parole:

— Tu sais, Eugénie, à quel point je me méfie des mauvaises nouvelles quand tu appelles mon Germain par son nom de famille. Je n'aime pas ça. Tu as parlé d'un estropié ? Est-ce celui qui est dans le boghei ?

Eugénie opina de la tête. Elle fixait Germain avec des yeux méchants. Finalement, elle lui dit :

— Je suis venue ici pour connaître toute la vérité sur une histoire qui implique mon François ou pour savoir si cet homme-là est un menteur !

Eugénie avait indiqué du bras la direction du boghei. Tout le monde regarda par la fenêtre.

— Mon fils, l'abbé Jean-François, m'accompagne pour que ta vilaine action soit inscrite dans le grand livre de saint Pierre à ton jugement particulier.

L'abbé, qui s'apprêtait à mettre l'étole au cou, se risqua à proposer :

— Je suis ici pour entendre votre confession, oncle Germain. Nous pourrons nous rendre dans la petite cuisine, comme au confessionnal.

Eugénie regarda son fils, exaspérée.

— Il pourra demander pardon après. Pour le moment, il va avouer sa faute, s'il y a lieu.

Comme Germain ne réagissait pas, Odile questionna :

— Mais qu'est-ce que Germain a fait de si grave ? Et qui est cet homme ?

— Pierre Dumesnil, répondit Eugénie du tac au tac en dévisageant Germain.

Ce dernier, les yeux exorbités, se jeta à genoux, à la grande satisfaction de l'abbé, qui venait d'identifier un pénitent. Mais Odile créa toute une surprise à Eugénie lorsqu'elle s'écria :

— Pierre Dumesnil est ici ? C'est à peine croyable.

— Tu le connais, Odile ?

— Mais oui. Il a été l'ancien engagé de mon père, Hormidas, avant Germain. Par la suite, il a gardé les vaches pour les sieurs Giffard à Beauport. Après son départ de la maison, il est même venu demander la permission à mon père de me fréquenter… Mais il n'a jamais donné suite, je ne sais pas pourquoi ! De toute façon, c'est mieux comme ça, puisque je suis tombée amoureuse de Germain après, et que ça dure depuis tout ce temps-là !

Eugénie haussa les épaules, agacée.

— Tu t'en souviens, de ce Pierre Dumesnil, hein Germain ? questionna Odile.

— Heu… Vaguement! répondit ce dernier, qui venait de se relever, péniblement.

— Comment se fait-il qu'il ait rebondi à Charlesbourg après tant d'années? Où était-il? demanda Odile.

— Voudrais-tu, Germain, te rafraîchir la mémoire et lui parler? continua Eugénie, arrogante, en le dévisageant.

— Heu, non, pas vraiment.

— Et pourquoi pas, Germain, as-tu peur qu'il demande de me courtiser à nouveau?

Eugénie regarda Odile, sidérée de son ingénuité. Elle décida d'aller droit au but.

— Pierre Dumesnil affirme que tu l'as roué de coups, ce qui lui a fait perdre la mémoire. Il est amnésique. Il ne se souvient plus de quarante ans de sa vie et c'est à cause de toi.

Eugénie relata l'essentiel du récit qu'avait fait Pierre Dumesnil. En accusant Germain, elle se portait à la défense du sculpteur, qu'elle trouvait définitivement à son goût, et tentait aussi de réhabiliter la mémoire de son défunt mari, François.

François Allard, manquant d'argent, avait emprunté huit sols à Pierre Dumesnil, un ami sculpteur. Afin de le rembourser, François proposa à Dumesnil de boire avec lui, un dimanche après-midi, à la ferme de la veuve Badeau, en l'absence de cette dernière. Réticent, Dumesnil avait accepté à rebours. François et Dumesnil avaient commencé à trinquer quand, de manière inattendue, la veuve Badeau était arrivée sur les entrefaites avec sa fille Diane et son gendre, Pierre Parent. Diane Badeau, ramollie par l'alcool qu'elle avait bu en arrivant, accusa Dumesnil de maltraiter leur bétail, et trébucha malencontreusement. De bonne foi, Dumesnil se pencha pour la relever. Pierre Parent l'accusa de vouloir séduire sa femme. La veuve gifla le sculpteur peu solide sur ses jambes et Diane le frappa avec un manche à balai. Pierre Dumesnil tomba et se cogna la tête sur une patte d'armoire. Pierre Parent, éméché, se mit à rouer de coups le sculpteur qui saignait, accompagné dans son méfait par Germain Langlois, qui, par solidarité et par rage contre Dumesnil, l'alcool aidant, ne ménagea pas ce dernier. François Allard, lui aussi ramolli par l'alcool, réussit quand même à arrêter Germain de frapper. Toutefois, Pierre Parent continua, encouragé par les invectives de sa femme et de sa belle-mère, furieuses, malgré les ecchymoses de Dumesnil. Lorsque François

Allard, dégrisé, réalisa l'état précaire de son ami sculpteur, il décida d'aller le faire soigner chez le chirurgien, une semaine plus tard, et de payer tous les frais sur sa solde.

Les séquelles de la rixe causèrent l'amnésie de Pierre Dumesnil, qui dura quarante ans. Il eut le temps, toutefois, de voir la veuve Badeau condamnée à payer une amende. Par la suite, le sculpteur oublia son identité. Il échoua sur les rives de la seigneurie de Berthier-sur-mer, en se renommant Edgar La Chaumine. Il y travailla comme sacristain, domestique et sculpteur.

Ce qu'Eugénie ne raconta pas à Germain, c'est que, maintenant libérée de ses fiançailles avec le docteur Estèbe, elle trouvait que ce sosie de François n'était pas un vilain parti... Et comme sa nature dominante ne laissait rien au hasard, elle avait décidé de confronter Germain Langlois, son voisin, avec Pierre Dumesnil, afin de connaître le fond de l'histoire.

Comme Germain, atterré, ne réagissait pas, Eugénie ajouta:

— Je vais de ce pas lui demander de venir! Je veux connaître la vérité.

— Pourquoi ne parles-tu pas, Germain? Te sens-tu coupable? lui demanda Odile.

Ne supportant plus de garder le secret qui le hantait, Germain décida de tout dévoiler.

— Quand j'ai su par monsieur Chalifoux que Dumesnil voulait fréquenter sa fille Odile, de qui j'étais secrètement amoureux, j'ai confié mon secret à François Allard, mon grand ami depuis la traversée.

— Oh, que c'est touchant, Germain, réagit immédiatement Odile.

— Laisse-le continuer, fit Eugénie, impatiente et curieuse de savoir la suite, en faisant signe à Germain.

— Alors, François imagina faire venir Dumesnil chez la veuve Badeau, laquelle le soupçonnait de maltraiter ses vaches. Elle l'avait déjà giflé chez le meunier à ce propos. Comme Dumesnil craignait de se faire ramasser une autre fois, François lui garantit qu'ils seraient seulement tous les deux et qu'ils boiraient le demiard d'eau-de-vie qu'il conservait pour les grandes occasions... Entre amis sculpteurs.

Ces mots réconfortèrent Eugénie. Elle se radoucit, prit un siège et attendit que Germain poursuive son récit.

— François avait imaginé ce stratagème uniquement pour me rendre service… Je devais, sans m'annoncer, revoir mon ami François, chez sa patronne. Alors, à ce moment-là, en trinquant avec Dumesnil, je devais lui indiquer que Hormidas Chalifoux m'avait donné la main de sa fille Odile… Et si Dumesnil protestait, François devait lui demander, par amitié, de s'intéresser à une autre fille du coin… François paraissait certain de son influence sur Dumesnil. En route pour Beauport, j'ai croisé la veuve Badeau, sa fille Diane et son gendre Pierre Parent. Ils n'avaient pas beaucoup d'estime pour Dumesnil, qu'ils considéraient comme un rêveur. Nous nous sommes arrêtés boire une pinte ou deux dans un cabaret. Là, je leur ai avoué le but de ma visite à Beauport. Hors d'eux, ils décidèrent de retourner prestement à la ferme pour régler son compte à Dumesnil. Aussitôt arrivés, Pierre Parent et sa femme sautèrent sur ce qui restait du demiard de François et se le partagèrent. Diane Parent trébucha et tomba par terre. Dumesnil voulut la relever, mais Pierre Parent l'accusa de vouloir séduire sa femme. La veuve Badeau le gifla pour cette ignominie et Pierre Parent commença à le rouer de coups, en m'invitant à en faire autant. Ce que j'ai fait. Dumesnil s'est cogné la tête sur une patte d'armoire et il a perdu conscience.

Eugénie continua son interrogatoire sur ce qui lui importait le plus: la réputation de François.

— Et qu'a fait François pour défendre son ami?

— Dumesnil s'est mis à saigner de la tête. Voyant l'état de son ami, François s'est empressé de m'arrêter. Je lui en voulais tellement de s'intéresser à Odile!

— Était-il en condition de le faire? Autrement dit, avait-il bu plus que de raison?

— En tout cas, il avait moins bu que moi puisqu'il a essayé de me raisonner. Mais il n'a pas pu le faire avec Pierre Parent qui a continué à taper, encouragé par sa femme et sa belle-mère. Ils ont arrêté seulement quand ils se sont aperçus que Dumesnil était inconscient.

Germain fit une pause pour clarifier ses souvenirs et reprendre son souffle. Il continua, tandis que les deux femmes attendaient impatiemment la suite du récit.

— Alors, François, furieux, a exigé d'atteler le cheval de la veuve Badeau pour emmener son ami chez le chirurgien. Comme ce dernier n'était pas à son cabinet, nous avons laissé Dumesnil chez sa patronne, mademoiselle Giffard, la fille du seigneur Robert. Après, François est venu me reconduire à la Petite Auvergne, chez monsieur Chalifoux, non sans m'avoir sermonné sur mes agissements. Il a même exigé que je présente mes excuses à Dumesnil, son ami, qui n'avait voulu qu'être serviable avec Diane Badeau-Parent. Quant à lui, il a proposé de payer les frais du chirurgien… Et… le procès a eu lieu. François et moi avons été assignés comme témoins de l'échauffourée, ainsi que Pierre Parent et sa femme… François a témoigné en ma faveur, disant que Pierre Parent avait été l'instigateur de la rixe. Pierre Parent, sa femme et sa belle-mère n'ont pas pu contester, ils étaient saouls. Pierre Dumesnil, par amitié pour François, a donné la même version, de sorte que les deux m'ont sauvé d'une offense à la loi. La veuve Badeau a dû payer une amende… Je dois plus que des excuses à Dumesnil, je lui dois aussi des remerciements.

Eugénie et Odile opinèrent de la tête. L'abbé Jean-François se signa.

— En as-tu discuté de nouveau avec François ? s'informa Eugénie.

Germain prit son temps pour répondre :

— Souvent. François voulait que je lui fasse des excuses, mais comme j'étais témoin au procès, je ne pouvais pas entretenir de liens avec lui. Le sénéchal me l'a formellement défendu. François a compris. Dumesnil aussi, à l'évidence.

— Mais après le verdict ?

— Nous n'en avons plus eu de nouvelles ! Plutôt François, car moi, je ne cherchais pas à me ridiculiser davantage. J'étais trop honteux. Après, nous n'en avons plus reparlé. François me disait que Dumesnil était meilleur que lui pour la sculpture. Ils parlaient de fonder une fabrique de rouets à Beauport, avec Nicolas Bellanger. Leur amitié était sincère… J'ai toujours pensé que François s'en était fortement voulu de l'avoir entraîné dans ce guet-apens et de l'avoir trahi pour me rendre service. Il a dû le regretter toute sa vie.

— Est-ce que François a avoué sa faute à monsieur Dumesnil ?

— Tout ce que François m'a dit, c'est qu'il avait réglé sa dette envers lui.

— Quelle dette et comment ? s'inquiéta Eugénie.

— La dette d'honneur, je suppose, de l'avoir attiré chez la veuve. Il s'est racheté en payant les frais du chirurgien.

— Avait-il d'autres dettes, plus matérielles? demanda Eugénie, anxieuse, en regardant son fils.

Hésitant, Germain ne voulut pas répondre.

— Germain, réponds à la question d'Eugénie, insista Odile.

Devant l'injonction de sa femme, Germain avoua:

— François était constamment à court d'argent pour payer son précieux bois de sculpture. En quelque sorte, nous, ses amis, nous étions ses bailleurs de fonds. Cette fois-là, comme il me devait une forte somme, j'ai conclu un marché avec lui. S'il convainquait Dumesnil de ne plus vouloir fréquenter Odile ou s'il m'arrangeait une rencontre pour le dissuader, j'effaçais sa dette.

Mère et fils se regardèrent de manière entendue, l'air dépité.

— Le marché a donné des résultats plutôt désastreux pour Dumesnil, conclut Eugénie.

Fondées probablement sur de bonnes intentions, les entourloupettes employées par François sont devenues un jeu dangereux. À la limite du légal, mais peu loyales pour ses amis, se dit-elle.

— Je m'en excuse, Eugénie… Et vous aussi, monsieur l'abbé.

Cette dernière réagit aussitôt:

— Ce n'est pas à moi que tu devrais faire tes excuses, mais à monsieur Dumesnil lui-même. Nous allons lui demander de venir. Jean-François, pourrais-tu l'inviter à entrer?

— Oui, mère, répondit-il, docile.

— Bonne idée, Eugénie. Depuis le temps que Germain lui doit ça. Quarante ans! ajouta Odile.

Quand l'abbé revint avec Pierre Dumesnil, Germain n'attendit pas que ce dernier le reconnaisse pour se jeter à genoux à ses pieds, contrit.

— Je m'excuse, Dumesnil, pour tout le mal que je t'ai fait.

— Mais quel mal et à qui ai-je affaire? répondit ce dernier, consterné par un accueil aussi singulier.

Mon Dieu, qu'il ressemble à François. Seule, j'aurais cru à une apparition, se dit Odile.

Désemparée devant une telle réaction, Eugénie prit les devants et avoua tout au sculpteur.

— Monsieur Dumesnil, je vous ai amené chez mes voisins et amis, Odile et Germain Langlois…

Elle attendit que l'effet de surprise se dissipe et que Pierre Dumesnil retrouve la mémoire, puisqu'on lui avait dit qu'un choc pouvait faire recouvrer la mémoire à un amnésique. Mais comme le miracle ne se produisait pas, elle continua :.

— Ne m'aviez-vous pas dit, monsieur Dumesnil, que Germain vous avait causé du tort en quelque sorte, en vous rouant de coups ?

Aucune autre réaction de la part du sculpteur.

— Eh bien, Germain tient à vous faire les excuses qu'il a toujours cherché à vous faire, depuis quarante ans.

Germain s'agenouilla de nouveau, déclamant ses supplications :

— Mes excuses, monsieur Dumesnil, d'avoir gâché votre vie…

Soudain, Germain scruta le visage du visiteur, abasourdi. Il fit lentement son signe de croix. L'abbé Jean-François crut que Germain voulait se confesser publiquement, comme les saints mystiques le font. L'ecclésiastique s'apprêtait à vérifier l'état extatique de ce dernier en le touchant quand Germain, en regardant le nouveau venu, intrigué par la ressemblance avec François, s'exprima d'une voix angélique :

— Mais qui êtes-vous ? Êtes-vous mon ami, François Allard ?

— Doux Jésus, miséricorde. Germain vient d'avoir une vision. Il pense la même chose que moi. François est ressuscité ! s'écria Eugénie.

Aussitôt, Odile s'agenouilla et se signa, à la grande surprise d'Eugénie qui était sur le point de tout expliquer à sa voisine, quand Pierre Dumesnil répondit à Germain :

— Mais c'est à moi de vous demander qui vous êtes, puisque c'est moi, l'ami du sculpteur, François Allard.

Germain semblant toujours confus, Odile renchérit :

— Si vous n'êtes pas François, vous êtes son fantôme ! Mon Dieu !

Superstitieux, Germain et elle se signèrent aussitôt. L'abbé Jean-François se trouva désemparé face à une possibilité d'exorcisme.

Plus pragmatique, Eugénie interpella le sculpteur.

— Je viens de vous le dire, il s'agit de Germain Langlois et de sa femme, Odile Chalifoux.

— Mais ce ne peut pas être Germain Langlois ! C'est un gaillard athlétique, un costaud, comme on dit à Beauport. Cet homme-ci est plutôt… vieux, répondit Dumesnil.

— Germain n'est pas vieux. Je vous défends de l'insulter, monsieur le fantôme, répliqua Odile, horrifiée.

Eugénie n'en revenait pas du caractère infantile de sa voisine.

— À qui ai-je l'honneur ? s'indigna Pierre Dumesnil.

— Odile Chalifoux Langlois.

— Mais Odile n'est encore qu'une gamine, toute menue… Non, ce n'est pas possible.

— Mais, monsieur le fantôme, ne vous gênez pas ! Dites-le que j'ai arrondi ! En tout cas, mon Germain ne s'en plaint pas !

Lucide, malgré la singularité de la situation, Eugénie essaya d'y voir clair.

Mon Dieu, j'y pense, sa mémoire lui rappelle les gens d'il y a quarante ans ! Je dois le lui mentionner, se dit-elle.

— Monsieur Dumesnil ?

— Oui, madame Allard ?

— Ces gens sont bien Odile Chalifoux et Germain Langlois, mariés depuis quarante ans. Mais vous vous souvenez d'eux à l'époque. Les gens changent, vous savez.

Pierre Dumesnil regarda Eugénie et se tapa sur la tête.

— Que je suis bête ! Mille excuses, monsieur et madame Langlois… Mais ça me revient… À propos, Germain, je ne t'en veux pas, pas plus que j'en ai voulu à François. Nous étions jeunes, insouciants. À chacun son destin, n'est-ce pas ?

Odile et Germain dévisagèrent le visiteur, complètement ahuris.

— Comme ça, Dumesnil, tu me pardonnes ? larmoya Germain.

— Vous êtes bien mon soupirant, Pierre Dumesnil, et non le fantôme de François Allard ? ajouta Odile.

— Je ne suis pas un fantôme. Tenez, touchez-moi. N'ayez pas peur, répondit Dumesnil, en s'approchant d'elle.

Comme Odile reculait d'un pas, Pierre Dumesnil préféra se signer, à la grande joie de l'abbé, qui intervint :

— Voyons, tante Odile, les fantômes ne sont pas des créatures de Dieu. Ils sont le fruit de notre imagination païenne. Demandez à Dieu de vous pardonner votre crédulité. Satan a trouvé un terreau fertile dans cette maison. Permettez que je la bénisse.

Eugénie, qui voyait que son fils en mettait un peu trop, lui demanda d'attendre à plus tard pour la visite de paroisse. Puis, pensive, elle tira la conclusion suivante :

Pour se sortir de ses dettes, François a mis ses amis en péril. Sans mauvaises intentions, j'en suis persuadée, mais qu'il a été maladroit !

À ce moment précis, Pierre Dumesnil s'avança vers Germain et lui serra la main vigoureusement en lui disant :

— Ça serait un grand honneur pour moi, Germain, de me savoir un de tes amis. Pourrais-je l'être ?

Saisi, Germain lui répondit en souriant :

— Avec le plus grand des plaisirs. Tu remplaceras François. Les amis de nos amis sont nos amis, comme les gens de Charlesbourg le disent !

Émue, Odile se mit aussitôt à pleurer.

— Doux Jésus, c'est beau, l'amitié, n'est-ce pas, Eugénie ?

— Elle est encore plus belle lorsqu'elle est inconditionnelle !

Odile, qui venait de se moucher, la regarda, admirative.

— Mais tu parles comme une lettrée ! Que veux-tu dire par là ?

Eugénie se perdit encore dans ses pensées :

Si tu n'avais pas voulu jouer au plus fin, François Allard, bien des malheurs auraient pu être évités. D'abord, l'amnésie de Pierre Dumesnil, et plus tard, ta mort accidentelle. Je n'étais pas là au moment des incidents de Beauport, mais pourquoi m'avoir caché tes dettes avec tout un chacun ? Cassandre est née prématurément à cause de cette faiblesse. Les dettes, ce n'est pas mieux que boire ou courir les jupons. Pourquoi faut-il qu'une femme pâtisse d'un défaut incrusté dans l'âme de son homme ? Est-ce la volonté de Dieu pour vérifier la solidité de notre foi ? En te rencontrant, j'ai cru que Satan avait cessé de tourner autour de moi, alors qu'en fait, je l'ai côtoyé pendant toutes ces années de notre vie commune.

Face à l'évidence de la présence du Malin, Eugénie préféra se signer. L'abbé Jean-François, fier de la dévotion de sa mère, répéta ce que cette dernière venait de dire :

— Mère a raison, l'amitié est sacrée parce qu'elle est sans condition. C'est beau, l'amitié faite de partage et de complicité. Elle est dans le plan de Dieu.

Odile se pencha à l'oreille de Germain et lui dit :

— Quel bon prédicateur ! Mais que veut-il dire ?

Eugénie, qui venait de reprendre ses esprits, répondit à Odile :

— Que toi et moi, nous apprécions les qualités l'une de l'autre !

Odile, déroutée par le délai de réaction de sa voisine, répliqua :

— Ah, oui… Ça, Eugénie, c'est une reconnaissance qui me fait bien plaisir. Viens que je t'embrasse ! Et vous aussi, monsieur Dumesnil.

Après la bise d'Odile, Pierre Dumesnil s'adressa à Germain :

— Tu ne m'en veux pas trop, au moins ?

— N'embrasse pas ma femme trop souvent, sinon je vais me fâcher et tu sais ce qu'il en coûte, répondit ce dernier en riant.

— Alors, sois certain que je n'abuserai pas de l'amitié d'Odile, rétorqua ce dernier sur le même ton.

Pierre Dumesnil avait deux autres requêtes à faire.

— D'abord, monsieur l'abbé, pourrais-je appeler votre mère par son prénom, si elle est d'accord, bien entendu ?

L'abbé Jean-François regarda sa mère, qui lui fit signe que oui.

— Permission accordée, répondit-il, intrigué par l'aisance du sculpteur.

— J'ai aussi une autre demande à formuler. On m'a dit qu'il y avait un médecin réputé pour soigner les troubles de mémoire, à Beauport. Ses herbes médicinales font des miracles. Mais je ne me souviens pas de son nom, si ce n'est qu'il a une consonance méditerranéenne. Pourriez-vous m'aider à le retracer ?

— Serait-ce le docteur Manuel Estèbe ?

— Oui, oui, c'est ça. Je me rappelle. Tu le connais, Germain ?

— Bien entendu, il a été notre médecin pendant des années à Charlesbourg.

— Pourrais-tu m'amener jusqu'à son cabinet pour une consultation ?

Avant que Germain ne réponde, Eugénie se dépêcha de lui proposer :

— Si vous le désirez, mon fils Jean se fera un plaisir de vous y amener, puisque nous devons nous rendre à Beauport.

Comme sa réponse parut précipitée, Eugénie jugea bon d'y donner une explication.

— Jean, mon troisième, viendra à Beauport avec moi, pour vous présenter à Nicolas Bellanger, le fabricant de rouets, son ancien patron. Nous en profiterons pour nous rendre chez le docteur Estèbe par la suite. D'une pierre deux coups, qu'en pensez-vous ?

— Et s'il nous reste du temps, je cognerai à la porte de la résidence de mademoiselle Giffard, si elle y est encore.

Comme le sculpteur se montrait enthousiaste, l'explication sembla plausible. Eugénie fut surprise de voir les choses s'arranger d'elles-mêmes, elle qui cherchait un prétexte pour revoir son beau médecin sans avoir l'air de provoquer la rencontre.

— Ça ne sera pas trop difficile pour Eugénie, le docteur Estèbe est son fiancé. Vous n'avez qu'à l'attendre à Bourg-Royal. Il ne devrait pas tarder à venir voir sa belle! lança spontanément Odile, sans diplomatie.

Eugénie la regarda de façon assassine.

— Le docteur Estèbe est votre fiancé? interrogea le sculpteur, le visage défait.

C'est à ce moment précis qu'Eugénie réalisa pour la première fois que Pierre Dumesnil s'intéressait à elle.

Vierge Marie, un autre soupirant! Alors que vous venez de résoudre le cas de François, que vous m'avez fait apparaître la véritable nature d'Alexandre de Berthier et que vous m'avez aidée à voir clair dans mes sentiments envers Manuel, voilà que Satan me tend un autre piège avec ce beau sculpteur...

Au moins, celui-ci, s'il a des défauts, aura le mérite de ne pas les connaître ni de les encourager, puisqu'il est amnésique. C'est déjà ça de gagné. Une âme pure!... Que c'est réconfortant! Il est beau et en plus, c'est le sosie de François, sans en avoir les défauts... J'espère que mon mari ne m'a pas caché une aventure avec une autre femme!

Finalement, je ne perds rien à mieux connaître Pierre Dumesnil... Au contraire, Eugénie, tu peux perdre Manuel, si ce n'est déjà fait. Serait-ce Satan déguisé en Pierre Dumesnil? Ses subterfuges sont inimaginables. D'abord, Edgar La Chaumine sous les traits de François et, démasqué, Pierre Dumesnil, amoureux de moi! Vierge Marie, éclairez-moi!

Eugénie ne savait pas trop quoi faire pour se sortir de ce guêpier. Le sculpteur lui en donna l'occasion.

— Vous plairait-il de m'accompagner chez le médecin? demanda-t-il.

Eugénie usa de toute sa ruse, en répondant:

— Et pourquoi pas! Demain, immédiatement après le déjeuner, nous partirons pour Beauport. D'ici là, nous aurons l'occasion de faire davantage connaissance.

— Moi aussi, j'aimerais vous accompagner, mère, avança Jean-François.

Dérangée par le souhait de l'ecclésiastique, elle lui répondit :

— Il est temps pour toi de retourner à Québec. Ton Supérieur doit s'inquiéter. C'est au tour de Jean, maintenant, de me donner un coup de main. Nous allons à la maison.

L'abbé, déçu, se renfrogna dans son siège. Enthousiasmé par les bonnes dispositions d'Eugénie et impressionné par son sens du commandement, le sculpteur se sentit réconforté.

— Dieu soit loué, je vais retrouver tout mon passé, ajouta Dumesnil.

Et moi, un fiancé, se dit Eugénie à elle-même.

CHAPITRE XI
Le dilemme amoureux

Au cours de la journée et de la soirée, Pierre Dumesnil eut l'occasion de connaître la famille d'Eugénie. Pour le repas du soir, alors qu'elle avait fait mander André, son fils aîné, il fut abondamment question de sculpture. Jean, pour sa part, voulait entendre parler de rouets. Quant à l'abbé Jean-François, qui avait supplié sa mère de bénir le repas du soir, son intention était de surveiller cette dernière dans son choix du remplaçant de son père. Georges et Simon-Thomas, trop heureux d'avoir pu inviter les sœurs d'Isa, Margot et Marion, semblaient plus intéressés par leur compagnie que par celle du sculpteur.

L'intention d'Eugénie, leur mère, était claire : vérifier si son nouveau soupirant avait les qualités suffisantes auprès de sa famille pour déloger Manuel Estèbe de son cœur.

Manuel est beau et galant; en plus, il est médecin et il soigne les enfants depuis qu'ils sont tout petits. L'Isabel à Manuel a été à l'école avec Simon-Thomas et Cassandre. Ils se connaissent bien et ils s'apprécient, même si Simon-Thomas lui préfère la petite Pageau. Bon, c'est son choix que de préférer les blondes. Je ne peux quand même pas le lui reprocher, je suis moi-même blonde! Tous mes fils sont portés sur les blondes; comme leur père l'a été avec moi.

Mais, Pierre Dumesnil! Je ne le connais que très peu! Une journée, à peine deux, ce n'est pas suffisant pour m'en faire une idée juste… Il est aussi beau que Manuel, dans un genre différent. En plus, c'est le sosie de François, tant par son aspect que par ses talents… Eugénie, tu n'es plus à l'âge de Cassandre pour tomber dans le piège de l'attirance physique. Ce sont les qualités de cœur qui importent. Ah ça, il en a! N'a-t-il pas voulu dépanner François, lorsqu'il était endetté? Eugénie, tu n'es pas obligée de réparer les torts de ton défunt mari en te donnant à lui s'il ne t'attire pas!

Madame Eugénie Dumesnil! Aurais-je la fierté de porter ce nom? Que vont dire les autres? Après tout, l'opinion des autres ne m'importe guère, sinon celle de Mathilde, ma grande amie. Serait-elle objective? Cassandre? Je ne peux quand même pas lui imposer un père dont elle ne voudra pas. Pas plus qu'à Simon-Thomas et à Georges! Un mauvais choix de ma part et ils vont se précipiter dans le mariage, tête baissée. Je ne voudrais surtout pas être la responsable de leur bévue.

Te rends-tu compte, Eugénie, que c'est toi qui cherches absolument à écouter le premier roucoulement du mâle? Ce n'est pas parce qu'il avait le visage crispé en entendant Odile dire que Manuel était ton fiancé que tu dois lui prêter des intentions qu'il n'a peut-être pas à ton égard. Cherche au moins à le savoir; le temps presse. Quand tu seras devant Manuel, il faut que ta décision soit prise.

Ma parole, Eugénie, tu es en train de faire de ta vie sentimentale un calcul. Tu n'es pas mieux que François, qui a vendu Pierre Dumesnil, un ami, pour donner un coup de main à un autre de ses amis… François n'était donc pas différent de moi! Nous étions faits l'un pour l'autre, évidemment! Tout s'éclaire! Un sosie ne sera jamais en tout point comme l'original. Et comme nous étions, François et moi, du même bois, je vais constamment être amenée à comparer Pierre et François. Au détriment de Pierre, bien entendu, puisque mes enfants ne sont pas de lui. Aussitôt qu'il donnera un coup de ciseau de travers, vlan! François ne l'aurait pas fait, lui!… Puisqu'il faut que j'en vienne à ça, tôt ou tard, dans le lit à baldaquin, ça sera la même chose. Et avec mes chaleurs!… Eugénie, es-tu prête à te donner corps et âme à Pierre?

Manuel… Manuel… Qu'il embrasse bien et qu'il a le tour de me faire oublier mes petits soucis! Il est tellement de bon conseil. Avec lui, je me sens en sécurité. Plus que ça, je me sens plus jeune. En fait, il m'enflamme et ce ne sont pas des chaleurs de retour d'âge. C'est bien simple, si j'écoutais mon corps, j'irais me rouler à ses pieds pour lui demander de m'embrasser…

Eugénie, il n'y a pas que l'attirance des corps qui compte à vos âges. Après tout, ta famille est déjà faite... La raison, Eugénie, la raison est une merveilleuse conseillère... Si je demande à Mathilde, elle me conseillera la passion. Je le sais, puisqu'elle a épousé son Thierry autant pour la passion que pour son titre de comtesse. Mais je suis certaine qu'elle doit en pleurer des nuits durant quand son séducteur volage est en tournée de traite. Il n'y a pas seulement Dickewamis, l'Indienne. Il y en a de plus jeunes.

Évidemment, avec sa fâcheuse habitude de se faire regarder par toutes les femmes, Manuel est bien capable de tomber dans les bras d'une soubrette. Quel homme refuserait? Pierre? Comme il est le sosie de François, sûrement. Reste à voir s'il s'intéresse aux jeunes femmes. Pendant le souper, je vais demander à Margot et à Marion de le servir et de lui faire la conversation. Nous verrons bien... Pourtant, Eugénie, tu n'as jamais pris la peine de tester Manuel de cette façon... J'aurais bien trop peur de me le faire enlever, tiens! C'est sans doute ce qui est en train de se produire, d'ailleurs!

Eugénie, dépêche-toi donc de te faire une idée précise. Les réminiscences du passé sont peut-être en train de te jouer un vilain tour. Veux-tu tomber amoureuse d'un souvenir ou laisser s'exprimer ton cœur? N'est-ce pas Cassandre qui te disait récemment: « Maman, laissez parler votre cœur. » C'est une jeune femme, maintenant. Il faut tenir compte de ses conseils.

Comme prévu, au repas du soir, Marion et Margot Pageau, deux jolies rouquines, ne ménagèrent pas leurs attentions auprès de Pierre Dumesnil, sous l'œil rieur de Georges et de Simon-Thomas Allard, qui avaient compris le manège.

Le sculpteur, quoique poli et attentif à la serviabilité des jeunes filles, s'intéressa plutôt au travail d'artiste d'André et à l'expérience de Jean chez le fabricant de rouets, Nicolas Bellanger. Il avait même demandé à l'abbé Jean-François de réciter les Grâces, après le repas, l'atmosphère de fraternité et de gaieté aidant, comme au temps de François.

Cette attitude plut à Eugénie qui y décelait de la maturité; elle le voyait comme *pater familias*, le dimanche soir ou les jours de fêtes, présider au repas, découper le rôti et le servir en tranches épaisses aux gros appétits, ou en portions plus minces aux femmes et aux enfants. De fait, la calvitie de l'artiste lui donnait cette aura de grand-père, charitable, sécurisant, aimant gâter les petits-enfants et plus tard, quand la Catherine à André aurait les siens, les premiers arrière-petits-enfants d'Eugénie.

Pendant un moment, après le repas, Eugénie eut la vision de finir la soirée avec Pierre, au coin du feu vacillant des dernières bûches en train de se consumer, lui fumant une dernière pipée et elle récitant en silence son rosaire, en remerciant la Vierge de lui faire écouler ses vieux jours heureuse, d'avoir eu une vie bien remplie avec un homme qui avait remplacé si dignement son défunt mari François, sachant très bien que cet homme, Pierre Dumesnil, dormirait du sommeil du juste, sans demander sa part de récompense charnelle. Des vers du poète Pierre de Ronsard, qu'elle avait retenus à la sauvette de la bibliothèque de dom Claude Martin, lui revinrent à la mémoire.

L'homme après son dernier trépas
Plus ne boit ne mange là-bas
Et sa grange qu'il a laissée
Pleine de blé devant sa fin,
Et sa cave pleine de vin,
Ne lui viennent plus en pensée[50]

Eugénie reprit soudain ses esprits, en s'entendant se demander: «Quel genre de nuit souhaites-tu, Eugénie?»

La tablée réagit allègrement. Les plus jeunes pouffèrent de rire tandis que l'abbé Jean-François lui demanda discrètement:

— Maman, si vous désirez vous confesser…

Eugénie s'en voulut de son imagination impure. *Voyons, que m'arrive-t-il?*

L'expression fantasmatique d'Eugénie n'avait pas échappé au sculpteur, qui invita son hôtesse à prendre un peu d'air frais, histoire de faciliter la digestion. Cette dernière accepta d'emblée la proposition, étouffant dans les volutes de fumée.

— Il faut que je vous dise, Pierre: j'ai toujours eu les poumons fragiles.

— En ce cas, Eugénie, permettez que je dépose votre châle sur vos frêles épaules.

Galant, en plus d'être raisonnable. C'est un soupirant à mieux connaître, décidément!

---

50. Pierre de Ronsard (1524-1585), vers tirés de *Odelette à Corydon*

Pierre Dumesnil conserva un silence plein de dignité et de méditation devant le ciel étoilé. Eugénie, qui était impatiente de ressentir un je-ne-sais-quoi pour le sculpteur qui lui aurait permis de statuer sur son dilemme sentimental, respecta ce silence, malgré son envie de brusquer les événements. Le sculpteur brisa lui-même cette méditation en disant :

— Ce que vous entendez en ce moment, Eugénie, c'est le son du silence. Il vous repose, il vous calme et vous l'appréciez sans doute...

Eugénie avait le goût de lui dire qu'elle était habituée à plus de mouvement dans sa vie de mère de famille, mais elle se retint. Pierre Dumesnil continua :

— Moi, j'ai souvent sondé ce silence pour qu'il me redonne mon identité. Et ce silence, sans réponse, a hanté chaque jour de ma vie... C'est à une femme exceptionnelle, que je viens de connaître, que je dois ma résurrection ou, si vous préférez, ma renaissance.

Qu'il parle bien ! Un poète en plus d'être un artiste ! Mais je ne pensais pas qu'il irait aussi vite en affaires, vraiment... Eugénie, c'est bien ce que tu voulais, n'est-ce pas ? Il faut que tu prennes en considération l'aveu de ses sentiments pour prendre la bonne décision : Pierre ou Manuel ?

Quand Dumesnil proposa à Eugénie de replacer son châle et que sa main effleura son cou, elle eut un mouvement de recul.

L'a-t-il fait exprès ou quoi ?... Mais que m'arrive-t-il ? Cet homme-là est conséquent avec ses dires. De m'effleurer le cou n'a rien de répréhensible en soi, à moins que je m'y oppose. Passons outre !

Le sculpteur, délicatement, corrigea l'angle du châle. Eugénie ressentait la chaleur de son haleine sur sa nuque. Elle frissonna. Elle n'aurait pas pu dire si c'était à cause de l'air frisquet ou de l'haleine chaude qui l'émoustillait. Comme elle n'était pas du genre sensuel, elle préféra échanger des banalités.

— Et que pensez-vous de ma famille, Pierre ?

— Des enfants bien élevés, Eugénie. François et vous avez réussi ce que bien d'autres ont échoué. Un fils prêtre, des garçons doués pour le bois. André est un véritable artiste, comme son père. Il m'a fait visiter l'atelier. De belles œuvres en commande.

— Vous saviez qu'il fut un temps où je teignais les œuvres de François ? Le mobilier, il va sans dire.

Pierre Dumesnil resta silencieux. Eugénie se dit : *Il se prépare à me déclarer son amour.*

Comme le sculpteur ne se commettait pas, Eugénie avança :

— Et Jean ? Comment l'avez-vous trouvé ?

— Justement, j'ai pensé que votre fils et moi pourrions nous associer dans ma fabrique de rouets. Comme il me l'expliquait, ç'a toujours été son ambition. Et moi, j'ai besoin de quelqu'un de confiance à qui confier mon entreprise une fois retraité.

Eugénie réagit spontanément :

— Mais Nicolas Bellanger le lui a déjà proposé, et Jean a refusé. Sa jeune famille le retient à Charlesbourg. Je ne comprends pas. L'a-t-il encore dans la tête ? Il me semblait que c'était réglé.

— Il m'a dit qu'il me seconderait dans cette démarche.

— Mais cela ne veut pas dire qu'il s'est engagé à travailler à Beauport...

— Non, mais j'ai cru comprendre...

— Restez-en là pour le moment, Pierre. Je ne voudrais pas que Jean délaisse la ferme. J'ai besoin de lui.

— Mais moi aussi, Eugénie. Il remplacerait François, son père, et en tant qu'associé, Jean deviendrait sous peu, en quelque sorte, un de mes proches.

Eugénie regarda étrangement Pierre Dumesnil. *Où veut-il en venir, celui-là ?*

— Quelqu'un d'autre pourrait-il le remplacer ? risqua Eugénie.

Le sculpteur fixa intensément cette dernière. Elle eut la conviction qu'il sondait son cœur.

— J'ai beaucoup pensé à vous, Eugénie. Depuis le moment où je me suis rappelé mon projet d'association avec François. Et je me suis dit que sa veuve me ferait la meilleure des compagnes.

Moi qui voulais qu'il aille vite en affaires, me voilà bien servie !

— Êtes-vous bien certain de votre choix, puisque nous nous connaissons depuis si peu de temps ?

— Vous avez toujours accepté de faire votre devoir, sans refuser l'ingratitude de la tâche, même quand vous étiez enceinte et souffrante, comme une bonne épouse dévouée et aimante ? L'ai-je bien compris ?

Eugénie n'en revenait pas du caractère intime des questions du sculpteur.

Ma parole, ça devient plus gênant que l'examen médical de Manuel !

Comme Eugénie ne répondait pas, Dumesnil prit son silence pour un aveu.

— C'est ce que je me disais. Des qualités inestimables pour le labeur qui vous attend. Car vous savez, nous le ferons dès l'aube jusqu'au crépuscule. À peine le temps de nous restaurer et nous continuerons… Dans l'allégresse, soyez sans crainte. Je suis un homme performant, vous verrez. Pour paraphraser la digne Pénélope: «Cent fois sur le rouet, remettons notre ouvrage.»

Eugénie blêmit. Elle bredouilla péniblement:

— Sur le rouet?

— C'est la meilleure surface. Mais attention, que du bois franc. À mon avis, le bois franc donne plus de résultats… Enfin, pour un connaisseur, un artiste, il amplifie la recherche de l'extase… Et j'ai besoin d'une femme d'expérience, d'une professionnelle, quoi. Comme vous venez de me dire que vous avez déjà secondé François, votre compréhension en la matière me serait acquise.

— Une professionnelle, avez-vous dit? Me considérez-vous de cette nature-là? Comment osez-vous?

— Combien d'années avez-vous été mariée avec François?

— Mais ça n'a rien à voir avec un mariage fait dans l'observance des commandements.

— Mais, Eugénie, je ne suis pas intéressé à votre piété, mais à votre dextérité.

— Mais pour qui me prenez-vous?

Le sculpteur la regarda dans les yeux, admiratif.

— Je comprendrais que vous refusiez…

Enfin, il se ravise. Mais quel culotté!

Pierre Dumesnil continua:

— Puisque vous avez tellement donné à François, vous méritez bien du repos après une vie aussi dévouée… Je voulais l'offrir à votre fils Jean… Mais comme il est déjà marié… Ses obligations et sa disponibilité…

Quel pervers!

— Mais vous comprendrez que je préfère une femme! Elles sont plus attentives, délicates, sensibles. Leurs mains sont plus expertes… Dois-je comprendre que vous refusez?

— Mais pour qui me prenez-vous, monsieur?

— C'est dommage, Eugénie… Je me voyais avec vous, tous les jours, dans l'atelier.

— Toujours dans l'atelier, vous!

— Mais, Eugénie, où voulez-vous polir et teindre le bois des rouets, sinon dans l'atelier?

Eugénie chancela sur ses jambes. Elle n'en revenait pas de sa méprise. Surmontant difficilement sa surprise, elle ajouta, en hésitant:

— Ah! Vous parliez de rouet!

Pierre Dumesnil la regarda, étonné.

— Mais oui! C'est mon rêve, avec la sculpture... Ne l'aviez-vous pas compris?

Eugénie était vraiment très surprise d'avoir interprété la situation sous cet angle.

Comment se fait-il que j'aie autant de mauvaises pensées? Pour un rien, tout se rapporte à l'impureté. Que m'arrive-t-il et depuis quand? Mon Dieu, depuis que j'ai remis ma bague de fiançailles à Manuel! Manuel, de qui je m'ennuie si fort! Et lui qui ne me donne aucun signe de vie...

— À propos, Eugénie...

— Oui, Pierre?

— J'en viens au but: je veux vous faire ma grande demande.

— En mariage?

— Oui, si la femme que j'aime veut bien m'épouser.

Ça y est! Nous voilà rendus à la conclusion du dilemme.

— Est-ce qu'elle vous aime, elle? demanda Eugénie, pour tester le sculpteur.

— C'est à vous de le lui demander, Eugénie. Vous la connaissez tellement.

— Oh, vous savez, l'on pense se connaître et souvent, ce n'est pas le cas.

— Essayez, c'est ce que je vous demande.

— Fort bien, je vais y réfléchir cette nuit et je vous donne ma réponse demain, à Beauport. Est-ce que cela vous convient?

— Heu, pas tout à fait!

— Mais, voyons, vous ne voulez quand même pas que je vous donne ma réponse maintenant? Il y a tellement de détails à prendre en considération. Où habiteront les enfants? Ça ne se décide pas si vite.

— Oh, vous savez, Eugénie, l'amour est au-delà de ces considérations matérielles. D'ailleurs, ma dulcinée n'a pas à s'en faire pour les autres... Comme Georges et Simon-Thomas se marieront bientôt… Je me suis rendu compte, au souper, qu'ils étaient joliment bien entourés par deux créatures, disons… désirables !

Ça y est, le chat sort du sac. Pierre Dumesnil est comme les autres, incapable de résister à un joli minois, comme Thomas Pageau ! Et dire qu'il se prépare à me demander en mariage.

Eugénie commençait à mettre en doute le sérieux de la requête du sculpteur.

— Comme ça, mes deux garçons se marieront bientôt ? Je vois bien que la sève du printemps les préoccupe. Il leur faut de la surveillance, à ces garçons, jusqu'au moment de leur mariage. Mais rien ne presse !

— Vous serez toujours là, Eugénie, pour les surveiller.

Contrariée, Eugénie répliqua :

— Mais je n'ai pas le sens de l'ubiquité ! Je ne peux être à la fois à Charlesbourg et à Beauport !

Ce fut au tour de Dumesnil de la regarder de manière curieuse.

— Mais je le sais, Eugénie. Vous venez de me dire que vous préféreriez rester à Charlesbourg. Auriez-vous changé d'idée ?

— Bien sûr que non ! C'est vous qui me demandez de me raviser avec votre proposition, disons, ambiguë… Pourriez-vous être plus clair, Pierre ?

— Que voulez-vous dire, Eugénie ?

— Dévoilez vos sentiments. Le temps presse.

— C'est ce que j'essaie de faire depuis tout à l'heure, mais… je suis encore gêné.

— À votre âge, vous ne devriez plus ! Pierre, m'aimez-vous ?

— …

Son indécision commence à me taper sur les nerfs. Faut-il le forcer à se commettre ?

— Alors, m'aimez-vous, oui ou non ? Vous devriez, puisque vous vous apprêtez à faire la grande demande.

Pierre Dumesnil, qui n'avait pas répondu une première fois à la question embarrassante, s'écroula. En tombant, il s'agrippa au bras d'Eugénie, qui ne put le retenir. Il s'affaissa de tout son long et sa tête frappa le sol avec violence.

— Que vous arrive-t-il ? Vous venez d'avoir un malaise ! Avez-vous mal ?

Le sculpteur se releva péniblement, en acceptant l'aide d'Eugénie, dépoussiéra son pardessus, et se frotta la tempe, lentement.

— Nous devrions rentrer à la maison, maintenant. C'est plus prudent.

Dumesnil regarda Eugénie, étrangement, et prit son temps pour répondre:

— Ça va, rien de cassé. Seulement une vilaine chute, sans plus. Où en étions-nous?

Le sculpteur fit un effort de mémoire.

— Ça y est, je me souviens ou presque! Où en étais-je? Ah, oui!...

Mon Dieu qu'il m'a fait peur. Il aurait pu être victime d'une nouvelle perte de mémoire. Je me serais sentie coupable pour le reste de mes jours.

— Et vous, Eugénie, êtes-vous prête à bercer ma progéniture?

Le silence d'Eugénie permit à Pierre de réaliser que sa question avait choqué son interlocutrice.

— Voyons, Pierre, je n'ai plus l'âge pour ça! rétorqua Eugénie, ahurie par le manque de réalisme du sculpteur.

Décidément, c'est une obsession, il ne pense qu'à ça!

Le sculpteur, délicatement, pour ne pas l'effrayer, prit la main d'Eugénie et lui répondit:

— Je vous ai vu le faire, avec le petit François... Si vous le vouliez, vous pourriez recommencer... C'est un souhait que je formule, pour la réussite de notre vie conjugale.

— Et si je refuse, cela pourrait-il compromettre le mariage?

— Non, mais vous pourriez y être forcée.

Eugénie, qui pensait avoir tout entendu, devint furieuse.

— Quoi? Et par qui? Par vous, monsieur Dumesnil?

— Peut-être pas... Mais par l'archevêché de Québec!

— L'archevêché? Comment? grommela Eugénie, les dents serrées.

— Parce que votre rôle correspond aux valeurs évangéliques. *Laissez venir à moi les petits enfants!*

Désemparée et à bout d'arguments, Eugénie cria de façon plaintive:

— Qu'espérez-vous de moi? Un miracle?

— Que votre devoir, que vous ferez avec plaisir!

— Mais je ne suis pas Élisabeth, la mère de Jean-Baptiste! Je ne peux plus enfanter. Je ne suis pas de l'âge de ma fille, Cassandre! Alors, si vous voulez toujours le mariage, soyez-en conscient.

Tout heureux, Pierre Dumesnil se dépêcha de répondre :

— Alors, c'est oui ? Vous allez bercer vos petits-enfants ?

— Je l'ai toujours fait, il me semble, sans la surveillance de l'Église. Que voulez-vous dire au juste ? Ne parliez-vous pas de progéniture ?

— Effectivement ! Les enfants que nous aurons, Cassandre et moi, qui seront vos petits-enfants !

Eugénie resta figée sur place, le souffle coupé. Elle regardait le sculpteur comme un imposteur. Pierre Dumesnil continua :

— C'est sa main que je m'apprêtais à vous demander.

Eugénie prit quelques secondes salutaires pour remettre ses idées en place.

— Cassandre !... Est-ce qu'elle partage vos sentiments ? balbutia Eugénie, qui commençait à retrouver la voix.

— Je ne le lui ai pas encore demandé. Je voulais commencer par vous, en faisant la démarche correctement.

— Vous a-t-elle donné des espoirs... des signes ?

— Elle n'en sait rien, pour le moment. Je comptais sur vous pour intercéder en ma faveur.

Eugénie se rendit compte que sa main était toujours dans celle de Pierre Dumesnil. Elle la retira sèchement et dit :

— Mais elle n'a que vingt ans !

— C'est pour ça que mes chances sont bonnes ! Notre différence d'âge est normale.

— Mais vous pourriez être son grand-père ! Je l'ai eue sur le tard !

— Mais, Eugénie, je m'en vais sur mes vingt-trois ans, sans plus ! C'est le bon âge pour commencer sa famille.

Eugénie réalisa que le sculpteur souffrait d'une rechute de son amnésie, causée par sa dernière défaillance.

Mon Dieu ! Il est encore amnésique. Il est gravement troublé... Malade... Il est pressant de l'amener voir le médecin ! Et dire que je m'apprêtais à considérer le mariage avec lui ! Merci, François, de me tirer de ce mauvais pas !... Comment m'y prendre, maintenant, pour le ramener à la réalité ? Il vaut mieux ne pas le brusquer.

— Il vaudrait mieux commencer par demander à Cassandre ce qu'elle en pense ! C'est elle qui a son mot à dire, pas vraiment moi ! Après, nous verrons.

— Ah!... C'est sans doute mieux ainsi... Quand reviendra-t-elle de Berthier-en-haut?

— Du fief Chicot? Elle pourrait y rester tout l'été. Vous savez, elle tient à prêter main-forte à son amie Étiennette Latour, la femme du forgeron, pendant le début de sa grossesse.

— Ça sera long! Mais, à nos âges, nous pouvons attendre encore un peu.

— N'oubliez pas que nous devons nous rendre à Beauport, demain.

— Beauport? Ah, oui! La fabrique de rouets. François nous y attend, sans doute.

— François? Non, Jean... à moins que vous ne vouliez dire Thierry!

— Non, François. Connaissez-vous le lieu de rendez-vous où nous devons le rejoindre?

Eugénie prit conscience que l'amnésie du sculpteur s'était transformée en dérangement mental.

Pauvre lui! Il est à plaindre.

— François nous attendra chez le médecin de Beauport. C'est ce qu'il m'a dit.

— Et pourquoi chez le médecin, Eugénie? Est-il malade?

— Non, tout simplement que votre bailleur de fonds exige un certificat de santé de la part de l'acquéreur, afin de s'assurer qu'il sera à même de continuer les opérations de la fabrique pour rembourser sa dette.

— C'est normal. Et qui est ce médecin?

— Le docteur Manuel Estèbe.

— Le nouveau! Il a marié Léontine Laviolette, une fille de Beauport, n'est-ce pas?

— Celui-là même, répondit Eugénie qui voulait mettre un terme à cette conversation sans queue ni tête... Rentrons, maintenant, si nous voulons partir pour Beauport, dès l'aube.

L'abbé Jean-François grimaça quand il s'aperçut que le sculpteur et sa mère se faufilaient à l'extérieur comme deux tourtereaux. Comme il s'en confiait à Isa, assise près de lui, cette dernière lui répondit, spontanément:

— Je trouve assez que ces deux-là forment un beau couple! Et vous, comment le trouvez-vous?

Le ton cristallin de la voix d'Isa suscita des commentaires dans la maisonnée. D'abord, Marie-Anne fut frappée par la ressemblance avec son beau-père. André reconnut qu'il en avait beaucoup appris sur les techniques employées par Dumesnil et son père, alors que Georges et Simon-Thomas le trouvaient ennuyeux. Jean, de son côté, l'enviait de vouloir acheter la fabrique de Nicolas Bellanger.

— Jean, c'est normal, il est de Beauport! réagit Isa.

— Mais pourquoi mère voudrait-elle l'aider, alors qu'il est beaucoup plus vieux que moi?

— Parce qu'il n'est pas père de famille, lui, et que nous sommes de Charlesbourg. Voilà… Mais jamais je ne déménagerai là-bas. Est-ce clair? Ta mère et la mienne sont deux veuves qui ont besoin de notre soutien et de voir grandir leurs petits-enfants.

— Ce ne sont que des prétextes! Tu ne souhaites pas m'épauler, c'est tout. Et pourtant, au moment de nos fiançailles, tu devais me suivre à Beauport. Je souhaite établir mes fils dans le commerce du rouet. Et je ne connais pas d'autre fabrique à vendre dans la région.

— Établir tes fils? Eh bien, nous n'en avons qu'un et ce n'est pas ce soir que nous en aurons un autre, crois-moi.

Devant la consternation générale, Isa ajouta à l'endroit de Jean-François, avant de faire la vaisselle avec fracas:

— Je vous demande pardon, monsieur l'abbé.

Georges s'approcha de Jean et lui dit à l'oreille, tout bonnement:

— Moi, j'aimerais bien m'associer avec toi dans la fabrique de rouets. Et Simon-Thomas aussi, si nous le lui demandions. Lui qui veut tellement se rapprocher de Marion.

Jean observa son frère Georges, surpris.

— La maison est déjà petite avec maman et Cassandre…

— Seulement, nous la partirions à Gros Pin… À la ferme de la mère Pageau.

Comme l'étonnement de Jean grandissait, Georges alla chercher Margot, la prit par la taille et, sachant que sa mère était à l'extérieur, clama tout haut:

— Margot et moi allons nous marier.

Un silence monacal s'installa soudainement. Après de longues secondes, Isa s'écria, débarrassée de sa mauvaise humeur:

— Vous marier ? Quelle heureuse nouvelle ! Viens ici que je t'embrasse, sœurette !

Le couple reçut les félicitations de tous ainsi que la bénédiction de l'abbé Jean-François. Il y avait toutefois une ombre au tableau. Margot dit à Georges :

— Il aurait été plus sage de l'annoncer en présence de madame Allard, n'est-ce pas ? Elle ne devrait pas tarder à rentrer.

La remarque eut pour effet d'étouffer la joie qui régnait. Tout le monde se mit à craindre la réaction d'Eugénie. Jean-François voulut faire prier l'assistance, quand Jean, réconcilié avec Isa, trouva la solution à l'impasse.

— Faisons comme si rien ne s'était produit. Quand mère sera de retour, alors Margot et Georges annonceront leur intention de mariage. Si elle est d'accord, je proposerai alors un toast en leur honneur et Jean-François les bénira. Qu'en pensez-vous ?

— Comment ça, si elle est d'accord ?

— Tu la connais, c'est mieux de procéder de cette manière.

— Et si elle disait non ?

— …

— Vous voyez, c'est pourquoi j'ai attendu qu'elle ne soit pas là.

— Voyons, Georges, il n'y pas de raison qu'elle dise non. Jean a pavé la voie au mariage avec les petites Pageau. Hein, Jean ? demanda Isa, toute pimpante.

— Alors, si c'est vrai, Marion et moi, nous nous marierons aussi.

La consternation était générale. Mais avant qu'une émeute n'éclate dans la maison, il eut la prudence de continuer :

— Dans quelques années !

— Oh !

La maisonnée pouffa de rire, au moment même où Eugénie, qui revenait de sa promenade avec le sculpteur, entra dans la maison.

— Mon Dieu, qu'est-ce que vous avez à rire comme ça ? Quand le chat est parti, les souris dansent !

Tous s'aperçurent vite que la promenade d'Eugénie et du sculpteur n'avait pas été de tout repos. Isa, qui savait amadouer l'humeur de sa belle-mère, intervint :

— Venez, madame Allard, je vais vous préparer votre tisane préférée. Prenez le temps de vous asseoir. À moins que ne préfériez un chocolat chaud ?

— C'est une bonne idée, ma bru, un chocolat chaud! Comme ça, il sera pris, car nous allons partir le plus rapidement possible pour Beauport. Georges viendra nous y conduire.

— C'était censé être moi, maman! Pierre et vous, vous vous étiez mis d'accord pour que j'aille vous présenter à Nicolas Bellanger, s'indigna Jean.

— Le programme a changé, mon garçon. C'est sans discussion.

L'humeur de Jean se rembrunit. Comme Pierre Dumesnil voulait intervenir, Eugénie l'en empêcha de la main. Isa chercha à alléger l'atmosphère.

— Pourquoi ne pas chanter une berceuse à notre petit François? Vous chantez si bien.

— Pas ce soir, Isa, sa grand-mère a d'autres préoccupations.

— Alors, je vais demander à votre autre bru de vous servir le chocolat chaud.

— Mais Marie-Anne n'est plus ici, à ce que je sache!

— Pas Marie-Anne, Margot!

Eugénie jeta un regard interrogateur à la tablée. Tous étaient anxieux sur leur siège. Margot, qui avait commencé à préparer le breuvage, s'était subitement arrêtée.

Eugénie fixa Georges de ses yeux scrutateurs.

— Toi, mon espiègle, lui promets-tu d'arrêter de courser avec ton ami Charles Villeneuve, une fois pour toutes? demanda Eugénie, avec un demi-sourire.

Georges, nerveux, se demandait bien où sa mère voulait en venir. Eugénie continua:

— Parce que si tu ne m'as pas prise au sérieux, j'espère que ta femme, elle, saura te mettre au pas. Sinon, les autres femmes Allard, Marie-Anne, Isa et moi, nous l'appuierons.

Margot et Georges n'osaient y croire.

— Comme ça, vous n'y voyez pas d'objection? demanda Georges.

— As-tu révélé ton amour à Margot?

Cette dernière, avec un grand sourire, fit signe que oui.

— C'est déjà un premier bon point qu'un jeune homme exprime son amour à sa dulcinée, avança Eugénie, en pensant aux aveux de Pierre Dumesnil avec Cassandre.

Elle ajouta:
— As-tu demandé sa main à Catherine, sa mère?

— Non, pas encore !

— Alors, demain, à la première heure, tu t'y rendras de façon officielle. Pas ce soir. Il y a assez de Margot qui ne pourra pas dormir.

— Mais demain, maman, je dois vous reconduire à Beauport.

— Georges, demain, chez la mère de Margot ! Un autre de tes frères nous reconduira, ordonna Eugénie.

Eugénie évita le regard de Jean. Elle s'attarda sur son plus jeune fils.

— Simon-Thomas, toi, tu n'as pas de grande demande à faire avant sitôt, n'est-ce pas ?

Eugénie avait pris soin de dévisager Marion Pageau, qu'elle trouvait assise trop près de son fils. Cette dernière rougit et déplaça sa chaise, en y laissant un écart appréciable.

— C'est bien ! Tu n'es quand même pas pour provoquer une attaque chez Catherine, sa mère, en lui enlevant son bébé ? C'est important pour une mère, le petit dernier !

Eugénie avait insisté sur la dernière phrase, en regardant le sculpteur. Devant son regard menaçant, la maisonnée attendait la suite des événements. Eugénie conclut :

— Sais-tu, Margot, je prendrais bien un peu d'alcool de pomme, dans mon chocolat. Il doit en rester dans le cellier. Georges, pourrais-tu aller le chercher ? Apporte aussi le vin, s'il te plaît ! Non, Jean, vas-y, toi ! Un futur mariage, il faut arroser ça !

— Comme ça, vous êtes d'accord, maman ?

— Si Margot est comme Isa et Marie-Anne, je serai la plus choyée des belles-mères… Viens ici que je t'embrasse, Margot.

— Madame Allard, si vous saviez comment vous nous rendez heureux, Georges et moi !

— Vous aviez peur que je dise non, n'est-ce pas ?

Margot opina de la tête, le sourire gêné.

— Décidez vite de la date du mariage, au cas où je changerais d'idée… Par contre, je ne veux pas que vous vous mariiez avant que Cassandre soit revenue. C'est ma condition ! Elle pourrait revenir d'ici la fin de l'été… Maintenant, fêtons la grande nouvelle du mariage prochain de Margot et de Georges !

Eugénie avait conclu en regardant Pierre Dumesnil. Ce dernier pencha la tête de résignation.

Souhaitons qu'il y ait deux mariages dans cette famille avant la fin de l'année et que l'autre ne soit pas celui de Cassandre, se dit Eugénie.

CHAPITRE XII
Beauport

Le lendemain matin, après un déjeuner composé de pain de froment à l'oignon pour les garçons Allard — pour faire fuir les germes, disait leur mère —, ainsi qu'un autre aux herbes aromatiques vertes avec de la charcuterie et du café noir, pris dans le silence caractéristique des fêtards, Eugénie donna le signal de départ vers Beauport. Simon-Thomas alla préparer l'attelage. Eugénie offrit une vareuse à Pierre Dumesnil, tandis qu'elle revêtait son manteau des matinées fraîches.

— Nous allons apporter quelques provisions au cas où ! La journée pourrait s'étirer et je ne voudrais surtout pas revenir sans avoir rencontré le docteur Estèbe, si jamais il était parti au chevet d'un malade, comme l'appelle souvent son devoir.

Comme le temps plutôt sec régnait depuis quelques jours et qu'il avait permis aux chemins de s'assécher, Simon-Thomas avait suggéré d'emprunter le chemin au bout des terres anciennement de Bourg-la-Reine, afin d'écourter la distance jusqu'à Beauport. Pierre Dumesnil réalisait bien que son destin allait se jouer. Mais comme à chaque cahot sa tête bourdonnait d'un mal insidieux, il préférait garder le silence, en espérant que le médecin le guérisse de son mal.

Simon-Thomas n'eut aucun mal à repérer la maison du médecin, avec son enseigne d'apothicaire, à l'orée du village de Beauport, bourg du Farguy, près de la fabrique de rouets du sieur

Nicolas Bellanger. Comme Pierre Dumesnil semblait lorgner de ce côté, Eugénie s'empressa de se diriger vers l'entrée du cabinet médical.

Une odeur d'éther régnait dans la petite pièce, où déjà une mère et son enfant toussotant attendaient d'être reçus. L'arrivée d'Eugénie et de Pierre Dumesnil attira l'attention de l'enfant, puisque Eugénie avait suggéré à Pierre Dumesnil d'entourer sa tête de son mouchoir en guise de bandeau.

— Comme ça, nous aurons plus de chances d'être reçus en priorité, puisque votre amnésie n'est pas apparente autrement.

Eugénie se disait aussi que plus vite elle aborderait Manuel, plus vite elle serait fixée sur les sentiments de son ancien fiancé.

Quand Manuel Estèbe vint finalement chercher lui-même son nouveau patient, il parut très surpris de la présence d'Eugénie et de son compagnon, à tel point qu'il en oublia ses autres patients. Le cœur battant, Eugénie resta assise, ne sachant si elle devait présenter Pierre Dumesnil comme un nouveau patient ou si elle devait attendre que Manuel prenne la parole.

Finalement, le docteur s'approcha d'elle, ému. Il toisa Pierre Dumesnil et dit :

— Je… je suis bien heureux pour toi, Eugénie, pour vous deux… Que François soit bien vivant… Il faut remercier la Providence pour sa bonté… Mais il est blessé ? Attendez voir !

Le docteur se pencha vers Dumesnil, vérifia l'état du bandage et chercha la plaie.

— Mais je ne vois aucune blessure !

Eugénie lui fit signe que le mal était en dedans de la boîte crânienne.

— Ah, je comprends ! Je vais ausculter François dès que j'en aurai fini avec ce petit patient, indiqua le médecin.

— Mais Manuel ! C'est à propos de François !

— Je sais, Eugénie.

— Mais… tenta Eugénie pour retenir son attention, sans succès, au grand soulagement de la mère de l'enfant malade, qui craignait que Pierre Dumesnil passe avant elle.

Le tour de Pierre Dumesnil vint quelques minutes plus tard. Lorsqu'il ouvrit la porte de son cabinet, le docteur finissait de donner son ordonnance.

— Du sirop pour cette vilaine toux, c'est ce que je vois de mieux pour l'instant. Tenez, prenez cette fiole. Une cuillerée, trois fois par jour. Et du repos, pour que la fièvre tombe. La bonne humeur de ce jeune homme devrait être revenue dans quelques jours.

— Merci, docteur. Et quels sont vos gages? Vous savez, chez nous, les habitants, l'argent est rare…

— Une douzaine de gros œufs de vos poules blanches, madame Martinet, et le compte y est… Mais vous pouvez attendre que le petit aille les chercher au poulailler et vienne me les livrer lui-même. Comme ça, je verrai qu'il s'est rétabli.

— Merci, docteur. J'aime autant venir vous les porter moi-même, vos œufs!

Madame Martinet, dans la jeune trentaine, était une belle femme appétissante aux formes arrondies. Eugénie la toisa avec méfiance.

Encore une autre, et toujours une autre… Il est grand temps, Eugénie, que tu mettes un terme à cette vie de séducteur et que tu ramènes Manuel à son intention de mariage.

— Monsieur et madame Allard, c'est à votre tour.

Avant qu'Eugénie ait pu prononcer un son, Manuel Estèbe avança:

— Je suis bien content, François, que vous ayez pu retrouver votre famille! Vous savez, vous avez une femme exceptionnelle… Le genre de femme que tout homme souhaite avoir comme épouse!

Mais il n'en tient qu'à toi, Manuel! Je suis ici pour ça… Laisse-moi au moins la chance de te le dire!

— Laissez-moi voir votre blessure.

Eugénie lui indiqua de nouveau que le mal se situait dans la tête du patient.

— Vous rappelez-vous de moi, François? Vous savez qui je suis, n'est-ce pas?

— Non, docteur, je ne vous ai jamais vu! Je sais que vous êtes médecin, parce qu'Eugénie me l'a dit. J'ai eu des pertes de mémoire, dernièrement. En fait, je les ai depuis des années, et on m'a recommandé à vous comme spécialiste. Eugénie et Germain m'ont dit que vous résidiez à Beauport et que vous aviez été médecin à Charlesbourg pendant longtemps.

— Germain, Germain Langlois, votre ami, n'est-ce pas, et votre voisin ?

— Mais non ! Il garde les vaches chez Hormidas Chalifoux. Il y a quelques semaines, il m'a servi toute une raclée, par jalousie.

— Parce qu'il convoitait Eugénie ?

— Plutôt la petite Odile Chalifoux !

Le médecin plissa le front. Il se rendait compte qu'il ne comprenait plus rien et que François était plus mal en point qu'il ne le croyait.

— Et vous avez dû être heureux de revoir votre charmante épouse ! Aussi, votre petite dernière, Cassandre !

— Cassandre ? Je viens de demander sa main à sa mère. Elle doit me donner sa réponse aujourd'hui. Nous devrions venir nous installer ici, à Beauport, car je serai acquéreur de la fabrique de rouets d'à côté. À cet effet, mon créancier exige un examen d'aptitude à rembourser mon emprunt.

Manuel Estèbe se tourna vers Eugénie, qui lui expliquait d'un geste de la main que ce n'était pas tout à fait vrai.

— Hum… hum… Mais vous êtes déjà marié, François ?

— Si je l'ai été, docteur, je ne m'en souviens pas.

— Ah bon ! Je vois…

Le docteur Estèbe se faisait aller la moustache d'un côté à l'autre de la bouche, en plissant les lèvres. Tantôt il balançait la tête d'ignorance, tantôt il opinait du bonnet tant il était certain de son diagnostic.

— Mais, François, nous sommes des adultes, n'est-ce pas ? Vous avez bien retrouvé la douceur du lit conjugal avec Eugénie ?

Le médecin n'osa pas regarder cette dernière, qui sursauta sur le petit tabouret qui était destiné à l'accompagnateur du patient. Dumesnil continua :

— Le devrais-je, docteur ?

— Rien de tel pour nous rappeler les bons moments de la vie conjugale. C'est une prescription, François.

Sur ces propos, Eugénie lui dit à mi-voix ce qu'elle aurait eu le goût de lui crier :

— Manuel ! Tu n'as pas le droit d'exiger ça ! Cet homme n'est pas mon mari et je ne partage pas ma couche avec le premier venu, tu sauras !

Saisi, le médecin regarda Eugénie avec consternation. Il se tourna alors vers elle et lui demanda discrètement :

— S'il n'est pas François, alors, qui est-il ? Son sosie ?

— Pas simplement son sosie, mais aussi un des amis de François, autrefois. Il est lui aussi sculpteur.

C'est alors que ce dernier, qui avait pu suivre quelques bribes de la conversation, avança :

— Mon nom est Pierre Dumesnil de Beauport, domestique chez le seigneur Robert Giffard. Je suis un ami de François Allard… François, l'avez-vous vu ? Il est censé venir nous rejoindre bientôt. Nous l'attendons.

Pierre Dumesnil regarda par la fenêtre et affirma :

— Tiens, il est déjà là ! Il attend dans la voiture.

La vraisemblance de l'affirmation amena le médecin à regarder par la petite fenêtre.

— Avec qui êtes-vous venus ? demanda-t-il à Eugénie, à mi-voix.

— Mais… avec Simon-Thomas ! répondit-elle sur le même ton.

Manuel Estèbe fixa de nouveau Pierre Dumesnil et Eugénie, en prenant son temps. Prise de panique, cette dernière, doutant d'elle-même, chuchota à l'oreille du médecin :

— Ne me dis pas, Manuel, que tu vois François toi aussi !

— Non, non, c'est bien Simon-Thomas.

— Mon Dieu, que j'ai eu peur. Depuis ta dernière visite à la maison, il y a eu tellement d'événements bizarres qui sont survenus, que si ça continue, c'est moi qui vais perdre la tête !

Plus fortement, le docteur interpella son nouveau patient :

— Monsieur Dumesnil, pourriez-vous, encore une fois, me dire qui est le jeune homme qui attend dans la voiture ? Prenez bien votre temps. Je suis en train de faire votre évaluation médicale pour votre bailleur de fonds.

Dumesnil regarda à nouveau vers l'extérieur et répondit :

— Je viens de vous le dire, c'est François qui nous attend pour aller signer l'intention d'achat.

— Bien ! Continuons l'examen.

Le médecin sortit alors de sa trousse un petit étui.

— Allongez-vous ici sur la banquette et n'ayez pas peur. Une saignée vous aidera à retrouver la mémoire. C'est bien ce que vous vouliez, n'est-ce pas ?

Manuel Estèbe sortit de l'étui un bistouri et le fit miroiter devant le patient, dans le soleil qui pénétrait par la fenêtre.

Horrifié, ce dernier, sous le choc, s'écria :

— Mais vous n'êtes qu'un vulgaire chirurgien[51] ! On m'avait dit que vous soigniez avec des herbes qui guérissent. Je préfère, à ce compte, consulter le docteur Michel Sarrazin de l'Hôtel-Dieu. Sa réputation de spécialiste de la mémoire n'est plus à faire.

Sans être offensé, le docteur Estèbe lui répondit calmement :

— Vous ne pourrez pas le rencontrer comme ça, sans que je vous fasse une ordonnance. Le docteur Sarrazin est un confrère et un ami. Avec mes recommandations, il sera heureux de vous recevoir.

Immédiatement, Manuel Estèbe formula en latin son ordonnance, pour ne pas que Pierre Dumesnil la comprenne puis la lui remit. Ce dernier sembla visiblement satisfait de l'écriture qui lui apparaissait incompréhensible. Il conclut :

— Merci, docteur… François viendra m'y reconduire. Je demanderais bien à Eugénie, mais elle sera trop occupée à préparer le prochain mariage.

Manuel Estèbe sursauta. Il regarda Eugénie, ahuri. Son cœur battait la chamade.

— Quel prochain mariage, monsieur Dumesnil ? Celui de Cassandre ? demanda-t-il en balbutiant, espérant que ce ne soit pas celui d'Eugénie.

Le sculpteur sourit de complaisance au docteur.

— Non, celui de Georges.

Georges ! Tant mieux, j'ai eu si peur ! se dit Manuel.

Eugénie, pour sa part, réagit vigoureusement au vœu du médecin, en faisant fi du silence requis dans le cabinet.

— Ce n'est pas à toi, Manuel, de t'inquiéter d'une demande en mariage pour ma fille !

Eugénie s'était approchée du médecin, le touchant presque avec son doigt menaçant. Ce dernier ne recula non seulement pas, mais semblait vouloir encaisser la colère de cette dernière avec calme. Comme, furieuse, elle commençait à lui marteler le

---

51. En Nouvelle-France, un médecin était diplômé d'une faculté de médecine et recevait un droit de pratique. Le chirurgien, souvent un simple barbier, avait l'autorisation de panser les plaies, de réduire les fractures et de pratiquer les saignées. Il lui était défendu de poser un diagnostic comme de signer une ordonnance.

torse, Manuel lui agrippa les deux bras et la retint solidement, à la grande surprise d'Eugénie.

— C'est vrai que Cassandre est ta fille, mais elle est aussi un peu la mienne, non?

Eugénie se dégagea de l'étreinte, sans comprendre. Manuel continua:

— Pourrais-je être invité au mariage de Georges? Comme ami de la famille, si tu le veux.

Eugénie se calma.

— Les enfants parlent souvent de toi. Mathilde et Thierry aussi.

— Pourrais-je t'accompagner?

— M'accompagner? Comme ami de la famille? demanda Eugénie.

— Plutôt comme ton fiancé, je préférerais. Et... bientôt le beau-père de tes enfants.

Sous le choc, Eugénie, qui s'était instinctivement rapprochée, se blottit contre la poitrine de son bel Espagnol.

— Mais ne m'as-tu pas demandé de te rendre la bague de fiançailles?

— Oui, mais j'avais mes raisons de le faire. Maintenant, puis-je escompter que mon amour n'a pas été trahi? Tu es toujours veuve... Et de plus en plus belle!

— Je n'ai été qu'au bout de mon devoir d'épouse avec François, répondit Eugénie, piquée au vif.

— Tut... tut... tut, dit-il, en lui mettant un doigt sur la bouche. Maintenant, tu dois te préparer à notre mariage.

— Et ma bague de fiançailles, où est-elle?

— Oh, une famille de Beauport vient de tout perdre dans l'incendie de leurs bâtiments et je l'ai aidée avec l'argent de la bague.

— Ah! ajouta Eugénie, déçue.

— Mais elle ne sera plus nécessaire, car j'ai ici quelque chose pour toi.

— Pour moi?

Pendant que Manuel cherchait dans son secrétaire et qu'il en ressortait un écrin, Eugénie jeta un coup d'œil à Pierre Dumesnil, qui s'était assoupi sur la table d'examen. Rassurée, elle se retourna et aperçut la petite boîte que lui tendait le médecin.

— Ouvre-la, Eugenia.

Eugénie, émue, en sortit une magnifique bague de fiançailles sertie de diamants tout autour.

— Essaie-la… Non, laisse-moi plutôt faire.

Manuel prit la bague et la passa au doigt d'Eugénie.

— *Amor*! Voudrais-tu m'épouser, le plus rapidement possible, cette fois-ci, avant qu'un revenant nous en empêche?

— Mais tu viens de dépenser une fortune pour ce bijou!

— *Amor*! Veux-tu m'épouser? C'est ton cœur qui est le plus précieux bijou. M'aimes-tu assez pour m'épouser, Eugenia?

Avant que sa belle Eugénie ne réponde, Manuel Estèbe la prit dans ses bras et l'embrassa amoureusement.

En extase, Eugénie se laissa aller à ses sentiments, jetant un coup d'œil furtif au sculpteur, qui roupillait toujours. Rassasiée et reprenant son souffle, elle échappa ce qu'elle avait si souvent répété dans ses rêves depuis plusieurs mois:

— Oui, je le veux… à condition que tu t'installes de nouveau à Charlesbourg, près de nos enfants… Tu comprends, ça sera plus facile.

— Entendu, Eugenia… Mais, moi aussi, j'ai une condition.

— Laquelle?

— Comme j'ai besoin d'une infirmière, pourrais-tu assumer ce rôle? Tu connais tout le monde dans la paroisse.

Eugénie recula d'un pas, étonnée.

— Infirmière… Infirmière? Pourquoi pas, je pourrais te surveiller pendant tes examens… Tiens, c'est une excellente proposition… Infirmière, l'idée me plaît.

Manuel Estèbe décida d'aller mener lui-même Pierre Dumesnil à l'Hôtel-Dieu de Québec. Ce dernier fut interné par le docteur Michel Sarrazin.

CHAPITRE XIII
Le séjour de Cassandre

Quand Eugénie, Mathilde, le comte Joli-Cœur, l'abbé Jean-François, Marguerite et François Banhiac Lamontagne quittèrent définitivement le fief Chicot pour la Rivière-du-Loup, Québec et Charlesbourg, Étiennette ne perdit pas de temps pour mettre à l'aise Cassandre, qui se sentait embarrassée de partager la vie quotidienne de son amie, maintenant mariée et nouvellement enceinte, de surcroît.

— Nous allons avoir tout notre temps pour parler de ton séjour en France… Peut-être me confieras-tu tes secrets amoureux.

— Mes secrets amoureux? répondit Cassandre, peu sûre d'elle.

— Tu m'as dit que tu avais eu plusieurs soupirants! Je suis certaine que tu as dû recevoir plusieurs demandes en mariage.

Cassandre se renfrogna, muette, l'œil larmoyant.

— Ai-je dit quelque chose qu'il ne fallait pas? Probablement! Alors, je m'en excuse.

Cassandre regarda Étiennette et se rapprocha d'elle.

— Comme tu es une amie sincère, autant tout te raconter. Il faut que tu saches d'abord comment s'est déroulée ma vie de pensionnaire à la Maison royale de Saint-Cyr et la grande amie que je me suis faite, Alix Choisy de La Garde. Et puis, les professeurs qui m'y ont enseigné, particulièrement François Bouvard, qui a décidé de composer un opéra pour moi, qu'il a intitulé *Cassandre*…

La jeune fille raconta en détail comment ses sentiments à l'égard du jeune et beau professeur avaient pu croître, et comment ce dernier avait profité de sa naïveté et de son idéal amoureux pour abuser de son innocence.

— L'aimes-tu toujours, Cassandre?

Des larmes commencèrent à couler sur les joues de la jeune fille.

— Évidemment, je n'aurais pas dû te poser cette question… J'ai ma réponse… Et tu es revenue en Nouvelle-France pour cette raison?

— Il a voulu abuser de moi!

— Je sais que je ne dois pas raviver cette douleur, mais qu'a-t-il dit avant d'être expulsé du couvent?

— Est-ce si important?

— Je pense bien, puisque sa conduite t'a complètement chavirée, n'est-ce pas?

Cassandre fit signe que oui. Puis, surmontant la douleur de ce souvenir, elle continua, attristée:

— Il m'a dit qu'il voulait de moi la preuve de mon amour éternel, parce qu'il craignait pour sa carrière en France. Il pensait ne plus me revoir pour longtemps, disait-il. Il avait peur d'être exilé.

— C'est ce qui est arrivé! Et t'a-t-il dit pourquoi?

— Oui, le directeur du théâtre et de l'opéra italien à Paris lui avait demandé de se joindre à eux afin de continuer à y présenter l'opéra *Cassandre*… Mais, j'y suis, il m'a mentionné que le marquis de Sourches en avait probablement été avisé!

— Qui est le marquis de Sourches?

— L'informateur du Roy!

— Donc, tout s'éclaire. Il s'attendait à tout moment à être arrêté. Il a été puni par le Roy.

Commençant à y voir plus clair, Cassandre se remémora le fil conducteur des tristes événements.

— Et puis, la police savait où aller le chercher. À son école d'enseignement de Saint-Cyr, bien sûr!… Les religieuses savaient! Elles étaient dans le coup. Ça y est. La commande venait de madame de Maintenon, notre protectrice, pour coincer François. J'y suis.

— Peux-tu me raconter d'autres… détails? Heu… des informations, dont il aurait fait mention?

Cassandre regarda son amie, gênée.

— Je ne veux pas jouer au détective, Cassandre, loin de moi, mais te rappeler le fil des événements pourrait t'aider à mieux comprendre... Et je ne te demande pas des détails intimes, tu comprends?

— Mais il n'y a pas eu d'acte indécent de commis!

— Tu me disais qu'il avait voulu abuser de toi?

— Oui, il s'est jeté sur moi et en a profité pour m'embrasser et...

La jeune fille ne put terminer sa phrase, tant ces souvenirs lui paraissaient douloureux, monstrueux.

— Et t'a-t-il avoué ses sentiments, à ce moment-là? continua Étiennette.

— Non... En fait, il n'en a pas eu le temps... Il a simplement dit: «Le temps presse... Laisse-moi agir. Je t'aimerai pour toujours!»

— Mais, Cassandre, n'était-ce pas un incomparable aveu amoureux?

— Peut-être... Je ne sais plus... J'ai cru, à ce moment-là, qu'il ne voulait penser qu'à lui! J'aurais aimé qu'il le dise, en prenant bien son temps, avec des mots romantiques.

— Peut-être que le contexte ne s'y prêtait pas, s'il se sentait traqué par la police du Roy. A-t-il ajouté d'autres paroles?

— Oui. Il m'a dit: «J'aurais aimé que ce soit autrement... Elles m'ont posé un piège en me demandant de finir ma leçon dans ta chambrette, prétextant la réparation de la salle de répétition musicale... Il ne faut pas que l'on t'en tienne rigueur. Je les entends, ils s'en viennent. Je serai le seul coupable à leurs yeux. Excuse-moi, c'est le seul moyen possible.»

— Et? demanda Étiennette, pendue aux lèvres de son amie.

— Nous entendions les bruits de bottes sur le carrelage, qui se sont arrêtés devant le seuil de ma chambre. À ce moment-là, Alix avait été demandée par la sœur bibliothécaire, pour l'aider dans le scriptorium[52].

Émue, Cassandre resta silencieuse pendant quelques secondes éprouvantes. Reprenant son courage, elle continua:

---

52. Salle où on recopiait des textes. Vient du verbe latin, *scribere*, qui veut dire écrire ou celui qui écrit.

— Aussitôt que la porte s'est ouverte, après s'être jeté sur moi, il a déchiré un pan de mon corsage, dévoilant mon épaule, en disant, juste avant de m'embrasser : « Laisse-toi faire, mon amour !… » Alors, je me suis débattue en criant, pensant bien que François voulait attenter à ma pudeur. Ils l'ont immédiatement saisi, emprisonné et exilé.

— Alors, François Bouvard a dû être fier de toi, Cassandre !

— Comment ça, Étiennette ? Il a agi comme un goujat !

— Mais non, tu as suivi ses directives à la lettre. Il t'a demandé de simuler une tentative d'attentat à la pudeur et toi, parce que tu y as cru vraiment, tu as joué la scène à la perfection.

Cassandre regardait Étiennette avec étonnement. Elle n'en revenait pas du raisonnement de son amie. Cette dernière poursuivit :

— François savait quelle élève douée tu étais. Il connaissait d'avance le résultat. Le brillant acteur incarne le personnage qu'il joue, comme si c'était sa propre identité. En fait, il avait imaginé que la scène se passerait de cette façon, comme un grand dramaturge.

— Mais je n'ai pas pu apprécier son baiser !

— Évidemment, Cassandre, les conditions ne s'y prêtaient nullement. Il le savait et il s'en était même excusé auparavant.

Cassandre comprit que le geste osé de François Bouvard n'avait été qu'une mise en scène pour la protéger du courroux de la Supérieure du couvent de Saint-Cyr, sachant qu'il serait lui-même proscrit par le pouvoir royal.

— Comme ça, François aurait voulu faire le sacrifice de sa liberté et de sa réputation au profit de la mienne…

— C'est probable. Il l'aurait fait dans le but de te prouver son amour, je pense.

— Mais j'ai quitté le couvent de Saint-Cyr humiliée par les sœurs !

— Ça, il ne pouvait pas le prévoir. Il a tout fait pour te l'éviter.

Cassandre, confuse par l'interprétation d'Étiennette, se mit à douter.

— Lorsqu'il m'a dit qu'il voulait que je lui donne la preuve de mon amour éternel, ne voulait-il pas attenter à ma vertu, comme cet Italien que j'ai rencontré à l'hôtel particulier du comte Joli-Cœur ?

— Probablement que cette expérience t'a profondément marquée et que tu as mis François dans le même sac. Ce qui n'était vraisemblablement pas comparable… Qui te dit qu'il ne te demandait pas un oui à sa demande en mariage?

François, mon amour, tu aurais fait ça pour moi? Je t'ai accusé de la pire ignominie. C'est moi qui devrais te mériter et non le contraire! se dit Cassandre, qui recommença à pleurer de plus belle.

Comprenant qu'elle avait semé le doute dans l'esprit de son amie, Étiennette s'en voulut. Elle prit la tête de Cassandre, lui ébouriffa les cheveux et lui dit:

— Tu as pleuré depuis une année pour un être que tu voulais détester, tu ne vas quand même pas pleurer une autre année parce que j'ai essayé de le réhabiliter dans ton cœur… Au moins, les larmes que tu auras versées n'auront pas été inutiles.

Cassandre essuya ses larmes et se moucha. En hoquetant, elle dit à Étiennette:

— Ma mère ne l'aurait pas dit autrement… Je suis certaine que tu feras une excellente mère de famille, Étiennette.

La bonne humeur revint sur le visage de Cassandre, après cette touche d'humour. Elle demanda tout de même un conseil à son amie.

— Selon toi, devrais-je attendre qu'il vienne au Canada?

— Sait-il comment te retrouver?

Cassandre répondit négativement à Étiennette par une moue de dépit. Cette dernière lui indiqua, par la même expression, que les possibilités de retrouvailles étaient réduites.

— Au moins, s'il revient un jour, tu l'accueilleras de manière positive. C'est déjà mieux que d'entretenir de la rancune… Si tu es libre, bien sûr!

— Comment ça?

— Un beau brin de fille comme toi, ne me dis pas que tu vas rester célibataire longtemps… Une vedette parisienne, en plus! Combien y en a-t-il d'autres, dans la colonie? J'imagine que les prétendants se rouleront à tes pieds pour te faire la cour.

Cassandre rougit d'orgueil, puis son visage se rembrunit.

— Parce qu'à Charlesbourg, les garçons qui ont de la fortune, il n'y en a pas. Le seul que je connaisse est Charles Villeneuve de Gros Pin.

— Est-il beau?

— Oui, mais…

— Quoi, la course des bois?

— Non, la course de chevaux. Mère en est exaspérée. Il donne le mauvais exemple à mes frères. Il paraît qu'il veut gagner sa vie avec ça… Il faudrait qu'il devienne maréchal-ferrant comme ton mari pour allier à la fois son métier et son passe-temps. Pierre pourrait-il lui parler? Je le trouve enfantin de caractère… Et ce n'est pas un prince!

— Toi, Cassandre, ce Charles Villeneuve, il semble te plaire!

Cassandre sourit légèrement, puis graduellement, son visage s'épanouit.

— Vois-tu, il n'en faut pas plus qu'un, à Charlesbourg, pour t'intéresser, même s'il n'est pas un prince, ajouta Étiennette.

— Mais je ne pourrai pas enseigner le théâtre et l'opéra à Bourg-Royal. Je dois ouvrir une école à Québec… Et le plus vite possible serait le mieux, si je ne veux pas que ma voix perde de sa qualité… Charles ne viendra pas vivre à Québec. Il aime trop la nature. Les champs, les chevaux…

— Et les courses! avança Étiennette sans y avoir pensé.

Comme Cassandre se mordit la lèvre d'incertitude, Étiennette ajouta:

— Et toi, tu veux fréquenter le grand monde.

Cassandre fit oui de la tête.

— Comme je te comprends, Cassandre, de vouloir vivre de ton art. Ta voix est encore plus belle depuis tes études en France. Ça serait dommage que les gens de Québec ne puissent pas profiter de ton talent.

— Mais ouvrir une école de chant et de théâtre va demander beaucoup d'argent. Ma mère est veuve et n'est pas riche, parce que mon père avait des dettes à rembourser.

— Ai-je mal compris ou bien le comte Joli-Cœur possède une immense fortune? À ce que j'ai vu, la comtesse et le comte te considèrent comme leur fille!

— Je le crois, oui. Mathilde a remplacé ma mère en France et Thierry a été mon protecteur. Il m'a présentée au Roy pour chanter devant lui et être félicitée par lui.

— Tu vois, il s'agit de le lui demander. Ne m'as-tu pas dit que ta mère et Mathilde t'ont demandé de remplacer leur amie Violette en chantant avec elles?

— Oui. À l'oratoire du manoir de Berthier.

— Alors, il s'agit de partager tes projets avec la comtesse. Tu verras, la solidarité féminine !

Cassandre sourit à Étiennette.

— Je suis certaine que les affaires de ton Pierre, à la forge, iront toujours bien. Avec une femme aussi économe que toi, il ne sera jamais question de banqueroute.

— Mais j'espère bien. Et je ne fais pas que du calcul commercial, Cassandre.

— Ah, non ? Et que calcules-tu d'autre ? demanda Cassandre, qui se doutait bien où Étiennette voulait en venir.

— J'organise aussi des rencontres… Disons… entre jeunes gens qui souhaiteraient en connaître d'autres.

— Comme ?

— Comme toi ! Tu pourrais rencontrer un jeune homme de par ici, comme ça, par hasard ! Une rencontre appariée, toutefois.

— Ah, oui. Et tu connais, toi, Étiennette, quelqu'un qui me conviendrait ?

— Tout à fait, moulé pour toi.

— Et comment l'as-tu rencontré, ce splendide jeune homme ? N'es-tu pas mariée ?

— La forge de mon mari, mademoiselle de la grande ville, est le carrefour des rencontres et des nouvelles de la région et même au-delà. Beaucoup de voyageurs, de militaires et de commerçants préfèrent le havre des îles de Berthier et de Sorel, plutôt que la rade des Trois-Rivières, pour faire réparer de l'artillerie, des outils ou même confectionner des armes. Alors, la gentille épouse que je suis en profite pour offrir le gîte et le couvert et pour faire la causette, bien sûr. Sous la surveillance de son mari, il va de soi.

Cassandre trouvait la vie d'Étiennette excitante.

— Mais Étiennette, ce n'est pas une boutique de forge que vous avez, mais une auberge. Et qu'arrive-t-il quand vous avez trop d'invités ?

— Il est même arrivé que certains voyageurs remontent jusqu'à la Rivière-du-Loup.

— Mais tu sembles douée pour les affaires, Étiennette.

— Un peu. Mais, avec le bébé, ça ne sera plus vraiment possible. Nous en avons brièvement parlé avec Pierre, il semble réticent. Après tout, il possède un bon métier qui rapporte... Mais nous nous éloignons du propos...

Cassandre attendait d'un air détaché. Ce n'était qu'une façade, car elle brûlait en réalité d'impatience de connaître l'identité du jeune homme mystérieux. Étiennette continua :

— Tu as rencontré le fiancé de mademoiselle Marie-Anne, n'est-ce pas ?

— Oui. Un très bel homme.

— Cassandre, je t'en prie. Mademoiselle Marie-Anne n'aimerait pas t'entendre. Elle se méfierait de toi.

Si tu savais à quel point son opinion m'importe peu, celle-là. D'ailleurs, il est beaucoup mieux qu'elle, une provinciale collet monté !

— Je t'ai déjà dit qu'il n'était pas mon genre.

Étiennette parut rassurée par la dernière affirmation de son amie.

— Eh bien, le jeune homme dont j'aimerais t'entretenir a un brillant avenir devant lui. Il devrait te plaire. Il est beau et...

Étiennette avait déjà réussi à piquer la curiosité de Cassandre.

— Et quoi ? Continue, Étiennette, ne me fais pas languir !

— Et... Il est déjà riche.

— Déjà riche ? Mais quel âge a-t-il ?

— En plein l'âge qui te convient. Encore jeune et sachant déjà ce qu'il veut. Il a vingt-cinq ans.

— Vingt-cinq ans, beau et déjà riche ? Comment est-ce possible ?

— Je savais que la description de ce jeune homme piquerait ta curiosité. De plus, il parle de ses projets d'avenir avec tellement de passion. Qu'il est intéressant à entendre !

— C'est un noble ? questionna Cassandre, intriguée.

— Non...

Cassandre parut désenchantée de la réponse d'Étiennette, qui s'en aperçut. Elle continua aussitôt, afin de maintenir l'intérêt de son amie :

— Mais il le deviendra, j'en suis convaincue. Il achètera une seigneurie ; il me l'a dit.

— Comme parrain Thomas, votre seigneur de la Rivière-du-Loup !

— Oui, l'ami de mon père. D'ailleurs, ce jeune homme connaissait bien le sieur Thomas Frérot, pour avoir déjà fait des affaires avec lui.

— Si jeune et déjà en affaires... Je brûle de le connaître !

— Tu sais quoi? ajouta Étiennette. Il est aussi en liaison d'affaires avec le comte Joli-Cœur.

— Quoi, Thierry? Mais ce dernier ne m'en a jamais parlé! Pourquoi?

Étiennette étudia son amie et se permit de lui donner une explication qu'elle trouvait logique.

— Probablement que la comtesse et le comte Joli-Cœur souhaitent que tu fasses une grande carrière lyrique et que tu te consacres à cette tâche. De plus, dans la dernière année, ne pleurais-tu pas ton amoureux, François Bouvard?

Cassandre regarda son amie, mais ne voulut pas répondre.

— Qui est ce jeune homme prometteur?

— C'est un Basque. Il est arrivé il y a sept ans avec son frère aîné. Ils fournissent de l'équipement aux marchands et aux voyageurs[53] de la fourrure des Pays-d'en-Haut. C'est comme ça qu'il est entré en contact avec le sieur Frérot et le comte Joli-Cœur.

— Un Basque? Naturellement, il parle l'espagnol!

Il pourrait rapidement se lier d'amitié avec le docteur Estèbe! Quand maman l'apprendra, elle sera jalouse de moi. Mais gare à toi, Cassandre, Isabel Estèbe sera à l'affût, c'est certain!

— Et d'autres langues, aussi, comme le portugais… Imagine-toi que la Société des marchands de la colonie lui avait demandé d'être partenaire! Son personnage, car c'est déjà un personnage, je te le dis, a fortement impressionné le fiancé de mademoiselle Marie-Anne, à tel point que Pierre de La Vérendrye parle maintenant de s'intéresser, éventuellement, à la traite des fourrures ou à l'exploration. Tu sais que ces deux-là s'entendent comme larrons en foire… Mademoiselle Marie-Anne souffre déjà en silence de l'absence de son futur mari. Elle craint qu'il ne soit tué par une balle anglaise ou une flèche de Sioux!

Quant à moi, cette Marie-Anne pourrait bien languir! Mais, comme monsieur de La Vérendrye est l'ami de cet inconnu, vaut mieux pour toi la mettre de ton bord, Cassandre!

— Je la plains, en effet! Et comment s'appelle ce Basque prometteur? demanda Cassandre.

— Pierre de Lestage.

---

53. Tous les trappeurs et les pagayeurs de la traite qui se rendaient dans les Pays-d'en-haut, ou encore les jeunes homme s qui projetaient de se marier et qui consacraient une année à faire le voyage dans l'Ouest, dans l'espoir d'amasser un peu d'argent.

— Et où habite-t-il?

— Il a ses comptoirs à Montréal, mais il se rend souvent à Québec pour affaires. Il s'arrête alors à Berthier-en-haut, en visite chez son ami Martin Casaubon, le chef de la milice de la seigneurie, un autre Basque, le long de la rivière Bayonne, sur une terre voisine de la nôtre. Le seigneur Alexandre de Berthier l'invite à l'occasion au manoir, à ce moment-là.

Cassandre fut surprise de l'affirmation d'Étiennette.

— Une terre le long de la rivière Bayonne, Pierre et toi? Ladite rivière où on accoste pour se rendre au manoir de la seigneurie de Berthier?

— Oui, la rivière Bayonne. Alexandre de Berthier a offert cette terre en cadeau de noces à Pierre, qui est son ami... De fait, le seigneur de Berthier tenait absolument à ce que nous devenions censitaires de sa seigneurie. Nous le serons quand nous passerons devant le notaire.

— Et c'est prévu pour quand?

— Pierre n'est pas décidé et moi, j'hésite encore à quitter le fief Chicot. J'ai trop d'amitié pour mademoiselle Marie-Anne.

Que vient-elle encore faire dans le paysage, celle-là? se demanda Cassandre.

Étiennette poursuivit:

— Je me demande même si ça se fera un jour, puisque mes parents commencent à parler de se rapprocher du fief Chicot... À Maskinongé, plus probablement. Ma mère veut connaître le petit qui s'en vient et mes sœurs sont toutes en âge de se marier. Elles partiront de la maison un jour pas si lointain. Et mes frères Charles et François-Aurèle sont trop jeunes, ils n'auront pas de souvenirs précis de la Rivière-du-Loup. Je pense bien que ça pourrait se faire rapidement pour mon accouchement... Le temps de vendre la ferme, bien entendu.

Cassandre écoutait d'une oreille distraite les échos familiaux des Banhiac Lamontagne. Déjà, elle ne s'intéressait qu'à la possibilité d'être présentée à ce Pierre de Lestage.

— L'as-tu déjà visitée, cette concession qui vous est réservée, le long de la rivière Bayonne?

— Non, pas encore. Pourquoi?

— Comment pouvez-vous l'ignorer quand elle vous appartient presque?

— Parce que nous n'y voyons pas de pertinence, pour l'instant, surtout avec le bébé qui s'en vient. De plus, ici, c'est plus central pour la clientèle de la forge, qui provient de toutes les îles de Berthier et pas seulement de l'île Dupas, puisque la seigneurie de Berthier-en-haut n'a pas de maréchal-ferrant, tu comprends? Là-bas, nous serons obligés de payer notre tribut de censitaire, alors que Pierre est propriétaire, au fief Chicot.

Cassandre regarda son amie, détachée de ces considérations domestiques. Emballée par l'occasion inattendue qui venait de lui être présentée, elle défia son amie :

— Et comment vais-je faire pour le rencontrer, ce Pierre de Lestage?

Étiennette oublia instantanément ses préoccupations de femme mariée pour revenir à l'avenir sentimental de Cassandre.

— Comme ça, tu serais intéressée à le rencontrer?

— De la façon dont tu le décris, si tu n'étais pas mariée…

— Cassandre, tu n'as pas le droit, même de le penser! Comment oses-tu? Tu sauras que je suis très heureuse d'être mariée avec Pierre. Et en plus, l'enfant à naître…

Cassandre se rendit compte qu'Étiennette n'était plus l'adolescente avec laquelle elle avait fait les boutiques de Québec afin de garnir ses malles en prévision de son séjour en France. Elle eut honte de son commentaire.

— Excuse-moi, mes paroles ont dépassé ma pensée.

Le caractère crâneur de Cassandre prit le dessus lorsque, pour ne pas perdre la face, elle demanda :

— Mais oui, quand et où pourrais-je rencontrer Pierre de Lestage, avant qu'une autre de Québec ne lui mette le grappin dessus? À la rivière Bayonne, chez votre voisin Casaubon ou ici, au fief Chicot?

Étiennette hésita avant de répondre. Elle balbutia, peu sûre d'elle :

— À la rivière Bayonne?

— Ça vous donnerait l'occasion de connaître le site et votre voisinage.

— Et Pierre de Lestage, s'il y est. Il existe d'autres possibilités.

— Ah oui, lesquelles? questionna Cassandre, intriguée.

— D'en parler à Marie-Anne Dandonneau pour qu'elle organise une rencontre.

— Où ?

— D'attendre qu'il vienne ici, en transit pour ses affaires. Comme je te le disais, les frères Lestage font régulièrement la navette entre Québec et Montréal, et la plupart du temps, ils s'arrêtent chez leur ami Casaubon. Mais comme la marmaille grouille un peu trop chez ce dernier, puisque le couple a six enfants, les frères Lestage acceptent l'hospitalité du seigneur de Berthier…

Amusée, Étiennette observait son amie, qui ne suivait déjà plus qu'à moitié ses explications, tant son esprit était accaparé ailleurs. Elle continua pourtant comme si de rien n'était.

— Pierre de Lestage, lui, aime bien nous rendre visite dans ces moments-là et je suis convaincue qu'il cherche des broutilles de travaux pour venir à la forge rendre visite à mademoiselle Marie-Anne, notre voisine, la fiancée de Pierre de La Vérendrye, afin de prendre des nouvelles de ce dernier, sans choquer le seigneur de Berthier…

Marie-Anne, encore elle, décidément ! Comme elle est omniprésente dans cette région, mieux vaut m'en faire une amie, réfléchit Cassandre.

— Ça me semble une bonne idée. Il vaudrait mieux mettre mademoiselle Marie-Anne dans le coup. Discrétion certaine, toutefois, pour ne pas que l'ancien soupirant de ma mère, Alexandre de Berthier, l'apprenne !

— Déjà qu'il est furieux que Pierre de La Vérendrye puisse passer dans le camp ennemi ! Pierre est même convaincu que le seigneur de Berthier a tout essayé pour que La Vérendrye s'intéresse à sa bru, Marie-Françoise Viennay Pachot.

Cassandre fit un clin d'œil complice à Étiennette.

— Mais ça ne veut pas dire que l'un et l'autre en auraient eu envie. Les sentiments ne se négocient pas comme des affaires ou une campagne militaire… Seules les femmes savent ça, n'est-ce pas ?

— Je suis tout à fait d'accord. D'ailleurs, Marie-Françoise, que nous avons eu l'occasion de rencontrer il y a quelques années, tu t'en souviens, ne nous avait pas donné l'impression d'avoir le goût de demeurer par ici. Tandis que Pierre de La Vérendrye a ses terres à Varennes !

Cassandre fit la grimace.

— Et Pierre de Lestage, lui, quand aura-t-il ses terres ?

— Ça, Cassandre, il faudrait que tu le lui demandes !

— Alors, quand?

— Allons rendre visite dès que possible à Marie-Anne. Comme elle habite le plus souvent au manoir de son père, nous avons plus de chances de la rencontrer là.

Quand l'occasion se présenta, Étiennette et Cassandre se rendirent au manoir Dandonneau. Pierre de La Vérendrye était présent. Avec le seigneur Louis Dandonneau, Pierre s'occupait de finaliser les termes du contrat de mariage qu'il prévoyait conclure chez le notaire François Genaple dit Bellefond, à Québec. La Vérendrye partirait ensuite immédiatement pour la France sur le dernier bateau. Auparavant, il devait vendre sa moitié de l'île de Varennes à son beau-frère pour avoir de quoi vivre décemment pendant son engagement de cinq ans dans l'armée française.

Marie-Anne Dandonneau fut heureuse de féliciter son amie pour sa grossesse et de son côté, Étiennette était enchantée de rencontrer le fiancé de Marie-Anne. Lorsque Cassandre revit Pierre de La Vérendrye, elle ne chercha pas à encourager ses avances, au grand soulagement de Marie-Anne et d'Étiennette, qui apprécia la bonne tenue de son amie.

— N'est-ce pas qu'il a un je-ne-sais-quoi d'attirant, ce militaire, Cassandre?

— C'est à mon tour maintenant de te faire la remarque que tu t'intéresses à quelqu'un d'autre que ton mari, Étiennette. Ne me fais pas parler de nouveau.

Étiennette entretint Marie-Anne de la possibilité de présenter Cassandre à Pierre de Lestage. Cette dernière en fit mention à son fiancé, qui eut la remarque suivante:

— Ce Lestage en a bien de la chance de pouvoir être présenté à mademoiselle Cassandre. Je l'attends d'ici deux jours, comme témoin. Ne vous l'avais-je pas dit, ma chère?

— Bien entendu! Mais je voulais que vous décidiez par vous-même de cette possibilité. Que diriez-vous de recevoir Étiennette, Cassandre et monsieur Latour à dîner, en présence de Pierre de Lestage? Comme ça, nous serons tous les six et Cassandre et Pierre auront l'occasion de se connaître.

— Aussitôt que Pierre accostera, je l'aviserai de cette invitation, qu'il appréciera, je présume.

Marie-Anne prit son fiancé à part.

— Croyez-vous que votre ami soit libre d'attache sentimentale?

— Je sais qu'il fait la navette fréquemment entre Québec et Montréal. S'il a une fiancée, je n'en ai pas entendu parler. Mais ça ne devrait pas tarder. Cette Cassandre a tout pour retenir son attention, je dois dire!

Marie-Anne Dandonneau grimaça. Elle se demandait si elle devait se méfier de Cassandre, de son fiancé ou des deux!

— Et que diriez-vous si nous demandions à Cassandre de nous faire du beau chant, après le repas?

— Alors, Lestage sera conquis à coup sûr!

— Fort bien, mais attendons avant de le lui dire, ça sera une surprise.

— Vous a-t-il dit s'il comptait rester quelque temps par ici?

— Il m'a écrit qu'il resterait quelques jours, avant de partir vers Montréal.

— L'étiquette veut que mes parents soient ses hôtes pendant ce temps.

— Il en sera honoré. Il s'agit de le lui demander. Habituellement, il aime bien aussi saluer son ami Casaubon, le chef de la milice de Berthier.

CHAPITRE XIV
Pierre de Lestage

Quand Cassandre fit la rencontre du Basque, à la table du manoir Dandonneau, elle le trouva charmant et courtois. Elle passa une bonne partie du repas à le détailler, pour ne pas oublier la belle impression qu'il lui faisait.

Pierre de Lestage avait fière allure. S'il n'était pas noble, il était toutefois richement vêtu d'étoffe précieuse, comme un marchand qui avait déjà réussi. Le jeune homme portait un habit confectionné en drap de Hollande gris musqué, doublé de soie et d'un justaucorps bleu royal aux boutonnières en fil d'or, cintré d'un ceinturon garni d'argent fin. Sa chemise, ses bas et sa cravate en soie étaient d'un blanc immaculé. Jabots et dentelles flottaient au rythme de ses mouvements virils. Cassandre remarqua qu'il était chaussé de bottes en cuir fin, au lieu de souliers français finement brodés. Contre toute attente, le jeune homme était coiffé du béret basque.

La jeune femme apprécia le sens pratique de la tenue de ce gentilhomme, qui avait le regard étincelant de celui qui était né pour le succès. Grand, mince, le teint sombre, Cassandre se dit que le docteur Manuel Estèbe avait dû lui ressembler, plus jeune. Son œil scrutateur pétillait lorsqu'il la regardait. Cette sensation étrange d'être connue avant qu'on la connaisse mettait la vulnérabilité de Cassandre à nu, alors qu'elle cherchait à la cacher absolument par une attitude qualifiée bien souvent de hautaine.

Si Pierre de La Vérendrye parlait avec éloquence, souvent d'un ton plutôt ampoulé, Pierre de Lestage allait, lui, directement au but, tout en réussissant à mettre son interlocuteur à l'aise. Cassandre se sentit en confiance en présence de ce jeune homme qui parlait le français avec l'accent de la langue d'oc.

Durant le repas, Pierre de La Vérendrye fut épaté d'apprendre que la ville de Bayonne avait réussi à prospérer malgré trois cents ans de domination anglaise, jusqu'au XVe siècle, au moment où le conflit avec l'Espagne commença à faire rage. Le positionnement du port de mer basque devint alors stratégique pour la France.

Pierre Latour Laforge fut surpris de découvrir, pour sa part, que les couteliers-forgerons de la ville de Bayonne avaient inventé la baïonnette.

Lestage réussit à retenir facilement l'attention de son auditoire féminin en parlant du prestige de la capitale du Pays basque, lieu où avait été amassée la fortune exigée après la défaite de Pavie[54] pour le paiement de la rançon de François 1er et le retour en France des enfants du Roy. La ville avait alors accueilli Éléonore d'Autriche, sœur de Charles Quint et nouvelle reine de France.

Étiennette s'intéressa à la cuisine basque. Pierre de Lestage lui parla des plats familiaux aux endives et aux lentilles mijotés par sa mère ainsi que de la réputée ratatouille.

Quand Cassandre lui posa des questions relativement à l'art religieux de sa ville, le jeune marchand lui parla de l'architecture de quelques couvents et de la cathédrale Sainte-Marie, de style gothique, ainsi que de l'église de Lahonce[55], de style roman. Quant au théâtre et à l'opéra, le jeune homme n'en avait aucune notion ni de Bayonne ni d'ailleurs. Cassandre n'hésita pas à interpréter quelques pièces de son répertoire lyrique, à la joie des convives. L'air d'Oreste de l'opéra *Cassandre* obtint la faveur, à sa grande satisfaction.

---

54. En Italie du Nord, le 24 février 1525, François 1er subit la plus grande défaite de son règne à Pavie, défendue par le capitaine espagnol Antonio de Leva, où il fut légèrement blessé, capturé et envoyé en détention à Madrid, alors qu'il perdit 10 000 soldats en deux heures, dont ses vétérans capitaines, La Trémoille et La Palice. Le souverain français fut contraint de signer le traité de Madrid et de céder la Bourgogne à l'Espagne.

55. L'église romane de Lahonce date de 1121. Elle se caractérise par une nef, cinq fois plus longue que large, aboutissant à une seule abside.

Pierre de Lestage, mystifié par la voix divine de Cassandre, resta béat d'admiration. Tellement que La Vérendrye lui fit signe que l'extrait d'opéra était terminé depuis quelques instants. Quand Lestage se rendit compte de la moquerie discrète de son ami, il s'empressa de demander à Cassandre si l'on avait composé cette œuvre pour elle. Elle hésita avant de répondre, en pensant à François Bouvard, qu'elle avait injustement accusé de goujaterie et qui devait pourrir dans un cachot en Italie par amour pour elle.

François, je réalise maintenant ton sacrifice d'amour! Si tu apprends un jour la vérité, je n'ose même pas espérer que tu puisses me pardonner.

— Les compositeurs de l'œuvre, mes professeurs François Bouvard et Toussaint Bertin de la Doué, l'ont écrite pour glorifier l'amour du poète Ronsard pour Cassandre Salviati, la fille d'un banquier italien.

Cassandre, que tu es lâche! Tu renies déjà celui qui a perdu sa liberté et sa réputation pour te prouver son amour. Tu ne vaux pas mieux que toutes ces actrices de bas étage!

Enchanté de la réponse, Lestage se pencha à l'oreille de Cassandre pour lui dire discrètement, afin que personne ne l'entende :

— J'aimerais bien, ma chère, en connaître davantage sur cet art vocal. Pourriez-vous être mon professeur de chant ?

Cassandre, dans son empressement à répondre au jeune homme, qu'elle trouvait avenant, oublia qu'il avait demandé la discrétion en lui murmurant son souhait à l'oreille, et répondit plus fortement :

— Vous ne m'aviez pas dit, monsieur, que vous aviez une jolie voix !

Pierre de La Vérendrye sourit aussitôt en pensant à l'ingénuité de la question. Se rendant compte de l'embarras du jeune homme, Étiennette suggéra d'entendre mademoiselle Marie-Anne au clavecin.

Cette dernière s'exécuta avec brio, au grand ravissement de son fiancé. Les félicitations fusèrent de tous côtés. Cassandre n'y manqua pas elle aussi, se disant intérieurement :

C'est loin d'être mauvais, en effet, mais cette prestation n'aurait quand même pas permis son admission au pensionnat de Saint-Cyr!

Quand Marie-Anne Dandonneau apprit à ses amis qu'elle avait étudié le clavecin à L'Assomption, chez les dames de la congrégation Notre-Dame, Cassandre se sentit menacée, car elle ne se doutait pas que l'on puisse enseigner un tel art ailleurs qu'à Québec, avec le chanoine Martin, excepté avec sa mère, évidemment, à Charlesbourg.

Après la prestation instrumentale, Pierre de Lestage se dépêcha de demander à Cassandre de l'accompagner pour une promenade au bord d'un petit chenal à l'eau calme. Elle accepta avec plaisir.

Quelques minutes plus tard, le couple accompagné dans sa flânerie champêtre par le chant des carouges arriva près de la rive où des arômes printaniers de myriophylles[56], stimulés par les chauds rayons de soleil de la première canicule de la saison, les accueillirent. Quelques canards noirs qui cherchaient leur nourriture se cachaient dans les hautes herbes et les roseaux, frissonnant à la brise légère.

Lestage restait muet. Cassandre n'aurait pas su dire si c'était à cause du cadre magique propice à la poésie ou si le jeune homme était naturellement maladroit à conter fleurette. Cette ambiance l'amena à commencer elle-même la conversation, de façon anodine, afin de le mettre à l'aise.

— Cette herbe-ci, c'est bien celle que les Sauvages appellent *mascoubina*?

Le mot dérida le jeune marchand, qui répéta le mot avec un accent amérindien.

— Vous voulez sans doute dire *maskouabina*?

Piquée, Cassandre rétorqua:

— Si vous le dites, monsieur!

— Appelez-moi Pierre, désormais, ça sera plus simple. Mais… n'allez pas me confondre avec messieurs de La Vérendrye et Latour Laforge!

— Alors, comment pourrais-je vous distinguer, Pierre?

Lestage ne répondit pas immédiatement à Cassandre. Il prit son temps.

— Me faudrait-il un nom de scène? Je ne suis encore la muse de personne!

---

56. Plantes à feuilles découpées en fines lanières.

Cassandre sourit à la répartie de Lestage. Ce dernier, croyant avoir créé une brèche dans l'armure des convenances de sa compagne, continua :

— Mais vous, Cassandre, vous pourriez être ma muse… si vous le vouliez.

Décidément, ce nom de scène continue à m'attirer des admirateurs. Pour autant qu'il ne soit pas annonciateur d'autres tragédies sentimentales. Après François, peut-être Pierre ! Mais je ne peux quand même pas remplacer François Bouvard si vite dans mon cœur. Ce serait une trahison !

— Mais n'ai-je pas dit que Cassandre avait été la muse du poète Ronsard ? Elle ne peut être partagée, il me semble. Ce serait le déshonneur de son génie.

— Alors, soyez ma fée, celle qui attisera la flamme de ma passion.

À ce moment-là, Lestage tenta de prendre la main de Cassandre.

— Si vous vous y prenez de cette manière, Pierre, c'est mon courroux que vous rencontrerez sur votre chemin.

Cassandre se dégagea aussitôt et recula d'un pas afin de mettre une distance respectueuse.

C'est vrai qu'il est maladroit avec les dames. Mais je suis certaine qu'il n'est pas corrompu.

— Vous disiez *maskouabina* ? Est-ce vrai que l'on peut la boire en tisane ? demanda Cassandre de façon anodine.

Lestage, qui se sentait malheureux de la tournure des événements, reprit son souffle. Il croyait que Cassandre voulait l'éconduire. Il profita de sa seconde chance, en se disant qu'il ne manquerait pas à la politesse d'usage.

— C'est vrai, mais ce ne sont pas des feuilles de sorbier que vous voyez ici, parce qu'on les retrouve plutôt dans les forêts de conifères. Le sorbier est la nourriture préférée du castor et ses baies, celle de l'ours.

Devant l'air apeuré de Cassandre, Lestage se mit à sourire.

— N'ayez pas peur, vous ne trouverez pas d'ours sur l'île Dupas… Comment dois-je vous appeler, désormais ?

— Marie-Renée, c'est mon prénom de baptême.

— Marie-Renée, c'est joli, mais je préfère rivaliser d'audace avec Ronsard ! Si Cassandre Salviati a été sa muse, Cassandre Allard sera la mienne, pardi !… Ah oui… la tisane… Eh bien, les Sauvages la boivent… mais aussi les voyageurs de la fourrure.

— De la même façon?

Pierre de Lestage sourit. Il était content de pouvoir intriguer la jeune femme.

— Pas tout à fait. Disons qu'elle est… un peu âcre. En y ajoutant de l'écorce d'épinette blanche, des feuilles de thé des bois, des fleurs de sureau[57] blanc et… un peu de vin, vous aurez un breuvage délicieux… Et bien de chez nous.

— Le goût doit en être assez prononcé?

— C'est une potion qui réchauffe, je vous l'accorde. Elle conserve les vertus apaisantes de la tisane de cormier, tout en l'agrémentant des arômes de nos forêts.

— N'est-ce pas un médicament aussi?

— Si vous voulez, car il donne une sensation de survie, tout en ayant un goût particulier… mais aussi agréable, vous verrez!

— Une autre fois!… Comme ça, vous avez déjà été en affaires avec mon parrain, le sieur de Lachenaye, ainsi qu'avec le comte Joli-Cœur, un ami de la famille?

Lestage parut surpris de cette information à laquelle il répondit:

— Mon frère aîné, Jean, s'est immédiatement lié par affaires avec le marchand Thomas Frérot, dès notre arrivée en Nouvelle-France. Par la suite, j'ai eu moi-même l'occasion de le rencontrer, avant qu'il ne devienne procureur général de la colonie. Ce dernier nous a mis en contact avec le comte Joli-Cœur. Mon frère et moi avons acheté les comptoirs de traite et les entrepôts de fourrures du sieur de Lachenaye à sa veuve, par l'entremise du comte Joli-Cœur.

— Tante Anne?

— C'est vrai, vous m'avez dit que le sieur de Lachenaye était votre parrain.

— Et aussi le seigneur de la Rivière-du-Loup, là où est née Étiennette et où habitent toujours ses parents.

Pierre de Lestage se sentit en pays de connaissance.

— Je ne savais pas qu'ils avaient des accointances avec le sieur de Lachenaye.

— Ces gens-là se connaissaient bien avant notre naissance! Saviez-vous qu'il fut un temps où mon parrain, Thomas Frérot, le sieur de Lachenaye, possédait la seigneurie de l'île Dupas et qu'il l'a vendue au père de Marie-Anne?

---

57. Arbuste à fleurs blanches et à fruits rouges ou noirs.

— Non, je l'ignorais. C'est le seigneur de Berthier qui devait être mécontent !

— Assez difficile à croire, mais Thomas Frérot et Alexandre de Berthier étaient de grands amis. Cela remonte au temps où ce dernier fréquentait ma mère.

— Elle devait être bien jolie, puisqu'il a la réputation de s'entourer de jolies femmes.

— C'est ce qu'il m'a dit, quand parrain Thomas nous a présentées l'une à l'autre, Étiennette et moi, il y a quelques années.

— Parce que vous le connaissez, en plus… Vous m'impressionnez, Cassandre ! Et pas seulement pour votre entourage… Votre beauté, vos talents ont créé chez moi une sensation nouvelle, que je n'avais jamais ressentie auparavant.

Pierre de Lestage se rapprocha de la jeune femme et lui fit le baisemain. Comme si Cassandre souhaitait ce rapprochement soudain, elle resta immobile, attendant la suite. Elle le fixait intensément. Ce dernier avait littéralement plongé son regard dans l'azur des yeux de sa belle, prêt à s'y noyer, tant il vivait ce moment romantique avec extase.

Pierre de Lestage rapprocha la main qu'il avait conservée dans la sienne en la tenant fermement et effleura les doigts de Cassandre de ses lèvres. Il attira la jeune femme vers lui. Cassandre était sur le point de se blottir dans les bras de Pierre ; sa volonté n'ayant plus aucune prise sur l'émotion, tant le charme qu'elle venait de découvrir chez le jeune homme la faisait se sentir femme.

Comme leurs lèvres se rapprochaient au point de pouvoir se confondre, ils entendirent un bruit insolite venant de la grève. Pierre remarqua aussitôt un abri fait de branchages et de joncs. Soudainement, un homme en sortit, mais ne les vit pas. Pierre entraîna Cassandre un peu plus loin, en la tenant par la main. La jeune femme se laissa faire. Bien plus, elle tenait à se rapprocher de son compagnon. Les deux jeunes gens se sentaient complices. Ils restèrent silencieux dans les hautes herbes, à l'affût des allées et venues de l'inconnu.

Soudain, ils réalisèrent que la fontange et l'ombrelle de Cassandre ainsi que le béret de Pierre avaient pu les trahir. Ils se regardèrent et pouffèrent de rire. Cassandre lui mit un doigt sur la bouche.

— Chut! On pourrait nous entendre, dit-elle.

— Ce n'est pas de nous entendre qui est inquiétant, mais de nous voir! répliqua Pierre.

Les rires étouffés fusèrent de plus belle. Tellement que le jeune homme rapprocha le visage de Cassandre du sien et l'embrassa, prétextant la nécessité par une mimique. Cette dernière ne résista pas et s'abandonna au baiser qu'elle trouva délicieux. Soudain, Pierre de Lestage lui demanda de s'allonger par terre, le temps que l'inconnu disparaisse. Cassandre eut peur.

Mon Dieu! Un autre qui veut attenter à ma vertu. Mais c'est peut-être pour me protéger, comme François. Cassandre, dois-tu le laisser faire? Il n'est quand même pas poursuivi par la police du Roy! Pas ici!

Cassandre se rendit vite compte que ses craintes n'étaient pas fondées quand, après l'avoir aidée à se camoufler, Pierre de Lestage lui défit sa fontange, en manipulant délicatement les cascades de bouclettes blondes qui s'échappaient de la coiffure excentrique. Il porta soudain la chevelure à ses lèvres et dit:

— Vous êtes désormais ma bonne fée pour toujours, Cassandre. Attendez-moi en silence, le temps de vérifier notre voisinage.

Après un baiser volé sur la joue de Cassandre, Pierre de Lestage, à demi replié sur lui-même, se dirigea discrètement vers la grève, camouflé par les hautes herbes.

Pendant ce temps, Cassandre se passa la réflexion suivante, tout à son bonheur, en entendant la turlurette du chant d'amour des passereaux:

Quel charmant jeune homme! Galant, tendre et attentif à ma présence. Il ne connaît pas l'art lyrique, mais je le lui apprendrai.

Cassandre rêvait encore, quand il revint, souriant. Elle se redressa, en s'appuyant sur un coude et lui demanda:

— Et puis, qu'était-ce?

— Tout simplement un abri de branchages pour se reposer après la tournée des filets de pêche. Notre individu venait de finir sa sieste, sans doute dans son hamac. Nous ne nous en sommes pas rendu compte, parce que la toiture de sa cabane était bien camouflée par les hautes herbes.

Cassandre admira l'aplomb et la débrouillardise du jeune homme. Ce dernier continua:

— Il y avait aussi sur le chenal des canards de bois. C'était peut-être un chasseur. Dans un cas comme dans l'autre, une embarcation est sans doute cachée dans les hautes herbes. Mais je ne l'ai pas vue.

Le jeune homme, une fois son explication terminée, voulut embrasser de nouveau sa belle, en s'approchant d'elle, quand ils virent une volée de canards dans le ciel.

— Regardez, Pierre, les canards!

Aussitôt, ils entendirent le sifflement d'un appeau de chasseur.

— C'était plutôt un abri pour chasseurs. Partons avant qu'ils nous prennent pour cible. Je n'ai pas vu de chien, mais s'il nous flaire, il va nous débusquer. Filons vite.

Les deux jeunes gens déguerpirent et retournèrent au petit manoir. Quand Cassandre se rendit compte que des brins d'herbe étaient restés accrochés à sa robe, elle les épousseta en disant à Étiennette, inquiète, et à Marie-Anne, scandalisée:

— J'ai fait une chute sur une roche, en regardant passer une volée de canards. Plus de peur que de mal… La prochaine fois, je porterai une tenue plus adaptée à la promenade dans les sentiers de l'île.

Pierre de Lestage resta quelques jours, invité au manoir Dandonneau. Avant son départ pour Montréal, il se rendit à la forge du fief Chicot. Pierre Latour Laforge se doutait bien de la raison de sa visite.

— As-tu d'autres chaudières à faire fabriquer pour tes Sauvages? À moins que cette fois-ci, ça soit des mousquets à rafistoler!

La question prit de court le jeune marchand qui ne sut quoi répondre. Pour ne pas le rendre davantage mal à l'aise, le forgeron ajouta, après s'être épongé le front qui perlait de sueur à cause de la chaleur du feu:

— Elle est à la cuisine avec Étiennette. Tu comprends, elles ont tellement à se raconter avant son départ.

Lestage retrouva Cassandre, devant une tasse de thé, en train de discuter avec son amie. À la vue du jeune homme, le visage de Cassandre s'éclaira d'un sourire qui en dit long à Étiennette sur l'intérêt que son amie portait au jeune homme. Étiennette comprit aussitôt qu'elle devait laisser les deux jeunes gens en tête-à-tête. Elle fit discrètement signe à Cassandre d'aller à l'extérieur. Le temps était beau et la fin de la matinée était propice à la conversation romantique.

Pierre de Lestage ne perdit pas de temps pour demander à Cassandre combien de temps elle pensait rester au fief Chicot.

— Quelque temps encore, je suppose. Une semaine, peut-être deux ? Si c'est plus, je devrai aviser ma mère des délais par le postier, lequel s'arrête chez les parents d'Étiennette.

— Et vous repartiriez avec lui ?

— Oui. Ou avec le comte Joli-Cœur, si ses affaires l'amènent à Montréal.

Lestage hésitait à lui poser la question qui lui brûlait les lèvres.

— Vous reverrai-je, Cassandre ?

Cassandre prit soin de faire languir un peu le jeune homme en conservant le silence, afin de prendre le temps d'étudier ses intentions, malgré l'envie de répondre rapidement :

Oui, c'est ce que je souhaiterais le plus au monde !

— Mais vos activités commerciales paraissent vous accaparer… Si nous nous revoyons, ce sera pour quel motif ?

Le jeune homme, alors, fit sa déclaration à Cassandre.

— Depuis notre dernière promenade, je n'ai cessé de penser à vous. J'ai fait le rêve que mon ami La Vérendrye signait comme témoin à notre mariage.

Si tu savais, Pierre, à quel point, moi aussi, j'ai rêvé de toi !

Cassandre, qui tenait le bras de son compagnon en marchant, s'arrêta sec. Tout en maintenant le bras du jeune homme, elle le regarda intensément dans les yeux et lui dit tendrement :

— Mais, Pierre, nous venons à peine de nous rencontrer ! Il faudra prendre le temps de nous connaître avant de penser à l'avenir.

La magie du regard azur de Cassandre opéra. Désarçonné, il répondit :

— Ce serait mon plus grand souhait. M'attendrez-vous, au moins, jusqu'à mon retour ?

— Si vous ne revenez pas trop tard !

— Dans deux semaines, sera-t-il trop tard pour ma petite fée ? Vous promettez de m'attendre d'ici là, Cassandre ?

— Je vous le promets, Pierre.

Aussitôt que Cassandre eut rassuré le jeune homme, ce dernier voulut sceller leur promesse par un baiser. Cassandre, qui attendait le moment de lui rendre sa tendresse, lui confia ses lèvres. Conscient de sa victoire sur la résistance de sa nouvelle flamme, le jeune homme prit le visage de Cassandre. Plutôt que de se dépêcher à l'embrasser, il commença à lui enlever sa coiffe délicatement, afin de modeler de ses mains habiles la cascade de bouclettes blondes qui s'en échappa.

Cassandre, émue par ce geste, s'abandonna, en continuant à le regarder intensément. Leurs visages se rapprochèrent de plus en plus, au point que leurs lèvres se touchèrent rapidement. Alors, dans un élan mutuel, Cassandre et Pierre, chacun en son for intérieur, éprouvèrent une attirance encore plus forte. Après ce baiser passionné, ces deux êtres nouvellement amoureux l'un de l'autre se regardèrent de nouveau et se sourirent. Leur existence venait de prendre un nouveau sens.

— Nous devrions rentrer à la maison. Étiennette nous attend pour le dîner.

Comme Pierre semblait déçu, Cassandre ajouta, en lui caressant la joue :

— Tu ne seras pas trop longtemps à Montréal, n'est-ce pas? J'ai déjà hâte de te revoir!... Je me demande même si je dois te laisser partir, lui dit-elle en lui pinçant la joue.

Pierre sursauta quand Cassandre se mit à le tutoyer. Cette familiarité le convainquit que la jeune femme se sentait à l'aise avec lui. Il en éprouva une certaine fierté.

— Si ce n'était de mes obligations, je resterais au fief Chicot pour toujours... Du moins, pour le temps où tu y serais.

Spontanément, Cassandre se jeta au cou de l'être cher.

— Et si tu ne revenais pas, séduit par une Sauvagesse comme Isabelle Couc?

— La belle Sauvagesse de la Rivière-du-Loup? Mais j'aurais trop peur que tu sois courtisée par un autre.

— Tiens-tu tant que ça à moi? ajouta Cassandre d'une voix doucereuse.

— Tu es la femme la plus désirable que j'aie connue, répondit Pierre en lui caressant le cou doucement.

— Et c'est l'unique raison de ton intérêt? minauda Cassandre, essayant de résister quelque peu au jeune homme. Y en a-t-il eu beaucoup d'autres avant moi? demanda-t-elle.

Pierre de Lestage ne voulut pas répondre à l'inquiétude de la jeune femme. Il la serra très fort contre lui en lui disant amoureusement:

— Tu es ma petite fée, l'être le plus merveilleux qu'il m'ait été donné de connaître.

Cassandre resta blottie contre lui. Immobiles, les deux jeunes gens pouvaient entendre leurs cœurs battre à l'unisson.

— Reviendras-tu bientôt, dis? Deux semaines, sinon je ne pourrai pas attendre une journée de plus.

— C'est comme si c'était déjà fait!

Quand Pierre de Lestage partit pour Montréal après avoir avisé Étiennette et Pierre Latour qu'il reviendrait sans doute deux semaines plus tard, cette dernière demanda à Cassandre, les yeux rieurs, alors que celle-ci fredonnait de merveilleux airs:

— Et puis, comment trouves-tu ce jeune marchand?

— Pas mal! lui répondit Cassandre.

Puis, n'y tenant plus, elle alla se jeter dans les bras de son amie, en disant:

— Étiennette, je viens de rencontrer le garçon le plus charmant de toute ma vie!

— Eh bien, c'est toute une nouvelle, ça… Et lui?… Il nous a donné, à Pierre et à moi, l'impression qu'il te trouvait aussi charmante!

Cassandre fit signe que oui, incapable de retenir sa joie.

— Il est merveilleux. Si vous le voulez bien, j'aimerais rester ici jusqu'à son retour.

— Mais, Cassandre, tu pourras rester le temps qu'il faut! Tu es notre invitée… Quand revient-il? demanda Étiennette, incapable de contenir sa curiosité plus longtemps.

— Il m'a dit dans deux semaines!

— Pourras-tu attendre tout ce temps sans avoir de ses nouvelles?

Étiennette avait posé cette question piège, voyant bien que son amie brûlait d'envie de revoir sa nouvelle flamme. Cassandre la regarda, songeuse.

— Mais je le sais bien, que vous n'avez pas le choix. Nous essaierons de meubler cette attente de la meilleure façon possible.

— Que veux-tu dire?

— Mademoiselle Marie-Anne sera dans la même situation que toi, puisque son fiancé va repartir sous peu. Nous irons la visiter ainsi que mes sœurs à la Rivière-du-Loup. Et pourquoi pas ma cousine Agnès à la Grande-Côte, à la croisée de la rivière La Chaloupe?

Cassandre souriait de voir son amie se démener pour agrémenter son séjour dans les îles de Berthier.

— Tiens, que dirais-tu d'une expédition de pêche... ou de chasse? Entre filles, bien entendu, continua Étiennette.

— Mais je ne sais pas tirer. Personne ne m'a appris!

— Bon! Nous attendrons que ton Pierre revienne pour y aller. La pêche?

— Tu vas à la pêche, Étiennette?

— Oui, mes sœurs et moi y allions souvent sur le lac Saint-Pierre. Avec mon mari, c'est plutôt dans les chenaux du fleuve, ici, ou à la croisée de la rivière Bayonne... Tiens, j'y pense, Pierre pose ses pièges à brochets, à l'île au Foin. Des verveux, des filets et des rets.

Devant l'étonnement de Cassandre, Étiennette, enthousiaste, renchérit:

— Tout ça, oui, mais il y a moyen de poursuivre le poisson, qui nage à fleur d'eau quand l'eau a baissé. Comme le brochet ou le maskinongé ne peuvent pas plonger, on peut même les abattre à la rame, si on est habile.

— Mais les poissons n'ont aucune chance de s'échapper.

— C'est parce que tu n'as pas idée de leur force. Leurs puissantes nageoires leur permettent de s'échapper, même dans peu d'eau.

— Tu me sembles bien t'y connaître au sujet de la pêche, Étiennette!

Cette dernière s'enorgueillit de cette remarque. Elle répondit avec fierté:

— Tu sais, Cassandre, je suis une fille du lac Saint-Pierre. Dans nos assiettes, à la maison, il y avait soit du canard, soit du poisson.

— Chez nous, à Charlesbourg, c'était plutôt des animaux de ferme.

Les deux jeunes femmes éclatèrent de rire, comme deux complices. Étiennette, curieuse, demanda :

— Et à Paris ou à Versailles, au château ? Raconte-moi ce que le Roy préfère comme mets.

— Tu ne me croiras pas !

Cassandre décrivit à Étiennette le menu des repas du Roy et de sa famille, particulièrement le Grand Couvert[58], le souper en public du Roy et de la famille royale, auquel elle avait assisté avec la comtesse et le comte Joli-Cœur.

— Et le mets préféré du Roy ? J'imagine du nectar et de l'ambroisie, ajouta Étiennette.

— Mais comment as-tu appris ce que mangeaient les dieux de l'Olympe grec, toi ? lui demanda Cassandre, très intriguée.

Ce fut au tour d'Étiennette de taquiner Cassandre.

— C'est assez surprenant qu'une jeune femme du lac Saint-Pierre en sache autant, n'est-ce pas ? Et pourtant, je n'ai pas étudié à Paris ni visité Versailles !

Cassandre restait muette.

— Eh bien, je vais te le dire. C'est mademoiselle Marie-Anne qui me l'a appris. Tu sais qu'elle a étudié chez les dames de la congrégation Notre-Dame ?

— Oui, elle nous l'a dit, à sa réception, l'autre jour, répondit Cassandre d'un ton froid.

— Marie-Anne a reçu une instruction enviable. Comme toi chez les Ursulines à Québec… Comme son père était seigneur, il pouvait lui payer ses études… Vous en avez eu, de la chance !

— Et toi, Étiennette, tu n'aurais pas aimé aller au couvent ?

---

58. Le Grand Couvert était pris à vingt-deux heures dans l'antichambre du roy Louis XIV et durait trois quarts d'heure, précisément. Une table rectangulaire était dressée, avec le fauteuil du Roy et de la Reine, le dos à la cheminée. Les pliants pour les convives étaient placés aux bas côtés de la table et devant, en demi-cercle, ceux des membres de la famille royale, à commencer par les duchesses. Derrière se tenaient debout les courtisans et les curieux de passage. Les très nombreux mets étaient apportés en vagues successives, appelées «*services*». Au service des potages et entrées succédait celui des rôtis et salades, puis des entremets, et enfin les fruits. À chaque nouveau service, un cortège renouvelé des officiers de la Bouche venait disposer les plats. Plats, assiettes et couverts étaient en or, en vermeil ou en argent.

— Aux Trois-Rivières, chez les Ursulines[59] ? Oui, bien sûr. Mais nous étions trop nombreuses à la maison. Et notre père n'avait pas les moyens de nous envoyer pensionnaires, tu vois !... Maman préférait nous garder à la maison et nous apprendre notre métier de sage-femme. Et nous le deviendrons toutes, quand le temps viendra, comme toutes les femmes Pelletier l'ont été.

— Tu n'aurais pas aimé faire autre chose ? Une occupation spéciale... originale !

— Originale... que veux-tu dire ?

— Comme moi, enseigner le théâtre et chanter l'opéra. Tu es belle, intelligente, sympathique... À te côtoyer, les gens se sentent grandis... À bien y penser, je te ferais confiance comme sage-femme. Quand j'accoucherai de mon premier, je te demanderai, comme ma mère a demandé la tienne à la naissance d'André.

Cassandre s'attendait à ce qu'Étiennette la remercie de cette marque de confiance. Pourtant, non ! Elle regarda plutôt son amie, songeuse. Cassandre craignit qu'elle n'ait fait éclore un malaise chez son amie. Elle se risqua à demander :

— Ai-je dit quelque chose qui t'a déplu ?

— Non, loin de là ! J'ai plutôt réalisé qu'étant enfant, je voulais devenir infirmière.

— Mais pourquoi pas, Étiennette ? Il n'est pas trop tard, tu es jeune et si énergique.

— Mais oui, il est trop tard.

— Est-ce parce que tu es mariée ? Tu sais, à Paris...

Là-dessus, Étiennette se mit à rire aux éclats.

— Qu'ai-je dit de si drôle ?

— Te rends-tu compte que par ici, les seules femmes qui soient infirmières sont les religieuses augustines ?

— C'est bien vrai ! À part Dickewamis, sœur Thérèse-Ursule, au couvent des Ursulines de Québec, il n'y en a pas d'autres qui ont, disons, ménagé la chèvre et le chou.

— Que me racontes-tu là ?

— N'as-tu jamais entendu parler de l'Iroquoise ursuline et de son fils Ange-Aimé, avec le comte Joli-Cœur ?

— Ange-Aimé ? Le comte ne vient-il pas de le visiter à Oka ?

---

59. En 1697, Monseigneur de Saint-Vallier autorisa un nouvel établissement des Ursulines, aux Trois-Rivières.

— Celui-là même! Sa mère vit maintenant là-bas, à Oka, au grand désespoir de tante Mathilde qui craint que Thierry maintienne sa liaison avec la religieuse iroquoise. Elle joue de malchance puisque les Mohawks vont déménager bientôt à Sault-au-Récollet, qui est plus près!

Étiennette regarda Cassandre, sceptique.

— Mais cette histoire est invraisemblable!

— Et pourtant bien réelle. Je te disais qu'il n'y avait qu'une religieuse qui pouvait devenir infirmière! En fait deux, puisque mère de l'Incarnation, la fondatrice des Ursulines de Québec, avait un fils, le confesseur de ma mère à Tours… Alors, le plus drôle, quand je te disais que Dickewamis aurait pu logiquement se faire infirmière, c'est qu'elle a préféré tantôt garder les chèvres dans le petit pré, tantôt cultiver le potager… Ménager la chèvre et le chou, tu comprends? Du moins, dans le temps où j'étudiais au couvent… Que nous nous sommes moquées des religieuses, lorsqu'elles se pavanaient avec leur vœu de chasteté!

— Vous auriez pu vous faire excommunier.

— Penses-tu? Elles avaient bien trop besoin de ma belle voix pour l'exercice du culte!

Étiennette ne voulait pas s'éterniser sur le premier commandement de Dieu. Elle préféra insister sur la nourriture du Roy.

— Alors, tu me le dis ce que le Roy préfère manger ou pas?

— Ah oui, le mets préféré du Roy! Tu ne pourras jamais le deviner… des petits pois!

— Des petits pois verts?

— La même couleur que ceux de notre potager. Le même goût, aussi!

— En salade, en croûte, en omelette, en soupe ou quoi?

— Aussi en potage. Il les aime tellement que son potage préféré s'appelle le potage Saint-Germain, en l'honneur du château Saint-Germain-en-Laye, là où il est né. Et… en purée!

— Comme les bébés?

En disant ça, Étiennette eut une nausée. Cassandre s'en aperçut.

— Nous en reparlerons! Maintenant, Étiennette, il est temps de te reposer. Sinon, c'est moi qui vais préparer la soupe aux pois à ton mari. Je serais à la fois infirmière et cuisinière.

Voyant que Cassandre voulait prendre soin d'elle, Étiennette préféra écouter ses recommandations.

Cassandre ne vécut ces deux longues semaines qu'en fonction du retour de Pierre de Lestage. Elle eut cependant l'occasion de mieux connaître Marie-Anne Dandonneau, par l'entremise d'Étiennette. Les deux jeunes femmes développèrent certains liens amicaux.

— Après tout, nos deux amoureux ne sont-ils pas de grands amis? dit-elle à Étiennette, qui cherchait à modérer son caractère prime.

CHAPITRE XV
Mademoiselle Marie-Anne

1ᵉʳ novembre 1707

Quand Cassandre et Étiennette décidèrent de se rendre à la maison de Marie-Anne Dandonneau, la voisine des Latour au fief Chicot, cette dernière profitait des derniers moments avant le départ de son fiancé. Cassandre avait décidé d'attendre coûte que coûte le retour de son nouvel amoureux avant de retourner à Charlesbourg, malgré la réprobation probable de sa mère. Elle ne voulait pas prendre le risque de le perdre.

Marie-Anne était l'hôtesse du beau-frère de Pierre, Christophe Dufrost de la Jemmerais. La Vérendrye venait de lui vendre, le 27 octobre, pour la somme de deux mille livres, sa moitié de la grande île de Varennes, afin de garantir la somme reçue comme douaire[60] à son épouse, lors de son contrat notarié de mariage. Christophe Dufrost de la Jemmerais[61] était marié à Marie-Renée Gauthier, la sœur de Pierre, qui l'accompagnait avec leur fillette aînée, Marguerite, âgée de près de six ans. Le couple Dufrost de

---

60. Biens assurés par le mari à la femme survivante.
61. Christophe Dufrost de la Jemmerais arriva en Nouvelle-France en 1687, à l'âge de vingt-deux ans, avec le contingent militaire des troupes de la Marine dirigé par le nouveau gouverneur, le marquis de Brisay de Denonville. Il eut comme mission de faire la guerre aux Tsonnontouans, nation iroquoise habitant au sud du lac Ontario. Sa vaillance au combat lui valut l'attention du seigneur Alexandre de Berthier, qui le prit en affection.

la Jemmerais avait déjà cinq enfants en six années de mariage. Charles, Clémence, Louise et Joseph suivaient Marguerite.

Le capitaine de la Jemmerais, chevalier de l'Ordre de Saint-Louis, avait accompli une glorieuse carrière militaire notamment en protégeant de façon héroïque un convoi en route pour le poste de Michillimakinac[62], ce qui lui donna le grade de capitaine et en commandant le fort de Katarakoui[63]. Par la suite, muté à Québec, il s'était battu vaillamment en 1690, contre les Anglais commandés par l'amiral Phips.

Depuis son mariage avec Marie-Renée Gauthier de Varennes[64], au début de 1701, il était, à titre de lieutenant-major du gouverneur de Montréal, Claude de Ramezay, et d'adjoint militaire, responsable de la sécurité des habitants de la rive sud de la vallée du fleuve Saint-Laurent, de Longueuil jusqu'à Contrecoeur. Pour cette raison, il connaissait le père de Marie-Anne Dandonneau, Louis, le seigneur de l'île Dupas. Concurremment, il cultivait ses terres à Varennes, non loin du manoir seigneurial de la famille. Par ailleurs, il logeait très sobrement sa famille dans une petite maison en bois rond.

Marie-Renée Gauthier et ses frères, l'abbé Jean-Baptiste ainsi que Pierre de La Vérendrye, discutaient du partage des biens que leur mère, Marie-Ursule Boucher de Varennes et du Tremblay, entendait officialiser devant le notaire.

Christophe Dufrost de la Jemmerais se tenait aux côtés de sa femme, ainsi que leur fillette, Marguerite.

— J'aurais aimé que notre mère puisse nous laisser habiter le manoir seigneurial, puisque nous habitons tout près et que notre maison est déjà trop petite. Imaginez dans quelques mois, avec notre sixième enfant, avança Marie-Renée Gauthier.

— Mais c'est impossible. Tu sais bien que notre mère[65] vient de désigner notre frère Jacques-René comme deuxième seigneur

---

62. Entre les lacs Michigan et Huron.
63. Aujourd'hui Kingston, en Ontario.
64. Les familles de Varennes et Dufrost de la Jemmerais descendaient de la vieille noblesse française et étaient alliées et apparentées aux plus grandes familles de la colonie.
65. Marie-Ursule Boucher était la fille de Pierre Boucher (1622-1717), interprète, chef de la milice et gouverneur des Trois-Rivières. Il fut consacré héros de la Nouvelle-France, en repoussant une offensive iroquoise de six cents guerriers avec seulement trente soldats. Né à Mortagne, dans le Perche, il était venu en Nouvelle-France à l'âge de treize ans avec son père Gaspard, un menuisier, et sa mère Nicole Lemaire,

de Varennes, en remplacement de Louis, mort au combat à la frontière de l'Italie. C'est la loi de la famille, puisque Louis était l'héritier présumé de notre père. Comme il est mort, que Dieu ait son âme, c'est normal que Jacques-René remplace Louis, répondit l'abbé Jean-Baptiste.

— Mais il n'est pas encore marié... Et loin de l'être, selon moi, puisqu'il ne se décide pas à épouser mademoiselle Marguerite-Renée Robineau de Bécancour[66]. Un célibataire, militaire de surcroît, ne peut espérer à coup sûr sa descendance en restant sous les drapeaux. Le risque est trop élevé qu'il périsse sur les champs de bataille... Et, s'il ne l'épouse pas, où trouvera-t-il cette somme? Nous ne pourrons certes pas demander à mère de contribuer à ce caprice. Il faudra qu'il l'épouse. Mon mari, Christophe, était déjà démobilisé quand nous nous sommes mariés.

La répartie de Marie-Renée Gauthier avait saisi Marie-Anne Dandonneau qui, blêmissant, avait cherché désespérément un siège où s'asseoir. Pierre de La Vérendrye s'en était rendu compte et avait réagi vivement aux paroles de sa sœur:

— Permets-moi de te dire que tu n'as pas le droit d'apeurer ta future belle-sœur de la sorte!

Marie-Anne Dandonneau pleurait discrètement dans son coin. Pierre de La Vérendrye cherchait son mouchoir, mais ne le trouva pas. C'est alors que la petite Marguerite accourut vers sa future tante et lui offrit son petit mouchoir.

---

ainsi que quelques-uns de ses frères et sœurs et son oncle Marin Boucher. Ayant étudié chez les jésuites et été en mission avec eux, il devint recruteur du Roy et fut reçu à Paris et à Versailles par le souverain et ses ministres. Il se maria avec Jeanne Crevier en 1652. Le couple eut quinze enfants. Leur deuxième enfant, Marie-Ursule, fut mariée, à l'âge de douze ans, à René Gauthier de Varennes. Ils eurent dix enfants. Remplacé par son gendre, René Gauthier de Varennes, comme gouverneur des Trois-Rivières, Pierre Boucher devint seigneur de Boucherville et y demeura jusqu'à sa mort en 1717.

66. Jacques-René de Varennes, officier dans les troupes de la Marine, second fils du couple René Gauthier de Varennes et du Tremblay, gouverneur des Trois-Rivières et de Marie-Ursule Boucher, fille de Pierre Boucher, est né le 2 octobre 1676. Jacques-René entreprit une carrière militaire à l'âge de treize ans, en qualité de cadet pour la défense de Québec, au cours de l'attaque de William Phips, en 1690. Par la suite, il se distingua pendant les guerres de la Ligue d'Augsbourg et de la Succession d'Espagne, et fut nommé enseigne en 1704. Il avait promis d'épouser Marguerite-Renée Robineau de Bécancour, avec la permission de sa mère et du gouverneur Rigaud de Vaudreuil ou à défaut, de verser une somme de six mille livres.

— Tenez, madame, essuyez vos pleurs avec mon mouchoir, dit-elle de sa voix d'ange.

Surprise de la compassion désarmante de la fillette, Marie-Anne accepta le mouchoir en la remerciant par un sourire. Aussitôt, la fillette lui fit la révérence et retourna auprès de sa mère, rouge de fierté ou de gêne, l'assistance n'aurait su le dire. Bien qu'elle n'ait que six ans, Marguerite Dufrost de la Jemmerais était grande pour son âge. Cheveux châtains, élancée, elle prenait déjà son rôle d'aînée de la famille au sérieux.

L'abbé Jean-Baptiste, ému de l'élan charitable de sa nièce, lui remit aussitôt une petite croix, qu'il tira d'une poche de sa soutane.

— Tiens, Marguerite, c'est pour toi. Le Christ est fier de ce que tu viens d'accomplir.

L'enfant accepta l'offrande et sans la regarder, la serra au creux de sa petite main.

— Merci, monsieur l'abbé ! répondit l'enfant de sa voix douce.

— Oncle Jean-Baptiste, Marguerite. Ne l'oublie jamais… Et tu n'as même pas regardé ta croix !

Pour se racheter, Marie-Renée de Varennes s'adressa à Marie-Anne Dandonneau, sur un ton de confidence :

— Vous savez, notre petite Marguerite récite et connaît toutes ses prières par cœur. L'autre jour, avec son petit frère, en nous rendant au cimetière de Varennes, Marguerite a récité de mémoire le *De Profundis*. Je vous assure que ce n'est pas moi qui le lui ai appris.

Alors, s'adressant à la fillette, elle lui demanda :

— Margot, voudrais-tu réciter la belle prière que tu as récitée avec Charles, au cimetière ?

Aussitôt, la mère de la fillette se pencha vers Marie-Anne et lui dit :

— Votre futur neveu, Charles, a quatorze mois de moins que Margot. Ce n'est évidemment pas lui qui a récité la prière.

Marie-Renée Gauthier de Varennes n'avait pas fini son explication que la petite Margot commença :

— *De profundis clamavi ad te, Domine. Domine… Exaudi…*

L'abbé Jean-Baptiste, qui avait tendu une oreille attentive aux propos de sa sœur et qui suivait avec intérêt la remarquable disposition de sa nièce, lui souffla la suite de la prière, à l'insu de Marie-Renée de Varennes.

— *Vocem meam !* termina l'enfant prodige, rougissant de fierté.

Marie-Anne, par une mimique entendue, manifesta son admiration, tandis que sa future belle-sœur ne le vit pas du même œil.

— Est-ce toi, Jean-Baptiste, qui as aidé Margot ? Il faut quelqu'un qui connaisse le latin ! Sache que cette enfant doit réciter ses prières avec exactitude, sinon elle sera le mauvais exemple pour son frère Charles, qui sera peut-être prêtre, un jour.

— Moi ? Non ! Sans doute a-t-elle une disposition naturelle que le Christ confie aux âmes pures. Il faudra pourvoir à son éducation supérieure, Marie-Renée, ainsi qu'à celle de Charles. Mais, en attendant, Margot n'a que cinq ans et la prière aux défunts n'est… pas vraiment de son âge !

Avant que sa mère ne réagisse, la petite Margot s'exclama :

— J'ai six ans[67] !

Devant l'innocence de la fillette, l'assistance adulte qui s'était tue jusque-là se mit à rire. Marie-Anne Dandonneau, qui commençait à se prendre d'affection pour sa nièce, lui fit signe de la suivre. Cette dernière obtempéra. Marie-Anne lui remit un sucre d'orge dans la main.

— Tiens, c'est pour toi. Tu l'as bien mérité, pour avoir récité une aussi difficile prière en latin. Goûtes-y, c'est moi qui l'ai fait, avec du jus de cenelle et de canneberge.

Timide, la jeune fille n'osait le mettre dans sa bouche.

— Tu n'aimes pas le sucre d'orge ?

Margot fit signe que oui.

— Alors, pourquoi ne le manges-tu pas ?

— Parce que maman nous dit qu'il faut tout partager avec les pauvres et les plus petits que nous.

— Ah bon ! Est-ce que tu en connais, des pauvres ?

Surprise par la question, la fillette fit oui de la tête, mais resta coite. Marie-Anne, qui trouvait Margot de plus en plus sympathique, continua :

— Il faut respecter leur condition, dans la dignité ! Mais tu connais sans doute des plus petits que toi, qui aimeraient le sucre d'orge ?

---

67. Marguerite de la Jemmerais est née le 15 octobre 1701.

Rayonnante à la pensée qu'elle connaissait la réponse, Margot avança spontanément :

— Mon petit frère Charles !

Devant la réponse désarmante de la fillette, sa tante ébouriffa ses cheveux châtain clair.

— Oh toi ! Tu as réponse à tout. Comment n'y ai-je pas pensé ! Comme c'est ton frère, je vais te demander de lui en apporter un morceau. D'accord ?

— Merci, madame !

— Tut, tut. Tante Marie-Anne. Nous sommes maintenant des amies. Sais-tu ce que le mot *amie* veut dire ?

— Oui, que nous nous disions tout !

— À la bonne heure. Maintenant, les autres doivent nous attendre.

La fillette tardait à s'éloigner.

— As-tu un secret à confier à ta nouvelle amie, Margot ?

— Avec votre permission, j'aimerais donner mon sucre d'orge à un autre.

— C'est très bien. Mais Charles aura-t-il quand même le sien ? À qui vas-tu le donner ?

— À Clémence, parce qu'elle est encore plus petite que Charles.

— Quel âge a-t-elle ?

— Trois ans !

— Mais elle est bien trop petite. Elle n'a pas toutes ses dents pour le croquer ! Bien, je pense que toi et moi sommes capables de trouver un pauvre à qui donner un autre sucre d'orge.

— Le Sauvage[68] ! souffla la fillette à mi-voix dans l'oreille de Marie-Anne.

— Le Sauvage ? Mais, quel Sauvage ?

— Celui de papa. Lui, il est pauvre ! Et il aimerait la friandise, parce qu'il n'en goûte pas.

— Jamais ? Même pas à la fête de Noël ?

---

68. En Nouvelle-France, comme au Nouveau Monde, les grandes familles, afin d'afficher leur richesse, ainsi que les institutions et les communautés religieuses, pour des besoins de main-d'œuvre bon marché, avaient leurs esclaves. Ces derniers provenaient soit des Antilles et étaient d'origine africaine ou étaient des Amérindiens de la tribu des Panis (Pawnees, en anglais), originaires du Nebraska. On achetait un bon esclave pour six cents livres. Le propriétaire récupérait sa mise, à la longue, car non seulement l'esclave n'était pas salarié, mais l'enfant né d'une esclave lui appartenait.

— Papa le lui défend. Je suis certaine qu'il aimerait mon sucre d'orge.

Marie-Anne fut choquée en entendant les confidences de l'enfant.

— Viens, nous allons retrouver les autres invités… Demande à ta maman si tu peux manger le tien! conclut Marie-Anne, conquise par l'esprit charitable de la fillette.

— Oui, tante Marie-Anne, répondit sagement Margot.

Comme Marie-Renée de Varennes refusait à ses enfants toute sucrerie, Pierre de La Vérendrye, à force de charme, réussit à faire céder sa sœur, qui s'inquiétait de déroger à la discipline familiale. La petite Margot regardait cet oncle et cette nouvelle tante avec l'admiration des yeux d'un enfant qui venait de découvrir la richesse de l'entraide.

La situation familiale ramena la conversation à des considérations plus matérielles.

— Comment veux-tu que nous parvenions à payer les études de nos enfants plus tard, Jean-Baptiste, puisque la terre a juste de quoi nous nourrir? Nous sommes au seuil de la pauvreté.

Pierre de La Vérendrye décida d'intervenir.

— Avec la grande île de Varennes qui vous appartient maintenant, en plus de vos deux concessions de soixante arpents de terre, ne me dites pas que vous ne pourrez pas subvenir à vos besoins familiaux? N'oubliez surtout pas que Jacques-René, Jean-Baptiste et moi avons accepté la responsabilité de régler une partie des dettes de notre mère. Et c'est Jacques-René qui en paie la plus grosse partie.

— C'est normal puisque c'est lui qui a eu le plus gros héritage: la seigneurie[69].

Pour ne pas que son frère cadet prenne tout le blâme d'une discussion devenue partisane, l'abbé Jean-Baptiste intervint, au grand soulagement de Marie-Anne Dandonneau, qui venait juste de faire la connaissance de la famille Gauthier de Varennes.

— Peut-être bien, mais c'est tout de même avec de l'argent sonnant que notre mère peut subvenir aux besoins de notre sœur

---

69. Jacques-René de Varennes, qui était devenu l'aîné de la famille, à la suite de la mort de son frère Louis, accepta de concert avec ses frères Jean-Baptiste et Pierre la responsabilité d'une partie des dettes de leur mère, devenue veuve.

Marie-Madeleine[70] et de ses enfants orphelins. Où pouvait-elle le prendre, cet argent ? En vendant la seigneurie ? Et que deviendrait notre patrimoine familial ? Les Varennes n'auraient plus pignon sur rue sans leur manoir seigneurial ! Vous devriez être reconnaissants d'être accueillis confortablement à la résidence de notre mère, rue Saint-Vincent à Montréal... N'oublions pas qu'elle a dû payer la dot de notre sœur Marguerite, qui s'est mariée en septembre... J'ai toute confiance dans le sérieux des décisions et des agissements de notre frère aîné, Jacques-René ! Et comptez sur moi, même si je ne suis qu'un ecclésiastique, pour ne pas laisser notre mère dans le besoin. S'il le faut, les autorités coloniales y pourvoiront... Après tout, notre grand-père et notre père ont été gouverneurs des Trois-Rivières[71] !

L'observation était adressée au couple Dufrost de la Jemmerais, dont les autres enfants étaient hébergés chez leur grand-mère pendant le séjour de leurs parents à l'île Dupas. Avant que la discussion ne dérape, on frappa providentiellement à la porte. Aussitôt, Pierre de La Vérendrye se tourna vers Marie-Anne :

— Attendez-vous quelqu'un, ma chère ?

— Non, pas que je sache ! Ce sont sans doute des gens venus nous féliciter ! Voudriez-vous aller répondre, Pierre ?

Quelle ne fut pas la surprise de Pierre de La Vérendrye en apercevant Étiennette accompagnée de Cassandre ! Marie-Anne, qui se sentait gênée d'entendre parler des affaires familiales de la famille de Varennes, présenta ses amies avec beaucoup d'enthousiasme.

— Voici mes amies, Étiennette Latour qui, incidemment, attend la naissance de son premier enfant pour décembre, et...

---

70. Marie-Madeleine de Varennes et du Tremblay s'était mariée le 29 août 1694 à Charles Petit Livilliers de Coulange, à Montréal. En plus de Marie-Madeleine et de Marie-Renée de Varennes, une autre sœur, Marguerite, se mariera le 22 septembre 1707 avec Louis Hinque de Puigibault, à Varennes.

71. L'abbé Jean-Baptiste Gauthier de Varennes a été procureur du Séminaire de Québec, de 1707 à 1726 et conseiller du Conseil supérieur, de 1724 à 1726. Le marquis Philippe Rigaud de Vaudreuil, nommé en 1703 nouveau gouverneur de la colonie, réforma le Conseil souverain et l'appela Conseil supérieur. Selon ses supérieurs au Séminaire de Paris, sa gestion fut ruineuse, durant l'absence de Monseigneur de Saint-Vallier notamment, de 1707 à 1713. Il aurait prêté de fortes sommes au curé de la paroisse de Saint-François-de-Sales de l'île Jésus et au prêtre missionnaire de Terrebonne et de Lachenaie, Louis Lepage, afin que l'ecclésiastique puisse acheter la seigneurie de Terrebonne.

Marie-Renée de Varennes coupa la parole à sa future belle-sœur.

— Vous en êtes à quel mois de grossesse, madame Latour?

— Sept mois, peut-être plus. J'accoucherai à la mi-décembre. En tout cas, ma mère, qui est sage-femme, le croit.

— Alors, vous devriez suivre ses conseils. Sortir dans votre état est bien risqué. Il est vrai que vous êtes toute jeune. Marie-Anne, vous devriez prendre soin d'elle!

Étiennette sourit avec timidité et lui répondit:

— Je suis sa première voisine, madame.

Marie-Anne Dandonneau ne s'en formalisa pas et continua:

— Et voici mademoiselle Cassandre Allard, une cantatrice douée, originaire de Charlesbourg, la grande amie d'Étiennette.

Comme le prénom de René était fréquent chez les Varennes, Marie-Anne Dandonneau avait cru bon d'appeler Cassandre par son nom de scène.

Cassandre reçut cette marque de considération avec amitié. Elle dut satisfaire la curiosité des invités de Marie-Anne en interprétant, *a capella,* l'air d'Oreste et en donnant des détails de son séjour à Paris et à Versailles. Les applaudissements la convainquirent du bon goût de cette famille.

Ceux de l'abbé Jean-Baptiste furent plus discrets. Il se rappelait avoir entendu les commentaires de Monseigneur de Saint-Vallier quant à la prestation inopinée de la jeune fille aux funérailles du procureur général de la colonie, le sieur de Lachenaye. Toutefois, quand Cassandre parla de la venue récente au manoir Dandonneau du comte Joli-Cœur, confirmé par Marie-Anne et Pierre de La Vérendrye, son frère, le nouveau procureur du Séminaire de Québec, ne tarit pas d'éloges quant au talent de la jeune femme.

— Où avez-vous appris le chant, mademoiselle Allard?

— À Québec et à Paris, monsieur l'abbé.

— À Québec? Et avec qui?

— D'abord avec le chanoine Charles-Amador Martin.

— Que le monde est petit! Ce cher chanoine!

— J'ai entendu dire aussi, durant notre visite au manoir Dandonneau pour les fiançailles de Marie-Anne, que mon frère, l'abbé Jean-François, vous connaissait.

— L'abbé Jean-François Allard est votre frère? Comment n'y ai-je pas pensé! La voix est un talent familial, naturellement…

C'est un ami de l'archevêché et un confrère du scolasticat. Nous sommes, à peu d'années près, du même âge.

— Jean-François vient de repartir pour Québec, sur le bateau du comte Joli-Cœur, avec ma mère.

— Mais tout se tient. Je viens d'autoriser des subsides de déplacement pour le voyage de votre frère. Nous sommes en pays de connaissance, à ce que je vois, Cassandre. Mais pourquoi ne seriez-vous pas soliste à la basilique Notre-Dame? Je suis convaincu qu'il y aura moyen d'adoucir l'humeur de notre prélat lorsqu'il reviendra de sa captivité. Ce serait un moyen pour vous de vous faire connaître rapidement à Québec.

— C'est parce que… enseigner l'art lyrique et non uniquement l'art sacré m'intéresse.

L'abbé de Varennes étudia le visage de Cassandre avec intérêt. Il finit par répondre :

— L'art est au service de Dieu, puisqu'il vous a confié ce talent. Il n'y a rien d'inconciliable entre le profane et le sacré, quand cela est fait dans de bonnes intentions.

Cassandre lui sourit, heureuse d'entendre la remarque de l'ecclésiastique. Le procureur Jean-Baptiste Gauthier de Varennes demanda à Cassandre :

— N'oubliez surtout pas de dire à votre frère que nous avons été présentés chez ma future belle-sœur, Marie-Anne, votre amie… Et de lui faire mention de votre intention de faire carrière à Québec. Auriez-vous un bienfaiteur, mademoiselle Cassandre?

— Notre famille n'est pas fortunée et ma mère est veuve. Toutefois, la comtesse Joli-Cœur est une grande amie à elle et le comte était un compatriote de mon père. Je crois sincèrement qu'il pourrait m'aider.

— En ce cas, étant donné que les coffres du Séminaire, en reconstruction, ont besoin d'être renfloués plus rapidement que notre Séminaire de Paris ne peut le faire, il serait plus facile de convaincre notre archevêque en lui mentionnant la bonne volonté du comte Joli-Cœur.

Comme Cassandre ne réagissait pas, surprise d'une approche aussi directe de la part du procureur, ce dernier lui fit la recommandation suivante :

— Vous devriez en glisser un mot à votre frère Jean-François. Je suis certain qu'il vous aidera dans votre démarche de carrière.

Cassandre, dans sa conversation avec Pierre de La Vérendrye, se limita à discuter du retour immédiat de son bon ami Pierre de Lestage.

— Quand repartirez-vous d'ici, Cassandre?

Elle hésitait à mentionner le retour de Pierre.

— Votre silence ne serait-il pas un aveu? Allez, ne soyez pas timide, Lestage nous a entretenus, Marie-Anne et moi, de vos accointances.

Marie-Anne, qui venait de rejoindre son fiancé, abonda dans le même sens:

— C'est vrai, Cassandre, Pierre avait déjà hâte de vous revoir. Si ce n'était que de lui, il aurait contremandé son voyage.

Cassandre rougit, tandis que La Vérendrye esquissait un sourire. Marie-Anne se rendit compte de sa bévue. Elle ajouta, en balbutiant:

— Pierre de Lestage, bien entendu.

Là-dessus, elle alla prendre le bras de Cassandre en lui disant, tout en épiant son fiancé d'un œil réprobateur:

— Mon amie Cassandre l'avait bien compris.

Pour confirmer l'estime nouvelle qu'elle portait à Marie-Anne, Cassandre répondit:

— J'aimerais revenir à Québec, après le retour de Pierre, bien entendu.

Le procureur Jean-Baptiste Gauthier de Varennes avait tendu l'oreille à cette conversation. Comme il fronçait les sourcils, La Vérendrye dit à l'intention de son frère ecclésiastique:

— Ne t'en fais pas, Jean-Baptiste. Si tu projettes de rester plus longtemps à Varennes, je pourrai les chaperonner, si nous partons ensemble. Je dois me rendre chez le notaire avec Marie-Anne et chez le gouverneur avant mon départ.

C'est alors que, voyant l'inquiétude de Marie-Anne, Marie-Renée Gauthier de Varennes s'interposa, en prenant l'initiative d'impliquer le procureur du Séminaire de Québec.

— Cassandre pourrait aussi faire le voyage de retour avec Jean-Baptiste, si son ami de coeur tarde à revenir. Elle me disait que Jean-Baptiste était, au Séminaire, l'ami de son frère, l'abbé Jean-François Allard. Pourquoi ne pas tous reconduire Pierre pour son départ pour l'Europe? Qu'en penses-tu, Jean-Baptiste?

Marie-Anne sourit à sa future belle-sœur. Alors, pour lui signifier sa sympathie, elle lui confia :

— Il faut que je te dise, chère belle-sœur, que Cassandre s'appelle véritablement Marie-Renée.

— Ne me dis pas ! Ça me la rend encore plus sympathique.

— Mais elle se sent en confiance avec le prénom Cassandre, lorsqu'elle chante.

— Elle a une si jolie voix que je lui pardonne ! répondit-elle en souriant.

Cette complicité n'échappa pas à l'abbé, qui ajouta :

— L'idéal serait que Cassandre accompagne Marie-Anne, avec cette cohorte masculine.

— Mais mon père n'acceptera jamais que je revienne seule avec le postier ou tout homme étranger ! Et mes sœurs ne connaissent pas Québec.

La joie d'aller reconduire son fiancé s'éteignit aussi rapidement sur le visage de Marie-Anne qu'elle avait pu apparaître. La Vérendrye s'approcha d'elle pour la consoler.

— Nous allons trouver une solution. Je parlerai à votre père. Il y a certainement une femme de votre famille, à l'île Dupas, qui aimerait séjourner à Québec !

— Père est sévère, il n'acceptera pas.

— Mais j'y pense, Marie-Anne, pourquoi pas ton frère, Louis-Adrien ? questionna La Vérendrye.

Cassandre dénoua l'impasse en proposant :

— Et vous pourriez revenir avec le postier. Alors, tout s'arrange… Je vais écrire[72] à ma mère à Charlesbourg et lui dirai que le procureur Jean-Baptiste de Varennes est l'ami de mon frère, l'abbé Jean-François.

La conclusion convint à tous. Marie-Renée Gauthier de Varennes offrit ses félicitations à Étiennette.

— Permettez-moi de vous souhaiter le plus beau bambin qui soit, ma jeune dame.

— Merci, madame.

— Et moi aussi, madame, reprit de sa voix douce la petite Margot, en faisant la révérence.

---

72. Le système postal entre Québec, Trois-Rivières et Montréal débuta en 1705.

Alors, Étiennette s'avança vers la fillette, se pencha à sa hauteur et lui dit :

— Viendras-tu le bercer, mon bébé, jolie Margot ?

L'enfant acquiesça de la tête, enchantée de la proposition.

— Il faudra revenir chez tante Marie-Anne pour ça. Le promets-tu ?

Avant de répondre, la fillette regarda son père afin d'avoir son accord. Ce dernier fit signe que oui. Encouragée, la fillette ajouta spontanément :

— Oui, madame Latour !

— Tu te souviens de mon nom, toi ! rétorqua Étiennette, à la fois étonnée et amusée.

Alors, cherchant à prendre de court la fillette, elle continua :

— Et mon prénom, le connais-tu ?

— Étiennette.

— Eh bien ! Tu as la mémoire des noms.

Marie-Renée de Varennes leva les yeux vers son mari, béate de fierté. Marie-Anne Dandonneau demanda alors à sa nièce, en pointant Cassandre :

— Et notre nouvelle amie, quel est son prénom ?

Margot pencha la tête, en prenant son temps pour répondre. Comme sa mère s'apprêtait à chuchoter à Cassandre que Margot commençait à être fatiguée, cette dernière lança :

— Marie-Renée.

Les frères de Varennes sourirent à la réponse bien naïve de leur nièce. Ils savaient que leur sœur Marie-Renée, exigeante avec ses enfants, le prendrait mal. Jean-Baptiste allait dire à cette dernière que c'était normal pour une enfant de six ans de se tromper à l'occasion, quand ils entendirent Cassandre, épatée :

— Mais comment as-tu su mon vrai prénom, Margot ? Tu es plus que ravissante, tu es un ange !

Cette dernière, heureuse à l'idée d'être comparée à un ange, s'exclama :

— C'est ma nouvelle tante, Marie-Anne, qui l'a dit à maman, pour lui faire plaisir. Mais c'était censé être un secret. Comme nous sommes de vraies amies, je peux tout dire !

Cassandre regarda Marie-Anne en souriant. La répartie de Margot les avait rapprochées encore plus.

— Viens, permets-moi de te faire la bise, Margot, proposa Cassandre.

— Vous avez une jolie voix, mademoiselle, dit Margot en l'embrassant.

Cette dernière sourit à Cassandre, qui ajouta, en regardant Marie-Anne et Étiennette :

— Cela ne donne-t-il pas l'envie d'avoir une famille nombreuse ?

Étiennette sourit, tandis que Marie-Anne pencha la tête, gênée. Elle n'était que fiancée.

Christophe Dufrost de la Jemmerais revint à des considérations pratiques en disant à sa femme :

— J'aurai à m'absenter pendant quelques heures. J'aimerais rendre visite au capitaine Berthier. Je dois préparer une expédition en Nouvelle-Angleterre. À cette fin, je dois recruter des troupes de miliciens. Comme il nous faut des Abénaquis du lac Saint-Pierre, de Wôlinak et d'Odanak[73], car ils sont vaillants et loyaux, je tiens à demander au capitaine de me mettre en liaison avec leurs chefs. Il les connaît tous ! Vous savez qu'ils sont depuis longtemps nos alliés. Nous avons besoin d'eux, car les Anglais se renforcent avec leur Acte d'Union[74].

Puis, il prit un moment de réflexion, avant d'ajouter :

— Nous ne pouvons même pas fabriquer nos propres cartouches. Nous dépendons encore et toujours de la France[75].

L'abbé Jean-Baptiste fut solidaire de son beau-frère et tenta de politiser la conversation en disant :

— Vous avez bien raison, Christophe ! Notre pays n'est pas encore sorti de cette guerre de Succession d'Espagne[76],

---

73. Près de Bécancour et de Sorel.
74. En 1707, l'Acte d'Union est prononcé entre l'Angleterre, le pays de Galles et l'Écosse pour former la Grande-Bretagne.
75. En 1706, le ministre français, Pontchartrain, découragea l'établissement de manufactures dans les colonies, afin de ne pas nuire à celles de la mère patrie.
76. En 1701, à la mort du roi d'Espagne, le duc d'Anjou, petit-fils de Louis XIV, lui succéda. Le souverain français n'accepta pas la clause du testament qui exigeait que le nouveau roi d'Espagne renonce au trône de France. La coalition formée de l'Angleterre, de l'Allemagne, du Portugal et de la Savoie déclara la guerre à la France. Les colonies de la Nouvelle-Angleterre, fortes de leurs 300 000 habitants qui se sentaient à l'étroit dans leur pays, alors que la Nouvelle-France comprenait 15 000 habitants dans d'immenses territoires qui s'échelonnaient jusqu'au golfe du Mexique et vers l'Ouest canadien, voulurent posséder toute l'Amérique du Nord et s'établir à l'ouest des Appalaches, en délogeant les Français par la force.

malheureusement! Imaginez, avoir fait prisonnier Monseigneur de Saint-Vallier à Londres!

Comme personne ne semblait vouloir ajouter à cette impression, Christophe Dufrost de la Jemmerais osa proposer:

— Est-ce que mon beau-frère, le militaire, m'accompagne?

Pierre de La Vérendrye aurait aimé répondre par l'affirmative. Mais, devant l'air réticent de Marie-Anne, il préféra refuser. Christophe savait que sa future belle-sœur n'avait pas apprécié.

— Bon, j'irai seul. J'ai combattu les Iroquois avec le capitaine dans les territoires des Grands Lacs. Nous sommes devenus amis. Quel capitaine, très apprécié de son bataillon, comme mon beau-père le fut!

Comme Cassandre se sentait en confiance avec la belle-famille de Marie-Anne, elle avança:

— Nous en revenons, ma famille et moi. Vous savez, il a été un soupirant de ma mère à son arrivée dans la colonie. Ma mère était fille du Roy.

Cette évocation trouva aussitôt écho chez la petite Margot, qui interrogea, admirative:

— Votre mère, Cassandre, était une princesse?

Les sourires apparurent sur tous les visages. Cassandre, comprenant la méprise de l'enfant, lui répondit:

— Pour une petite fille, sa mère est toujours une princesse et son père… un géant!

Là-dessus, Margot se tourna vers ses parents et leur sourit à pleines dents.

— Qu'elle est mignonne! s'exclama Cassandre.

Quand, le lendemain, Pierre de Lestage revint à l'île Dupas, au manoir seigneurial des Dandonneau, afin de partir pour Québec avec son ami La Vérendrye, au lieu d'aller rendre visite à son ami Martin Casaubon de la rivière Bayonne, son attitude démontra clairement à mademoiselle Marie-Anne et à son fiancé qu'un autre motif le poussait à rester quelques jours de plus à l'île.

— Toi, mon gaillard, ne me dis pas que c'est l'air revigorant des îles qui te porte à prolonger ton séjour. Mon bateau pour la France va partir sous peu et je ne voudrais pas rater ma chance de venger l'honneur de mon frère Louis.

Comme Lestage ne répondait pas, gêné de cette offensive de la part de La Vérendrye, Marie-Anne le sortit de ce piège en avançant:

— Je crois que le bon air du fief Chicot aura un effet romantique sur vous, Pierre, dit-elle, moqueuse, à l'endroit du Basque.

Et se retournant vers son fiancé, elle lança :

— Si nous nous dirigions vers ma ferme, là-bas ? Personne n'y verra d'inconvénient, je suppose.

Ce dernier lui répondit :

— Pierre connaît le chemin pour se rendre à la forge des Latour. Je crois bien qu'il y a une jolie demoiselle qui attend avec impatience son retour.

Lestage, d'habitude très dynamique, se tenait cette fois à l'écart, observant ses amis, sans pouvoir leur révéler ce qui lui tenait à cœur. La Vérendrye, soupçonnant son malaise, avança :

— Voyons, mon ami, il n'y a pas de mal à être amoureux !

Devant l'évidence de son secret, Lestage abdiqua.

— Il est grand temps d'aller rendre visite à mon ami Latour et à sa gentille épouse.

Marie-Anne Dandonneau voulait absolument montrer à Pierre de La Vérendrye ses terres à l'île aux Vaches. Après avoir pris le bac pour traverser, alors que Lestage avait décidé de se rendre le plus tôt possible au fief Chicot, chez le forgeron, les deux fiancés se promenèrent dans les étendues de scirpes de l'île. L'île aux Vaches donnait l'impression d'être un tapis déposé à la surface des eaux retirées du fleuve, entre l'île Dupas et le continent, tant les roseaux et le foin oscillaient à la moindre brise, au gré des caprices du vent. Quelques vaches broutaient au loin, en paix sur un petit lopin de terre.

Les fiancés, assis l'un près de l'autre sur une roche plate sur le bord de l'eau, enlacés, conservaient le silence, tentant d'imprégner dans leur mémoire le tendre souvenir de ce moment d'intimité. Le calme de la nature inspira le militaire qui, en voyant un castor s'affairer à transporter des branches avec sa compagne, déclara à Marie-Anne :

— Que dirais-tu, mon amour, si nous nous établissions sur cette île, à mon retour, après notre mariage et que nous appelions cette terre : l'île d'Amour ? Nous pourrions y écouler des jours heureux, tout en étant aussi laborieux, avec nos enfants.

En faisant cette réflexion, il déposa un baiser sur la jolie chevelure blonde de Marie-Anne qui le regarda, amoureuse, et déposa sa tête sur son épaule. Elle répondit :

— Comme ce sera notre secret, pour les autres, appelons-la l'île aux Castors. Et pour nous, elle sera l'île d'Amour, pour toujours.

À ces mots, Marie-Anne, à la surprise de son fiancé, lui réclama un baiser.

— Comment vais-je faire pour attendre toutes ces années, alors que tu combattras en Europe ? Tu seras mon tortionnaire, Pierre.

Alors, celui-ci, la regardant dans le bleuté de ses yeux, lui répondit en vers :
La force de l'amour paraît dans la souffrance.[77]
Surprise, Marie-Anne poursuivit :
L'amour est un tyran qui n'épargne personne.
Voyant l'étonnement du militaire, Marie-Anne se mit à rire. Ce dernier, intrigué, lui demanda :

— Comment se fait-il que tu connaisses ces vers ?

— Il n'y a pas que les Ursulines de Québec qui enseignent le théâtre. Les dames de la congrégation Notre-Dame de L'Assomption aussi.

Marie-Anne devint soudainement triste.

— Qu'y a-t-il, mon amour ?

— J'ai peur de te perdre au combat. Est-ce possible que tu annules ce voyage ? Tu es encore bien jeune pour atteindre si rapidement la cime de tes ambitions militaires !

— *Je suis jeune, il est vrai ; mais aux âmes bien nées*
La valeur n'attend pas le nombre des années.
À vaincre sans péril, on triomphe sans gloire.
En pâmoison devant l'érudition de son futur époux, Marie-Anne éclata en sanglots. Pierre, ému, lui présenta son mouchoir, celui sur lequel Marie-Anne avait brodé son patronyme en fil d'or : *La Vérendrye.*

Marie-Anne réussit momentanément à contenir son chagrin et récita simultanément avec Pierre ce vers du *Cid* de Corneille :
Je sens couler des pleurs que je veux retenir.
Voyant la surprise dans les yeux de son fiancé, elle continua, après avoir soupiré :

— Si nous allions retrouver les autres tourtereaux, Cassandre et Pierre ?

---

77. Vers extraits du *Cid*, théâtre de Pierre Corneille.

— Trouves-tu qu'ils vont bien ensemble ? interrogea La Vérendrye.

— Veux-tu dire mieux que nous ?

Il regarda sa fiancée, intensément, lui mit un doigt sur la bouche et lui murmura :

— Chut ! Je suis le fiancé le plus choyé de la terre d'avoir choisi une femme aussi merveilleuse.

Rassurée, Marie-Anne ne s'inquiéta plus de la rivalité possible entre Cassandre et elle, et ajouta :

— Sois prudent, Pierre ! La quête de gloire militaire pourrait te rendre téméraire.

Comme La Vérendrye allait répondre, Marie-Anne le devança, en disant :

— Ne dis rien et reviens-moi vite. Je t'aime !

Il eut, à ce moment, la certitude que sa fiancée l'attendrait éternellement.

Quand Pierre de Lestage retrouva Cassandre à la maison du forgeron, elle était en train d'aider Étiennette à accomplir ses tâches domestiques.

— Nous allons préparer le pain et allons le faire cuire dans notre four. C'est le plus beau de la région, tu sais.

Après avoir commencé à pétrir la pâte et l'avoir enfarinée, les deux jeunes femmes entendirent frapper à la porte.

— Tiens, un autre client de la forge qui s'est encore trompé de porte. Il faudra bien, un jour, que Pierre affiche clairement : *Entrée de la forge* sur l'autre porte… Il me dit qu'il le fera, mais il tarde depuis trop longtemps… Ce n'est pas quand le bébé sera là qu'il le faudra, il sera trop tard. Imagine que le poupon prenne froid à cause d'un courant d'air. J'aime autant ne pas y penser !

Cassandre avait l'esprit ailleurs. Étiennette s'en rendit compte quand elle ajouta trop de sel à la pâte.

— Cassandre, mais tu vas rater la pâte ! Déjà que le sel est hors de prix ! Cette fournée devrait durer pour la semaine, pour nous trois. Si tu restes, évidemment.

Comme Cassandre regardait Étiennette d'un air interrogateur, cette dernière s'approcha d'elle, après avoir été vérifier à la fenêtre.

— Je ne voulais pas te dire de partir ! Tu sais à quel point ta visite nous fait plaisir, à Pierre et à moi. Mais c'est possible qu'un revenant puisse s'intéresser à toi.

Cassandre ne réagissant pas, son amie continua :

— Ce que tu peux être dans la lune! Vas-y, c'est quelqu'un pour toi.

Ma parole, elle est amoureuse!

Cassandre détacha son tablier et alla ouvrir fébrilement. Fièrement, Pierre de Lestage emplit l'embrasure de la porte de sa personne.

— Cassandre, qu'il est bon de te revoir, dit-il en la fixant intensément dans les yeux.

L'envie d'embrasser Cassandre lui brûlait les lèvres. De son côté, elle ressentait le même élan. Toutefois, les nouveaux amoureux avaient quelques scrupules devant la maîtresse de la maison. Lestage ajouta:

— Comment allez-vous, Étiennette? Et votre mari, le forgeron?

— Fort bien, Pierre, nous allons fort bien tous les deux. Justement, nous venons, Cassandre et moi, de finir de préparer le dîner. Des sarcelles et du canard en rôt. Le produit de la chasse de Pierre, pour le peu de temps qu'il y consacre. Vous resterez bien avec nous, n'est-ce pas?

— Oui, avec plaisir. Si ça ne vous dérange pas.

— Je cours à la boutique de forge annoncer à Pierre votre arrivée ainsi que le moment du dîner, dit rapidement Étiennette en dénouant son tablier.

Cassandre fit un sourire entendu à son amie, en lui laissant le passage vers la porte. Une fois les deux jeunes gens seuls, Lestage fit le baisemain à Cassandre.

— Je suis le plus heureux des hommes de retrouver ma petite fée.

Comme il voulait lui déposer un baiser sur les lèvres, Cassandre l'en empêcha délicatement.

— Plus tard, Étiennette et Pierre seront de retour dans la seconde... As-tu fait bon séjour à Montréal?

— Beaucoup trop long à mon goût, j'étais trop pressé de te revoir au plus vite.

Lestage lui avait pris la main et la serrait très fort. Cassandre s'était rapprochée du jeune homme et avait collé son oreille sur la poitrine de son soupirant. Elle entendait le cœur de ce dernier battre pour elle.

— Ç'a été pareil pour moi aussi!

— Il ne faut plus se quitter, Cassandre. Ma vie n'a plus de sens sans toi à mes côtés.

— Chut, mon amour, ils arrivent. Nous en reparlerons ! lui répondit Cassandre, toute souriante de bonheur, en lui déposant un baiser sur la joue.

Après le repas, Pierre de Lestage proposa à Cassandre une promenade dans la nature. Cassandre lui sourit. Tout coïncidait à favoriser leurs retrouvailles. Il en profita pour lui demander de revenir à Québec avec lui.

— Je ne le peux pas, Pierre. Si ma mère venait à l'apprendre ?

— L'abbé Jean-Baptiste de Varennes, le frère de mon ami La Vérendrye, revient avec nous à Québec. Nous serons bien chaperonnés.

— Mais d'être la seule femme sur le bateau… minauda Cassandre.

— En partant tôt le matin, nous arriverons à Québec dans la journée. Et puis, avec un prêtre sur le bateau, tu n'as rien à craindre !

— S'il m'arrivait quelque chose, serais-tu là pour me défendre ?

— Que peut-il nous arriver ?

— Nous pourrions être attaqués par un navire anglais ou pirate, j'imagine.

Le jeune homme mit un genou par terre et jura :

— Devant Dieu, je le jure, Cassandre, je donnerais ma vie pour te défendre.

Cassandre, en lui donnant la main pour l'aider à se relever, lui demanda mièvrement :

— Et ce serment, va-t-il prendre fin à notre arrivée à Québec ? dit-elle en lui déposant amoureusement un baiser sur la joue.

Séduit, le jeune marchand fit la promesse suivante à sa dulcinée :

— Ce serment d'amour tiendra jusqu'à mon dernier souffle.

Satisfaite, Cassandre s'approcha de l'oreille de son amoureux et lui susurra :

— Je t'aime, Pierre de Lestage… Mais que je n'apprenne jamais que tu écoutes le chant d'une autre sirène, car ta petite fée se changera en Calypso[78] et je te jetterai un sort.

---

78. Selon l'*Odyssée* d'Homère, la nymphe Calypso, fille d'Atlas, reine de l'île d'Ogygie, la presqu'île de Ceuta en face de Gibraltar, accueillit Ulysse qui venait de faire naufrage. Son navire, pris dans une énorme tempête déchaînée par Poséidon, dériva jusqu'à Charybde où tout l'équipage fut englouti. Seul Ulysse survécut, accroché à un arbre. Il put enfin s'agripper à une épave, dériva neuf jours pour atteindre finalement l'île d'Ogygie où il fut accueilli gentiment par Calypso. Très rapidement,

— Lequel? demanda l'amoureux, amusé.

— Celui de cadenasser ton cœur pour l'éternité.

— Mais c'est déjà fait, Cassandre, lui répondit Pierre en plaçant sa main droite à l'endroit du cœur.

Il continua:

— Est-ce chez les Ursulines que tu as appris la mythologie? Nous, les Basques, connaissons bien le rocher de Gibraltar, mais c'est à peu près tout!

— Non, au pensionnat de Saint-Cyr. Pour la marquise de Maintenon et le Roy, la royauté prenait la mythologie pour modèle. C'est pour cette raison que l'opéra *Cassandre* eut l'aval du Roy, répondit la jeune femme.

Satisfaite de sa réponse érudite, Cassandre ne s'attendait nullement à la prochaine requête de Pierre.

— Nous, dans le Pays basque, lorsque deux amoureux se sont fait le serment d'amour pour l'éternité, il est coutume de le sceller en devenant amants. C'est notre sang chaud espagnol qui l'exige… Qu'en pense ma petite fée? demanda le jeune homme, étant certain d'avoir pu soumettre l'esprit indépendant de Cassandre.

En disant cela, après lui avoir embrassé la nuque et le cou, il commença à délacer lentement le corsage de la jeune fille. Piégée, Cassandre se laissa faire pendant un moment, savourant la sensation du frisson amoureux qu'elle ressentait lorsque le jeune homme glissait ses doigts sur sa peau nacrée. Une fois son épaule nue, Pierre tenta de palper le sein de Cassandre. Cette dernière brûlait du désir de se donner à lui à l'instant. Mais une voix intérieure lui disait de résister.

Je le connais à peine. Il est beau, séduisant, déjà riche. Et si tout à coup, après m'être donnée, je ne le revoyais plus? Ou s'il partait pendant des années, comme François Bouvard ou le fiancé de Marie-Anne? Non, qu'il me propose le mariage, et nous verrons!

---

elle tomba amoureuse du héros et lui demanda de rester auprès d'elle en s'efforçant vainement, pendant sept ans, de lui faire oublier sa patrie et son épouse dans sa grotte enchantée, entourée de bois de peupliers et de cyprès, décorée de vignes. Elle lui offrit même l'immortalité et l'éternelle jeunesse. Athéna, la déesse de la Grèce, demanda à Zeus, le roi de l'Olympe, la permission de libérer Ulysse afin qu'il retrouve sa femme adorée, Pénélope. Zeus acquiesça à sa demande et ordonna à Calypso, par l'intermédiaire d'Hermès, le messager des dieux, de laisser partir Ulysse.

— Non, Pierre, arrêtons, maintenant. Ce jeu de l'amour est dangereux.

Frustré, Lestage lui rétorqua :

— Et que fais-tu de la coutume du Pays basque ? À Paris et à Versailles, on m'a dit que c'était aussi la coutume !

— Nous sommes au Canada et tu ne m'as rien promis.

— Mais je suis à toi pour l'éternité, petite fée.

Les deux amoureux s'embrassèrent de nouveau. Lestage ne savait plus s'il devait demander encore une fois à Cassandre de se donner à lui. Il ne voulait surtout pas risquer de perdre sa confiance. Pour se donner bonne contenance, il dit à Cassandre :

C'est n'aimer qu'à demi qu'aimer avec réserve[79].

Cette dernière le regarda, surprise.

— Comment sais-tu ces vers, toi ? Une autre surprise du Pays basque ? Il me semblait que tu ne connaissais pas le théâtre !

— C'est la muse que j'embrasse, en ce moment, qui me les inspire.

Le mal d'aimer, c'est de le vouloir taire ;
Pour l'éviter, parlez en ma faveur,
Amour le veut, n'en faites point mystère
Mais vous tremblez, et ce dieu vous fait peur[80].

Cassandre faillit céder à son élan charnel. Toute sa personne tremblait de désir. Qu'il était séduisant, Pierre de Lestage ! En plus, il connaissait le théâtre. Mais la jeune femme préféra garder le souvenir de ce moment chaste.

Elle répliqua du tac au tac :

Un amour véritable s'attache seulement à ce qu'il voit d'aimable.
L'amour dont la vertu n'est point le fondement
Se détruit de soi-même et passe en un moment[81].

Lestage comprit qu'il serait préférable de ne pas insister.

Plus tard, après le départ de son prétendant, profitant du calme du début de soirée, Cassandre tint à manifester sa gratitude à ses amis.

— Comment vous remercier, Étiennette et Pierre, pour ce mémorable séjour au fief Chicot et à l'île Dupas ?

---

79. Vers extrait de *La galerie du Palais*, de Pierre Corneille.
80. Stances galantes de Molière.
81. Vers extraits de *L'illusion comique*, de Pierre Corneille.

— En revenant chanter au baptême du bébé… Tiens, si c'est une petite fille, tu en seras la marraine… Qu'en penses-tu, Pierre ?

Pierre Latour Laforge, qui fumait sa pipe avec sérieux, profitant de ce moment de détente après sa grosse journée de travail, resta étonné, comme d'habitude, des initiatives de sa jeune femme. Il bougea sur sa chaise. Celle-ci grinça, tant le poids du géant défiait la résistance du meuble.

— C'est toi qui prendras la décision le moment venu, Étiennette ! Mais faut-il encore que Cassandre soit d'accord. Venir de Québec, en décembre, sur le fleuve !

Le couple Latour interrogea Cassandre du regard. Cette dernière répondit, en rougissant :

— Ce serait un très grand honneur !

Aussitôt, les deux jeunes femmes s'étreignirent.

— J'y pense ! Comment l'appellerons-nous, Marie-Renée ou Cassandre ?

La jeune femme réfléchit, et toute souriante, voulant faire plaisir à Étiennette, répondit, fière de sa trouvaille :

— Ça sera à vous deux de décider, le moment venu !

Le forgeron alla se coucher. Comme sa journée du lendemain commençait très tôt, ses soirées étaient écourtées. De plus, les idées novatrices de sa jeune femme dérangeaient sa tranquillité.

À force de vouloir changer de marraine, j'ai l'impression qu'Étiennette ne sait plus quoi penser. Des fois, je la trouve bien jeune de caractère !

— Pourrais-tu vérifier le feu dans l'âtre, Étiennette, les nuits sont toujours fraîches… Je vous avise que le voilier des Dandonneau viendra chercher Cassandre très tôt. Ne tardez pas trop à vous coucher.

— Je te suis, Pierre. J'éteindrai la chandelle. Bonne nuit, répondit Étiennette qui fit « chut » à Cassandre en se mettant le doigt devant la bouche.

À peine quelques minutes plus tard, les deux jeunes femmes entendaient le forgeron ronfler.

— Nous allons avoir tout notre temps pour jaser, avoua Étiennette à Cassandre, à mi-voix. Prendrais-tu une tasse de chocolat chaud ? Ma mère me le recommande.

Cassandre sourit à son amie, en opinant de la tête.

— Je ne suis pas enceinte, moi ! répondit-elle.

— Puis, comment l'as-tu trouvé, Pierre?

— Fatigué! C'est normal, il travaille tellement fort. De plus, il s'inquiète pour toi et le bébé qui s'en vient, répondit Cassandre, pour taquiner son amie.

Étiennette prit quelques secondes à réaliser la méprise.

— Pas Pierre mon mari, coquine! Pierre de Lestage!

Cassandre se surprit à rire.

— Alors, comment le trouves-tu?

— Jeune, riche et beau.

— Et… c'est tout l'effet que ça te fait? T'a-t-il déclaré son amour?

— Oui, éternellement!

— Tu en as, de la chance! Et t'a-t-il parlé de mariage?

— Non. Mais, dis donc, toi, à quoi veux-tu en venir? demanda Cassandre, taquine.

— Il n'y a qu'un seul Pierre de Lestage. Un jeune homme de cette qualité, ça ne court pas les rues. Il vaut mieux mettre le grappin dessus avant qu'une autre s'y intéresse. Je n'en connais qu'un autre qui s'y compare, et c'est le fiancé de mademoiselle Marie-Anne.

Cassandre regarda Étiennette, de manière réfléchie, tout en sirotant son chocolat.

— En tout cas, je n'attendrai pas un homme éternellement, contrat notarié au préalable ou pas, comme Marie-Anne. C'est de se traiter soi-même en servante. Moi, j'ai une carrière à poursuivre.

— Et s'il te demandait en mariage sur le bateau, demain?

— Je serais bien embêtée, Étiennette.

— C'est parce que tu ne l'aimes pas assez.

— Que vas-tu chercher là?

— Une femme qui aime ne retarde pas le moment de dire oui à la demande en mariage, à moins d'avoir des raisons, comme Marie-Anne.

Cassandre allait dire: «Encore elle!», mais se retint.

— Ma carrière n'est-elle pas une raison suffisante?

— C'est parce que tu ne le connais pas assez, ce qui est vrai, selon moi, ou bien que tu n'as pas encore complètement oublié François Bouvard, cela dit en toute amitié.

Cassandre, soudain triste, versa quelques larmes en silence.

— Excuse-moi, je ne voulais pas rouvrir cette blessure. Tiens, mouche-toi!

Cassandre s'exécuta. Après quelques instants, se redressant sur sa chaise, elle répondit à Étiennette :

— Je crois que je l'aime encore ! Après ce que tu m'as fait comprendre, il n'a sans doute pas été le goujat que j'ai pensé. Je… j'ai conclu trop vite ! J'ai peur de perdre Pierre, parce que j'aime toujours François. Étiennette, éclaire-moi !

Là-dessus, Cassandre fondit en larmes. Étiennette la laissa pleurer abondamment. Lorsqu'elle eut exprimé toute sa peine, Étiennette lui fit une révélation.

— Cassandre, il faut que je sois franche avec toi. Je ne sais pas si ça peut résoudre ton dilemme, mais du moins, il faut que tu connaisses la vérité.

— La vérité ? À propos de Pierre de Lestage ?

— Non, à propos de François Bouvard.

Cassandre haussa les sourcils, surprise.

— Je vois que ça te surprend de moi, mais tu as bien raison. C'est Marie-Anne qui se l'est fait dire par son futur beau-frère, l'abbé Jean-Baptiste de Varennes.

— Le procureur du Séminaire de Québec ?

— Celui que nous venons de rencontrer et qui remontera à Québec avec toi et les autres, demain.

Étiennette reprit son souffle et divulgua, d'un air catastrophé :

— Il s'agit d'un complot et d'une vendetta, dont l'acteur principal est le pape noir, le Supérieur général des jésuites lui-même, et la victime, son neveu, François Bouvard.

— C'est à peine croyable.

— Ce qui est le plus invraisemblable, c'est que tu n'es pas étrangère au fait que François ait été exilé.

— Moi ?

Étiennette opina de la tête. Elle ajouta :

— Et ça pourrait même compromettre ta carrière à Québec, avant que tu ne la commences ou en France, si tu y retournais.

Cassandre dévisagea Étiennette, étant certaine que c'était un canular.

— Étiennette, tu me fais marcher !

— Non, malheureusement.

— Peux-tu me le prouver ?

— Bien sûr. Dis-moi pourquoi il n'y a pas eu d'autres représentations de l'opéra *Cassandre*, un succès applaudi par le Roy ?

Chapitre XVI
Le complot

Cassandre regarda attentivement Étiennette. Elle n'en revenait pas de l'érudition de sa compagne.

— Tu n'as même pas étudié chez les Ursulines des Trois-Rivières ! Je doute que cette information privilégiée se soit rendue jusqu'ici ! Comment ?

Étiennette ne releva pas la remarque injurieuse de Cassandre. Elle savait son amie atterrée par la nouvelle.

— Je ne peux te raconter que brièvement ce que l'abbé Jean-Baptiste a expliqué à Marie-Anne… Et ce que je peux comprendre.

Cassandre s'en voulut d'avoir insulté son amie.

— Pardonne-moi, Étiennette, mes paroles ont dépassé ma pensée… Je ne voulais pas te faire de mal, mais tu comprends, cette révélation me rend nerveuse.

— C'est vrai que je n'ai pas ton instruction.

— Mais tu as bien plus, Étiennette, un mari, un enfant à venir… Tout ce que je souhaite, en fait.

Étiennette prit les mains de Cassandre et les étreignit.

— Tu l'aimes encore, c'est évident !

Les yeux bleus de Cassandre se mouillèrent de larmes.

— Alors, je vais te raconter dans mes mots ce que j'ai compris de cette histoire compliquée ! poursuivit Étiennette. Voilà… En fait, c'est un conflit qui oppose les prêtres des Missions étrangères du Séminaire de Québec, lesquels sont sous la juridiction ecclésiastique de Monseigneur de Saint-Vallier, leur évêque. Tu sais que le Séminaire n'a pas seulement la mission de former des prêtres, mais aussi d'évangéliser les païens !

Cassandre acquiesça d'un signe de tête. Étiennette continua :

— Les prêtres des Missions étrangères de Québec ont eu la permission de Monseigneur de Saint-Vallier de convertir des Illinois, en fait des Tamarois, sur le territoire du Mississippi, accordé aux jésuites. L'injure par-dessus l'insulte, parce que les prêtres des Missions étrangères, qui évangélisaient aussi en Chine, avaient déjà accusé les jésuites de Chine de prêcher l'idolâtrie et la superstition, en tolérant que les Chinois nouvellement convertis rendent encore hommage à Confucius. Ces derniers étaient certains qu'on voulait leur enlever leurs missions d'Extrême-Orient et même d'Amérique. Le pape confia l'arbitrage du conflit à Monseigneur de Saint-Vallier, qui donna tort aux jésuites[82].

Cassandre fixait Étiennette, le regard perdu dans ses pensées. Reprenant son respire, elle continua :

— Ces derniers refusèrent l'arbitrage et en référèrent au Roy lui-même, qui finalement appuya Monseigneur de Saint-Vallier. Les jésuites canadiens demandèrent à leur Supérieur général à Rome de prendre leur défense devant le pape Clément XI. Il exigea d'être nommé grand vicaire de l'évêque de Québec, au moment où Monseigneur de Saint-Vallier autorisait l'envoi des prêtres des Missions étrangères, en Louisiane, qui plus est. Ce dernier s'emporta devant le saint-père, en disant que jamais il ne ferait d'un jésuite, de surcroît le pape noir, son grand vicaire... Les jésuites du Canada prirent leur revanche en accusant les nouveaux *Catéchisme* et *Rituel*, ouvrages nouvellement publiés par Monseigneur de Saint-Vallier, d'appui à Jansénius, Luther et Calvin, soutenus en cela par leur Supérieur général.

Étiennette fouetta l'attention de son amie, en élevant légèrement le ton :

— Sais-tu qui est le Supérieur général des jésuites, celui que l'on appelle le pape noir ?

— Non, Étiennette, répondit nerveusement Cassandre.

— Le père Bouvard, l'oncle de François.

---

82. Voir annexe 1.

— Non!

— Oui! Monseigneur de Saint-Vallier, pour se venger du Supérieur général des jésuites, a convaincu le Roy, qui l'avait déjà appuyé, de renvoyer le neveu auprès de l'oncle, à Rome.

Cassandre tomba des nues. Elle prit quelques secondes de réflexion, avant de réaliser ce qui se passait:

— Comme ça, l'arrestation et l'exil de François ne furent que des prétextes pour assouvir la vengeance de Monseigneur de Saint-Vallier...

— Tout porte à croire que oui! Selon l'abbé Jean-Baptiste, le neveu aurait été exilé de toute façon... Plus encore, notre archevêque aurait même été dans tous ses états que le neveu ait choisi une Canadienne, de surcroît la sœur d'un de ses prêtres, pour interpréter un opéra profane. Sa fureur était telle qu'il aurait même demandé à la marquise de Maintenon ton renvoi du pensionnat de Saint-Cyr, et même la démission du comte Joli-Cœur à la gentilhommerie de la Chambre des menus plaisirs du Roy... Tu connais la suite!

Cassandre était sous le choc!

— Donc, c'était un complot planifié! Il n'y aurait jamais eu d'autres représentations de l'opéra *Cassandre*... Comme il n'y en aura jamais d'autres du vivant du Roy, je présume. Donc, que François ait été sollicité par les Italiens ne fut qu'un prétexte employé par la police du Roy.

— Et n'ai-je pas entendu dire que tu avais chanté un extrait de l'opéra *Cassandre* à la basilique Notre-Dame de Québec?

Cassandre fronça les sourcils.

— Oui, aux funérailles de mon parrain, Thomas Frérot, le sieur de Lachenaye, le procureur général de la colonie... Jean-François a confié à maman qu'il s'était fait reprocher mon chant par l'archevêché!

Cassandre soudain se tut. L'air grave, elle plissa les yeux et ajouta:

— Ne me dis pas que Jean-François...

— Il paraît que oui! Notre évêque aurait pris ton frère en grippe, en l'associant à sa querelle avec les jésuites et en le menaçant de ne jamais gravir la hiérarchie du diocèse.

— Et ce serait à cause de moi!

— Monseigneur de Saint-Vallier aurait su la fâcheuse posture de François Bouvard. De là, il lui était facile de te discréditer ainsi que ton frère... Il lui aurait même dit...

— Quoi? Cela me concerne-t-il?

Étiennette opina de la tête.

— Continue, Étiennette, plus rien ne me surprendra.

— D'accord. Ton frère, l'abbé Jean-François, aurait confié au procureur Jean-Baptiste de Varennes que notre prélat lui aurait dit qu'il ferait tout en son pouvoir pour bloquer l'éventuelle venue de François Bouvard en Nouvelle-France, que ce soit pour te revoir ou pour des motifs artistiques.

— Mais c'est de la tyrannie! Nous ne sommes plus sur une terre de liberté! s'écria Cassandre.

— Chut, Cassandre, Pierre va se réveiller.

Les ronflements du forgeron les rassurèrent. Cassandre gémit.

— Dire que l'évêque a remis lui-même la médaille de la congrégation de la Sainte-Famille à mes parents... Pauvre maman! J'espère qu'elle n'apprendra jamais ça. Elle en mourrait, elle qui s'est consacrée toute sa vie aux œuvres paroissiales! Donc, nous sommes tous les deux surveillés par l'archevêché?

— Selon le procureur Jean-Baptiste, l'autorité de notre prélat est grandement contestée, d'autant qu'il est en Angleterre, à l'heure actuelle, prisonnier des Anglais... Ses préoccupations et ses priorités vont changer, sans doute!

— François restera toujours le neveu de son ennemi, le pape noir!... Je l'ai perdu à jamais à cause d'une querelle d'ecclésiastiques... Et ma carrière? Elle aussi est compromise!

Étiennette tenta de raisonner son amie.

— Mais elle l'aurait été aussi à Paris. Donc, ton retour subit au Canada a été salutaire.

— Comme de m'être réfugiée à Charlesbourg, chez ma mère, en pleurant François... Et Monseigneur de Saint-Vallier ne m'aurait, de toute façon, jamais permis d'enseigner le théâtre et de chanter l'opéra! Pauvre maman! Et Jean-François le savait, mais n'en a rien laissé paraître.

La colère grondait dans le cœur de Cassandre. Un goût de rancœur rendait âcre sa salive. Cassandre se mit à réfléchir tout haut:

— Comment se fait-il, s'il savait tout cela, que le procureur Jean-Baptiste m'ait incitée à démarrer une carrière lyrique à Québec, financée par le comte Joli-Cœur? Probablement qu'en tant qu'ecclésiastique du Séminaire de Québec, il doit financer les Missions étrangères… Voilà! Il est de notre côté, à Jean-François et moi, alors que Monseigneur est en Angleterre pour encore un bon bout de temps.

— N'oublie pas, Cassandre, qu'il sera le beau-frère de Marie-Anne!

— Ne crains rien, Étiennette, vous êtes toutes les deux des amies pour la vie! Que cette histoire est compliquée!

Étiennette regarda Cassandre, indulgente et compréhensive.

— Tu sais, je te trouve courageuse de vouloir faire carrière dans ces conditions.

— C'est parce que Monseigneur ne sait pas qui est vraiment Cassandre Allard!

— Qu'as-tu l'intention de faire?

— D'abord, repartir à Québec au plus vite. Non pas que ce ne soit pas agréable ici, tu me comprends, n'est-ce pas?

Étiennette ne répondit pas immédiatement. Elle scruta le regard volontaire de son amie, qu'elle avait connue adolescente et qui maintenant se sentait de taille à affronter le pouvoir épiscopal… voire royal.

— Tu n'es pas d'accord, Étiennette?

— Oui, oui, Cassandre, mais je pensais à ton cœur. Il faut que tu guérisses cette plaie-là!

Soudain, le masque de guerrière de Cassandre tomba. Des larmes surgirent, qui suivirent le fin sillon de ses joues. Après s'être épongé le visage, Cassandre sourit à son amie.

— Souhaiterais-tu connaître ma décision? François ou Pierre?

— C'est là ton dilemme, Cassandre!

J'en suis au même point que ma mère, Edgar La Chaumine ou le docteur Estèbe, avec qui elle a rompu ses fiançailles, au risque de tout perdre! Et puis finalement, Edgar La Chaumine qui n'a été qu'une illusion. Je ne sais même pas où elle en est, maintenant. Moi, je ne prendrai pas ce risque. Pierre de Lestage est bien là et il est fou de moi, tandis que François Bouvard est banni de France et exclu du Canada. Je ne perdrai pas Pierre pour une illusion, même si j'ai été follement amoureuse de François!

— Mon dilemme est résolu, du moins pour le moment. Si Pierre est toujours intéressé à mieux me connaître, je ferai en sorte d'être disponible.

— On croirait entendre une vieille fille en mal de soupirant intéressant !

Cassandre se mit à rire aux éclats, à la grande surprise de son amie.

— Idiote ! Tu sais bien que je suis amoureuse de Pierre !

— Ouf ! J'ai eu peur. Un peu… beaucoup, follement ?

— Je ne te le dis pas, au cas où tu le répéterais à notre amie, Marie-Anne !

— Juré que non !

— Passionnément !

Étiennette se réjouit de l'état d'âme de Cassandre, qui venait de retrouver sa joie de vivre.

— Et que vas-tu faire, maintenant, une fois rentrée à Québec avec ton amoureux et à Charlesbourg chez ta mère ?

— J'aimerais enseigner le chant. Mais pour ça, il faut que je le fasse à Québec, pour la clientèle. Mais ma mère ne voudra jamais me laisser vivre seule dans la grande ville !

— Tu pourrais commencer par enseigner le chant aux petites élèves du couvent des Ursulines de Québec, là où tu as toi-même fait l'apprentissage de ton art.

Cassandre sourit à son amie, ravie de la suggestion.

— Mais c'est une idée géniale ! En as-tu d'autres comme ça ? demanda cette dernière, pour taquiner Étiennette.

— Oui, enseigner aussi au couvent des Ursulines des Trois-Rivières ! Ça te donnerait l'occasion d'aller rendre visite à mes parents, à la Rivière-du-Loup et peut-être même de venir nous voir au fief Chicot.

Cassandre se leva de sa chaise et alla étreindre son amie.

— Le plus souvent possible, Étiennette, je te le promets. Tu es une merveilleuse conseillère.

Les paroles de Cassandre allèrent droit au cœur d'Étiennette, qui répondit :

— Oh, tu sais, ce n'est que de l'égoïsme. Je ne veux surtout pas que tu nous oublies, les filles du lac Saint-Pierre, avec la belle carrière de cantatrice que tu vas poursuivre.

— Comment vous oublier, Marie-Anne et toi !

Cassandre redevint songeuse.

— Devrais-je parler à ma mère du complot de Monseigneur de Saint-Vallier ? Tu la connais, elle réagira sûrement.

Étiennette prit son temps pour répondre :

— Il ne vaut mieux pas. Pour le moment, en tout cas. L'important, c'est qu'elle t'autorise à enseigner à Québec.

— Demeurer encore chez les Ursulines ? Elles ne permettront jamais que Pierre vienne me courtiser au couvent ! Et franchement, je ne voudrais pas perdre un autre amoureux pour des susceptibilités ou des magouilles de religieuses. Plus jamais !

Cassandre venait de parler fermement. Étiennette sut qu'il serait difficile de la faire changer d'avis.

— Ne m'as-tu pas dit que la comtesse Joli-Cœur ou madame Frérot t'avait déjà accueillie, quand tu étudiais chez les Ursulines de Québec ?

— Oui, d'abord chez tante Mathilde, du vivant d'oncle Guillaume-Bernard, et par la suite chez tante Anne et parrain Thomas.

— Tu as ta réponse.

— Bien entendu, comme à Paris ! Je pourrais demeurer rue du Sault-au-Matelot. Tante Mathilde se sentirait moins seule pendant les déplacements du comte Joli-Cœur.

— Tu vois, il y a toujours une solution à tout.

— Étiennette, tu es irremplaçable.

— Alors, tu me promets que tu viendras nous voir le plus souvent possible, au fief Chicot ?

— Comment veux-tu qu'il en soit autrement ! Tu m'as choyée à tous égards.

Étiennette lui posa la question qui lui brûlait les lèvres :

— Tu viendras au baptême du bébé, puisque tu seras sa marraine ?

Cassandre revint à la réalité.

— En décembre ? Qui viendra me reconduire ?

— Pierre, voyons. Il est habitué de venir avec ses voyageurs de la fourrure.

— Des coureurs des bois ?

— Cassandre ! Ils le sont tous, dans la région des Trois-Rivières, pour boucler leur budget. Ce n'est pas un déshonneur.

— Même ton mari ?

— Non !

— Il faudra que ma mère soit d'accord. Tu la connais !

Durant le voyage de retour vers Québec, Cassandre eut la possibilité, à l'insu de son nouvel amoureux, de se faire confirmer par le procureur du Séminaire de Québec, l'abbé Jean-Baptiste de Varennes, la querelle opposant les jésuites de Québec aux prêtres des Missions étrangères, soutenus par Monseigneur de Saint-Vallier, et surtout, le sacrifice de la carrière, au pensionnat de Saint-Cyr, du neveu du Supérieur général des jésuites, le pape noir, François Bouvard, ainsi que le renvoi de la jeune cantatrice au Canada.

D'ores et déjà, Cassandre se jura qu'elle profiterait de la captivité en Angleterre de l'évêque de Québec pour se faire valoir dans l'enseignement du chant, comme le lui avait suggéré l'ecclésiastique.

— Il y a une belle carrière qui vous attend, mademoiselle Allard. Tout ce que je peux faire pour vous aider cependant, c'est vous introduire de nouveau à la basilique Notre-Dame. De là, après vous avoir entendue dans le chant sacré, bien entendu, la clientèle d'élite de Québec, c'est-à-dire les seigneurs, les dirigeants supérieurs et les marchands, vous encourageront, sans doute, en vous confiant leurs enfants.

— Merci, monsieur l'abbé.

CHAPITRE XVII
La réaction d'Eugénie

Aussitôt revenue à Québec, le 8 novembre, Cassandre se rendit à la résidence du Sault-au-Matelot, chez Mathilde et le comte Joli-Cœur. À voir le visage épanoui de leur pupille, Mathilde avança :

— Tu me sembles avoir fait un heureux séjour à l'île Dupas, toi !

Cassandre raconta à la comtesse Joli-Cœur sa rencontre avec le merveilleux garçon qu'était Pierre de Lestage.

— C'est une de mes relations d'affaires ! s'exclama le comte Joli-Cœur. Un des marchands les plus prometteurs pour la colonie. Il surpassera Charles Aubert de La Chesnaye par sa richesse. Notre gouverneur Rigaud de Vaudreuil l'a dans sa mire pour des fonctions officielles. Comme ton parrain Thomas, il y a quelques années.

Très heureuse de ce qui arrivait à Cassandre, Mathilde ajouta :

— Mais moi, je ne le connais pas. Qu'attends-tu pour me le présenter ?

Cassandre sourit à Mathilde, qui comprit que cela ne tarderait pas.

— Il faudrait que tu le présentes d'abord à ta mère. Tu la connais, sinon, elle m'en voudra ! Quand la première occasion officielle se présentera, que Pierre t'accompagne !

Cassandre discuta avec Mathilde et Thierry de ses projets de carrière. Elle leur demanda d'abord conseil, et ensuite leur accord pour demeurer chez eux.

— Tu sais bien, Cassandre, que nous te considérons comme notre propre fille. Ta chambre t'attend. Philibert te reconduira à ton travail quand tu le souhaiteras. Tu pourras même transformer notre bibliothèque en salle de cours, ajouta Mathilde, trop heureuse de savoir Cassandre amoureuse.

Au moins, elle n'aura pas en tête d'aguicher mon mari, étant donné qu'il lui en faut peu !

— Il te faudrait un clavecin !

— Il y a bien celui de maman, qui prend beaucoup d'espace, surtout depuis l'arrivée du petit François ! répondit Cassandre, après un moment de réflexion. Ma mère y a toujours été attachée, mais elle n'en joue plus. À moins que le docteur Estèbe ne le lui demande !

— Manuel ? Connais-tu la dernière nouvelle ?

Comme Cassandre ne répondait pas, concentrée sur son sort, Mathilde n'insista pas. Thierry continua :

— Pour le clavecin, tu me le diras, je t'en procurerai un.

Cassandre rougit de fierté, à la grande satisfaction de la comtesse et du comte. Ce dernier poursuivit :

— Je pense bien t'avoir trouvé un premier élève !

— Oh, merci, Thierry, s'exclama Cassandre. Qui est-ce ?

— Un petit Sauvage.

Aussitôt, Mathilde se rembrunit.

Qu'il me dise qu'il s'agit de son petit-fils avec Dickewamis, et l'enseignement, ici même, sera de courte durée !

Devant l'étonnement de Cassandre, Thierry précisa :

— Plutôt une petite Sauvagesse !

Mathilde fronça les sourcils tandis que Cassandre l'interrogeait :

— Chez les Ursulines, rue du Parloir ?

— Plutôt au château Saint-Louis, chez le gouverneur de Vaudreuil. Une petite Abénaquise. Le temps de t'organiser et je te présenterai.

— Oh, merci, Thierry, s'écria Cassandre, en allant faire la bise à Thierry, devant le regard méfiant de Mathilde. Tu es un homme merveilleux.

Thierry se sentit gêné de l'élan spontané de la jeune fille devant sa femme. Il continua, sans en tenir compte.

— De dire au gouverneur qu'il y a une promesse de mariage entre Pierre de Lestage et toi, c'est sûr que ça pourrait aider!

Mathilde, n'y tenant plus de savoir si son mari avait revu Dickewamis, le questionna :

— Est-ce qu'Ange-Aimé t'a parlé de cette Abénaquise, à Oka? À moins que ce soit cette Isabelle Couc?

Devinant la jalousie de sa femme, Thierry répondit sereinement :

— Tu n'as pas à t'inquiéter. Ange-Aimé est plutôt préoccupé par le prochain déménagement à Sault-au-Récollet. Et même s'il est ambassadeur auprès des autochtones, c'est sous mon gouvernement de cette fonction que le Conseil supérieur a été informé de l'existence de l'Abénaquise, quand un jésuite, en 1705, a remarqué la présence de cette petite Blanche de douze ans, dans le village de Wôlinak[83].

Thierry raconta aux deux femmes que le village de Wells[84], en Nouvelle-Angleterre, où Esther Wheelwright[85] vivait, fut attaqué par les Abénaquis. Esther fut amenée en captivité à Wôlinak et vécut aussitôt à l'indienne. Les Abénaquis, alliés des Français, semaient la terreur chez les Anglais et les Mohawks.

Le gouverneur de Vaudreuil apprit qu'il s'agissait de la fille de John Wheelwright, de Wells, et fit circuler la rumeur que le père d'Esther était un des dirigeants de la Nouvelle-Angleterre,

---

83. Bécancour.
84. Futur État du Maine.
85. Esther Wheelwright était issue d'une famille de notables, colons anglais, puritains de la Nouvelle-Angleterre et fondateurs de la ville de Wells. Le 21 août 1703, Abénaquis et Canadiens (français) attaquèrent la communauté de Wells, pillèrent les maisons et les récoltes, saccagèrent tout sur leur passage, tuèrent ceux qui ne pouvaient marcher de longues distances et enlevèrent la petite Esther, âgée de 7 ans. Esther fut adoptée par les Abénaquis. Lorsqu'elle fut trouvée par des missionnaires jésuites français, elle était devenue une Indienne et ne parlait plus anglais. Les jésuites la rebaptisèrent à certaines conditions. Les parents d'Esther la réclamèrent à Philippe Rigaud de Vaudreuil, gouverneur de la Nouvelle-France. Placée sous sa protection, Esther fut amenée à Québec en 1707, d'où elle ne put partir, car la guerre avait rendu les déplacements impossibles. La marquise de Vaudreuil la traita comme sa propre fille. Pensionnaire chez les Ursulines de Québec en 1709, elle fut éduquée dans la religion catholique et la culture française. Quelques mois plus tard, elle demanda à devenir religieuse. Vaudreuil, qui s'était engagé à remettre la jeune fille à sa famille, retira Esther du couvent pour la conduire à Montréal, d'où elle put rentrer chez ses parents. Des empêchements d'ordre politique, diplomatique et militaire firent en sorte que la jeune Esther resta à l'Hôtel-Dieu de Montréal, où elle rencontra d'autres prisonnières anglaises converties.

afin d'obtenir une forte rançon des Anglais. Il la fit donc venir à sa résidence du château Saint-Louis et sa femme la prit sous sa protection. La marquise de Vaudreuil, ébahie de savoir la jeune fille douée pour la musique, cherchait coûte que coûte un professeur de musique et de chant qui puisse aussi enseigner le bon parler français de Paris, avant que la petite Esther ne soit confiée aux Ursulines.

— Ton séjour à Paris et à Versailles au pensionnat de Saint-Cyr te prépare à cette fonction. De plus, tu es une élève des Ursulines de Québec. Une des leurs, sans compter qu'Eugénie a encore des contacts… Même Ange-Aimé pourrait te recommander…

Cette dernière remarque fit bondir Mathilde.

— Laisse ton fils à la mission d'Oka. Je préfère qu'Eugénie intervienne, en parlant avec le chanoine Martin. Après tout, Cassandre est sa fille!

La réaction agressive de Mathilde fit battre Thierry en retraite.

— Entendu, Eugénie interviendra, si nécessaire. En attendant, je crois que le gouverneur veut en faire un cas politique et ne souhaite pas faire intervenir Monseigneur de Saint-Vallier, considérant que le pauvre saint homme est toujours prisonnier des Anglais. Si le prélat se savait monnaie d'échange contre une jeune Anglaise captive d'Abénaquis, il en mourrait, sans doute!

Ce fut au tour de Cassandre de réagir:

— Comme saint homme, moi, je ne le canoniserais pas tout de suite. De la façon dont il s'y est pris pour me faire renvoyer du pensionnat de Saint-Cyr, je ne voudrais pas qu'il envenime encore plus ma situation et qu'il me fasse rater mon entrée par la grande porte à Québec.

— Cassandre! Tu manques outrageusement de respect à notre chef diocésain. Si Eugénie t'entendait, s'offusqua Mathilde.

Thierry, saisi par la répartie de la jeune fille, signifia à sa femme de laisser Cassandre poursuivre.

— Cassandre doit pouvoir s'expliquer avant d'être jugée! Va, que veux-tu dire?

Cassandre raconta à la comtesse et au comte Joli-Cœur ce qu'Étiennette lui avait appris de l'imbroglio fomenté par Monseigneur de Saint-Vallier, qui avait voulu se venger du Supérieur général des jésuites en faisant exiler son neveu, l'amoureux de Cassandre, François Bouvard, en pénalisant du même coup la jeune Canadienne, associée au camp ennemi.

La comtesse et le comte écoutèrent attentivement le récit de Cassandre. Une fois qu'elle eut terminé, Mathilde s'exclama :

— Pauvre toi ! Je t'ai jugée avant de connaître les faits. Excuse-moi.

Cassandre lui sourit, lui signifiant qu'elle avait pardonné à celle qu'elle considérait comme sa tante. Thierry réagit autrement. Il était furieux.

— Quoi ? L'archevêque a eu l'audace de demander ma démission comme gentilhomme des menus plaisirs du Roy ? Quel culotté !

— Thierry, je t'en prie, tu blasphèmes ! clama Mathilde, horrifiée.

— Que le prélat se mêle de politique ecclésiastique, c'est son lot, mais dans le domaine temporel... Et dire que je n'en ai jamais entendu parler... Probablement que le marquis de Sourches a tout fait pour que je ne l'apprenne pas, en s'arrangeant pour que je revienne à ce moment-là au Canada par affaires !

Thierry fulminait. Il conclut :

— Et mon fidèle Chatou qui ne m'en a pas parlé. Il a probablement été tenu à l'écart. Tout ça s'est passé dans mon dos et bien sûr à plus haut niveau, à Versailles et au Vatican... Ma chère Cassandre, toi qui souhaitais faire une tournée européenne, c'est tout comme !

Cassandre, obnubilée par l'exil de François Bouvard, interrogea le comte :

— Et selon toi, Thierry, quelle a été la responsabilité des religieuses de Saint-Cyr ?

— Ce n'est qu'une hypothèse, bien sûr, mais seule la Supérieure devait connaître une partie du dossier. De toute façon, elle n'a fait qu'exécuter les ordres de la marquise de Maintenon. Il fallait qu'elle trouve une façon de vous compromettre, François Bouvard et toi, pour avoir, de façon différente, défié le pouvoir de Monseigneur de Saint-Vallier... Lorsque l'on dit que même les gens qui ont de hautes charges peuvent se mettre les pieds dans les plats, notre prélat en est le champion.

Thierry avait continué à monter le ton. Mathilde l'interpella :

— Calme-toi, Thierry! Fais attention à ton cœur. Une attaque est si vite arrivée à nos âges. Pense à Thomas!

Thierry ne décolérait pas.

— Il l'a bien cherché! Tant pis pour lui!

— Que veux-tu dire, Thierry?

— Je voulais proposer au gouverneur un plan pour faire libérer notre prélat de sa captivité, en Angleterre.

— Mais es-tu aussi puissant, mon mari, pour forcer la reine Anne d'Angleterre? Notre Roy n'y est pas encore arrivé!

Vexé, Thierry, le regard méchant, répondit:

— Moi, non, mais le tsar de Russie, oui!

— Le tsar de Russie? demanda Cassandre, impressionnée.

— Vous vous souvenez de son ambassadeur, Andrei Matveev, que nous avons invité, avec ses cosaques, à notre réception pour l'Épiphanie, à Paris?

Mathilde opina de la tête, tandis que Cassandre répondit, taquine:

— Moi, je me souviens surtout de son fils, le beau Nicolai!

Mathilde, mi-souriante, fit signe à Cassandre que ce n'était pas le temps de contrarier son mari. Cassandre baissa les yeux et Thierry continua:

— Et bien, il m'avait dit, à Paris, que la reine Anne ne pouvait rien refuser au tsar, puisque le Royaume-Uni qu'elle gouverne souhaitait faire du commerce avec la Russie. Je m'apprêtais à proposer à notre gouverneur et à notre souverain un plan diplomatique de sauvetage de Monseigneur de Saint-Vallier, par l'intermédiaire du tsar Pierre le Grand. Vous savez que nous sommes en haute estime, lui et moi… C'est vrai que ce plan doit avoir l'aval, d'abord du roy Louis XIV, du pape Clément XI, et ensuite du tsar de Russie… Encore loin de la coupe aux lèvres… Mais je puis vous assurer qu'il est mort dans l'œuf, avec ce que je viens d'entendre dire!

Les deux femmes restaient silencieuses. Elles venaient de prendre conscience de jusqu'à quel point le comte Joli-Cœur pouvait être puissant, revanchard et avoir le bras long. Mathilde n'osait plus intervenir en faveur de l'évêque de Québec. Cassandre demanda de nouveau:

— Quand pourrais-je retourner en France, étant donné ce complot, selon vous?

Mathilde et Thierry se regardèrent, surpris par la détermination de la jeune femme. Ce dernier répondit :

— Pas du vivant de notre souverain actuel, en tout cas !… Tu es encore bien jeune et tu as le temps de reprendre le devant de la scène à Paris. Ce que tu as accompli, déjà, est hors du commun. Le temps fera son œuvre à ton avantage, tu verras.

— Hum, hum ! murmura Cassandre, pensive.

Elle se permit une dernière question :

— Et maman, devrais-je lui faire le récit de toute cette histoire malheureuse ?

Mathilde regarda sa pupille, étonnée.

— Eugénie n'aura pas vraiment le temps de t'écouter. Tu la connais, je suis certaine qu'elle ne tient pas en place avec la préparation des mariages.

— Mariages, quels mariages ? Vous m'intriguez !

— Mais ceux de ta mère et de ton frère Georges avec la petite Margot Pageau !

— Georges et Margot s'aiment depuis toujours, tante Mathilde ! Mais celui de maman ?

— Elle aussi se marie, en décembre. Un mariage double.

Cassandre paraissait sidérée. Mathilde lui offrit une boisson rafraîchissante.

— Mais avec qui ? questionna Cassandre, exaspérée. Le docteur Estèbe ou Pierre Dumesnil ?

— Le sculpteur de Berthier-en-haut ? Certainement pas lui. Manuel Estèbe, son fiancé !

— J'aime autant ça !

— Y avait-il des chances que ce soit… l'autre ?

Cassandre fit oui. Devant l'air démonté de Mathilde, Cassandre lui raconta brièvement le dilemme de sa mère.

— Je sais que je n'aurais pas dû vous en dire autant !

— Tu sais bien que ça va rester entre nous ! affirma Mathilde.

— Ça ne m'étonne pas d'Eugénie, elle si idéaliste ! Je ne connais pas d'autres filles du Roy à qui ça aurait pu arriver, intervint Thierry.

Aussitôt, Mathilde se raidit.

— C'est faux, Thierry Labarre ! J'en connais une autre qui a repoussé la demande en mariage d'un garçon exceptionnel, parce qu'elle croyait que son amoureux lui reviendrait, alors qu'il contait fleurette à une Iroquoise… Tu sais très bien de qui je veux parler. Alors, ne te permets plus de commentaires concernant Eugénie devant Cassandre !

Thierry resta coi et rougit. Cassandre fronça les sourcils.

Pour détendre l'atmosphère, jugeant qu'une tempête s'annonçait à l'horizon, Cassandre demanda à Mathilde :

— Quand vous l'a-t-elle dit ?

— Oh, ça ne fait pas longtemps ! Manuel accompagnait ta mère. Cette dernière m'a montré sa magnifique bague. Cette fois, je pense que c'est pour de bon. Elle ne porte plus à terre. Tu sais quoi ? Manuel revient s'installer comme médecin à Charlesbourg.

— À Bourg-Royal ?

— Ça, je ne le sais pas. Le temps de vendre sa maison de Beauport et d'en trouver une autre par chez vous.

— Semblent-ils heureux ?

— Comme des tourtereaux ! Ta mère a tellement hâte de commencer comme infirmière… Je l'ai trouvée transformée.

— Infirmière ? C'est bien la seule fonction qu'elle n'ait pas encore assumée dans la paroisse ! Elle n'en a jamais parlé auparavant. Ce que l'amour peut faire !

Cassandre s'en voulut d'avoir employé cette expression, en voyant la mine défaite de Mathilde. Elle continua, préoccupée :

— Et moi, je ne pourrai plus demeurer bien longtemps chez Jean et sa petite famille… Suivre ma mère chez le docteur, avec Simon-Thomas ?

Ça ne me dit rien d'aller partager le quotidien d'Isabel Estèbe. Pauvre Simon-Thomas ! Isabel qui a toujours eu le béguin pour lui !

Thierry, pour se racheter, proposa, en surveillant la réaction de Mathilde :

— Ta mère a le loisir de refaire sa vie, seule avec son nouveau mari et toi, de commencer ta carrière à Québec. C'est une occasion à ne pas rater. Comme nous connaissons le sens des responsabilités de ta mère, ce n'est pas elle qui va te chasser de la maison. Il serait préférable que tu lui fasses part de tes projets.

— Tout ceci est exact, ajouta Mathilde.

Thierry respira mieux. Il venait de se réhabiliter aux yeux de sa femme. Il renchérit :

— Il n'en tient qu'à toi de t'installer, rue du Sault-au-Matelot. Et tu auras une première élève, la petite Esther Wheelwright.

— Et Simon-Thomas ? s'inquiéta Cassandre.

— Simon-Thomas ira sous peu comme apprenti sellier-bourrelier chez Blondeau, ici, à Québec. Comme ça, Eugénie saura qu'avec l'abbé Jean-François au Séminaire, vous pourrez tous vous soutenir. Ça la rassurera. Je connais ta mère depuis si longtemps. Elle vous a toujours donné le meilleur d'elle-même. Depuis son veuvage, elle s'est même sacrifiée, prête à perdre son grand amour, Manuel, pour vous redonner votre père ! ajouta Mathilde.

Cassandre regarda Mathilde avec attention et respect. L'estime qu'elle portait à sa mère lui alla droit au cœur. Cette dernière continua :

— Votre mère a droit à son bonheur. Et crois-moi, elle ne le fera pas comme une égoïste ! Vous, sa famille, passerez toujours avant tout le reste, même avant nous !

Cassandre, qui semblait en douter, haussa les sourcils de manière évocatrice. Contrariée, Mathilde lui intima de la laisser finir :

— Je sais ce que je dis. Mais elle a le défaut de cette qualité. C'est difficile pour elle de se séparer de vous… Pourtant, elle a été capable de le faire, quand elle t'a laissée partir à Paris… Elle a dû faire un très grand compromis… Elle sait que tu es en âge de t'installer dans la vie. Autant en profiter maintenant et lui parler de ton avenir.

— Et Pierre ? Devrais-je lui en parler, le lui présenter ? Lui permettra-t-elle de me courtiser ici, à Québec ?

— Elle est amoureuse, elle te comprendra ! S'il y a une chose que ta mère n'accepte pas, c'est l'hypocrisie !

À ce mot, Thierry se renfrogna, évitant le regard de sa femme. Mathilde continua sur sa lancée :

— Et nous prendrons soin de toi, ici aussi, à Québec, comme nous l'avons fait à Paris.

Pour conclure la discussion, Thierry ajouta :

— Comme ça, je présente ton dossier au gouverneur de la Nouvelle-France ? Si tu as été applaudie par le Roy et la marquise de Maintenon, tu devrais convaincre la marquise et le marquis de Vaudreuil !

— À propos, Thierry, que dirais-tu si nous offrions le goûter aux nouveaux mariés, Marie-Anne et Pierre de La Vérendrye ? À moins qu'ils ne soient déjà organisés ou invités ailleurs ! demanda Mathilde.

— Je ne le pense pas. Marie-Anne ne m'en a pas fait mention, ajouta Cassandre.

— Excellente idée, Mathilde. Nous allons solliciter la présence du gouverneur. La marquise et lui connaîtront ainsi Cassandre. C'est toujours mieux qu'une recommandation verbale ! Le marquis de Vaudreuil ne pourra pas refuser cette invitation. Avisons dès maintenant le traiteur.

Le comte Joli-Cœur s'adressa à Cassandre :

— Pierre de Lestage t'accompagnera, bien entendu !

Satisfaite de ce qu'elle avait entendu, Cassandre sourit. Mathilde ajouta :

— Quand voudrais-tu que Philibert aille te reconduire à Bourg-Royal ?

De manière décidée, Cassandre répondit :

— Je reviendrai à la maison avec Jean-François. Je vais prouver à maman qu'elle n'aura pas à s'inquiéter.

Le 9 novembre, Cassandre Allard et Pierre de Lestage offrirent leurs félicitations à Marie-Anne Dandonneau et à Pierre Gauthier de La Vérendrye, qui venaient de parapher leur intention de mariage devant le notaire Genaple dit Bellefond. Tel que prévu, la comtesse Joli-Cœur tint absolument à célébrer cet événement par une réception intime, en présence de la marquise et du marquis de Vaudreuil qui, en tant que gouverneur de la Nouvelle-France et lieutenant général du Roy, venait d'autoriser La Vérendrye à se marier.

Après que Cassandre eut été introduite à la marquise et au marquis de Vaudreuil, ce dernier lui demanda :

— Quand voudriez-vous commencer votre enseignement, mademoiselle ?

— Dès le lendemain du remariage de ma mère, Excellence ! répondit-elle.

— Quand ce… remariage aura-t-il lieu ?

— Le 8 décembre prochain.

— Tiens, le jour de la fête de l'Immaculée Conception ! remarqua le gouverneur avec moquerie.

Pourtant, ému par tant de candeur, il se pencha vers la marquise et lui suggéra :

— Le surlendemain pourrait tout autant convenir, n'est-ce pas ? À moins que le premier gentilhomme des plaisirs de la

Maison du Roy n'écourte ses soirées et ne se couche maintenant à l'heure de nos poules!

Cassandre souhaita bon voyage à La Vérendrye et prit la route de Charlesbourg avec son frère Jean-François, non sans avoir embrassé son amoureux. Pour sa part, Pierre de Lestage voulut accompagner son ami La Vérendrye chez le gouverneur de Vaudreuil, qui lui remit le grade d'enseigne, le 12 novembre. Le lendemain, au quai de Québec, accompagnant Marie-Anne Dandonneau, Lestage donna chaleureusement l'accolade à La Vérendrye, qui partait se battre en France en s'engageant pour cinq ans. Il admira sa tenue de militaire et lui souhaita, pour l'encourager, alors qu'il se rendait compte que son ami avait la gorge nouée:

— Je te souhaite une illustre carrière dans l'armée royale, mon ami. Reviens-nous avec le bâton de maréchal!

La seule réponse que La Vérendrye put formuler fut:

— Mort aux Anglais!

Comprenant la détresse des fiancés de devoir être séparés pour de longues années, Pierre de Lestage sourit et se retourna pour laisser Marie-Anne faire ses adieux à sa façon. Lestage imagina le chagrin immense de ses amis, après avoir réalisé que l'absence de Cassandre lui semblait déjà une éternité, alors qu'elle n'était partie pour Charlesbourg que depuis quelques jours.

L'abbé Jean-François, heureux de la rencontre de sa petite sœur et de son confrère, le procureur Jean-Baptiste de Varennes, ne se fit pas prier pour accompagner Cassandre à Charlesbourg. En chemin, elle lui expliqua la chance qu'elle aurait de commencer à enseigner le chant à la pupille du gouverneur de Vaudreuil.

— C'est une occasion inespérée, petite sœur. Ça t'ouvre les portes de la basilique, en l'absence de Monseigneur de Saint-Vallier, qui pourrait malheureusement se prolonger. Si mon confrère Jean-Baptiste t'en a déjà parlé, c'est bon signe. Il est en contact avec le Séminaire de Paris. Bien sûr, le chanoine Martin est de ton côté. Il parlera pour toi aux Ursulines.

— Pourrais-je m'annoncer comme Cassandre, plutôt que Marie-Renée?

L'ecclésiastique réfléchit un instant, avant de répondre:

— À Paris, si tu y retournes un jour, mais à Québec, je n'aime autant pas. Cassandre est un nom païen, un nom de scène.

— Et si maman refuse de me laisser habiter à Québec?

— Je t'appuierai, mais je ne vois pas pourquoi elle te le défendrait !

— Et son mariage, Jean-François ?

— C'est la meilleure grâce qu'elle ait reçue du Seigneur depuis le décès de papa.

Cassandre n'en revenait pas d'entendre ça de la bouche de son frère, d'ordinaire à cheval sur les principes.

— Pourquoi dis-tu ça ? Elle l'aimait beaucoup, papa, au point de croire qu'il s'était réincarné en Edgar La Chaumine.

— Moi aussi d'ailleurs, et je le croyais tellement que je l'ai convaincue de cette possibilité. Elle nous a prouvé, une fois de plus, sa grandeur d'âme… Sa charité, son abandon à ses enfants. Maintenant, elle a le droit de penser à elle, alors qu'elle a toujours fait passer les autres avant !

Cassandre se surprit à sourire. Elle questionna son frère :

— Penses-tu qu'elle en sera capable pendant longtemps ? Tante Mathilde m'a dit qu'elle allait seconder le docteur comme infirmière. N'est-ce pas une occupation altruiste, ça ?

Jean-François regarda Cassandre. Et soudain, il se mit à rire aux éclats, comme elle ne l'avait pas vu depuis belle lurette.

— Non seulement ça, mais elle a exigé d'habiter à Charles-bourg, pour être plus près de la famille ! Un homme averti en vaut deux, selon l'adage.

Quand l'attelage arriva à Bourg-Royal, les hommes étaient déjà aux champs à réparer la clôture. Eugénie était seule à la maison. Les reconnaissant de loin, par la fenêtre, elle se dépêcha de les accueillir.

— Regardez donc ça qui est revenue ! On dirait que l'on ne s'est pas vues depuis des années. Que je me suis ennuyée ! Tiens, viens m'embrasser, mon chaton ! Arrivez-vous directement du quai ?

— Non, je suis restée quelques jours chez tante Mathilde.

— Ah oui ? Et que chante-t-elle de bon ?

— Elle vient de me dire qu'elle admirait votre bague de fiançailles. Félicitations, maman, ainsi qu'au docteur Estèbe.

Saisie, Eugénie ne prit pas de temps pour reprendre le haut du pavé.

— Eh bien oui, nous fêterons des noces, en double. Tu as su aussi pour Georges et Margot ? Ça fera une grosse journée de travail pour notre ecclésiastique.

Eugénie envoya un sourire espiègle à son fils, qui le lui rendit.

— Oui, c'est merveilleux. Je suis bien contente, répondit Cassandre.

Après avoir servi une collation à ses enfants, Eugénie invita Cassandre à l'accompagner pour aller porter de l'eau fraîche à ses hommes aux champs, ce qui lui permettrait aussi de parler confidentiellement à sa fille… En route, elle lui dit, avec de la nostalgie dans la voix :

— La famille s'éparpille avec le départ de Georges à Gros Pin et de Simon-Thomas à Québec… Et moi qui vais rester à Beauport ! Mais, tu savais que Manuel veut acheter une maison à Bourg-Royal dès que possible ? En attendant, tu auras à faire ton choix, rester ici, chez Jean, ou me suivre à Beauport. À ta guise !

Cassandre ne voulait pas mettre sa mère dans l'embarras.

— Qu'est-ce que vous en pensez, maman ?

Eugénie prit son temps pour répondre, alors que Cassandre savait bien qu'elle y avait déjà réfléchi.

— Je crois qu'il serait temps de permettre à Isa et à Jean d'élever leur famille, à leur façon.

— Et Manuel et vous, n'aimeriez-vous pas vivre seuls, à votre façon ? D'autant plus que j'ai su que vous alliez l'aider comme infirmière. Les horaires ne sont pas ceux d'une ménagère !

Eugénie resta muette. Puis, après quelques instants :

— Où vas-tu demeurer, si ce n'est pas à Beauport ou à Bourg-Royal ?

Cassandre expliqua alors à sa mère la proposition de Thierry de commencer à enseigner à la pupille du gouverneur et lui parla aussi de l'invitation de Mathilde à loger rue du Sault-au-Matelot.

Eugénie, écoutant attentivement le récit de sa fille, ressentait son enthousiasme. Elle se revoyait, jeune immigrante comme fille du Roy, fréquenter le château Saint-Louis, sur l'invitation du gouverneur de Courcelles, et loger chez madame Bourdon, à la même adresse que Mathilde, rue du Sault-au-Matelot.

Que la vie est remplie de mystères ! Autres temps, autres mœurs. N'empêche que ma fille, sans suivre mes traces, emprunte les mêmes sentiers. Telle mère, telle fille, on dirait ! Ce qui a été bon pour moi le sera pour elle. Il est temps que Cassandre vole de ses propres ailes. Je lui fais confiance, d'autant plus que Mathilde est toujours là et l'abbé Jean-François remplacera son père. Qu'elle vive sa vie comme elle l'entend et donnons-lui le bénéfice du doute !

— Que me conseillez-vous, maman?

— Je ne voudrais surtout pas te contrarier dans tes projets, mais je crois qu'il est temps que tu fasses profiter la ville de Québec de ton grand talent… Si je peux encore te faciliter tes entrées chez les Ursulines de la rue du Parloir! Compte sur moi pour t'appuyer dans ta carrière. Mais promets-moi…

— Quoi, maman?

— De rester une bonne chrétienne pratiquante. Tu connais la réputation des gens de théâtre, n'est-ce pas?… Il ne faudrait surtout pas que tu salisses le nom laissé par ton père et son blason, celui qui est gravé sur l'écusson pendu au-dessus de l'âtre.

— Noble et Fort! Non, maman, vous n'avez pas à vous inquiéter.

— Si jamais ça n'allait pas, mon chaton, ta mère sera toujours là pour te rescaper, tu comprends ça?

— Merci, maman… J'aimerais vous parler d'un autre sujet.

— Lequel? Tu te demandes qui t'accompagnera aux noces? Charles Villeneuve n'y verrait pas d'inconvénient, je pense! répondit Eugénie, fière de son coup.

— Justement, ça ne sera pas Charles Villeneuve. Mon cavalier se nomme Pierre. C'est Étiennette qui me l'a présenté.

Eugénie toisa sa fille.

— Coudon, serais-tu amoureuse, toi?

Cassandre répondit spontanément:

— Il est riche et beau. Il a bien connu parrain Thomas et il est en affaires avec Thierry.

— Oh, la, la! Je ne m'étais donc pas trompée! Mais serait-il du même âge que Thomas et Thierry, dans la soixantaine? s'inquiéta Eugénie.

Cassandre pouffa de rire.

— Non, maman, ne vous inquiétez pas. Il n'a que vingt-cinq ans. Il est dans le domaine de la fourrure.

— Mon Dieu, un avenir prometteur, si jeune! Et tu l'aimes?

— Je crois que oui!

— Et l'autre, ton François, le poète? L'attends-tu toujours?

Suivant les recommandations des siens, Cassandre jugea bon de ne pas informer sa mère du complot.

— Non! Il est effacé de ma pensée.

— Tant mieux, car tu sais, tu ne peux pas aimer deux hommes en même temps.

En disant cela, Eugénie se sentit un peu coupable. Ne venait-elle pas d'hésiter elle-même entre Manuel et Pierre Dumesnil ? Elle demanda à sa fille :

— Quand nous le présentes-tu, ce Pierre le Magnifique ? Où vit-il ?

— À Montréal où il a ses comptoirs, mais il vient souvent à Québec. Un de ses amis demeure à Berthier-en-haut. Il s'arrête à mi-chemin pour loger à l'occasion au fief Chicot, à la forge d'Étiennette. C'est le grand ami du fiancé de Marie-Anne Dandonneau.

— Tu fréquentes des gens importants, ma fille, et j'en suis fière. Seulement, n'oublie pas qui tu es et d'où tu viens. Ça te servira de guide, quand ton étoile brillera au firmament... Mais tu n'as pas répondu à ma question, quand me le présentes-tu ?

— Au plus tard, aux noces. Après, je commencerai vraisemblablement à enseigner à Québec...

Cassandre regarda sa mère, devinant ses pensées.

— Et peu après, j'irai au baptême du bébé d'Étiennette. Elle m'a promis que je serais la marraine.

Effectivement, Eugénie, soucieuse, fronça les sourcils.

— Il est prévu pour quand ?

— Le mois prochain... Plus certainement vers la mi-décembre.

Eugénie ne prit pas de temps à réagir.

— Mais tu n'y penses pas ! En décembre ! Et ta voix, par des temps pareils, là-bas ?... Non, ma fille, ta mère t'en empêchera. On ne commence pas une grande carrière en la risquant. Et n'oublie pas que c'est toi qui chantes au mariage !

— Mais ça serait peut-être bien à la fête de Noël ?

— C'est encore pire. Je ne permettrai pas qu'un seul de mes enfants soit absent au réveillon, alors que notre famille va s'agrandir avec l'arrivée de Margot et de Manuel ! Et le petit Jésus, il vient aussi au monde à Charlesbourg !

— Et mon marrainage ?

— Une autre fois, en été. Qu'Étiennette demande à son amie Marie-Anne Dandonneau, ou à une de ses sœurs, tiens, l'autre Marie-Anne !

— Quand vais-je le lui dire ? Elle qui se faisait une telle joie !

— Tu es mieux de lui écrire dès maintenant.

Comme Cassandre semblait dépitée, Eugénie se radoucit. Passant la main dans les cheveux blonds de sa fille, elle ajouta :

— Ne crains rien, Étiennette comprendra. C'est une jeune femme qui a du jugement… Le mieux qui puisse arriver, c'est que ce soit un garçon. Tu te sentirais moins coupable. D'ailleurs, tous les parents souhaitent un garçon comme premier bébé.

Comme Cassandre restait pensive, Eugénie changea de sujet.

— Et puis, est-ce que tu veux m'aider à préparer les noces, oui ou non ? J'ai justement besoin de conseil pour ma robe de mariée. Et il ne me reste qu'un mois, sans faire entrave aux boucheries, bien entendu.

— Mais, maman, vous êtes à la dernière minute ! Soyez sans inquiétude, je suis là, maintenant.

— Je t'attendais, mon chaton. Ton avis me sera si précieux !

La référence à la robe de mariée accapara l'attention de Cassandre.

— Vous vous êtes mariés, papa et toi, un premier novembre, si je me souviens bien.

— Le 1er novembre 1671. Un lundi.

— Et votre robe était de couleur bordeaux, n'est-ce pas ? Cette fois-ci, sera-t-elle écrue ? Une robe longue ?

— Avec le bord et l'étole en fourrure de vison. Je peux toujours la ressortir et l'ajuster pour la porter de nouveau. Nous allons nous marier après la grand-messe du dimanche, lorsque tout le monde sera sorti de l'église, excepté nos invités. Alors, le moins de fla-fla possible. Pas de blanc, pas de traîne ! Je ne vais quand même pas porter la moire[86] d'aurore !

Ce fut au tour de Cassandre de s'exclamer :

— Mais maman ! Est-ce un mariage à la sauvette que vous désirez ? Vous n'allez quand même pas vous marier en droguet[87]. Le docteur Estèbe, un notable de Charlesbourg, qui épouse une paroissienne connue jusqu'à Québec… Non, il faut que ce soit un mariage grandiose… J'y suis ! Je vous recommande une robe à la mode française, en soie, avec traîne et corsage ajusté. Rien de moins ! En plus, ce sera un mariage double ; Georges qui épouse la fille d'un pionnier de Gros Pin. L'aviez-vous oublié ? Jean-François pourrait même en faire un mariage diacre sous diacre.

---

86. Étoffe à reflets changeants.
87. Autrefois, étoffe de laine de bas prix.

Eugénie fixa Cassandre, perplexe.

— Toi, mon chaton, je me demande où tu as pris tes idées de grandeur ! Je te rappelle que nous ne sommes ni à Paris ni à Versailles et que ce ne sont pas des unions royales !

— Non, mais vous pourriez vous marier à la basilique Notre-Dame… Et je pourrais chanter, ce qui me permettrait de me faire connaître à Québec. Qu'en dites-vous ? Vous avez vous-même joué aux grandes orgues de la cathédrale.

Eugénie captait le ton enflammé de sa fille. Son enthousiasme l'étonnait. Elle réfléchit, puis dit :

— Penses-tu que ça pourrait t'aider à te faire connaître rapidement ?

— C'est la suggestion que m'a faite le procureur du Séminaire, Jean-Baptiste de Varennes, corroborée par Jean-François. Et puis, vous pourriez rendre visite au chanoine Martin d'ici là. Il est encore responsable du chant liturgique… Il pourrait être à l'orgue, tiens.

— Mais je ne sais même pas s'il en joue encore !

— Il est curé à Notre-Dame-de-Foy. Il faudrait le lui demander. Vous pourriez aussi l'inviter à la réception.

— Il ne viendra pas à Charlesbourg.

— Mais rue du Sault-au-Matelot, probablement !

— La réception se ferait chez Mathilde ? Je serais trop gênée de le lui demander. C'est une très bonne amie, mais elle en a déjà fait beaucoup trop pour moi.

— Ce n'est pas vous qui le demanderez, mais moi !

— Tu ferais ça pour moi ?

— N'est-elle pas votre grande amie ? Et puis, n'est-ce pas là que vous avez été accueillie par madame Bourdon ?

— Je n'aurai pas assez de deux vies pour remettre à Mathilde toutes ses attentions !

— Deux vies, sans doute pas, mais vos deux mariages, pourquoi pas ? Thierry s'entend bien avec Manuel, comme avec papa ?

Eugénie opina de la tête. Elle poursuivit cependant, songeuse :

— Mais ça va coûter cher. Je ne peux quand même pas demander à Manuel de payer tout ça. À Bourg-Royal, nous aurions tout préparé nous-mêmes.

— Madame Pageau marie sa fille ; elle contribuera. Avec Marion et Margot Pageau de Gros Pin et Isabel Estèbe, de Beauport, nous aurons trois poêles à notre disposition. Plutôt quatre, avec les deux de madame Pageau. Nous allons commencer dès que possible à cuisiner. Marion et Isabel vont s'entendre puisque Simon-Thomas ne sera pas dans les parages. Isa aussi voudra certainement mettre la main à la pâte, même si elle est enceinte de quatre mois.

Eugénie, amusée, répondit à sa fille :

— La réception sera une réussite. Que c'est donc beau de te voir organiser tout ça… Tu vas me manquer, tu sais, mon chaton !

— Arrêtez, maman, sinon je vous suis à Beauport, répondit Cassandre, sur un ton moqueur.

Eugénie l'observa du coin de l'œil, agacée.

— Dis donc, à propos de la réception, il faudrait commencer à dresser une liste de nos invités. Pas trop longue, puisqu'il faut que la maison de Mathilde puisse les accueillir… Que penses-tu de la hiérarchie des ecclésiastiques du Grand Séminaire et de l'archevêché ? Sans oublier le gouverneur, le marquis de Vaudreuil, puisqu'il sera ton patron… Anne y sera, sinon je ne me marie pas… La petite Marguerite Bourdon, Supérieure des Augustines maintenant de l'Hôtel-Dieu, avec laquelle j'ai partagé cette grande maison… Peut-être le docteur Michel Sarrazin, un ami de Manuel…

— Dites donc, maman, pour un mariage double dans la simplicité, la liste s'allonge !

— Je vais demander à Georges d'atteler dès demain, afin d'aller en discuter avec Mathilde. C'est bien beau d'échafauder des projets, mais encore faut-il qu'ils soient réalisables… Il faut aussi que j'habille ton frère ; on n'est jamais plus beau que le jour de ses noces. Quant à toi, tu es bien partie, je te laisse organiser la réception.

Aussitôt dit, Eugénie se mit à sourire. Sans trop comprendre, Cassandre l'imita.

— Qu'y a-t-il, maman ?

— Pour la robe… celle à la mode française, en soie, me conviendrait. Pas de traîne pour moi. Tu la porteras, toi, à ton mariage.

— Ce n'est pas encore fait ! répondit Cassandre, songeuse.

Après le souper, Cassandre entreprit d'écrire à Étiennette. Elle retailla sa pointe de plume d'oie avec un canif, l'imbiba minutieusement d'encre et commença :

Ma chère Étiennette,

Comment vas-tu? J'imagine que tu dois avoir hâte de bercer ton bébé. Pierre et moi avons accompagné Marie-Anne et La Vérendrye chez le notaire. La comtesse Joli-Cœur a tenu à offrir la réception chez elle en présence de la marquise et du marquis de Vaudreuil. Imagine! La marquise m'a confirmé un poste d'enseignante de chant. Ma première élève sera une petite Abénaquise.

Comme tu vois, la vie professionnelle semble prendre le dessus, bientôt je n'aurai plus une minute à moi, tu verras. Mais j'aimerais consacrer du temps à mieux connaître Pierre! C'est un garçon merveilleux, comme tu me l'avais dit. Nous nous entendons si bien. Je le trouve un brin pressé d'accélérer nos fréquentations, étant donné ma carrière d'enseignante qui commence, mais il faut le comprendre, il a cinq ans de plus que moi et est prêt pour le mariage. Je te vois en train de me demander si l'idée de me marier m'est venue en tête! Comme je n'ai pas de secret pour toi, je t'avouerai que de porter l'enfant de Pierre me comblerait de joie. Cependant, tout vient à son heure, n'est-ce pas!

J'ai beaucoup de projets, tels que fonder une troupe de théâtre à Québec ou une école d'opéra. La comtesse et le comte Joli-Cœur, qui m'hébergent, m'ont promis de m'aider à réaliser ce rêve...

Il faut que je fasse vite, avant le retour de Monseigneur de Saint-Vallier. Tu me comprends, n'est-ce pas? Je ne voudrais pas être la victime d'un autre complot. La marquise de Vaudreuil m'apparaît favorable à ce projet, car elle aime venir aux représentations théâtrales, quand il y en a, bien entendu. C'est ce qu'elle m'a dit lors de la réception de noces.

Ah oui, j'oubliais une grande nouvelle, même deux. Ma mère et mon frère Georges vont se marier au cours de la même cérémonie à la basilique Notre-Dame, le 8 décembre prochain. J'y chanterai le Panis Angelicus et Pierre sera sagement assis avec la famille Allard. Ça promet! Ma mère deviendra l'épouse du docteur Estèbe, son fiancé, et même sa nouvelle infirmière. Ils demeureront à Beauport avant de revenir à Bourg-Royal, parce qu'il a pratiqué longtemps à Charlesbourg. Quant à Georges, il se mariera avec Margot Pageau, la sœur d'Isa, la femme de Jean, qui reste maintenant avec son mari et le petit François à la maison paternelle, puisque Simon-Thomas est apprenti sellier-bourrelier à Québec. Le portrait familial se transformera en si peu de temps... C'est la vie, n'est-ce pas?

Tu me vois venir… Je ne pourrai pas assister au baptême de ton bébé ni être la marraine, si c'est une fille. Ça sera pour la prochaine, n'est-ce pas? Tu m'excuseras, je n'ai pas le choix; maman et Georges comptent sur moi… Je te demande de m'aviser de la naissance pour que je vienne te rendre visite dès que possible et t'apporter mon cadeau. Si cela semble trop tarder, Pierre te l'apportera de ma part, au cours de son prochain voyage à Montréal. Comment va ton mari, est-il heureux? J'imagine! Tes parents, tes sœurs, se portent-ils bien? Tu les salueras de ma part.

Je t'embrasse et te souhaite le plus beau bébé.

Ton amie pour la vie,

Cassandre

Cette dernière adressa l'envoi à la seigneurie de la Rivière-du-Loup, chez ses parents, pour que la lettre se rende plus vite à Étiennette. Elle cacheta l'enveloppe avec de la cire chaude et écrivit à l'endos la rue du Sault-au-Matelot comme adresse de retour. Elle se dit que l'abbé Jean-François la mettrait à la poste dès son retour à Québec.

CHAPITRE XVIII
Le mariage double

Le mariage d'Eugénie Allard et du docteur Manuel Estèbe, ainsi que celui de Marie-Marguerite Pageau et de Georges Allard, furent concélébrés à la basilique Notre-Dame, après la grand-messe, en présence de la marquise et du marquis de Vaudreuil, gouverneur de la Nouvelle-France.

Eugénie, zélatrice de longue date de la paroisse Saint-Charles-Borromée de Charlesbourg, et Manuel, médecin de l'endroit pendant de nombreuses années, auraient souhaité se marier dans leur église et devant tous les paroissiens, leurs amis, après la grand-messe du dimanche, mais Cassandre avait supplié sa mère :

— Mais vous aviez parlé d'encourager ma carrière et disiez que je devais me faire connaître à Québec. Chanter à la basilique Notre-Dame pour un mariage double serait une occasion inespérée pour débuter.

Eugénie avait cédé, expliquant à Manuel :

— Nous ne pouvons quand même pas être aussi égoïstes !

Cassandre retint l'attention avec son interprétation magistrale du *Panis Angelicus* au moment de la communion. Le chanoine Charles-Amador Martin accepta de faire résonner les grandes orgues de la cathédrale.

L'abbé Jean-François Allard eut la permission du grand vicaire de Québec, en l'absence de Monseigneur de Saint-Vallier, d'officier pour la cérémonie. Ému, à l'homélie, il relata simplement la volonté de dévouement de sa mère aux œuvres paroissiales et du docteur Estèbe comme médecin constamment disponible pour ses malades, à Saint-Charles-Borromée de Charlesbourg, ainsi que la promesse de Margot et de Georges de faire prospérer le nouveau pays, à l'aube du XVIIIe siècle.

L'assistance des premiers bancs, la comtesse et le comte Joli-Cœur, madame de Lachenaye, la veuve de l'ancien procureur général de la colonie, Thomas Frérot, madame Thomas Pageau, ainsi que leur famille, Pierre de Lestage, assis à côté de Simon-Thomas Allard, et les fidèles de la paroisse de Québec présents purent entendre l'ecclésiastique parler du miracle étonnant de l'amour. Il souligna de ce fait sa fierté d'officier au mariage de sa mère et également à celui de son frère. Ensuite, l'abbé Jean-François procéda à la cérémonie.

— Marie-Marguerite Pageau, voulez-vous prendre Georges Allard, ici présent, comme légitime époux?

— Oui, je le veux.

— Alors, comme le symbolisent vos alliances, je vous déclare, Georges et Marie-Marguerite, mari et femme, jusqu'à ce que la mort vous sépare.

À ces mots, Catherine Pageau, la mère de Margot, ainsi que ses sœurs, Isa et Marion, se mirent à s'essuyer les yeux.

Quant à Eugénie Allard, sachant qu'elle perdrait ce nom dans les prochains instants, elle eut une dernière pensée pour son défunt François, le père de ses enfants, avant d'appartenir à Manuel Estèbe.

Mon fidèle François. Tu ne peux pas dire que nous n'avons pas tout fait pour te ressusciter, les enfants et moi! Je te comprends d'être heureux auprès du Seigneur. Moi aussi, j'ai le droit à mon bonheur sur terre, pour le peu de temps qu'il me reste. Comme tu me l'as si bien fait comprendre, le bonheur de la famille commence par l'amour des parents. Nos enfants ne sont plus des bébés, mais ils restent quand même nos enfants. Manuel les aime et ils le lui rendent bien. Vois comme ils sont heureux, aujourd'hui. Les garçons nagent dans l'amour avec leur compagne, Jean-François dans la foi du Christ et Marie-Chaton… ça viendra. Elle est comme toi, ça lui prend du temps pour se décider. Une vraie Allard! Je te demande de veiller sur elle. C'est à son vrai père que cette tâche revient et toi… tu ne dois pas avoir bien d'autres occupations, j'imagine, que de veiller sur nous…

Tu sais à quel point je t'ai aimé et que je te suis restée fidèle... Bon, tu es mort et je porterai un autre nom dans quelques instants. Ce n'est plus le temps des reproches... N'empêche!

Je vois Jean-François qui s'approche. Dans quelques minutes au plus, je serai la femme de Manuel. Je ne pourrai plus penser à toi aussi souvent et tu connais ma fidélité et ma droiture. Je ne peux appartenir à deux hommes à la fois... Je vais laisser mes pensées quotidiennes à Marie-Chaton, qui est encore amoureuse de je ne sais trop qui! Essaie donc de lui mettre du plomb dans la tête, à celle-là. Ce serait déjà un bon commencement. On ne sait jamais dans la vie. Tiens, nous deux, ç'a pris du temps, mais nous avons formé un couple réussi. Et pourtant, nous avions des idéaux différents au départ. En tout cas, pour ma part.

Je reçois déjà de l'eau bénite du goupillon. Le moment est venu de nous oublier, mais pas de m'empêcher de prier pour le repos de ton âme, François. Jamais, mon grand amour de toute une vie. Adieu!

— Eugénie Languille, veuve Allard, voulez-vous prendre pour époux Manuel Estèbe, ici présent, le chérir...

— Oui, je le veux!

— Je demanderais maintenant au fiancé de passer l'anneau nuptial au doigt de sa promise... Je vous déclare donc mari et femme, tout en vous rappelant que le sacrement du mariage est indissoluble... *In nomine Patris...* Maman, je vous donne la permission d'embrasser votre nouveau mari et notre nouveau papa, et j'invite Margot et Georges à s'embrasser aussi.

Le docteur Estèbe releva la voilette de sa nouvelle épouse, encore étonnée de la demande de son fils officiant. Les deux couples, à l'émerveillement de l'assistance, s'empressèrent de se conformer aux directives de leur pasteur. La marche nuptiale confirma que la cérémonie des épousailles doubles venait de prendre fin. Les nouveaux mariés furent accueillis sur le parvis de l'église par les effusions de félicitations et les vœux de bonheur de leurs parents et amis ainsi que des paroissiens de Charlesbourg et de Beauport puisque, pour la circonstance, l'archevêché avait permis aux fidèles de Beauport d'assister à la messe de mariage de leur médecin. Seuls Odile et Germain Langlois étaient absents. Germain ne se sentait pas bien et était retenu au lit, au grand dépit d'Odile qui se faisait une joie d'assister aux noces.

Quand Cassandre questionna sa mère à ce sujet, Eugénie répondit spontanément :

— Germain aurait quand même pu rester seul et lui faire le plaisir de la laisser assister à mon mariage !

Mathilde et Anne, les deux grandes amies de la mariée, félicitèrent chaleureusement Eugénie.

— Tu t'es enfin décidée. Tu aurais pu le perdre, ton beau Manuel.

— Veux-tu dire, Anne, que tu avais l'œil dessus ?

— Un si beau parti ! Quelle veuve ne s'en serait pas aperçue ? Mais il n'y avait que toi pour prendre un tel risque, Eugénie.

— Il n'est plus disponible pour personne, Anne. Que les femmes de notre entourage se le tiennent pour dit... Et il faudra que tu jettes ton dévolu ailleurs.

— Comment ça ? Je ne veux pas me remarier.

— Alors, n'oublie pas d'écrire ça sur la glace[88], chère cou... Excuse-moi !

— Oui, oui, toujours chère cousine ! Ne jamais renier son passé, Eugénie, même si ton avenir a pris une autre tournure.

Bouleversée, Eugénie lorgna du côté de Mathilde, qui la réconforta :

— D'avoir fait un excellent premier mariage aide à vivre le second, quand tout ne tourne pas rond à son goût, Eugénie.

Une tristesse embua le regard d'Eugénie. La douleur du dernier message à son défunt François tapissait encore le fond de son âme.

— Vraiment, Mathilde ?

— Tu verras, cette recommandation sera mon plus beau cadeau de mariage. Mais tu es loin d'en être rendue là, ne t'inquiète pas.

Eugénie embrassa sa grande amie, les yeux pleins d'eau. Mathilde n'aurait pas su dire si c'était de peine ou de bonheur.

Thierry, de son côté, serra vigoureusement la main de Manuel.

— Tout le bonheur du monde, Manuel. Je suis heureux de te revoir dans notre cercle intime.

— Eugenia est une femme merveilleuse.

— Tu as raison. Tout un caractère, toutefois.

— C'est ce que nous aimons, nous, les gens du Sud, le caractère. Ça met du piment dans la vie.

---

88. Une promesse inscrite sur la glace disparaît aussi vite que la dernière glace fondue, au printemps suivant.

— Alors, je peux t'assurer, mon cher, que tes journées seront épicées… Mais ne le dis pas à ma femme. Ces deux-là sont comme les deux doigts de la main.

— Ça, je m'en doute. Tu peux compter sur ma discrétion !

Cassandre eut l'occasion de féliciter sa mère, son beau-père, son frère et sa nouvelle belle-sœur en les embrassant chaleureusement et en leur présentant son amoureux, particulièrement à sa mère.

— Maman, j'ai le plaisir de te présenter Pierre !

— Permettez-moi, madame, de vous féliciter en ce grand jour, ainsi que votre mari !

— Nous aurons sans doute l'occasion de bavarder durant la réception, tout à l'heure.

— Votre famille m'apparaît bien digne. J'ai hâte de la connaître.

— N'est-ce pas ? Et nous, que vous en fassiez partie, Pierre.

Surprise, après les félicitations d'usage à la sortie de la basilique, Anne dit à Mathilde :

— Ne trouves-tu pas que le sermon de notre Jean-François a été plus évangélique que dogmatique ?

— C'est probablement à cause de l'absence de Monseigneur de Saint-Vallier. Plus de prélat, plus de férule ! répondit Mathilde.

— Non, il y a un changement de discours chez lui. Eugénie me disait que c'était lui qui l'avait encouragée à se remarier.

— Étonnant ! Il a pris de la maturité, voilà tout !

— Ou c'est Eugénie elle-même qui s'est métamorphosée. Il était temps. Son attitude a déteint sur son fils, observa Anne. Ou bien, il a compris ce qu'était l'amour humain.

— Voyons, c'est un prêtre !

— N'empêche qu'il a changé.

Mathilde observait Anne, amusée.

— Qu'est-ce qu'il y a ?

— Tu portes du vert jade, maintenant !

— Quoi ! C'est un mariage !

— Parce que le vert, c'est la couleur de l'espoir… Ce qui veut dire qu'en le portant, tu n'as plus le choix, tu te remarieras comme Eugénie et moi.

Anne toisa Mathilde. Cette dernière profita de sa lancée.

— Tu as toujours été une femme de décision, Anne ! Ton veuvage est terminé, maintenant. Tu dois penser à ton avenir.

Comme Anne observait Mathilde, contrariée de se faire dicter sa conduite dans un domaine qu'elle jugeait très personnel, cette dernière renforça sa recommandation, en opinant de la tête.

La réception, rue du Sault-au-Matelot, à la résidence du comte Joli-Cœur, donna lieu à des réjouissances mémorables. Thierry tint à faire profiter ses convives des secrets bien gardés de sa cave et déterra plusieurs bouteilles de vins de Champagne, plus liquoreux que le manzanilla[89] d'Espagne, tandis que Mathilde avait tenu à offrir à ses convives une épaule de veau, accompagnée de salades aux olives, pour souligner la cuisine méditerranéenne. Elle avait de plus engagé le pâtissier du gouverneur, afin de recréer un des châteaux de la Loire, celui d'Azay-le-Rideau, qui avait meublé l'imagination enfantine d'Eugénie. Thierry, pour sa part, offrit à Manuel la représentation d'une corrida faite en pâte d'amandes. La table fut garnie de mets représentatifs du Canada, de la Touraine et du sud de la France.

Mathilde avait embauché l'orchestre du gouverneur de la Nouvelle-France, les Violons du Roy, auquel s'étaient ajoutés des joueurs de guimbarde, de flûte et bien sûr, de guitare espagnole. Manuel dansa la chaconne et la sarabande avec Eugénie, ainsi que la passacaille[90], seul, tandis qu'Eugénie invita les noceurs à un menuet. Quant à Margot, à Georges et aux invités plus jeunes, des danses plus rythmées, comme la gaillarde[91], la gigue[92] et le rigaudon[93] eurent leur faveur.

Eugénie avait hâte de discuter davantage avec l'ami de sa fille, Pierre de Lestage. Elle en eut la possibilité au cours de la réception.

— Cassandre me disait que vous étiez dans le domaine de la fourrure et que vous aviez très bien connu le cousin de mon mari… heu… son parrain, Thomas Frérot !

— Oui, madame Estèbe. Quand nous sommes arrivés au Canada il y a sept ans, mon frère et moi, c'est le sieur de Lachenaye

---

89. Vin aromatique et légèrement amer.
90. Chaconne, sarabande et passacaille sont des danses issues du folklore espagnol. La chaconne et la passacaille se dansaient sur un air à trois temps. La sarabande ressemblait au menuet, mais en plus lent.
91. Danse aux mouvements vifs et aux sauts multiples (ruades, cabrioles, etc.).
92. Danse d'origine irlandaise où le danseur exécute seul des pas rapides.
93. Le rigaudon, au rythme vif, se danse à deux, mais le danseur exécute ses pas tout en restant sur place.

qui nous a présentés à la Société des marchands du Canada. Ç'a été notre début dans le domaine… Nous avons acheté ses comptoirs de Montréal, pour le transit des marchandises vers les Grands Lacs et même les Pays-d'en-Haut… Mais notre place d'affaires est à Québec. Le commerce va bien.

Eugénie observait attentivement le brillant jeune homme.

— Avez-vous le respect des bijoux de valeur, monsieur de Lestage?

Ce dernier se demandait où voulait en venir la mère de sa nouvelle flamme.

— Bien entendu. Quel gentilhomme de qualité ne l'aurait pas?

— Je suis bien contente de vous l'entendre dire. Car ma fille unique, je ne voudrais pas que quiconque lui fasse du mal! Elle est un bijou inestimable, pour moi et ma famille, vous comprenez ça, n'est-ce pas?

— C'est très clair, madame. Un homme averti en vaut deux!

— Bon, vous me plaisez. Comme Cassandre démarre sa carrière à Québec et qu'elle y vivra, je compte sur vous pour la respecter.

Après la noce, les nouveaux mariés se retrouvèrent dans leurs chambres nuptiales respectives, préparées à cet effet par Mathilde, qui avait dit à Eugénie:

— Au moins, ça sera moins gênant pour vous que d'être près de vos enfants. Et puis, quand vous vous lèverez, tu n'auras pas à préparer le déjeuner. Je m'en chargerai… Au fait, combien d'œufs, pour Manuel?

— Coquine, va! répondit Eugénie, tout sourire.

Dans leur intimité nuptiale, Manuel prit Eugénie dans ses bras.

— Si tu savais, Eugenia, depuis combien de temps je rêve de ce moment, de te prendre dans mes bras et de te faire l'amour pendant toute une longue nuit.

Eugénie ne savait plus que dire si ce n'est de répondre, naïvement:

— Ça fait tellement longtemps que je suis veuve que je ne sais plus où j'en suis.

— Laisse-moi te guider et sois sans crainte.

Aussitôt, le chaleureux docteur commença à caresser sa nouvelle épouse de haut en bas, d'abord au-dessus des vêtements et rapidement, en dessous.

— *Mi amor*, si tu savais comme je te désire.

Eugénie se laissait faire, quand, subrepticement, elle échappa:

— Ton veuvage a duré combien de temps, Manuel?

— Pourquoi cette question? Je ne suis plus veuf dorénavant.

— Parce que je vois que tu retrouves vite tes moyens.

Manuel croisa le regard d'Eugénie, qui, embarrassée, tentait de camoufler une épaule dévêtue. Il se rendit compte que la question saugrenue de sa femme trahissait sa gêne. Alors, lentement, il lui bécota le visage et les lèvres et lui susurra tendrement:

— L'acte d'amour est instinctif, Eugenia, nous apprenons ce constat médical à la faculté de médecine.

— C'est de la science, donc.

— L'acte lui-même est naturel, mais de l'expliquer est du ressort de la science. C'est ce qui est beau dans ma profession. Amener les gens à être en harmonie avec leur corps, en le leur expliquant de manière scientifique.

— Est-ce qu'une infirmière peut en faire autant?

— Mieux, Eugenia, mieux, parce qu'elle est une femme. Une femme a le doigté et le tact pour aborder les gens.

Pendant ce temps, Manuel avait commencé à explorer les parties intimes du corps d'Eugénie. Cette dernière se laissait faire, sans chercher toutefois à l'encourager. Cependant, cédant au désir qui avait déjà commencé à se manifester en elle, elle conclut:

— À bien y penser, Manuel, j'aime mieux te laisser continuer ton examen médical. Je me rends compte que ton doigté est miraculeux pour faire chavirer le cœur d'une femme.

N'en attendant pas davantage, Manuel déposa Eugénie, maintenant nue, sur le lit et l'amena rapidement à l'extase. Leur étreinte confirma à Eugénie ce qu'elle avait toujours soupçonné, que son beau docteur était doué pour l'amour.

Une fois rasséréné, Manuel réclama un long baiser à Eugénie, qui n'en revenait pas du sang chaud de son mari.

— Eugenia, *mi amor*, je peux t'avouer quelque chose?

Eugénie releva légèrement sa tête, qu'elle maintenait sur le torse de Manuel, un peu inquiète.

— N'ai-je pas été à la hauteur?

— Non, non, ne t'inquiète pas. C'était parfait. Je voulais simplement te dire qu'avoir deviné la jouissance que je viens de connaître, jamais je n'aurais rompu nos fiançailles afin de vivre un tel bonheur plus vite.

Eugénie se trouva comblée et rassurée par le témoignage de Manuel. Elle lui passa la main dans les cheveux et lui dit doucement, après l'avoir embrassé tendrement :

— Ce qui est fait est fait, mon amour. Comme la religion nous le permet, maintenant, ne perdons plus un instant et rattrapons ce temps perdu.

Cela dit, ce fut au tour d'Eugénie de démontrer toute sa passion à son beau mari.

CHAPITRE XIX
Le lendemain de la noce

Le lendemain de la réception, les attelages retournèrent à Charlesbourg.

Le dernier au revoir d'Eugénie fut à Cassandre, qui souhaita encore une fois le plus grand bonheur à sa mère.

— Je suis tellement heureuse pour vous, maman! Je ne pouvais pas espérer mieux comme second père.

— Est-ce vrai, mon chaton? Viens que je t'embrasse. Que je t'aime donc, ma petite fille! Tu sais, je suis nouvelle mariée, mais je reste ta mère. Ton bonheur est plus important que le mien. Ça sera toujours comme ça.

— Pensez donc à vous pour une fois. Une nouvelle existence vous appartient. Vivez-la pleinement.

Cassandre resta chez Mathilde et Thierry, et commença aussitôt son enseignement auprès d'Esther, la petite Abénaquise. Dans la même journée, Cassandre reçut une convocation au couvent des Ursulines, rue du Parloir, de la part de la mère de la Conception, la préfète des études.

— Mademoiselle Allard, votre mère est venue rencontrer notre Supérieure, il y a quelques semaines, nous disant votre grand désir d'amorcer une carrière d'enseignement des arts lyriques. Elle nous a décrit votre talent et votre bagage impressionnant. De mémoire, vous êtes la seule de nos étudiantes qui a eu la possibilité de se parfaire au couvent de nos religieuses à Saint-Cyr et de se produire devant le Roy, en plus… Vous plairait-il d'enseigner à nos couventines le chant sacré et le théâtre dévot?

— Ça serait un grand souhait, ma mère.

— Avez-vous d'autres références?

— Je commence à donner des cours privés de chant, de musique et de français à la pupille de la marquise et du marquis de Vaudreuil, au château Saint-Louis.

— La petite Abénaquise, qui n'en est pas une? Alors, travaillez bien, car nous la recevrons comme pensionnaire dès l'an prochain.

— Merci pour cette recommandation, ma mère.

— Alors, quand pourriez-vous commencer?

— Quand le souhaitez-vous, ma mère?

— Dès demain, si vous le voulez. Il ne reste que quinze jours avant Noël pour préparer la chorale du petit oratoire de mère de l'Incarnation. Si votre mère le souhaite, elle est la bienvenue pour apprécier les efforts de nos petites pensionnaires à la messe de minuit.

Le cœur de Cassandre battait à tout rompre. Sa carrière prenait un envol inattendu, au-delà de ses espérances.

— Je serai au couvent, à la première heure.

— Nous vous attendrons à la messe du matin. Comme ça, vous pourrez évaluer les voix de vos petites protégées.

— Et mon enseignement auprès d'Esther?

— Nous trouverons un arrangement pour ne pas déplaire à la marquise.

Le soir même, après avoir annoncé la bonne nouvelle à Mathilde et à Thierry, Cassandre se dépêcha d'écrire à sa mère et à Étiennette.

Ma chère maman,

J'espère que le docteur Manuel et vous nagez dans le bonheur et que votre nouvelle vocation d'infirmière vous laisse un peu de répit pour penser à votre médecin et non seulement à vos patients.

Je commence mon travail d'enseignante au couvent des Ursulines demain. Je sais que c'est grâce à vous et je vous en remercie. Je serai plus qu'occupée, avec en outre mon enseignement privé au château Saint-Louis et ma nouvelle fonction de chantre, à la basilique Notre-Dame, que j'ai obtenue grâce à ma prestation du Panis Angelicus qui a été appréciée. Encore une fois, merci.

Je ne pourrai pas réveillonner à Charlesbourg, puisque ma chorale de couventines va se produire à la petite église de la rue du Parloir, que vous connaissez bien. Mère de la Conception, la préfète des études, vous invite, le docteur et toi, si vous le voulez, à assister à la messe de minuit. J'y entonnerai le Minuit chrétien... Ce serait merveilleux, mais je sais que ça dérangerait la tradition familiale.

Cassandre se risqua à écrire la suite.

Mais si, miraculeusement, vous disiez oui, Mathilde et Thierry vous accueilleraient avec joie pour réveillonner, rue du Sault-au-Matelot. J'y serai avec Pierre, bien entendu ! Si vous ne pouvez pas pour le réveillon de Noël, nous nous verrons au jour de l'An à Charlesbourg, c'est certain... Mes cours reprennent après les Rois ; ça nous laissera le temps de nous retrouver et de jaser de nos nouvelles vies.

Votre fille qui ne veut que votre bonheur et qui vous embrasse,
Marie-Renée

Chapitre XX
Les nouveaux parents

Cassandre avait malencontreusement adressé sa lettre à mademoiselle Étiennette Lamontagne de la Rivière-du-Loup. Le postier Da Silva, qui connaissait bien l'endroit de résidence des Banhiac Lamontagne, parut heureux d'aller porter le courrier à une adresse où logeaient autant de jolies brunettes prêtes à se marier.

Lorsqu'elle vit l'adresse de retour, rue du Sault-au-Matelot, Marguerite Banhiac Lamontagne se demanda quel pouvait bien être le motif d'une missive écrite par Cassandre, mais provenant de la résidence de la comtesse Joli-Cœur, avec laquelle elle avait sympathisé l'été précédent. Comme la sage-femme devait se rendre incessamment au fief Chicot, chez sa fille Étiennette, elle se dit qu'elle apporterait la lettre pour éviter qu'elle ne s'égare.

Au début de décembre, Marguerite avait demandé à son mari d'aller la reconduire, quitte à ce qu'il revienne un peu avant Noël, avec les enfants, car la famille avait décidé de passer le temps des fêtes avec Étiennette.

— Pauvre petite. Elle n'aura pas à s'activer pour son anniversaire de mariage et pour les boucheries. D'autant plus qu'il n'y a rien de plus déprimant pour une femme que des relevailles pendant le temps des fêtes. Antoinette va m'accompagner. Nous nous entendons bien toutes les trois.

Marie-Anne Lamontagne avait protesté, mais sa mère lui avait fait comprendre ses motifs.

— Écoute, Marie-Anne, tu es la plus vieille, tu dois t'occuper des petits Charles et François-Aurèle. Tu vas te marier bientôt avec ton Viateur. Il faut bien que tu apprennes à t'occuper d'une marmaille. Ton tour viendra bien assez vite, crois-moi. Et puis, Antoinette a encore le temps et en plus, elle aime faire les grandes boucheries, tandis que toi, non ! Étiennette a besoin de viande saignante pour ses relevailles. Pas seulement de la volaille !

Quand l'attelage arriva au fief Chicot, François Banhiac Lamontagne détela le cheval et l'amena à l'écurie. Ensuite, il entra dans la maison, le temps de se faire dire par sa femme, qui venait tout juste de le précéder avec Antoinette :

— Va donc voir à la forge, François, si Étiennette y est.

Il enleva son manteau et suivant le conseil de sa femme, franchit le seuil de la porte qui séparait la forge de la cuisine pour aller saluer son gendre et ami.

Ce dernier, surpris, se demanda bien ce qui amenait son beau-père plus vite que prévu.

— Tiens, François, de la grande visite. Peux-tu m'aider à lever cet essieu par son autre bout ? Parfait, le temps de le limer et je suis à toi.

Le forgeron finit son ouvrage, s'éloigna de la fournaise, s'essuya le front envahi de sueur puis enleva son énorme tablier de cuir épais qui le protégeait du fer incandescent et des étincelles.

— Je te dérange en plein travail.

— Un peu de répit et une bonne gorgée d'eau ! Tu en veux ? demanda le forgeron.

— Non, merci.

Pierre Latour vida d'un trait la chopine d'eau, qui avait déjà été fraîche.

— C'est vrai, tu prendrais plutôt du rhum. Es-tu venu seul ?

— Avec Marguerite et Antoinette. Elles veulent aider Étiennette et faire les boucheries à sa place. Tu sais que nous sommes demain en décembre ?

— Comment l'oublier ! Il y a deux ans, nous étions reçus au manoir de Berthier-en-haut. Tu te souviens ?

— Comment, si je m'en souviens ! Le chenal était risqué.

— Et cette fois-ci ?

— Parfaitement gelé. On dirait que le climat s'est refroidi depuis deux ans.

— Un chemin sur la glace, c'est pratique pour le traîneau, non?

— Quant à ça!... Et Étiennette?

— Ce matin, ça n'allait pas. Je lui ai conseillé de rester couchée. Elle a un ventre énorme. Tu ne la reconnaîtras plus. Son temps est presque arrivé. Je m'apprêtais à aller quérir Marguerite.

— Ça tombe bien, donc! Est-ce que je peux faire quelque chose à la forge, pendant que tu t'en vas voir Étiennette?

— À la forge, non, mais j'aimerais que tu jettes un coup d'œil à mes souliers de cuir. Un sabotier est bien capable de réparer des souliers. J'en ai besoin de neufs, de toute façon. Le cuir de ces chaussures-ci est brûlé.

— Sabotier ou cordonnier, ça demande le même œil, observa François Banhiac Lamontagne.

Quand Marguerite et Antoinette s'étaient présentées dans la cuisine des Latour, elles furent étonnées de ne pas y trouver Étiennette. Marguerite dit à sa fille:

— Ta sœur n'est quand même pas partie chercher l'eau au puits par un temps pareil! Et pas si avancée dans sa grossesse. Son mari ne l'aurait pas permis!

— Elle est peut-être à la forge, maman.

Comme Antoinette s'apprêtait à suivre son père, qui venait de fermer la porte mitoyenne qui servait, selon la saison, à protéger la cuisine du feu de la forge ou à la réchauffer, la jeune fille ainsi que sa mère entendirent Étiennette de la chambre.

— Maman, est-ce vous?

Aussitôt, Marguerite se rendit dans la chambre, suivie d'Antoinette. Les deux femmes purent observer Étiennette qui tentait de se lever avec difficulté. Marguerite s'approcha d'elle.

— Surtout, ne fais pas d'efforts. Tu auras besoin de toutes tes forces bientôt, ma fille!

Marguerite, après avoir remonté les oreillers d'Étiennette, se rendit immédiatement compte de l'imminence de la naissance. Elle sourit à sa fille et lui dit:

— Tu vas entrer en travail très prochainement. Quelques heures, quelques jours tout au plus. Ton bébé s'en vient. Et dire qu'Antoinette et moi étions venues pour les boucheries! Nous serons utiles à plus important, n'est-ce pas?

Antoinette, qui assistait en silence à l'examen de la sage-femme, sourit à sa sœur.

— Je vais te remplacer à l'ordinaire de la maison, Étiennette.

— N'apprends pas trop vite, Antoinette. Je ne tiens pas à accoucher à chaque temps des fêtes. J'ai aussi un réveillon à préparer, à la Rivière-du-Loup ! s'exclama Marguerite.

— Mais, maman, je n'ai pas encore de cavalier, alors qu'à mon âge, Étiennette était déjà mariée.

La réponse d'Antoinette fit sourire Étiennette. Un sourire qui se transforma toutefois en rictus causé par une douleur aiguë.

— Mon Dieu ! Est-ce la première fois ?

— Oui, répondit Étiennette, grimaçant de douleur.

— Ne t'inquiète pas. C'est possible que la douleur revienne avec régularité ou par intermittence... La naissance pourrait retarder... Nous ne prendrons pas de risques. Antoinette se mettra aux fourneaux pour nourrir ton homme, et moi, je reste. Ton père...

— Où est-il ?

— À la forge, avec Pierre. C'est Marie-Anne qui prend soin des jumeaux, à la maison... Ah oui, j'oubliais, j'ai une lettre pour toi. C'est le jeune Da Silva qui est venu la porter... Je pense qu'il s'intéressait davantage à Antoinette qu'à la lettre.

— Maman, je vous en prie. Ce n'est pas drôle ! répondit vivement cette dernière.

Étiennette ne prit pas de temps à réagir.

— Une lettre ? Comment se fait-il qu'elle soit arrivée à la Rivière-du-Loup ?

— Parce qu'elle est adressée à mademoiselle Étiennette Lamontagne. Mais elle provient de Marie-Renée Allard, de Québec et non de Charlesbourg. C'est indiqué au verso de l'enveloppe.

— Cassandre m'a écrit ? Vite, montrez-moi cette lettre ! C'est sa réponse à sa venue comme marraine pour le baptême. Mais il est sans doute trop tard !

— Comme marraine ? Mais ce n'est pas dans la tradition. Si tu ne me veux pas comme marraine, au moins, choisis une de tes sœurs ! Marie-Anne serait un choix logique, comme elle est ta sœur aînée ! répondit catégoriquement Marguerite.

Cette dernière remit à Étiennette la lettre froissée qu'elle avait récupérée dans la poche de son manteau, qu'elle n'avait pas encore eu le temps d'enlever. Ce qu'elle fit.

— Ouf ! Je commençais à étouffer. Tiens, la voilà !

Étiennette commença à la lire. Aux mimiques de surprise, Marguerite et Antoinette purent convenir de la joie d'Étiennette de recevoir des nouvelles de son amie. Puis, soudainement, son humeur devint triste. Deux larmes coulèrent sur ses joues. Ne se retenant plus, sa peine prenant le dessus, Étiennette se mit à pleurer à chaudes larmes. Marguerite passa la main sur la tête de sa fille, tandis qu'Antoinette, peinée, lui tendit son mouchoir.

— Qu'est-ce que c'est que cette grosse peine-là! Tu veux que je la lise?

Sans répondre, Étiennette chiffonna la missive.

— Ce n'est pas dans tes habitudes, ça, ma fille. D'ordinaire, tu es plus mesurée. Qu'est-ce qui ne va pas?

— C'est bien ce que je pensais! Cassandre ne pourra pas venir ici pour le baptême. Elle ne sera pas la marraine. Elle va chanter au mariage de sa mère, le 8 décembre.

— Madame Eugénie se remarie! Avec ce sculpteur?

— Avec un docteur.

— Ça s'est fait vite! N'est-ce pas bizarre que la lettre ait été expédiée de Québec?

— Cassandre me dit qu'elle a plein de projets pour son travail.

— La connaissant! Ce n'est pas plus grave que ça, elle sera marraine une autre fois.

— Mais, pour mon premier, c'est ce que je souhaitais! Déjà qu'elle n'est pas venue à mon mariage...

Étiennette grimaça pour la seconde fois. Marguerite prit cette seconde contraction au sérieux.

— Antoinette, regarde s'il y a de l'eau bouillante dans la marmite, dans l'âtre. J'y ai vu aussi un chaudron.

Antoinette se dépêcha d'aller vérifier.

— C'est de la soupe aux pois en purée, maman.

— Va chercher de l'eau à la forge. Pierre en fait bouillir en permanence... Ah oui! Dis aux hommes d'attendre un peu avant de venir pour le repas, mais ne leur dis pas pourquoi... Le dîner n'est pas prêt, de toute façon, c'est la vérité! C'est toi qui vas le préparer. Ajoute le lard qui doit être dans l'armoire, dans la saumure. Il doit y avoir aussi du poisson fumé ou des rillettes... Pas de gibier pour moi. Je ne le digère pas. Avec du bon pain de ménage, ça ira pour contenter les hommes. Je m'occupe de ta sœur.

Se tournant vers Étiennette, Marguerite ajouta :

— Je crois que le bébé veut nous connaître absolument. Ton travail commence. Je te demande de suivre à la lettre ce que je vais te demander. Si la douleur est trop aiguë, fais tes invocations, ça t'aidera. Tu sais que le petit Jésus s'est fait homme et que sa mère a accouché comme nous toutes, de la même façon… Appelle-moi à la prochaine contraction. Je vais aller chercher mon nécessaire dans mon sac, dans le traîneau. Le temps de le réchauffer à la forge. Je ne m'attendais pas à ce que ça arrive si vite.

— Maman, ne vous éloignez pas, je vous en prie.

— Tout va bien, je vais demander à Antoinette d'y aller… Antoinette ? Peux-tu récupérer mon nécessaire d'accoucheuse dans le traîneau et le réchauffer près du feu de la forge ? Je vais mettre la table, en attendant.

— Oui, maman, répondit Antoinette, heureuse de pouvoir aider.

— Ne t'inquiète pas, je suis juste à côté.

— Merci… Pour le marrainage, qu'est-ce que vous en pensez ? Je suis déçue que Cassandre ne puisse pas venir…

— Et ton mari, lui en as-tu déjà parlé ?

— Si c'est un garçon, c'est clair qu'il veut demander à son ami, Pierre Généreux, pour que le bébé porte son prénom.

— Il lui faudra quand même une marraine, à ce petit !… En tout cas, il n'en manquera pas, puisque nous sommes là, Antoinette et moi, mais aussi la cousine Agnès de la Grande-Côte. Penses-y bien. L'important, c'est de ne pas t'inquiéter avec ça pour le moment.

— Ma décision est prise, maman. En l'absence de Cassandre, si c'est une fille, je la prénommerai Marie-Anne !

— Comme ça, tu choisis ta sœur Marie-Anne comme marraine ! Elle sera contente et moi aussi. C'est normal de choisir sa sœur aînée. De toute façon, elle va se marier bientôt. Je vais demander à ton père d'aller la chercher. Tes autres sœurs s'occuperont de la maisonnée. Si elles sont assez vieilles pour penser au mariage, elles le sont aussi pour les responsabilités qui vont avec !

Étiennette regarda sa mère avec un air de défi.

— Non, pas ma sœur. Marie-Anne Dandonneau, notre voisine.

Marguerite, sous le choc, prit du temps pour répondre :

— As-tu pensé à la déception que ta sœur aura, sachant que sa nièce porte son prénom, sans en être la marraine ? Elle risque de t'en vouloir pour le reste de ses jours, tu la connais !

— Justement, Marie-Anne Dandonneau est mon amie, tandis que ma sœur Marie-Anne ne l'est pas !

— Étiennette, ce n'est pas le temps de partir une chicane de famille dont le bébé fera les frais, alors qu'il n'y est pour rien. Essaie d'être raisonnable ! Tu sais que ta sœur va probablement marier Viateur Dupuis, un des bons amis de ton mari. Le marrainage est une bonne façon de consolider les liens.

— Marie-Anne Dandonneau est la fille d'un seigneur et elle est déjà riche, en plus d'être voisine et toujours célibataire. Ma petite fille m'en sera reconnaissante toute sa vie.

— C'est ça... Ne me dis pas que tu commences à avoir des idées de grandeur comme la petite Allard ! Bon, c'est ton choix. Mais je te demande de penser encore aux conséquences pour l'esprit familial... Un jour, quand son militaire de mari reviendra, Marie-Anne Dandonneau aura aussi des enfants. Elle ne sera peut-être plus ta voisine. La petite ne verra pas plus souvent sa marraine, à ce compte-là... Tandis que notre Marie-Anne sera toujours ta sœur ! Je vais prier la Vierge pour qu'elle t'éclaire... En attendant, tâche de nous le rendre en santé, ce bébé.

— Ma décision est irrévocable, maman. Marie-Anne Dandonneau sera la marraine, si elle le veut bien.

— Très bien, souhaitons que le bébé soit un garçon !

Puis, prenant sur elle, Marguerite continua :

— Au cas où ce serait une fille, nous allons demander à Pierre d'informer Marie-Anne Dandonneau, et le plus vite possible, car le temps se gâte... Tu pourras au moins dire à ta sœur, comme prétexte, que le bébé est venu au monde en pleine tempête de neige... Maintenant, repose-toi !

Quand, quelques heures plus tard, Étiennette mit au monde son premier enfant, une fille, Marguerite alla d'abord déposer la petite dans les bras de sa mère, l'emmaillota puis alla présenter sa première fille à son père.

— Regarde, Pierre, comme elle est belle.

Le géant, encore fatigué d'avoir veillé toute la nuit, hésita à prendre l'enfant dans ses gros bras.

— Tu peux la prendre, tu sais. Tu es son père. Félicitations !

Ce dernier, habitué à lever des charges énormes ou à calmer des chevaux de trait et à les ferrer, avait l'impression de tenir dans ses mains un objet de porcelaine, prêt à se casser. Il prit l'enfant, la regarda et se mit à pleurer de joie. Constatant l'affection que le géant avait déjà pour son bébé, Marguerite reprit l'enfant.

— Tiens, Étiennette t'attend. Elle a été merveilleuse. Elle a eu beaucoup de courage, car l'enfant pèse gros. Dépêche-toi, elle est épuisée. Elle doit dormir, maintenant. Dès que les chemins seront praticables, il te faudra te rendre au manoir Dandonneau, avertir sa marraine. Elle y réside pendant l'hiver. Et le curé de l'île Dupas, aussi, si l'on veut que la petite soit baptisée.

Marie-Anne Latour était née le 4 décembre 1707 et fut baptisée le lendemain à la petite église de l'île Dupas. Marie-Anne Dandonneau joua son rôle de marraine et François Banhiac Lamontagne, celui de parrain. Antoinette Lamontagne fut heureuse d'être désignée porteuse. C'est au manoir Dandonneau que la marraine offrit la réception. Heureuse, cette dernière échafaudait déjà des projets d'avenir pour la fillette.

Après la réception de baptême, Marie-Anne Dandonneau tint à reconduire elle-même sa petite filleule à Étiennette, au grand désappointement d'Antoinette.

— Félicitations, Étiennette. Tu m'as donné une filleule magnifique. Elle te ressemble. Elle sera brunette, comme les femmes Lamontagne.

— N'est-ce pas? Je veux qu'elle soit aussi distinguée que toi, Marie-Anne.

— Elle l'est déjà, regarde sa mimique. Elle se donne des airs. Ce sera une vraie demoiselle.

— Je compte sur toi pour qu'elle le devienne. Tu me le promets?

— Promis!

Là-dessus, la petite Marie-Anne reçut son premier cadeau de sa marraine.

— Ah oui, j'oubliais! C'est pour Marie-Anne, mais c'est sa mère qui doit l'ouvrir.

— Pour ça, j'aimerais que Pierre soit là.

— Je vais le chercher, s'empressa de dire Marie-Anne.

— Pas toi, la forge n'est pas un endroit pour la fille d'un seigneur, l'arrêta Étiennette d'un geste de la main.

— Voyons, je ne suis pas la fille du gouverneur, riposta amicalement Marie-Anne.

Marie-Anne alla chercher le forgeron qui, gêné de sa tenue, ne disait mot.

— Pierre, Marie-Anne tient à nous donner son cadeau de baptême. Qui plus est, elle a eu la gentillesse de nous prêter sa propre robe de baptême, qu'elle garde pour ses enfants à venir.

— Étiennette, Pierre, je tiens à offrir à ma filleule Marie-Anne un morceau du lot de terre qui m'appartient au fief Chicot et qui longe votre propriété. Comme ça, elle ne s'éloignera jamais, ni de ses parents ni de sa marraine. Vous pourrez en prendre acte devant le notaire bientôt. Elle en sera propriétaire à sa majorité.

— C'est trop, mademoiselle Marie-Anne... Je ne sais quoi vous dire ! avança le géant, ému, en tendant la main à la marraine.

Cette dernière regardait le forgeron, étonnée qu'un homme de ce gabarit puisse s'émerveiller de la sorte.

— Comment te remercier, Marie-Anne ? demanda aussitôt Étiennette, également sous le choc d'une telle marque d'amitié.

— En me donnant l'occasion de la garder le plus souvent possible.

— Tu n'as pas à me le demander, Marie-Anne, cela va de soi.

Marie-Anne hésitait à poser sa prochaine question.

— Quelque chose ne va pas, Marie-Anne ?

— Nous nous disions, ma mère et moi, que... si vous êtes seuls pour Noël, ma famille et moi aimerions vous avoir à notre table, avec ma petite filleule, bien entendu ! Vous faites partie de la famille Dandonneau, maintenant.

Surprise, Étiennette répondit :

— Il faudra que j'en parle avec mes parents, mais merci pour cette charmante invitation.

Aussitôt, Étiennette voulut donner la bise à son amie, mais Marie-Anne la devança.

— Il me semble que c'est plutôt à moi de me pencher, Étiennette, je t'en prie.

Très accaparée par le nouveau-né, Étiennette écrivit à Cassandre dès qu'elle le put pour lui annoncer la naissance de la petite Marie-Anne et lui dire que c'était leur amie, Marie-Anne Dandonneau, qui en était la marraine. Cette lettre fut finalement acheminée en même temps que celle de Marie-Anne, à Québec, à destination de la France, adressée à son fiancé.

Vers la fin avril, après le dégel, dès que la circulation en bateau sur le chenal le permit, Marie-Anne Dandonneau, qui avait souffert d'un vilain rhume une partie de l'hiver, vint rendre visite à sa filleule de plus de quatre mois.

— Qu'elle est belle... Et grande ! On dirait une enfant de six mois.

— Et sage, en plus. Elle fait toutes ses nuits... En fait, jusqu'au lever de Pierre à quatre heures et demie... Dis bonjour à cette belle dame, qui est ta marraine ! Regarde ses cheveux blonds... n'est-ce pas qu'ils sont soyeux ?

La fillette agrippa les cheveux de Marie-Anne, qui lâcha un cri.

— Excuse-la. C'est un bébé.

— Justement, j'ai bien hâte, moi aussi, de me faire tirer les cheveux par une aussi mignonne fillette.

— Alors, quand ?

— Je ne sais pas. Je n'ai pas reçu de lettre.

— Il s'agit d'être patiente lorsqu'une femme est amoureuse d'un voyageur !

Marie-Anne devint subitement sérieuse.

— Mon père vient de me faire parvenir des nouvelles de Varennes... Mon futur beau-frère, Christophe Dufrost de la Jemmerais, vient de mourir. Le père de la petite Margot, tu te souviens ?

— L'enfant pieuse et modèle... Que va-t-elle devenir ?

— On parle déjà de l'envoyer étudier chez les Ursulines de Québec.

— À ce moment-là, elle pourrait faire partie de la chorale de Cassandre. Elle enseigne le chant aux couventines.

— C'est Marie-Renée, sa mère, qui sera contente. Pauvre elle, qui attend un enfant qui ne connaîtra jamais son père.

— Alors, je vais ajouter cette information dans ma lettre à Cassandre, qui n'est pas encore partie.

— C'est possible que Cassandre l'apprenne avant, car un messager est en route pour l'annoncer au procureur Jean-Baptiste au Séminaire. Il le dira sans doute à son frère Jean-François.

— Probablement, mais je ne prendrai pas de risque.

CHAPITRE XXI
La mauvaise nouvelle

À la forge du fief Chicot, mai 1708

— Pierre, le dîner est prêt.

Étiennette Latour venait d'apparaître dans l'embrasure de la porte de la forge de son mari, le maréchal-ferrant du fief Chicot de la seigneurie de l'île Dupas.

Bien que Pierre Latour soit résidant de la seigneurie de l'île Dupas, le seigneur Alexandre de Berthier, étant donné la terre qu'il avait offerte comme cadeau de noces à son ami le forgeron, tenait absolument à lui conférer le prestige du titre de maréchal-ferrant dans sa seigneurie de Berthier-en-haut.

Étiennette ne voulait surtout pas que des étincelles incandescentes puissent atteindre sa petite Marie-Anne, maintenant âgée de près de six mois, qu'elle tenait dans ses bras. Déjà, la fillette était pesante pour sa mère, enceinte de son deuxième depuis plus de quatre mois, car elle était plus grande et plus lourde que les enfants de son âge. Marie-Anne avait tenté de s'élancer vers son père, faisant fi du danger que représentait l'enfer de la forge et le cheval rétif de Charles Boucher qui attendait d'être ferré.

Comme le forgeron ne semblait pas avoir entendu l'invitation à cause du bruit, Étiennette répéta, mais cette fois-ci en élevant la voix.

— Pierre, nous t'attendons, le dîner va refroidir.

Comme le Vulcain ne réagissait toujours pas à l'appel de sa femme, Victorin Ducharme, le charron, qui attendait sur la banquette des clients, se leva et s'avança vers Pierre Latour.

— Laforge, ta femme t'appelle pour le dîner.

Le forgeron était en train de frapper le fer à cheval rougi sur l'enclume avec son lourd marteau, avant de l'introduire dans le bac d'eau froide puisée dans le chenal du Nord. Comme il ne réagissait pas, concentré sur son travail, Ducharme lui attrapa le bras alors que Latour s'apprêtait à continuer. Ce dernier se retourna enfin.

— Étiennette te demande d'aller dîner, Pierre. La mienne aussi doit m'attendre. Je dois y aller.

Le forgeron mit sa main gauche gantée sur le bras de Victorin Ducharme et s'essuya le front avec la droite. Puis, en s'adressant à sa femme :

— Si tu es d'accord, Victorin pourrait dîner avec nous.

— Uniquement si Agathe[94] ne l'attend pas. Je ne voudrais pas qu'elle m'en veuille. Et pourquoi ne viendrait-elle pas dîner ici ? Demande-le-lui pour moi !

Pierre Latour Laforge regarda son ami, qui grimaça. Agathe, sa femme, pâtissait de l'esprit d'indécision du charron et de ses fréquentes absences. Il avait comme prétexte de faire la trappe et le commerce de la fourrure. Pierre Latour connaissait la force de caractère de sa jeune épouse. Il la savait déterminée… même opiniâtre lorsqu'il s'agissait d'un sujet qui lui tenait à cœur.

— Ne soyez pas inquiets, Agathe viendra faire son tour. J'ajoute son assiette, clama Étiennette.

Cette dernière, qui connaissait l'habitude de son mari d'inviter à table ses clients, lui demanda :

— Dois-je mettre une autre assiette, Pierre ?

— C'est possible. J'attends Charles… Charles Boucher, lequel viendra chercher son cheval. C'est censé être demain, mais c'est possible qu'il vienne aujourd'hui.

— Alors j'ajouterai un autre couvert, au cas où. Ça donnera l'occasion à Victorin et à Agathe de revoir notre cousin et à moi d'avoir enfin des nouvelles de la famille !

---

94. Agathe Piet Ducharme était la fille de Jean Piet dit Trempe, ancien soldat du régiment de Carignan de la compagnie de Sorel, qui avait épousé une fille du Roy, Marguerite Chemereau. Ils vécurent d'abord à Sorel puis déménagèrent à la Grande-Côte de Berthier-en-haut, en 1673.

Quand Charles Boucher[95] se pointa à la porte d'entrée, Étiennette ne parut pas surprise. Ce dernier, intimidé, contrairement à son habitude, se dirigea vers le banc réservé aux clients de la forge au lieu de s'avancer vers la jeune femme. Heureuse de revoir son cousin, cette dernière ne s'en formalisa pas.

— Charles, quelle belle visite ! J'espère que vous nous apportez de bonnes nouvelles. Comment va tante Agnès ?

Mais avant même qu'il réponde, Étiennette ajouta :

— Vous partagerez notre dîner, n'est-ce pas ? J'ai de la bonne soupe au chou sur le feu et des quenelles du brochet que le jeune Généreux a pêché ce matin.

Comme Boucher n'avait toujours pas répondu, Étiennette insista :

— Allez, vous ne partirez pas comme ça. Que dira Agnès de l'hospitalité de sa cousine… Et ne vous inquiétez pas pour ma cuisine, vous retrouverez la fameuse recette des quenelles de brochet des femmes Pelletier… avec de gros jaunes d'œufs… et aussi ma touche particulière, recette de la Rivière-du-Loup.

À ces mots, Boucher fit une grimace. Étiennette crut qu'il était dédaigneux. Elle continua :

— Vous ne serez pas empoisonné, soyez sans crainte. Mais comme entrée, de la soupe au chou. Cousine Agnès a certainement l'habitude de vous en préparer à la Grande-Côte, de la soupe au chou !

Boucher fit signe que non de la tête. Étiennette, qui commençait à se méfier, poursuivit :

— J'aime autant ça. Je n'aime pas les comparaisons, surtout en matière de cuisine. Et puis Victorin, et peut-être même sa femme, vont se joindre à nous.

Charles Boucher opina de la tête. Il vouait un grand respect à la famille Ducharme, des pionniers de la seigneurie, charrons de père en fils. S'il n'appréciait pas autant que Pierre Latour Laforge la compagnie de Victorin, il n'en était pas moins le grand ami de son beau-père, Piet dit Trempe, un ancien de la seigneurie de Berthier-en-haut.

---

95. Charles Boucher avait épousé Agnès Pelletier, la cousine de Marguerite Pelletier, la mère d'Étiennette. La famille Boucher avait assisté au mariage d'Étiennette et de Pierre Latour.

En attendant le retour de Victorin, comme la petite Marie-Anne cherchait à se rapprocher de son père, qui venait d'enlever son gros tablier et ses gants de cuir à l'épreuve des tisons et des morsures du fer incandescent, Étiennette décida qu'il était temps de la faire manger. Son mari les rejoignit aussitôt à la cuisine, avec Boucher. Étiennette se dépêcha d'ajouter deux couverts et de préparer la purée de légumes que réclamait à cor et à cri Marie-Anne, ne laissant pas de répit à sa mère.

— Dès qu'ils arriveront, j'ajouterai les autres assiettes, décida Étiennette. Agathe et Victorin savent que les enfants de cet âge n'attendent pas.

Assis autour de la table, les hommes avalaient la soupe consistante en silence. Victorin Ducharme était revenu sans sa femme.

Étiennette, plutôt en verve, se dépêcha de questionner Charles Boucher afin de pouvoir, elle aussi, participer aux agapes.

— Et puis, cousin, quelles sont les nouvelles au fief D'Orvilliers[96] ?

— Agnès et les garçons vont bien. Mais ce sont les censitaires de Berthier qui sont inquiets de leur seigneur.

— Comment ça ? Berthier est-il mort ? s'inquiéta Étiennette.

Pierre Latour leva la tête de son assiette. Boucher répondit :

— Nous n'en savons trop rien. Il est parti comme ça, sans crier gare.

— Nous nageons dans le malheur, hein Victorin !

— En plein ça, le malheur. C'est inquiétant.

Latour dévisagea son invité, mécontent.

— Tu aurais pu quand même nous le dire avant, Victorin !

Reprenant son calme, le forgeron continua :

— Il est venu me rendre visite à la forge, l'automne passé. Il m'a semblé préoccupé… Plutôt désœuvré, alors qu'il avait toujours eu plein de projets. Non… ça ne tournait pas rond.

---

96. La Grande-Côte de Berthier était située le long du fief D'Orvilliers, une portion de la seigneurie de Berthier-en-haut, voisinant la seigneurie d'Autray, et qui comprenait les terres non concédées du sieur Randin et l'île au Foin. Le domaine seigneurial de Berthier-en-haut mesurait dans son entier six milles en longueur sur le bord du fleuve, à partir de la seigneurie d'Autray vers le sud-ouest, démarquée par la Grande-Côte, jusqu'au fief Chicot au nord-est, et neuf milles en profondeur. Quatre îles situées juste en face en faisaient partie : l'île au Foin, l'île du Milieu, l'île Randin et l'île aux Castors, aussi appelée l'île aux Vaches.

— Est-ce possible que la mort de son fils[97] lui ait coupé les ailes ? reprit Boucher.

— Et enlevé ses seigneuries, puisqu'il les a laissées en héritage à la jeune veuve. Ça ne paraissait pas à notre mariage, mais son mal devait couver, continua Latour.

Étiennette, agacée par le peu de mémoire des trois hommes, intervint :

— Mais vous oubliez la mort de sa fille Charlotte-Catherine peu après, et celle de son épouse, deux ans plus tard. Il y a de quoi assommer tout être humain ! Elles étaient sans doute aussi importantes pour votre capitaine que son fils !

Latour et Boucher regardèrent Étiennette, embarrassés. Victorin Ducharme fixait ce qui restait de chou dans son assiette. Il préférait ne pas se mêler de la discussion. Après quelques secondes silencieuses, comme Pierre Latour ne voulait pas s'épancher sur un sujet qu'il savait cher à son épouse, Charles Boucher continua :

— Agnès, ma femme, me disait que la jeune veuve de Berthier, Marie-Françoise Viennay Pachot, l'avait carrément trahi lorsqu'elle avait quitté le capitaine pour aller vivre auprès de son frère, le curé de Berthier-sur-mer, peu de temps après votre mariage[98] et le décès de sa belle-mère.

Étiennette, qui s'était remise de son indignation, répondit :

— Perdre son mari après trois mois de mariage, imaginez ! D'être restée aussi longtemps avec sa belle-famille, elle qui ne la connaissait pas vraiment, même si elle était une des cousines de son mari au troisième degré du côté maternel... Je peux la comprendre d'avoir voulu rejoindre sa famille.

Pierre Latour regarda sa femme avec préoccupation. Voulait-elle lui faire savoir qu'elle s'ennuyait de la maison paternelle ? Irrité par leur ton défaitiste, il s'empressa aussitôt de répliquer à l'intention de ses deux invités.

— Le capitaine a bien le droit d'aller où il veut, après tout. Ça ne nous regarde pas s'il essaie de fuir ses deuils ailleurs. Sa seigneurie est bien organisée à ce que je sache et vous êtes bien

---

97. À la mort de son fils Alexandre de Berthier de Villemure, en 1703, Alexandre de Berthier laissa à la jeune veuve de dix-sept ans ses deux seigneuries, Berthier-en-haut et Berthier-sur-mer (comté actuel de Montmagny).

98. Pierre Latour et Étiennette Banhiac Lamontagne se marièrent le 1er décembre 1705, à la chapelle de Notre-Dame-de-la-Visitation de l'île Dupas.

installés. N'est-ce pas sa belle-fille qui en est la seigneuresse? Vous le saviez, n'est-ce pas? En quoi est-ce un si grand malheur?

Charles Boucher se risqua à répondre au géant, intimidé par le ton de ce dernier.

— Non… Oui… Presque. Imaginez-vous qu'il vient de retourner en France après avoir donné l'île du Milieu pour servir de pâturage en commun[99]. Alors nous sommes orphelins, sans seigneur. Où irons-nous? Il nous a lâchement abandonnés.

Pierre Latour, qui démontrait habituellement une réserve naturelle, cogna sur la table avec sa cuillère en étain, en réaction au commentaire de Charles Boucher. Le bruit sec fit pleurer la petite Marie-Anne.

— Pierre, je t'en prie, tu viens de faire peur à la petite, remarqua aussitôt Étiennette sur un ton de reproche.

Le forgeron planta ses yeux mauvais dans ceux de Boucher.

— À nos noces, le capitaine t'a invité comme un ami, chez lui, au manoir, et c'est comme ça que tu lui rends ton amitié?

Penaud, Boucher répondit:

— Oui, mais nous lui avons demandé depuis longtemps de faire paître nos troupeaux sur une des îles. Il ne nous a jamais écoutés! Il a toujours considéré que le maniement des armes était beaucoup plus noble que celui de la charrue!

— Et alors, vous l'avez, votre île pour le pâturage! Qu'avez-vous à vous plaindre encore?

— C'est parce que nous aurions préféré que ce soit une autre, l'île Randin, beaucoup plus proche des pionniers de Berthier, au nord-ouest. L'île du Milieu est éloignée pour les habitants de la Grande-Côte, répondit Charles Boucher.

— Cela prouve le bon jugement du capitaine. Le mot le dit: l'île du Milieu divise la seigneurie de Berthier en deux, rétorqua Latour.

— Oui, mais nous sommes beaucoup plus nombreux! C'est inéquitable, Pierre.

— Le capitaine, dans sa sagesse, a pensé à l'avenir de sa seigneurie. Il viendra un temps où les censitaires de la rivière Bayonne et même ceux de la rivière Chicot deviendront aussi nombreux que ceux de la rivière La Chaloupe et de la Grande-Côte.

---

99. Depuis ce temps, cette île est connue sous le nom de Commune de Berthier.

Pour ne pas contrarier davantage le géant, Boucher abandonna l'argumentation.

— Peut-être bien ! En attendant, nous nous sentons lésés dans nos droits…

— Tu veux dire dans vos privilèges de pionniers !

— Et Berthier est retourné en France.

— Comme son oncle ! osa intervenir Victorin Ducharme.

— Son oncle ? Je ne me souviens pas d'avoir entendu dire qu'il avait un oncle au Canada, questionna Boucher.

— Il paraît. Oncle et neveu étaient venus au Canada la même année. Je pourrais aussi dire parrain et filleul, car le capitaine portait le prénom de son parrain Alexandre. Ce dernier a accompagné le capitaine aux Antilles. Mais, plutôt que de le suivre au Canada, il a préféré retourner en France… Cette parenté m'apparaît abracadabrante ! ajouta Ducharme.

— Oncle ou pas, le capitaine nous laisse en plan. La seigneuresse de Berthier, sa bru, est bien loin d'ici et de nos préoccupations, maugréa Boucher.

Pour alléger l'atmosphère, Étiennette, qui s'affairait à servir les quenelles de brochet tout en suivant la discussion de près, avança :

— Connaissons-nous les véritables raisons de son départ ? Peut-être est-ce une question de santé ?

— À sa dernière visite, il m'a donné l'impression qu'il vivait davantage dans ses souvenirs que pour l'avenir, mentionna Latour.

— Que veux-tu dire, Pierre ? interrogea Étiennette avec curiosité.

— Tu te souviens, quand ton amie Marie-Renée Allard est venue nous visiter avec sa mère et son frère le curé ?

— C'est comme si c'était hier ! L'an passé, à pareille date, je venais d'apprendre que j'étais enceinte de Marie-Anne. C'est Cassandre qui en a fait, une tête. Et sa mère !

Ducharme et Boucher regardèrent Étiennette, déjà ronde de son deuxième, en une année seulement. Ils se dirent que leur ami, le forgeron, rattrapait le temps perdu.

— Eh bien, j'ai été les reconduire jusqu'au manoir du capitaine. Eugénie et lui ne s'étaient pas revus depuis quarante ans… Le capitaine ne l'avait jamais oubliée, car il n'a pas arrêté de parler d'elle, de dire à quel point elle était toujours aussi belle et entêtée.

— Là, tu exagères ! Comme si le capitaine, lui, n'en avait jamais fait à sa tête !

À ces mots, Charles Boucher, qui écoutait la conversation en silence, fit une mimique qui en disait long sur ce qu'il pensait de l'opiniâtreté du seigneur de Berthier.

Remis de son humeur maussade, le forgeron continua :

— Il me racontait qu'il avait fait visiter les îles de Berthier et de Sorel à Eugénie Allard et à son fils, l'abbé Jean-François, qui suivait sa mère à la semelle pour ne pas les laisser seuls, même une seconde.

Laforge sourit. Il était dans la nature du capitaine Berthier d'exagérer les faits, pour se donner de l'importance. Il préféra donner de la crédibilité à l'anecdote.

— Le pauvre Berthier, il en était encore contrarié, poursuivit Boucher.

— Le curé a bien fait ! Le capitaine venait juste d'enterrer sa femme. Elle avait à peine survécu à l'hiver d'après nos noces que les fièvres l'ont emportée, s'offusqua Étiennette.

— Mais il en avait le droit. Il était veuf, rétorqua Latour.

— Pierre ! Tu ne penses pas que deux mois de deuil pour un conjoint, c'est un peu court ?

Aussitôt, Étiennette se souvint qu'elle avait aussi épousé un veuf. Mais ce dernier avait plutôt prolongé son veuvage. Elle continua, pour se tirer de cette bévue :

— Ma mère a entendu dire par le postier Da Silva que sa belle-fille Marie-Françoise ne fut pas particulièrement heureuse d'apprendre son insistance à faire la cour à madame Eugénie Allard. Je pense qu'ils se sont brouillés depuis.

Pierre regarda Étiennette, étonné.

— Mais comment a-t-elle bien pu l'apprendre ?

Étiennette haussa les épaules en guise de réponse. Puis elle ajouta, un court laps de temps après :

— Nous, les femmes, nous réussissons à tout savoir, tu le sais bien !

Son mari la regarda avec inquiétude. Elle continua :

— Surtout lorsqu'il y a d'autres femmes qui rôdent autour de notre homme !

Sentant qu'il était de trop dans la discussion qui devenait un échange conjugal, Charles Boucher prétexta d'aller voir la condition de son cheval. Victorin Ducharme souhaita pour sa part récupérer ses pinces.

— Tes pinces sont prêtes, Victorin. Tu les trouveras à l'arrière de la forge, sur l'établi, à côté de la stalle du cheval de Charles. Mais revenez prendre le dessert, au moins.

Une fois Charles Boucher parti, Pierre Latour craintif avoua sa demi-faute.

— Mais tu sais bien, Étiennette, qu'il n'y a jamais eu quoi que ce soit entre Isabelle Couc et moi. D'abord, elle est remariée et elle n'a été tout au plus qu'une voisine.

Étiennette réagit à l'attitude défensive de son mari.

— Tiens, tiens, mon mari qui craint de se faire accuser d'infidélité! Tu sauras, Pierre Latour, que la jalousie n'est pas mon genre. D'ailleurs, si j'avais à être jalouse, ce ne serait pas d'elle, va!

Latour en profita pour se remettre d'aplomb.

— Alors, ça serait de qui? Car moi, je n'ai rien à me reprocher. Je n'ai qu'une seule femme en tête et c'est toi! lui dit-il avec un air attendri.

Rassurée d'entendre le serment d'amour de son mari, Étiennette poursuivit, amusée :

— Si tu t'imagines que je vais te donner des idées, grand curieux! Tiens, tu ferais mieux de continuer à discuter de tout et de rien avec Victorin.

— Voudrais-tu parler de Marie-Anne, peut-être?

— Quoi, ma sœur? Que je te voie faire les yeux doux à quelqu'un de ma famille!

Ce fut au tour de Laforge de la taquiner.

— Donc, j'ai le droit de les faire à d'autres… comme à Marie-Anne Dandonneau?

Étiennette sortit de ses gonds.

— Nous y voilà! La belle Marie-Anne, la seigneuresse, notre voisine… et la marraine de notre fille, je te fais remarquer. Vous êtes mieux, vous autres, les mâles des environs, de vous l'enlever de la tête, car elle est promise à son beau militaire depuis l'an passé, par contrat.

— Mais elle ne le voit plus!

— Il ne devrait pas tarder à revenir. Il est en train de se battre sur les champs de bataille en Europe. C'est Marie-Anne elle-même qui me l'a dit. Il lui écrit… Parfois! Tu sais, sur les champs de bataille…

— Elle sera veuve avant de consommer son mariage, la belle demoiselle, tu verras!

— Et c'est tout ce qui vous intéresse, les hommes! Tu sauras, Pierre Latour, qu'il lui avoue son amour avec passion dans ses lettres. Gare à celui qui s'approchera trop d'elle, il en sera quitte pour un duel ou embroché, lorsqu'il reviendra, Pierre de La Vérendrye!

Pierre Latour sourit à la remarque naïve de sa femme.

— Tu te moques de ça, toi! Je me souviens qu'il n'aurait pas fallu qu'un quidam s'approche de moi, pendant nos fréquentations.

— C'est toujours vrai, Étiennette!

Là-dessus, le géant s'approcha de sa femme pour l'embrasser. Cette dernière feignit la surprise et tenta de se dégager. Mal lui en prit, car Latour l'emprisonna dans ses bras et lui appliqua un baiser sur la bouche, qu'elle ne put refuser. Elle consentit de bonne grâce à l'effusion de tendresse de son mari pendant quelques instants. Comme Étiennette replaçait sa coiffe, Pierre Latour jugea bon de continuer à lui conter fleurette.

— Dépêchez-vous, monsieur le forgeron, à faire les yeux doux à votre belle, parce que vos clients reviendront dans les prochaines minutes.

— Oh! Mais le principal est de rendre ma femme heureuse!

Là-dessus, le forgeron essaya de récidiver. Étiennette feignit la pudibonderie en repoussant les avances de son mari.

— Bas les pattes, grand fou! Charles et Victorin vont bientôt revenir! D'ailleurs, Marie-Anne n'entend pas partager sa mère avec son séducteur de père, pas plus que le petit qui s'en vient.

La petite Latour, se croyant abandonnée, s'époumonait à retenir l'attention d'Étiennette. Cette dernière n'avait pas fini sa phrase qu'elle se dépêchait de replacer sa coiffe à nouveau, en voyant arriver Charles Boucher et Victorin Ducharme. Boucher avait eu le temps d'informer Ducharme du motif véritable de sa visite.

— Nous sommes de retour. Le cheval se porte bien.

— Et mes pinces sont parfaites, apprécia Ducharme.

— Tant mieux! Étiennette, qu'avons-nous comme dessert? demanda Pierre Latour.

— Et mes quenelles, ma soupe, personne ne les a appréciées? interrogea cette dernière.

— Hum, hum! grogna son mari.

La jeune mère de famille grimaça de désappointement. Elle vérifia l'état des assiettes et constatant qu'elles étaient assez propres pour recevoir le dessert, elle y déposa les beignets qui venaient de sortir du four, qu'elle arrosa copieusement d'un sirop de fraise.

— Attention de ne pas vous brûler, ils sont très chauds. Le sucre va vous arracher le palais.

Pierre Latour Laforge l'observa, laissant croire à ses amis que sa jeune femme ne connaissait rien aux dangers du feu. Quand il se brûla à la première bouchée, elle lui fit la remarque:

— Qu'est-ce que je disais! Tiens, Pierre, prends de l'eau fraîche tirée du puits.

Rafraîchi, le forgeron reprit la conversation à propos du seigneur de Berthier là où elle était restée. Charles Boucher n'en fut ni dupe ni surpris. Mais il avait bien hâte d'en venir à l'urgence de sa visite.

— Tu sais, Charles, la veuve de François Allard, mon ancien patron, a fortement secoué l'enthousiasme du capitaine. Je pense bien que les charmes des îles et l'hospitalité de ses gens ne furent pas suffisants pour l'intéresser à déménager.

— Il n'en reste pas moins que toutes ces émotions ont ébranlé le capitaine. Il a probablement préféré finir ses jours sur sa terre natale. D'où venait-il déjà? demanda Boucher.

— De Bergerac, sur la Dordogne, dans le Périgord.

À ce moment, Marie-Anne s'égosilla de plus belle.

— Excusez-moi, Charles, je dois m'occuper de la petite.

— Allez, Étiennette, je comprends ça! Il y en a eu, des pleurs à la maison avec notre marmaille.

Quand elle eut pris son bébé dans ses bras, Étiennette resservit des beignets aux hommes. Un thé bouillant accompagna le dessert. Latour regardait sa femme circuler aisément autour de la table, malgré la lourdeur de sa taille. Cette dernière s'était assise à son tour, picorant dans son assiette de soupe, tout en alimentant Marie-Anne, qui essayait d'imiter sa mère en barbouillant sa nourriture dans le récipient d'étain.

Étiennette reprit la conversation là où elle en était:

— Ne vous en déplaise, messieurs, un homme de la trempe du capitaine Berthier ne s'effondre pas de cette façon.

— Que veux-tu dire, Étiennette, que nous ne savons pas ? interrogea Latour.

— Il y a toujours une raison sentimentale pour justifier le départ soudain d'un homme.

— Dis-nous vite ce que tu sais ! reprit Latour.

— Ce n'est sans doute que des qu'en-dira-t-on, mais ma mère soupçonne le seigneur de Berthier d'avoir voulu quand même se rapprocher de madame Eugénie Allard, répondit Étiennette.

— Ce n'est pas en fuyant en France qu'il va se rapprocher de Charlesbourg. Il est mieux de revenir au Canada ! affirma Boucher, fier de son trait d'esprit.

— Bien dit, Charles ! ajouta Latour en tapant sur l'épaule de son ami et cousin.

D'attaque devant la solidarité masculine, Étiennette mit ses mains sur ses hanches, bien décidée à justifier son point.

— Justement. Selon Eugénie Allard, qui se serait confiée à ma mère, Alexandre de Berthier projetait de revenir et d'aller vivre sur son ancienne seigneurie de Bellechasse, qu'il a donnée en héritage à sa bru, Marie-Françoise Viennay Pachot.

— Mais, de Bellechasse à Charlesbourg, ce n'est pas à la porte, répliqua Latour.

— C'est plus proche que de Berthier-en-haut, conclut Boucher.

Étiennette et Pierre Latour regardèrent Boucher avec incrédulité, tant son observation leur avait paru inutile.

— Non, le capitaine sait sans doute qu'Eugénie Allard est mariée à son médecin depuis décembre passé. Il n'est pas si naïf, tout de même !

Les trois hommes fixèrent leurs regards sur Étiennette. Ils appréciaient, sans vouloir le laisser paraître, le bon jugement de la jeune femme.

— Avez-vous reçu des nouvelles de Cassandre et d'Eugénie Allard depuis ce temps ? demanda Boucher.

Étiennette ne voulut pas en rajouter. Elle répondit :

— Cassandre m'a écrit juste avant la naissance de Marie-Anne. Non, il doit y avoir une autre femme, se mit-elle à murmurer… J'y suis… La jeune veuve de Berthier, Marie-Françoise, vit dans son manoir de Bellechasse avec sa mère, la comtesse de Saint-Laurent et ses deux tantes, mesdames d'Auteuil et de Saint-Martin. Ce sont les cousines de sa défunte femme.

— Donc, de quoi exciter son envie de faire la cour à une noble dame, remarqua Latour.

— Ou d'exciter la jalousie des deux autres, ajouta Charles Boucher ironiquement.

— Mais, à bien y penser, le capitaine m'a déjà dit que ses cousines avaient de bien mauvais caractères. Or, comme le sien n'est pas des plus commodes non plus, il y a probablement déjà dû y avoir des étincelles au manoir de Bellechasse, continua le forgeron avec un sourire moqueur.

Avant que Latour ne puisse continuer son explication, Étiennette, qui avait commencé à desservir, conclut :

— Messieurs, à bien y penser, votre capitaine Berthier ne peut se passer de compagnie féminine, ai-je bien compris ?

Un murmure d'approbation se fit entendre.

— Soit, mais ceci le regarde, n'est-ce pas ? continua Étiennette.

Les hommes opinèrent de la tête.

— Alors laissons-le à ses amours. Il est assez vieux pour savoir ce qu'il fait. Quant à nous, le travail nous attend.

Devant l'injonction d'Étiennette, personne n'osa allumer sa pipe. Le forgeron savait bien que le message lui était adressé. Victorin prétexta d'aller retrouver Agathe, tandis que Charles Boucher, qui n'en pouvait plus de ronger son frein, demanda à son ami Latour s'il pouvait examiner l'état de son cheval, à la forge. Latour se doutait bien que cette requête était un prétexte, puisque Boucher revenait de la forge et qu'il n'avait pas fait mention de la condition de l'étalon durant le repas.

— Mais bien entendu. Victorin va continuer la conversation avec ma femme. Hein, Victorin ! Bon, assez de bavardage, Charles, allons-y.

Victorin Ducharme se rassit sagement. En passant, Latour remit sa blague à tabac à son ami.

Une fois à la forge, Charles Boucher annonça à son ami la mauvaise condition de santé du père d'Étiennette. Pierre Latour resta saisi par la nouvelle. Il connaissait François Banhiac Lamontagne depuis plus de quinze années.

— Ce n'est pas possible. François, un roc !

— Aussitôt que j'ai rencontré Marguerite, elle m'a demandé de vous l'annoncer. Ma femme Agnès ne le sait pas encore.

— Qui d'autre le sait par ici ?

— Je l'ai seulement dit à Victorin, avant le dîner. As-tu peur qu'il s'échappe ?

— Sait-on jamais ! Vaut mieux aller les rejoindre maintenant. Au moment propice, je l'annoncerai à Étiennette, répondit-il, inquiet de la réaction de sa femme, enceinte. Il se doutait bien qu'elle se rendrait coûte que coûte au chevet de son père mourant.

Se dirigeant discrètement vers la cuisine, Laforge pointa son regard vers la porte entrebâillée du fond de la pièce et aperçut sa femme, à la silhouette alourdie. Soudain, le forgeron se rendit compte du drame qu'allait vivre sa jeune femme de dix-neuf ans, qui attendait leur deuxième enfant pour le début de l'automne. Il prit conscience une fois de plus que sa vie avait diamétralement changé, depuis deux ans et demi, alors qu'il avait épousé sa nièce par alliance, Étiennette Lamontagne, la fille du sabotier de la seigneurie de la Rivière-du-Loup.

Le Conseil supérieur, où siégeait le représentant de l'archevêché de la Nouvelle-France, avait étudié avec minutie la demande en mariage de cet oncle par alliance avec sa nièce. Le couple avait toutefois obtenu facilement sa dispense, sur la recommandation de Marguerite et de François Banhiac Lamontagne, qui avaient toujours eu leur beau-frère en haute estime.

Le forgeron fit signe à Victorin de venir le rejoindre, à l'insu de sa femme. Aussitôt ce dernier auprès de lui, il lui chuchota à l'oreille :

— Charles vient de m'annoncer ce qui se passe avec mon beau-père. J'aurai sans doute besoin de votre aide, Agathe et toi.

Comme le charron Ducharme ne réagissait pas, Latour lui souffla ses directives, de manière à ce qu'elles soient claires.

— Je compte sur toi pour éteindre le feu et fermer la forge, Victorin. Ah, oui, aussi pour soigner mon cheval Ti-Boy. Je vais probablement aller reconduire Étiennette et je serai de retour demain… Peut-être plus tard. Comme nous allons partir rapidement, si Agathe pouvait venir mettre un peu d'ordre dans la maison, cela aiderait Étiennette… Tu sais, dans son état. Si elle le peut, bien entendu, car elle aussi a sa charge… Maintenant, je vais annoncer la nouvelle à Étiennette.

Comme le forgeron s'apprêtait à dévoiler la mauvaise nouvelle à sa femme, elle l'arrêta en disant :

— Déjà de retour ? Toi, Pierre, tu me caches quelque chose !

Comme Étiennette le regardait d'un drôle d'air, le forgeron jugea le moment propice.

— Charles est venu nous saluer en revenant de la Rivière-du-Loup. Il n'arrive pas directement de la Grande-Côte.

Surprise, Étiennette interrogea :

— Ah !... Alors, comment va ma famille, Charles, si vous avez pu la visiter, bien entendu ?

— Bien sûr !... Elle va plutôt bien... Enfin plus ou moins, devrais-je dire, répondit ce dernier, la tête dans son assiette.

La jeune femme resta bouche bée. Elle blêmit. Elle regarda son mari, en ajoutant :

— Que voulez-vous dire, Charles ?

Avant que ce dernier ne continue, Latour s'empressa de dire :

— Il est arrivé malheur à ton père, Étiennette. Un mal inconnu l'a frappé tout d'un coup, alors qu'il était dans son atelier en train de raboter des sabots. Ta mère l'a trouvé inconscient.

Soudain, la jeune femme se mit à pleurer, à gros sanglots. Sa réaction entraîna les pleurs sonores de sa petite Marie-Anne.

Pierre Latour se leva de sa chaise. Il prit sa fillette, impressionnée d'être ainsi récupérée par son père, la confia à Boucher, et prenant les mains d'Étiennette, la leva de son siège et la serra dans ses bras puissants.

Cette dernière se blottit sur l'épaule de son mari un moment. Puis, prenant sur elle, elle questionna :

— Est-il... mort ?

— Non, mais il faudra sans doute se rendre chez tes parents le plus tôt possible. J'irai moi-même.

— Alors je t'accompagne.

— Mais dans ton état ! Le trajet en barque sur le chenal et le vent frisquet comportent des risques. Ne préfères-tu pas rester chez Agathe et Victorin ? La petite et toi, vous y serez mieux.

— Voyons, Pierre ! Mon père est mourant. Je tiens à être là s'il reprend conscience. Je veux lui parler une dernière fois. Et puis, il y a ma mère. Qu'elle doit être bouleversée !

— Comme tu veux, Étiennette. Si tu te sens assez forte. Prépare-toi, je vais aller reconduire la petite, à moins que Victorin soit encore là. S'il ramenait Marie-Anne à Agathe, cela nous sauverait du temps. Nous pourrions partir tout de suite pour la Rivière-du-Loup. Qu'en penses-tu?

Comme Étiennette ne répondait pas, trop attristée par les événements, Latour se rendit à la forge. Heureusement, son ami Victorin finissait d'éteindre les derniers tisons dans les cendres refroidies. Ils revinrent ensemble à la cuisine.

— Victorin, crois-tu qu'Agathe serait prête à garder Marie-Anne? Comme ça, tu pourrais l'amener avec toi maintenant.

— Je suis certain que ça lui fera plaisir.

— Sinon, Agnès sera bien contente de la garder. Soyez bien à l'aise avec ça! avança Boucher.

— Non, ça va aller. Soyez sans inquiétude, rassura Victorin en s'adressant à Étiennette et à Pierre. Alors, juste le temps de préparer le bagage de la petite.

Aussitôt, Étiennette, toujours les yeux baignés de larmes, esquissa un sourire à l'endroit de Victorin.

— Venez prendre une tasse de thé, en attendant, lança Pierre Latour à ses amis Charles et Victorin.

— Non merci, Pierre, c'est le temps pour moi de rentrer à la Grande-Côte annoncer la mauvaise nouvelle à Agnès, dit Charles Boucher.

— Salue-la pour nous et merci pour ta visite. Vraiment chic de ta part, Charles! lui lança le forgeron avec un regard reconnaissant.

— Quand on est de la même famille, rien de plus normal!

Sur ce, il s'apprêtait à franchir le seuil de la porte, quand Étiennette hoqueta, réfrénant ses sanglots :

— Embrassez ma cousine Agnès de notre part.

— Bon courage, Étiennette, nous sommes avec vous dans ces moments difficiles!

À la vue d'Étiennette, les yeux noyés de larmes, Victorin se servit lui-même son thé. Étiennette prépara le nécessaire de sa petite fille et embrassa tendrement cette dernière, emmitouflée de lainage.

Quand Marie-Anne s'aperçut qu'elle serait séparée de sa mère, elle se mit à pleurer à pleins poumons. Étiennette hésitait à confier sa petite à Victorin.

— Je préférerais qu'elle soit gardée par sa marraine, mademoiselle Marie-Anne. Elle m'a déjà demandé de la garder le plus souvent possible.

Pierre Latour répondit :

— Bien sûr. Mais, pour le moment, elle ne sait rien de l'état de santé de ton père et nous ne savons pas où est mademoiselle Marie-Anne. Le plus sage serait de faire confiance à Agathe et à Victorin.

— Mais Marie-Anne aime bien sa marraine ! répondit Étiennette, larmoyante, en plein désarroi.

Pierre Latour prit Marie-Anne dans ses bras et suivit Victorin Ducharme jusqu'à sa berline. Il embrassa sa petite, convulsée de larmes et dit à son ami :

— Tiens, prenez-en soin. Remercie Agathe pour nous. Je reviendrai à la forge demain. J'irai la chercher chez vous.

Avant que Latour ne confie son enfant à Victorin, ce dernier eut la délicatesse d'ajouter :

— Je vais vous amener jusqu'au quai en berlot. Je sais que c'est à côté, mais dans l'état d'Étiennette...

Cette dernière, même si elle était triste, fit un sourire à Victorin. Le charron venait de démontrer une fois de plus qu'il était sensible au désarroi de la jeune femme. Cette dernière serra très fort sa petite fille sur elle. Puis, en dépit de la lourdeur de son ventre, Étiennette se dépêcha de revêtir ses plus beaux vêtements de maternité, ceux qu'elle gardait dans le placard et que sa mère Marguerite lui avait offerts au moment de la grossesse de Marie-Anne. Elle revêtit aussi une longue veste de laine ainsi qu'une cape de loup-marin qui la tiendrait au chaud lorsque les coups de vent fouetteraient les ondins[100] du chenal du Nord et ses eaux gonflées du printemps.

Marie-Anne réussit à se calmer, le temps de se rendre à la barque amarrée.

Latour descendit le premier, flaira le vent et scruta l'horizon.

— Penses-tu que ce soit raisonnable de naviguer ? demanda Ducharme.

— Raisonnable, sans doute que non. Risqué ? Pas tant que ça. Ça ira, répondit Latour, la casquette déplacée par le vent. J'ai déjà vu pire.

---

100. Génies des eaux dans la mythologie germanique et scandinave.

— Prends tout le temps qu'il te faudra, Pierre. Un, deux, trois jours et même davantage. Agathe s'en occupera, ne crains rien. Quant à moi, je vais jeter un coup d'œil à la forge quotidiennement.

— Merci, Victorin, tu es un véritable ami. Je te revaudrai ça.

— Prends bien soin d'Étiennette. Ah oui, donne-moi des nouvelles de ton beau-père dès que possible.

— Quand nous reviendrons chercher Marie-Anne.

— Merci, Victorin, merci à Agathe aussi.

— Y a pas de quoi ! Bonne chance, Étiennette.

Elle embrassa une dernière fois sa petite et la confia à Victorin. Marie-Anne pleura aussitôt séparée de sa mère. Victorin regarda un instant Latour en train d'aider sa femme à mettre le pied dans la barque.

— Un coup de main, Pierre ?

— Non, ça ira.

Étiennette s'était déjà assise sur la chaise que son mari avait eu la précaution d'apporter. Puis, Pierre Latour manœuvra la gaule qui éloigna à distance raisonnable la barque, pour suivre à la fois le littoral et éviter de contourner toutes les petites baies du lac Saint-Pierre. Ensuite, il rama en se servant de son aviron à l'occasion comme godille.

Comme le vent avait tendance à ramener l'embarcation vers la rive, Latour se sentit rassuré. Au moins, le danger causé par les remous du large semblait écarté. Néanmoins, les muscles puissants du géant furent sollicités à leur maximum quand la barque atteignit l'embouchure de la Rivière-du-Loup.

Étiennette, qui avait conservé le silence durant le trajet, autant pour ne pas déranger les efforts de navigation de son mari que pour prier pour son père, affirma une fois rendue au quai :

— Ça doit être très grave. Je ne vois personne à l'extérieur, au potager. Même pas les jumeaux, Charles et François-Aurèle.

— C'est parce qu'il fait froid pour le mois de mai, sans plus.

— Il y a plus que ça. Aide-moi à débarquer, Pierre. Vite, lui intima Étiennette.

Aussitôt, Étiennette se leva brusquement de son siège, fit un faux mouvement, perdit l'équilibre et, au moment où elle allait s'affaisser au fond de la barque, le forgeron l'agrippa de sa main puissante, aussi serrée qu'un étau, et la redressa.

— Maintenant, Étiennette, attends que j'aie fini d'amarrer la barque. Tiens, donne-moi la corde pour que je l'attache au taquet, ordonna le forgeron.

Latour, d'un pas agile malgré sa corpulence, se retrouva lestement sur le petit quai où était déjà amarrée l'embarcation du maître de la maison. Il eut une pensée chagrine pour son ami François. Il tendit de nouveau la main à sa femme, lui permettant ainsi de le rejoindre sur le petit débarcadère en la hissant. Quand cette dernière eut mis solidement le pied sur la terre ferme, elle s'empressa d'emprunter le petit sentier qui menait à la maison paternelle. Son mari lui dit alors :

— Laisse-toi le temps de reprendre ton souffle, Étiennette, trop d'émotion n'est pas bon pour le bébé ni pour toi !

Mais déjà Étiennette marchait aussi vite qu'elle le pouvait, alors que Latour récupérait dans l'embarcation le baluchon qui servait de bagage à la visite éclair du couple. Il s'affaira à rattraper sa femme à grands pas et lui attrapa la main, afin d'éviter qu'elle trébuche sur le chemin boueux et qu'elle fasse une vilaine chute. Rapidement, ils arrivèrent devant la façade de la maison et se dirigèrent vers la porte d'entrée.

De la fenêtre, à travers le papier huilé qui permettait de refléter les couleurs irisées des rayons de soleil, Antoinette Lamontagne avait reconnu l'imposante silhouette de son beau-frère. Elle en avisa Madeleine, sa sœur, qui était près d'elle.

— Je crois bien que c'est Pierre, accompagné de... Mon Dieu ! Est-ce possible que ce soit Étiennette ? Vite, allons lui porter un châle ! La pauvre, elle a dû prendre froid avec le vent du lac.

— Laisse, Antoinette, je vais lui remettre le mien. J'y vais, répondit aussitôt Madeleine.

Cette dernière sortit et alla entourer les épaules de sa sœur, qui s'empressa de demander :

— Madeleine, comment va-t-il ? Ce n'est pas trop grave, j'espère ?

— Tiens, mets-le, ça t'évitera de prendre un coup de froid. On ne sait jamais avec les écarts de température. Vite, entrez, le vent est frais. Maman sera surprise et heureuse de vous voir, j'en suis certaine, ajouta immédiatement Madeleine, en saluant Pierre Latour d'un léger signe de tête. Ce dernier lui répondit avec complicité. Madeleine Lamontagne était la filleule de sa défunte épouse, Madeleine Pelletier.

— Merci, Madeleine…

Étiennette n'avait pas pris le temps de finir sa phrase que déjà, elle avait la main sur la poignée de la porte, qu'elle ouvrit de manière vigoureuse. Aussitôt sur le seuil de la maison, Latour, qui avait prévu le coup, évita un fâcheux accident quand il arrêta de justesse la porte de bois massif que le vent allait claquer sur les épaules de la jeune femme. Il invita en même temps par un sourire sa belle-sœur Madeleine à rejoindre Étiennette à l'intérieur de la maison puis entra à son tour.

Chapitre XXII
Le décès de François Banhiac Lamontagne

La maison de la famille Lamontagne, d'ordinaire si gaie et remplie de rires, ressemblait plutôt à l'antichambre de la mort. Autour de la table où traînaient encore des assiettes, vestiges du récent déjeuner, Marguerite était assise, entourée de ses filles, le visage creusé de cernes causés par le manque de sommeil à force de veiller son mari. Elle surveillait pensivement ses jumeaux, Charles et François-Aurèle, les seuls à ne pas trop se rendre compte de la gravité du moment. Son visage s'illumina quelque peu, cependant, lorsqu'elle aperçut Étiennette. Elle se leva aussitôt.

— Étiennette, comme je suis donc contente que tu sois là, en dépit de ta grossesse!

— Ce n'est pas mon état qui est préoccupant, mais celui de père! Comment va-t-il?

— Justement, le médecin est en train de l'examiner. Comme ton père n'a pas passé une bonne nuit, j'ai demandé ce matin à Symphorien de se rendre aux Trois-Rivières. Le médecin vient juste d'arriver avec lui, un peu avant vous... Je l'ai veillé toute la nuit... J'ai bien eu peur qu'il y passe.

— Mais, maman, qu'est-ce qu'on peut faire pour l'aider?

— Il ne nous reste plus qu'à prier et souhaiter que la Vierge Marie nous le ramène à la santé.

En disant cela, Marguerite serra encore plus fort le chapelet qu'elle conservait dans sa main gauche. Et puis, reconnaissant Pierre et sa forte stature, elle lança à son intention :

— Vous n'avez pas pris trop de risques, sur le chenal, j'espère ?

Le rictus à la commissure des lèvres de Latour fit comprendre à Marguerite que son gendre n'avait pas eu d'autres choix que de céder à la volonté d'Étiennette.

— Rien au monde ne m'aurait empêchée de venir au chevet de mon père mourant !

— Étiennette ! lança sa sœur Marie-Anne. Ménage tes dires, la situation est déjà assez triste comme ça. Ne va pas l'empirer !

Marguerite Lamontagne regarda Étiennette avec résignation, comme si sa fille avait devancé le diagnostic du médecin, qu'elle pressentait. Le médecin sortit de la chambre, le visage reflétant le sérieux de la situation et demanda à parler à Marguerite en privé. Cette dernière obtempéra et l'invita à se rendre à la petite cuisine. Aussitôt, Marie-Anne commença à réciter des *Ave*.

— Madame Lamontagne, l'état de santé de votre mari s'est dégradé. Il a sans doute fait une autre attaque, cette nuit.

— En êtes-vous certain ?

Le médecin fit signe que oui de la tête.

— Il n'en a plus pour longtemps, c'est ça ?

— Je crains que la médecine ne puisse plus grand-chose pour lui. Il est dans le coma. Ses sens ne réagissent plus. Je pourrais toujours lui prescrire quelques saignées… mais je doute des bienfaits… La fin est proche.

— Combien de temps, docteur ?

— Je crains qu'il ne meure à la prochaine attaque. Quand ? Dieu seul le sait. Peut-être aujourd'hui… demain, dans quelques semaines. Mais, selon moi, il sera condamné dans bien peu de temps.

— Sortira-t-il du coma ?

— À Dieu, rien n'est impossible, mais je ne le crois pas, malheureusement. Son dernier recours, c'est le prêtre, j'en ai bien peur !

Marguerite resta assommée par le dernier verdict du médecin. Songeuse, elle revoyait les étapes de sa vie conjugale heureuse avec François Banhiac Lamontagne. Comment ferait-elle pour annoncer l'effroyable nouvelle à ses enfants ? Elle se dit que dans l'immense malheur, au moins, ils étaient tous là pour partager leur peine. Prenant sur elle, avec le courage qui la caractérisait, elle finit par dire :

— Merci, docteur. Je vais demander à Symphorien d'aller quérir le prêtre et le notaire, s'il n'est pas trop tard. Mais François a toujours été un homme prévenant. Son testament est sans doute à jour. Nous l'avons cosigné, juste avant sa maladie, comme s'il avait eu la prémonition de sa mort prochaine.

— Madame Lamontagne, l'homme juste croit être récompensé par de petites prévenances de la part du Seigneur, qui peuvent devenir de grandes faveurs dans les moments d'importance. Ce souci de la part de votre mari a été une grâce de Dieu.

— Admettons ! Maintenant, j'aimerais qu'il reçoive la grâce de l'extrême-onction. Combien vous dois-je, docteur ?

— Nous verrons ça plus tard. Pour le moment, entourez-le de votre affection.

Quand Marguerite Lamontagne retourna dans la grande cuisine en compagnie du docteur, ses grandes filles surent que les nouvelles n'étaient pas bonnes. Leur mère avait les yeux rougis et le médecin marchait, le regard fixé vers le plancher. Déjà, l'odeur du lampion allumé par l'une d'elles sous la statuette de la Vierge répandait son effluve des mauvais jours.

Marguerite prit son courage à deux mains pour informer ses enfants qui avaient les yeux rivés sur elle.

— Les enfants, j'ai une triste nouvelle à vous apprendre. Votre père…

Déjà, les mots avaient de la difficulté à sortir de sa bouche. Elle réussit à continuer, tout en hachurant sa phrase, tant sa bouche était sèche par manque de salive :

— Votre père… n'en a plus pour très longtemps. Symphorien ira à la mission…

Puis, se tournant vers Étiennette dont le mari se tenait tout près, craignant qu'elle ne s'évanouisse suite au choc d'une mauvaise nouvelle et qu'elle ne s'effondre :

— Étiennette, assieds-toi. Dans ton état, ne prends pas de risque. Nous devons tous être là pour le voir partir… Nous lui devons bien ça.

Marguerite eut peine à finir sa phrase, tant le chagrin lui étranglait la gorge. Aussitôt, avant qu'elle ne défaillît, une de ses filles lui présenta une chaise, qu'elle accepta. Une autre de ses filles lui offrit une tasse d'eau fraîche. Ayant repris momentanément son respire, Marguerite Lamontagne continua :

— Écoutez-moi bien, toutes. À tour de rôle, nous allons le veiller. S'il prend du mieux, c'est-à-dire s'il reprend conscience, celles-là qui seront auprès de lui viendront nous avertir. Mais si le pire survient... alors...

Marguerite ne put terminer. Les sanglots l'étouffèrent. Alors, Marie-Anne, la plus vieille, lui dit :

— Allez, maman, venez vous reposer. Si elle le veut bien, Étiennette peut aller voir papa avec Pierre. Je continuerai avec Geneviève. Après, ça sera le tour d'Agnès et d'Antoinette.

— Et moi, s'indigna Madeleine, je ne pourrai pas voir papa ?

— Mais oui, avec Étiennette, après Pierre. Il faut bien qu'une d'entre nous surveille les jumeaux.

Madeleine parut peu satisfaite de cette explication. Cependant, devant les regards réprobateurs de ses autres sœurs, elle préféra ne pas insister et accepter son tour de veille, renfrognée sur sa chaise. À la vue du mécontentement de sa sœur, charitable, Marie-Anne lui dit :

— Si maman le permet, tu pourrais veiller notre père avec elle.

Cette suggestion rendit le sourire à la jeune fille. Cette marque de considération n'échappa pas à Marguerite, qui sourit à Madeleine à son tour. Sa fille, en plus de porter le même prénom que sa sœur, la première épouse de Pierre Latour, lui ressemblait à plusieurs égards.

Aussitôt, Marie-Anne regarda en direction d'Étiennette. Cette dernière leva les yeux vers Pierre, qui lui fit un signe de tête. Alors, le forgeron prit sa femme par les avant-bras pour l'aider à se lever et ils se dirigèrent ensuite vers la chambre de l'agonisant. Déjà, dans l'embrasure de la porte, ils purent se rendre compte que la mort attendait son heure pour compléter son œuvre. François Banhiac Lamontagne gisait sur son lit, contorsionné. Sa respiration haletante était le seul lien qui permettait de le savoir en vie, tant son teint était blafard.

En voyant son père dans cet état, Étiennette eut un mouvement de recul. Pierre crut qu'elle s'évanouissait. Alors, il la retint. Elle se dégagea prestement de la poigne de son mari et s'avança avec courage vers le lit. Elle se pencha et embrassa son père sur le front en lui disant :

— Papa, c'est moi, Étiennette, votre fille. Me reconnaissez-vous ? Pierre, mon mari, votre ami, est là aussi. Nous sommes venus vous…

Étiennette, au bord des larmes, ne put continuer ce qu'elle voulait dire à son père. Alors, Pierre lui prit la main, la lui serra tendrement et la laissa pleurer. Il s'avança vers son ami François et fixa celui qui avait été son beau-frère avant de devenir son beau-père. Il se remémora leurs parties de pêche et de chasse sur le lac Saint-Pierre, à Pointe-du-Lac, et le réconfort de son beau-frère, après l'assassinat de son épouse Madeleine. Un immense chagrin l'envahit. Il prit alors la main de son ami François, une main si inerte qu'il semblait mort, si ce n'était du faible souffle de vie de l'agonisant qu'il sentait dans la chaleur de sa paume.

Une vie si remplie qui disparaît bien trop vite, se dit-il.

Pierre Latour sortit de sa réflexion lorsqu'il entendit Étiennette dire à son père, à travers ses larmes :

— Papa, je vous aime. Ne nous quittez pas, il faut que vous connaissiez notre prochain bébé. Je suis certaine que ça sera un garçon. Votre premier petit-fils.

Elle se décida à prendre la main de son père avec affection. Elle l'embrassa ensuite sur le front en disant :

— Papa, papa !

Alors, la jeune femme se mit à réciter quelques invocations auxquelles son mari répondait par *Amen*. Puis, Pierre fit signe à sa femme de retourner dans la pièce principale et de laisser la place à d'autres au chevet de leur père. Étiennette alla aussitôt embrasser sa mère et lui dit :

— Je vais rester ici le temps qu'il faut. Pierre retournera à la forge et s'occupera de Marie-Anne.

— Merci, Étiennette, mais ça risque d'être long. Et puis, ne penses-tu pas que ta petite fille va s'ennuyer de sa mère ? Non, je préfère que tu retournes au fief Chicot.

Se rendant compte du désarroi et de la peine de sa fille, Marguerite interpella Pierre Latour :

— Qu'en penses-tu, Pierre ? Peux-tu t'occuper de Marie-Anne pour quelques jours ?

— C'est Agathe Ducharme qui prend soin de la petite. Je vais lui demander de s'en occuper pendant encore quelque temps. Quant à moi, je vais repartir chez nous demain matin, après le déjeuner, et je reviendrai le surlendemain. Ça permettra à Étiennette de rester avec vous et de veiller au chevet de son père.

Marguerite remercia Pierre Latour du regard et dit à sa fille :

— As-tu compris ce que vient de décider ton mari ? Tu resteras pendant tout ce temps. Tant mieux, car j'aurai besoin du soutien de tous mes enfants. Pourvu que le pire ne se produise pas... Merci, Pierre.

— Maman, je reste ici pour prendre soin de toi, avec mes sœurs. Pierre, que dirais-tu de me ramener Marie-Anne ? Il y a assez de filles ici pour s'en occuper quand même.

Devant l'étonnement de Pierre Latour quant à la suggestion saugrenue de sa jeune femme, Marguerite prit la parole :

— Mais, voyons, Étiennette, l'atmosphère de la maison n'est quand même pas à la fête. Ce n'est pas la place d'une enfant. Il y a assez des jumeaux qui sont désorientés et qui me posent un tas de questions sur la santé de leur père. J'ai beau leur dire qu'il prendra du mieux bientôt, mais à leur attitude, je me rends bien compte qu'ils me croient de plus en plus difficilement.

Étiennette regarda sa mère, attendrie.

— Vous avez sans doute raison, maman !

— Nous allons prier l'âme de Monseigneur l'Ancien[101], qui est au ciel, près du Seigneur. Il nous aidera dans ces moments difficiles.

Pierre Latour retourna à sa forge comme il l'avait dit, le lendemain, et revint plus tôt que prévu, après s'être assuré que Victorin Ducharme avait pris au sérieux la surveillance de la forge en son absence et que la petite Marie-Anne ne s'ennuyait pas trop de sa mère.

Quand il arriva à la maison des Lamontagne à la Rivière-du-Loup, il aperçut le crêpe violet accroché à la porte d'entrée. Il sut immédiatement que son ami était mort. En entrant, Étiennette l'accueillit en larmes. Elle lui apprit que son père était décédé la veille et qu'il était déjà en chapelle ardente. François Banhiac

---

101. La population des Trois-Rivières et des environs venait d'apprendre la mort de Monseigneur de Laval, décédé le 6 mai 1708, à Québec.

Lamontagne avait eu le temps de recevoir les derniers sacrements, malgré son coma. Déjà, parents, voisins et amis se relayaient devant la dépouille du défunt. Jean-Jacques Gerlaise de Saint-Amand lui raconta les derniers moments de leur ami, qui était mort paisiblement. Marguerite et les enfants Lamontagne reçurent les condoléances de tous. Les funérailles de ce pionnier de la seigneurie de la Rivière-du-Loup furent chantées le lendemain par le missionnaire de la paroisse.

Étiennette décida de rester chez sa mère jusqu'au lendemain des obsèques, le temps que le notaire fasse la lecture du testament de son père, qui léguait selon la loi la moitié de ses biens à sa femme et l'autre moitié à ses enfants, à parts égales. Marguerite demeurait tutrice de ses enfants mineurs et qui demeuraient encore sous son toit. Seule Étiennette dérogeait à cette réalité puisqu'elle était mariée, même si elle n'avait pas vingt et un ans. Pierre Latour confirma à Marguerite qu'il ne réclamerait pas la part d'héritage d'Étiennette, le temps que les jumeaux arrivent à leur majorité, à moins qu'elle-même ne se remarie entre-temps. Marguerite Lamontagne apprécia la générosité de son gendre; ce geste lui permettait de conserver ses biens et sa terre intacts. Étiennette et Pierre Latour retournèrent au fief Chicot retrouver leur petite Marie-Anne, qui fut bien heureuse de les revoir.

Le 27 septembre 1708, Étiennette entra subitement en travail. Elle demanda à Pierre d'aller chercher sa mère, la sage-femme réputée. Quelques heures après l'arrivée de Marguerite, Étiennette donna naissance à un gros garçon que l'on prénomma Pierre, comme son père. Ce dernier le prit et le hissa bien haut au bout de ses bras, tout fier de perpétuer sa race.

— Tu seras forgeron, mon fils, comme l'ont été ton père et ton grand-père. Prends rapidement des forces, car le travail ne manquera pas à la forge.

Après le baptême à l'église de Notre-Dame-de-la-Visitation de l'île Dupas, Pierre Latour reçut ses parents et amis à leur maison du fief Chicot. Marguerite Lamontagne était restée au chevet de sa fille. Certainement pour lui tenir compagnie et pour l'aider dans ses relevailles, car l'accouchement avait été difficile, mais aussi pour lui annoncer une grande nouvelle.

— Étiennette, je tiens à ce que tu sois la première à apprendre que j'ai l'intention de me remarier.

Étiennette n'en crut pas ses oreilles.

— Quoi ? Vous remarier ? Mais vous n'y pensez pas. Père vient à peine d'être enterré. C'est un affront que vous faites à sa mémoire.

Sidérée, Marguerite essaya d'amadouer sa fille.

— Sache que je n'ai pas encore dit oui ! Mais j'ai besoin de ton approbation... Tu sais, la vie n'est pas facile pour une veuve avec sept enfants. Avec ton père comme sabotier, nous réussissions à bien vivre. Seulement... je n'ai pas son adresse pour ce métier ni sa force, d'ailleurs, pour cultiver la terre... Et je ne voudrais surtout pas quémander à mon gendre ! D'ailleurs, j'ai une proposition à lui faire... Quant aux autres qui pourraient s'en venir, je ne veux pas précipiter le mariage de mes filles pour les rendre financièrement dépendantes de leur mari. Je tiens à les doter du mieux que je le peux. Et il y a aussi l'avenir des jumeaux dont je me préoccupe.

Ahurie par cette annonce subite, Étiennette devint légèrement méchante.

— Je ne laisserai certainement pas à un étranger qui vous a fait les yeux doux, l'héritage qui me vient de père. S'il veut profiter de votre naïveté, soit, mais pas de la mienne. D'ailleurs, il a été clairement dit entre Pierre et vous que si vous vous remariez, vous deviez me donner mon héritage sur-le-champ.

— C'est justement de ça dont je voulais m'entretenir avec Pierre. Un délai raisonnable me permettrait d'assurer l'avenir des jumeaux dans un bon placement... Jean-Jacques pourrait m'aider à faire fructifier l'argent.

— Jean-Jacques ? Jean-Jacques Gerlaise de Saint-Amand, notre voisin ?

— C'est bien lui.

— Que vient-il faire dans la gestion de mon héritage ?

— Parce que... en tant que futur beau-père...

— Vous allez épouser notre voisin !

— Comme tu dis ! C'est un bon parti, un veuf, le grand ami de ton père, pour qui j'ai la plus grande considération.

— Donc, vous l'épousez pour son sens de l'économie, uniquement !

— Étiennette, comment oses-tu parler ainsi d'un homme qui t'aime déjà comme un père ? Jean-Jacques vous a toujours eus en estime. C'est toi-même qui me disais, il n'y a pas si longtemps, qu'il était un bon ami de ton père.

— S'il était un si bon ami, il aurait attendu que votre deuil soit fini avant de demander votre main.

Marguerite essaya de comprendre la vive réaction d'Étiennette. Elle la mit sur le compte de la fatigue de l'accouchement.

— Il vaut mieux que nous arrêtions la discussion, maintenant. Nous reparlerons de tout ça une autre fois, conclut Marguerite, dépitée.

Cette dernière s'employa plutôt à bercer le petit Pierre qui, dans ses bras, démontrait déjà une grande vigueur. À sa fille, pour changer son humeur maussade, elle se hasarda à demander :

— Que dirais-tu de venir passer quelques jours à la Rivière-du-Loup ? Je suis certaine que tes sœurs aimeraient faire la connaissance de leur premier neveu. Elles s'ennuient aussi de ta petite Marie-Anne. Et puis, il y a notre Marie-Anne à nous, qui va probablement suivre tes traces bientôt. Ça lui donnera sans doute le goût de t'imiter.

— Marie-Anne, avec Viateur Dupuis ?

— Avec qui veux-tu que ça soit ? Gustave Charron, son premier cavalier ? Tu sais que depuis ton mariage, Marie-Anne s'est entichée de Viateur Dupuis. C'est la colère qui te fait sortir de tes gonds… Au moins, elle n'épousera pas le premier venu.

Devant le regard meurtrier de sa fille, Marguerite venait de se rendre compte de sa bévue. Étiennette n'avait jamais eu de cavalier autre que son oncle, Pierre Latour.

— Je disais ça sans réfléchir vraiment. D'ailleurs, Viateur est du même âge que Pierre, ton mari. Ce n'est pas nécessaire de faire une collection de cavaliers, comme Isabelle Couc.

— Ni de maris, comme Judith Rigaud, n'est-ce pas, mère ?

Marguerite feignit d'ignorer la remarque désobligeante de sa fille, laquelle l'avait dardée droit au cœur.

— Depuis le temps qu'elle cherche un mari, ma sœur ! A-t-elle annoncé son mariage ?

— Non, pas encore, mais je pense bien que ça ne devrait pas tarder.

— Où pensez-vous que Marie-Anne ira vivre ?

— C'est une bonne nouvelle pour toi, Étiennette! Marie-Anne a déjà commencé à parler de Maskinongé. Vous serez presque voisines. C'est ta petite Marie-Anne qui sera contente d'aller voir sa tante plus souvent. Tu sais que c'est une fierté pour une enfant de fréquenter sa tante, n'est-ce pas? Je sens que le moment du mariage approche.

— Ma petite Marie-Anne a déjà sa marraine, Marie-Anne Dandonneau!

Étiennette, obnubilée par sa colère d'avoir appris le remariage possible de sa mère, continua à lui chercher noise.

— Au moins, Marie-Anne a sans doute pris le temps d'y réfléchir, elle! Je ne pourrais pas en dire autant de d'autres.

— Étiennette! Tu n'as pas à me juger, je suis ta mère, ne l'oublie pas.

— Moi, je ne l'oublie pas, c'est vous qui semblez ignorer que vous avez des enfants.

— Justement, ma fille, c'est pour le bien de tes frères et de tes sœurs qui restent à la maison que je le fais.

Marguerite, l'émotion à la gorge, continua:

— Sache que j'ai toujours aimé ton père et que je ne l'oublierai jamais… Seulement, il n'est plus là pour subvenir à nos besoins… et je ne me sens plus capable d'y arriver seule… Ce n'est pas à pratiquer des accouchements que je vais payer le salaire de Symphorien.

Ni Marguerite ni sa fille Étiennette d'ailleurs ne purent participer aux réjouissances de l'arrivée du premier petit-fils de la famille avec autant d'entrain qu'elles l'auraient souhaité. Étiennette en voulait tellement à sa mère de penser à se remarier aussi rapidement que celle-ci retarda sa décision jusqu'au printemps suivant.

— Je ne veux surtout pas peiner mes enfants, avait-elle dit à Jean-Jacques Gerlaise de Saint-Amand.

— Penses-tu que ça soit une question d'argent?

— Certainement pas! Si Étiennette avait voulu son héritage plus tôt, notre mariage rapide aurait été à son avantage, car il avait été entendu entre Pierre et moi que je lui remettrais l'héritage d'Étiennette si je me remariais. Non… C'est une question de principe, je crois. Ma petite fille a vieilli… Et tu sais, nous ne connaissons pas vraiment les adultes que sont devenus nos enfants.

— Et Pierre? questionna Jean-Jacques.

— Pierre est honnête. Parole donnée, parole tenue. Je ne suis même pas certaine qu'Étiennette et lui s'en soient parlé. Tu sais, Pierre est très occupé avec la forge et Étiennette avec les enfants.

— Une fois que nous serons mariés, nous devrions passer devant le notaire le plus tôt possible.

— Tu as raison. Comme ça, tout le monde sera content et j'aurai remis l'héritage.

— Que penses-tu qu'ils en feront?

— Je ne sais pas... peut-être agrandir la forge... Non, la maison. Étiennette a déjà deux enfants et à peine vingt ans. Elle commence sa famille. Ça prend de la place, une marmaille... De toute façon, ça ne nous regarde pas.

— Comme ça, Étiennette ne m'en voudra pas?

— Pourquoi? Une veuve a bien le droit de se remarier après son année de veuvage. C'est la norme dans la colonie. Étiennette reviendra sur ses scrupules mal fondés, crois-moi. Tiens... Elle cherchera même à se rapprocher de nous, tu verras.

Et à mots doux, près de l'oreille de son futur, elle susurra:

— J'en connais certaines qui n'auraient pas eu la décence d'attendre aussi longtemps si elles avaient eu la chance d'être demandées par un homme aussi distingué... un Belge, qui plus est!

À ces mots, Jean-Jacques prit la main de sa promise. Marguerite apprécia ce geste d'affection.

Décidément, se dit-elle, *Jean-Jacques est d'une grande prévenance. Si nous avons, François et moi, apprécié son amitié, j'ai la chance de devenir sa femme, maintenant. Il est si gentil avec les filles et les jumeaux. Comme l'était leur père!*

Marguerite se surprit d'avoir eu l'audace de cette pensée. Pour respecter la mémoire de son défunt, elle récita un *Ave*.

Finalement, Marguerite et Jean-Jacques se marièrent le 25 mai 1709 suivant, le temps pour Marguerite de démontrer à ses filles qu'elle avait respecté son deuil pendant une année, selon les convenances, avec l'accord de son nouveau mari. Ce dernier s'installa chez les Lamontagne.

Contre toute attente, Étiennette continua à en vouloir à sa mère d'avoir osé penser à se remarier bien avant la fin de son année de veuvage. Elle s'entretint avec son mari, quand le feu de la forge eut fini de gronder, et qu'il eut commencé à fumer sa pipe après le repas du soir, sa petite Marie-Anne sur les genoux. L'enfant aimait bien que son père imite le galop du cheval, alors qu'elle sautillait en riant aux éclats, de bonheur, caractéristique des enfants qui apprécient que leur père leur consacre du temps bien à eux, comme condition à leur dodo.

Étiennette avait couché le petit Pierre dans son ber, dans leur chambre, tout en laissant la porte ouverte pour que la chaleur de l'âtre puisse s'y rendre, et aussi pour entendre les vagissements du bébé, qui allait sur ses neuf mois.

Pierre Latour venait de recevoir du notaire l'héritage en argent sonnant payé avec les économies de toute une vie de leur nouveau beau-père, Jean-Jacques Gerlaise de Saint-Amand.

— Que penses-tu faire de l'argent, Pierre ?

Étiennette demandait souvent l'avis de son mari avant de suggérer ce qu'elle avait en tête. Leur différence d'âge motivait cette manière de faire. Le forgeron l'avait remarqué depuis le début de leur mariage, de telle sorte qu'il permettait toujours à sa femme de s'exprimer, sachant que ses propos, la plupart du temps, emportaient la décision.

— C'est l'héritage de ton père, Étiennette ! Il t'appartient. C'est certain qu'il me faudrait agrandir la forge et acheter de nouveaux outils… Mais cet argent t'appartient, tu en fais ce que tu veux… Souhaiterais-tu que l'on agrandisse la maison ? Une cuisine d'été avec un four à pain dans la maison ? À ton choix !

Étiennette fixait de son regard l'imposante stature de son mari. Elle se demandait si ce qu'elle allait suggérer ne défierait pas sa débonnaireté[102] coutumière, lorsqu'il s'agissait de faire plaisir à sa jeune femme.

— Tu te souviens de la concession à la rivière Bayonne qu'Alexandre de Berthier nous a offerte comme cadeau de noces ?

— Comment l'oublier ? Grâce à la générosité du défunt capitaine, je pensais que nous irions nous y installer sur nos vieux jours !

— Alors, j'aimerais que nous allions y vivre, maintenant.

Le géant faillit briser le manche de pipe de ses puissantes mâchoires. La cendre secouée par la réaction inattendue du forgeron vola sur lui. Il eut le réflexe cependant de protéger Marie-Anne de l'éruption de ce petit volcan.

---

102. Bonté poussée jusqu'à la faiblesse.

— Quitter le fief Chicot et aller nous installer à Berthier-en-haut?

Pierre Latour Laforge regardait sa femme, ahuri. Sa voix, d'ordinaire sonore et pondérée, avait manqué de souffle tant la consternation l'étranglait. Pour sa part, Étiennette semblait en pleine possession de ses moyens.

— C'est bien ce que j'ai dit, Pierre. Cette concession nous appartient, n'est-ce pas?

— Il s'agit pour nous de passer devant le notaire. Ce n'est qu'une formalité pour qu'elle soit juridiquement à nous. Mais… as-tu pensé aux conséquences? Et ma forge?

Latour ne reconnaissait plus celle qu'il avait épousée. La fantaisie d'Étiennette le consternait.

Est-ce une lubie d'adolescente?

— Mieux vaut plus tôt que tard, Pierre.

Comme ce dernier n'émettait plus aucun son, tant la salive lui manquait, Étiennette lui expliqua son raisonnement.

— Il serait temps pour toi que tu te rapproches du manoir et de la population. Ta clientèle grossira d'autant, crois-moi. Tu deviendras un véritable maréchal-ferrant.

— Et nos amis? Tes gardiennes pour les enfants? Marie-Anne, notre voisine, la marraine de notre petite Marie-Anne, qui a un morceau de son lopin de terre ici?

— Victorin aime bien flâner à la forge. Il viendra aussi souvent qu'avant. Quant à Charles, justement, nous nous rapprocherons de la Grande-Côte. Et puis, cousine Agnès se fera un plaisir de garder les enfants à son tour… Pour ce qui est de mademoiselle Marie-Anne, elle m'a parlé de son intention de déménager à l'île aux Vaches. À la rivière Bayonne, nous serions encore plus près d'elle!

— Oui, mais ta famille, Étiennette? Ta mère Marguerite ne s'en remettra pas.

Étiennette regarda son mari avec défi.

— Oh que si! Je n'ai aucune inquiétude de ce côté-là. Elle s'est bien remariée sans nous avoir consultés!

— Mais elle en avait le droit. La religion le permet.

— Ce n'est pas une question de religion, mais de dignité. Elle a été un mauvais exemple pour mes sœurs, qui se sont empressées de se marier rapidement. Et je ne parle pas seulement de Marie-Anne avec Viateur Dupuis.

Geneviève Lamontagne, la sœur d'Étiennette, s'était mariée récemment à Mathieu Millet et demeurait à Yamachiche[103].

— Justement, Yamachiche est plus près de la rivière Chicot que de la rivière Bayonne. Pas sûr qu'ils viendront nous visiter souvent!

Étiennette restait sur sa toquade. Latour continua:

— Ta mère ne sera pas là non plus pour tes prochains accouchements. La distance met toujours un frein. Surtout si elle a en tête que c'est à cause de son remariage que nous avons déménagé.

— Elle devait bien se douter que nous le ferions, un jour, d'autant plus que la concession nous a été donnée. Elle pourra aller visiter mes sœurs… Et les accoucher, ça ne devrait pas tarder, j'imagine… Et puis, il y a une autre raison.

— Laquelle?

— Les Iroquois!… Vous disiez l'autre jour à la forge qu'ils n'avaient pas encore tous signé le traité de paix. Ils pourraient revenir… Tu sais que j'ai été baptisée à Saint-François-du-Lac, alors qu'ils étaient en plein raid à la Rivière-du-Loup!

Latour regarda sa jeune femme en silence, l'air songeur. Il se souvenait que sa première femme avait été assassinée, enceinte de huit mois, par les Iroquois, à Pointe-du-Lac. Il ne voulait surtout pas revivre un tel malheur. Si Étiennette vivait dans une crainte perpétuelle d'une attaque iroquoise, mieux valait s'avancer à l'intérieur des terres plus sécuritaires que de continuer à habiter le long du trajet naturel des Iroquois vers les Trois-Rivières.

Convaincu par le dernier argument d'Étiennette, il répondit:

— Tu as raison. Ces assassins pourraient revenir et Berthier[104] ne sera plus là pour les contenir. Mieux vaut ne pas courir le risque. Je vais demander une convocation au procureur fiscal, fondé de pouvoir de la seigneuresse de Berthier, dame de Villemure, afin d'entériner l'acte de propriété. Après… nous irons expliquer à ta mère les raisons de notre exil.

---

103. Localité baignée par la rivière Yamachiche, située à mi-chemin entre la seigneurie de la Rivière-du-Loup et les Trois-Rivières

104. La population de Berthier-en-haut venait d'apprendre la mort de leur seigneur, Alexandre de Berthier, décédé en décembre 1708, à Berthier-sur-mer.

Étiennette bondit de son siège.

— Mais Pierre, ce n'est pas un exil, nous irons habiter sur une terre qui nous appartient depuis quatre ans. Notre cadeau de noces !

— Je le sais bien ! Mais ta mère ne le verra pas du même œil ! Elle pensera que tu lui en veux encore pour son mariage avec Jean-Jacques... Tu devrais être plus compréhensive envers ta mère, Étiennette. Tu commenceras bientôt à pratiquer tes propres accouchements, comme sage-femme, et ta mère ne sera peut-être plus disposée à t'aider. Penses-y bien...

Étiennette, dans son aveuglement, n'avait pas tenu compte de cette éventualité. Elle regardait son mari, impressionnée. Il ajouta :

— Nous prétexterons la peur des Iroquois et aussi mon avenir comme maréchal-ferrant à Berthier. Elle-même fille de maître forgeron, elle comprendra. À la première occasion, nous irons lui apprendre la nouvelle. D'ailleurs, ça fait longtemps qu'elle n'a pas eu notre visite. Ça la rendra heureuse. Ensuite, nous passerons devant le notaire à Berthier.

Satisfaite du bon jugement de son mari, Étiennette profita d'une belle journée ensoleillée, peu venteuse, pour lui demander si ses affaires lui permettaient de s'absenter pour la journée. Latour fut heureux de demander à son ami Victorin Ducharme de venir encore une fois surveiller la forge.

— C'est peut-être la dernière fois avant longtemps, Victorin, puisque je vais déménager.

— Hein ! Tu ne peux pas nous faire ça, Pierre. Pour aller où ?

— À Berthier, le long de la Bayonne. Tu sais, sur mon lot, juste en face de là où tu as déjà pêché de la grosse carpe.

— Dans la crique avant la cascade ? C'est là qu'elle est, ta terre ?

— Ouais !

— Mais pourquoi ?

— Étiennette a peur des Iroquois.

— Mais il y a belle lurette que nous n'en avons pas vu, sinon ceux de la mission Saint-Louis, à Montréal.

— Elle est quand même inquiète. Tu sais, la peur, ça ne se contrôle pas. Alors, nous allons nous faire construire d'abord et par la suite déménager.

— Dans combien de temps ?

— Quelque temps… le temps qu'il faut.

— C'est Agathe qui sera attristée par la nouvelle.

— Ce n'est pas de gaieté de cœur que nous avons pris cette décision.

Victorin Ducharme se gratta la tête, tout en réfléchissant.

— Mais Pierre, tu vas t'éloigner des gisements de fer. Tu ne m'avais pas dit que tu t'y intéresserais de près, un jour ?

— Je l'aurais fait avec mon ami Thomas Frérot, seigneur de la Rivière-du-Loup. Maintenant qu'il est mort, il n'y a que François Poulin de Francheville, à qui j'ai déjà vendu mon lot à Pointe-du-Lac, qui pourrait s'y intéresser. Mais c'est un promoteur et non pas un exploitant. Nous verrons plus tard… J'ai promis à Étiennette que nous déménagerions et non pas que je vendrais mes installations ici. J'aime bien mon lopin de terre, moi, en face du chenal du Nord… Je suis certain que la maison nous fera une bonne place pour venir nous divertir, l'été. C'est sans doute plus frais que sur le bord de la Bayonne, même s'il y a des arbres centenaires pour nous donner de l'air frais.

— Je peux te comprendre de rechercher la brise fraîche quand tu quittes la forge… Pourvu qu'il n'y ait pas d'Iroquois dans les environs. Tout au plus quelques Têtes-de-Boule[105].

Fier de sa réplique inattendue, Ducharme éclata de rire, au grand étonnement du forgeron, qui avait oublié que son ami avait le sens de l'humour. Le charron poursuivit :

— En tout cas, tant mieux pour moi, car j'aurai la chance de continuer à pêcher au fief Chicot et à la rivière Bayonne. De la truite et du brochet. Quoi de mieux !

— Comme tu dis, Victorin. Vous serez toujours les bienvenus, Agathe et toi. Sans le dire ouvertement, je suis certain qu'Étiennette risque l'aventure sans trop savoir ce qui nous attend. Mais comme elle ne revient jamais sur sa décision, elle ne se plaindra jamais non plus. Fière et déterminée, tu la connais !

— Je peux te faire une gageure, Pierre ?

---

105. Atticamègues établis dans la région du lac Maskinongé, qui baigne actuellement Saint-Gabriel-de-Brandon, et qui empruntaient la voie fluviale de la rivière Bayonne pour se rendre au fleuve Saint-Laurent. La légende voulait que les femmes atticamègues aient adopté une pratique particulière pour donner une tête parfaite à leurs enfants. *Atikamekw* en algonquin signifie *poisson blanc*. Le corégone, poisson blanc, est toujours la base de l'alimentation des Atticamègues de la Haute-Mauricie.

— Vas-y, Victorin. Laquelle?

— Tu seras le premier à revenir au fief Chicot pour travailler aux gisements de fer des Trois-Rivières.

— Vraiment?

— C'est une prémonition. Je te verrais bien diriger tout ça.

— Pas moi. Thomas Frérot en aurait été capable, mais pas moi. Je ne suis qu'un forgeron, pas un administrateur du Conseil supérieur.

Quand Étiennette informa sa mère de leur intention d'aller habiter leur concession de la rivière Bayonne, celle-ci trouva matière à remettre en cause leur décision.

— Mais pourquoi ne pas venir vous installer à la Rivière-du-Loup près de nous ou à Yamachiche, près de Geneviève? Son mari Mathieu aime bien Pierre! Pierre était encore mieux à Pointe-du-Lac plutôt que d'aller s'exiler au fief Chicot.

— Mais maman! geignit Étiennette, bouleversée de la réaction subite de sa mère.

Cette dernière, comprenant qu'elle venait de rappeler le souvenir de la première épouse de Pierre Latour, s'excusa :

— Évidemment, vous pouvez faire ce que vous voulez. Après tout, cette terre vous a été donnée… Mais tu vas t'éloigner de ta famille, Étiennette. Dire que Marie-Anne vient d'emménager à Maskinongé, tout près de chez vous. J'espère que vous n'êtes plus à couteaux tirés? Tu sais qu'elle t'a pardonné d'avoir choisi Marie-Anne Dandonneau comme marraine de ta fille à sa place! Et que sont ces histoires d'encourager un autre forgeron plutôt que Pierre! Ça serait triste de déménager pour une question d'orgueil! Et puis, si tu veux que nous pratiquions ensemble comme sages-femmes, il vaut mieux ne pas être loin l'une de l'autre.

Étiennette, qui se souvint de la recommandation prudente de son mari, décida de ne pas s'ériger devant l'insistance de sa mère. Elle lui promit de ne pas prendre de décision à la légère.

Marie-Anne s'était plainte à sa mère qu'Étiennette se soit offusquée que son mari Viateur Dupuis fasse exécuter ses travaux de forge par le maréchal-ferrant de Maskinongé, alors qu'il aurait pu encourager son beau-frère et ami, Pierre Latour.

Quand Latour l'avait appris, il s'était confié à sa femme, peiné.

— Je suis convaincue qu'il y a de la belle Marie-Anne là-dessous! Elle n'a jamais accepté que je me sois mariée avant elle, avança Étiennette.

— Mais voyons, Étiennette, Viateur et elle se sont connus à notre mariage.

— Oui, je le sais. Mais, parce que c'est elle l'aînée, il faut toujours qu'elle soit la première d'entre nous à tout faire.

— Viateur a sans doute ses raisons. Il vient de s'installer à Maskinongé, ce serait normal qu'il encourage le forgeron de la place, pour mieux s'intégrer.

— Je ne te savais pas aussi bonasse, Pierre Latour! Il me semble que la solidarité familiale passe en premier. Que Marie-Anne Dandonneau soit la marraine de notre petite n'a rien à voir, c'est notre voisine et en plus, en pleine tempête de neige, Marie-Anne, ma sœur, n'aurait pas pu venir à l'île Dupas. Elle aurait pu convaincre son mari de faire affaire avec toi. Je te fais remarquer que Viateur est un de tes grands amis et que tu l'as invité à tes noces. Du moins... il l'était. Que dirait Marie-Anne si nous achetions notre beurre et notre crème ailleurs?

— Étiennette, tu es trop à cheval sur les principes. Ton esprit compétitif va te couper de ta famille et tu vas le regretter. Qui nous dit que Viateur ne reviendra pas me voir pour affaires?

— Nous verrons bien. Mais quand nous serons le long de la Bayonne, la question ne se posera plus.

De manière inattendue, Pierre cogna sur la table avec son gros poing.

— Ma parole, Étiennette, tu es en train de nous exclure de la famille Lamontagne! D'ici à ce que nous déménagions, pour ma part, je ne tiens pas à me couper de ma belle-famille. N'oublie pas que ça fait longtemps que j'en fais partie. Et encore moins de mes amis, car tu sembles oublier que j'en ai plusieurs, Jean-Jacques, Viateur et... ta mère. Je t'en prie, ne la brusque pas. Sois prudente. Sa patience pourrait avoir des limites. Même si tu as eu ta part d'héritage, ta mère reste ta mère, sans parler du métier de sage-femme qu'elle est censée t'apprendre! En tout cas, personnellement, je tiens à faire partie du conseil de famille des Lamontagne. Alors, je te recommande de la retenue!... La rivière Bayonne peut attendre notre venue. Il n'y a rien qui presse à courir après notre malheur... Pourquoi ne dirais-tu pas à ta mère que tu vas mûrir encore cette décision?... Fais-le pour moi!

Dans un geste spontané, le forgeron prit la main de sa femme. Surprise, Étiennette le regarda, attendrie. Elle lui répondit:

— Puisque tu me le demandes si gentiment, je te le promets.

Se rappelant cette promesse, Étiennette ne répondit donc pas à sa mère. Elle savait très bien que Marguerite souhaitait la plus complète harmonie chez ses enfants, notamment ses filles qui étaient maintenant devenues des adultes. De savoir que l'une d'entre elles pouvait en vouloir à une autre la chagrinait et l'autorisait à rétablir l'entente.

— Dis-moi que ce que j'ai ouï dire est sans fondement, Étiennette?

Devant le silence de sa fille, Marguerite continua:

— Il ne faut pas se fier aux racontars... Viateur a bien le droit de rendre visite aux villageois de son coin sans pour autant trahir l'amitié de son beau-frère!

La répartie de sa mère secoua Étiennette.

— Qui vous a bavassé tout ça, maman? Je suppose que c'est la belle Marie-Anne, la commère!

— Oui, c'est Marie-Anne, tout en pleurs, qui n'a pas apprécié se faire apostropher par sa jeune sœur alors qu'elle lui rendait gentiment visite.

— Comme toujours, elle exagère. Je lui ai simplement fait la remarque que Pierre avait été surpris et peiné d'apprendre que le forgeron de Maskinongé était le nouvel ami de Viateur.

— C'est comme si tu avais traité Viateur de traître!

— Maman!

— En tout cas, c'est de cette manière qu'elle l'a perçu. Tu devrais t'excuser auprès d'elle.

— Jamais!

— Étiennette, je vous ai éduquées afin que vous puissiez vous entendre. Alors, je compte sur toi. D'ailleurs, Marie-Anne mérite ton respect puisqu'elle est l'aînée.

— Justement, comme aînée, elle devrait faire les premiers pas. Qu'elle donne l'exemple!

Marguerite ne répondit pas. L'entêtement de sa fille Étiennette lui coupait le souffle.

Plus tard, Marie-Anne se rendit au fief Chicot et vint annoncer à Étiennette qu'elle était enceinte. Les deux sœurs se réconcilièrent grâce à cette heureuse nouvelle.

— Je suis si heureuse pour toi, Marie-Anne, et pour Viateur, bien entendu. Comme ça, Marie-Anne et Pierre auront un petit cousin… ou une petite cousine avec qui jouer.

— Ça me fait tellement plaisir de te serrer dans mes bras, Étiennette! Comme autrefois, tu te souviens, quand tu avais peur dans le noir? Tu te collais à ta grande sœur pour te faire protéger…

— Oh oui, je m'en souviens, Marie-Anne, comme si c'était hier. Surtout lorsqu'il y avait du tonnerre et des éclairs. Près de toi, je me sentais en sécurité, toute blottie. Et comme par magie, je n'avais soudain plus peur.

— C'est Viateur et maman qui seront contents que l'on se soit réconciliées. Je le connais, mon mari, il aurait été si malheureux d'être en gêne avec Pierre. Et tout ça pour une insignifiance!

Étiennette la foudroya du regard.

— Tu appelles ça une insignifiance, Marie-Anne, de se faire jouer dans le dos? martela Étiennette.

Réalisant la précarité de leur réconciliation, Marie-Anne préféra baisser sa garde.

— Nous n'allons pas recommencer, Étiennette, voyons! Je me suis mal exprimée et je m'en excuse. Bon… Oublié?

Gênée de s'être montrée si prompte dans sa réaction, Étiennette se radoucit.

— Je me suis emportée… et je te demande de me pardonner.

— Comme cela, nous oublions tout pour de vrai?

— Promis.

— Alors, tu m'en vois heureuse. Maintenant, allons retrouver nos maris.

Viateur Dupuis et Pierre Latour Laforge étaient à la boutique de la forge. Pendant que le forgeron maniait les grosses pinces afin de tordre le métal rougi, son beau-frère alimentait le feu en actionnant le soufflet avec difficulté. Malgré sa carrure solide, Viateur n'avait pas la force de Pierre. D'ailleurs, il le savait, car il n'avait jamais gagné ses joutes de tir au poignet contre le géant. Cependant, lorsqu'il vit sa femme avec Étiennette rire de bon cœur, il comprit que leur différend était chose du passé.

Viateur Dupuis regarda Latour et lui fit un signe de tête en direction des deux sœurs, en souriant. Son beau-frère plissa les yeux en guise de contentement. Désormais, leur amitié avait surmonté cette brouille familiale. Du moins le croyaient-ils !

Originaire du Périgord, Viateur Dupuis était arrivé en Nouvelle-France en 1687 comme soldat des troupes royales de la Marine de la Compagnie Lacroix. Il était à peine âgé de dix-sept ans.

Après le traité de paix de 1667 entre les Français et la Confédération iroquoise, quatre cents soldats du régiment de Carignan-Salières décidèrent de s'installer au pays comme agriculteurs. Pour réagir à toute attaque contre la colonie, le roy Louis XIV institua l'organisation de la milice en 1669. Même si tous les habitants mâles de seize à soixante ans étaient mobilisés et répartis en compagnies sous les ordres de capitaines, de lieutenants et d'enseignes, les anciens soldats du régiment de Carignan, comme ils avaient l'habitude de porter les armes, étaient devenus des miliciens-censitaires sous les ordres de leurs anciens officiers devenus seigneurs.

En 1685, malgré son efficacité, la milice canadienne ne put répondre à tous les besoins militaires de la colonie. Le Roy décida donc d'envoyer en permanence vingt-huit compagnies d'un détachement des troupes de la Marine, communément appelées « Compagnies franches de la Marine ». La direction de ces troupes incombait au gouverneur de la Nouvelle-France. Chaque capitaine de compagnie avait la responsabilité de recruter cinquante soldats français qui s'engageaient pour une période de six ans. Après ce temps, les soldats pouvaient retourner en France ou demeurer au pays.

Les autorités canadiennes avaient tout avantage à les retenir après leur terme. Comme il n'y avait pas de baraques pour loger ces militaires hors la ville de Québec, les habitants avaient jusqu'à un certain point l'obligation de les héberger. De telle sorte que la colonie put bénéficier d'un nombre élevé de mariages entre soldats des Compagnies franches de la Marine et des filles d'habitants canadiens.

Cantonné d'abord à Québec, Viateur Dupuis fit partie, quelques années plus tard, du contingent de soldats qui surveillait à nouveau la menace iroquoise dans la région du lac Saint-Pierre jusqu'à Sorel et Berthier, selon les ordres du Roy et la gouverne de

Frontenac. Viateur Dupuis fut posté à Pointe-du-Lac et hébergé chez l'un des rares habitants de ce hameau, le forgeron Pierre Latour et son épouse Madeleine Pelletier, nouvellement mariés, en 1691. Les deux hommes, pratiquement du même âge, se lièrent rapidement d'amitié. Pierre et Madeleine eurent tôt fait de présenter leur ami soldat à la famille Pelletier et à François Banhiac Lamontagne, marié à Marguerite.

Le couple, qui résidait à Champlain, vanta les mérites de cette localité à Dupuis, qui les rejoignit en s'installant comme agriculteur peu de temps après, car il venait de recevoir l'ordre de quitter Pointe-du-Lac tout en demeurant officier de réserve dans la milice.

De fait, la mission du soldat Dupuis à Pointe-du-Lac ne dura pas une année. Dupuis quitta ses amis avec tristesse. Il devint encore plus triste lorsqu'il apprit le drame de l'assassinat de Madeleine par les Iroquois. Il reprit du service, quelques années plus tard, quand on lui demanda de se rendre à Berthier comme milicien pour parer à toute offensive majeure iroquoise, à la demande du seigneur de Berthier, qui souhaitait s'entourer de vaillants censitaires-soldats. Viateur Dupuis vendit sa terre de Champlain, où il avait pu se faire apprécier en peu de temps, et fit ses adieux à la famille Banhiac Lamontagne.

Quand Pierre Latour Laforge revint de Michillimakinac en 1698 et qu'il s'établit au fief Chicot, il eut la joie de revoir son ami Viateur Dupuis, établi à Berthier. Latour fit la connaissance d'un autre milicien, Pierre Généreux, recruté et installé, lui aussi, comme censitaire. Une rapide complicité s'établit entre les trois hommes, sous l'œil bienveillant du seigneur de Berthier, qui aimait bien l'esprit martial. Quand Berthier offrit la réception de noces de Latour à son manoir, d'y accueillir ses amis Dupuis et Généreux ajouta à son plaisir.

Viateur Dupuis n'avait pas revu la famille Banhiac Lamontagne depuis son départ de Champlain. Lorsqu'il reconnut Marie-Anne, la plus vieille des six filles Lamontagne, à la cérémonie de mariage d'Étiennette et de Pierre en décembre 1705, il fut impressionné par la beauté de la jeune femme âgée de vingt-quatre ans. N'écoutant que son cœur, il alla aussitôt la rejoindre et s'installa tout près d'elle sur son banc.

Dupuis fut accueilli avec enthousiasme dans la maison de François Banhiac Lamontagne. Marguerite et François voyaient d'un bon œil les fréquentations de leur plus vieille. Aussi, quand Viateur demanda la main de Marie-Anne à sa mère Marguerite, après le décès de François, cette dernière sut que sa fille allait épouser un conjoint responsable et un ami de la famille. Alexandre de Berthier, pour sa part, ne put que déplorer le départ de son milicien qui l'avait informé de son intention de s'installer à Maskinongé.

— C'est de ta faute, Latour. Si tu ne t'étais pas marié, Dupuis serait encore mon milicien. Pour réparer cette félonie, je te somme d'exploiter ta forge à Berthier !

Berthier avait craché par terre, afin de renforcer son mécontentement. Connaissant le caractère théâtral de son ami, le forgeron n'y avait pas prêté davantage attention. La pensée de devenir le beau-frère de son ami le réjouissait. De plus, résidant au fief Chicot, de savoir que Viateur allait demeurer à Maskinongé, hameau voisin en quelque sorte, ne pouvait qu'ajouter à sa satisfaction. Jamais, toutefois, il n'aurait pensé qu'Étiennette pourrait un jour chercher à rivaliser avec sa sœur.

Née en octobre 1688, Étiennette n'avait aucun souvenir de Viateur Dupuis, si ce n'est d'en avoir entendu parler par ses parents, à l'occasion. Aussi, quand Étiennette lui demanda avec insistance de déménager à la rivière Bayonne, le forgeron eut la tristesse de s'éloigner à nouveau de son ami, alors qu'il venait de s'en rapprocher. Il eut l'idée de solliciter la sympathie de sa femme :

— Étiennette, tu dois comprendre que notre petite Marie-Anne va en quelque sorte perdre sa tante, en s'éloignant vers Berthier.

— Je le sais, maman me l'a déjà servi, cet argument, Pierre. Nous devons avoir de l'ambition pour l'avenir de nos enfants. Marie-Anne restera toujours la tante de la petite… Et si tu y tiens, la marraine suppléante de la petite, en cas de malheur. Elle l'aurait tellement souhaité !

— Ouais, mais elle grandira loin d'elle. Tu sais, c'est un manque dans la vie d'une enfant.

Étiennette regarda son mari, pantoise.

— Dis donc, toi, tu me sembles bien prévenant pour nos Marie-Anne ! Ne serait-ce pas plutôt d'être éloigné de ton ami Viateur qui te tracasse ?

Pierre Latour se sentit gêné de la remarque d'Étiennette. Il préféra couper court et clore la discussion.

— Il y a du travail qui m'attend à la forge.

Là-dessus, le forgeron se leva de sa chaise et se rendit à son atelier. Étiennette sut qu'elle avait eu le dessus sur son géant de mari.

Je suis certaine de prendre la bonne décision pour ma famille! Ma mère y verra de l'entêtement et ma sœur de la jalousie, mais bon, je suis quand même la première concernée! se dit-elle, déterminée.

Quand Marie-Anne apprit la stupéfiante nouvelle par sa mère, elle en fut consternée.

— Mais, voyons, mère, c'est impossible, Étiennette et moi venons de nous réconcilier. Elle ne peut pas nous faire ça! Viateur est l'ami de Pierre!

— Ne le prends pas sur ce ton, Marie-Anne! Étiennette n'est pas fâchée contre toi.

— Ah non? Alors pourquoi ne me l'a-t-elle pas dit de vive voix, lorsque je me suis rendue chez elle?

Marguerite, qui ne voulait pas jeter de l'huile sur le feu, prit son temps pour donner cette explication à sa fille:

— Sans doute leur décision n'était pas encore finale... et elle n'a pas voulu t'inquiéter.

— En tout cas, c'est une drôle de façon de créer une complicité avec sa grande sœur. Moi qui croyais être son amie! Comment vais-je expliquer ça à Viateur?

Marguerite Lamontagne ne savait quoi répondre à sa fille aînée. Elle se risqua à expliquer le comportement d'Étiennette:

— Tu sais, Étiennette n'est plus une adolescente! Nous la voyons encore comme si elle portait ses longues tresses et riait de façon naïve. Elle est maintenant mère de deux enfants, même si elle a à peine vingt ans.

Ce dernier argument ne convainquit pas Marie-Anne pour autant.

— Tout comme vous! Ce n'est pas de cette façon qu'elle va resserrer les liens familiaux depuis le décès de notre père.

Marguerite, qui se sentait encore coupable de s'être remariée, ajouta immédiatement, avec indignation :

— Marie-Anne, je t'en prie, pas toi!

Aussitôt vint à l'esprit de Marguerite qu'elle avait quatre autres filles, Agnès, Geneviève, Antoinette et Madeleine, en âge de lui faire la même remarque désobligeante. Cette perspective augmenta son désarroi.

Comprenant sa bévue, Marie-Anne répondit immédiatement à sa mère, penaude :

— Pardonnez-moi, maman, je ne voulais pas vous chagriner.

Marguerite aurait voulu lui répondre « c'est déjà fait », mais elle se ravisa et préféra ne rien dire et oublier la remarque. Marie-Anne ajouta cependant :

— Ça n'en restera pas là ! Il faut quand même que je lui dise ce que j'en pense !

— Ça ne donnera rien de plus, Marie-Anne, ajouta sa mère. Sa décision est prise, elle ne changera pas d'idée.

— Mais Pierre a tout de même son mot à dire dans cette décision drastique.

Marguerite regarda sa fille qui bouillait de frustration. Elle prit bien son temps pour ajouter :

— Pierre semblait bien heureux de recevoir cette terre en cadeau de noces de la part de son ami, le seigneur de Berthier. Tôt ou tard, Étiennette et lui en seraient venus à cette décision. Nous n'y pouvons rien et ça ne nous regarde pas.

— Vous ne pouvez pas essayer de raisonner Étiennette ?

— J'ai bien essayé, Marie-Anne, mais en vain !

— Et monsieur de Saint-Amand, le pourrait-il ? En abordant Pierre, évidemment !

Marguerite avait encore en mémoire la réplique d'Étiennette à propos de son remariage rapide. Elle jugea très vite qu'il valait mieux laisser son mari en dehors de cette discussion. Pour toute réponse, elle fit un signe de tête négatif à sa fille. Cette dernière ajouta par dépit :

— Elle mériterait que je lui dise le fond de ma pensée, notre Étiennette, une fois pour toutes.

Marguerite, qui voulait arrêter la discussion, haussa les épaules en signe d'abandon. Marie-Anne comprit le message, se disant qu'elle profiterait d'une prochaine occasion pour exprimer son profond désaccord à sa chère sœur.

CHAPITRE XXIII
L'excursion de pêche

Quand Viateur Dupuis apprit de sa femme Marie-Anne la surprenante décision de son ami et beau-frère Pierre Latour de quitter le voisinage du chenal du Nord pour aller s'établir le long de la rivière Bayonne dans la seigneurie de Berthier, il se douta bien que son rapprochement avec le forgeron de Maskinongé avait un lien avec cette décision. Néanmoins, il proposa à sa femme de dissiper le malentendu, s'il y en avait un !

— Que penses-tu, ma femme, de l'idée d'une partie de pêche avec Pierre, bientôt ? De cette façon, je pourrais éclaircir le malaise que tu sembles percevoir dans leur décision de s'éloigner de la famille. Quoique, à mon avis, ce soit une décision d'affaires. Mes accointances avec le forgeron de Maskinongé n'ont rien à voir avec tout ça. Une coïncidence, rien de plus !

— Je n'en suis pas si certaine, vois-tu ! Même si j'en ai déjà discuté avec Étiennette.

— Je crois que tu exagères ! Une bonne discussion entre hommes… et amis, pourra mettre les choses au clair.

— Mais tu sais bien que Pierre n'est pas bavard. Il ne te dira rien de plus que nous ne savions déjà.

— Nous verrons bien. Rien de mieux que la satisfaction d'une pêche réussie pour délier la langue la plus secrète.

— Ou une bonne bouteille !

Viateur Dupuis regarda sa femme avec étonnement. Il se sentit soudainement visé.

— Que veux-tu dire par là, Marie-Anne? Que j'ai l'habitude de boire?

Marie-Anne Lamontagne ne voulut pas s'engager dans une discussion inutile. Viateur Dupuis buvait. Non pas en solitaire! Mais, comme tous les anciens soldats, il ne dédaignait pas lever le coude entre amis. Il était notoire que ses parties de pêche dans l'archipel du lac Saint-Pierre étaient un prétexte pour se livrer à son péché d'intempérance.

— Ce n'est pas ce que j'ai dit! Mais je ne voudrais pas qu'Étiennette, ma chère sœur soupçonneuse, s'imagine que tu entraînes son mari à boire. Il ne faut surtout pas qu'elle le voie en état d'ébriété.

— Oh, mais ça ne risque pas, avec son gabarit. Il faudrait une barrique de rhum pour l'émécher, celui-là!

Viateur Dupuis quitta le lac Saint-Pierre pour le fief Chicot, à l'embouchure de la rivière Maskinongé, au petit jour qui sillonnait le ciel naissant au-dessus des eaux opaques. La journée printanière était magnifique. Le ciel d'un bleu sombre teintait déjà la surface de l'onde, malgré la froidure.

La silhouette des îles à l'Aigle et à la Grenouille et les formes oblongues des nombreuses îles[106] basses tout autour se rapprochaient au fur et à mesure qu'il canotait, comme si elles voulaient ralentir le courant du fleuve en l'étranglant dans leurs marais de gros foin. Leurs chenaux, bien souvent, se rétrécissaient au point de se terminer en impasse. Le profil des pointes des îles se confondait avec les hautes herbes des battures et des quenouilles qui affleuraient dans la clarté naissante de l'aurore.

Viateur savait que l'eau haute et plus circulante du printemps ralentirait sa montée à contre-courant du chenal du Nord et qu'il lui serait difficile de canoter. Il espérait que le clapotement des petites vagues sur le bord de sa barque ne dérange pas les grands hérons en quête de nourriture ainsi que les canards qui venaient d'établir leur nichée dans les hautes herbes, à l'abri des prédateurs. C'était du moins ce que lui avait signalé le proprié-

---

106. L'archipel du lac Saint-Pierre, d'environ 25 km de long avec un lacis de 150 km de chenaux, comprenait 103 îles et se terminait par un delta caractérisé par les hautes herbes de ses îles basses qui affleuraient à l'entrée du lac.

taire de ces îles, Étienne Volant[107], qui appelait ces îles, îlets et battures le fief Volant Radisson et qui lui avait raconté que les hérons se nourrissaient surtout de têtards et de grenouilles[108]. Une colonie de canards se mit plutôt à épier le passage du pêcheur matinal, camouflée derrière les feuilles des nénuphars, prête à décoller à tout moment.

Viateur se dit qu'il aurait été surprenant d'apercevoir ces grands échassiers, puisqu'ils nichaient assez haut dans de grands arbres, que l'on retrouvait à l'île aux Sables. Pour s'y rendre, il lui aurait fallu contourner la Grande-Île et risquer de zigzaguer entre les troncs d'arbres à la dérive, propulsés par les remous des eaux, avant d'emprunter le chenal de l'île aux Liards jusqu'à l'île aux Sables.

Tout en longeant la rive, Viateur Dupuis observait le ciel, à la recherche d'un voilier d'outardes ou d'oies blanches revenues de leur périple en Caroline du Sud afin de fuir les rigueurs de l'hiver. Il aperçut plutôt entre les joncs de la rive du chenal un groupe de canards noirs, qui cancanaient en quête de leur pitance matinale, tout contents d'avoir retrouvé leur marais, le même que les années précédentes, à leur retour de la baie de Chesapeake au Maryland. Les aigrettes blanches leur tenaient compagnie.

Le silence de sa méditation était à l'occasion perturbé par le bruit des oies qui cacardaient au loin, trop heureuses d'avoir trouvé le gîte et le couvert dans les bandes de terre qui longeaient le chenal, au-delà des marais. Dans ces champs nus, d'autres volatiles migrateurs, comme l'alouette cornue, qui étaient débarqués en nuées sur le sol en piaillant, pour mieux se reconnaître avant leur prochain départ, faisaient bon ménage avec les oies.

De temps en temps, le coassement des grenouilles et des ouaouarons habitant ces milieux humides accompagnait le clapotis de sa pagaie qui s'enfonçait dans l'eau stagnante, l'avertissant de la profondeur navigable. Mais, au printemps, Viateur voulait repérer les rats musqués qu'il pourrait assommer avec sa rame et rapporter pour en vendre la peau et faire un bon ragoût de la chair.

---

107. Étienne Volant (1664-1735). Arpenteur et marchand, il fut le propriétaire de la seigneurie Volant Radisson (neuf îles du lac Saint-Pierre). Il était le fils de Claude Volant de Saint-Claude et de Françoise Radisson, la sœur de Pierre-Esprit Radisson, le célèbre coureur des bois.
108. Le grand héron est piscivore. Son alimentation est composée principalement de petits poissons, qu'il trouve en eau peu profonde, même s'il mange aussi de petites grenouilles, des insectes aquatiques et des écrevisses.

Viateur suivait le bord du chenal du Nord, la voie fluviale la plus directe pour se rendre à destination. Il savait que s'il s'égarait parmi les cent trois îles de l'archipel du lac Saint-Pierre, il se retrouverait dans un labyrinthe, pratiquement sans issue. La ligne des îles se profilait cependant avec davantage de précision au fur et à mesure qu'il naviguait. À son rythme, il pouvait respirer les odeurs marines, mélanges d'effluves sylvestres et aquatiques, activées par l'agitation du vent printanier, des îles libérées du corset de glace et de neige que la glaciation fluviale et insulaire avait créé.

À la croisée de la rivière Chicot, les scirpes, nourriture préférée des grandes oies des neiges, et les joncs inondés comme chaque printemps ralentirent la vitesse de la barque. Viateur obliqua vers la droite quand il aperçut le remous causé par les branches et les pousses vertes des saules qui effleuraient l'onde de la crue printanière. N'eût été de leurs racines qui s'alignaient le long de la rive, Viateur aurait craint de les voir emportées par le fort courant. Quelques liards[109] deltaïques, gardiens majestueux de ces lieux discrets, accompagnés de bosquets d'aulnes, les pieds dans l'eau, indiquèrent la voie fluviale au visiteur matinal.

Après avoir pagayé encore quelques minutes, il pénétra à l'intérieur d'une échancrure baignée par les eaux de la rivière, élargie par le propriétaire des lieux et où se trouvait un quai bâti solide, à une centaine de pieds plus loin, qui fermait l'issue, en enclave. Le visiteur accosta près de la barque de Pierre Latour Laforge. Il se hissa sur le petit débarcadère à l'aide du piquet qui servait à amarrer les embarcations.

Le forgeron était déjà en train d'activer le feu de la forge, afin de préparer la routine de sa journée, alors qu'Étiennette et ses deux jeunes enfants dormaient encore pour quelques heures.

Quand Pierre Latour Laforge aperçut son beau-frère, aussi inquiet que surpris, le visiteur inattendu s'empressa de dire :

— Oh, ne sois pas inquiet, Pierre je ne suis pas porteur de mauvaise nouvelle. Je passais simplement par ici, avant d'aller pêcher.

Le forgeron observa lentement son ami, déposa le soufflet qui lui permettait d'activer le feu de la forge et tendit sa main meurtrie par les étincelles du brasier à son beau-frère.

---

109. Peupliers.

Cette main-là pourrait sans aucun doute retenir à elle seule un percheron à ferrer! pensa ce dernier.

Viateur serra le battoir du forgeron, en lui disant :

— Salut, Pierre. Je suis arrivé un peu tôt, mais les impératifs de la pêche sont ce qu'ils sont. J'espère que je ne te dérange pas trop dans ta besogne.

— Bonjour, Viateur, répondit le Vulcain. Étiennette et les enfants dorment encore. Tu vas rester à déjeuner avec nous. Es-tu seul ou avec Marie-Anne ?

— Tu sais bien que ma femme n'aime pas la pêche, surtout à cette heure !

Latour, stoïque, observait son beau-frère avec contentement. Il avait toujours aimé Viateur Dupuis pour son entrain et sa gentilhommerie. Il le laissa continuer, comme d'habitude. Viateur était volubile. Il enchaînait facilement ses phrases. De cette façon, peu de secrets pouvaient résister à son bavardage. Pierre le savait, lui qui avait la réputation d'être aussi fermé qu'une huître. Il laissa donc Viateur continuer à expliquer sa venue.

— Je me demandais… si tu pouvais m'accompagner à la pêche. Bien entendu, si tu peux te le permettre !

Un sourire timide apparut sur les lèvres du forgeron. L'invitation de son beau-frère parut lui plaire.

— Je vais demander à Étiennette si elle a besoin de moi. La journée s'annonce belle et le travail peut attendre à demain… Es-tu venu en barque ou en canot ? Parce que nous pouvons prendre ma barque.

Tout sourire d'être tombé sur la bonne journée, Viateur répondit :

— J'ai mon gréement de pêche dans ma barque. J'ai même apporté mes verveux[110] pour les ouaouarons que j'ai pêchés au dard, la semaine dernière, et qui nous serviront d'appâts.

— Oh, oh, avec ça, les dorés et les gros brochets vont se faire attraper, mon cher. Et moi qui pensais que tu ne pêchais que les anguilles et les barbottes, Viateur !

— Peut-être un esturgeon, tiens, pourquoi pas !

Fier de l'effet de sa moquerie, Viateur reprit plus sérieusement :

---

110. Filets en forme d'entonnoir.

— Marie-Anne les préfère, bien sûr. Elle en fait une excellente soupe, tu sais, la spécialité bien locale.

— Oui, je sais. Étiennette aussi. Elle achète ses poissons du Sauvage qui passe à l'occasion. Tu sais, je n'ai plus tellement le temps de pêcher avec le travail à la forge…

— Pas plutôt les enfants, Pierre ? demanda Viateur, amusé.

— Disons… mais ça va être aussi ton lot bientôt, mon cher, tu verras.

— Alors, quand part-on ?

— Aussitôt qu'Étiennette sera au courant. Nous ne partirons pas avant d'avoir avalé une bouchée. Tu es des nôtres, bien entendu !

— J'ai avec moi une bonne réserve de réchauffant, parce que la matinée ne sera pas si chaude sur le chenal. Tu me comprends, n'est-ce pas ? Du jamaïcain, le préféré de Pierre d'Iberville, paraît-il.

Le forgeron fixa son beau-frère avant de répondre :

— Alors, nous sommes mieux de faire honneur au déjeuner d'Étiennette, à ce compte-là. Je ne voudrais pas manquer d'adresse et revenir bredouille. De quoi aurions-nous l'air ?

Viateur Dupuis sourit à son beau-frère. *Décidément, ce gaillard pense à tout !* se dit-il.

Dès que Latour eut informé Étiennette de la venue de Viateur, leur beau-frère, Étiennette, encore tout endormie, lui demanda :

— Quoi, à cette heure ? N'est-ce pas un peu tôt ?

— Mais tu sais bien que le poisson n'attend pas !

— Où irez-vous ?

— Sur le lac Saint-Pierre[111], voyons !

— Faites attention, il est dangereux. Je préfère que vous ne pêchiez pas plus loin que l'entrée de la baie du Nord.

— Ne crains rien, Étiennette.

— Mon père nous disait que le vent du nord-est était traître et que la houle montait au moindre coup de vent.

Étiennette se retrouva subitement plongée dans ses souvenirs de son père. Son mari y décela de la tristesse. Pour ne pas l'inquiéter, il ajouta :

---

111. Le lac Saint-Pierre, étendue d'eau peu profonde, bordée de marais, est un élargissement du fleuve Saint-Laurent entre Sorel et les Trois-Rivières, large de 25 km et long de 15 km.

— S'il y a le moindre risque, nous resterons près de Madame[112]. Nous ne pêcherons pas plus loin qu'à l'embouchure du chenal, à l'île aux Grues.

— Pourquoi aller si loin ? Il y a autant de poissons à l'entrée de la rivière Chicot !

Les deux gaillards parurent pétrifiés à l'idée qu'Étiennette puisse s'opposer à leur partie de pêche. Mais réalisant que son mari ne prenait jamais de journée de repos, elle accepta.

— Alors, si vous me promettez d'être prudents, je prépare tout de suite votre déjeuner.

Malgré eux, le sourire réapparut sur leur visage. Aussitôt dit, Étiennette s'affaira à nourrir copieusement les deux hommes et à leur préparer une collation qui leur permettrait de tenir jusqu'à l'heure du souper.

— Surtout, soyez prudents et ne me revenez pas à la brunante. C'est Marie-Anne, morte d'inquiétude, qui m'en voudrait pour longtemps.

— Sois sans inquiétude, Étiennette ! Tu ne nous verras pas revenir à la lueur du fanal ! s'exclama son beau-frère.

— Pas d'excès, Pierre, tu me comprends ?

Latour plongea son regard dans celui de sa femme. Il comprit aussitôt que la recommandation d'Étiennette était plutôt adressée à Viateur. Ce dernier fit mine de rien, lorsqu'il intervint :

— Qu'est-ce qu'on te rapporte, Étiennette ? De l'achigan, du brochet, du doré ?

Comprenant que son beau-frère voulait faire dévier la conversation, elle qui aimait bien le caractère bon vivant de Dupuis, lui répondit avec taquinerie :

— Je doute, Viateur, de ta capacité à pêcher le brochet. Tout au plus des ouaouarons !

Devant la mine dépitée de Viateur, Latour lança un regard de reproche à Étiennette. Cette dernière réalisa qu'elle y était allée un peu fort. Se reprenant, elle ajouta :

— Ce que je veux dire, c'est que je me contenterais amplement d'anguilles et de barbottes pour vous préparer une bonne soupe à votre retour, si vous ne revenez pas trop tard, bien entendu !

---

112. Ancien nom de l'île Dupas.

À la pensée de pouvoir déguster un tel régal, Viateur décida de lancer un défi à sa belle-sœur :

— Et si nous ne pêchions que du crapet ?

— Tu devrais le savoir, Viateur, les femmes Lamontagne savent préparer la meilleure friture de poisson qui soit ! De toute façon, vos prises seront partagées en deux. Une part pour Marie-Anne et l'autre pour ici !

Pour ne pas que Viateur perde la face avec la dernière répartie d'Étiennette, Latour avança :

— J'amènerai mon fusil de chasse, tu sais, celui que j'ai reçu en cadeau de noces. Longer les marais sans en profiter pour rapporter quelques canards et quelques tourtes, ça ne se fait pas ! Et puis, on pourra toujours se rabattre sur un rat musqué, caché dans un détour.

D'un clin d'œil complice, Viateur approuva avec ferveur la suggestion de son beau-frère. Puis, Étiennette ajouta :

— Du gibier, en plus du poisson, décidément, cette excursion me paraît pleine de promesses !

— Tu ne seras pas déçue, Étiennette !

— Est-ce que Marie-Anne est avisée de l'heure de ton retour à la maison… sans vouloir t'offenser, bien entendu !

— Je lui ai dit que je serais de retour avant la brunante.

— Je vous attends au milieu de l'après-midi, au plus tard, n'est-ce pas ? Je ne voudrais pas que ma grande sœur me tienne rancune pour avoir retardé le retour de son mari… Il ne lui en faut pas beaucoup, tu me comprends ?

Viateur saisit aussitôt l'allusion au différend qui régnait entre les deux sœurs Lamontagne. D'ailleurs, sa venue pour une excursion de pêche avec Latour avait principalement comme motif une tentative de réconciliation.

— Marie-Anne aurait bien aimé passer la journée avec toi, Étiennette, mais tu sais, avec la petite ! En tout cas, elle vous envoie ses salutations et vous invite à la maison. Pourquoi ne pas préparer votre ordinaire à Maskinongé ?

Étiennette regarda aussitôt son mari. L'invitation de Viateur l'avait prise au dépourvu. Latour saisit l'occasion pour tenter de rapprocher Marie-Anne et Étiennette.

— Pourquoi pas, Étiennette ?... Mais, pour que ça se fasse, il nous faut du poisson ! Il est grandement temps de partir. Allez, ouste, Viateur !

Latour se leva aussitôt de table, suivi de Viateur qui remercia Étiennette d'un signe de tête. Les deux hommes se rendirent au petit quai où la barque était amarrée.

Après avoir scruté le ciel et humé le vent, les deux hommes décidèrent de longer le littoral du chenal du Nord vers le lac Saint-Pierre et de jeter la ligne devant la dernière île de l'archipel de Berthier, en face de l'embouchure de la rivière Maskinongé.

Une fois la barque ancrée dans un endroit profond du chenal à l'aide de la gaffe[113] que Latour avait lui-même forgée, les deux hommes préparèrent leurs cannes à pêche qu'ils appâtèrent puis fixèrent des yeux le manche, prêts aux plus beaux trophées.

— Tu vois, Pierre, nous avons une vue sur le fief de mon ancien officier de la Marine, le seigneur Jean Sicard de Carufel[114].

— Mais c'est chez toi ! Comment se fait-il que tu aies préféré habiter Berthier plutôt que le fief de Carufel ?

— Parce que le capitaine Berthier m'était sympathique. En plus, j'étais toujours célibataire. Rappelle-toi, je n'ai revu Marie-Anne qu'à vos noces. Et Carufel n'avait pas encore sa seigneurie. Je me demande si nous nous serions installés à Berthier, si le capitaine n'était pas retourné en France ? Il en est revenu rapidement, mais il s'est plutôt installé à Berthier-sur-mer avant de mourir.

Latour saisit l'occasion.

— Dans ce cas, pourquoi ne pas le faire maintenant, puisque nous allons nous y installer sous peu, une fois le contrat notarié signé ?

— Comme ça, c'est bien vrai ?

Pierre Latour regarda Viateur avec gêne.

— Ouais !

— J'espère que ce n'est pas à cause de la chamaillerie entre Marie-Anne et Étiennette. Tu sais bien que ce ne sont que des enfantillages... Elles se comportent comme deux adolescentes.

---

113. Perche munie d'un croc de fer à deux branches, dont l'une est droite et l'autre courbe, servant à pousser une barque, accoster ou accrocher quelque chose qu'on veut tirer à bord.

114. Officier dans les troupes du détachement de la Marine, Jean Sicard de Carufel se vit octroyer sa seigneurie par le gouverneur de Vaudreuil le 21 avril 1705.

— Pour sûr ! Mais Étiennette n'en démord pas. Elle y voit notre avenir… Elle n'a sans doute pas tort.

— Mais tu es forgeron, Pierre, pas cultivateur. Tu es mieux placé que quiconque pour savoir que les sables ferrugineux sont d'ici vers les Trois-Rivières !

Latour restait silencieux. Il fixait du regard le tourbillon fait par le poisson qu'il venait d'échapper.

— Ouais… Mais ça peut prendre encore longtemps avant de les exploiter. Je ne crois pas que ce soit pour moi… peut-être pour mon petit Pierre, s'il suit mes traces ! De toute façon, je conserve mon installation du fief Chicot… Et puis, Étiennette a peur que les Iroquois reviennent. Non, je préfère laisser cette occasion au forgeron de Maskinongé, Pierre Gerbeau Bellegarde.

Viateur préféra ne pas relever l'attaque de son beau-frère.

— C'est vrai que le long de la rivière Bayonne, vous êtes moins à risque d'être attaqués par les Iroquois. Surtout que le chef de la milice est là pour vous défendre. Tiens, j'y pense, pourquoi ne pas venir vous installer à Maskinongé, près de nous ? En famille !

Latour leva la tête vers son beau-frère et ami. Ce dernier perçut dans le regard du forgeron que la suggestion lui plaisait. Cependant, une forme de résignation paraissait voiler la volonté du géant. Viateur ne voulut pas insister. À sa grande surprise, Latour rétorqua avec malice, contrairement à son habitude :

— C'est toi, Viateur, qui me proposes d'aller m'installer près de Gerbeau Bellegarde, alors que tu fais des affaires avec lui ?

Pierre Latour, manifestement énervé, bougeait de plus en plus sur son siège. La légère vague du chenal accentuée par le tangage de la barque occasionnait un roulis de plus en plus prononcé. Les deux occupants de l'embarcation étaient dorénavant plus occupés à surveiller sa cadence qu'à espérer une pêche miraculeuse.

Estomaqué, Viateur Dupuis rétorqua :

— Mais qu'est-ce qui te prend, Pierre ? Il me semblait que ce malentendu avait été oublié. Gerbeau Bellegarde n'est qu'un voisin, sans plus. Histoire classée.

— Vraiment ? Comment peux-tu être aussi naïf ? Gerbeau Bellegarde a toujours été épris de Marie-Anne. Le savais-tu ?

Dupuis resta bouche bée. Il se tourna carrément vers Latour, au risque de faire chavirer la barque à son tour.

— Qu'est-ce que c'est que ce ragot? Si c'était vrai, Marie-Anne m'en aurait déjà parlé. Et en quoi cela te regarde-t-il? Marie-Anne et moi sommes très heureux. Je ne vous permets pas d'en douter, Étiennette et toi!

Latour restait le regard fixé sur sa ligne. Pour se donner de la contenance, il se déplaça lentement vers le verveux qui pendait sur le rebord de la barque pour en vérifier le contenu. Rien. Il reprit sa position initiale, tout en essayant d'éviter le regard de son ami, qu'il pressentait mauvais. Ce dernier, reprenant son souffle, interpella son beau-frère:

— En sommes-nous à nous accuser mutuellement et à nous haïr, Pierre? Comment se fait-il que deux amis de longue date, de surcroît des beaux-frères, puissent douter l'un de l'autre de cette façon? Si nous continuons de la sorte, nous allons vite en venir aux coups… Et tu sais bien que je ne suis pas de taille à me défendre contre toi!

Latour se surprit à sourire de la réplique de Dupuis, malgré lui. Cette trêve de quelques instants permit à Viateur de proposer à boire.

— Moi qui voulais trinquer une première fois pour celui de nous deux qui prendrait le premier poisson. Décidément, je préfère boire à notre réconciliation, si tu le veux bien.

— Bonne idée, j'aime autant ça. Buvons!

Viateur Dupuis retira de l'eau son flacon de rhum, l'offrit à Pierre Latour et en prit une lampée… et une autre. Une fois rassasiés, les deux hommes se regardèrent en riant.

— Peux-tu me dire, Pierre, pourquoi m'avancer de telles âneries avec Gerbeau Bellegarde? D'abord, le jalouser parce que j'ai eu le malheur de lui confier le ferrage de mon cheval — je te fais remarquer en passant que mon étalon n'aurait pas pu se rendre au fief Chicot, donc je n'avais pas le choix de le demander à Gerbeau Bellegarde ou de le ferrer moi-même — et ensuite de me soupçonner d'être cocufié par lui, alors que Marie-Anne, ma femme, est sans reproche?

Comme Latour, honteux, ne répondait pas, Viateur poursuivit:

— Réponds-moi ou bien je bois tout le rhum moi-même!

N'ayant pas le choix, Pierre Latour commença par un grognement.

— Étiennette…

— Étiennette?

— Ouais, ma femme m'a déjà laissé sous-entendre qu'un ancien cavalier de Marie-Anne vivait à Maskinongé et qu'elle en avait été follement éprise… au point de vouloir entrer au couvent parce qu'il n'avait pas voulu l'épouser.

— Hein?

— Ouais, un coureur de jupons, il paraît. Un forgeron… ça sonne comme ça!

Viateur éclata de rire.

— As-tu déjà rencontré Gerbeau Bellegarde?

— Euh… non, jamais!

— Il me semblait!

Latour se mit à se recroqueviller de manière étrange. Dupuis vit là le signe de l'inconfort de son beau-frère. Il continua:

— Parce que si tu le connaissais, tu serais le premier à reconnaître qu'il n'a rien du tombeur de ces dames! Gerbeau Bellegarde, un charmeur! J'aurai tout entendu! Sais-tu que c'est faire offense à Marie-Anne? Elle a plus de goût que ça. Non, Pierre, tu ne l'as jamais rencontré, c'est évident.

— Alors, je me suis sans doute trompé de nom.

— Coudon, cherches-tu absolument les anciens prétendants de Marie-Anne?

Se faisant petit malgré sa taille, Latour ne savait plus comment se sortir du piège qu'il s'était tendu. Viateur continua:

— J'y suis! Je pense savoir à qui tu veux faire allusion. Gustave Charron. Pas forgeron, mais charron.

— C'est bien ce nom-là, répliqua Latour, tout heureux de pouvoir trouver une issue honnête à son malaise.

— Gustave Charron! Il demeure bien à Maskinongé, mais on le voit rarement! Il voyage le plus souvent comme coureur des bois dans les Pays-d'en-Haut. Il est, paraît-il, marié avec une Sauvagesse de là-bas. Mais Marie-Anne ne l'a pas revu depuis belle lurette. Du gibier de potence, m'a-t-on dit! Mais comment se fait-il que tu aies cru ces sornettes?

Comme le géant ne répondait pas, Viateur Dupuis conclut:

— Nous devrions en rester là et ne plus nous soupçonner. Ce n'est pas bon pour l'esprit de famille. Je vais mentionner à Marie-Anne qu'il n'y avait pas de quoi s'en faire avec ce petit malentendu… Mais, ma parole, nous allons revenir bredouilles alors que la journée avance.

Comme Latour ne répondait pas, occupé à tenter de sortir de l'eau un doré de taille, Dupuis commenta :

— Prends-le, Pierre, sinon Étiennette va nous soupçonner de n'avoir pris que le rhum.

Latour manqua sa prise. Par dépit, il répliqua :

— Étiennette n'est pas soupçonneuse !

— Oh non ? J'aurais cru ! Mais commère, certainement…

Pierre répliqua sèchement :

— Vois-tu, là, c'est toi qui amplifies et qui en rajoutes. Tu accuses Étiennette de commérage.

— C'est quand même elle qui a enguirlandé Marie-Anne, parce que je n'ai pas eu le choix de faire ferrer mon cheval chez Gerbeau Bellegarde. Ça ne la regardait pas, Étiennette !

— Oh si, elle prend à cœur la bonne entente de la famille Lamontagne !

— Ses intentions sont sans doute bonnes, mais ses méthodes, discutables.

— Étiennette est ma femme et je l'appuie.

— Et moi, je prends la part de Marie-Anne.

Latour avait aussi chaud que s'il avait été devant le brasier de sa forge. Quant à Dupuis, il constatait la fissure dans l'amitié, jusqu'alors sans faille, qu'il entretenait avec Latour depuis longtemps. Afin de parer au désastre, il préféra dire à son ami le forgeron :

— Restons-en là, Pierre, et agissons comme des amis et des beaux-frères. Les reproches ne servent à rien et ne rapprochent surtout pas.

Latour sortit de son mutisme.

— Tu as raison… Étiennette et Marie-Anne ont l'habitude de se chamailler et de se réconcilier. Pas nous… Bon, il est temps de rentrer.

— Mais que va-t-on donner comme raison à Étiennette, si nous n'avons pris aucun poisson ? Même pas un seul petit achigan !

— Et toi, que vas-tu dire à Marie-Anne ?

— Que j'ai laissé tous les poissons à Étiennette !

Là-dessus, les deux pêcheurs éclatèrent de rire avec leur grosse voix, dont le son se répercuta si fortement que quelques canards confortablement à l'abri dans les joncs s'envolèrent.

— Dépêche-toi, prends ton fusil, Pierre.

Ce dernier, par un tour de magie, récupéra son arme à ses pieds et visa de belle façon un volatile.

— Ouais ! À défaut de chance à la pêche, au moins, notre journée aura été récompensée à la chasse, continua Viateur.

Après avoir été chercher le canard, tombé dans l'eau, un peu plus loin, Latour annonça :

— Il est temps de rentrer. Étiennette va s'inquiéter… Marie-Anne aussi…

Latour avait déjà oublié le malentendu avec son ami de longue date.

Le beau temps qui avait duré toute la journée laissait maintenant place à d'énormes nuages sombres et menaçants. Leurs reflets rappelaient à nos pêcheurs que le retour pressait, alors que les roulements de tonnerre entendus au loin indiquaient que le temps se gâtait assurément. Il n'y avait pas encore de vent, mais une petite houle se levait et des éclairs zigzaguaient dans le ciel.

— Entends-tu, Pierre ? Ça cogne dur du côté de la Yamachiche. Probablement à la croisée de la grande baie et du courant du fleuve. Habituellement, c'est là que les gros orages se forment. Pointe-du-Lac doit être frappé par la foudre de plein fouet. Tu te souviens de la tempête de grêle que nous avons essuyée à la petite plage, avec Madeleine ?

Pierre Latour apprécia la remarque de son ami et le remercia du regard. Il fut touché par le souvenir évoqué par son ami et surtout qu'il ait prononcé le prénom de sa première femme.

— Oui, je m'en souviens très bien. Nous avons failli en avoir des marques pour le restant de nos jours… comme la petite vérole. Toute une tempête, comme il ne s'en fait plus.

Latour sourit, perdu dans ses souvenirs.

S'inquiétant du piètre résultat de la pêche, Viateur en fit part à Latour.

— Ce n'est pas ce soir que nous allons goûter à notre poisson. Nous en serons quittes pour manger encore du canard.

— Pas si sûr, Viateur. Tout espoir n'est pas perdu.

— Que veux-tu dire par là, Pierre ?

— Fais-moi confiance.

— As-tu l'intention d'aller quémander ton poisson chez Gerbeau Bellegarde ?

Latour lui lança un regard assassin.

— D'accord, je n'ai rien dit.

— Rentrons au plus vite, Étiennette pense plutôt à nous revoir vivants, crois-moi.

Les deux pagayeurs redoublèrent d'efforts afin de devancer la tempête. Le vent amplifiait la houle, de telle sorte que les vagues avaient l'allure de la marée, retrouvée après le village de Champlain.

— Il vaut mieux avancer dans les hautes herbes, ordonna Pierre, muté en capitaine d'embarcation pour la circonstance.

La manœuvre dérangea une colonie de hérons, qui s'étaient massés dans les joncs pour se protéger de l'orage menaçant. Le bruit sec de leurs grandes ailes faisait contre-mesure avec la tonalité percutante du tonnerre. Cette cacophonie céleste ne présageait rien de réjouissant pour nos pêcheurs.

— Et dire que je n'ai rien d'autre à me mettre comme vêtements de rechange, si ceux-ci sont trempés.

— La chaleur de la forge aura tôt fait de les sécher ! Allons, nous y sommes presque.

Déjà, de gros grains de pluie avaient fait leur apparition. La barque accosta au quai, plus tôt que prévu. Un sourire irradiait le visage des deux pêcheurs. Ils avaient pu éviter la tempête. Comme Viateur s'apprêtait à emprunter le sentier qui menait à la maison, Latour le héla :

— Viateur, suis-moi.

Aussitôt, le forgeron suivit le chemin qui longeait la petite crique où la barque était amarrée, près de son canot. Dans les hautes herbes, à l'abri des regards curieux, des perches délimitaient un vivier, où des verveux emprisonnaient des anguilles et des barbottes.

— Tiens, voici la pêche de la journée.

— Eh ben ! Pour une surprise, c'est une surprise. Tout ça est à toi, Pierre ?

— C'est mon secret. Ne le dis surtout pas à Étiennette ou à quiconque. Elle croit que je suis un pêcheur hors pair. N'allons pas la décevoir.

— Si tu me permets à nouveau, tes méthodes sont discutables, mais ton efficacité est certaine.

Le géant sourit à l'évaluation de son ami.

— Tiens, remplis le panier. À défaut de quenelles de brochet, Étiennette pourra servir sa soupe avec du poisson fraîchement pêché.

— Il ne pourrait pas être plus frais!

Quand Pierre Latour ouvrit la porte de sa maison et entra dans la pièce principale, un lampion se consumait déjà devant une image sainte. L'odeur du poisson se jumela aux effluves de la cire d'abeille.

— Dieu merci, vous êtes sains et saufs. J'ai eu peur que vous soyez pris dans la tempête.

— Avec une pêche miraculeuse. Ça mordait tellement que nous n'avons eu que le temps de viser un canard tant le poisson nous accaparait, affirma Viateur de sa voix sonore.

Latour regarda du coin de l'œil son beau-frère, amusé. Déjà, les enfants Latour admiraient les poissons qui grouillaient toujours, enlacés dans le panier.

— Une bonne soupe, qu'en pensez-vous? Je vais en faire assez pour que tu puisses en apporter à Marie-Anne. La pauvre, elle doit être inquiète. Mais si le temps est encore mauvais, tu restes à coucher ici ce soir, Viateur. Tu n'as pas de risque à prendre sur le chenal, avec ce coup de tabac.

— Ne crains rien, Étiennette, Marie-Anne est déjà informée que je resterais ici en cas de mauvais temps.

— La famille sert à ça, Viateur! L'entraide et le soutien avant tout.

— Même avant la compétition, Étiennette?

— Que veux-tu dire par là, Viateur? Je ne comprends pas. Pour moi, vous n'avez pas pris que du poisson, vous deux!

Pierre Latour fit signe à son beau-frère de laisser tomber l'argumentation.

— Pas tant que tu peux le penser, Étiennette. Ça mordait tellement que même si nous l'avions voulu, nous ne l'aurions pas pu.

Étiennette trouva la réplique de Viateur exagérée.

— Je soupçonne que vous me cachez quelque chose, vous deux. Enfin… je trouverai bien.

— Serais-tu soupçonneuse, Étiennette? se risqua à avancer Viateur.

Pierre Latour toussota assez fort pour que son beau-frère comprenne qu'il devait en rester là.

— Bon, allons vider le poisson et plumer le canard, si nous voulons faire bonne chère, ce soir.

— C'est ça, rendez-vous utiles pendant que je prépare mes ingrédients. À propos, Pierre, Victorin est venu te saluer aujourd'hui. Il parlait de notre déménagement à la rivière Bayonne. Il paraît qu'à Berthier, il n'y a pas de sage-femme! Autre que cousine Agnès Boucher, bien entendu... Ah oui, Viateur, si vous veniez avec nous à Berthier, nous serions trois sages-femmes avec Marie-Anne! Nous avons toutes hérité de cette habileté de notre mère et de notre grand-mère. Qu'en penses-tu?

Viateur jongla avec sa réponse.

— Vois-tu, Étiennette, j'ai habité Berthier assez longtemps, du temps de mon service dans la milice. Mais maintenant, notre vie, à Marie-Anne et moi, se passe à Maskinongé... Mais je te promets que je vais lui transmettre ta proposition.

— Bon, au travail, Viateur, avant que le poisson ne pourrisse, avec ce temps lourd.

— Tu as raison, Pierre, à l'attaque.

À son retour à Maskinongé, Viateur remit à sa femme la soupe de poisson préparée par Étiennette et lui raconta sa journée de pêche.

— Comme ça, la belle Étiennette a raconté que Gustave Charron me faisait encore les yeux doux! Quelle commère!

— C'est de cette manière que je l'ai traitée, mais Pierre s'est fâché. En fait, il ne l'avait pas dit de cette façon-là, pas tout à fait.

— Que t'a-t-il dit, le grand Pierre?

— Il croyait d'abord que c'était Gerbeau Bellegarde qui te reluquait!

— Mais c'est une insulte! A-t-il vu de quoi il a l'air, Gerbeau Bellegarde?

— Justement, il ne l'a jamais rencontré.

— Ça frise la démence. Comment est-il venu sur le sujet?

— Pierre a confondu forgeron avec charron! Je crois que l'information transmise par Étiennette n'était pas très précise.

— Il était difficile de l'être moins ! Je te dis, celle-là ! Elle a beau être ma sœur, mais des fois ! Non mais, me vois-tu être courtisée par ce vieux garçon ?

— De toute manière, tu ne le peux plus, tu es mariée et mère de famille, Marie-Anne.

— Tout de même, elle aurait pu en choisir un autre que Gerbeau Bellegarde… Et puis, autre nouvelle ?

— Étiennette et Pierre souhaiteraient que nous puissions les suivre à Berthier.

— Alors que nous sommes presque voisins maintenant ? Ils n'ont qu'à rester au fief Chicot, s'ils aiment tant notre compagnie ! Non mais, pour qui elle se prend, ma sœur !

— Ne trouves-tu pas que tu exagères ?

— Si tu veux… Un peu… N'empêche qu'elle n'est pas facile à fréquenter, Étiennette, même si c'est ma sœur, je te fais remarquer ! À propos, qu'as-tu répondu à Pierre ?

— Qu'il n'y avait pas d'espoir de ma part, mais que j'étais pour te transmettre le message. Ah oui, elle a parlé de possibilité d'agir comme sage-femme à Berthier.

— Alors, ma réponse est claire : qu'elle continue à me chercher noise et plus jamais je ne serai sa voisine. De plus, tu lui diras que les femmes accouchent aussi à Maskinongé et que mes services comme sage-femme seront très estimés.

Devant la répartie maussade de sa femme, Viateur Dupuis préféra conserver le silence pour ne pas envenimer ce qui devenait un conflit entre deux personnes, qui plus est, deux sœurs.

— Tu ne dis plus rien ?

— Et ta filleule et ton neveu ? Tu ne les verras plus ?

Marie-Anne ravala sa salive. Viateur perçut qu'il avait touché une corde sensible chez sa femme.

— Pauvres petits. Un jour, ils comprendront quelle femme impossible est leur mère.

— Qui a le même sang que toi, je te fais remarquer.

— Ouais !

— Et les mêmes dons culinaires !

— Ah non, le bouillon de ma soupe est pas mal mieux réussi, n'est-ce pas ?

Comprenant qu'il avait tout avantage à abonder dans le sens de Marie-Anne, Viateur, en fin diplomate, continua :

— Étiennette a de grandes qualités, comme les femmes Lamontagne, mais tu es la meilleure cuisinière de toutes.

— Incluant ma mère ?

— Bien entendu !

— Alors là, tu exagères, Viateur Dupuis. Tu as le don de jeter de l'huile sur le feu, quand tout semble harmonieux... Tout le monde dit que ma mère est bonne cuisinière !

— Je n'ai pas dit le contraire ! Mais ta soupe est meilleure !

— Que celle d'Étiennette !

— Et que celle de ta mère aussi.

— Alors, quand l'as-tu goûtée la dernière fois, la soupe de poisson de ma mère ?

— Là n'est pas la question. J'ai assez de mémoire pour m'en souvenir.

— De chaque saveur ?

— C'est une impression globale, voilà ! Mais si tu préfères que je dise le contraire, à ta guise.

Marie-Anne resta silencieuse. Après quelques secondes de réflexion, elle émit cette intention :

— C'est évident que je vais continuer à fréquenter ma nièce et mon neveu, à Berthier ou ailleurs. Notre Étiennette a besoin de l'emmener pas mal loin pour m'empêcher d'embrasser celle qui aurait dû être ma filleule. Qu'elle se le dise !

— Inévitablement, tu seras forcée de parler à Étiennette.

— Forcée est le bon mot, en effet ! Mais demeurer à Berthier, il n'en est pas question.

— De même pour moi. Alors, la discussion est close. Nous n'en parlerons plus.

— C'est aussi bien.

Viateur Dupuis comprit que Marguerite Banhiac Lamontagne avait eu tout un défi d'encadrer ses six filles, qui possédaient chacune un sacré caractère. Il se dit :

Pauvre Pierre ! Je le comprends d'être aussi peu loquace. Mais le jour où il répliquera à son Étiennette, elle aura avantage à filer doux... À moins que ce ne soit le contraire !

CHAPITRE XXIV
La visite d'un voisin

Début octobre 1709

Par la fenêtre aux carreaux huilés, Étiennette surveillait sa fille Marie-Anne, qui jouait à l'extérieur de la maison, quand elle vit une silhouette assez grande qui s'avançait vers l'entrée. Elle n'avait jamais vu cet homme auparavant.

Un autre client qui s'est trompé de porte ! Il faudra bien qu'un jour, Pierre indique de façon très précise la porte de la forge avec un écriteau ou que le linteau soit encadré de fers à cheval, afin qu'on s'y reconnaisse ! se dit-elle.

Vitement, elle se débarrassa de son tablier, l'accrocha derrière la porte qu'elle ouvrit prestement, avant que l'inconnu ne s'approche trop de Marie-Anne. Déjà, la petite interpellait l'étranger dans son langage d'enfant. Étiennette l'attrapa par le bras et s'apprêtait à la faire entrer quand elle entendit, dans son dos, une voix qui lui demandait :

— Je cherche à rencontrer le sieur Pierre Latour, le forgeron. Où pourrais-je le trouver ?

Un huissier ! C'est la voix d'un huissier. Mon Dieu, qu'est-ce que Pierre a fait ? Il ne m'a jamais dit qu'il avait des dettes. Et dire qu'il est absent…

Étiennette se retourna afin d'observer l'homme. Ce dernier portait l'habit noir des hommes de loi et était coiffé du tricorne en usage en Nouvelle-France. En bandoulière, un fusil indiquait que l'individu pouvait riposter à toute attaque-surprise, et une sacoche de cuir, que ce messager venait par affaires. Comme il n'avait pas de culotte de cheval qui accompagnait sa redingote, Étiennette jugea que l'étranger était venu en calèche et non sur sa monture. Plutôt costaud, il émanait de l'homme dans la jeune quarantaine une rassurante présence.

Ce n'est peut-être pas un huissier!

Étiennette se sentit aussitôt en confiance. Toutefois, elle voulut vérifier les intentions de l'inconnu.

— Vous trouverez habituellement mon mari à la forge, monsieur. L'entrée de la forge est par là. Malheureusement, elle devrait être mieux indiquée, mais vous savez, Pierre est tellement occupé.

— Très bien, madame.

— Si c'est pour ferrer votre cheval, vous êtes mieux de revenir plus tard dans la journée. Et vous approcherez votre bête, car je ne la vois pas et Pierre ne va plus les chercher. Vous savez, c'est la responsabilité de chaque client de lui permettre de sauver du temps… Il est si occupé, excepté aujourd'hui, bien entendu. C'est un jour spécial pour lui.

L'étranger sourit devant la candeur de la jeune femme. Il se mit à la détailler rapidement. Grande, même très grande, élancée, avec des cheveux noirs relevés en chignon en dessous de sa coiffe. Des yeux noirs perçants, inquisiteurs, démontraient à son interlocuteur que la femme du forgeron prenait à cœur les affaires de son mari. D'ailleurs, son inquiétude par rapport à son emploi du temps ne laissait planer aucun doute quant à sa vigilance.

Il la trouva belle. Il se dit qu'elle le serait davantage, coiffée à la mode de Québec et vêtue de dentelle, dont le blanc ferait encore plus ressortir le grain de sa peau, plutôt sombre. Mais comme Martin Casaubon laissait à son épouse Françoise les bavardages de cet ordre, il abandonna aussitôt son analyse pour se concentrer sur le motif de sa visite.

Étiennette se surprit quant à elle à donner autant d'informations à un étranger.

Mon Dieu, qu'est-ce qui me prend? Je viens de lui dire que Pierre était absent. Maintenant, tout peut m'arriver et je serai seule à essayer de me défendre. Que je suis sotte et naïve!

Le nouveau venu comprit l'inquiétude de la jeune femme, qui venait d'ouvrir la porte de la maison et était déjà à demi entrée.

Encore quelques instants et il entendrait le grincement de la solide barrure en fer forgé lui indiquant que la maîtresse de la maison ne souhaitait plus converser.

— Attendez, ma petite dame, que je me présente. Martin Casaubon, le procureur fiscal de la seigneuresse de Berthier, aussi sergent de la Marine et major de la milice des habitants de Berthier-en-haut, pour vous servir.

L'homme aux belles manières enleva son tricorne, fit la révérence avec élégance, malgré son coffre[115] imposant. Étiennette remarqua que le canon du fusil du milicien pointait exagérément vers le ciel. Elle ne savait plus si elle devait faire entrer l'inconnu, bien qu'il se soit présenté, alors que ses enfants pleuraient à tour de rôle, surtout la petite Marie-Anne qui avait peur du fusil.

— Vous seriez mieux de revenir, monsieur Casaubon.

Comme Étiennette avait perçu la déception sur le visage de l'homme d'affaires, elle se surprit à continuer :

— Pierre ne devrait pas tarder à revenir de l'île Dupas. Entrez donc et attendez-le ici !

Martin Casaubon ne se fit pas prier. Il suivit Étiennette, entra dans la maison et se départit du fusil, qu'il accrocha au clou, par-dessus le tablier de la maîtresse de maison.

— Mes enfants Marie-Anne et Pierre, monsieur Casaubon.

Les enfants Latour dévisageaient l'étrange personnage. Ils n'avaient jamais encore vu un homme habillé en noir de haut en bas.

— Papa arrive bientôt, mes trésors. Tiens, Marie-Anne, va jouer avec ta poupée, dit Étiennette alors que le petit Pierre s'agrippait à sa jupe si fortement qu'il risquait de la déchirer.

Étiennette fit la moue à son invité mystère, tentant de s'excuser du comportement inquiet de ses petits. Casaubon voulut la rassurer en lui disant :

— Ne vous en faites pas, ma petite dame, madame Casaubon et moi savons ce que c'est. Nos six enfants grouillent avec toute la vitalité de leur âge, à la maison. Heureusement, nous avons assez d'espace pour leur faire prendre l'air, à la rivière Bayonne.

Étiennette sursauta, ce qui fit peur au petit Pierre, qui se mit à hurler.

---

115. Thorax.

— Non, non, le monsieur n'est pas méchant, c'est un voisin de papa.

Ce fut au tour de Martin Casaubon de réagir.

— Mais comment le savez-vous, madame ? Cette information est tenue au plus grand secret.

— Mais, monsieur, le seigneur de Berthier lui-même a offert une terre à mon mari en cadeau de noces. Tout le monde le sait dans ma famille. C'est officiel.

Étiennette invita le visiteur confondu à s'asseoir et lui offrit à boire. Il accepta de l'eau fraîche que son hôtesse versa d'un pot de grès. Cette dernière apprit à l'homme que son mari était parti offrir ses condoléances à la veuve d'un des coseigneurs de l'île Dupas, Louis Dandonneau Du Sablé.

— J'aurais bien aimé y aller moi aussi, puisque Marie-Anne Dandonneau, la fille du seigneur de l'île Dupas, est la marraine de ma petite Marie-Anne.

En disant cela, Étiennette ébouriffa les cheveux de son enfant. Elle continua :

— Elle est aussi une amie, en plus d'être une voisine, vous comprenez ! Je me reprendrai ! Il faut bien qu'une mère garde ses enfants, n'est-ce pas ?

Après s'être désaltéré, le procureur fiscal exposa à Étiennette le motif de sa venue.

— Mon habitude est de transiger avec le chef de famille, mais comme il est absent et que vous m'inspirez confiance, je me permets de vous transmettre le message de la seigneuresse de Berthier qui m'envoie, en tant que son chargé d'affaires. Elle souhaite voir monsieur Latour venir s'installer à Berthier. Elle est prête à vous aider.

Étiennette afficha son sourire des beaux jours. Candidement, elle avoua à l'homme de confiance :

— Vous pouvez compter sur mon soutien. Mais c'est mon mari qui prendra la décision comme il se doit. Toutefois, je puis vous assurer qu'il aurait déménagé bien avant, n'eût été de son estime pour Louis Dandonneau, son seigneur de l'île Dupas. De plus, Jacques Dandonneau, son ami, le frère du seigneur, a représenté la famille Dandonneau à notre mariage.

L'étonnement de Martin Casaubon était manifeste. Il questionna donc son hôtesse :

— Mais monsieur Latour n'était-il pas l'ami de longue date du capitaine Berthier, madame?

— Il l'était, jusqu'à la mort de ce dernier. Mon mari avait beaucoup de respect pour le capitaine, comme il l'appelait.

— Alors, pourquoi ne l'a-t-il pas rejoint à Berthier?

— Tout simplement parce que mon mari voue un immense respect aux coseigneurs de l'île Dupas, Dandonneau et Courchesne. Louis Dandonneau Du Sablé a toujours été un ami et un client, et Pierre n'aurait pas aimé le décevoir, même s'il vivait à Montréal depuis quelques années.

— Je comprends mieux, maintenant. Donc, nous pouvons espérer qu'il change d'avis, maintenant?

— C'est possible, quoique Pierre soit très attaché à cet endroit.

— Je peux le comprendre, croyez-moi.

Devant le regard interrogateur d'Étiennette, Casaubon continua:

— Je l'expliquerai à monsieur Latour, à son retour.

— Il ne devrait pas tarder… Tenez… je crois qu'il arrive.

Pierre Latour Laforge fut étonné de la présence de l'homme distingué, dont il reconnaissait la silhouette.

— Procureur Casaubon, je suis honoré de vous accueillir. Quel est le motif de votre visite?

— Vous vous connaissez? demanda Étiennette.

— Pierre de Lestage nous a souvent parlé de son ami, celui qui a remplacé Généreux à la milice de Berthier, Étiennette. Mais le capitaine Berthier nous a présentés, il y a quelques années, après notre mariage.

— Pauvre capitaine Berthier. Un grand homme disparu trop vite. Il n'a sans doute pas survécu à la possibilité d'une autre attaque des Anglais contre Québec[116], ajouta Casaubon.

— C'est exactement ce que disait le gouverneur de Ramezay[117] après les funérailles de Louis Dandonneau Du Sablé, qui l'assistait, à Montréal.

---

116. L'année 1708 fut marquée par l'échec d'une expédition de la milice du Massachusetts contre Québec.
117. Claude de Ramezay (1659-1724) était officier des troupes de la Marine, à son arrivée en Nouvelle-France en 1685. Il fut gouverneur des Trois-Rivières de 1690 à 1699. Commandant des troupes canadiennes de 1699 à 1704, il fut gouverneur de Montréal de 1704 à 1724. De 1714 à 1716, il devint aussi gouverneur par intérim de la colonie en l'absence du marquis de Vaudreuil, parti en France.

— Le gouverneur de Ramezay... Pierre de Lestage m'en a dit beaucoup de bien... J'en viens au fait. Madame Latour vient de me présenter à vos petits comme votre voisin. Elle ne pouvait pas si bien dire.

Devant le regard perplexe de Pierre Latour, Casaubon s'expliqua :

— La seigneuresse de Berthier vient de me demander de vous convaincre d'aller vous installer de façon permanente à la rivière Bayonne, sur votre lot qui est voisin du mien.

Le forgeron regarda sa femme, qui le fixait intensément. Pierre comprit qu'Étiennette maintiendrait son intention d'élever ses enfants ailleurs qu'au fief Chicot. Pour s'en assurer, il lui demanda :

— Qu'en penses-tu, ma femme ?

— Je ne veux pas que mes enfants grandissent dans l'angoisse de la guerre avec les Anglais, comme nous, à la Rivière-du-Loup, avec la menace iroquoise.

— Et ton amie Marie-Anne ? Tu perdras ta voisine ! Elle me semblait si désemparée, tout à l'heure ! Elle a sans doute besoin de ton réconfort.

Étiennette mit son mari au courant des projets de Marie-Anne Dandonneau.

— Elle me disait qu'elle voulait quitter le fief Chicot et rester en permanence chez ses parents, puisque son fiancé n'est pas encore revenu de France et qu'elle commence à désespérer. De toute façon, nous n'emménagerons pas avant l'été prochain. D'ici là, je lui expliquerai.

Le forgeron se mit à réfléchir. *Puisque Louis Dandonneau et Berthier ont trépassé, et que Marie-Anne s'éloignera de toute façon de sa marraine, il serait temps de penser à l'avenir. Toutefois, nous regretterions une décision mal éclairée. Et puis, avec la fougue de sa jeunesse, Étiennette n'a même pas pensé à visiter d'abord les lieux ni à connaître ses nouvelles voisines...*

Le forgeron s'adressa de nouveau à Casaubon :

— Êtes-vous certain que les affaires seront bonnes, à Berthier ? Pourriez-vous me le garantir ? J'ai déjà un peu de clientèle de Berthier mais...

Avant que le procureur fiscal ne s'exprime, Étiennette trancha :

— Le sieur Casaubon vient de nous dire qu'il n'y avait pas de concurrence, comme avec le forgeron Gerbeau Bellegarde de Maskinongé. En tout cas, je crois que ce risque est prometteur… Et puis, rien ne nous oblige à vendre notre lot actuel du fief Chicot, puisque notre terre de la rivière Bayonne est gratuite. Est-ce toujours vrai, monsieur Casaubon?

— Oui, ma petite dame, pourvu que vous rencontriez vos obligations de censitaires, c'est-à-dire qu'à la date anniversaire du contrat, vous payiez quatre livres[118] et deux chapons vifs ou trente sols pour chacun d'eux de rente seigneuriale[119], et cinq livres pour les droits de la commune, et que vous alliez faire moudre[120] votre grain chez le meunier de la seigneurie et en donniez votre part à la seigneuresse. Bien entendu, vous avez le droit de pêcher et de chasser à votre guise. Quant à votre bétail, il aura accès aux pâturages de la Commune… Il y aura aussi la corvée[121]… mais comme votre mari sera très occupé, je pourrai arranger ça.

Étiennette regarda son mari, attendant sa réponse. Pour mieux conclure sa démarche, le procureur fiscal se risqua:

— Nous avons déjà notre rendez-vous avec le notaire Normandin pour le 25 novembre prochain. Ça vous donne le temps d'avertir vos témoins, monsieur Latour.

Le sens des affaires du procureur fiscal impressionna le forgeron et sa femme. Toutefois, Pierre Latour Laforge décida de se montrer prudent.

— Je préférerais qu'Étiennette visite les lieux d'abord et qu'elle rencontre madame Casaubon. Ensuite, si elle est toujours intéressée, je demanderai à Charles Boucher et à Pierre Généreux, deux amis, d'être témoins, répondit Latour.

Étiennette ne contesta pas la prudence de son mari et se rangea à sa décision d'un signe de tête affirmatif. En homme avisé, Casaubon respecta la décision du forgeron. Il rangea ses papiers dans son porte-documents et conclut:

— Entendu, je les connais et je les respecte. Marché conclu. C'est madame Casaubon qui sera contente de vous faire admirer les beautés de notre coin de pays, comme voisine… Nous vous

---

118. 1 écu vaut 3 livres; 1 livre vaut 20 sols; 1 sol vaut 12 deniers.
119. Redevance annuelle fixée à 20 sols par arpent de front ou l'équivalent.
120. Un quatorzième du grain battu au moulin banal.
121. Une à quatre journées de travail par année.

attendons ces jours-ci. J'en informerai ma femme dès mon retour. À bientôt.

Étiennette sourit. Le forgeron n'était pas peu fier d'avoir eu le dernier mot sur Étiennette.

— C'est une grave décision que nous allons prendre, Étiennette. Vaut mieux être certains de notre coup. Nous cherchons à bâtir notre avenir et non à le compromettre, n'est-ce pas?

Quand, quelques jours plus tard, Étiennette et Pierre se retrouvèrent à la croisée du chenal du Nord et de la rivière Bayonne, devant le quai du procureur fiscal Casaubon, la jeune femme s'émerveilla:

— Tu as vu les grands érables? De plus, il n'y a pratiquement pas de courant. Je serai moins inquiète pour les enfants.

Françoise Desmarais Casaubon accueillit Étiennette avec toute la cordialité dont pouvait faire preuve une nouvelle voisine qui souhaitait convaincre. Les deux femmes se plurent dès qu'elles se rencontrèrent. La connaissance du milieu de vie du lac Saint-Pierre renforça cette complicité. Leur condition de mère de famille, ayant le souci d'élever leurs enfants dans le meilleur environnement qui soit, leur permit d'échanger leurs préoccupations quotidiennes. Étiennette trouva que madame Casaubon était une bonne mère et qu'elle savait bien gérer sa maisonnée. Cette dernière avait fait visiter les abords de la clairière où leur maison se trouvait.

— C'est ici que vous pourriez bâtir votre demeure, Étiennette. Regardez-moi la majesté des lieux, si paisibles et si près de la rivière tout à la fois. Vous serez davantage qu'une maîtresse de maison; vous serez une châtelaine! Et vos enfants grandiront en harmonie avec la nature, loin des dangers de toutes sortes… Et je ne pourrais pas espérer une voisine plus charmante.

Cette dernière remarque mit une touche finale sur la bonne impression d'Étiennette. Quand le forgeron demanda à sa femme ce qu'elle en pensait, elle répondit, enthousiasmée:

— C'est ici que nous élèverons notre famille, Pierre! Acceptons dès maintenant!

— Tu n'aimes pas mieux y réfléchir encore un peu? Quelques jours de plus ne feront pas la différence.

— Je suis certaine de mon choix.

Lorsque le forgeron donna son accord définitif, le procureur fiscal sortit un document préliminaire de son secrétaire et demanda au forgeron de le signer. Ce dernier lui fit comprendre d'un regard qu'il ne savait pas signer. Alors, Martin Casaubon écrivit le nom de Latour Laforge sur le parchemin, le fit consulter par Étiennette, qui donna son assentiment, et demanda au forgeron d'y apposer sa croix, en guise de consentement.

— Marché conclu, monsieur Latour. J'annonce la bonne nouvelle à notre seigneuresse, aussitôt que la transaction sera ratifiée devant le notaire Normandin, toujours pour le 25 novembre. À propos, le notaire viendra ici. Ce sera plus pratique que de se rendre à son étude.

Casaubon détailla ses nouveaux voisins, puis ajouta :

— Le notaire me disait qu'il venait la même journée, soit le 25 novembre, rédiger le contrat d'achat d'un dénommé Antoine Desrosiers Lafresnière, et que ce dernier n'avait pas de témoins. Que diriez-vous de lui recommander messieurs Charles Boucher et Pierre Généreux, monsieur Latour ?

— Excellente suggestion, monsieur le procureur. Où demeurera ce Desrosiers Lafresnière ?

— Il sera votre autre voisin. C'est un bon habitant, vous verrez. Il sera de bon voisinage. Si vous arriviez un peu à l'avance, vous auriez l'occasion de le connaître.

— Nous ne pourrons pas demeurer chez vous, avec vos six enfants et les nôtres, s'inquiéta Étiennette. Marie-Anne Dandonneau ne sera sans doute plus là !

— Nous demanderons à Agathe et à Victorin. Elle le fera peut-être pour la dernière fois.

À ces mots, Étiennette blêmit. Elle venait de réaliser que la vie de la famille Latour allait changer par sa faute.

Avant de quitter la maison de Martin Casaubon, après avoir remercié chaleureusement la maîtresse des lieux et lui avoir fait part de son immense désir d'être sa voisine, Étiennette murmura furtivement à l'oreille de son mari :

— Demande-lui s'il a eu des nouvelles de Pierre de Lestage. Je n'ai pas osé m'informer auprès de sa femme. Tu comprends, je ne voulais pas passer pour une commère !

Latour grogna :

— Étiennette ne changera jamais !

Il s'éclaircit la voix et demanda :

— Dites-moi, monsieur Casaubon, avez-vous eu des nouvelles de Pierre de Lestage ?

— Vous le connaissez ?

— Nous l'avons hébergé à quelques reprises. C'est un ami de notre voisine, Marie-Anne Dandonneau.

— Tant mieux ! Quand vous serez nos voisins, vous le verrez plus souvent. Du moins, je l'espère ! Vous savez qu'il est basque, comme moi ? Il a eu sa part de difficultés, ces derniers mois. Enlèvement, rupture sentimentale, etc. Mais ses relations commerciales avec le marchand de La Rochelle, Pascaud, ont propulsé ses affaires. Mais vous connaissez les Basques ! Toujours en train de rebondir ! En affaires comme en amour.

En entendant ces mots, Étiennette frappa son mari du coude, qui se demandait bien pourquoi.

Casaubon conclut :

— Assez de bavardages ! Nous vous reverrons chez moi le 25 novembre, ainsi que vos témoins. Ce fut un plaisir de vous connaître. Mes hommages, madame Latour. Mon épouse sera heureuse de vous avoir comme voisine.

Quand ils arrivèrent au fief Chicot, Étiennette se dépêcha de poser la question qui lui brûlait les lèvres :

— Pourquoi ne lui as-tu pas demandé des nouvelles de Cassandre ? Tu n'as pas compris mon coup de coude ?

— Leurs amours ne nous concernent pas. Nous sommes ici pour affaires… C'est fait, en espérant que nous ne le regretterons pas. Le capitaine Berthier ne jurait que par Casaubon et Pierre de Lestage… Ce n'est pas ce qui me tracasse le plus !

— Alors, qu'est-ce qui te tracasse tant ? demanda Étiennette, contrariée.

— Je m'éloigne ainsi de mes gisements de fer !

— Il me semblait ! Ce que vous pouvez être terre à terre, les hommes !

— Étiennette ! Tu n'as pas le droit de remettre en cause mon travail, même si je ne fais pas autant d'argent que Lestage et Casaubon, rétorqua le forgeron, fâché.

Se rendant compte de sa maladresse, Étiennette se rapprocha alors de son mari et l'embrassa délicatement sur la bouche. Elle murmura :

— Rien n'a changé. Tu te feras remplacer à la forge par ton homme engagé, ce qui te permettra d'aller vérifier tes gisements et… chasser avec Viateur. Tu verras, ça ne sera que mieux… Ah, oui, je te rappelle que mon cousin Michel Pelletier[122] t'a demandé d'être le parrain de son prochain bébé. La naissance devrait avoir lieu bientôt. Sa femme Francine m'a demandé d'être sa sage-femme. Comme c'est mon premier contrat d'accouchement, penses-tu que ma mère pourrait me seconder? J'espère qu'il n'est pas trop tard et qu'elle ne m'en veut pas trop. Sinon, il ne me reste plus qu'à recommander à ma parturiente de prier saint Léonard[123].

— Nous ne sommes pas encore rendus à la rivière Bayonne. Elle te rendra ce service avec enthousiasme, crois-moi. Elle profitera de tous les moments pour être près de toi. De ton côté, prends son enseignement magistral comme une chance unique… Je t'avais dit d'être plus diplomate.

Étiennette opinait du chef, convaincue du fait que sa mère était une sage-femme réputée dans la colonie, même si la remarque de son mari avait éraflé son amour-propre.

Pierre Latour Laforge poursuivit sa réflexion, ne voulant pas donner trop raison à sa femme, dont l'esprit d'initiative le surprenait de plus en plus.

Après tout, nous avons le droit de mener notre vie comme nous l'entendons.

L'optimisme communicatif de sa jeune femme avait rassuré le forgeron. Il prétexta:

— Je commençais à me sentir à l'étroit à la forge. Nous allons nous bâtir une maison et une boutique plus grandes et séparées. Comme ça, tu n'entendras plus les potins de ma clientèle et tu pourras élever les enfants sans craindre qu'ils viennent se brûler ou risquer de recevoir une ruade… Où demeurera mon assistant?

— Certainement pas ici. Je ne veux pas que Marie-Anne soit en contact avec un inconnu.

Le forgeron répondit, narquoisement:

— C'est plutôt moi qui devrais me méfier de lui, en train de rôder autour de toi.

---

122. Pierre Latour sera le parrain de Geneviève Pelletier.
123. Saint patron des femmes en couches.

En disant ça, il entoura de ses mains énormes les hanches d'Étiennette jusqu'à la moitié des fesses, en lui murmurant à l'oreille :

— Une croupe comme celle-là, c'est trop tentant !

— Pierre Latour ! Tu n'as pas honte de me traiter comme ça ? Je ne suis pas un des percherons que tu ferres. Enlève tes battoirs.

En disant cela, Étiennette tenta d'enlever les énormes mains de son mari. Peine perdue, les mains du forgeron continuèrent leur périple jusqu'à la destination qu'il avait en tête.

— Si nous allions à la chambre, ma femme ?

Cette dernière tendit l'oreille et se rendit compte, par le silence qui régnait, que ses deux enfants dormaient profondément. Pour toute réponse, elle dit :

— Les enfants dorment.

Le forgeron prit alors Étiennette dans ses bras, aussi légère qu'une plume, et voulut la déposer sur le lit. Elle l'aida plutôt à enlever ses vêtements et l'entraîna rapidement sur elle. Le colosse, dans une étreinte sonore, cala sa femme sur la paillasse.

Étiennette, en se cambrant, enfouit son visage dans le torse velu de son mari, rassasiée. Quand ce dernier se retira et voulut se rhabiller, elle lui dit amoureusement :

— Ma croupe ne t'intéresse plus ?

En disant cela, elle mit la main de son mari sur sa fesse, l'invitant ainsi à recommencer.

Après avoir soigné et mis au lit ses deux jeunes enfants, le soir, tout en sirotant sa tasse de tisane, alors que le forgeron fumait sa pipe de façon inspirée, Étiennette prit la parole :

— Que va-t-il arriver à mademoiselle Marie-Anne ? Est-ce vrai qu'elle va vendre sa terre du fief Chicot ?

— Elle m'a dit qu'elle s'occuperait de sa mère, revenue définitivement au manoir familial, en attendant le retour de son fiancé. Elle semblait tellement triste.

— Je n'ai pas pu assister aux funérailles à cause de la grippe des enfants, mais je vais aller lui rendre visite, ces jours-ci, avant la neige. Il faut que je lui offre mes condoléances et que je lui manifeste mon amitié… Mais je suis certaine qu'elle viendra embrasser sa filleule.

Étiennette, n'en pouvant plus, reprit le sujet qu'elle avait toujours en tête.

— À propos… Il y a bien longtemps que je n'ai pas eu de nouvelles de Cassandre. Sa dernière lettre remonte à avant la naissance de Marie-Anne. Elle me disait qu'elle ne pourrait pas venir au baptême. Elle ne connaît même pas l'existence de Pierrot.

— Lui as-tu écrit, depuis? Il faudrait que tu lui donnes signe de vie… Si tu veux des nouvelles fraîches de Pierre de Lestage, tu devrais le demander à Marie-Anne Dandonneau, lorsque tu la verras. Elle t'en donnera également de son fiancé.

Étiennette prit un air sérieux.

— Je l'espère! Ça fait longtemps que Marie-Anne ne me parle plus de ses amours! De plus, nos routes vont se séparer. Nous ne serons plus voisines.

— Vous l'étiez de moins en moins. Mais elle restera toujours la marraine de Marie-Anne.

— Quant à ça! Que dirais-tu, mon cher mari, d'aller demander à une de nos voisines de garder les enfants pendant que j'irai à l'île Dupas, visiter Marie-Anne et sa mère? En même temps, je m'informerai pour Cassandre et Pierre de Lestage.

Comme le forgeron ne répondait pas, Étiennette s'approcha de lui, s'assit sur sa cuisse énorme et lui susurra tendrement:

— Tu ne peux pas refuser ça à ta petite femme, n'est-ce pas? Viens, allons nous coucher…

Le géant la regarda amoureusement. Étiennette comprit qu'il ne pouvait rien lui refuser.

CHAPITRE XXV
Des âmes en perdition

Après la messe de minuit au couvent des Ursulines, chantée par la chorale des petites pensionnaires dirigée par Cassandre Allard, à laquelle avaient assisté Eugénie et le docteur Estèbe, ils avaient été réveillonner chez Mathilde et Thierry, rue du Sault-au-Matelot. Cassandre était accompagnée de Pierre de Lestage. L'abbé Jean-François avait été aussi invité. Évidemment, le rassemblement amical n'aurait pas été réussi sans la présence d'Anne Frérot, qui reçut l'invitation avec joie.

Eugénie avait dit à Mathilde :

— Tu comprends, ça n'a pas été facile pour moi de manquer le réveillon de Noël à Charlesbourg, d'autant plus qu'Isa va accoucher sous peu. Catherine Pageau a accepté d'offrir le réveillon de Noël... Excepté André, tous mes garçons sont acoquinés avec les petites Pageau...

Mathilde n'avait pas encore osé demander à Eugénie comment s'était organisée la famille de son mari. Cependant, cette dernière, qui connaissait bien son amie, la devança :

— Isabel à Manuel aurait bien aimé accompagner Simon-Thomas, si ça avait été à Bourg-Royal... J'ai demandé à Catherine Pageau son avis, mais c'est délicat. Marion est appuyée par ses deux sœurs. Manuel comprend ça. Il va raisonner sa fille. Mon fils ne commencera pas sa vie d'adulte en séduisant deux cœurs de femme à la fois. Je comprends qu'il paraisse bien, mais ce n'est pas très vertueux.

Mathilde grimaça, sans plus.

C'est également chez Mathilde et Thierry que se réunirent la famille et les amis pour célébrer la Saint-Sylvestre.

Pierre de Lestage fut très heureux de revoir le comte Joli-Cœur. Les deux hommes, malgré leur différence d'âge, partageaient la même passion pour le commerce de la fourrure, le goût du risque et leur attirance pour les jolies femmes.

Comme tout Basque, Lestage pataugeait, sans scrupule, dans la contrebande. Il voulait développer des liens commerciaux avec les Mohawks qui trafiquaient comme intermédiaires entre les marchands français de Montréal et anglais d'Albany, afin d'y étendre ses activités de distribution avec de nouveaux réseaux de traite.

Rusé, Lestage décida de mettre d'abord le comte Joli-Cœur dans la confidence.

— Il va nous falloir développer de nouveaux réseaux d'exportation. Bientôt, notre compagnie de la colonie fera banqueroute. Les commerçants de La Rochelle refusent de recevoir de nouvelles peaux. Nos marchands de la Nouvelle-France écoulent leurs peaux de castor pour presque rien. Si ça continue, ils seront tentés de vendre leurs stocks aux Anglais de la Nouvelle-Angleterre pour trois et même quatre fois le prix. Et ils seront considérés hors-la-loi par notre justice, c'est-à-dire emprisonnés et même pire. Ils perdront tout… C'est notre principal marchand et associé de La Rochelle, Antoine Pascaud, qui l'a dit à mon frère… Je ne veux pas que ça nous arrive. Nous avons trop à perdre… Et nous aimons trop la France et notre souverain pour ça !

— Je vous suis, Lestage.

Le jeune Basque demanda au comte Joli-Cœur de rencontrer son fils, Ange-Aimé Flamand, afin de tisser des liens d'affaires avec les Mohawks.

— J'ai su que nos autorités toléraient la contrebande qu'ils faisaient avec les Anglais, par le lac Champlain, pour les amener tranquillement à signer le traité de paix.

— Continuez toujours, Lestage, ajouta le comte Joli-Cœur, inquiet.

— Nous avons pensé, mon frère et moi, vous demander la permission de discuter avec votre fils ambassadeur auprès des Mohawks. En clair, nous souhaitons commercer avec ces Iroquois. Nous fournirions la quantité de peaux provenant des Grands Lacs et des Pays-d'en-Haut que nous vendrions aux Mohawks et qu'ils revendraient aux Anglais, mais au prix fixé par nous. Ils feraient d'excellentes affaires et nous aussi. Tout le monde serait gagnant.

— Excepté la colonie. Si vous êtes pris, vous serez punis et passibles d'écartèlement.

— Vous l'avez dit, si nous sommes pris. Il faudrait que la milice le prouve. Les Mohawks le font déjà et personne ne leur en tient rigueur. Et pourtant, ils doivent bien s'approvisionner quelque part.

— Oui, chez les autres peuples iroquois. Mais les peaux ne sont pas aussi belles et les relations diplomatiques sont difficiles entre nations.

— Alors, une guerre fraternelle pourrait-elle éclater ?

— Oui ! Mais personne ne serait gagnant.

— Voyez-vous, si nous fournissons les plus belles peaux aux Anglais, avec régularité et à un prix cher, mais non excessif, ces derniers refréneront les ardeurs guerrières des Iroquois. Et si jamais elle éclatait, cette guerre, ça serait la leur. Alors, nous arrêterions aussitôt la livraison de fourrure, pour éviter la délation. Les rumeurs ne sont pas des preuves.

— Mais vous allez appauvrir notre colonie.

Le jeune Basque démontra alors sa coriacité en affaires, en fixant le noble droit dans les yeux.

— Comte Joli-Cœur, nous ne sommes pas des commerçants de la fourrure qui s'enrichissent aux dépens des autres ! Nous sommes des patriotes.

Le comte Joli-Cœur reçut l'estoc durement. Lestage continua :

— La colonie en est encore avec la monnaie de cartes[124]. Nous nous ferons payer en monnaie d'or.

---

124. Émises en 1685 par les autorités coloniales, étant donné la pénurie des pièces de monnaie venant du Roy de France pour payer les serviteurs de l'État, afin d'obtenir des marchands les approvisionnements nécessaires avant l'arrivée des fonds attendus de la métropole, les coupures de quarts de carte, de demi-cartes et de cartes entières devinrent à la longue un moyen d'échange commercial dans les territoires coloniaux, du papier-monnaie qui portait le sceau du trésorier et la signature du gouverneur et de l'intendant de la Nouvelle-France, et un instrument de crédit.

À ce mot, le comte Joli-Cœur prêta davantage attention. Le jeune marchand ambitieux, fier de pouvoir frapper l'imagination du noble influent, continua :

— Non seulement nous éviterons la contrefaçon, mais de cette façon, nous pourrons influencer les cours du castor à Paris et à La Rochelle et réactiver le commerce de la colonie. En d'autres mots, la Nouvelle-France serait financée par la Nouvelle-Angleterre, sans qu'il lui en coûte un sou, en devises solides. Nous aurons servi notre souverain et la France.

— Les autorités coloniales ne seront pas dupes des sommes que nous accumulerons. De réactiver le commerce ne sera pas suffisant. Elles voudront récupérer leur part par des impôts excessifs, afin d'en faire profiter la colonie.

— C'est là que vous pourriez intervenir auprès du gouverneur et du Conseil supérieur, en leur suggérant de convertir une partie de ces impôts en crédit d'impôt.

— Expliquez-vous, Lestage, s'impatienta le comte.

— Le crédit d'impôt serait notre obligation d'investir nos sommes imposantes dans le patrimoine seigneurial, en achetant les seigneuries en difficulté et en favorisant leur essor... Au lieu de récupérer une partie de notre argent, la colonie en mettra beaucoup plus dans ses coffres. Nous serons de grands propriétaires terriens, qui favoriserons l'expansion des seigneuries, avec plus de moulins banaux, par exemple, et la fierté d'être seigneurs.

Comme le comte Joli-Cœur réfléchissait, Lestage étaya sa stratégie.

— Nous pourrions aussi financer des seigneurs pauvres, en mal de liquidités. Tenez, je me suis laissé dire que le seigneur Jean-Baptiste Le Gardeur de Repentigny avait été obligé de vendre sa seigneurie au marchand Charles Aubert de La Chesnaye.

— C'est vrai, en 1672. C'est ce que Thomas Frérot m'avait dit. Aubert de La Chesnaye avait ses comptoirs au coin de la côte de la Montagne et de la rue du Sault-au-Matelot.

— Eh bien, le fils Le Gardeur de Repentigny aimerait bien la racheter. Nous pourrions le financer.

— Il nous faudrait une action plus concrète, comme d'acheter une seigneurie ou une portion de seigneurie, un fief, et ce dès maintenant. Comme ça, je pourrais plaider plus facilement notre cause, s'enflamma le comte Joli-Cœur.

Lestage s'apercevait que le comte était pratiquement vendu à l'idée. Enthousiaste, le jeune marchand renchérit :

— Justement, j'ai une possibilité qui pourrait se concrétiser rapidement. Vous savez, le fief Chicot, dans la seigneurie de l'île Dupas, à côté de Berthier-en-haut?

— Là où demeure le forgeron Latour?

— Oui. Le mari d'Étiennette, l'amie de Cassandre. Je crois que les coseigneurs de l'île Dupas sont prêts à vendre ce territoire. Ils ne l'auraient pas revendu à Alexandre de Berthier de son vivant. Nous pourrions l'acheter et en faire une seigneurie que nous pourrions appeler... la seigneurie de l'île Dupas-et-de-Chicot, tiens. Pourquoi pas?

— Mais ce ne sont pas des censitaires, ils sont propriétaires.

— Justement, nous encouragerons l'initiative privée en fournissant des moyens de rendre nos habitants plus prospères. Pas de cens, pas d'impôts, plutôt des corvées collectives. Nous achèterions notre espace sur le terrain communal, que se partagent déjà les seigneuries de l'île Dupas et de Berthier. Nous vendrions les lots de terre à un prix très raisonnable. Nous pourrions même en donner, afin d'installer des gens de qualité.

Lestage avait toujours les yeux fixés sur ceux de son interlocuteur, attentant le moment de servir le coup fatal, grâce à son éloquence.

— Mon ami Casaubon de la rivière Bayonne pourrait être intéressé ; il a sondé le terrain. Depuis le décès du capitaine, la seigneuresse de Berthier est d'accord pour servir de prête-nom, selon la réticence des autorités. Cette première seigneurie serait à nous. Elle pourrait même être disposée à nous vendre ses deux seigneuries de Berthier, plus tard.

— Car, si nous nous comprenons bien, le but serait de convertir notre fortune acquise par la contrebande en investissement honorable?

— Je préfère dire que la Nouvelle-France prospérerait avec l'argent provenant de la Nouvelle-Angleterre. Ce serait gagner la guerre sans faire couler de sang.

— La Nouvelle-France se défend bien contre les Anglais, pour le moment.

— Mais ils reviendront en force, croyez-moi. Les Pays basques ont été sous domination anglaise assez longtemps pour ne pas l'oublier! Ça serait leur jouer un sale tour de payer nos munitions avec leur argent.

— En effet! La clé de voûte de toute cette opération demeure la volonté et la loyauté des Mohawks, même si nous réussissons à charmer les autorités coloniales. Que notre plan fonctionne ou pas, elles s'attendront à ce que nous investissions nos avoirs dans le crédit d'impôt. Bâtirions-nous un château de cartes?

— J'y ai pensé. Nous ne sommes pas obligés de chiffrer nos opérations. Ne trouvez-vous pas que nous sommes assez grevés d'impôts? Alors, le crédit d'impôt nous sera déjà favorable. Tant mieux si ce nouveau commerce nous garantit la fortune.

— Si je comprends bien, tout dépend de l'implication de mon fils Ange-Aimé. N'oubliez pas qu'il est, en tant qu'ambassadeur, à la solde de la colonie.

— Ce travail ne doit pas lui rapporter gros. Je me suis laissé dire que le souverain le considérait comme un Sauvage, payé presque un rien. Alors…

Le comte payait toutes les dépenses de son fils. Il se rendait compte que le jeune Lestage était bien renseigné.

— Et s'il refuse?

— Vous êtes son père, n'est-ce pas? Vous pouvez influencer sa décision. Sinon, je demanderai à Isabelle Couc de me présenter au sachem oneida Carondowana[125], qu'elle est censée épouser, si ce n'est déjà fait.

Le regard de marbre du comte Joli-Cœur démontrait qu'il n'anticipait rien de bon quant à la suite de la conversation.

— Isabelle parle la langue mohawk et son mari pourrait me présenter. Si Carondowana s'en mêle, le prestige et l'influence de Kawakee, votre fils, diminueront.

— Vous connaissez Isabelle Couc?

— Je l'ai rencontrée récemment aux Trois-Rivières. Elle venait de confier sa petite fille aux soins de sa sœur. Un enfant

---

125. À l'arrivée de Champlain au début du XVIIᵉ siècle, la Confédération iroquoise comprenait cinq nations, les Sénécas (Tsonnontouans), les Cayugas (Goyogouins), les Onondagas (Onontagués), les Oneidas (Onneiouts) et les Mohawks (Agniers). Quatre des nations iroquoises – Onneiouts, Onontagués, Goyogouins, Tsonnontouans – habitaient le sud-est des Grands Lacs. Les Mohawks vivaient à Albany, non loin du lac Champlain, situé à cheval entre la Nouvelle-France et la Nouvelle-Angleterre. En 1722, les Tuscaroras de la Caroline du Nord vont se joindre à la Confédération iroquoise, comme sixième nation.

de quelques années, tout au plus, qu'elle aurait eu, m'a-t-elle dit, d'une liaison avec un noble français.

L'humeur du comte Joli-Cœur se rembrunit. Il conserva le silence. Pierre de Lestage venait de percer la cuirasse du riche aristocrate pour la seconde fois.

— Serez-vous des nôtres, comte Joli-Cœur?

— Combien serions-nous de partenaires financiers?

— Mon frère Jean, Antoine Pascaud, vous et moi... Et votre fils, cela dépend de vous.

— Marché conclu, à parts égales, toutefois. Ange-Aimé traitera avec les Mohawks et moi, j'interviendrai et je surveillerai le tout avec les autorités royales et coloniales. Par patriotisme, il va de soi!

— Ç'a toujours été ma vision du commerce, comte Joli-Cœur.

Quand Cassandre vint retrouver son amoureux et le comte, elle leur dit:

— Eh bien, c'est le temps de fêter, pas de brasser des affaires, messieurs. Venez, nous allons déballer nos cadeaux. J'ai tellement hâte de te donner le mien... Et de connaître les miens.

— Nous te suivons, ma chérie.

Le comte Joli-Cœur alla retrouver Mathilde et l'embrassa sur la joue. De son côté, le docteur Estèbe en profita pour demander à Cassandre des nouvelles de son enseignement.

— Je tiens à te féliciter, ma fille, pour ton interprétation du *Minuit chrétien*, l'autre soir. J'en ai eu la chair de poule.

— Et pourtant, mon amour, tu restes si stoïque devant la souffrance humaine... La médecine est une profession d'abandon de soi, fit remarquer Eugénie, assise aux côtés de son mari.

Ce dernier n'en fit pas de cas. Il continua:

— Comment va ton enseignement chez le gouverneur? As-tu de nouveaux projets?

— Je suis charmée par les dons de la petite Esther. Je comprends pourquoi la marquise de Vaudreuil l'aime tant! Imaginez ma surprise quand le gouverneur lui-même m'a proposé de fonder une troupe de théâtre. Je pourrais m'y consacrer après la fête de l'Épiphanie.

— Une troupe de théâtre? Mais c'est merveilleux, mon chaton! N'est-ce pas, Manuel? s'exclama Eugénie.

Ce dernier sourit à sa femme, en lui faisant le baisemain.

— Quel genre de théâtre, Cassandre ? s'inquiéta l'abbé Jean-François, en bredouillant le pseudonyme de sa sœur.

— Du théâtre lyrique, de l'opéra, c'est ce que j'aime le plus… Et aussi de la comédie. Le gouverneur a insisté sur le théâtre comique de Molière… En fait, il veut que je monte *Tartuffe*.

L'abbé sortit de ses gonds quand il constata que Pierre de Lestage avait la main aventureuse sur les épaules nues de sa sœur, mais il passa sa colère sur le choix de la pièce.

— Tu n'accepteras pas, c'est contre l'ordre moral. C'est une critique du clergé. Monseigneur de Saint-Vallier ne l'acceptera pas.

Sur ces mots durs, Cassandre éclata en sanglots, devant l'assistance gênée par la virulence des propos de l'abbé. C'est alors que Pierre de Lestage prit la défense de Cassandre :

— L'évêque est prisonnier des Anglais en Europe et le gouverneur sait ce qui convient comme distraction aux colons. Moi, j'aiderai Cassandre à monter sa troupe de théâtre de toutes les manières possibles, selon le souhait du gouverneur de Vaudreuil.

En disant cela, le jeune marchand tendit son mouchoir à sa compagne en disant :

— Ne pleure plus, ma chérie, je suis là pour te protéger, envers et contre tous.

Devant autant de certitude et de soutien, Cassandre sauta au cou de son cavalier et l'embrassa sur la bouche, à la consternation de son frère.

— Oh que je t'aime, toi !

Eugénie, elle aussi, fut surprise. Tout ce qu'elle trouva à dire fut :

— Eh bien, on dirait que nous sommes sur le coup de minuit pour nous embrasser autant.

Un rire un peu forcé se répandit dans l'assistance, excepté chez l'abbé Jean-François qui se sentit à part. Il prétexta un retour au Séminaire afin de retrouver ses confrères, n'ayant pas de famille à Québec.

— D'autres âmes esseulées, mais non égarées, nécessitent ma présence. Je vous souhaite à tous une prochaine année dans l'observance des préceptes de notre Église et de ses pasteurs.

Devant la consternation générale, le comte Joli-Cœur demanda à l'orchestre d'étouffer le scandale dans la musique. Plus tard, Anne Frérot s'avança vers Eugénie :

— Ne t'inquiète pas pour Jean-François, ça lui passera. Il a toujours été très à cheval sur les principes, tu le sais bien.

— Cette fois-ci, c'est différent, je le sens. Mon Jean-François n'est plus le même depuis quelque temps. On dirait qu'il ne sait plus sur quel pied danser. Il oscille comme un pendule… Il n'a peut-être pas accepté mon remariage.

— Voyons, Eugénie, il a trente-trois ans, l'âge du Christ. Ce n'est plus un enfant ! C'est toi-même qui me disais qu'il t'avait suggéré de te remarier.

— C'est vrai. N'empêche…

Eugénie dodelinait de la tête, perplexe.

— L'absence de notre prélat doit le préoccuper. Je sais qu'il achemine ses directives par chaque bateau en partance de France, mais cela ne doit pas suffire à Jean-François, qui doit le voir pour mieux lui obéir… N'y pense plus. Je vois Thierry qui s'avance et qui veut prendre la parole.

Dix, neuf, huit, sept, six, cinq, quatre, trois, deux, un…

— Vive la nouvelle année ! annonça le comte Joli-Cœur en ouvrant la tenture devant le fumoir, qui laissa apparaître quelques membres de l'orchestre des Violons du Roy, qu'il avait réussi à embaucher en échange d'une grosse somme. Aussitôt, les domestiques en livrée vinrent présenter les boissons et les alcools de circonstance. Les invités commencèrent à célébrer la nouvelle année en s'échangeant leurs bons vœux.

Eugénie en profita pour faire ses recommandations à Cassandre.

— Tu fais partie du grand monde, maintenant, mon chaton. Tout semble bien aller pour toi. Succès, amour, tout, quoi ! Je te souhaite de rester la bonne fille que tu as toujours été… Tu sais ce que je veux dire, n'est-ce pas ?… L'abbé Jean-François a eu raison de s'offusquer… Tu sais comment il est, tu aurais pu ménager sa susceptibilité. Il t'aime tellement… D'embrasser son cavalier sur la bouche n'est pas un agissement de demoiselle, mais de femme mariée, et pas n'importe où !

Cassandre regardait sa mère, attentive et émue. Cette dernière continua :

— Comme Monseigneur de Saint-Vallier n'est plus là pour surveiller ses ouailles, Satan est à Québec plus que jamais !… Si tu doutes de certains agissements, viens nous voir à Charlesbourg. La moralité est restée ce qu'elle était. Nos filles se marient avant d'avoir leurs petits… Prends Isa, elle accouchera de son deuxième, bientôt, et je suis convaincue que Margot à Georges le sera à son temps… Et ce théâtre de Molière ! Penses-y bien ! Je trouve que notre gouverneur est bien moderne.

— Ça fait longtemps que le *Tartuffe* a été joué la première fois !

— Mais tu vas ridiculiser ton frère publiquement. Tu sais comment il est strict, comme ecclésiastique. Il va m'obliger à prendre parti et la famille sera divisée. Déjà que nous ne célébrons plus toutes les fêtes ensemble… Réfléchis bien. Écoute aussi ta raison.

— Sinon, le gouverneur m'a suggéré *Le Médecin malgré lui* !

— Est-ce une comédie qui se moque des médecins ?

— Ça en a tout l'air ! répondit Cassandre, gênée.

— Mais tu ne peux pas faire ça à Manuel ! Tu vas tous nous ridiculiser, ma fille !… Pourquoi pas cet opéra, *Cassandre*, tiens ? Même s'il est profane. L'important, c'est de ne pas égratigner la famille !

— Parce qu'il a été composé pour moi par mon ancien soupirant. Je ne peux pas faire ça à Pierre !

— Chanter de l'opéra, c'est de l'art, et non une infidélité. Si Pierre se fâche pour ça, tu vivras de plus tristes jours, ma fille… Il s'agit de l'amadouer, en douceur… Les hommes sont comme ça ! Mais, en nous y prenant bien, nous les femmes, nous les contrôlons. Tout est dans la manière !

Devant l'enseignement de sa mère dit de façon si sérieuse, Cassandre ne put faire autrement que de sourire.

— Oui, maman ! Je vous promets de faire attention.

Comme Eugénie se méfiait, Cassandre ajouta :

— À mon tour, je vous souhaite beaucoup d'amour. Avec le docteur Estèbe, bien entendu.

— Coquine, va ! répondit tendrement Eugénie, qui avait capté la référence à Pierre Dumesnil, alias Edgar La Chaumine.

— Oh, maman, j'oubliais ! Pourriez-vous me tricoter un lainage pour le bébé d'Étiennette ? Je n'aurai vraisemblablement pas le temps !

— Ça me fera plaisir, mon chaton. J'avais dans l'idée de tricoter pour Isa. Je mettrai les bouchées doubles, malgré mon travail d'infirmière.

— Vous êtes irremplaçable, maman, et bonne année encore, ajouta Cassandre en se sauvant.

— Non, mais… Je l'espère bien, répondit Eugénie, qui se sentit piégée.

Eugénie allait continuer, tant son univers était concentré sur sa fille, quand des holà fusèrent.

— Y a-t-il possibilité de souhaiter la bonne année à ces deux jolies femmes?

À la distribution des cadeaux, Eugénie reçut une tenue d'infirmière, brodée par les Ursulines de Québec. Sur un petit mouchoir, ces mots étaient inscrits:

Mi amor es tan grande, Eugenia!

— Toi, tu veux me faire travailler, coquin! J'espère que ce sont des mots doux qui sont écrits, dit-elle amoureusement à Manuel, en l'embrassant sur la bouche.

Cassandre regarda sa mère. Eugénie se rendit compte de sa bourde et rougit. Cassandre remit son cadeau à sa mère, devançant l'intention de cette dernière de remettre le sien à son époux.

— Tenez, maman, ça vient de Paris. Je les ai trouvés dans une boutique, rue Royale.

Eugénie déballa le paquet enrubanné pour découvrir une paire de gants en chevreau.

— Pierre et moi les avons choisis ensemble. Ça vient des montagnes du Pays basque.

Ce à quoi Manuel Estèbe demanda, moqueur:

— Du côté de la France ou de l'Espagne?

— Où est la différence, Manuel? demanda Thierry.

— Uniquement dans le prix, répondit le docteur Estèbe.

Pour couper court aux blagues qui devenaient embarrassantes, émue, Eugénie qui venait d'essayer les gants qui lui allaient à ravir, trancha:

— Ces gants sont français. Regardez-moi ce cuir. De la perfection. Alors ma fille, Pierre, laissez-moi vous embrasser tous les deux.

Manuel reçut une belle carafe, pour sa réserve de vin, de la part d'Eugénie. Mathilde déballa pour sa part un collier de diamants que Thierry tint à lui mettre.

— Tiens, mon amour, nul collier n'aurait pu trouver un cou plus délicat, dit le comte en déposant ses lèvres brûlantes sur son épaule.

N'en revenant pas de la magnificence du bijou, Mathilde se mit à pleurer.

— Il nous semblait, Mathilde, que la remise des cadeaux était une activité joyeuse! affirma Eugénie.

Cette dernière, le nez dans son mouchoir de dentelle, réussit à prononcer:

— Je pleure de joie. Je n'ai jamais vu un aussi beau collier, même autour du cou de la reine de France... Tiens, c'est pour toi, dit Mathilde en puisant dans un sac de cuir.

Thierry déballa une magnifique tabatière en argent.

— Ne va pas l'échanger contre des peaux, surtout.

Ému de tant de prodigalités, Thierry conserva le silence, les yeux pleins d'eau.

— Ne crains rien, ma chérie. Tout ce qui vient de toi est inestimable. Comment pourrais-je y mettre un prix?

Anne reçut une invitation au banquet de l'Épiphanie du gouverneur de la part de Mathilde.

— C'est pour te décider à sortir de ton cloître, ma chère, s'exclama cette dernière.

Anne réagit vivement:

— Veux-tu dire par là que je ne sors pas assez?

Eugénie prit la défense de Mathilde en disant:

— Nous nous sommes tous cotisés, c'est un cadeau collectif. Nous voulons tous que tu sortes de ta retraite... Assez, c'est assez, Anne!

Devant l'injonction d'Eugénie, Anne commença à pleurer.

— Je reconnais bien là ma cousine. Si j'ai bien compris, je n'ai pas le choix?

Un «non!» spontané sortit aussitôt de la bouche de Mathilde et d'Eugénie. Les trois amies épanchèrent alors leur trop-plein d'émotion en s'entourant et en s'embrassant.

Pierre de Lestage, de son côté, sortit de sa poche un écrin et le présenta à Cassandre.

— Tiens, c'est pour toi, ma petite fée.

Cassandre y trouva un médaillon en or massif espagnol, vieilli.

— Que c'est joli!

— C'est le médaillon de ma mère[126], Saubade. Elle me l'a donné avant mon départ pour la Nouvelle-France, en me disant : «Pierre, tu le remettras à la jeune fille que tu jugeras digne de porter tes enfants». Alors, je te l'offre.

— Mais Pierre, c'est une demande en mariage!

— Chez nous, dans le Pays basque, c'est un serment d'amour.

Cassandre, qui ne savait pas quoi répondre, se jeta dans les bras de son amoureux en disant :

— Si tu savais combien je t'aime.

Elle éclata alors en sanglots. Se reprenant, elle eut la franchise de dire :

— Et moi qui n'ai pas eu le temps de t'acheter un cadeau!

Alors, Eugénie s'approcha de sa fille et lui dit doucement :

— Pourquoi ne lui dis-tu pas en chantant? Qu'en penses-tu, mon chaton?

Pierre de Lestage souriait. Eugénie en profita pour proposer :

— L'air d'Oreste de ton opéra? C'est si beau.

— Oui, c'est magnifique, Cassandre, appuya Mathilde.

— J'aimerais l'entendre, enchaîna Pierre de Lestage.

Cassandre regarda sa mère et lui fit un large sourire entendu. Eugénie en eut des frissons. Décidément, sa fille était devenue une complice. Alors, pour son amoureux, Cassandre interpréta son chant d'amour.

Anne s'approcha d'Eugénie et la félicita pour la belle prestation de sa fille.

— Elle chante divinement, Cassandre.

— Ce n'est rien, tu aurais dû entendre le motet français qu'elle a interprété à l'église de l'île Dupas. Mathilde n'en revenait tout simplement pas.

— Pourquoi n'ai-je pas été invitée? Après tout, j'ai été assez longtemps la seigneuresse de la Rivière-du-Loup. Suis-je votre amie ou pas?

— Tu n'étais pas capable d'endurer un maringouin, dans le temps!

---

126. Pierre de Lestage était le fils de Jean de Lestage et de Saubade Noliboise.

— Ce n'était pas des moustiques dont j'avais peur, mais des Iroquois! Des fois, toi, Eugénie... répliqua Anne, contrariée.

Les agapes du réveillon du Nouvel An furent à la hauteur de la réputation de gastronome du comte Joli-Cœur. Chapons, rôts, pièces montées de gibier furent apprêtés par le meilleur traiteur de Québec, sans oublier les quelques pâtés à la viande et la graisse de rôti de porc d'habitant qu'avait apportés Eugénie pour Mathilde.

La comtesse Joli-Cœur avait voulu souligner la venue dans leur cercle intime de Manuel Estèbe, le nouvel époux d'Eugénie, et de Pierre de Lestage, l'amoureux de Cassandre. Une immense paella aux pois verts, le légume préféré de Louis XIV, une salade aux amandes et aux olives ainsi que des tranches de citrons importés des Antilles et de cédrats, confites dans le sucre, comme dessert, firent sensation. Les invités les dégustèrent avec un vin muscat.

À la fin du festin, Eugénie demanda à prendre la parole une fois qu'un premier doigt de xérès eut fait son effet. Un serveur avait de nouveau rempli les verres.

— J'aimerais, au nom de tous, remercier mes amis Mathilde et Thierry pour leur hospitalité et leurs prodigalités. Plus d'une fois, nous nous sommes retrouvés ici, et ce fut chaque fois grandiose... La dernière fois, ce fut à nos noces... N'est-ce pas, Manuel? dit-elle à ce dernier, qui lui renvoya un large sourire qui n'échappa pas à l'assistance.

Elle continua:

— J'aimerais que nous levions le verre de l'amitié, en leur disant cette nouvelle expression dans ma vie: *Salud y prosperidad*[127]!

— *Salud!* répondit l'assistance, enthousiasmée de l'initiative d'Eugénie.

— Je sais que nous sommes en pleines réjouissances! Mais ça ne nous empêche pas de penser à nos chers disparus, qui avaient l'habitude d'égayer nos soirées par leur présence et leur humour.

À ces mots, Eugénie regarda Manuel, qui lui donna son accord par un signe de tête.

— Je veux parler de Guillaume-Bernard à Mathilde, de Thomas à Anne, de Léontine, la défunte à Manuel, et de mon défunt mari, François. Je suis certaine que du haut du ciel, ils festoient avec nous... J'aimerais que nous ayons une pensée chrétienne pour

---

127. Santé et prospérité en espagnol.

Germain Langlois[128], notre ami de traversée et mon fidèle voisin de Bourg-Royal. Il ne va pas bien du tout. N'est-ce pas, Manuel? C'est mon mari qui le soigne.

Ce dernier acquiesça. Eugénie poursuivit:

— Prions quelques instants en souvenir d'eux et pour que Germain retrouve la santé!

Les convives respectèrent quelques instants de silence. Eugénie enchaîna:

— Nous ne sommes pas dans un cabaret, nous ne lèverons pas notre verre à leur mémoire. Mais j'aimerais que Mathilde et ma fille Cassandre se joignent à moi pour chanter quelques pièces de notre beau folklore français.

— Oui, oui, Eugénie! clama Thierry.

— Mais à une condition, avança Eugénie.

— Laquelle?

— Que vous puissiez, Manuel, Pierre et toi, fredonner à votre tour les mêmes airs.

Ce dernier, pris de court, consulta ses partenaires masculins du regard et haussa les épaules, en abdiquant.

Aussitôt, Eugénie, Mathilde et Cassandre se concertèrent. Puis Eugénie chuchota quelques mots à l'oreille du chef d'orchestre qui donna son accord. Alors, les trois femmes honorèrent de leurs belles voix les douces mélodies qui avaient bercé leur enfance.

De retour à Charlesbourg, Eugénie affirma à son mari:

— J'ai bien peur que nous allions à des noces, bientôt.

— Tu parles de Marie-Chaton et de son ami basque, j'imagine!

— Hum, hum!

— Pourquoi dis-tu «j'ai bien peur»?

— Parce que je trouve ma fille encore bien jeune.

— Presque vingt ans! Son amie Étiennette a déjà un enfant.

— Mais Marie-Chaton a une carrière qui ne fait que commencer. Tu sais bien que se marier, élever ses enfants et faire carrière sont des choses incompatibles pour une femme.

— Tu n'as rien à craindre.

— Pourquoi? Explique-toi!

---

128. Germain Langlois se remettait mal d'une défaillance cardiaque, consécutive à la réapparition de Pierre Dumesnil.

— Le mariage n'est pas une priorité dans le Pays basque. Les jeunes filles peuvent avoir leurs enfants et se marier après.

— Mais ce sont de vrais Sauvages! Ne me disais-tu pas qu'ils étaient catholiques?

— Oui, mais depuis peu de temps. Leurs anciennes traditions règnent toujours.

Eugénie dévisagea son mari.

— Est-ce vrai?

— C'est la vérité. Et ta Cassandre est si belle! Savais-tu que Cassandre, la princesse troyenne, était la plus belle des filles du roi Priam?

Eugénie, orgueilleuse, se rengorgea de cette remarque. Le docteur poursuivit:

— Elle a prédit les malheurs comme la guerre de Troie et le subterfuge du fameux cheval grec. Pire, tous ceux qui la fréquentaient mouraient. Cassandre répandait le malheur.

— Dans ce cas, Marie-Renée n'est pas la vraie Cassandre. Elle sème la joie autour d'elle, au contraire! Mais où as-tu appris ça, toi?

— À la faculté de médecine. Savais-tu que Cassandre avait été la maîtresse d'Agamemnon, le roi des Grecs, qu'elle lui avait donné deux fils naturels, tout en ayant un autre amant?

Eugénie sortit de ses gonds.

— Manuel Estèbe, oiseau de malheur! As-tu du sang païen ou du sang espagnol? Ma fille est toujours vierge et je ne permettrai jamais ça, comprends-tu, Basque, Grec, Troyen ou pas! Pierre de Lestage a beau être riche, beau et talentueux, il ne fera pas le déshonneur de ma famille... Et toi, tu devrais lire moins de tragédies et plus du petit catéchisme de Monseigneur de Saint-Vallier, on ne s'en porterait que mieux... Ma fille, une traînée! Ce que tu peux lui manquer de respect.

— Mais Eugénie, ce n'est pas moi, c'est le théâtre, la tragédie!

— N'empêche que des idées comme celles-là détruisent les familles! L'abbé Jean-François a bien raison de s'en inquiéter.

Le sang d'Eugénie bouillait dans ses veines. Elle resta muette. Soudain, elle dit à Manuel:

— Nous allons revenir à Bourg-Royal.

— Mais ma maison de Beauport n'est pas encore vendue.

— Peu importe! Nous achèterons la propriété d'Odile Langlois, si Germain venait à mourir. Elle me disait qu'elle voulait vivre chez les religieuses, dans de telles circonstances. Tu sais qu'elle n'a pas de famille ? De toute façon, elle ne voudra pas se remarier.

— Eugénie ! ! réagit Manuel, renversé. Germain est malade ; il n'est pas encore mort !

Réalisant son manque de compassion, Eugénie se radoucit, appuya la tête sur l'épaule de son mari et lui dit, la voix chagrinée :

— Il est grand temps que je me rapproche de ma famille qui se disloque. Jean-François qui se chamaille avec nous, Cassandre qui joue à faire la vie moderne, sans parler de Simon-Thomas. Que fait-il à Québec ? Le faraud avec deux blondes... ou plus ? Il faut faire quelque chose... Je compte sur toi, mon trésor !

— Tu sais bien que je ne peux rien te refuser, Eugenia !

Rassurée, Eugénie embrassa son mari sur la joue, en lui disant :

— Je le sais, Manuel. À deux, nous ramènerons ma fille dans le droit chemin, si elle s'égare.

À la fin du printemps de l'année 1708, Eugénie, accompagnée de son mari qui avait à se rendre à l'Hôtel-Dieu, apprit de Mathilde que Cassandre n'habitait plus chez elle, rue du Sault-au-Matelot.

— Où vit-elle ? Au château Saint-Louis ? Remarque que ça serait normal, puisqu'elle enseigne à la petite Sauvagesse.

— Non, Esther Wheelwright est maintenant pensionnaire chez les Ursulines.

— Elle doit habiter chez Anne, rue Royale. Vous êtes-vous disputées pour qu'elle quitte votre spacieuse demeure ?

— Non, nous nous entendions si bien. Nous avions même transformé la bibliothèque de Thierry en salle de cours... Ses acteurs venaient souvent répéter.

— Répéter ? Chanter, tu veux dire ?

— Oui et non, Cassandre avait décidé d'adapter son répertoire lyrique au théâtre populaire.

— Forain ?

— En plus raffiné, si tu veux, plus créatif. Pas de la farce, non ! Disons, du Molière chanté.

— Pas le *Tartuffe* ou *Le Médecin malgré lui* ?

— Non.

— Tant mieux. Pas avec des costumes qui provoquent ?

— Tu connais la comédie !

— Je n'aime pas d'avance ce que je vais entendre. Quel est le titre ?

— *Le Mariage forcé.*

— Mais c'est un scandale ! Insulter un sacrement de l'Église.

— C'est une *commedia dell'arte*, Eugénie.

— C'est pire. Ça doit être ces idées empoisonnées qu'elle a reçues au pensionnat de Saint-Cyr.

— Cassandre m'a dit que la pièce était inspirée du *Roman comique* du poète Scarron, le premier mari de madame de Maintenon. Il paraît que c'est un modèle de théâtre dans le théâtre. Effectivement, les couventines de Saint-Cyr ont étudié ce genre littéraire.

— J'aimais mieux la tragédie dévote. Enfin !

— La pièce se joue, à l'heure actuelle, avec la troupe de théâtre qu'elle a fondée.

— Comment se fait-il qu'elle ne m'en ait jamais parlé ?

— Elle n'en a jamais vraiment eu le temps ! D'ailleurs, Manuel et toi êtes très occupés, semble-t-il.

— Il est temps de réparer cette lacune puisque nous sommes enfin revenus à Charlesbourg. Tu sais que nous venons d'enterrer Germain ? En fait, il est mort en février. Avec l'épidémie de rougeole qui commence à se répandre dans la région, je n'ai pas eu le temps de venir à Québec te le dire, je m'en excuse. Nous avons racheté sa maison.

— Je comprends. Tu transmettras mes condoléances à Odile.

Eugénie fit signe que oui. Elle poursuivit, irritée :

— Et la petite s'est bien gardée de nous dire ce qu'elle tramait, lorsqu'elle est venue aux Fêtes… Ah oui, où habite-t-elle ? Chez sa marraine ?

— Elle demeure rue Saint-Louis.

— En haut de la falaise ? Avec une amie ?

Mathilde conserva le silence. Eugénie s'inquiéta.

— Avec qui, Mathilde ? Pourquoi tout ce mystère ?

— Garde ton sang-froid, Eugénie. Ce que je vais te dire ne te fera pas plaisir.

Eugénie blêmit, guidée par son intuition de mère. Elle préféra s'asseoir, puisque la conversation l'avait amenée à gesticuler et à tourner autour de la pièce. En pointant le menton, elle demanda à Mathilde de continuer.

— Son amoureux, Pierre de Lestage, l'a installée dans un bel appartement.

Eugénie mit la main sur sa poitrine, en échappant : « mon Dieu ! »

— Eugénie, ne meurs pas ! Je vais aller chercher les sels !

— Laisse-moi mourir, Mathilde. Je préfère mourir plutôt que de vivre ça… Je meurs, Mathilde, je meurs… Laisse-moi partir… Ma fille, une concubine, une maîtresse entretenue. Ah…

Arrivant à l'épouvante avec les sels, Mathilde les lui appliqua. Après quelques secondes qui parurent une éternité, Eugénie, étendue sur un divan, se leva :

— Donne-moi son adresse, je m'en vais immédiatement chez elle. Elle a avantage à s'expliquer… Et Thierry et toi, pourquoi ne pas nous l'avoir dit ?

Mathilde, se sentant coupable, ne répondit pas.

— Pourquoi ne pas me l'avoir dit ? insista-t-elle.

— Parce que Pierre de Lestage est l'associé de Thierry. Mon mari n'a pas voulu mêler affaires et vie personnelle.

— Donne-moi son adresse ou je me rends la voir à son travail, rue du Parloir. C'est peut-être là que je devrais aller en premier.

— Non, pas là, Eugénie. Tu aurais trop de peine !

Éberluée, Eugénie avança :

— Un autre scandale ? Parle !

Mathilde fit signe que oui. N'en pouvant plus, elle se mit à pleurer. Puis, s'essuyant les yeux avec son petit mouchoir de dentelle, elle réussit à dévoiler le secret.

— Cassandre a été congédiée du couvent des Ursulines lorsqu'elles ont su sa conduite scandaleuse, d'autant plus qu'elles n'étaient pas d'accord avec la pièce de Molière, tu comprends !

Eugénie était sidérée par la conduite de sa fille.

— Aurais-tu du cidre fort ? J'en ai vraiment besoin.

Après une rasade réconfortante, Eugénie continua :

— C'est son Basque qui la fait vivre ? Manuel m'avait prévenue. Un garçon sans morale.

Mathilde opina de la tête.

— Il me semblait !… Est-elle… ?

Mathilde se dépêcha à répondre :

— Je ne crois pas.

— Tout n'est pas perdu. Manuel pourra m'en dire plus… Son humeur ?… Parce qu'il nous faudra la remettre sur le droit chemin, tu comprends ?

— J'ai le regret de te dire qu'elle semble filer le parfait bonheur. Aucune culpabilité.

— Mon Dieu ! Comment allons-nous faire, peux-tu me le dire, Mathilde ?

— C'est sa vie, Eugénie !

— Ça paraît que ce n'est pas ta fille ! D'ailleurs, tu n'en as pas eu et si elle a eu de telles idées, c'est parce que tu as manqué à tes devoirs et à ta promesse de veiller sur elle, à Paris. Moi qui comptais tellement sur toi.

— Veux-tu dire que si ta fille est une dévoyée, c'est à cause de moi ?

— De toi, je ne sais pas, mais de Thierry, si. Un séducteur dans l'âme.

— Eugénie Allard… Estèbe, je ne sais plus trop, tu n'as pas de leçon de morale à donner à qui que ce soit, alors qu'il n'y a pas si longtemps, tu tombais amoureuse du premier homme que tu rencontrais.

— Quoi ? Moi, une prostituée ?

— Ce n'est pas ce que j'ai dit, mais une chatte en chaleur… Ça y ressemblait. Ne sois pas étonnée que ta fille suive ton exemple ! Telle mère, telle fille !

Mathilde éclata en sanglots. Eugénie, penaude, lui offrit son mouchoir. Mathilde eut peine à prononcer :

— Encore une fois, Eugénie, avec tes débordements d'humeur, tu as réussi à me faire dire des injures qui ont dépassé mes pensées.

Alors, Eugénie s'approcha de son amie de toujours, la prit dans ses bras et lui dit :

— Pardonne-moi, je me suis emportée, je suis inexcusable. Nous nous engueulons alors que la vraie coupable s'en donne à cœur joie dans la luxure et c'est ma fille !

— Je t'en prie, Eugénie, ne sois pas si sévère.

— Mais, justement, ne trouves-tu pas qu'elle s'est donné assez de licence de mœurs ? Est-ce que l'abbé Jean-François est au courant ?

— Oui, et il paraît qu'il est scandalisé du comportement de sa sœur et de son beau-frère… Je veux dire de Pierre ! Il paraît que le procureur du Séminaire, l'abbé de Varennes, a essayé de camoufler le scandale, le plus longtemps possible, par amitié pour Jean-François.

Déjà, Eugénie n'écoutait plus. Elle réfléchissait.

— Là, Mathilde, tu n'aurais pas pu si bien dire.

Surprise, Mathilde questionna :

— Qu'ai-je dit ?

— Son beau-frère ! Foi d'Eugénie, ma fille va se marier avant d'être enceinte, crois-moi… Rue Saint-Louis, disais-tu ? Je m'en vais voir Anne et lui demander conseil.

— Alors, je t'accompagne. Après tout, j'ai ma part de responsabilité dans tout ce foutoir.

— Mais non, tu n'y es pour rien.

— Mais si !

— Non, je te dis. Cassandre et son Basque sont les seuls coupables… Avec le fameux théâtre. Dépêchons-nous ! Je veux connaître mes droits sur elle en tant que mère de famille !

— Veux-tu dire que la loi te permettrait de la retirer de son domicile ?

— Comme Thomas était juriste, il a pu informer Anne sur ce type de dossier.

— Tu veux prendre les grands moyens. Et si elle refuse ? Tu ne peux quand même pas lui faire prendre le voile.

— Non, mais elle pourrait être réintégrée au couvent des Ursulines comme enseignante, avec la promesse de ne pas en sortir sinon qu'avec une permission de sa mère. Ça pourrait être une solution, sait-on jamais !

Quand les deux femmes se présentèrent rue Royale, chez Anne, cette dernière devina aussitôt la raison de leur venue en voyant la mine renfrognée d'Eugénie.

— Tu devines, sans doute, la raison de ma visite, Anne !

Anne observa sa cousine, compatissante.

— J'en ai une bonne idée. Mais entrez donc, rien de mieux qu'une boisson rafraîchissante pour éclaircir les idées.

— Justement, j'ai besoin de conseils, concernant la conduite de notre chère Cassandre.

— Le Tout-Québec ne parle que de ça. Remarque, Eugénie, qu'elle n'est pas la seule, quoiqu'elle soit reconnue comme artiste de renom. Évidemment, son exemple exerce une influence.

— Je veux savoir si les tribunaux pourraient m'appuyer dans ma requête de la libérer de l'emprise du Basque?

— L'a-t-il enlevée?

— Non!

— Et elle n'a pas encore ses vingt-et un ans. Donc, elle est mineure et tu en es, comme parent, entièrement responsable… Tu es bénie, Eugénie: la majorité matrimoniale chez une fille s'obtient à l'âge de vingt-cinq ans.

— Ce qui veut dire?

— Ça veut dire que tu pourrais empêcher Cassandre de se marier, jusqu'à l'âge de 25 ans, mais tu ne peux pas l'obliger à le faire contre son gré, même si elle est mineure. Nous ne sommes pas en Asie, à pouvoir arranger des mariages!

— Oui, mais il faut bien qu'elle se rende compte qu'elle vit dans le péché! Même la loi encourage la débauche! Il doit bien y avoir quelque chose à faire!

— Elle est amoureuse, Eugénie. Les principes disparaissent vite en présence de l'amour, à son âge!

Eugénie et Mathilde se regardèrent. Elles se souvenaient qu'Anne avait fait, elle aussi, les chroniques scandaleuses de la ville de Québec alors qu'elle élevait sa famille.

— Que me conseilles-tu, Anne? Tu as éduqué des filles, pas moi!

Gênée, Eugénie n'osa se tourner vers Mathilde.

— Fille ou garçon, un cœur de mère ne fait pas la distinction. La question est simple: qu'est-ce qui t'importe le plus? Revoir ta fille ou demeurer avec tes principes?

— Mais elle est dominée par Satan! réagit vivement Eugénie.

Anne devinait le conflit qui séparerait mère et fille.

— Tu vois, tu fais passer tes principes avant tout… Ta fille te répondrait: «Je nage dans l'amour.»

— Moi aussi, je suis amoureuse de Manuel. Seulement, nous avons été chastes jusqu'à notre mariage.

— Mais c'était un remariage, Eugénie.

— Raison de plus. L'attente était encore plus méritoire.

— Tu es encore en colère. Cassandre aurait sans doute une autre interprétation.

— Laquelle?

— Je ne sais pas… L'âge, le non-respect de la religion… Des raisons qui motivent les incompréhensions entre les mentalités… Il faudrait le lui demander, doucement, sinon, tu risques qu'elle se rebiffe… Surtout avec son caractère.

— C'est ce que nous allons voir! Serait-il préférable que j'aille avec l'abbé Jean-François?

— Libre à toi, si tu veux la faire sentir coupable. Il lui demandera de se confesser, tu le connais!

Eugénie ne répondit pas. Elle demanda à Mathilde de l'accompagner. Elles se rendirent à l'adresse de Cassandre pour se faire dire que cette dernière était en train de diriger sa troupe de théâtre, dans le local tout à côté de l'appartement.

En arrivant, les deux femmes se heurtèrent à des chanteurs, danseurs, musiciens, cascadeurs et bohémiennes sensuelles. Elles durent même s'effacer devant le passage de deux escrimeurs. Cassandre menait la mise en scène avec autorité et brio, chantant la note ici, donnant la réplique là. Elle s'était rendu compte de l'arrivée de deux femmes, mais ne les avait pas reconnues.

— Le public n'est pas admis aux pratiques. Veuillez sortir, s'il vous plaît.

Quelques comédiennes avaient reconnu la comtesse Joli-Cœur.

— Cassandre, c'est la comtesse Joli-Cœur qui vient d'arriver, accompagnée.

— La comtesse? Laissez-la entrer. Je vais la retrouver, répondit la jeune femme, intriguée.

Quand elle reconnut sa mère, qui avait pris les devants, d'un pas rapide, Cassandre sut que l'orage allait éclater. Elle ne voulait surtout pas que ça se fasse devant ses comédiens.

— Maman, Mathilde, quelle surprise! Venez, nous serons mieux chez nous. Je vais demander à ce que l'on arrête la pratique.

Au même moment, le comédien personnifiant Geronimo[129] donnait la réplique à Sganarelle[129]:

C'est une chose à laquelle il faut que les jeunes gens
Pensent bien mûrement avant que de la faire.

---

129. Voir l'annexe III.

Je ne vous conseille point de songer au mariage ;
Et je trouverais le plus ridicule du monde,
Si, ayant été libre jusqu'à cette heure,
Vous alliez vous charger maintenant,
De la plus pesante des chaînes.

Déjà, Mathilde retenait le bras d'Eugénie, dont les principes avaient été écorchés par la réplique. Elle s'adressa à Mathilde d'une voix assez forte pour que Cassandre puisse l'entendre :

— Ne nous demandons pas d'où viennent les idées païennes de la petite !

Cassandre fit comme si de rien n'était.

— Nous reprendrons cette répétition après le dîner. Pour l'instant, profitez-en pour travailler vos textes.

Eugénie fut par contre impressionnée par la facilité avec laquelle sa fille avait su dominer la situation. Cependant, elle ajouta :

— Est-il… chez vous ? questionna durement Eugénie. J'ai à vous parler tous les deux, en face.

Cassandre pâlit. Elle n'osait répondre.

— Évidemment, je veux parler du… de Pierre, continua Eugénie, qui avait failli dire, avec mépris, « du concubin basque ».

— Pierre est à Montréal, maman.

— Alors, je crains de ne pas avoir l'occasion de lui reparler. Tu sais pourquoi, j'espère ? Après ce que je viens d'apprendre.

Pendant que Cassandre, assommée par l'intervention de sa mère, ne savait pas quoi répondre, les trois femmes entendirent dans le fond de la salle :

Ziego me tienes, Belisa
Mas bien tu rigores veo ;
Porque es tu desden tan claro
Que pueden verle los ziegos.
Mas y a de dolores mios
No puedo azer lo que quiero ;
Aunque mi amor es tan grande
Como mi dolor no es menos
Si calla el uno dormido,
Sé que ya és el otro despierto.
Favores tuyos, Belisa,
Tuvieralos yo secreto ;

Mas ya de dolores mios
No puedo hacer lo que quiero[130]

— Qu'est-ce qu'on dit ? J'ai l'impression d'entendre la voix de Manuel.

— C'est de l'espagnol. C'est un de mes personnages principaux, le seigneur Geronimo, qui vient se réjouir avec son ami, Sganarelle, de son futur mariage. Il arrive avec un maître à danser, pour lui enseigner une courante[131], expliqua spontanément Cassandre.

— S'ils se réjouissent, c'est bon signe. Ça veut dire que le mariage n'est pas si forcé. Qu'en penses-tu, Mathilde ?

— Je ne comprends pas l'espagnol, mais je n'ai pas l'impression qu'il bafoue la religion, répondit cette dernière à Eugénie. Manuel serait mieux placé que nous pour apprécier la pièce.

Avant qu'Eugénie ne réagisse, Cassandre enchaîna :

— Ce sera la première représentation de la pièce bientôt, maman, et je voulais que vous soyez mes invités d'honneur, le docteur Estèbe et vous, avec Mathilde, Thierry, ainsi que Pierre… Évidemment, vous assise aux côtés de la marquise de Vaudreuil et du gouverneur, puisque vous êtes ma mère ; ou si vous préférez, près de l'intendant Jacques Raudot.

Eugénie regarda sa fille, intensément. Elle réfléchissait.

Aux côtés de la marquise de Vaudreuil et du gouverneur ! Mon chaton qui est déjà reconnu par la haute société de Québec !

— L'intendant Raudot songe à légaliser l'achat d'esclaves[132] ! L'abbé Jean-François considère que c'est contre la religion… J'ai tellement hâte que notre prélat revienne ! répondit Eugénie.

— Le Conseil supérieur pense que c'est une bonne décision. Les Anglais ne seraient pas aussi prospères sans l'esclavage. N'empêche que Thierry me disait que son fils Ange-Aimé avait peur pour ses enfants, intervint Mathilde.

— Qu'est-ce que je disais !

---

130. Tu prétends, Bélise, que je suis aveugle ; cependant je vois bien tes rigueurs. Ton dédain est si sensible qu'il ne faut pas d'yeux pour l'apercevoir. Mon amour est bien grand ; mais ma douleur n'est pas moindre. Le sommeil calme celle-ci ; rien ne peut assoupir l'autre. Je saurai, Bélise, garder le secret de tes faveurs ; mais je ne suis pas le maître d'empêcher mes douleurs d'éclater.
131. Danse à trois temps.
132. Légalisée en 1709 par l'intendant Jacques Raudot, la loi sur l'esclavage autorisait d'échanger ou de vendre les esclaves comme de la marchandise.

Cassandre se voulait convaincante.

— Mais, maman, le procureur de Varennes, l'ami de Jean-François, a intercédé auprès de l'intendant pour qu'il émette une ordonnance afin de transférer la pension du seigneur de Berthier, maintenant décédé, à sa sœur Marie-Renée, veuve, qui a la charge de six enfants et qui vit dans la misère. Vous savez, madame de la Jemmerais, le mère de la petite Margot, dont je vous déjà parlé?

Eugénie devint soudain pensive.

Pauvre Alexandre, parti si vite... Et encore jeune! J'espère qu'il a pu seulement s'enlever de l'idée de me fréquenter de nouveau et qu'il n'est pas reparti en France pour ça. Non, Eugénie... Ne va pas croire qu'il est mort prématurément d'un autre chagrin d'amour à cause de toi! Il avait plus de personnalité que ça, tout de même!

— Alors, c'est oui, vous viendrez, maman?

— L'intendant veut faire ça! Alors, ça le rachète... Si ça peut te faire plaisir, oui!

Instantanément, Cassandre se jeta au cou de sa mère.

— Je savais que je pouvais compter sur vous. Je suis si contente. Et vous, Mathilde et Thierry, viendrez-vous?

Avant que Mathilde ne réponde, Eugénie intervint:

— Maintenant, ma fille, c'est à ton tour de faire plaisir à ta mère... Tu me vois venir, n'est-ce pas?

Cassandre ne répondait pas, en proie à un conflit intérieur.

— Que voulez-vous dire?

— Tu vas retourner vivre chez Mathilde! Ou, tiens, revenir à Bourg-Royal.

— Pourquoi?

— Tu me demandes pourquoi? Parce que je ne veux plus de scandale dans la famille. Est-ce clair?

Eugénie avait haussé le ton. Comme les comédiens la regardaient, au loin, tant sa voix était forte, Mathilde lui fit signe de baisser le ton.

Cassandre tardant à répondre, Eugénie continua:

— Il m'est assez difficile comme ça de te voir diriger une comédie douteuse, où tu ne chantes même pas, sans devoir endurer ton concubinage! Pourquoi ne pas vous marier?

— Ce n'est pas dans la coutume basque, maman.

— Je trouve cette coutume bien commode pour un homme, ma fille.

Eugénie fulminait.

— Aimeriez-vous visiter mon appartement? Je voudrais bien vous servir un goûter, mais je n'ai que de la panade[133]! Avec un peu de patience, je vous préparerais un ambigu[134]. Il me reste du rôti de porc et des madeleines[135] dans l'armoire. Pierre me procure les citrons!

Cassandre ne savait plus quoi dire pour amadouer sa mère.

— Penses-tu que je vais aller cautionner votre péché? Tu te trompes. Rôtir le balai[136]! Ce n'est pas l'exemple que ton père et moi t'avons donné... J'avais l'impression que tu te conduirais comme une personne responsable, mais à l'évidence, je me suis trompée... Tu vas le laisser!

— Non, maman, je l'aime! Et ne me demandez pas de faire un choix entre lui et vous.

Cassandre venait de lâcher son cri d'angoisse. Eugénie blêmit, tandis que Mathilde et les comédiens, qui venaient d'assister à la dispute, frémirent. Silencieuse, Eugénie réfléchissait à la rupture que son amie, Anne, venait de lui prédire si elle était trop radicale avec sa fille. Elle poursuivit:

— Très bien. Ma colère a pris le dessus. C'est ton bonheur que je veux. Il me semble qu'en étant mariée, ta vie serait plus respectable... Au moins, ne te vêts pas comme tes comédiennes, qui ont l'air de... Enfin! Je te demande d'en parler à Pierre et tu me rendras ta réponse, après la représentation, à laquelle nous assisterons, Manuel et moi... Me le promets-tu?

— Oui, maman.

— Ah oui, comme il y a des passages en espagnol, Isabel Estèbe et son nouvel ami, Charles Villeneuve, seront des nôtres... Ils songent à se marier, il paraît!

— Charles Villeneuve avec Isabel?

— Il s'est pas mal assagi. Un garçon en amour respecte sa dulcinée. Pense bien à ça, ma fille... Bon, Anne nous invite à

---

133. Soupe faite d'eau, de pain et de beurre, quelquefois de lait, qui ont bouilli ensemble.
134. Bref repas fait seulement de viandes et de dessert.
135. Gâteau léger, fait de farine, d'œufs, de sucre et de citron.
136. Mener une vie de débauche (expression à la mode du temps de Louis XIV).

souper chez elle. Nous aimerions que tu sois des nôtres, moi la première. Est-ce possible?

Cassandre, les yeux pleins d'eau, ne répondait pas. Eugénie continua:

— Et si tu n'y vois pas d'inconvénient, nous aimerions assister, silencieusement comme de raison, à ta répétition, cet après-midi.

Cassandre regarda sa mère, étonnée. Naïvement, elle répondit:

— Ce sont les seules robes qu'elles ont. Il faudrait qu'elles enfilent leur manteau.

— Je sais, ce sont des bohémiennes et elles ont le sang chaud, puisqu'elles sont espagnoles; je suis bien placée, mariée à Manuel, pour comprendre ça... Il ne faudrait pas que ton frère, l'abbé Jean-François et notre ancien curé Glandelet[137] les voient. Ça les scandaliserait.

— Je me demandais si je devais inviter Jean-François à la première. Il ne vaut mieux pas, alors!

Mathilde fit à Cassandre une moue plus éloquente qu'une démonstration.

Quand Pierre de Lestage revint à Québec, il eut un tête-à-tête inattendu avec Cassandre, un soir qu'il s'apprêtait à goûter aux charmes de sa belle.

— Pierre, tu me demandais ce que je désirais pour mon prochain anniversaire, pour mes 20 ans?

— Tout ce que tu veux, mon amour, tu le sais bien.

— Tout?

Comme ce dernier lui caressait le cou, les épaules, après avoir déplacé la cascade de cheveux blonds, tout en lorgnant vers sa gorge, Cassandre répondit:

— Le mariage!

Pierre se figea.

---

137. Glandelet, Charles de (1645-1725), prêtre, ordonné en 1670. Immigré au Canada en 1675, il a été desservant de la paroisse de Charlesbourg de 1675 à 1683 et de l'église de Notre-Dame-des-Victoires de 1696 à 1714. Résidant au Séminaire de Québec toute sa vie, il y fut successivement prêtre, théologal, doyen, officier, archidiacre et grand vicaire de l'évêché de Québec. Il fut nommé chanoine de la cathédrale de Québec et Supérieur ecclésiastique des Ursulines à partir de 1710. Il mourut aux Trois-Rivières, alors qu'il y était comme Supérieur des Ursulines. Dogmatique, presque mystique, il fut le directeur spirituel de mères Marguerite Bourgeoys, fondatrice, et Marie Barbier, de la Congrégation Notre-Dame. Celle-ci guérit miraculeusement d'un cancer par les bons soins du docteur Michel Sarrazin.

— Quoi? Ai-je bien entendu?

— Je me sentirais plus en règle, une fois mariée.

— Que sont ces fredaines archaïques? Qui te les a mises dans la tête? Ta mère?

Cassandre ne répondait pas.

— Il me semblait! Elle l'a su et elle est venue te faire la morale… Est-ce que ton frère le curé l'accompagnait? Parce que j'ai su que lui ne me le pardonne pas… Ta famille, Cassandre, ne se mêle pas de ses affaires… Et puis, tu sais bien que ce n'est pas la coutume basque de se marier sans avoir fait un essai, au préalable… Ne sommes-nous pas jeunes, beaux, riches et libres, sans contrainte moralisatrice?

— Ne parle pas de ma famille de cette manière. Je voudrais avoir aussi des enfants, comme Étiennette.

— Et ta carrière? Ta pièce sera jouée sous peu. Pourquoi vouloir déformer ton corps de déesse si vite?

À ces mots, Lestage promena ses mains le long du corps nu de Cassandre, n'hésitant pas à insister dans les replis qui l'excitaient davantage.

Cette dernière le laissa faire, tout en lui minaudant à l'oreille:

— J'aimerais tellement annoncer la bonne nouvelle à ma mère, le soir de la première.

— Je te promets d'y penser. Tu es si désirable, mon amour.

Le jeune homme confirma son désir par une étreinte torride.

Quelque temps plus tard, un soir, après le souper, on cogna à la porte de l'appartement de la rue Saint-Louis. Pierre de Lestage alla répondre à l'abbé Jean-François, qui ne perdit pas de temps pour annoncer ses intentions.

— Est-ce que Cassandre est là? Parce que je tiens à vous communiquer la grande déception du clergé de Québec, le grand-vicaire de Glandelet, le remplaçant de Monseigneur de Saint-Vallier, le procureur de Varennes, compris!

Sur ces entrefaites, Cassandre arriva.

— Jean-François, quelle heureuse surprise. Entre, tu prendras bien une tisane, n'est-ce pas?

— Excuse-moi, mais si j'entre dans l'antre du diable, c'est pour l'exorciser. D'ailleurs, j'ai mon nécessaire avec moi… Je suis venu vous demander de cesser votre concubinage et de vous confesser.

Le scandale a assez duré. Je suis la risée du diocèse. Ma sœur, une dévoyée! Veux-tu faire mourir notre mère?

Cassandre se mit à pleurer. Voyant rouge, Pierre de Lestage attrapa l'ecclésiastique par son col romain, au risque de l'étouffer, et le souleva de terre. Pierre de Lestage était athlétique et fort, tandis que l'abbé, plutôt longiligne et de silhouette frêle, à cause du jeûne, ne faisait pas le poids.

— Laissez Cassandre tranquille, monsieur l'abbé. Je suis le maître ici, et personne ne me demandera de vivre autrement. Chez nous, à Bayonne, nos curés, nous les aimons dans leur presbytère. Et s'ils sont trop persistants, nous les reconduisons au vieux quartier Saint-Esprit, répondit le Basque, en déposant Jean-François, soulagé, respirant mieux.

— Tu vois, Jean-François, le quartier Saint-Esprit, ce ne sont pas les galères du Roy. Pierre n'est pas si méchant, intervint Cassandre pour tenter de réconcilier les deux hommes.

— Votre sœur a raison, l'abbé. Le quartier Saint-Esprit est notre quartier juif.

L'abbé Jean-François pâlit.

— Juif?... De vrais Juifs?

— De vrais Juifs qui ont fui votre Inquisition en Espagne. Ils dévorent les curés catholiques comme l'agneau à leur Pâque.

— Vous feriez ça avec moi?

— J'en ai bien envie!

L'abbé Jean-François Allard déguerpit sans dire au revoir à sa sœur.

Pendant ce temps, en Europe, après un échange de prisonniers, les Anglais relâchaient Monseigneur de Saint-Vallier, qui demanda aussitôt à repartir au Canada afin d'y ordonner de nouveaux prêtres, Monseigneur de Laval étant décédé l'année précédente. De graves épidémies avaient décimé les effectifs du clergé canadien. D'autres raisons le motivaient; on lui avait signalé une baisse de la moralité, caractérisée par une licence des mœurs chez les habitants, de la cupidité chez les riches et de l'hostilité envers le clergé de la part des autorités coloniales.

Deux ecclésiastiques du clergé de Québec avaient écrit à leur évêque:

Monseigneur,

Les désordres d'impureté sont si fréquents et si familiers qu'on n'en fait plus un mystère. Rien n'est si commun que de voir des filles grosses ou vivant en concubinage, sans scrupules. Une personne de distinction, de notre entourage, qui connaît fort bien tout ce qui se passe à Québec, disait, il y a peu de jours, que la moitié de la ville était sous la domination de Satan... Le théâtre dégradant, celui que vous aviez banni de votre diocèse de la Nouvelle-France, reprend de la vigueur. Une nouvelle pièce de Molière sera présentée sous peu, sous le parrainage de notre gouverneur, alors que les actrices se montrent les seins nus, sur scène. Seul votre retour permettrait d'arrêter un tel débordement de vice.

Vos deux prêtres qui désespèrent dans la douleur de savoir leur pasteur loin de ses brebis,

Glandelet, PME, grand-vicaire de l'évêché de Québec

Allard, SJ, prêtre

Le roy Louis XIV ne permit pas ce retour, car il craignait une reprise des disputes religieuses. Les deux signataires de la missive au prélat en furent quittes pour prêcher dans le désert.

Quelques jours plus tard, Pierre de Lestage avisa Cassandre qu'il devait aller négocier des ententes commerciales avec les Mohawks en compagnie d'Ange-Aimé Flamand. Le négociant et le truchement furent pris en otage, compromettant ainsi l'adhésion des Mohawks au traité de paix définitive souhaité par la Nouvelle-France.

Quand le comte Joli-Cœur apprit à Mathilde la capture d'Ange-Aimé et de Pierre de Lestage, la comtesse n'en revenait pas.

— Pauvre Cassandre, qui va lui apprendre la nouvelle?

— Toi, voyons. Qui d'autre pourrait lui parler en douceur? J'ai aussi une autre mauvaise nouvelle. La rançon demandée par les Mohawks d'Albany est considérable. Si nous ne la payons pas, ils seront massacrés.

— C'est un rapt, donc! Est-ce que les coffres de l'État sont suffisamment garnis pour payer la rançon?

— Pour tout dire, je ne crois pas et je ne le veux pas non plus. Ange-Aimé est mon fils, je vais payer pour lui.

— Et Pierre de Lestage, qui paiera pour lui?

— Je vais demander à notre associé de La Rochelle, Pascaud, s'il y consent. Ça devrait.

Le comte Joli-Cœur ne voulait surtout pas que le gouvernement de la colonie apprenne leur tentative de trafic de contrebande de fourrures avec les Anglais par l'intermédiaire des Mohawks convertis de la mission de Sault-Saint-Louis[138].

— J'ai encore une nouvelle à t'apprendre.

— Une bonne, j'espère ?

— Je crains que non !

Thierry raconta à Mathilde qu'il avait appris par le gouverneur le contenu de la lettre envoyée par les deux ecclésiastiques du Séminaire à Monseigneur de Saint-Vallier. Le marquis de Vaudreuil était encore sidéré de l'insolence d'un des prêtres et, n'eût été les liens familiaux avec mademoiselle Allard, une jeune artiste prometteuse, estimée par la marquise, sa femme, il aurait de toute évidence sévi.

— C'est à peine croyable que son aveuglement puisse l'avoir amené à dénoncer sa propre sœur. Pauvre Eugénie… Est-ce qu'elle le sait ?

— Charlesbourg est assez loin de Québec pour que de telles inepties n'aient pu franchir la rivière Saint-Charles. Mais je crains pour Cassandre ! Elle l'a su. Il paraît qu'elle ne sort plus de son appartement depuis quelques jours, en attendant le retour de Pierre. Les comédiens se questionnent. Et comme l'on sait qu'il ne reviendra pas de sitôt… Sa pièce est compromise sans ses

---

138. Les Mohawks du Sault-Saint-Louis (Kahnawake) refusaient de reconnaître la souveraineté du Roy de France. Ils considéraient «Onontio», nom amical donné au gouverneur de la Nouvelle-France, comme un père, mais ils ne se croyaient pas soumis à la juridiction française, même s'ils vivaient dans la colonie canadienne. Ils estimaient leur droit ethnique comme étant leur véritable code de gouvernance et, de ce fait, même convertis, ils considéraient faire toujours partie de la Confédération iroquoise. En dépit du clergé qui irritait les Mohawks avec son dogmatisme religieux, le gouvernement colonial tolérait le commerce illicite pratiqué entre les Anglais et des Mohawks convertis, afin que ces derniers puissent persuader leurs congénères récalcitrants de la Nouvelle-Angleterre de s'allier aux Français, en paraphant le traité de paix, signé en 1701. Ce commerce devenait toutefois de la contrebande quand les Canadiens français s'y livraient et ils étaient passibles de représailles par la justice coloniale. Une ordonnance de Sa Majesté datée du 6 juillet 1709 défendit aux Canadiens de se rendre en Nouvelle-Angleterre pour y faire le commerce de la fourrure sans une permission du gouverneur de la Nouvelle-France ou de son représentant en son absence, sous peine d'une amende de deux mille livres pour la première offense et de sévices corporels en cas de récidive. Un même édit avait été promulgué en 1673 et 1678 avec les mêmes amendes, sans succès. En dépit de tous les édits du Roy et de ses représentants, la population canadienne était attirée par l'appât de profits énormes et d'une vie indépendante.

comédiens. Je peux toujours lui avancer le salaire des acteurs, mais je ne peux quand même pas la remplacer à la direction.

— Mais il faut lui dire.

— Justement, je comptais encore sur toi pour tout lui dire. Tu vas sûrement trouver les bons mots, pour la consoler. J'avais pensé que tu demandes à Eugénie, mais la situation est complexe. Mère et fille sont toutes les deux émotives et entêtées.

— Tu as raison, même si elles s'adorent. Ce qui m'horripile le plus, c'est la lettre de l'abbé Jean-François. Je me demande comment réagira Eugénie. Elle les vénère tous les deux. A-t-elle une préférence? Je ne le pense pas... Elle ne voudra pas briser sa famille, qui est si précieuse pour elle! Manuel est de bon conseil. Il saura l'encadrer. Mais la petite, qui est déjà sous le choc, se remettra difficilement de la capture de Pierre de Lestage... J'ai peur pour sa jeune carrière, si elle laisse tout tomber! Émotive comme elle est! J'espère que je saurai trouver les bons mots.

— Sa carrière?! À vingt ans, elle s'en remettra. Moi, j'ai surtout peur qu'Eugénie la reprenne sous sa coupe. À son retour de France, en peine d'amour, ça allait! Mais, comme le mode de vie et la carrière artistique de Cassandre ont déjà compromis l'unité familiale de ta chère amie, en plus de faire réagir le clergé qu'elle aime quasiment plus que les siens, elle ne le pardonnera pas à sa fille.

— Je ne sais pas. Le cœur d'une mère pourrait te surprendre. Cassandre est jeune et de bonne foi, tandis que son frère, l'abbé, a quatorze ans de plus qu'elle. Il savait ce qu'il faisait. Il ne savait peut-être pas qu'il se ferait espionner, mais il a joué gros jeu! Il sera toujours temps de l'annoncer à Eugénie. Pour le moment, je vais jouer la mère remplaçante auprès de Cassandre.

— Ce ne sera pas nouveau, Mathilde. Tu as toujours considéré Cassandre un peu comme ta fille.

La comtesse Joli-Cœur sourit.

— Comme la fille que je n'ai pas eue et que j'aurais aimé avoir.

— Je crois que Cassandre t'aime comme si tu étais sa mère!

Mathilde s'approcha de son mari et posa sa tête sur son épaule.

— Et moi, je t'aime tellement, mon bel hardi!

CHAPITRE XXVI
La crise

— Ce n'est pas vrai, tante Mathilde, dites-moi que j'ai mal entendu! Je l'aime; il va mourir, fit Cassandre en éclatant en sanglots.

Mathilde s'approcha de sa protégée et la prit dans ses bras.

— Nous le sauverons; Thierry fait tout ce qui est en son pouvoir pour le sortir de là. Nous en avons parlé!

— Quand Pierre reviendra-t-il?

— C'est une question de négociation... Le temps de rassembler une milice, des éclaireurs pour leur faire peur, de se rendre là-bas, de parlementer avec les Mohawks; bref, plusieurs semaines... Tu sais qu'il a à cœur que le dénouement soit heureux, puisque Pierre est son associé et que son fils Ange-Aimé est aussi prisonnier. Son fils unique! Il m'a avisée qu'il se rendrait à Sault-au-Récollet[139] l'annoncer à Dickewamis, sa mère!

---

139. Quand la mission de Kanesatake à Oka, sur les bords du lac des Deux Montagnes, compta plus de deux cents âmes, l'administration coloniale jugea qu'il serait préférable de la déménager au nord de l'île de Montréal, près de la Rivière des Prairies, à un endroit appelé le Sault-au-Récollet. Ce déménagement ne suscita guère d'enthousiasme chez le peuple mohawk converti. Leur chef, Ange-Aimé Flamand, décida de déménager sa tribu lorsque le sol de leur lopin de terre fut épuisé, avant sa capture en 1709. Les Mohawks quittèrent Sault-au-Récollet en 1721 pour retourner sur les bords du lac des Deux Montagnes quand le supérieur du Séminaire de Saint-Sulpice, François Vachon de Belmont, y obtint du Roy une nouvelle seigneurie. Encore une fois, les Mohawks furent réticents à quitter ces terres qu'ils avaient défrichées et à tout recommencer ailleurs. Pour les décider à changer d'endroit, les sulpiciens durent faire défricher un espace suffisant pour leur culture, les dédommager pour les terres défrichées au Sault-au-Récollet et

— Est-ce que maman est au courant?

— Pas encore! Nous voulions, Thierry et moi, te l'apprendre aussi vite que possible. Anne non plus ne le sait pas, mais la nouvelle va se répandre bientôt, si ce n'est déjà fait.

Cassandre, sous le choc, n'arrêtait pas d'éponger ses pleurs. Mathilde avança, avec une certaine anxiété:

— J'ai autre chose à te dire… C'est à propos de l'abbé Jean-François!

— Je ne veux plus entendre parler de lui! Après ce qu'il est venu nous dire!

Après avoir entendu le récit de Cassandre à propos de la visite de son frère, Mathilde préféra ne pas parler de la fameuse lettre.

— En as-tu informé ta mère?

— Bien sûr que non! Elle prendrait son parti. Elle le chérit tant!

— Cassandre, tu devrais avoir plus d'estime pour Eugénie. Elle vous aime tous les deux et est très capable de faire la part des choses.

— Pierre et moi n'en sommes pas si convaincus, répondit Cassandre d'un ton agressif.

Mathilde jugea le moment opportun pour dénouer la crise familiale.

— Il vaut mieux ne jamais en faire mention à ta mère. Elle aurait trop de peine… Et tu vas comprendre pourquoi.

— Comment ça? demanda la jeune fille, intriguée.

— Parce que ton frère Jean-François, qui a su la nouvelle de l'enlèvement, vient de demander à Thierry de l'accompagner en Iroquoisie.

— Quoi? Il a fait ça?

— Même plus! Il se dit prêt à faire un échange de prisonniers en se livrant aux Mohawks… Selon Thierry, il cherche à devenir martyr, comme les bons pères jésuites, Brébeuf et Jogues.

Cassandre ajouta en larmoyant:

— Et moi qui étais prête à le renier comme frère!

---

promettre à leur chef que le nouvel endroit serait la propriété des Mohawks, sans ingérence de la part de l'administration coloniale.

— Tu vois, il t'aime au point de donner sa vie pour sauver ton amoureux… Je pense qu'il ne sait plus quoi faire pour se faire pardonner.

— Je l'aime tellement, mon grand frère!

— Vous devriez vous réconcilier. Je crois que le procureur de Varennes, qui t'apprécie, lui a fait comprendre qu'il s'égarait. Je vais l'inviter à la maison… Je donnerai comme prétexte la confession.

— Mais Mathilde, je ne veux pas me confesser à mon frère!

— Pas toi, mais moi! Je n'aime pas ça non plus, mais ce sera ma contribution à votre réconciliation.

Cassandre sourit pour la première fois.

— Et qu'a répondu Thierry?

— Non, c'est bien évident! Il lui a fait comprendre que les Mohawks voulaient de l'argent… Et beaucoup. La vie de ton frère ne les intéresse pas…

— Comment a-t-il réagi?

— Encore une fois, comme un saint homme. Il tient à organiser une collecte dans le diocèse en plus d'une veillée de prières, à la basilique, pour le retour de Pierre et d'Ange-Aimé.

Cassandre sourit de fierté en pensant à son frère, Jean-François.

Mathilde la regarda et ajouta:

— Je te demande encore une fois de ne pas alarmer ta mère avec tout ça, quand elle viendra à la première de ta pièce.

Cassandre prit une décision subite.

— Il n'y aura pas de représentation du *Mariage forcé* de Molière tant que Pierre ne sera pas libéré… J'ai trop de peine, je n'aurai pas le cœur à l'ouvrage… Je vais aviser mes comédiens… Le gouverneur comprendra… Pourrais-je vous demander une faveur, Mathilde?

Cette dernière était sous le choc.

— As-tu pensé aux conséquences pour ta carrière? Elles pourraient être compromettantes.

— Pourrais-je vous demander une faveur? insista Cassandre, déterminée.

— Tu sais bien que je ne peux rien te refuser! répondit Mathilde, qui ne savait plus quoi lui dire. Laquelle?

— J'aimerais retourner vivre rue du Sault-au-Matelot. Comme ça, nous serons deux à craindre pour la vie de nos amoureux.

Attendrie, Mathilde ne se fit pas prier pour lui répondre :

— Ça me ferait tellement plaisir. Viens, laisse-moi t'embrasser !

Cassandre se jeta dans les bras réconfortants de la comtesse.

— Quand devrais-je l'annoncer à ma mère ?

— Nous irons toutes les deux l'annoncer à Eugénie dès que l'expédition de Thierry partira de Québec. D'accord ?

Comme Cassandre faisait signe que oui, Mathilde ajouta :

— Entre-temps, nous aurons l'occasion d'accueillir l'abbé Jean-François. Ne serait-ce pas mieux de reporter la représentation de la pièce plutôt que de l'abandonner ?

— Vous avez encore une fois raison, tante Mathilde. Je vais aviser les autorités et mes comédiens du report de la première de la pièce à une date indéterminée.

— Et à Jean-François, tu pourrais lui dire que tu l'abandonnes définitivement. C'est ce que l'on appelle un mensonge pieux. Ça ne fait pas de mal et ça réconcilie tout le monde.

À voir les yeux pétillants de Cassandre, Mathilde comprit que cette dernière avait capté le message.

Quand Eugénie fut mise au courant des malheurs qui s'abattaient sur sa fille, lorsque celle-ci vint accompagnée de Mathilde lui rendre visite à Bourg-Royal dans l'ancienne maison des Langlois, elle prit sa fille en pitié.

— Mon chaton, que je suis malheureuse pour toi. Très honnêtement, je souhaiterais que Pierre revienne le plus rapidement auprès de toi ! Et Ange-Aimé, bien sûr, dans sa famille. Thierry doit vivre de bien tristes moments.

— Sincèrement, maman ? demanda Cassandre.

— Comment veux-tu que je te souhaite de la peine ? Je voulais que tu régularises ta situation avec Pierre, mais pas de cette manière barbare.

— Vous saviez qu'il était censé vous demander ma main, à la première occasion !

— Ce que tu me fais plaisir, ma petite fille. Je savais que je pouvais compter sur vous deux ! Viens, que je t'embrasse !

Mère et fille se sautèrent dans les bras l'une de l'autre.

— Maman, je suis si contente de vous revoir !

— Moi aussi! À propos, Mathilde, quand seront-ils libérés?

— Les Mohawks exigent beaucoup d'argent. Les négociations traînent.

— Jean-François, maman, est en train d'organiser une grande collecte partout dans le diocèse.

— Oui? Tu vois à quel point il veut t'aider, ton grand frère! Il peut paraître strict, mais c'est un apôtre de la charité.

Mathilde et Cassandre se regardèrent un bref instant.

— Le hic, Eugénie, c'est que la somme est énorme.

— Thierry est riche, non?

— Thierry est suffisamment riche pour payer la rançon de son fils Ange-Aimé, répondit sèchement Mathilde.

Eugénie ne lui en tint pas rigueur.

— Qui va payer pour Pierre? s'inquiéta Cassandre.

— Le frère de Pierre, Jean de Lestage, a dit à Thierry qu'il s'endetterait s'il le fallait pour tirer son cadet de là! Ils ont un associé, à La Rochelle, qui prêterait l'argent de la rançon de Pierre, répondit Mathilde. Le temps de l'en aviser.

— Tu vois, mon chaton, tu n'as pas à t'inquiéter. Pierre reviendra pour te marier, prochainement.

— Est-ce vrai, tante Mathilde?

— Prochainement, nous l'espérons tous. Mais ça peut prendre encore quelques semaines.

— Bon, en attendant, que dirais-tu de rester à la campagne, le temps d'en savoir plus? Je te promets de te laisser aller aux nouvelles quand tu voudras. Simon-Thomas arrivera dans quelques jours pour aider ses frères aux moissons. Il ira te reconduire à Québec.

Comme Cassandre hésitait, Mathilde intervint.

— Ça te fera du bien plutôt que de te faire du mauvais sang inutilement. Aussitôt que j'en saurai plus, je te le ferai savoir.

— Promis? exigea Cassandre.

— Juré! répondit Mathilde, catégorique.

— Tu verras, notre nouvelle maison est grande et tu pourras aller visiter tes neveux et nièces aussi souvent que tu le voudras. Le petit Thomas de Jean ressemble à son grand-père Pageau.

Eugénie et Mathilde attendaient impatiemment la réponse de Cassandre.

— À ces conditions, je reste. Heureusement que j'ai avec moi quelques effets.

Eugénie respira d'aise, tandis que Mathilde lui adressait un sourire complice.

— Je lui ai demandé d'apporter quelques vêtements au cas où. C'est toujours mieux de ne pas être pris de court.

L'été était entamé et Cassandre n'eut aucune nouvelle de son Pierre. À son anniversaire, le 3 juillet, Eugénie, qui voyait sa fille se morfondre, la prit à part.

— Nous allons rendre visite à Mathilde à Québec et en savoir davantage à propos de ton amoureux... Nous allons en profiter pour assurer ton avenir... Tu ne peux pas passer ta vie à attendre le retour de Pierre. Te souviens-tu de ce que je t'ai déjà dit ? Être amoureux n'est pas une occupation, encore moins quand cet amour paraît être impossible !

Cassandre se mit à pleurer.

— Bon, bon ! J'ai peut-être été un peu trop loin. N'empêche que le travail est le meilleur remède pour penser à autre chose.

— Mais je n'ai plus de travail. Il faudrait que je rassemble de nouveau ma troupe de théâtre, sans savoir si mes acteurs sont encore intéressés à jouer la pièce.

— Qui te parle de reprendre la mise en scène de la pièce de ce Molière ? Tu avais un travail d'enseignante au couvent des Ursulines, il me semble ! Alors, j'irai avec toi leur demander si tu peux continuer ton enseignement en septembre.

— Mais, maman, les religieuses m'ont demandé de quitter ma place, l'année dernière !

— Parce qu'elles te reprochaient ta conduite, lorsque tu vivais avec Pierre de Lestage. J'espère qu'elles auront pitié de lui, comme prisonnier des Mohawks, et qu'elles te redonneront ta place puisque tu es revenue dans le droit chemin.

— L'année scolaire va commencer sous peu. Vous savez bien que ma place peut être prise !

— Nous verrons bien !

Mère et fille arrivèrent rue du Sault-au-Matelot, au moment où Thierry revenait avec sa milice. Il n'avait pas réussi à faire libérer les otages et à les ramener sains et saufs. Un Mohawk fiable de la mission du Sault-Saint-Louis, Ontachogo, reconnu pour ses talents de diplomate au sein de la Confédération iroquoise, avait tenté de négocier la liberté des deux prisonniers, dont l'un était son ami Kawakee[140].

— Nous nous reprendrons l'an prochain. Avec les gouverneurs de Vaudreuil et de Ramezay, nous trouverons bien une solution. En attendant, souhaitons que les ravisseurs leur permettent de bien passer l'hiver.

— Sont-ils bien traités, au moins? demanda Mathilde, appuyée par les mimiques de ses invités.

Thierry informa Cassandre et Eugénie des conditions particulières de détention de Pierre de Lestage et de son fils. Cassandre se mit à sangloter comme une Madeleine. Eugénie n'osait s'en approcher, tant elle criait.

Tout à coup, Cassandre s'évanouit.

— Mon Dieu! s'écria Eugénie, en se signant.

— Vite, les sels! ordonna Mathilde à une domestique. Pourquoi lui as-tu avoué ça? demanda-t-elle, courroucée, à Thierry.

— C'est vous toutes qui avez exigé la vérité!

— Si Manuel était ici! gémit Eugénie, en se penchant vers sa fille. Vite, transportons-la sur le canapé.

Une fois étendue, Mathilde appliqua les sels qui firent rapidement leur effet. Cassandre reprit conscience.

— Mon chaton, ne me fais plus de peur comme ça!

— Ah, maman, vous êtes là!

— Allons, il faut te reposer… Il faut faire confiance à la Providence… et à Thierry. Nous n'avons pas le choix pour le moment et nous n'avons rien d'autre à faire que de prier. Je vais aller rendre visite au couvent des Ursulines. Il y a certainement une place d'enseignante quelque part pour ma petite fille. Et si ce n'est pas pour cette année, alors ça sera pour l'an prochain. À ce que je sache, je suis toujours ta mère. Tu vivras avec ton beau-père et moi, et tu nous assisteras comme infirmière auxiliaire, tiens… Et pas question de rester ni même de retourner dans ton appartement à Québec. Ça nous a déjà apporté bien des malheurs!

Effondrée, en pleurs, Cassandre alla se blottir contre l'épaule de sa mère. Cette dernière aurait bien voulu prendre pour elle tout le chagrin qui envahissait sa fille. Impuissante, Eugénie répétait:

---

140. Nom mohawk d'Ange-Aimé Flamand.

— Mon bébé… mon chaton. Nous allons te le retrouver, ton amoureux, ne crains rien !

Mathilde et Thierry observaient la scène de tendresse, émus.

L'été suivant, la milice privée du comte Joli-Cœur, appuyée par les soldats de la garnison de Montréal, cantonnée à Chambly, réussirent à libérer les otages et à les ramener sains et saufs.

À l'annonce de son prochain retour à Québec, Mathilde avait aussitôt invité Eugénie et Cassandre rue du Sault-au-Matelot. Cette dernière avait bien hâte d'embrasser son amoureux.

Le comte Joli-Cœur expliqua à Mathilde que son fils Ange-Aimé avait été désireux de retourner le plus rapidement possible auprès de sa famille mohawk à Sault-au-Récollet.

— Où est Pierre ? demanda Cassandre, j'ai tellement hâte de l'embrasser.

— Pierre est pour sa part allé se reposer à Montréal, chez son frère Jean.

— Je ne comprends pas ! Notre maison est ici, rue Saint-Louis. Il aurait quand même pu venir me voir. Nous nous aimons tellement.

— C'est vrai, Thierry, nous ne l'aurions pas dévoré, nous ne sommes quand même pas des Mohawks ! renchérit Eugénie.

Thierry grimaça, alors qu'Eugénie, en voyant la mine défaite de Mathilde, comprit qu'elle venait de commettre une bourde.

— Excuse-moi, Thierry, je voulais parler des ravisseurs, bien entendu. J'ai toujours eu beaucoup d'estime pour Dickewamis et votre fils, Ange-Aimé… Cassandre a le droit de savoir ce qui est arrivé à Pierre et surtout, s'il a besoin d'elle… Est-il si mal en point ?

— Non, non. Amaigri, mais en bonne forme, étant donné les circonstances.

— Alors ?

— Dis-le donc, Thierry. Tu vois bien que Cassandre se morfond, ordonna Mathilde à son mari.

Thierry informa Cassandre et Eugénie des conditions particulières de la libération de Pierre de Lestage.

— D'abord, Jean de Lestage a été obligé de vendre l'appartement de son frère de la rue Saint-Louis, incluant les meubles. Ensuite, Pascaud, l'associé français… a obligé Pierre à s'installer à Montréal pour promouvoir leurs affaires, lorsqu'il ira mieux.

— Où est-il, actuellement ?

— À l'Hôtel-Dieu de Montréal, en observation, à la demande du gouverneur de Ramezay. Par la suite, il ira se reposer à la ferme Saint-Gabriel qui appartient aux sulpiciens. Pour peu de temps, j'imagine, car il paraît qu'ils s'apprêtent à la céder à la congrégation Notre-Dame. C'est ce que le Supérieur de Belmont[141] a fait savoir à Pascaud.

— Va-t-il revenir à Québec ? Combien de temps va durer sa convalescence ? Je veux le revoir, exigea Cassandre, hystérique.

Eugénie essaya de la calmer.

— Rien ne sert de t'énerver, mon chaton. Si les sulpiciens prennent en charge Pierre, il sera entre bonnes mains. Je vais demander à Jean-François de le faire savoir au curé Chaigneau de l'île Dupas. Il pourra certainement entrer en contact avec Pierre et sans doute aller lui rendre visite.

— D'autant plus que cette maison de repos longe le fleuve, avança Thierry.

— Si Jean-François va à Montréal, je l'accompagnerai. Nous arrêterons chez Étiennette, en passant.

Eugénie fit la grimace. Elle ne voulait surtout pas donner espoir à son fils de revoir Geneviève Lamontagne, la sœur d'Étiennette.

— Nous verrons ça plus tard.

À ces mots, Cassandre se remit à sangloter. Eugénie n'osait s'en approcher tant elle criait.

— Le voyage à Montréal ne prend pas une semaine, en se dépêchant.

— Calme-toi, nous ferons tout ce qui est en notre possible pour avoir de ses nouvelles.

— Pourquoi ne pas aller à Montréal maintenant, Thierry ? sanglota Cassandre.

Toutes les têtes se tournèrent vers le comte. Il n'osait pas dire la vérité.

— Si vous ne me dites pas ce qui se passe, Thierry, je vais me rendre par mes propres moyens et vous savez que j'en suis capable, aboya Cassandre.

Eugénie fit un signe de tête impératif à Mathilde, qui intervint :

---

141. De Belmont Vachon, François (1645-1732), Supérieur du Séminaire de Saint-Sulpice de 1701 à 1732.

— Que sais-tu de plus, Thierry ? Ne fais pas davantage de peine à Cassandre. Elle est en droit de savoir.

— D'accord ! Pascaud a exigé que Pierre ne mette plus les pieds à Québec, du moins pour une année, le temps de sa convalescence. Et comme il a payé la rançon...

Tout le monde parut étonné.

— Comment ça, ne plus mettre les pieds à Québec ? C'est ici que nous vivons, sanglota Cassandre.

— Disons que Pascaud n'a pas eu le choix... Et probablement que ça faisait son affaire.

— Pas le choix ? s'inquiéta Eugénie.

— De Paris, Monseigneur de Saint-Vallier lui a fait savoir que la conduite peu chrétienne de Pierre méritait qu'il soit expulsé de Québec, sous peine de représailles.

Thierry prit une grande inspiration et continua :

— Et comme Pascaud lui-même commençait à s'impatienter à payer l'argent du loyer, il s'est vite empressé de répondre à la demande de Monseigneur de Saint-Vallier... Ce dernier envoie régulièrement des règlements et des consignes à son clergé et votre conduite, à Pierre et à toi, l'a motivé à partir en croisade contre la baisse de moralité à Québec. Comme il est retenu en France, il fait plus confiance aux sulpiciens qu'à son propre clergé de Québec pour veiller au respect de la morale. Pas tous... Certains, du Séminaire, le renseignent scrupuleusement sur les agissements de ses ouailles !

Le comte Joli-Cœur avait conclu en regardant intensément Eugénie dans les yeux. Cette dernière, embarrassée, s'était empressée d'annoncer :

— J'oubliais que je devais rendre visite aux Ursulines, moi !

Se tournant vers Mathilde, elle lui dit :

— Je te la confie, le temps de revenir le plus vite possible.

Mathilde en profita pour dorloter Cassandre en lui offrant une boisson chaude et une collation.

— Comment te sens-tu ?

— Je vais mieux, répondit Cassandre, la gorge nouée.

— Tu verras, ce n'est qu'une question de temps avant de revoir Pierre. Maintenant, il faut te reposer.

Quand Eugénie revint de sa visite, préoccupée, Mathilde n'osa lui demander si les nouvelles étaient bonnes.

— Et puis, comment va-t-elle? demanda Eugénie.

— Bien. Je crois qu'il n'y a plus lieu de s'inquiéter, quoiqu'elle ait beaucoup de peine pour Pierre.

— Ne trouves-tu pas curieux que Monseigneur de Saint-Vallier ait été informé du scandale? Je préfère ne pas savoir qui a pu jouer au délateur, car je ne répondrais pas de mes actes.

Mathilde voulut éluder la question.

— Resterez-vous quelques jours de plus, le temps que Cassandre se remette?

— Pauvre petite! J'ai une autre mauvaise nouvelle à lui annoncer; ça va l'achever.

Comme Mathilde la questionnait du regard, curieuse, Eugénie avança:

— Je vais te le dire; sa place, rue du Parloir, est prise. Les religieuses ont embauché une autre enseignante de chant et de théâtre. Pour plusieurs années, m'ont-elles dit!

— C'était à prévoir!

— Comme tu dis! Elles proposent à ma fille une autre possibilité, celle d'enseigner à leurs couventines des Trois-Rivières[142]. J'ai exigé pour elle que ce soit dès septembre, pour ne pas que son année soit ratée. Elles accepteraient à condition que Cassandre habite au couvent, sans possibilité d'en sortir... J'ai réussi à négocier un seul congé, à Pâques prochain... Elles ont besoin d'elle pour le chant sacré des Fêtes. Qu'en penses-tu, Mathilde?

— Ça sera sa décision. Permets-moi de te féliciter de penser à son avenir de cette façon. Tu aurais pu l'inciter à rester à Charlesbourg!

— Tu sais, on n'encabane pas un pur-sang comme ma fille aussi facilement. Je me demande de qui elle tient, celle-là! Si elle refuse, pourrais-tu l'héberger ici, qu'elle puisse continuer son enseignement privé?

— Bien sûr, le temps qui lui conviendra! Et si elle préférait Québec aux Trois-Rivières?

---

142. En 1697, Monseigneur de Saint-Vallier autorisa l'établissement d'un couvent des Ursulines aux Trois-Rivières.

— Ce sera sa décision, comme elle pourrait aussi choisir de rester à Charlesbourg.

Quand Eugénie proposa les trois options à Cassandre, cette dernière ne prit qu'un court instant de réflexion, avant de répondre :

— J'aimerais enseigner aux Trois-Rivières, maman.

— Tu me promets d'être bien sage et de respecter les consignes de ton embauche ?

— À condition que je puisse aller rendre visite à mes amies Étiennette et Marie-Anne, à Pâques.

— Et revenir à Charlesbourg après l'année scolaire ?

— J'aimerais tellement visiter Montréal ; je reviendrai après. Qu'en dites-vous ?

Eugénie regarda sa fille, soucieuse.

— Tu viens d'avoir 22 ans. Ne trouves-tu pas que tu as déjà assez souffert sentimentalement dans ta courte vie ? Si Pierre cherche à te revoir, ce que je te souhaite, tant mieux. Sinon, ne cours pas après, car lui sait comment te rejoindre... Ta décision d'aller aux Trois-Rivières ne doit pas reposer d'abord sur le désir de revoir Pierre, mais plutôt sur ton intérêt à ton occupation d'enseignante... Sinon, tu seras malheureuse.

— Et Étiennette, pourrais-je aller la voir ?

— Je l'espère ! Entre filles, tu recevras sans doute de meilleurs conseils que ceux de ta vieille mère.

— Merci, maman, je vous aime !

Réconfortée de l'entendre, Eugénie ébouriffa les cheveux de sa fille, en lui disant :

— Bon ! Je vais te remettre une lettre qui t'introduira à mère Marie Lemaire des Anges, la supérieure du couvent des Trois-Rivières. C'est une amie. Nous nous sommes connues, rue du Parloir. Ça ne pourra pas nuire !

Là-dessus, Cassandre sauta au cou de sa mère, gênée de cette effusion d'affection.

— Bon, je te laisse le soin de préparer tes affaires.

Quand Eugénie informa Mathilde et Thierry de la décision spontanée de sa fille, ce dernier proposa :

— Je dois me rendre à Sault-au-Récollet ces jours-ci et faire halte de toute façon aux Trois-Rivières.

Mathilde ajouta immédiatement :

— Je t'accompagne. Ça me donnera la possibilité d'aller installer Cassandre et peut-être de visiter la belle région des Trois-Rivières, dont on m'a si souvent décrit les charmes... Et toi, Eugénie?

— Manuel m'attend. Vous savez, je suis aussi infirmière. Et vous avez l'habitude d'installer ma fille au pensionnat.

Quand, sur le quai, accompagnée de l'abbé Jean-François, Eugénie fit ses adieux à sa fille, elle la serra dans ses bras, tendrement, en lui disant:

— Sois heureuse, mon chaton. C'est ce que ta mère souhaite le plus au monde, ton bonheur. Mais, par-dessus tout, suis ton destin et n'oublie pas de prier ton père. Sois noble et forte comme lui, et tu verras, tout ira bien.

— Je vous aime si fort, maman.

Après avoir béni sa sœur, une fois le bateau disparu de l'horizon de la rade de Québec, Jean-François dut écouter sa mère:

— Il fallait quelqu'un de bien informé pour avoir donné autant de détails à Monseigneur l'évêque; quelqu'un qui le connaissait bien, sans doute un prêtre de Québec... du Séminaire... Aurais-tu une idée de qui?

Comme l'abbé ne répondait pas, Eugénie continua:

— Ta sœur est exilée, son cœur est brisé, la famille est disséminée à cause de cette lettre... Il y a des principes, même moraux, qu'il faut mettre de côté, parfois, par charité chrétienne... C'est ce dont je me rends compte, pas toi?

L'abbé Jean-François conservait le silence. Sa mère conclut:

— Comme Cassandre ne sera pas là durant le temps des fêtes, je considère cela comme un deuil. En conséquence, je ne préparerai pas de festivités ni de boustifailles. Je vais me consacrer, avec Manuel, à soulager les pauvres en leur préparant des paniers de Noël pour qu'ils puissent fêter dans l'allégresse à leur tour... C'est bien ce que vous enseignez, la charité chrétienne, du haut de la chaire, n'est-ce pas?

Comme l'abbé ne disait toujours rien, Eugénie haussa le ton:

— C'est bien ce que vous enseignez, la charité chrétienne, du haut de la chaire, n'est-ce pas, monsieur l'abbé?

— Oui, maman! répondit Jean-François, apeuré, la voix chevrotante.

— Tant mieux ! Je croyais que tu l'avais oublié, mon gars. Essaie de ne plus l'oublier à l'avenir ! Ce serait dommage de ne plus jamais se revoir, si jamais tu continuais à l'oublier.

— Ça n'arrivera plus, maman.

— Tant mieux. Ah oui, dis donc au curé Glandelet, qu'il est… comment dites-vous ça en latin, *persona*…

— *Persona non grata !*

— C'est ça ! Qu'il ne revienne jamais plus à l'église de Charlesbourg, car je te jure que je vais moi-même faire le sermon et dire à tous les paroissiens ce qu'il a fait à ta sœur.

— Oui, maman, je vais le lui dire.

— Autre chose. Un seul faux pas du dévot de ma famille, celui qui a signé la lettre, et je remets la médaille de la congrégation de la Sainte-Famille que ton père et moi avons reçue du diocèse, des mains du prélat, ton ami… que oui ! conclut Eugénie en regardant durement son fils.

Chapitre XXVII
De grandes amies

Quand les beaux jours du printemps s'annoncèrent, d'abord par la halte des outardes et des oies blanches, sur les terres inondables le long du chenal du Nord, et ensuite par le chant caractéristique des carouges dans les marais, Étiennette, qui voyait son mari réparer la barque afin d'aller étendre ses filets, lui recommanda :

— Sois prudent, Pierre ! Nous irons inspecter notre domaine de la rivière Bayonne sous peu, maintenant que nous en sommes légalement propriétaires.

Sur le bout du quai, elle vit soudain arriver du chenal une chaloupe bâtie solide. La femme, enceinte de plus de quatre mois, dit à son mari, occupé à retourner son embarcation :

— Tiens, nous avons de la visite. Sais-tu qui c'est ? Un nouveau client ? C'est bien le temps, alors qu'on se prépare à déménager.

Pierre Latour Laforge fronça les sourcils, agacé.

— Faudrait-il encore bâtir avant de penser à aller habiter là-bas. Et puis toi, tu serais sans doute mieux de rentrer. Tu n'as même pas ton châle, tu vas prendre froid !

Étiennette fit mine de ne pas avoir entendu. Elle savait que son mari avait accepté d'aller s'installer le long de la rivière Bayonne parce qu'elle avait fortement insisté. Le commerce de la forge allait si bien ! Étiennette avait succombé au plaidoyer de sa nouvelle voisine, Françoise Casaubon, qui lui avait fait entrevoir une véritable vie de rêve. Comme ce lot le long de la rivière Bayonne leur avait été donné, Étiennette avait voulu saisir cette occasion pour imposer sa personnalité à sa famille, notamment à sa mère qui venait de se remarier si vite après le décès de son premier mari, François Banhiac Lamontagne, de surcroît avec son ami de régiment et son voisin, qu'Étiennette en était même venue à soupçonner sa mère d'infidélité.

— Étiennette, c'est un blasphème! Il n'y a pas plus honnête femme que ta mère, s'était écrié Pierre lorsqu'elle lui avait fait part de ses doutes. N'oublie pas que j'ai marié sa sœur, ta tante. Et tes parents ont formé un couple exemplaire.

Étiennette s'était dit qu'elle pouvait justifier son départ par l'envie de s'éloigner de sa sœur Marie-Anne, mariée à Viateur Dupuis, un ami de Pierre, devenue acariâtre du fait de ne pas avoir été choisie comme marraine.

Quoique les deux sœurs se soient toujours aimées, elles ne s'étaient jamais réellement bien entendues. Cela avait semblé suffisant à Étiennette pour espérer un plus bel avenir à sa fille. Elle pensait ne pas s'être trompée, puisque Marie-Anne Dandonneau avait déjà légué un lopin de terre à sa filleule. Comme Marie-Anne Dandonneau avait laissé entendre qu'elle retournerait vivre définitivement au manoir seigneurial jusqu'à son mariage qui tardait, plutôt que de demeurer à l'occasion au fief Chicot, Étiennette avait fait le calcul qu'il serait plus simple à la marraine de se rendre à la rivière Bayonne que de revenir au fief Chicot.

En ce début d'après-midi de cette belle journée de fin avril 1711, la solide chaloupe qui comprenait deux passagers, bien engagée dans le petit canal qui menait à la forge, eut le mérite de réjouir la jeune mère de famille.

— Tu devrais entrer, Étiennette, je crois entendre le petit pleurer... M'entends-tu?

— Mais oui, je t'entends. Il va se rendormir. C'est l'heure de son dodo après le dîner... Je crois que c'est Marie-Anne, Pierre. Je la reconnais! Ils sont deux.

— Marie-Anne doit être avec Viateur. Je vais aller les accueillir.

Étiennette semblait contrariée par la venue de sa sœur. Elle fit cependant contre mauvaise fortune bon cœur en les accueillant avec chaleur, ce qui fit plaisir à son mari. Les deux hommes commencèrent à bavarder, tout en s'occupant des gréements de pêche.

— Le courant du chenal n'était pas trop fort, Viateur ?

— Juste assez pour naviguer entre les rangées de brochets sans trop de difficulté.

— Tu veux plutôt parler des troncs d'arbres, répondit son beau-frère avec moquerie.

Étiennette et sa sœur Marie-Anne étaient entrées dans la maison. La petite Marie-Anne, réveillée, était venue se blottir dans les bras de sa tante. Cette dernière était toujours vexée de ne pas avoir été choisie comme marraine de sa nièce, qui portait son prénom, puisqu'elle était l'aînée de la famille.

— Nous avions hâte de savoir comment tu te portais, Étiennette. Ton bébé est prévu pour quand ? demanda Marie-Anne.

— Pour la fin août. C'est ce que m'a dit la cousine Agnès.

— C'est elle qui sera ta sage-femme ?

— Oui ! Nous serons peut-être déménagés à la rivière Bayonne. Nos futurs voisins sont charmants. Comme c'est beaucoup plus proche de la Grande-Côte que de la Rivière-du-Loup, c'est logique que ce soit la cousine.

— Maman pense que tu lui en veux encore pour son mariage avec Jean-Jacques ! Elle pourrait venir vivre chez vous pour l'accouchement et le temps de tes relevailles, avec Antoinette.

— Ma décision est prise ; ce sera la cousine Agnès.

— Permets-moi de croire plutôt à l'impression de maman… Enfin ! C'est ta vie. Mais tu risques de briser l'unité familiale.

— Notre décision est prise, ce sera beaucoup mieux ainsi pour tout le monde. D'ailleurs, notre contrat notarié fait de Pierre l'heureux propriétaire du lot de terre de la rivière Bayonne.

— Et maman ?

— Elle comprendra à un moment donné qu'elle ne peut pas nous garder toutes sous son aile. Elle ne nous a pas consultées lorsqu'elle s'est remariée, non ?

— Non, mais il ne faut pas lui en vouloir. Elle l'a fait pour les jumeaux.

— Elle aurait pu attendre quelques mois de plus. Jean-Jacques était veuf depuis longtemps. Il aurait patienté encore.

— Qui es-tu pour la juger, Étiennette ?

— Uniquement sa fille, vois-tu. Écoute-moi, Marie-Anne, ne revenons pas là-dessus, sinon, nous allons nous quereller de nouveau.

Marie-Anne comprit que la décision d'Étiennette était irrévocable.

— Je suis venue pour une autre raison, Étiennette, qui va te faire plaisir.

— Tu es enceinte?

— Non, du moins pas encore. Maman a reçu une lettre pour toi, juste avant Noël. Avec l'hiver terrible que nous avons eu, elle n'a pas pu te la faire remettre…Tiens!

Aussitôt, Marie-Anne remit la lettre froissée. Étiennette s'empressa de la prendre et tenta de reconnaître sa provenance.

— L'adresse de retour est au nom du couvent des Ursulines des Trois-Rivières. Mais je ne connais personne qui y demeure.

Marie-Anne s'étira le cou pendant qu'Étiennette commençait à ouvrir l'enveloppe.

— Reconnais-tu l'écriture? demanda Marie-Anne.

Irritée par la curiosité de sa sœur, Étiennette préféra remettre à plus tard sa lecture.

— Je vais attendre de la décacheter devant Pierre. Tu savais qu'il ne faut pas faire de secret à son mari, n'est-ce pas?

— Tout le monde reconnaît que tu es une jeune femme et une mère de famille modèle, Étiennette! Mais essaie de savoir au moins qui est l'expéditeur de cette lettre.

— Puis-je te faire confiance, Marie-Anne?

— Ne suis-je pas ta grande sœur?

Étiennette regarda sa sœur et lentement continua à décacheter la lettre. Elle l'ouvrit et quand elle découvrit de qui elle venait, elle la posa sur sa poitrine et un sourire épanoui apparut sur son visage.

— Ce n'est pas un ancien soupirant, au moins?

— Idiote, que vas-tu penser là? Il me semblait que j'étais une épouse modèle!

Penaude, Marie-Anne se rendit compte de sa bévue.

— Tu sais bien que ce n'est pas ce que je voulais dire! Pardonne-moi.

Étiennette annonça:

— C'est mon amie Cassandre Allard qui m'a écrit.

— Des Trois-Rivières, du couvent des Ursulines ? C'est étrange ! Que dit-elle ?

Étiennette commença à parcourir la lettre.

— Et puis ?

— Elle enseigne le chant, la diction et le bon parler français aux couventines… Elle viendra me visiter à la fin de l'année scolaire, à la mi-juin… Dans moins de deux mois… Elle aurait aimé fêter Noël à la Rivière-du-Loup, mais elle ne l'a pas pu… Ah, non, non, non ! C'est trop triste !

— De la mortalité, sa mère ?

— Non, mais c'est trop personnel pour que je t'en parle. Ça ne te concerne pas. D'ailleurs, je finirai la lecture de la lettre devant Pierre.

— Eh bien, si tu le prends ainsi, Étiennette ! Et moi qui ai bravé le chenal pour venir t'apporter cette lettre le plus rapidement possible…

— D'accord, tu as gagné. Cassandre est en grosse peine d'amour. Toute une histoire ! Pierre de Lestage a été fait prisonnier par les Mohawks et maintenant, il est en résidence surveillée chez les sulpiciens à Montréal. Ils ne peuvent plus se voir, d'autant plus que Cassandre n'a pas la possibilité d'aller le retrouver avant la fin de son année scolaire… Imagine-toi que leur conduite a été considérée comme scandaleuse par l'évêché de Québec.

— Oh ! Dit-elle pourquoi ? Ça ne doit pas être bien joli. Quand je vais dire ça à maman !

— Toi, Marie-Anne la commère, tu ne diras rien du tout à qui que ce soit, même pas à Viateur, sinon, tu ne remettras plus jamais les pieds ici. Est-ce assez clair ?

— Ne te fâche pas, Étiennette. Je disais ça comme ça, pour rien.

— Je te connais trop, Marie-Anne Dupuis !

Quand le souper fut terminé et une fois leur visite repartie, Pierre Latour Laforge fut informé du contenu de la lettre. Il eut cette réflexion :

— Ce que je trouve curieux, c'est que Pierre de Lestage soit en résidence surveillée. Personne n'emmure un tel gaillard. Il n'a rien fait de criminel. Le procureur fiscal Casaubon nous en aurait fait mention en novembre dernier.

— Je savais que quelque chose de grave s'était passé quand le procureur fiscal Casaubon a parlé d'enlèvement et de rupture sentimentale. Il en savait beaucoup plus qu'il n'en avait l'air.

— Tu n'avais qu'à questionner sa femme!

— Elle n'aurait rien dit, prétextant qu'elle ne savait rien.

— C'est là que l'on reconnaît une épouse digne de ce nom! Ne jamais compromettre son mari, Étiennette. C'est comme ça qu'un homme réussit!

— Pierre Latour, ne dis plus de sottises, sinon je ne réponds plus de ma tendresse pour toi!

— Dans ce cas, je fais amende honorable…

Plus sérieusement, le géant ajouta:

— Réponds-lui le plus vite possible que nous attendons impatiemment sa visite. Sinon, elle prendra la direction de Montréal, j'en suis convaincu. Tu connais assez bien le caractère de ton amie Cassandre…

— Tu as raison. Quand le facteur passe-t-il?

— Je vais aller la lui remettre au couvent des Ursulines moi-même. Je dois vérifier mes gisements de fer à ciel ouvert. Ce sera peut-être la dernière fois.

— Ce que tu peux être méchant! Tu iras quand tu voudras, tu le sais bien!

— Mais ne t'en fais pas, je ne la questionnerai pas, ajouta Latour, moqueur.

— Dans ce cas, laisse-moi embrasser mon prince.

Comme Étiennette s'apprêtait à se pendre au cou de son mari, celui-ci murmura:

— Laisse le prince à Cassandre! Je ne suis qu'un forgeron bien modeste.

— Oui, mais avec moi, tu vas prospérer, car je sais garder les secrets de mon mari.

— Alors, tu ne le diras pas à tes amies que je t'aime comme un fou?

— Ça me sera très difficile, en effet. Mais si tu m'aimes tant, tu pourrais tout faire pour me faire plaisir?

— Heu, oui!

— Parce que j'aimerais que tu ailles chercher Cassandre aux Trois-Rivières, pour être certaine de la revoir.

À la mi-juin, Pierre Latour tint sa promesse et se rendit aux Trois-Rivières chercher Cassandre. Quand il revint avec son invitée, au fief Chicot, Étiennette était en train de balayer le plancher. Lorsque Cassandre vit son amie, elle s'exclama :

— Bonjour, Étiennette ! Mais ton mari ne m'avait pas dit que tu étais enceinte ! Laisse-moi t'embrasser et vous féliciter.

Émues, les deux jeunes femmes aux destins si différents se jetèrent dans les bras l'une de l'autre.

— Je suis tellement contente de ta visite, Cassandre. Tiens, fais comme chez toi. Pierre, va chercher son bagage dans la barque, s'il te plaît. Nous avons tant de choses à nous raconter.

— Il est prévu pour quand, le bébé ?

— Fin août, début septembre.

Au même moment, les deux enfants d'Étiennette se réveillèrent.

— Ce sont les enfants qui viennent de finir leur sieste. Je vais aller les chercher.

Étiennette revint avec son garçonnet dans ses bras et sa petite fille timide accrochée à ses jupes.

— Je te présente Marie-Anne et Pierrot. Va embrasser tante Cassandre, Marie-Anne.

— Qu'ils sont mignons ! Marie-Anne est ton portrait tout craché.

La petite fille s'avança, gênée, et se rendit auprès de Cassandre, qui voulut la prendre. La petite, hésitante, se laissa faire.

— Viens dire bonjour à tante Cassandre. Aimerais-tu que nous chantions ensemble ?

La fillette, impressionnée, fit signe que oui. Au même moment, apeuré de voir sa petite sœur dans les bras d'une inconnue, Pierrot se mit à pleurer.

— Moi qui croyais que tu avais la cote auprès des messieurs !

Cassandre ne répondit pas, le cœur gros. Étiennette, qui s'en rendit compte, avoua :

— Que je suis malhabile ! J'aurais dû me douter de tes déboires sentimentaux…

— Que veux-tu dire, Étiennette ?

— Rien de plus que ce que nous en a dit Martin Casaubon, l'ami de ton Pierre. Bien peu de choses en fait, si ce n'est qu'il soit retenu à Montréal. Si tu veux, nous en reparlerons ce soir après le souper. Pour le moment…

— Pour le moment, parle-moi de vous. Les mésaventures d'une célibataire ne doivent pas t'intéresser tant que ça, coupa Cassandre, qui ne voulait pas embarrasser son amie avec ses problèmes.

— Nous allons déménager à la rivière Bayonne, après la naissance du petit. Tu sais que le lot que nous avons reçu comme cadeau de noces du seigneur de Berthier nous appartient maintenant. Quand nous avons signé à la fin de novembre passé, le bébé ne s'était pas encore annoncé. Pierre est censé commencer la construction de la maison sous peu.

— Et la forge? Allez-vous vendre, ici?

— Une étape à la fois. Pour le moment, la construction. La naissance et le déménagement, par la suite.

— Toujours aussi organisée, Étiennette. Une vraie mère de famille.

Comme Étiennette restait silencieuse, Cassandre ajouta, moqueuse:

— Et je m'aperçois que tes responsabilités de mère de famille ne t'ont pas complètement changée... Tu es toujours aussi belette, ma chère!

Au sourire complice d'Étiennette, Cassandre ajouta:

— Avons-nous le temps de bavarder?

— Pierre doit être parti à la forge... Nous avons tout le temps de jaser. Alors, raconte-moi tout ce qui t'arrive!

Étiennette écouta attentivement le récit des tribulations amoureuses de Cassandre et du scandale provoqué par son concubinage avec Pierre.

— Il ne me reste plus qu'à aller le rejoindre à Montréal. Tout ceci sent le complot, Étiennette! Je veux en avoir le cœur net. Ce n'est pas normal de ne pas avoir eu de ses nouvelles. Que ferais-tu à ma place? Il y a quelque chose qui m'échappe. Et Marie-Anne, a-t-elle eu des nouvelles de son fiancé?

— Pas que je sache! Je crois qu'elle s'est découragée et qu'elle veut demeurer en permanence au manoir seigneurial pour prendre soin de sa mère, qui est maintenant veuve.

— Je n'en saurai pas plus d'elle, j'en ai bien peur!

— Est-ce vrai que tu as exigé le mariage?

— C'était la meilleure chose à faire, non? Nous nous aimions.

Réalisant qu'elle avait parlé au passé, Cassandre se mit à sangloter.

— Tu vois, j'en suis arrivée à croire que notre amour est une histoire ancienne, sans m'en rendre compte.

— Il faut espérer, Cassandre. Un amour ne disparaît pas comme ça, en fumée, le temps de le dire, scandale ou pas.

— Il y a beaucoup trop de mystère dans notre mésaventure. Et dire que nous vivions le parfait amour ! Et depuis, plus de nouvelles ! Se serait-il fait une autre fiancée ?

— Je ne le crois pas. Comme tu le disais, c'est dans le caractère basque de vivre l'amour librement, sans contrainte religieuse. Il ne promettra pas le mariage à quelqu'un d'autre si vite. Non, ça ne tient pas !... Il est peut-être encore prisonnier ?

— D'être amoureux n'est pas un crime !

— Qu'en dit la comtesse Joli-Cœur ?

— Si Mathilde savait quelque chose de plus que ce qu'elle m'en a dit, je serais au courant... Franchement, je ne vois pas d'autre solution pour le moment que de me rendre à Montréal. Et le plus tôt sera le mieux... As-tu une autre idée ?

— La seule idée qui me vient en tête serait d'aller rendre visite à Marie-Anne, à l'île Dupas. Elle est de bon jugement et trois têtes valent mieux que deux... D'autant plus qu'elle doit s'ennuyer de sa filleule. Hein, Marie-Anne ?

En disant ça, Étiennette ébouriffa les cheveux de sa petite fille. Le geste affectueux d'Étiennette fit sourire Cassandre.

— Tu sais, Étiennette. Je t'envie d'avoir une vie aussi heureuse, un bon mari et plein d'enfants charmants. C'est sans doute ça, le bonheur. C'est ce que ma mère me dit !

— C'est vrai que je suis heureuse, Cassandre. Mais je t'envie à mon tour. Ta vie m'apparaît excitante.

— Crois-tu que ce fut excitant d'être enfermée chez les Ursulines des Trois-Rivières, à réciter leurs prières du matin au soir, sans jamais sortir, uniquement dans le but de remettre sur pied ma carrière d'enseignante ?

— Tu n'enseigneras pas là toute ta vie ! As-tu l'intention de reprendre l'opéra ?

— Je ne pourrai retourner à Paris qu'après la mort de notre Roy. Quant à Québec, je vais tout faire pour me refaire une réputation. À moins qu'à Montréal...

La seule répartie qu'Étiennette trouva à dire fut :

— M'aideras-tu à préparer le souper ce soir ?

— Avec plaisir ! Toutefois, je crains fort qu'on n'apprécie pas ma cuisine !

— Ne t'en fais pas, la famille a l'habitude, quand Antoinette vient me donner un coup de main.

— Au fait, comment vont tes sœurs… Et tes parents ?

Étiennette lui parla du remariage de sa mère et comment elle s'y était opposée.

— Tu as eu tort, Étiennette, si Jean-Jacques est un aussi bon beau-papa que Manuel ! Après tout, ta mère a le droit à sa vie personnelle ! Elle ne t'a pas reniée ?

— Non.

— Tu vois ! Sois tolérante ! Elle n'en sera que plus heureuse. Je suis certaine que ton attitude doit la rendre malheureuse.

Étiennette réfléchissait, tout en observant Cassandre.

Et si Cassandre disait vrai ?

Le lendemain, Étiennette, Cassandre et la petite Marie-Anne dans les bras de Pierre Latour arrivèrent au manoir seigneurial des Dandonneau à l'île Dupas, à la surprise de Marie-Anne. Cette dernière fut touchée de leur visite. Elle félicita Étiennette pour l'enfant qu'elle portait, embrassa sa filleule et se montra heureuse de la venue de Cassandre. Elle fut étonnée d'apprendre que cette dernière venait de passer l'année scolaire au couvent des Ursulines des Trois-Rivières, comme elle n'en revenait pas non plus du départ du fief Chicot des Latour pour la rivière Bayonne. Elle leur annonça pour sa part qu'elle revenait définitivement au manoir seigneurial vivre avec sa mère.

— Ne t'en fais pas, ta filleule Marie-Anne ne sera pas plus loin pour aller te rendre visite, avait dit Étiennette pour la rassurer.

Marie-Anne Dandonneau venait de recevoir une lettre de son fiancé, Pierre de La Vérendrye, qui lui apprenait qu'il avait été blessé à la bataille de Malplaquet[143]. Son régiment avait combattu les armées anglaises, hollandaises et allemandes dans le nord de la

---

143. Le 11 septembre 1709, la bataille de Malplaquet, dans le nord de la France, à la frontière de la Belgique, fut la plus sanglante de la guerre de Succession d'Espagne. Les forces alliées, autrichiennes, anglaises et hollandaises, commandées par le général John Churchill, duc de Marlborough, et le prince Eugène de Savoie infligèrent une cinglante défaite aux troupes françaises du maréchal Villars, lesquelles avaient envahi les Pays-Bas espagnols.

France. Il avait été considéré comme mort au champ de bataille après avoir été atteint de huit coups de sabre et d'une décharge de pistolet. Fait prisonnier, il fut soigné par l'ennemi.

— Il me dit qu'il a été bien soigné, malgré le fait qu'il soit prisonnier, pleurnicha Marie-Anne. Sa convalescence a été longue. Mais ses conditions de détention sont bonnes.

— C'est probablement le cas, puisque ses geôliers lui permettent de t'écrire ! mentionna Étiennette, compatissante. Est-ce qu'il avance une date pour sa libération ?

— Non, mais il me dit avec humour qu'il s'attend à être nommé lieutenant pour son courage au combat.

N'en pouvant plus de refouler ses larmes, Marie-Anne éclata en sanglots.

— Si vous saviez comme je suis malheureuse ! Je désespère de me marier un jour avec l'homme que j'aime tant !

Aussitôt, Marie-Anne alla se jeter dans les bras de son amie Étiennette, faisant fi des différences sociales qui les distinguaient.

— Tu sais bien qu'il va guérir vite et qu'il sera en pleine forme pour votre mariage.

— Mais quand, Étiennette ? demanda Marie-Anne.

— L'amour guérit plus vite que les remèdes des médecins, répondit Étiennette, certaine de son coup.

Cette remarque eut pour effet d'adoucir le chagrin de Marie-Anne, qui retrouva un semblant de sourire. Encouragée par l'attitude de son amie, Étiennette continua :

— Ne finit-il pas sa lettre en t'exprimant tout son amour ?

Marie-Anne porta la lettre sur son cœur et rendit un sourire épanoui à Étiennette. Toutefois, cette dernière ne s'attendait pas à la réaction de Cassandre :

— Puisses-tu dire vrai ! Mais que fait-on quand notre amoureux ne donne plus signe de vie ?

Le cri du cœur de Cassandre attira immédiatement l'attention sur ses déboires amoureux.

— Excuse-moi, Cassandre, je ne voulais pas tourner le fer dans la plaie. Comment se fait-il que j'aie à vous consoler à tour de rôle, alors que j'envie votre célibat ?

La question lancée à la blague par Étiennette inquiéta Marie-Anne, qui se tourna aussitôt vers Cassandre.

— Ça ne va plus avec Pierre ? Je croyais que vous filiez le parfait amour.

— Je le croyais moi aussi… Laisse-moi te raconter mes malheurs ! répondit Cassandre, une moue de tristesse sur le visage.

À la fin du récit, Cassandre lui demanda :

— Sais-tu autre chose que je devrais savoir, Marie-Anne ? La comtesse Joli-Cœur croit que l'attitude de Pierre est motivée par un état de santé fragile.

— Absolument rien, sinon que l'assistant de mon défunt père vient de nous rendre visite. Il nous a appris que le marchand Pierre de Lestage venait d'être nommé agent des trésoriers généraux de la Marine par le gouverneur de Montréal, Claude de Ramezay. À ce titre, Pierre est responsable d'administrer les finances de Montréal et de payer la solde des troupes de la garnison.

Cassandre resta coite sous le regard attendri de ses amies. Elle prit un grand respire et conclut :

— Donc, il n'est plus convalescent ni en résidence surveillée, s'il a été nommé dans une haute fonction à Montréal. Qui plus est, il doit avoir complètement récupéré, sinon il n'aurait jamais eu cette promotion… Alors, pourquoi ne pas donner signe de vie ?

— Avec ses responsabilités, il ne peut certainement plus pouvoir se rendre à Québec comme avant ! avança Étiennette, compatissante.

— Mais le courrier se rend à Québec, Étiennette ! Pourvu qu'il n'y ait pas une autre fille dans sa vie… Est-ce que ce monsieur Casaubon en saurait davantage ?

Étiennette et Marie-Anne se regardèrent, attristées pour leur amie. Ne sachant plus quoi dire pour la consoler, Étiennette pointa son menton en direction de Marie-Anne, lui passant le relais.

— Martin Casaubon, le Basque ? Il vient d'hériter d'un lot le long du chenal, pas très loin du fief Chicot. Il faudrait le lui demander. Je doute toutefois qu'il s'intéresse aux amours de son ami. Et mon fiancé non plus ne m'en a pas fait mention. Si Pierre de Lestage lui a écrit, ça ne veut pas dire que la lettre ait pu traverser le front… Et puis, La Vérendrye me l'aurait dit !

— Que me recommandes-tu, Marie-Anne ? demanda Cassandre à son amie.

Enchantée de la confiance que Cassandre lui accordait, Marie-Anne sourit et alla la prendre dans ses bras.

— Sois assurée, Cassandre, que je vais tout faire en mon pouvoir pour t'épauler. Avoir su que tu étais aux Trois-Rivières, Étiennette et moi aurions été te visiter durant le temps des fêtes.

— Marie-Anne dit vrai. Pourquoi ne pas nous l'avoir dit?

— Je ne voulais pas vous embêter avec mes tracas... Mais je le regrette, quand je vois à quel point vous êtes bienveillantes.

— À quoi servent nos amies, si nous ne pouvons tout partager? avança Étiennette.

— Pour le moment, nous avons un casse-tête à résoudre, continua Marie-Anne.

Cassandre regarda ses amies, soudainement radieuse.

— Qu'y a-t-il donc? demanda Étiennette, surprise de l'attitude joviale de Cassandre.

— J'ai l'impression de revoir ma mère avec ses amies, Anne et Mathilde. Quand ce trio se rencontre pour discuter d'une situation délicate, elles trouvent toujours une solution, de façon solidaire... C'est bien beau de dire ça, mais nous, nous n'avons pas encore résolu mon problème amoureux.

— Je crois avoir une piste, avança Marie-Anne.

— Ah oui, laquelle? s'écrièrent les deux autres simultanément.

— Pas réellement une piste, mais une façon d'en trouver une. Si la vérité ne vient pas à nous, il faut aller à sa rencontre.

— Que veux-tu dire?

— La seule certitude que nous ayons, c'est que Pierre de Lestage est haut fonctionnaire des finances à la ville de Montréal. Donc, il y demeure, c'est logique... Alors, il faut que Cassandre s'y rende et bientôt, pour ne pas inquiéter sa mère.

— Qu'est-ce que je te disais, Étiennette? avança Cassandre, souriante.

— Mais y aller peut être une aventure dangereuse dans les circonstances. Il faut t'attendre au pire, Cassandre. Cela dit sans vouloir t'alarmer!

— Je m'en doute, répondit Cassandre, résignée.

— C'est pourquoi je te propose de t'accompagner. J'inviterais bien Étiennette, mais c'est elle qui jugera de sa capacité.

Éberluée, Cassandre n'en revenait pas de la proposition de Marie-Anne.

— Vous viendriez avec moi à Montréal? dit Cassandre, regardant ses amies tour à tour.

— Pas moi, bien entendu, avec ma grossesse, le déménagement et ma petite famille, répondit Étiennette, déçue.

Cassandre porta son regard vers Marie-Anne.

— Nous demeurerions chez ma belle-famille à Varennes. Depuis le temps qu'on m'y invite. Nous reverrions la petite Margot. Qu'en dis-tu?

— Ce serait vraiment merveilleux. Nous irions visiter ma petite élève, Esther Wheelwright, à l'Hôtel-Dieu. J'ai su que le marquis de Vaudreuil devait la remettre à ses parents en Nouvelle-Angleterre, mais que des empêchements la retenaient à Montréal. C'est une histoire assez inusitée. Je te raconterai ça en chemin. Quand partons-nous, Marie-Anne?

— Je vais demander à un de mes frères de nous y conduire. Le temps de faire nos bagages et nous partirons tôt demain.

— Je suis certaine que tu reprendras tes amours avec Pierre. Dès votre retour, je veux être la première à me faire raconter votre voyage, dit Étiennette.

— Quel qu'en soit le résultat, tu peux compter sur nous pour tout raconter à notre amie la belette, répondit Cassandre.

Piquée, Étiennette rétorqua:

— Je préfère la belette au rat musqué.

— Que veux-tu dire? Que j'ai de la moustache?

— Non! Tout simplement que le rat musqué se fait facilement prendre au collet du chasseur.

— Ce qui voudrait dire que je suis ingénue ou naïve? Toi, Étiennette, comme amie…

— Ai-je dit ça, Marie-Anne?

— Pour ma part, je ne l'ai pas compris comme tel. Dans la région, nous, les femmes, les aimons bien, les rats musqués, surtout pour leur fourrure!

— Vous n'êtes que deux moqueuses!

— Disons, tes amies sincères, rétorquèrent Étiennette et Marie-Anne en chœur.

Après avoir embrassé ses amies et souhaité la meilleure chance à Cassandre, Étiennette retourna avec sa fille et son mari au fief Chicot. Pour leur part, Marie-Anne et Cassandre eurent le sommeil agité en appréhendant le périple du lendemain…

ANNEXE I
Monseigneur de Saint-Vallier
et le conflit avec les Jésuites[144].

La querelle prit naissance sur le haut Mississippi où les Jésuites évangélisaient les Illinois dans le triangle compris entre le Mississippi, l'Ohio et les Grands Lacs. Ils étaient seuls dans cette immense contrée. En 1698, le séminaire de Québec, qui n'avait pas seulement pour but la formation de futurs prêtres, mais aussi la conversion des païens, demanda à son évêque le droit d'aller évangéliser la petite bourgade des Tamaris, non loin du confluent du Missouri et du Mississippi. Monseigneur de Saint-Vallier accepta.

Trois prêtres du séminaire de Québec s'en allèrent chez les Tamarois. Mais alors les Jésuites poussèrent les hauts cris. Quoi! On venait s'installer chez eux! Les Tamarois étaient des Illinois, de même race et de même langue que tous les autres Illinois. Or, l'évangélisation de tous les Illinois avait été confiée aux Jésuites par monseigneur de Saint-Vallier lui-même dans des lettres patentes du 16 décembre 1690. L'injustice était flagrante.

Les Jésuites manifestaient d'autant plus d'inquiétude qu'à cette date une grande querelle les opposait en Extrême-Orient aux prêtres des Missions étrangères, dont dépendait le séminaire

---

144. Extrait tiré du document du *Dictionnaire biographique du Canada en ligne: La Croix de Chevrières de Saint-Vallier, Jean-Baptiste de, (1653-1727), deuxième évêque de Québec.*

de Québec. Les Jésuites de Chine avaient permis à leurs nouveaux convertis de continuer à rendre certains hommages à Confucius et à célébrer certaines cérémonies en l'honneur de leurs ancêtres.

Les prêtres des Missions étrangères, qui évangélisaient également la Chine, avaient protesté contre cette attitude des Jésuites; c'était, à leurs yeux, tomber dans l'idolâtrie et la superstition. La dispute s'était envenimée, les Jésuites accusant leurs adversaires de vouloir leur enlever leurs missions d'Extrême-Orient. De Chine, la polémique était passée à Rome, puis à Paris, et jusqu'au Canada. On comprend dès lors la violente réaction des Jésuites dans l'affaire des Tamarois. Non seulement on voulait les expulser de Chine, mais aussi d'Amérique. Une ferme résistance s'imposait.

Monseigneur de Saint-Vallier fut appelé à arbitrer le conflit. Il donna tort absolument aux Jésuites. Ceux-ci refusèrent l'arbitrage. De nouveau une avalanche de lettres contradictoires s'abattit sur Paris. Le roy ne savait à qui donner raison, et d'ailleurs ne comprenait rien à tout ce vacarme pour une minuscule bourgade indigène perdue en plein cœur de l'Amérique du Nord. Les Missions étrangères de Paris penchaient elles-mêmes vers un compromis.

Mais monseigneur de Saint-Vallier n'était pas homme à capituler, fût-ce devant la redoutable Compagnie de Jésus. En 1700, il vint à Paris, remua ciel et terre et finalement obtint satisfaction en juin 1701.

Les Tamarois restèrent au séminaire de Québec. Mais les Jésuites canadiens furent profondément blessés. Ils dénoncèrent leur évêque auprès de leur général à Rome. L'un d'eux alla jusqu'à le qualifier de « terrible fléau, qui a causé plus de ravages dans le domaine spirituel qu'une armée ennemie n'en peut causer dans le domaine temporel. Ennemi acharné de la Société, il parle de tous les Jésuites comme des scélérats ». Le supérieur écrivait de son côté : « Sous la peau de brebis du pasteur se cache un loup acharné contre notre Société [les jésuites] ».

Deux ans après le règlement de l'affaire des Tamarois, alors que monseigneur de Saint-Vallier séjournait encore en France, un nouveau conflit éclata avec la Compagnie de Jésus sur le même sujet des missions. Le théâtre en fut cette fois le bas Mississippi. Une nouvelle colonie, la Louisiane, venait d'être fondée; qui allait être chargé de l'évangélisation? De nouveau, Jésuites et prêtres des Missions étrangères entrèrent en compétition.

Les Jésuites, pour éviter toute possibilité de discorde future, exigèrent un district où leur supérieur fût en même temps grand vicaire de l'évêque de Québec. Monseigneur de Saint-Vallier s'emporta : « Jamais il ne ferait d'un Jésuite son grand vicaire ». La compagnie rappela alors les trois jésuites qui avaient déjà été envoyés en Louisiane. Les prêtres des Missions étrangères restèrent seuls.

Maltraités par monseigneur de Saint-Vallier, les Jésuites du Canada prirent leur revanche d'une manière assez cruelle. En 1702 et 1703, l'évêque avait publié un *Catéchisme* et un *Rituel* : ouvrages d'une inspiration sombre, dure, austère, très représentatifs de cette tendance qualifiée le plus souvent de « jansénisme moral ».

Pour ne citer qu'un exemple, le *Catéchisme* résolvait dans le sens le plus rigoureux le redoutable problème du nombre des damnés et des bienheureux : « Question : Le nombre des réprouvés sera-t-il bien plus grand que celui des bienheureux? Réponse : Oui, le chemin de la perdition est large, alors que le chemin qui conduit à la vie éternelle est étroit. » Malgré cette note pessimiste, *Rituel* et *Catéchisme* étaient cependant parfaitement orthodoxes. Monseigneur de Saint-Vallier, qui n'avait pas achevé de régler ses affaires en France, en envoya des exemplaires à Québec.

Le père Bouvard, supérieur des Jésuites, les lut, bondit sur sa plume et écrivit un long réquisitoire pour prouver que les ouvrages de l'évêque tombaient dans l'arianisme, le pélagianisme, le jansénisme, le luthéranisme, le calvinisme. Les accusations se basaient sur certaines phrases où s'étaient glissées des erreurs au moment de l'impression ou bien qui avaient été maladroitement rédigées par monseigneur de Saint-Vallier. Par exemple, le *Rituel* affirmait : « Dieu donne ordinairement ses grâces actuelles aux personnes disposées à la réception d'un sacrement ». Le père Bouvard voyait dans l'adverbe « ordinairement » une affirmation janséniste. Il fallait mettre « toujours » ou supprimer « ordinairement ».

Naturellement l'évêque fut mis au courant de la critique du Jésuite. Il se plaignit à la Sorbonne. Celle-ci condamna l'œuvre de Bouvard comme « téméraire, ayant tendance au schisme et à la révolte des ouailles contre le pasteur, et très injurieuse à monseigneur l'évêque de Québec qui y est indignement traité».

Malgré son indignation, Saint-Vallier fut cependant assez perspicace pour reconnaître que, si la critique du père Bouvard tombait souvent dans l'insolence, certains reproches étaient parfaitement justifiés. Il s'empressa de publier une seconde édition de son *Rituel*, qui avait été beaucoup plus malmené que le *Catéchisme*. La querelle théologique s'arrêta là.

Au mois de juillet 1704, en pleine guerre de Succession d'Espagne, monseigneur de Saint-Vallier, qui venait de passer quatre années en Europe et de visiter le pape Clément XI (1700-1721) à Rome, alors qu'il quittait La Rochelle pour le Canada, fut fait prisonnier en Angleterre avec les seize ecclésiastiques qui l'accompagnaient. La France n'avait plus la maîtrise des mers. Au large des Açores, une flotte anglaise attaqua le convoi auquel appartenait le navire de monseigneur de Saint-Vallier, qui fut même insulté par un marin qui le prit à la gorge pour avoir sa croix pectorale.

La reine Anne Stuart, souveraine du Royaume-Uni et d'Irlande (1702-1714) accepta de relâcher le prélat à condition que Louis XIV puisse rendre sa liberté de son côté à un autre ecclésiastique, le doyen de la cathédrale de Liège, le baron de Méan, enlevé de sa cathédrale à cause de ses intrigues avec les adversaires de la France. Versailles refusa la mise en liberté du baron de Méan, d'abord parce que ce dernier était un homme dangereux pour les intérêts français, ensuite parce qu'on n'était pas fâché d'être débarrassé momentanément de monseigneur de Saint-Vallier, un évêque qui, malgré son zèle, avait le génie de la querelle. Certains adversaires du prélat espéraient même que si sa captivité se prolongeait, il donnerait sa démission. Monseigneur de Saint-Vallier ne démissionna pas, mais resta prisonnier dans de petites villes de la banlieue de Londres.

Sa captivité dura cinq années, parce que Versailles refusa de l'échanger contre le doyen de la cathédrale de Liège, allié des Anglais, prisonnier en France. Entre-temps, monseigneur de Laval mourait, laissant la Nouvelle-France sans évêque. Quand les Anglais libérèrent monseigneur de Saint-Vallier en 1709, Louis XIV, qui craignait une reprise des disputes religieuses, obligea le prélat à rester en France.

ANNEXE II
Les seigneuries

La seigneurie de Sorel
PIERRE DE SOREL

Pierre de Sorel est né à Grenoble dans la province du Dauphiné, au pied des Alpes, en 1628.

Pierre de Sorel a commencé à endiguer la menace iroquoise aux côtés du marquis de Tracy, comme capitaine du régiment de Carignan-Salières, en 1665, en construisant les forts Richelieu, Chambly et Sainte-Thérèse pour barrer la route fluviale du Richelieu et en menant des incursions en pays mohawk, en 1665. Dès le licenciement du régiment de Carignan, Sorel épousa Catherine Le Gardeur de Tilly à Québec, le 10 octobre 1668.

Sorel s'établit aussitôt sur la terre de la seigneurie située sur la rive sud de la rivière Richelieu à l'embouchure du fleuve Saint-Laurent, qu'il reçut avec plusieurs îles en 1672, dont l'île Saint-Ignace, l'île Ronde, l'île de Grâce et l'île Madame. Sorel se lança par la suite dans la traite des fourrures, même si les lois l'interdisaient aux gentilshommes, et en 1681, s'associa à son voisin d'en face, beau-frère et ami de régiment, Alexandre de Berthier. Sorel accompagna Radisson et Des Groseillers à la baie d'Hudson durant l'été 1682. À peine de retour, il mourut subitement le 26 novembre suivant, à l'âge de 54 ans.

La seigneurie de Berthier-en-haut
HUGHES RANDIN

Cartographe, Hughes Randin fut le premier propriétaire de la seigneurie de Villemure, territoire devenu Berthier-en-haut, sur la rive nord du fleuve, en face des îles et de la seigneurie de Sorel.

Né à Écully, près de Lyon, en 1628, ingénieur militaire, il fut enseigne[145] du régiment de Carignan-Salières au sein de la compagnie de Sorel. Resté en Nouvelle-France après 1668, il se fit concéder la seigneurie de Villemure et l'île de la Commune, en 1672, qu'il revendit l'année suivante au capitaine Alexandre de Berthier.

Ambassadeur de paix et de commerce auprès des Iroquois et des Sioux, au nom et auprès du gouverneur Frontenac, il mourut en 1680.

L'île de la Commune de Berthier s'est longtemps appelée «île Randin».

ALEXANDRE DE BERTHIER

Né à Bergerac en 1638 (Dordogne, Périgord), Alexandre de Berthier débarqua à la tête de sa propre compagnie en provenance des Antilles, le 30 juin 1665. Ce huguenot d'origine se convertit au catholicisme quelques mois après son arrivée. Capitaine du régiment de Carignan-Salières aux côtés de Pierre de Sorel dans l'arrière-garde des troupes du marquis Prouville de Tracy, le militaire Berthier mena une campagne de représailles contre les Mohawks durant l'automne 1666.

Il retourna en France en 1668 avec les soldats du régiment de Carignan, mais revint au Canada en 1670. Il épousa Marie Le Gardeur de Tilly, fille de Charles Le Gardeur de Tilly, le 11 octobre 1672, à la basilique Notre-Dame de Québec, et tous les notables de la place assistèrent à la cérémonie. Par son mariage, Pierre de Sorel, Pierre de Saint-Ours et Jean-Baptiste Céloron de Blainville devinrent ses beaux-frères.

Il reçut comme cadeau de noces de l'intendant Jean Talon la seigneurie de Bellechasse, en aval de Québec et appartenant à Nicolas Marsolet de Saint-Aignan, qu'il rebaptisa Berthier-en-bas ou Berthier-sur-mer, en récompense des services rendus au cours

---

145. Officier porte-drapeau.

des guerres contre les Iroquois, notamment au cours des expéditions de 1670 et 1673.

En novembre 1673, il acheta de Hugues Randin la seigneurie de Villemure qu'il agrandit, allant du fief et de la rivière Chicot jusqu'au fief D'Orvilliers le long du chenal du Nord, aujourd'hui à cheval entre les paroisses de Lanoraie et de Saint-Cuthbert.

En 1674, le capitaine Berthier décida de s'établir dans cette nouvelle seigneurie avec sa famille, de se consacrer à l'agriculture et au peuplement de ses seigneuries et de la nommer Berthier-en-haut. Berthier la fit aussitôt agrandir en y ajoutant l'île aux Castors. Par ailleurs, s'il acquit l'île du Milieu en 1677, il revendit l'île aux Castors, y compris le fief et la rivière Chicot, à Pierre Dupas du Braché. Les premiers censitaires de Berthier-en-haut, des colons défricheurs, s'établirent le long de la Grande-Côte, à la croisée du bras de fleuve et du fief D'Orvilliers.

La réputation de Berthier était suffisamment reconnue pour que les autorités coloniales le convoquent aux assemblées de notables. Ainsi, en 1678, à la réunion organisée par Frontenac pour discuter de la traite de l'eau-de-vie, Berthier se prononça, avec son beau-frère Pierre de Sorel, en faveur de ce commerce. Il n'y a rien d'étonnant à ce qu'il se soit lancé aussi dans la traite des fourrures avec Sorel en 1681!

En 1682, il participa au conseil de guerre de Québec. En outre, le gouverneur Le Febvre de La Barre eut l'intention de proposer sa candidature au poste de gouverneur de Montréal, en 1683.

Berthier développa l'une et l'autre de ses seigneuries avec le même zèle. En 1706, la seigneurie de Berthier-en-haut comptait 128 habitants, dont plus de 30 chefs de famille, alors qu'en 1681, il n'y avait que 30 habitants. Ainsi, à partir de 1682, il s'établit dans sa seigneurie de Berthier-sur-mer et dirigea sa propre compagnie durant l'expédition de Brisay de Denonville contre les Tsonnontouans en 1687, comme capitaine de milice de sa seigneurie. Plus tard, dans les années 1690, il revint vivre à Berthier-en-haut.

Alexandre de Berthier de Bellechasse et de Villemure s'était trouvé sans descendant mâle quand son seul fils, Alexandre, mourut en 1703, quelques mois après son mariage. Il légua de son vivant ses deux seigneuries de Berthier-en-haut et de Berthier-sur-mer à sa jeune bru, Marie-Françoise Viennay

Pachot, fille de François Viennay Pachot et de Charlotte-Françoise Juchereau, comtesse de Saint-Laurent. Quant à la seconde fille de Berthier, Charlotte-Catherine, elle décéda en 1704.

La jeune seigneuresse de Berthier préféra vivre sur ses terres de Berthier-sur-mer, près de sa famille. Alexandre de Berthier rejoignit pendant un certain temps sa belle-fille à Bellechasse, avant de retourner en France, à l'automne 1707, sur ses terres ancestrales. Il revint en 1708, toutefois, et mourut presque aussitôt, en décembre, à Berthier-sur-mer. Quelque temps avant sa mort, il eut des démêlés avec les censitaires de Berthier-en-haut à propos de la Commune.

La seigneurie de l'île Dupas
PIERRE DUPAS DU BRACHÉ

Pierre Dupas, sieur du Braché, est né en 1637, en Champagne. Démobilisé comme officier au régiment de Carignan-Salières, il s'installa en 1669 dans l'archipel du lac Saint-Pierre. Capturé et libéré dans un échange de prisonniers par Pierre de Sorel, il devient propriétaire de l'île qui portera son nom, en novembre 1672.

Dupas ajouta à la concession la bande de terre inondable d'une lieue et demie de profondeur sur un quart de lieue de front, dans la plaine autour de la rivière Chicot, appelée le fief Chicot, à partir de la croisée du chenal du Nord. La seigneurie s'appela du Chicot et de l'île Dupas. Faisant partie de la paroisse de Notre-Dame-de-la-Visitation de l'île Dupas, le fief Chicot se retrouvera, au milieu du XVIIIe siècle, dans la paroisse de Saint-Cuthbert.

À peine marié, Pierre Dupas décéda subitement en 1677, à l'âge de 40 ans, sans descendance, laissant la seigneurie à sa jeune veuve de 14 ans. Cette dernière se remaria avec Pierre Boucher, fils aîné de Pierre Boucher, ancien seigneur des Trois-Rivières et seigneur de Boucherville. Le couple s'installa aux Trois-Rivières. La seigneurie, achetée par le sieur de La Chesnaye, marchand prospère de Québec, fut revendue en 1690 à Jacques Brisset de Courchesne et Louis Dandonneau, qui en devinrent acquéreurs et coseigneurs.

JACQUES BRISSET DIT COURCHESNE

Jacques Brisset dit Courchesne naquit à Champlain vers 1648. Il épousa Marguerite Dandonneau à Champlain, dont le frère Louis était l'aîné d'une famille de 11 enfants. Le couple Brisset eut 14 enfants, tous nés à Champlain. Leur descendance porta le nom soit de Brisset, Brissette ou Courchesne.

Le coseigneur Brisset dit Courchesne mourut à l'île Dupas en 1736, même s'il passa la majeure partie de sa vie à Champlain. Il fut inhumé dans la première église à la pointe de l'île vers l'ouest, en amont de l'archipel, à la vue de l'île au Foin, l'île aux Cochons, et de l'île du Sablé.

LOUIS DANDONNEAU DU SABLÉ

Louis Dandonneau, né aux Trois-Rivières en 1654, porta le titre de sieur Du Sablé. Il épousa Jeanne-Marguerite Lenoir le 8 octobre 1684 à Champlain. Le couple eut six enfants, dont Marie-Anne, qui maria La Vérendrye, l'explorateur résidant à l'île aux Vaches, le découvreur de l'Ouest canadien. En 1704, Louis Dandonneau devint militaire à Montréal. Il mourut en 1709, à l'âge de 55 ans.

Marie-Anne Dandonneau, un bon parti, possédait la moitié de l'île aux Vaches, trois terres sur l'île Dupas, dont une de quatre arpents sur la profondeur de l'île, ainsi qu'une terre de quatre arpents de front sur une lieue et demie de profond dans le fief Chicot.

Toutes les terres de l'île Dupas furent concédées de 1700 à 1713 à des agriculteurs, propriétaires plutôt que censitaires, la plupart venus de Champlain à la suite du seigneur Brisset dit Courchesne.

Dès 1704, les établissements furent assez nombreux pour qu'une desserte paroissiale soit ouverte. Le curé Chaigneau fut le premier desservant, lors d'un baptême. Ce fut ce dernier qui officia à la cérémonie de mariage de Pierre Latour Laforge du fief Chicot en décembre 1705.

ANNEXE III

Le Mariage forcé de Molière

Le *Mariage forcé*, inspiré du *Roman comique* de Scarron, est la deuxième comédie-mascarade de Molière, sur un ballet de Lully, créée en 1664 d'après le principe du charivari baroque. La pièce en trois actes et en prose fut présentée pour la première fois au Louvre et donnée ensuite en public sur le théâtre du Palais-Royal. Le roy Louis XIV dansait un rôle d'Égyptien. Molière y jouait le rôle de Sganarelle.

Chaque acte se terminait par un ballet qui était un prolongement de l'action. Le chant, la danse et la musique instrumentale avaient une importance égale à celle de la pièce proprement dite.

Acte 1

La comédie raconte l'histoire de Sganarelle, vieux célibataire qui décide de se marier avec une jeune fille. Il n'écoute pas les conseils de son ami Geronimo qui tente de l'en dissuader. Mais, après avoir découvert que la jeune fille est une coquette qui ne veut se marier que pour avoir la liberté d'agir à sa guise, il craint d'être cocu s'il se marie et part en quête de conseils.

Acte 2

Sganarelle consulte successivement deux philosophes, dont il ne peut rien tirer, deux Égyptiennes (bohémiennes) qui se rient de lui lorsqu'il leur demande s'il deviendra cocu, et un magicien qui, plutôt que de lui répondre clairement, fait surgir des démons qui lui font les cornes.

Acte 3

Décidé à renoncer au mariage, il annonce à son futur beau-père qu'il retire sa parole, mais celui-ci envoie son fils qui, fort poliment, donne à Sganarelle le choix entre se battre en duel, recevoir des coups de bâton ou se marier : les coups de bâton le forcent bien vite à accepter le mariage.

L'angoisse du promis avant son mariage se transforme en un cauchemar étourdissant de fantaisie. Les digressions comiques sont à la manière de la commedia dell'arte, avec lazzi[146], improvisations, utilisation de masques, escrime spectacle, danse, chant et musique, dans la bonne humeur et la joie.

---

146. Suite de gestes et de mouvements divers, qui forment une action muette, souvent burlesque, comme la grimace.

SOMMAIRE

CANADA, 2009